文學研究叢書・文學史研究叢刊

二十世紀中國文學專題

鍾怡雯、陳大為　主編

目次

斷裂與承續

洪子誠　北京大學中國語言文學系教授

一　「斷裂」：作爲一種現象

　　在文學史研究上，文學分期是一個「基礎的」，同時是一個重要的問題。文學史分期，在很大程度上，是對歷史過程中斷裂和承續的關係的理解。推廣來說，斷裂和變革應該說是一種「現代」現象。不管是在中國還是西方都是這麼一種情況。但是對中國近一百多年的歷史來說，「斷裂」、變革的現象和思潮特別激烈，而且特別頻繁。我們常說的「二十世紀中國文學」——對了，對「二十世紀中國文學」這個提法，有一些研究者提出了質疑；韓毓海老師就不止一次地說，「世紀」是一個西方的概念，是基督教的一種紀年方式，用它來描述、概括中國文學歷史並不合適。他的這個看法，大概體現了美國學者柯文的「在中國發現歷史」的觀念和方法，也就是不是「西方中心觀」，而是「中國中心觀」，從中國「內部」來考察中國的歷史進程。所以他認為需要對這個（或這類）概念進行重新思考。但是這個問題我在這裡肯定談不清楚，也缺乏準備，現在先不去管它。我們還是「二十世紀中國文學」吧。

　　在這一個世紀中，「斷裂」的現象特別多，而且在一個時期內，也特別受到注意。在一九九〇年出版的《作家的姿態與自我意識》這本小書的第四章「超越渴望」中，我曾經談到，在八〇年代的時候，「突破」、「變革」、「超越」這麼一些詞，是使用頻率非常高的一組詞。這表現了當時文學界對於變革的非常強烈的願望和期待。在與歷

史的關聯上，「變革」是強調一種「切斷」，而不是強調「承續」，不是強調歷史的連續性。變革、突破、創新，八○年代活躍著這樣的普遍性意識。我們北大中文系當代文學研究生和老師都很熟悉，並且有的時候還引用的黃子平的一句名言：「創新的狗追得我們連撒尿的工夫都沒有。」這大概是他讀研究生的時候說的。這種心理、情緒，實際上也是「後發展國家」，或者我們所說的「發展中國家」的一種普遍性的心態。其實不光是八○年代，在二十世紀，在「當代」，都一直存在著，我們對這些也很容易理解，容易產生共鳴，引發我們的想像。這種現象和心態，像五○年代的「多快好省」的總路線，一九五六年的「跑步進入社會主義」，一九五八年的「大躍進」，「超英趕美」，「一天等於二十年」：這樣一些口號的提出，都根源於這樣一種心態。毛主席的詞〈昆侖〉，對這種觀念、意識、情緒，表現得特別強烈，特別集中：「橫空出世，莽昆侖，閱盡人間春色。……一萬年太久，只爭朝夕，要掃除一切害人蟲，全無敵。」毛主席的詞，包括這一首，在「文革」當中經常被引用。有的戰鬥隊、戰鬥兵團，就有叫「橫空出世」的，叫「只爭朝夕」的，或者「全無敵」的。如果有一個兵團叫「獨立寒秋」，那很可能這個「兵團」全部成員只有一個人，所以他「獨立寒秋」。

實際上在這一百多年裡頭，斷裂和變革可以說是歷史的中心主題。主張改良的、保守的思潮在這一百多年中也存在，但是在很長的時間裡，在中國大陸並沒有成為主要的潮流，沒有取得一種支配性的地位。大家學習當代文學史，應該記得「當代」文藝界第一次批判運動，是批判電影《武訓傳》。對這部電影，政治思想和政治路線上，主要是批判它的「改良主義」，批判改良主義的反人民的性質，文學上批判的是它的「反現實主義」。周揚的總結性質的文章，就是這樣的標題：〈反人民、反歷史的思想和反現實主義的藝術〉（《人民日

報》1951年8月8日）。因為「新中國」是革命、是武裝鬥爭的成果；如果強調改良主義的合理性和正當性，當然，就等於質疑了革命的合理性和正當性。因此，對《武訓傳》引發的問題，在這樣的邏輯線索中，肯定是具有嚴重的性質。我說的「邏輯線索」，也就是一個前提，在這個前提下，《武訓傳》的問題是嚴重的。這個前提，一是否認對「歷史」不同闡釋的合法性，另一個是否認文學寫作的「修辭」性質和作家的「虛構」的權利。如果放棄這個前提，所謂「嚴重性質」也就不存在了。

現在情況發生了很大的變化。在九〇年代，保守主義的、改良的思潮在大陸，似乎已經佔據了思想文化界的中心位置。現在「時髦」的、有感染力的思想並不是革命的、劇烈變革的思想，而是保守主義的、改良的思想。所以有人把九〇年代稱為「告別革命」的年代。「告別革命」是一種普遍性的心態。當然，這個短語也是李澤厚、劉再復兩位先生的一本書的名字（《告別革命——回望二十世紀中國》）。這本書是他們的對話錄。劉再復在後記中談到李澤厚對這些對話的主旨的概括，說「這就是『告別現代，回歸古典，重新探求和確立人的價值』」。對這個主旨，〈後記〉的解釋是，「所謂回到古典，不是否定現代社會而回到古代社會，而是在文化取向上回復理性，回復人文關懷，回復文藝復興時期和啟蒙時期的一些古典的價值觀念和古老命題，重新探求和確立人的價值和人的尊嚴」（頁308-309）。看來，這是九〇年代中國學者的另一次「人文精神討論」，只不過是發生於海外，參加的人也少得多。（編按：「告別革命」的年代，有時被表述為「後革命時代」。不過前一個短語含有更明顯的意向性和價值色彩。在中國，人們一般會把「文革」的結束看成「後革命時代」的開端。）

九〇年代的人文精神探求問題，有它深刻的歷史背景。這一點，

劉再復在書的〈後記〉中也講到。主要是兩個方面。一個是近百年的政治，近百年的革命所產生的後果。另外一個是商品化，市場、金錢、廣告與技術對人所產生的「異化」。更直接的原因，可能跟九〇年代以後蘇聯、東歐社會主義國家的解體，社會主義、共產主義運動出現的問題有直接的關聯。當然，他們生活在「西方」，又更直接感受到「機器世界」的技術統治對人的壓抑。而對中國大陸的人文精神提倡者來說，面對的是九〇年代初「市場經濟」推進所產生的震撼。對劉再復他們的書，包括《放逐諸神》等，評價當然很分歧。贊成的批評的都有。以前我也讀過李澤厚、劉再復的許多書和文章，但是都是分開地看，這次就把一些重要的著作放到一起對比地看。這種「對比」，主要是「歷時的」，這就能看到他們各人的不同時間論述的異同。看過以後，有兩點想法。一點是，所謂「重建人文精神」和「告別革命」，其實是一件事情的兩個方面。李、劉這樣鮮明的提法，雖然在九〇年代，但是在「文革」之後，「告別」的進程已經發生。「革命」的意識形態既然已經不能成為精神支點，「尋找」也好，「重建」也好，就會提出來。但是在他們的著作中，也會看到這十多年出現的一些變化。這是另外的一點。

　　《告別革命》這本書，把十九世紀末從譚嗣同開始的近代「激進主義」思潮的反省和批判作為主題。它主要提出來的觀點是「要改良，不要革命」。他們說的「革命」這個詞稍微要作點解釋。在〈序言〉中他們作了限制，明確地講到他們所指的「革命」，不是指一切的變革行為或變革主張；他們所反對的「革命」是指以暴力的方式來推翻一種制度或政權的行為。不管是來自「左」的革命，還是來自「右」的革命。另外，還有一個注釋，他們所反省的「革命」「不包括反對侵略的所謂『民族革命』」（頁4）。我想，這裡指的大概是抗日戰爭之類的事件——民族危亡時刻對日本帝國主義的反抗。他們

的歷史觀，在這個對話錄中表現得很清楚：贊成英國式的「改良」，不贊成法國式的「革命」。不贊成像丹東、羅伯斯庇爾的雅各賓派的革命，就是「法國大革命」的「激進派」。李澤厚回顧了二十世紀初，康有為、梁啟超在辛亥革命前夕和孫中山的「革命派」關於「革命」與「改良」的爭論，康有為提出了「君主立憲」，提出「托古改制」或「虛君共和」，實際上都是一種英國式的改良。李澤厚說，康有為提出的這種主張現在看起來很有道理。他認為我們過去對康、梁批判太多，這個「案」現在應該「翻過來」。劉再復也認為，康、梁很有遠見，比孫中山更瞭解中國。而且李澤厚說，革命是一種能量的「消耗」，改良則是一種能量的「積累」。他們在這本書中猛烈地批評「革命拜物教」。

我們做文學研究的人，對革命史、政治思想史缺乏瞭解，對社會改革方案和政治實踐，所知也不多（其實也不能說不瞭解，從中學開始，這些問題就廣泛分佈在我們的各種課程中，我主要說的是缺乏深入的研究、思考），所以很難對他們這種觀點作出判斷，也就是難以判斷這種主張和思潮的根據與合理性。這裡主要談的是一些觀點變化的激烈。我們知道，李澤厚在「文革」結束的時候，曾經產生過很大的影響，有一度曾被看成是類乎知識青年的精神領袖人物。在《告別革命》中，劉再復也說他「深受他的學說的影響」，並且評價說：「百年來的中國思想界，如果沒有康有為、梁啟超、胡適、魯迅，二十世紀下半葉如果沒有李澤厚，整個中國現代思想史就是另一種狀況」。一九七九年出版的《中國近代思想史論》，第一版就印了三萬多冊，到八〇年代中期就印到四萬多冊，而且後來繼續再版，在當時是一本影響很大的學術著作。當時李澤厚高舉「五四」的「啟蒙」旗幟，高舉「民主」、「科學」的旗幟來批判當代的「封建主義」──他認為當代，特別是「文革」的歷史，是一種類似封建「復辟」的歷史

行為，所以重新提出「啟蒙」的歷史任務。

　　我這裡讀一段李澤厚書中的話，這段話是現在評述八〇年代的思潮和文化狀況時經常被引用的一段。這段話可以代表李澤厚當時的思想，甚至是那個時期的「時代精神」，一種浪漫主義的、啟蒙主義的文化精神氛圍。他說：「打倒『四人幫』後，中國進入一個甦醒的新時期：農業小生產基礎和立於其上的種種觀念體系、上層建築終將消逝，四個現代化必將實現。人民民主的旗幟要在千年封建古國的上空中真正飄揚。因之，如何在深刻理解多年來沉重的經驗教訓的基礎上，來重新看待、研究中國近代思想史上的一些問題，總結出它的科學規律，指出思想發展的客觀趨向以有助於人們去主動創造歷史，這在今天，比任何時候，將更是大有意義的事情。」（《中國近代思想史論》，北京：人民出版社，1979年，頁488）這段話表達了李澤厚歷史樂觀主義的情緒，同時也表現了當時思想文化界重新祭起「啟蒙」旗幟以批判封建主義的潮流。

　　在《中國近代思想史論》這本書裡頭，他對康有為、梁啟超的改良主義進行了非常激烈的抨擊。在很多段落中，包括文章的整體中，都反映了這個立場。他說，改良派康有為、梁啟超和整個改良派思潮，「一開始便帶著它極其狹隘的階級性格」，他們是中國近代最先反映資產階級意圖，具有一定進步性質的早期自由主義。但是後來，隨著帝國主義侵略的加劇，救亡運動的高漲，階級鬥爭的尖銳化，他們「必然要借助同封建君主派的勾結，來竭力壓制革命，為封建君主制度辯護」。李澤厚說，「革命民主派與自由主義改良派的分歧和鬥爭，幾乎是近代各國資產階級民主革命中一條普遍發展規律」（頁85）。而在當時，李澤厚是站在支持、肯定革命民主派的歷史功績一邊的。在這本書的《康有為思想研究》這一部分裡面，他論述了「托古改制」的失敗，論述了康有為「由改良倒退至反動，由資產階級改

良派而變成封建主義辯護士」，也論述「革命」到來的必然和必要。那麼我們現在看到，到了九〇年代，李澤厚在這一方面，已經，如果不說「徹底」但也是基本上改變了他的立場。這種改變，是相當普遍的。他轉而來闡述改良派的主張的合理性、正當性，對激進的革命民主派的理論、策略和行為進行反省和批判。之所以在這裡作這樣的對比，並不是說一個人的主張、學術觀點不可以改變，主要是要說明思潮變遷的激烈。這種觀念、情感趨向的變化、斷裂的現象，在二十世紀的中國是十分常見的。我們自己也是這樣：想想十幾二十年前的情緒、看法，再看看今天，有時我們自己都覺得吃驚。不過，我要補充一點的是，不能說李澤厚的歷史觀和八〇年代初的完全不同，事實上有很重要的連續線索；他八〇年代的思想史論著就存在內在矛盾。

　　如果不從政治或社會變革的角度，而從文學的角度來看，激進的、要求激烈變革的情緒，和在文學史上產生的效應，也是十分明顯的。在二十世紀的中國文學歷史上，也留下了一串大大小小的斷裂現象和時間。而且，「先鋒」和「落伍」的位置轉換速度之快，也令人瞠目。一九三二年，劉半農在《初期白話詩稿》的〈序〉中的一段話，常常被用來說明這種變化的急遽。劉半農這個人物，我們知道在新文化運動中很激進，是當時有名的「猛士」。他的話是：「我們這班當初努力於文藝革新的人，一擠擠成了三代以上的古人」。這句話，曠新年在他最近的著作《一九二八：革命文學》的開頭也引用了，他是為了說明「革命文學」的提倡對於「五四」所產生的自覺「斷裂」。曠新年對於中國近代以來的「革命」的觀點，顯然和李澤厚他們不同。「革命是現代性的最高表現形式，也是後發展國家發展現代化的重要方式」（頁12）——這是他的基本論點。「革命文學」的問題，後面可能還要講到。總之，在三〇年代初，只有十多年的工夫，在激進的「革命文學」的浪潮中，「文學革命」的弄潮兒轉而

成為落伍者。魯迅在這一浪潮中也受到攻擊，被激進者看成「封建餘孽」。

　　這種現象一直延續下來。在提倡「社會主義文學」的五、六〇年代，巴金、茅盾、曹禺、老舍等三、四〇年代的創作的「缺陷」，在一種更「前進」的藝術目標下被揭發，而像《紅旗譜》、《紅岩》、《創業史》等，被看成是代表社會主義文學方向的創作。到了「文革」，這些又變成了在「文藝黑線」中產生的「毒草」，這時，「樣板戲」才是「真正的」無產階級文藝。「朦朧詩」剛出現的時候，被許多人看作「古怪詩」，拒絕接納。但是，在一九八三年前後它剛剛站住腳跟的時候，也就是說，在論爭中，它的價值，它的文學史地位被比較廣泛承認的時候，它也已經被「擠」到「落伍」的位置上。記得大概是一九八三或一九八四年，我參加過社會科學院文學所的一次座談會。對文壇信息，我總是很閉塞，外界的情況很多都不大瞭解。參加會的有新詩研究者，詩評家，還有一些「朦朧詩」的詩人，比如顧城等。當時，會上就有關於「朦朧詩」已經「過時」的意見，並且轉達了更年輕的詩人的「打倒北島」的說法。我確實吃了一驚。覺得好不容易剛剛跟上「朦朧詩」的步伐，這個東西就過時，就「落後」了。這可怎麼辦？以後，我又聽到關於詩的問題的各種提法。當時，作為一種激進的詩歌觀念的體現，出現了「現代詩」的概念，這個概念，包含了一種價值認定。在八〇年代到九〇年代，陸續聽到這樣一些說法。有一種說法是，中國的現代詩是從「九葉」詩人才開始的。另一種說法是，一九八五年之後才有「真正的」現代詩。另一種同樣「激進」的觀點是，「真正的」好詩是表現「生命體驗」的詩，這種詩，從九〇年代才開始。「真正的無產階級文藝」，「真正的現代詩」，「真正的好詩」，八〇年代以後才有「真正的當代文學」，這些提法表達的文學理想雖然截然不同，但是文學的進化論觀點，和激進

的思想邏輯，卻沒有什麼差別。（編按：在對「斷裂」的信仰中，許多文本不斷被改寫，以避免進入「落伍」的行列。田間改寫《趕車傳》，歌劇《白毛女》改編為芭蕾舞劇《白毛女》，黑白片《南征北戰》改變為彩色片《南征北戰》……）

我們對作家所作的文學史處理方式，也是這樣。八〇年代以來對作家的處理方式，類型的劃分，包括劃分「代」的處理方式，實際上也是渴望變革，渴望創新，一種要不斷地處於「先鋒」位置的情緒的反應。「朦朧詩」之後有「新生代」，「新生代」這個概念可能跟「第三代」之間有一些交叉；「新生代」之後又有「晚生代」；「晚生代」之後又有「六〇年代作家」；最近又有「七〇年代作家」。當然再過不久又有「八〇年代作家」，「八〇年代」之後可能又有「世紀末作家」，或者像現在教育部評定的「跨世紀學術帶頭人」一樣，有「跨世紀作家」。這種「代」的劃分，先不談有沒有道理或者有沒有必要，實際上也是強調一種「斷裂」，強調以「代」發生的變異作為群體標誌。這一點，和五、六〇年代稍有不同。那時候，這種對「時間」的強調還沒有達到這樣絕對的地步。有一種說法，「七〇年代作家」是沒有「歷史」、沒有「歷史記憶」的一代，他們的作品只有「現在式」，也自覺拒絕「歷史」。不知道是不是這樣。不過，從另一方面想，他們中的一些人，可能是承續了現代中國的一項重要「歷史記憶」，這就是對「斷裂」的信仰。（編按：對於「斷裂」的信仰，是現代中國文學的一項重要的「歷史記憶」。）

一九九八年，朱文、韓東他們組織了一份名叫〈斷裂〉的問卷，成為文壇的一個熱點。十一月在重慶開的「當代文學研究會」年會上，也談到這個問題。大會發言時，有位做文學批評工作的先生對這份答卷非常激動地反對，說對他們：「我一個都不寬恕」，表現了激烈的態度。這得到許多人的贊同。也有的態度就不是那麼鮮明。從整

個答卷的設計看，當然目的是明確的。不過，被提問的人的意見，也不完全相同。這個答卷所表述的一些情緒，裡頭可能也有一些合理成分。它採取一種激烈的方式來質疑當前的文學體制和文壇格局。我們的文學體制，文壇的格局，難道沒有需要審察的地方嗎？一個人的觀點有時和他的處境有很大關係。一九五八年不是有一首〈新民歌〉嗎？裡面有兩句是「什麼藤結什麼瓜，什麼階級說什麼話」。有時我問自己，你在大學裡有一個穩定職位，還是個「名牌」大學，而且是「教授」。有的人會說，你憑什麼？比你棒得多的人，為什麼處境反而不如你？作家、詩人也這樣。憑什麼你比我出名？地位比我高？出書那麼容易？還被寫進文學史？我一點也不比你寫得差！是的，有很多的不合理。這裡面涉及體制的問題、權力的問題。當然，我也不同意答卷裡面的很多講法，包括批評家和作家的關係、作家和文學傳統之間的關係。因為也罵到大學的中文系，我這四十多年來就在中文系教書。我們是常人，被人罵不會假裝說很愉快。但答卷裡的說法真真假假，所以也不必太認真。有的批評家說，以前辛辛苦苦扶持你，現在你反而「忘恩負義」。其實不要從這方面去想。在批評家和作家的關係問題上，需要反省的不是報恩之類的問題，而是批評家的獨立性的問題。批評家要擺脫這種「依附」的「寄生」的地位，要緊的是有自己獨立的意見要表達，有自己的立場和精神追求。至少應該有這樣的信念，他的批評文字和作家的創作一樣，都是精神探索的不同構成。所以，批評家無須過多考慮對作家應持什麼態度，是諂媚，還是反面的「罵殺」。他和作家之間是平等的，他也有自己的事情要做，他和作家的關係，也無所謂恩怨的問題。

二　當代文學面臨的壓力

　　對文學史研究來說，我們怎樣觀察「斷裂」這種現象，如何提出問題呢？「斷裂」當然是一種存在著的歷史事實。不管「五四」文學革命是不是「現代文學」的起點，「文學革命」出現的現象，誕生的「新文學」，跟過去的文學相比，不是很鮮明地構成了一種對比嗎？五四文學和三〇年代文學之間，也出現明顯的裂痕；雖然對這一斷裂的性質、估計，研究者之間看法很不同。前面提到的曠新年的書，是非常強調「五四」和「三〇年代」的裂痕的，他從思想意識的方面論述這種「斷裂」的性質：「李初梨、馮乃超、彭康、朱鏡我等留日的青年知識份子運用嶄新的馬克思主義的社會科學理論對於『五四』資產階級的現代性進行了全面的合理化批判，揭露了『五四』個人主義、自由、民主等概念的意識形態性質，摧毀了資產階級的意識形態和階級意識的蒙昧狀態⋯⋯」（頁10）抗日戰爭開始，在文學史上也常常被看作一種「斷裂」。四〇至五〇年代之間，更是這樣：因此被以「現代文學」和「當代文學」的不同命名加以分隔。「十七年」與「文革」，在一個時間裡，無論激進的左派，還是它的對立面看來，也都認為是不可混淆的兩個不同時期。還有就是「文革」與「新時期」之間的關係，也通常認為是這樣一種狀況。所以，「文革」後的文學，被稱為「文學的復興」。從上面所作的描述中，也許可以看到，被我們所指認的「文學斷裂」，既是指一種存在的現象，同時，指的又是一種普遍存在的心理、情緒，或者是一種姿態。在有的時候，「斷裂」與其說呈現在「文本事實」中，不如說帶有更多的文本外姿態成分。從這個角度看，「斷裂」也是一種文學實踐、文學運動的展開方式。我覺得對這個問題，可以從以上的三個方面看，雖然

它們不可能清楚區分開來。（編按：因此，在八〇年代的當代文學史中，「十七年」與「文革」往往被處理為兩個不同的文學時期。但在後來，它們之間的界限逐漸模糊起來。）

為什麼會產生這種情況呢？有一個大家可能認可的理由是，文學界存在著強烈的落後意識。變革的要求，是對現實情境的強烈不滿，並且希望能在很短時間裡取得「突破」。文學的理想、目標，有的時候可以說成是空無依傍的，超越已有的一切的，事實上都是在與「既有的」所作的參照、對比中做出的。八〇年代初，許多人對「當代文學」的「貧困」的感覺，首先來自「現代文學」的參照。由於八、九〇年代大陸文學取得的進展，這方面的壓力有所緩和。不過，在我們心理上，西方文學，包括俄蘇文學對中國「當代文學」所構成的對比性壓力，並沒有削弱。當然，對當代文學狀況的估計因人而易，有時還相差很大。我聽到一些老師、批評家說過他們對於中國現當代文學「落後」的尖銳評價。我在前面的課上講到王曉明先生在《二十世紀中國文學史論·序》中表達的這種感覺。他說：「從八〇年代中期開始，至少在現代文學研究界，另一種更為嚴屬的判斷逐漸生長起來：在一九四九年以前的三十年間，雖然出現了若干優秀的作家，也有一些作品流傳到今天，但從整體來看，這三十年間的文學成就其實是不能令人滿意的。甚至還有人坦率地說，中國現代文學的最重要的價值，恐怕就是充當思想史研究的材料。」在這裡，他講到這種判斷產生的根據：「隨著人們對二十世紀世界文學的瞭解日漸廣泛，那種覺得中國現代文學相形見絀的看法也日漸擴散。」他並且認為魯迅「以世界文學的標準衡量」，「還不能算是偉大的作家」（《二十世紀中國文學史論》第 1 卷，頁 1-2）。王曉明說，原來大家對「新時期」抱有很大希望，以為能出現文學的「黃金時代」；現在，「一個真心熱愛文學的讀者」，似乎有理由對整個二十世紀的中國文學「表示失望

了」。他在這篇〈序〉的最後，激情地敍述他再一次讀《卡拉馬佐夫兄弟》之後受到的強烈震撼和幸福感，並盼望中國文學的研究和教學，能儘早建立在詩意的闡發、建立在「文學的價值」上。可以看到，在《卡拉馬佐夫兄弟》等為範本的「世界文學」的標準，也就是「詩意」的、「文學價值」的尺度的度量之下，中國這個世紀的文學便顯出了它的蒼白和幼稚。〔編按：強調「審美價值」和「文學性」的聲音，目前漸見微弱。但也有一些學者，始終確認「堅守文學性的立場是文學研究者言說世界、直面生存困境的基本方式，也是無法替代的方式」。（吳曉東《記憶的神話》，北京：新世界出版社，2001年，頁92）〕

有一個時期，我也有和王曉明相似的看法，雖然沒有這麼激烈。歸根結柢，我們長期以來總有不能釋然的一種情緒。這種情緒也不是現在才有的。三〇年代文壇就有人提出，我們為什麼沒有托爾斯泰？當時提出這個問題，有特殊的背景，大抵是針對左翼文學的。不過，就是在「左翼」的革命文學佔有絕對支配地位的時期，左翼文學已經在堅持它獨立的文學觀和評價體系，這個問題也沒有消失。這是頗為奇怪的一件事。在五、六〇年代，或者是在「文革」期間，像周揚、江青、姚文元等，在他們的文章或者講話中，都認為「社會主義文學」，或者「真正的無產階級文學」是人類歷史上最「先進」的文學。不管在思想內容上，還是藝術形式上，都是過去和現在的「封建主義文學」和「資產階級的文學」所不可比擬的。但是實際上，在心理上，在潛在意識上，無論是周揚，還是更激進的文藝家，他們都難以徹底擺脫這種「落後」感，很難擺脫他們要超越的這種巨大壓力。

舉一個例子，大家可以看一看在一九五八年發表的〈文藝戰線上的一場大辯論〉（《人民日報》2月28日和同年《文藝報》第5期）。這篇文章署周揚的名字，參加執筆的有林默涵、張光年、劉白羽等

人，是對文藝界「反右派」運動的總結。因為「右派分子」說解放後
的文學不行，這篇文章反駁了這種說法。在證明「社會主義文學」的
價值的時候，文章所展現的論述邏輯，在當時是很「典範」的，被大
家普遍使用。首先它強調「社會主義文學」是「歷史上前所未有的
一種新型的文學」，這種文學「和最先進的階級、最先進的思想、最
先進的社會制度相聯繫」，「過去任何時代的文學都不能和它相比」，
這包括人物形象、主題、樂觀主義的歷史態度等。但是，緊接著就
會說，「社會主義文學還是比較年輕的文學，蘇聯文學從高爾基一九
〇七年發表《母親》算起，到現在不過五十年出頭一點」，而「我國
文學明確地自覺地走上為工農兵，為社會主義服務的道路是在延安
文藝座談會以後開始的，到現在才有十五年多一點」──「怎麼能拿
衡量幾百年、幾千年中所產生的東西的尺度來要求幾十年中所產生
的東西呢？」可以看到，在這裡，「進攻」很快就轉到「防守」，轉
為辯護。這種論述邏輯，自信、勇氣和猶豫、膽怯混合在一起；想
拋開「舊時代文學」的衡量標尺，又沒有辦法拋開。我想，這可能
是像周揚、何其芳、茅盾他們，都受過「封建主義」，特別是「資
產階級」文學的薰陶、浸染的緣故，「鬼魂附體」，想擺脫也擺脫不
了──當然，很多時候其實是不願擺脫。瞿秋白〈多餘的話〉的結
尾，講到可以一讀的，不是他在蘇區實驗的大眾文藝那樣的作品，而
是〈阿Ｑ正傳〉、《安娜‧卡列尼娜》、《紅樓夢》。周揚一九五八年
在北大演講，題目是〈文藝與政治〉，辦公樓禮堂坐得滿滿的。我做
了詳細的筆記，後來找不到了。《周揚文集》不知道為什麼沒有收進
這個報告。周揚在最後，講到會很快出現無產階級文藝高峰的時候，
神采飛揚，說我們會出現我們的但丁，我們的莎士比亞，我們的托爾
斯泰……周揚作報告很有感染力，是個演說家。這番話也體現了那種
論述邏輯：所要超越的對象卻成了目標。這就叫「悖論」。包括「文

革」期間，像江青的〈紀要〉，他們組織的文章，都反覆地講過要破除「對中外文學的迷信」，破除對「三〇年代文學」的迷信。這都說明了這種「迷信」是現實中存在的壓力。江青在指導「樣板戲」製作的時候，就對《網》、《鴿子號》這樣的美國電影讚不絕口。不過，比起周揚、茅盾、何其芳他們來，江青讀的「中外文學」作品顯然太少，藝術鑒賞力也大有問題。她迷戀的是「好萊塢式」的東西。她神采飛揚推崇的不是但丁、莎士比亞，而是《飄》這樣的小說和電影。（編按：周揚原來設想這個講座能持續舉行，由他和文藝界其他的理論家主講。但後來並沒有繼續，原因不明。一九五八年批判巴金小說，我在的班級也組織相關的小組。在中宣部文藝處請教林默涵對巴金作品的看法時，林最關心的是周揚在北大報告的反應。）

　　一直到現在為止，這種對比、參照所產生的巨大壓力，還是能夠容易感受到。這種觀察中國現當代文學的視角，很難擺脫。雖然說在今天，在近代史研究上，在近代文學研究上，「在中國發現歷史」的思路和方法越來越被重視，學者們發現了「被壓抑的現代性」，質疑了西方的衝擊開啟了中國文學現代化的這種「陳見」，指出在晚清，就存在著「文學傳統內生生不息的創造力」[1]。但那好像也解決不了多大問題。

　　批評界說的「諾貝爾文學獎情結」，也是對這種壓力的反應。今年《北京文學》第4期發表了劉再復四萬多字的關於諾貝爾文學獎的長篇文章，也是討論這個問題的。對於中國作家到現在還沒有得到這個獎項，通常會產生兩種想法：一種是很急迫，很想得到，總想著哪一年哪個中國作家會獲得這項「殊榮」，證明中國文學的成就，可以

---

[1]　參見王德威〈被壓抑的現代性：沒有晚清，何來五四？〉，《學人》第10輯（南京：江蘇文藝出版社，1996年），頁219-237。

和「外國文學」（主要是「西方文學」）平起平坐了。因此，就發生了一百多位作家聯名推薦艾青的事件。另外一種情緒就是，你那個諾貝爾文學獎有什麼了不起，一點都說明不了什麼；許多大作家如托爾斯泰、魯迅就沒有被評上，說明它是不公正的，是西方意識形態的產物。劉再復文章的用意，我從字裡行間看出，他就是為了回應這兩個問題。他首先說，諾貝爾文學獎雖然有缺點，但基本上還是公正的，以維護諾貝爾獎的權威。接著，劉再復談到為什麼我們得不到這個獎，那是因為中國文學還是有不足的地方，同時他又開出一個名單，說我們現在的作家中有得獎可能和潛力的人。劉再復在美國的科羅拉多大學，研究、翻譯中國現當代文學的葛浩文先生也在這所大學，他們之間很熟悉。他列出的有潛力的作家，可能也是葛浩文的看法。這些作家，大概是莫言、李銳、餘華這幾位。這個名單我不知道記錯了沒有。劉再復可能是要告訴我們：不要著急，我們還是有希望的[2]。這篇文章談論問題的方式，也體現了這種跟西方文學對比而產生的落後感。當然，我覺得劉再復的這篇文章寫得不錯，很平易，很有邏輯上的說服力，也有很多事實。

　　對於現當代文學來說，中國的古典文學自然也是一種參照物。但是，在二十世紀較多時間裡，它沒有成為像西方文學那樣的非常重要的參照物。不過，詩好像是例外。中國古典詩歌對新詩構成的巨大壓力，是顯而易見的。三〇年代梁宗岱先生說過，大致意思是，中國輝煌的古典詩歌既可以是新詩的燈塔，也可以是新詩的礁石。大家可以

---

[2]　在整理這部書稿的時候，2000 年的 10 月 12 日，終於傳來了高行健獲得諾貝爾文學獎的消息。這一決定，在華人圈引發了不同看法，甚至對立的爭論。對於一個「作家」而言，由於目前絕大多數中國大陸讀者仍未讀到他的《靈山》、《一個人的聖經》等作品，便難以作出判斷。但是，對於那種「終於有中國人（或華人）獲獎」的興奮，另一種反應則是，高行健是法國人，與中國無關。

看看鄭敏先生發表在《文學評論》一九九三年第三期上的文章（〈世紀末的回顧：漢語語言變革與中國新詩創作〉），她從中國古典詩歌跟中國新詩之間的關係，特別從語言變革的方面，來質疑中國新詩道路，質疑現代白話作為詩的媒介。她的主要觀點是，中國新詩因為用白話作為媒介，否定、捨棄了古典語言和古典文學傳統，結果是現代漢詩至今未能出現「世界級」的詩人。她的這個看法，在國外漢學界中，也有相似的主張。如哈佛大學的著名學者宇文所安（也就是歐文，我們更熟悉歐文這個名字），還有澳大利亞國立大學的威廉・兼樂，他們都批評二十世紀的漢語沒有寫出偉大的詩，沒有可以傳世的詩篇。鄭敏先生是著名詩人，她九〇年代的詩還是寫得很好。她又是研究美國文學的，對現代西方文論也很熟悉。她的意見，得到大家的重視。有贊同的，也有不同意，同她商榷的。咱們系的老師臧力——他可能覺得「力」有「暴力」傾向的嫌疑，改成「棣」了——有一篇文章，叫〈現代性和新詩的評價〉[3]，雖然沒有直接提鄭敏的文章，實際上是對她這篇文章和類似看法的回應。文章開頭提問題的方式就可以看到這種針對性：「為什麼我們總能在對新詩進行總體評價的時候感覺到古典詩歌及其審美傳統的徘徊的陰影？或者說，用範式意義上的古典詩歌來衡量新詩，其學理依據在哪裡？或者，從語言的同一性出發試圖彌合古典詩歌與新詩的斷裂（或稱差異）的可能性究竟是」「一種切實的建議，還是一種似夢的幻想？」這篇文章的核心觀點是，新詩對現代性的追求這一現象本身「已自足地構成一種新的詩歌傳統的歷史」，因此，新詩的「評判標準是其自身的歷史提供的」。新詩評價問題，已經爭論了近百年，這個問題需要專門研究，

3　唐曉渡主編《現代漢詩年鑒・1998》（北京：中國文聯出版社，1999年），頁281-290。

但是研究起來也很難講清楚。不過，臧棣的說法倒是挺有意思。我們是不是可以「推廣」這種說法？比如說，中國現當代文學對現代性的追求，已經構成了自足的傳統，因此，它的評價問題，評判的標準，也是「由其自身的歷史提供的」？這樣，也許能減輕「當代文學」的巨大壓力？這個爭論，關係到我們關心的普遍性和特殊性的難題。鄭敏先生他們更相信人類有共同的審美標準；在對文學、詩作評價的時候，所持的標尺不可能是兩樣。而臧棣，還有現在在北大訪問的學者奚密（美國加州大學戴維斯校區教授，我聽過她在北大的演講），他們強調的是「特殊性」。他們可能更傾向於，中國古典詩歌有它自身的「傳統」，它的評價尺度，不能簡單應用在新詩評價上。如果就一般的事情，我傾向於在承認特殊性、個別性的基礎上，不放棄對普遍性和共同性的尋求。說到新詩，卻會更擁護奚密、臧棣的意見。這是要不得的「雙重標準」。理由只有一條：那麼多的詩人和新詩愛好者，近百年來付出那麼多的心血，至今仍有那麼多的人著迷，輕易貶損它，說它「失誤」，覺得實在是於心不忍。（編按：奚密的演講，後來以《現代漢詩的文化政治》為題發表，文中批評了鄭敏文章的觀點。見《學術思想評論》第5輯，頁1-19。）

三　為問題尋找「參照」

在參照中發現問題，和為了問題而尋找「參照」，這兩種思維方式實際上很難明白區分。總的說來，在八〇年代，文學界最熱門的是「西方」的現代文學，而近些年，俄蘇文學又重新成為一個重要的參照對象。這個問題也是一個值得研究的文學現象。這跟九〇年代之後，文化思想界反思中國作家、知識份子精神、人格的弱點或缺陷的意圖有關係。這種對比的基本思路是，在相近的社會狀況，相近的社

會政治體制之下，蘇聯為什麼還能出現那麼多「有價值」的精神成果？原因是什麼？強調俄蘇文學對我國當代文學具有重要參照價值的人，他們可能會覺得，在俄國和蘇聯的一部分文學作品和思想著作裡頭，表現了對獨立的精神和文學傳統的持續探索的熱情，而這是中國「當代文學」所缺乏的。

大家都知道，二十世紀，中國文學界對俄蘇文學一直都很關注，有大量的翻譯介紹。但是，不同時期，為了不同的目的，因為不同的價值取向，關注的重點和闡釋的方向，會出現很大的不同。九〇年代以來，特別是近幾年，對俄國的文學、哲學、思想史等方面的著作，介紹得最多的是被稱為俄國「白銀時代」的作家作品。這當然和五、六〇年代比有很大的變化。這裡，我先引述劉小楓先生的一個評述，來展開對這個問題的討論。《這一代人的怕和愛》這本書有比較大的影響，在座的同學，相信許多都讀過。裡面有一章談到巴烏斯托夫斯基的《金薔薇》這本書。這本書應該是翻譯、出版在五〇年代後期。我記得，大概一九五六年或者一九五七年的《人民文學》雜誌的「創作談」欄目，曾經選登了部分章節。從劉小楓文章裡得知，巴烏斯托夫斯基在臨終前作了全面修訂，修訂本的中譯本也已經出版。但是修訂本我還沒有讀到。五〇年代這本書出版時，我正上大學，我們班的一些同學，特別是喜歡現當代文學，愛寫些東西的，都讀過，是當時很受歡迎的一本書。當然，多數讀者，是把它看作創作談一類的書來讀的，事實上，正如劉小楓指出的那樣，它的內容和意義，不限於「創作經驗」的範圍。記得裡面有一篇寫安徒生的，叫〈夜行的驛車〉，寫安徒生的一次旅行。在一個夜晚，他與幾位女士同坐在一輛馬車上。因為安徒生的相貌比較醜，不是很好看，大概像我一樣，但他心裡有很多的愛。這種愛是深厚、闊大的，但現實中不能得到，不能表達，當然，也可能得不到回應。就在這個旅行的，周圍漆黑一

團，誰也看不清誰的夜晚，愛得到一個想像的時機。當時讀的時候，感到一種溫暖，同時也體驗了一種苦澀。我們從這裡可以瞭解安徒生在諸如〈海的女兒〉等作品中所表達的情感。（編按：《金薔薇》原為李時所譯。九〇年代，薛菲補譯了巴烏斯托夫斯基寫於六〇年代的《契訶夫》、《亞歷山大·勃洛克》等四篇，由灕江出版社於一九九七年重版。）

劉小楓談到這本書對「他」（在文章中常轉化為「這一代人」這個有很大的涵蓋面的詞）所產生的震撼。他說：「我們的心靈不再為保爾的遭遇而流淚，而是為維羅納晚禱的鐘聲而流淚。這是兩種截然不同的理想」。也許是比較遲鈍，在五〇年代當時，親近保爾和親近「維羅納晚禱的鐘聲」，並沒有在我的心中構成對立的衝突。但對於歷史、理想等的觀點這樣的問題，這裡不去討論。下面要討論的是我們如何描述具體歷史情境的問題。因為這個和我們課的內容相關。劉小楓寫道：「在那個只能把辛酸和苦澀奉獻給寒夜的時代，竟然有人想到把這本薄薄的小冊子譯介給沒有習慣向苦難下跪的民族，至今讓我百思不得其解。」（頁19-20）在另外一處地方又講道：「『五四』以來，中國文人對俄國文化的譯介佔比重相當大，似乎，對俄羅斯文化瞭解最多。實際恰好相反。中國文人對俄羅斯文化根本談不上瞭解。他們得知的大都是與俄羅斯文化精神相悖的東西，是產生於十九世紀下半葉的虛無主義思潮的惑人貨。」（頁24）他使用了「根本」、「相悖」這樣一些絕對化的詞語。從這樣一些敘述和判斷，可以引發一些有意思的話題。比如，我們應該如何敘述「當代」的歷史？如何敘述二十世紀中國進行的翻譯和「文化傳輸」的活動？這裡只是提出一些問題，引起同學的思考；因為對這些問題，我缺乏系統研究。不過，讀了這幾段話以後，我很感慨。這讓我很相信劉小楓的一句話：「前理解從哪裡得來？從遭遇中得來。」他所說的「這一代

人」，指的是「知青」一代。其實，不僅是不同「代」的人，就是同為「這一代人」中有不同遭遇的，對「歷史」的瞭解和描述，都會有那麼多的差異。劉小楓用這樣的話來描述五〇年代和六〇年代，究竟是不是合適，是不是過於簡單？那是單一的「只能把辛酸和苦澀奉獻給寒夜」的時代嗎？《金薔薇》的翻譯出版，在當時是一個非常意外的，「百思不得其解」的事情嗎？能這樣來描述當年的翻譯出版情況嗎？這都是疑問。看來，五〇至六〇年代距離今天不過二、三十年光景，但是對它的敘述，已經出現了很大的分裂。

還有一點，是對這一百年來，中國文化界對俄羅斯文化譯介的估計。在歷史哲學、思想信仰方面，劉小楓是批判「歷史理性主義」，而推重、信仰「永恆神性」和人的精神的宗教品質的。他認為，這種神學傳統，是「真正的俄羅斯文化精神」。最近北京三聯書店出版了別爾嘉耶夫的《俄羅斯思想》（雷永生、邱守娟譯，1995 年）。別爾嘉耶夫是「十月革命」以後被驅逐出境的，屬俄國的「流亡知識份子」，《俄羅斯思想》是他在巴黎寫的一本著作。他對於「俄國革命」的批判，主要不是從政治上，而是從人的精神生活的合理性，從「宗教哲學」上。《日瓦格醫生》其實也是這個傳統。別爾嘉耶夫講到他對俄國文化、思想精神的理解。這種理解，跟劉小楓對俄國文化精神的看法相近；或者說，劉小楓更多地從別爾嘉耶夫等人那裡，來瞭解俄國的文化精神。《俄羅斯思想》的開頭，引用了十九世紀俄國詩人丘特切夫的話：「用理性不能瞭解俄羅斯，……在俄羅斯，只有信仰是可能的。」然後別爾嘉耶夫說，「為了理解俄羅斯，需要運用神學的信仰、希望和愛的美德」（頁 1）。在書的結尾，他總結性地強調：「俄羅斯民族——就其類型和就其精神結構而言是一個信仰宗教的民族。……俄羅斯的無神論、虛無主義、唯物主義都帶有宗教色彩。出身於平民和勞動階層的俄羅斯人甚至在他們脫離了東正教的時候也在

繼續尋找上帝和上帝的真理、探索生命的意義。」這是別爾嘉耶夫對「俄羅斯精神」的一種概括。他說：「俄羅斯人把愛看得比公正更高」（頁245-246）。這種描述，跟劉小楓的描述很相近。別爾嘉耶夫的這本書原來在蘇聯被列為禁書，蘇聯解體之後，有幾家雜誌把這本書翻譯、刊載，也引起了蘇聯學術界、思想界對這個問題的辯論。

即使基於這樣的理解，我覺得也不能說「五四」以來中國文化界對俄國文化的譯介，是一些「惑人貨」，是和「真正的」俄羅斯精神相悖的東西。一方面，這可能把事情過分簡單化了。也許如別爾嘉耶夫所說的，十九世紀的俄羅斯，是一個「尖銳地分裂的世紀」，是「內在的解放和緊張的精神追求和社會追求」同時存在的世紀。另外，對於產生於十九世紀後期的「虛無主義思潮」——這大概指的是過去被稱為「革命民主主義」的思想成果和社會實踐——在評價上也是值得討論的。二十世紀以來，中國文化界對俄國文化的譯介當然存在許多問題，但是也取得重要成果。對五、六〇年代，現在有的研究者，包括一些學生，覺得那是個什麼都讀不到的時期，西方文學、俄國文學都是被封鎖的。實際上不是這樣。五〇年代到六〇年代初這個時期，是對西方（主要是西方古典文學，尤其是十九世紀以前的文學，包括俄國的）翻譯很多，對一些重要作家的譯介相當齊全的時期。上面的那種印象不知道是怎麼產生的。包括劉小楓在他的文章中提到的許多作品，當時都有出版和發表。比如契訶夫的《帶閣樓的房子》，契訶夫的大部分小說和戲劇，甚至他的一些書信和對他的回憶錄。蒲寧、葉賽寧的作品，當時評價自然不高，但有許多我們都讀過，有的是單獨出版，有的是在刊物上發表，包括普里希文的散文，勃洛克的一些詩。普里希文寫俄羅斯的風景，大自然、沼澤、森林、夜晚和日出，都曾經讓我們著迷。更不要說普希金的著作。《歐根·奧涅金》翻譯得比較晚一些，四〇年代才翻譯的。但是很早的時

候，《上尉的女兒》、《驛站長》這樣一些散文式的小說，二十世紀初就已經有譯本了。查良錚（穆旦）先生在當代的重要功績，就是翻譯了普希金等的許多作品。在當代，當然更不用說托爾斯泰、陀思妥耶夫斯基、果戈理、赫爾岑、屠格涅夫，包括俄國革命民主主義者別林斯基、車爾尼雪夫斯基那樣的著作。包括音樂、繪畫——如現在又提出來的十九世紀末期列維坦的風景畫。音樂像格林卡、莫索爾斯基、柴可夫斯基、夏克里亞賓、普羅科菲耶夫等，在五○年代都有許多介紹。上高中的時候，在南方的那個縣城裡，我就聽過中國唱片公司出版的普羅科菲耶夫的《羅密歐與朱麗葉》組曲，好像還有夏克里亞賓的鋼琴奏鳴曲。當然，那都是七十八轉的唱片，搖搖把的唱機。在北大上學的頭兩年，哲學樓的一○一教室，幾乎每個星期六晚上都有學生社團組織的唱片欣賞，包括西方的和俄國的古典音樂……在我的印象裡，那個時代並不只有《鋼鐵是怎樣煉成的》、《日日夜夜》、《收穫》、《茹爾賓一家》、《青年近衛軍》這樣的作品。並不只有哈恰圖良的《大刀進行曲》，當然，這也是一首名曲。所以，歷史的情境不能這樣簡單地描述。就是艾特瑪托夫的一些作品，在六、七○年代也已經讀到。（編按：以在當時的蘇聯備受爭議的作家陀思妥耶夫斯基為例，五○年代翻譯出版的小說有十二種。《被侮辱與被損害的》、《罪與罰》、《白癡》、《卡拉瑪佐夫兄弟》、《地下室手記》等都有譯本，有的還不只一種譯本。）

　　但是，在過去對俄羅斯文化的介紹中，確實存在這樣一種情況，就是它的另一個側面、另一個線索，在過去是受到壓抑、受到限制。這不僅在中國是這樣，在蘇聯也是這樣。我看過一個材料，一九五三年史達林去世後蘇聯的「解凍」時期，陀思妥耶夫斯基的作品獲得出版，莫斯科排長隊爭購。相比之下，那時中國購買、借閱這個作家的著作，倒不是困難的事情。確實，在八、九○年代以前，我們沒有出

版過某些俄國哲學、基督神學的著作，比如索洛維約夫的，比如我們現在出版的別爾嘉耶夫、舍斯托夫的著作。在文學方面，特別是二十世紀蘇聯的所謂非主流的文學，被壓制查禁的那條文學線索，也沒有獲得正面的譯介。五〇年代我知道阿赫瑪托娃，並不是讀了她的作品，而是讀了日丹諾夫批判她的報告，說她是個「蕩婦」。八〇年代讀到她的詩，無論如何也不能將這些詩和這個詞聯繫起來。文學的被壓制的線索，還有帕斯捷爾納克、茨維塔耶娃、阿斯塔菲耶夫、曼德爾斯塔姆、布爾加科夫、索爾仁尼琴等。俄國的形式主義文論，特別是巴赫金，在這些年的中國文學界，受到特別重視。（編按：一九五三年人民文學出版社出版的《蘇聯文學藝術問題》，是中國文學界學習「社會主義現實主義」的「教程」，在當時廣泛流傳。收入《蘇聯作家協會章程》，日丹諾夫在第一次蘇聯作家代表大會上的講演，以及四〇年代聯共（布）中央關於文學刊物、文學問題的決議和日丹諾夫的報告、講話。在一九五三年三月到九月間，共印行三次，印數達三萬餘冊。）音樂也是這樣。在「新時期」以後，我聽到了拉赫瑪尼諾夫的交響曲、鋼琴協奏曲，聽到他的《鐘聲》、《晚禱》這樣的宗教題材音樂，聽到蕭斯塔柯維奇的後期交響曲。這些在五、六〇年代確實是被封鎖的，可能還包括斯特拉文斯基的《火鳥》、《春之祭》這樣的作品。記得「文革」剛結束，有一部電影，名字我忘記了[4]，裡面配樂的主要旋律，就是拉赫瑪尼諾夫的《第二鋼琴協奏曲》。那時我才開始聽他的音樂。北大經濟系有一位老教授，是個樂迷，那時還沒有CD，他有四、五百盒古典音樂原聲帶和許多唱片，當時覺得他是那樣富有。他第一次給我轉錄樂曲，就是拉赫瑪尼諾夫的《第二鋼琴協奏曲》和《第二交響曲》。記得交響曲是美國聖路易斯交響樂團

4　後來問了戴錦華，她說應該是滕文驥導演的《蘇醒》，西安電影製片廠出品。

的。那時真是受到感動，憂鬱、哀傷和高貴、輝煌的結合，真是奇妙極了，是純粹俄羅斯式的。不是那種狹窄的憂鬱，哀傷也不過分，有一種神性的寬闊。這是文字無法表達的。許多同學都看過電影《鋼琴師》，裡面的鋼琴師演奏的就是拉氏的《第三鋼琴協奏曲》。他的音樂，從當時的具體情境說，好像能特別呼應走出「文革」之後的心理和情緒。其實，像茨維塔耶娃這樣的詩人，在「文革」中已經引起白洋澱詩人的注意，成為他們詩歌革新的重要「資源」，在多多等寫在那個時期的詩中，留下了不難辨識的痕跡。（編按：多多當時寫的一首詩《手藝》，副標題就是「和瑪琳娜·茨維塔耶娃」。但我不清楚他當時閱讀的是原文還是譯本。）

　　一九五六年愛倫堡出版了《解凍》這個中篇。這個中篇當時中國也沒有翻譯出版。《文藝報》在一篇談到蘇聯文學現狀的文章裡，把它譯作《融雪天》。「解凍」這個詞後來成為一個特定政治、文學時期的指稱，也成為打破禁錮，出現「轉折」的同義語。「解凍」在當時也意味對另一類作品的開禁，就像中國「新時期」的「重放的鮮花」的說法那樣。這個被禁錮、被壓抑的方面的發掘，進入當代的文化視野，毫無疑問非常重要，它有可能改變，或者說影響我們文化創造的性質和路向。但是，它和過去的翻譯介紹的東西，並不是處於對立的關係中，更不能完全取代。實際上，比如說帕斯捷爾納克的《日瓦格醫生》，在文學傳統和精神淵源上，跟契訶夫有非常緊密的聯繫。帕斯捷爾納克對生活的看法，對文學的看法，在小說寫作上具體的處理方式，甚至敘述方式，都跟契訶夫有很明顯的聯繫。帕斯捷爾納克在《日瓦格醫生》中，通過主人公之口，來講他對俄國文學的看法。日瓦格說，他最推崇的俄國作家是普希金和契訶夫，而並不很喜歡托爾斯泰和陀思妥耶夫斯基。這個問題將來我可能還會涉及。因為契訶夫是以平易的方式來處理日常生活，他不在他的作品中抽象地討

論生與死的問題,「末日」的問題,「時代出路」的問題。而托爾斯泰、陀思妥耶夫斯基都在他們的作品中議論這些問題,把它們作為很重要的主題。這是帕斯捷爾納克的一個很重要的觀點。這個觀點,包括他對俄國作家的評價,和他當時對「革命」所作的反思有關係。

即使談到十九世紀後半葉俄國革命民主主義者的理論、實踐,恐怕也不能簡單加以否定。當然,我這樣說,也帶有一種個人的色彩,一種具體的生活體驗的成分。在五〇年代,我們讀過不少被叫作「革命民主主義者」的文章、著作。包括別林斯基、杜勃羅留波夫、赫爾岑、車爾尼雪夫斯基等的作品。確實,我們上學時,上「文學概論」課,常常是「斯基」和「夫」的繞不過來。「杜勃羅留波夫評論奧斯特洛夫斯基的《奧勃洛莫夫》……」——這話念起來很像是一個「繞口令」。我們讀過《黑暗王國中的一線光明》,讀過別林斯基對俄國文學的年度評述(我懷疑我們現在的年度評述的做法,跟這個「傳統」有關),也讀過別林斯基給果戈理的信。這些文章、著作,有我們當時覺得很有氣勢、才華橫溢的東西。在五〇年代我們也曾經「年輕」過,對這些文章中表達的對不公正的社會的憎惡,對一個人道的社會的嚮往的激情,常常興奮不已。這種感動,我現在也不特別後悔。也許他們有關文學的觀念,關於俄國出路的設計,現在有許多值得檢討的地方,但好像也難以簡單地把它們輕易抹去。

我在這裡的這種談論問題的方式,應該說是有缺點的。對這些問題的討論,不能依據當時的一些記憶。按道理應該重新去看,重新閱讀有關材料,和這些年的研究成果,才能作出一種比較有根據的評價。但我沒有這樣做。一個是精力的問題,時間的問題;另外一個是,有時也不想去重讀。因為有很多這樣的經驗,有些記憶中的很好的東西,後來再去看,再去重新體驗,會覺得很失望,然後就產生「當初你為什麼會那樣」的自責。結果變成心裡頭好的記憶都沒有

了，都清理空了。這樣生活會變得很困難。過分清醒，這對一個人其實是很大的損失。包括在書裡的，在與人交往，在大自然中所體驗的東西。所以，有時不願意再去看那些曾經留給我很好記憶的作品，比如說《帶閣樓的房子》，就不願再去讀它。（編按：害怕重讀，害怕再次體驗的損失可能會更大，會漏掉更多的、值得珍惜的東西。在生活中，也許更應該警惕害怕「重新體驗」的怯懦的情緒。）

這是我們談的外國文學和俄國文學的壓力。因為到了九〇年代，有一個時期，文化界的熱門話題是顧準，還有陳寅恪，甚至還有辜鴻銘。和八〇年代不同的是，「文化英雄」也換了一批。另一個不同是，這些人物之間竟是這樣的不同，有這樣相異的價值取向。這和八〇年代一定程度的一致性確實不一樣。對這些問題的談論，總會聯繫知識份子，特別是當代中國知識份子的性格、精神的弱點問題。弱點是從什麼地方發現的，用什麼作為參照來挖掘的？一個是顧準這樣的人物，另外就是拿過去被壓抑的俄國、蘇聯的文學、作家作為參照物。這裡提出的一個問題是，為什麼在相似的社會環境裡頭，俄國會出現一些後來還讓讀者喜愛，或者說價值很高的著作，在這些著作中有那麼多的對人的生存處境和精神處境探索的東西？而中國為什麼不能？這種提出問題的方式，應該是有它的合理性的，但是只是作這樣的比附的話，是不是也有一些簡單化的弊病？這是值得我們研究的一個問題。

四　「進化」的文學觀

另外，文學界對「斷裂」的重視和強調，還和對於文學的「進化」、「進步」的信仰有關。因為意識到了「落後」，就更增加了這種追求不斷「進步」的迫切性。這種意識，現在也還是普遍存在的。比

如對二十世紀以來的文學的命名，我們就可以看到這種強烈的「進化」觀念。五四文學革命的成果我們命名為「新文學」，但是文學革命產生的「新文學」到一九二八年就變得「落伍」，所以又有「革命文學」的提倡。到了四〇至五〇年代之交的時候，郭沫若、周揚提出的另一個文學命名，叫「新的人民的文藝」。五〇年代，「社會主義文學」的概念開始出現，一九五八年就有「共產主義文藝」的提法，表現了更高的級別。到了「文革」的時候，江青他們又提出來「真正的無產階級文藝」，也就是說，過去的是「冒牌」的，或者「不純粹」的。「文革」結束後是「新時期文學」；一九八五年則有人提出這一年才有「真正的」當代文學──這是命名中表現的「進化」的觀點。這種進化的觀點強調文學的「時代性」、變動的性質；因為時代的變化，和觀念的進步，文學的道路也一定呈現不斷進步的、向上攀升、階梯性的發展路向。我覺得這也是一個問題。現在是「世紀末」，大家都在展望二十一世紀的中國文學，也是對文學有一個新的期望。所以文學界經常也跟政治等領域一樣，提出「新世紀」、「新時期」、「新階段」等等這樣一些概念。我的書《作家的姿態與自我意識》就是「新世紀文叢」中的一本。這個文叢出版在一九九〇年，它的《總序》把八〇年代文學稱作「我國社會主義文學的『新世紀』」，並預期九〇年代「新世紀」文學之花能「生長得更旺盛，開放得更加火紅、鮮豔」。一般來說，在這個問題上我比較不那麼「浪漫」。因此，在一九九八年這套書再版的時候，我在自己的那一本裡，補寫了個〈後記〉，主要是為了說明對這個「新世紀」的看法。因為我在這本書中談到：八〇年代的文學是個「過渡期」。「過渡期」也是一個大家使用很多的概念。「過渡期」的說法，也是在預設了一個成熟的、更好的時期的出現。我在〈後記〉中說，如果現在寫這本書，我不再使用「過渡期」這樣的一些說法，因為不知道要「過渡」

到什麼地方去，而且，確實不知道將來的文學是否就比現在，或者過去好。這個說法，有點模仿魯迅的〈過客〉，那個過客也不知道前面是什麼地方。我們當然可以談中國文學二十一世紀的路向，談我們的理想，我們的想像，沒有理想總歸是不好的。但是很多變化會出人意料。肯定會有好作家，好作品，優秀的作品，甚至可能有傑作，但是「大繁榮」、「新世紀」之類的說法，總覺得是一種套語。馬克思在他的《政治經濟學批判》裡頭，還有一個物質生產跟藝術、精神生產之間不平衡的觀點，他顯然並不完全信賴「發展」和「時間」，不一定認為物質生產的發展，社會的現代化程度，就一定能夠產生和這種程度相適應的、更「高」的藝術，為什麼我們反而陷入這種對「時間」和「進化」的固執迷信之中？這種對文學「進步」的信仰，對「共產主義文藝」的預期，導致在「大躍進」時期，文學理論界曾經有過質疑、「顛覆」馬克思論點的嘗試。一九五九年《文藝報》第2期發表了周來祥的一篇文章：〈馬克思關於藝術生產與物質生產發展的不平衡規律是否適用於社會主義文學〉。說馬克思所論述的藝術生產和物質生產不平衡的現象，是專指剝削階級居於統治地位的「舊社會」而言的，在社會主義制度下，已被藝術生產適應於物質生產的新現象所代替。文章作者依據的，是毛澤東的那句有名的斷語，「隨著經濟建設的高潮的到來，不可避免地將要出現一個文化建設的高潮」。《文藝報》發表這篇文章還加了編者按，要大家參加討論，說對這個問題的進一步探討，「一定能鼓起我們的勇氣來利用新社會的一切優越條件，爭取曠古未有的文學藝術大繁榮」。但是，這個討論，這個對馬克思的論點的質疑，後來並沒有繼續下去，草草收場。大概周揚他們的觀點和當時最激進的一派還有一些區別，另外，可能在對馬列主義經典作家的態度這個問題上，也有些猶豫。雖然關於文學藝術「曠古未有」的「大繁榮」的預期，後來是落空了，這絲毫也沒有破壞我們

這種會有大繁榮的信心。在這種情況下，在文學運動的展開上，在文學史的敘述上，就會急切劃分各個時期，並賦予時期之間的「斷裂」、「超越」的意義。

五　對「轉折」的研究

「斷裂」、「轉折」，既是一種文學現象，也是文學史敘述。因此，接下來我要談的對「轉折」的研究，會涉及文學現象，也會涉及以往對這種現象的敘述。為了方便，我叫它作「轉折的研究」。這個研究，可能會由這裡提出文學史一些重要問題的「線頭」。那麼，我們該從什麼地方下手呢？

過去的文學史編寫，在處理這些「轉折」的事件，或者時期的時候，通常的方式是不去作具體分析，不作深入描述，而採用判斷的、結論性的方式來處理。這種文學史的撰述方式，會導致對這種轉變、斷裂的具體情況，沒有辦法弄清楚，不清楚不同的兩個文學時期之間的具體聯繫。在學科的設置上，則產生了「古代」和「現代」，「現代」和「當代」之間的截然斷開這樣一種清晰界限。這種處理方式有它的「文化政治」含義，或者說是一種「策略」，是「斷裂」的實施者和確立者的一種文學史敘述方法。比如說，我們看當代文學史，到現在為止，任何一本當代文學史，打開第一頁，就會看到一種「宣告」，一種斷語，就是中華人民共和國的成立和第一次文代會的召開，宣告中國「當代文學」的「開端」，「社會主義文學時期」的開端。這是文學史敘述上的一種斷裂性的處理。這種敘述方式，這種處理的潛在的意思，是為了落實這種轉折或者斷裂的「必然性」，是「自然」發生的，是一種不可抗拒的歷史規律。在這種確定的判斷之後發生的一切，文學力量、派別之間的關係、衝突，文學各種因素

起伏消長的事實，推動這種「轉折」實現的活動、謀劃，就完全被掩蓋了。對「五四」以來的「新文學史」的處理，大體上也採用這個方式。「轉折」、「斷裂」的具體事實和過程，很少納入我們的研究視野，好像已經不成問題了。（編按：與對「轉折」的文學史撰述的宣告式處理相聯繫的，是把「轉折」前的文學，描述為貧弱、蒼白、僵化、不得不改弦更張的形勢。五、六〇年代現代文學史對四〇年代後期國統區文學的描述就是這樣。）

現在有些學者已經注意到這個問題。最近中國社科院文學所現代文學室[5]的劉納先生，她出版了一本著作叫《嬗變》（北京：中國社會科學出版社，1998年）。《嬗變》這本書的副標題是「辛亥革命時期至五四時期的文學」。作者的研究截取的時間，是二十世紀初到「五四」前後。她把這個時間，不僅看作「過渡」，而且當作一個文學時期來對待。而且，從研究的思路上看，又有意識地質疑五四新文學的倡導者，文學革命的實行者（如胡適等）對這個時期文學的否定敘述，而細緻考察當時文學的具體相貌，也包括文學革命的發動和展開的情形。她實際上是認為這個時期的文學存在多種因素，多種可能性，可以有多種選擇。退一步說，是認為這種歷史的「必然」可能有不同的呈現方式，不同的路向。總之，這種研究思路，對我們有一定的啟發意義。

當代文學史研究，我們過去也相當忽略「轉折期」的研究。比如「文革」和「新時期」之間的狀況，就研究得不多，總覺得是很清楚、很自然的事情。特別是四〇至五〇年代之交的狀況，從所謂的「現代文學」到「當代文學」的這個轉變，究竟是怎麼轉變的，更是

5　在這門課快結束時，發現吉林大學中文系為申報中國現當代文學的博士點，已把劉納請到那裡去工作。

沒有認真思考過。這個研究，涉及回答「當代文學」是怎樣「發生」的這個問題。韓毓海老師寫過一篇文章，叫〈中國當代文學的發生與現代性的問題〉，刊登在《上海文學》上面，得過這個刊物的獎，但什麼獎我忘了。文章收進《從「紅玫瑰」到「紅旗」》這本書裡。這是我讀到的談「當代文學」發生的文章中最好的一篇，或者謹慎說，「之一」吧，因為我讀的文章可能不全。韓毓海在書中表達的「立場」也值得我們重視。他說，「只有具體、細緻地瞭解『秩序』如何生成、確立和轉化，知識份子才能有所作為，批判和介入都不是依憑那種酒神式的激情和流於一種姿態」（頁9）。他的這本書，和別的書一起，共十本，冠以「生於六〇年代學人文叢」的名字，也是一套叢書吧。每本書的前面，都有「我們這一代人」的題目，作者各自表達他們對「文化立場」、「知識傳統」、「代際差異」等的觀點。在文學界、電影界，「代」經常是作家、詩人、導演分類的一種方法，現在，對學術研究者也要引入這種代際的類型分析的手段嗎？「代」也可以成為學術的時期特徵、學術個性的尺度嗎？如果說「代」是必要的，是一種不容忽視的事實的話，一定要提出這種分析的基點，那麼，要緊的可能是由此反省各自的生活經歷和知識傳統的局限，而不是像小說、詩的創作那樣，把「代際差異」作為先進和落伍的界限。自然，代際分析，是出生越晚越有優勢。我是出生在三〇年代末，假如也編一套叢書，叫「出生於三〇年代學人文叢」，大家一定會覺得神經有點不正常。（編按：「十七年」、「文革」與「新時期」文學之間，也被敘述為一種「斷裂」。對它們之間的複雜關係，現在也還沒有得到充分研究。）

　　對四、五〇年代的文學「轉折」，我雖然覺得很重要，也做過一些研究，但是不很深入、具體。如果要認真研究的話，還應該讀大量的材料，包括當時的報紙雜誌，特別是抗戰之後出版的雜誌，還有報

紙的副刊，當時出版的作品，文壇狀況，開展的活動，等等。但是，因為身體一直不好，力不從心，不能勝任。看到咱們系的許多老師，像研究現當代文學的曹文軒、陳平原、戴錦華、錢理群等老師，精力那麼充沛，做的事情那麼多，成果那麼多，真是羨慕！當然，他們的成績，最主要的是有豐厚的積累、準備，但精力旺盛，也很重要。所以對四○至五○年代這個重要時期的研究，希望有些同學來做。我也希望已經畢業、現在在香港嶺南大學任教的陳順馨做相關的題目，出的題目叫「香港與四○至五○年代的文化轉折」。因為香港在這樣的轉折期中處在重要的位置。抗戰期間和戰後，許多文學界人士，包括左翼作家，來往於香港和內地。左翼文學界對「當代文學」的發生所開展的工作，有許多在香港進行。當然不僅限於左翼作家。後來，一些在國外的作家通過香港進入內地，進入「解放了的中國」，也有一些作家解放之後通過香港到了臺灣、國外。另外，五○年代之後，香港特殊的社會文化環境，也為文學的「生產」提供另一種和臺灣，和大陸不同的機遇。這些都值得研究。研究的起碼條件就要掌握資料。香港中文大學的鄭樹森、黃繼持、盧瑋鑾教授，做了很多工作，已經出版了好幾本資料性的書[6]。

對「斷裂」的討論，在研究方法上，首先應該對目前的現、當代文學的時期劃分作一些調整。我很同意許多研究者這樣的說法——當然我也有這樣的想法，就是，研究「當代文學」不能從一九四九年開始。這不只是指知識背景，或者只是問題的溯源。大家都明白，談「當代文學」自然要對延安文學，對左翼文學的情況有深入瞭解。我這裡說的，是一種「實體性」的研究。至少應該從一九四五年，就

---

[6] 包括 1927 到 1941 年的香港新文學作品選、新文學資料選，1945 到 1949 年的香港本地和南來文人作品選，1945 到 1949 年的香港文學資料選，共五冊，由香港天地圖書有限公司出版於 1998-1999 年。

是抗戰結束開始。當代文學的生成或發生，在時間上，應該是四〇年代下半期到五〇年代這樣一段時間。對「當代文學」歷史的敘述，應該從四〇年代後期開始，包括文藝上的一些論爭，文藝創作的情況，文藝界各種力量的對比、組合、調整、衝突等。錢理群老師開設過四〇年代文學的專題課，也打算寫「四〇年代文學史」，我一直等著他的書出來，但是他好像不想做下去了，只做了一個小說方面的，而且是一部分的小說，就停了，這是很可惜的事情。當然，他可能有更重要的事要做。我們知道三〇年代是新文學的一個很重要的時期，出現了很多著名的、有影響的作家，而且三〇年代也是左翼文化建立了自己理論體系和創作成果的時期，對後來的文學產生了很重要的影響。但是，四〇年代的重要性，很長時間沒有被認識。它的重要，可能不是像三〇年代那樣的。這是醞釀、存在著多種文學路向、趨勢的時期。這個時期的文學的值得重視，是有著多樣的可能性和展開的方式。當然，後來確立了一種路向，選擇了一種方式。為什麼作出這樣的選擇？這就是我們要研究的問題——所以對當代文學，在研究的時間上，我們至少要往前推到抗日戰爭結束這樣一個階段。（編按：其中，研究的題目之一是，以雜誌為中心，描述各派文學力量對於「當代文學」的想像。選擇的雜誌可以有：《希望》（以及《泥土》、《呼吸》），《文學雜誌》，《文藝先鋒》，《華北文藝》，《大眾文藝叢刊》等。）

　　第二個要提出的問題是，四〇至五〇年代文學的「轉折」、「斷裂」的含義是什麼？我在《中國當代文學史》和《「當代文學」的概念》中都談到對這個問題的理解。以前的文學史都認為，「當代文學」是一種「新」的文學，一種新「質」的文學的出現。這當然有道理。文學史在評述這個問題的時候，不只是說「當代文學」相對於「自由主義」的文學有不同的「質」，而且相對於四、五十年代的革

命文學，也是這樣。不過，「轉折」和「斷裂」，在我的理解中，不僅僅是表現為一種「新」的文學觀念和文學形態的出現。當然也包含這樣的因素，但是並不完全是這樣。這個「轉折」和「斷裂」還表現為，四〇年代不同的文學成分、文學力量之間的關係的重組，位置、關係的變動和重構的過程。即從文學「場域」的內部結構的分析上來把握這個問題。這種理解起初是受到韋勒克在《文學理論》、《批評的諸種概念》這些著作中關於「文學分期」的說法的影響[7]，也包括韋斯坦因在文學分期問題上的討論[8]。韋勒克認為，我們對一個文學時期的劃分，主要是根據對這個時期產生的文學「規範」的理解。如果我們說這個時期是一個「獨立」的時期，那可能會認為它有一種有跡可循的文學規範存在。他說，這種「規範」的產生、變化、衰落，都是有跡可循的，可以看到它的變化的狀況。而且，一個時期的「規範」，在另一個文學時期之中，並不是完全消失，完全更改，出現一種全新的「規範」，而是其中各種因素、力量的交錯，關係的變更。在四、五十年代文學史研究中，對文學的多種成分、多種因素的存在，我們是承認的，但是對它們之間的關係和產生的後果的研究注意得不夠。就是說，「轉折」並不是指現代文學和當代文學之間出現兩個完全不同的時期，這種「轉折」在很大的程度上，應該看成是文學的構成成分重組的過程，發生了格局上的變化。當然，在這種重組的過程中，必然會出現新的因素，或者帶有新質的文學形態。

　　「轉折」研究的第三個問題，是要把「文學史敘述」包括在我們

7　韋勒克、沃倫著，劉象愚等譯《文學理論》（北京：三聯書店，1984年），頁306-308。韋勒克著，丁泓、餘微譯《批評的諸種概念》（成都：四川文藝出版社，1988年）中的〈文學理論、文學批評、文學史〉和〈文學史上的進化的概念〉等篇。

8　烏爾利希·韋斯坦因，劉象愚譯《比較文學與文學理論》第4章「時代、時期、代和運動」（瀋陽：遼寧人民出版社，1987年）。

的研究範圍之內。這個前面好像已經談到過。也就是說,一方面,當時的歷史事實是怎麼樣的,包括創作、文學論爭等的情況。另一方面,還要注意到,當事者,批評家、文學史家在當時對「歷史」作了怎麼樣的敘述。這個方面的內容,有不同的文學派別的理論家、文學史家對四〇年代,包括新文學以來的歷史所作的評述、總結,也包括在「當代文學」生成過程中對這種文學所作的文學史性質的敘述。這種歷史敘述,嚴格上說,不是「事後」的總結,和我們現在描述五、六〇年代的文學是不太相同的,儘管我們的敘述,也包含著複雜的「文化政治」含義,也一定程度上參與了對那一階段文學「歷史」的建構。但還是有差別。那是當事人的一種設計。實際上,對他們來說,歷史事實與對歷史的敘述這兩者在當時密不可分;因為這種敘述也參與了歷史的構成,推動了這種「轉折」的實現。我們過去的研究,不太注意這方面的材料,有時是把這些材料,把這些敘述,只當作我們需要修正、需要推翻的判斷來看待,而沒有看到這些敘述,本身就是研究對象的內在構成的部分。這裡說的文學史敘述,具體指的是什麼呢?一個是抗日戰爭結束之後,左翼文學家和我們所稱的「自由主義」文學家對「五四」以來的新文學,對抗戰時期文學,和對四〇年代後期的文學所作的評述。這方面的材料很多。在一九四五年到四〇年代末,發表了許多這方面的文章,包括詩歌、文學運動以及小說等。蕭乾、朱光潛、李長之、郭沫若、茅盾、胡風、馮雪峰、邵荃麟等,都有類似文字發表。他們是為了現實文學問題來敘述「歷史」的,援引「歷史」來為文學的現實方向、展開方式提供依據。這也包括第一次文代會上的總結報告,當然,也包括王瑤等先生在五〇年代初撰寫的文學史。這些實際上都參與了對當時的「轉折」的推動和實現。所以在材料上,在觀察的對象上,可能應該有所擴大和調整。

當然,我們現在討論文學分期,實際上也都關係兩個方面,一

個是文學的「事實」，一個是對這些「事實」的敘述。其實，許多的「事實」，都是「敘述」上的事實。這就是為什麼研究要重視「事實」，也要重視「敘述」的原因。比如說，前一段文學界討論得比較多的，關於「新時期」與「後新時期」的問題。現在文學界已經不像五、六〇年代那會兒，控制文學界的力量對歷史的敘述，具有不容置疑的權威性。這樣，一些學者提出、論證「後新時期」的存在，另一些則極力反對，認為「後新時期」是心造的幻影，是構造出來的。主張這種分期的，是張頤武、陳曉明等先生。謝冕和張頤武老師的著作《大轉型——後新時期文化研究》（哈爾濱：黑龍江教育出版社，1996年），就是持這種觀點。這部書論述的中心，是說明八〇年代到九〇年代，整個文學、文化的狀況發生了「轉折」性質的變化和斷裂。《大轉型》這本書，不知道什麼原因，謝老師和張老師都沒有送給我，我問謝老師要，他也沒有給我。但是我還是讀了其中的大部分。現在手頭沒有這本書，不好作確切的引述。但是也有一些人不贊成這種分析，像南方的一些作家、學者，我讀過李慶西的一篇文章，就很激烈批評這種關於「後新時期」的描述。這種對「事實」的不同描述和所作的不同判斷，應該說是正常的。既然我們承認可以有多種文學史敘述，當然就意味著一定會有不同的文學史分期。在我看來，陳曉明、張頤武他們更多看到八九十年代之間的「斷裂」。或者說，他們在文化立場上，更認可這種斷裂，更認可「大眾文化」逐漸佔據「主流」位置的現狀。而反對者更重視這兩個十年之間的連續性，更重視八〇年代所表現出來的「人文精神」、「啟蒙精神」，強調它們在九〇年代的文化創造中的地位，而表現了對九〇年代文化狀況的憂慮和不安。從對這個個案的分析中，我們可以具體看到在文學史分期問題上，作家、文學史家、批評家不同的文化立場，他們不同的文學、社會理想的表達。有一天，如果我們考察這一時期的文學、文化現

象，研究、撰寫文學史（文化史），那麼，除了當時的創作、作家狀
態等事實外，這種不同的「敘述」，也必須進入我們的視野，關注這
種「敘述」是怎樣參與建構文學的時期特徵的。

——本文選自洪子誠《問題與方法——中國當代文學史研究講
　　稿》（北京：北京大學出版社，2010 年）

五四新文學運動的先鋒性

陳思和　復旦大學中國語言文學系教授

一　先鋒運動──二十世紀文學的世界性因素

在中國現代文學史著作裡，五四新文學運動是作為整個現代文學的起點。按照這樣的自在邏輯，一九一七年以後將近一個世紀的中國文學發展軌跡，基本上是五四新文學的邏輯發展之結果，它自成一個由失落到回歸的演變過程；[1] 而一九一七年以前的晚清和民初文學，只是五四新文學運動的準備階段，它們的價值與否，取決於對五四新文學的形成是否有鋪墊作用，並且依據進化論的觀念，五四新文學一旦正式登上文學舞臺，所有以前的「舊」文學都失去了存在的意義，不僅封建遺老們的舊詩詞和舊語體作品都成為廢紙，連作為新文學準備階段的前現代文學因素（諸如林紓的翻譯、梁任公的散文以及晚清小說等等）也都成為過時的東西而被歷史淘汰。因此，在中國現代文學這門學科中，五四新文學運動在現代文學史上的地位，似乎是不證自明，因為它是二十世紀中國文學的唯一的源泉或者是唯一的文學傳統。

一九八五年以後，學術界提出「二十世紀中國文學」的概念，開

1　二十世紀八〇年代大陸的文學史研究著作中，對新文學史的描述基本採用了這一思路。如黃子平等〈論二十世紀中國文學〉、收入黃子平等《二十世紀中國文學三人談》（北京：人民文學出版社，1988 年）、陳思和《中國新文學整體觀》（上海：上海文藝出版社，1987 年），李澤厚〈二十世紀中國文藝一瞥〉，收入《中國現代思想史論》（北京：東方出版社，1987 年）等。

始把「五四」前二十年的文學與五四新文學作為一個整體來考察，但是考察的範圍依然局限在以新文學為標杆的文學史視野，把「現代性的焦慮」作為一個特定視角來整合二十世紀文學史。近二十年來對二十世紀文學的整合基本是沿著這一思路。但是海外的漢學研究卻出現了另外一種視角，以哈佛大學王德威教授的《被壓抑的現代性：晚清小說新論》[2]為代表，提出了「沒有晚清，何來五四？」的著名論點。王德威教授指出五四新文學不是擴大了晚清小說的表現內涵，而是壓抑或者遮蔽了晚清小說中「現代性」因素的發展，進而討論了晚清小說中的「被壓抑的現代性」（repressed modernities）。這其實是非常重大的問題，其意義在學術領域還將被進一步探討。另外，隨著近年來學術界對文學資料的進一步發掘，一些以往不被人們所關注的文學史料正在不斷地湧現出來。在大陸，對於陳寅恪、錢鍾書一脈文人詩的文學淵源的研究，牽引出一批近代詩人及其舊體詩創作的研究資料，與此相關的還有淪陷區文學舊體文學資料的挖掘，也展示了被五四新文學所否定的另類文學在現代文學領域中傳承的一面；[3]在臺灣，隨著

---

2 王德威著、宋偉傑譯《被壓抑的現代性：晚清小說新論》（臺北：麥田出版社，2003年）。關於「沒有晚清何來五四」一文可參見其書頁15-34。

3 近年來相繼出版的有《陳寅恪詩集》（北京：清華大學出版社，1993年）、錢鍾書《槐聚詩存》（北京：三聯書店，1995年）和《石語》（北京：中國社會科學出版社，1996年），《中國近代文學叢書》（上海：上海古籍出版社，2003-2004年）相繼整理出版鄭孝胥、樊增祥、陳三立等近代詩人的詩集。相關研究見劉衍文《〈石語〉題外》等，曾在《萬象》雜誌上連載，後收入《寄廬茶座》（上海：漢語大詞典出版社，2004年）〕。日本學者木山英雄前幾年對中國新文學作家的舊體詩也有系統研究，中譯的有對揚帆、潘漢年以及鄭超麟的舊體詩的研究論文〔蔡春華譯，收入陳思和等編《無名時代的文學批評》（桂林：廣西師範大學出版社，2004年）〕，有對聶紺弩、胡風、舒蕪、啟功等舊體詩的研究論文〔趙京華譯，收入《文學復古與文學革命：木山英雄中國現代文學思想論集》（北京：北京大學出版社，2004年）〕。

對於日據時代殖民地文學的研究，一大批「古典詩」[4]創作引起了愈來愈多的學者的關注和整理；[5]再者，隨著文化研究熱而興起的大眾文化研究以及雅俗文學鴻溝被消解，原先被看輕的通俗文學，也逐漸進入了學術界的研究視野，[6]尤其是在香港文學研究領域。這些文學現象和文學資料的再現，不管學術界是否承認它們的文學史地位，其客觀存在不能不要求研究者去面對和研究。同時迫使研究者去進一步思考：如何面對這些新材料的發現，如何通過文學史理論的自我更新和整合，完成新一輪的關於二十世紀文學的描述和理解？

這就勢必涉及到對五四新文學運動在整個二十世紀中國文學史的地位和作用的重新認識和界定。本章所要探討的，是把五四新文學運動及其發展形式放在整個現代文學創作狀況中，力圖更加準確地把握

4　臺灣「古典詩」的概念是指：時間範圍從明鄭（1661-1683）起始，經歷清（1683-1895）、日據（1895-1945）時期，前後將近三百年；體裁以古典文學中的古體詩、近體詩、雜體詩及樂府詩為限。（參見《全台詩凡例》，收《全台詩》第壹冊，臺北：遠流出版公司，2004年，頁4。）可見，臺灣的「古典詩」包括了一九四五年以後所有的舊體詩創作。

5　臺灣學術界在整理日據時期文學材料上有很大的收穫。如林獻堂、張麗俊日記的整理，可以看到櫟社的吟會創作活動，《全台詩》和《全台賦》的編撰整理以及許多舊雜誌被影印等，都有相當正面的意義。如臺灣文社發行的《臺灣文藝叢志》，除了提供《全台詩》相關詩作的搜羅外，也提供了當時臺灣傳統文人廣泛吸納東西洋文史知識、開拓視野的前瞻企圖。又如《漢文臺灣日日新報》、《三六九小報》、《南方》、《風月報》等幾乎以傳統文人為主的刊物，保留不少舊文學的史料，也是臺灣通俗文學的大本營，對臺灣傳統文學之古今演變與現代轉化，都提供了新的思考資源。

6　關於通俗文學的研究，范伯群教授的研究提出了新的文學史觀點。他多次引用朱自清的話，認為「鴛鴦蝴蝶派『倒是中國小說的正宗』」，並努力將通俗文學與五四新文學結合起來，成為二十世紀中國文學史的「兩翼」。〔參考范伯群、孔慶東主編《通俗文學十五講》（北京：北京大學出版社，2003年）；范伯群〈近現代通俗文學漫話之三：鴛鴦蝴蝶派「倒是中國小說的正宗」〉，載《文匯報》1996年10月31日。〕

它在當時的意義與作用，以及它作為一種文學精神和文學傳統的發展過程。它究竟是二十世紀現代文學的唯一的源泉或者唯一的傳統，還是二十世紀文學中一個帶有先鋒性質的革命性文學運動？它如何在整個二十世紀中國文學史上發揮作用的？它是通過怎樣的形式來體現它的先鋒性？這些問題都涉及對一系列的文學史現象的再評價，筆者不可能、也沒有能力給予全面的回答，只是從分析五四新文學所含有的先鋒性因素著手，從先鋒文學運動的意義上來探討五四新文學運動對當時中國文壇所產生的作用，進而為研究上述問題提出一種思路，供研究者進一步討論。

　　在中國，「先鋒文學」是一個外來的概念。它在西方除了指第一次世界大戰前後某些激進文學思潮以外，本身還包含了新潮、前衛、具有探索性的藝術特質。[7]所謂「先鋒精神」，意味著以前衛姿態

---

[7] 「先鋒」一詞，在中國古代是指軍隊作戰的先遣部隊。在法國，avant-garde一詞最初出現在一七九四年，也是用來指軍隊的前鋒部隊。「一八三〇年，由於傅立葉、歐文、蕾德汶等英法空想社會主義者對一種有著超前性的社會制度和條件的建構，這個術語也被借用，並曾一度成為烏托邦社會主義者圈子裡的一個流行的政治學概念。在這方面，將其與烏托邦相關聯無疑暗示了它與現狀（或傳統）的不相容性的叛逆性。一八七〇年，隨著早期象徵主義詩歌的崛起以及接踵而來的現代主義思潮的盛行，這個術語便進入了文學藝術界，用來專門描繪新崛起的現代主義作家和藝術家，因此在相當一部分寫作者和批評家那裡，這一術語仍有著極大的包容性，直到有的學者將本世紀的達達主義、未來主義、超現實主義、表現主義等思潮流派統稱為『歷史先鋒派』（historic avant-garde）並將其區別於少數幾位現代主義藝術家時止。」（引自王寧〈傳統與先鋒　現代與後現代──二十世紀的藝術精神〉，載《文藝爭鳴》1995年第1期，頁38-39。該段話是王寧引述自：Charles Russell, *The Avant-Garde Today*, University of Illinois Press, 1981）而卡林內斯庫在《現代性的五副面孔》一書裡，對「先鋒」這個概念追溯得更遠，認為在一六世紀的一本叫做《法國研究》的文學史章節裡，已經用「先鋒」一詞來形容當時的詩歌領域一場「針對無知的光榮戰爭」中的詩人們。卡氏還指出，無政府主義者巴枯寧、克魯泡特金等都對這個詞的內涵與使用作過貢獻。（馬泰·卡林內斯庫著、顧愛彬等譯《現代性的五副面孔》，北京：商務印書館，2002年，引文頁106。）

探索存在的可能性以及與之相關的藝術可能性，它以極端的態度對文學「共名狀能」發起猛烈攻擊，批判政治上的平庸、道德上的守舊和藝術上的媚俗。五四初期陳獨秀曾經把「急先鋒」這個稱號加在首倡「八不主義」的胡適頭上，[8]毛澤東後來論述五四時期知識份子與中國革命的關係時，也使用過「先鋒」的比喻。[9]在那個時候，「急先鋒」或者「先鋒」的概念大約還是一個指代衝鋒陷陣的軍事術語，與西方文藝思潮中的先鋒精神還是有很大區別，但在實際意義上已經包含了上述有關特徵。所以，雖然當初沒有人用「先鋒」這個詞來形容五四新文學思潮的前衛性，但在今天，我們重新審視以魯迅為代表的新文學運動，指出它的先鋒性不僅十分恰當，也有利於把握它與當時整個文學環境之間的關係。

「先鋒派」一詞在西方所指的是二十世紀初期與現代主義思潮有直接關聯的文學藝術運動，但兩者仍然是存在著明顯的差別。早期的象徵主義詩人波德賴爾在他那個時代已經敏銳發現了「先鋒」這一概念被用在藝術流派上的尷尬。他輕蔑地稱其為「文學的軍事學派」。他批評法國人對於軍事隱喻的熱烈偏好，因為「先鋒」一詞，既有戰鬥和狂熱的一面，也有絕對紀律服從的一面。它與「自由」既有某種聯繫，也有天然的對抗性。波德賴爾對「先鋒」一詞所揭示的矛盾狀態，也是先鋒派先鋒與現代主義文學之間的異質所在。[10]在二十世紀六〇年代的美國學術界，先鋒派幾乎就是現代的同義詞。但在歐洲，各國學者對此都有不同的理解。尤其在德國，法蘭克福學派影響下的

8　陳獨秀《文學革命論》：「文學革命之氣運，醞釀已非一日，其首舉義旗之急先鋒，則為吾友胡適。載《新青年》二卷六號，1917年2月1日。

9　毛澤東〈青年運動的方向〉：「五四以來，中國青年們起了什麼作用呢？起了某種先鋒隊的作用。……什麼叫做先鋒隊的作用？就是帶頭作用，就是站在革命隊伍的前頭。」（見《毛澤東選集》（一卷本），北京：人民出版社，1968年，頁529。）

10　參閱馬泰·卡林內斯庫《現代性的五副面孔》，頁119。

學者彼得‧比格爾的《先鋒派理論》一書，針對美國哈佛大學教授波焦利的同名著作進行了不同觀點的論戰，他的基本論點就是：資本主義社會的高度發展，使文學藝術已經很難像巴爾札克時代那樣對政治社會發生影響，所以十九世紀末開始，現代主義（指的是象徵主義、唯美主義等思潮）的興起強調了藝術的「自律」（「為藝術而藝術」）而脫離社會的實踐，而先鋒藝術正是對這種藝術自律體制的破壞，使藝術重新回到生活實踐中去，因此，先鋒藝術與現代主義是相對立的，它不僅批判資產階級的傳統藝術（現實主義），同時也批判現代主義的脫離社會實踐、沉醉於文本實驗的自律行為。[11]從西方文學史的角度來說，真正稱得上先鋒文學藝術運動是從一九〇九年以後的未來主義等各種文學宣言開始的。它大致上包括了達達主義、超現實主義、表現主義、未來主義等等，它們多半是由在政治、藝術態度都比較激烈的小團體運動和少數出類拔萃的藝術大師所組成。

從時間表上我們大致可以看到，中國的現代文學運動的起始時間與西方的先鋒派文學幾乎是同時期的。我們在考察五四新文學運動的外來影響因素時不能不注意到它所包含的現代主義和先鋒性的因素。中國二十世紀文學與古典文學之間最重要的區別，就是它所具有的世界性因素，它是在中國被納入世界格局的背景下發生和發展起來的文學，中國作家與其他國家的作家有機會共同承受人類社會的某種困境——尤其是現代性的困境——以及表達出自己的感情。五四新文學運動在一九一七年發生，有著強大的外力推動，就文學而言是在西方文藝精神的感召下展現其新質的。本節要考察的是，五四新文學運動作為一場具有先鋒性質的文學運動，它在接受西方文藝精神中，西方的現代主義藝術和先鋒派藝術是否成為其主要的內容。

11　參閱彼得‧比格爾著、高建平譯《先鋒派理論》（北京：商務印書館，2002 年）。

　　五四時期，中國新文學運動的發起者所面對的西方文化文學潮流，可以分為兩類思潮：一類是西方文藝復興以來的人文主義思潮以及由此衍生的為人生的俄羅斯文藝精神；還有一類是西方資本主義發展過程中衍生出來的各種現代主義的反叛思潮，它可以追溯到尼采等人的哲學思潮和西方惡魔派的浪漫主義文藝思潮，社會主義思潮也屬於後一類。這後一類具有「惡魔性」特徵的現代反叛文化思潮，與前一類的人文主義思潮既有千絲萬縷的聯繫，又是前者的反動。五四新文學所接受的西方文藝精神與之前的中國文人翻譯西方小說熱潮有著本質上的區別。晚清以來，大量翻譯成中文的西方小說主要是走向市場的暢銷書，其中通俗小說文類佔據了主要的成分，而在當時所引起關注的西方文藝思潮中，主要是來自「惡魔」型和言情型兩種浪漫主義思潮，[12]在許多中國人對這個內涵充滿矛盾的浪漫主義思潮的接受中已經夾雜了現代反叛因素。關於這一點，我們從王國維早期的美學論文中對康德、叔本華思想的接受，魯迅早期的論文〈文化偏至論〉、〈摩羅詩力說〉等對浪漫主義與現代哲學的闡述裡面，已經大致可以有所瞭解。

　　五四新文學發軔之初，兩類西方文藝思潮是同時交雜在一起傳入中國的。但對新文學運動的發起者來說，他們直接關注的是同時代所流行的、具有現代反叛意識的文藝精神。陳獨秀在宣言式的〈文學革命論〉裡公然宣告：「歐洲文化，受賜於政治科學者固多，受賜於文學者亦不少。予愛盧梭巴士特之法蘭西，予尤愛虞哥左喇之法蘭西；

12　參閱李歐梵《中國現代作家的浪漫一代》（*The Romantic Generation of Modern Chinese Writers*，哈佛大學出版社，1973年），李歐梵把傳入中國的西方浪漫主義思潮分為兩類，一類屬普羅米修士型的強悍、反抗的浪漫主義，另一類為少年維特型的感傷的、抒情的浪漫主義，前者在中國的代表有魯迅、郭沫若等，後者在中國的代表有蘇曼殊、郁達夫、徐志摩等。

予愛康德赫克爾之德意志，予尤愛桂特郝卜特曼之德意志；予愛培根
達爾文之英吉利，予尤愛狄鏗士王爾德之英吉利。」這裡「予愛」與
「予尤愛」之分，雖然是著眼於政治哲學與文學思潮之間的區別，但
也鮮明地表現出五四新文學的發動者心目裡的西方文學英雄究竟是哪
些人？——雨果、左拉、歌德、豪普特曼、狄更斯和王爾德。雨果、
歌德是法德兩國的浪漫運動領袖，都屬於「惡魔」型的人物，左拉因
為德雷福斯事件成為正義的英雄，王爾德更是驚世駭俗成為社會異
端、唯美主義大師，豪普特曼則是德國後期象徵主義的戲劇大師，除
了英國狄更斯是比較傳統的現實主義作家外，其他的英雄都是以反社
會抗世俗而聞名的「鬥士」。而陳獨秀引進這樣一批西方英雄的目的
是什麼呢？在同一篇文章裡他繼續說：吾國文學界豪傑之士，有以這
些西方文學英雄自居，「不顧迂儒之毀譽，明目張膽以與十八妖魔宣
戰者乎？予願拖四十二生的大炮，為之前驅！」[13]，「十八妖魔」指的
是明代以來「前後七子」與「桐城派」四大家，為中國古典文學的主
流和傳統，陳獨秀之所以引進西方的文學英雄的反叛精神，就是為了
向傳統發起猛烈進攻，而他自己身為新文學運動的「總司令」，卻願
為「前驅」去衝鋒陷陣。——軍隊之前驅者，就是「先鋒」。

　　波焦利的《先鋒派理論》一書的主要觀點，是強調了先鋒派寫作
對語言創造性的普遍關注。這種關注「是一種『對我們公眾言語的平
淡、遲鈍和乏味的必要的反應，這種公眾言語在量的傳播上的實用目
的毀壞了表現手段的質』。因此，玄秘而隱晦的現代小說語言具有一
個社會任務：『針對困擾著普通語言的由於陳腐的習慣而形成的退化
起到既淨化又治療』的作用。」[14]如果按此觀點來理解西方先鋒派，他

---

[13] 陳獨秀〈文學革命論〉，載《新青年》2卷6號，1917年2月1日。

[14] 波焦利的著作，筆者讀過臺灣張心龍譯的《前衛藝術的理論》（臺北：遠流出版公
　　司，1992年）。翻譯用詞習慣與大陸學界不一樣。在大陸，趙毅衡在《今日先鋒》

們在語言上的革命先驅，可以追溯到雨果時代的法國和歌德、席勒時代的德國——從這個意義上，五四新文學運動的領袖所崇拜的西方文學英雄，大多是在文學史的各個時期具有先鋒性的前驅者，他們對中國的先鋒作家和西方的先鋒作家有同樣的意義。雖然新興的西方先鋒派理論竭力要劃清先鋒派與歷史上的先鋒人物的界限，彷彿反傳統的先鋒派藝術家都是從石頭裡蹦出來來的，但從中國現代文學外來影響的接受史來說，這種淵源關係是不能忽視的。五四新文學從醞釀到發軔時間在一九一五至一九一九年，發展於二〇年代初期；西方未來主義運動醞釀於一九〇五至一九〇八年，義大利詩人馬里內蒂發表未來主義宣言是在一九〇九年，德國表現主義文學運動興起是在一九一一年左右，達達主義創立於一九一六年，法國超現實主義的口號最初提出是一九一七年，超現實主義雜誌《文學》創刊於一九一九年，詩人布勒東發表超現實主義宣言是在一九二四年，差不多是與中國五四新文學運動同步的文藝風潮和社會運動。在東西文化交流不是很暢通的狀況下，中國的新文學發起者很難直接從同步的西方思潮裡獲得思想資源，但是他們從西方先鋒派文學的前驅者們——惡魔派浪漫主義思潮、批判現實主義思潮和早期現代主義思潮（包括象徵主義、唯美主義、頹廢主義等思潮）吸取了具有先鋒性質的思想和行動的精神資源，完成他們的先鋒美學追求，是完全可以理解的。

然而，作為先鋒派文學思潮的西方未來主義、表現主義、達達主義、超現實主義等，在中國二〇年代的大型文學雜誌上都被當作流行

1995 年第 3 輯上發表〈雷納多・波喬利〈先鋒理論〉〉，給以較為簡括的介紹，此外，在周憲、許鈞主編的《現代性研究譯叢》（北京：商務印書館，2002 年）裡，有多種關於先鋒派的理論著作都提到了波焦利的這部書，其中比格爾的《先鋒派理論》一書載有英國理論家約亨・舒爾特—札塞的英譯本長篇序言〈現代主義理論還是先鋒派理論〉，對波焦利的理論作了清算。本段落即引自這篇序言，見比格爾《先鋒派理論》，頁 2。

的時尚文學思潮介紹過，甚至被有意模仿。五四初期有一個階段廣為流行的西方主流文藝思潮是新浪漫主義，或稱表象主義，都是象徵主義的別稱，順帶了剛剛興起的先鋒派文藝。在沈雁冰剛剛接手主編《小說月報》時，他以進化論為思想武器，認為中國文學發展到今天，應該推廣的表象主義。為此，他寫了〈我們為什麼要提倡表象主義〉等文章來鼓吹。但胡適及時勸阻了他。胡適認為西方的現代主義文學之所以能夠立住腳，全是靠經過了寫實主義的洗禮，如果沒有寫實主義作為基礎，現代主義或會墮落到空虛中去。沈雁冰接受了胡適的勸告，在《小說月報》上改變策略，轉而提倡寫實主義。[15]但沈雁冰仍然是新文學作家中最敏銳的文藝理論家，他是第一個全面關注和介紹西方先鋒派文學的人。一九二二年他在寧波的《時事公報》上發表演講〈文學上各種新派興起的原因〉，著重分析了西方的未來派、達達派和表現派文學思潮。對於同時代西方先鋒派文藝的資訊，在他主編的《小說月報》上得到密切關注和全面介紹。

我們不妨看一下二〇年代初期西方先鋒派文學中兩種主要思潮在中國的介紹情況：

（一）未來主義（futurism[16]）

未來主義是歐洲最早興起的先鋒派文藝思潮。一九〇五年義大利詩人馬里內蒂（F. t. Marinetti, 1876-1944）創辦《詩歌》雜誌，團結了一批青年詩人，形成一個風格獨特的自由詩派，並在以後的「自由詩」討論中提出了若干未來主義的主張。一九〇九年二月二〇日，馬里內蒂正式發表《未來主義的創立和宣言》，標榜未來主義的誕生。

---

[15] 關於這個問題，請參考拙著《中國新文學整體觀》（上海：上海文藝出版社，1978年初版，2001年第2版），頁252。

[16] 未來主義思潮產生於義大利，其義大利是futurismo。

第二年他又發表《未來主義文學技巧宣言》，進一步闡述了理論主張。未來派很快就波及繪畫、戲劇、音樂、電影等藝術領域，在法國形成了立體主義未來派，在俄羅斯出現了馬雅可夫斯基代表的左翼未來派。意象派詩歌的領袖人物龐德曾經說：「馬里內蒂和未來主義給予整個歐洲以巨大的推動。倘使沒有未來主義，那麼，喬伊絲、艾略特、我本人和其他人創立的運動便不會存在。」[17]中國幾乎同步地介紹了未來派。一九一四年章錫琛從日本雜誌翻譯了〈風靡世界之未來主義〉，介紹未來主義在義大利如何產生及其讚美戰爭、讚美機械文明等特點，並且羅列了未來主義在世界各國的流行。如果說這還是比較粗淺的介紹，那麼到二〇年代，中國新文學作家對未來派的關注漸漸地實在起來。當時義大利唯美主義文藝在中國風靡一時，尤其是著名作家鄧南遮的創作，沈雁冰、徐志摩等人都有過長篇介紹，但沈雁冰在介紹了唯美主義思潮不久，轉而介紹義大利的未來主義思潮，一九二二年十月他撰文指出：「正像唯美主義是自然主義盛極後的反動一樣，未來主義是唯美主義盛極後的反動。」[18]由此可見，當時吸引沈雁冰的還不是未來派文學的具體作品和美學理想，他關注的是世界性的文學思潮的替代進程，有一種強烈的惟恐落後於世界潮流的心理支配著他對西方文學的關注。其實在一九一八年馬里內蒂的未來主義已經與義大利的法西斯主義公開合作，成為一種反動的政治思潮，但沈雁冰似乎對此渾然不覺。直到一九二三年底他才注意到義大利的法西斯主義，[19]第二年沈雁冰轉而鼓吹俄羅斯的未來主義詩人馬雅可夫斯

---

[17] 參見唐正序、陳厚誠主編《二十世紀中國文學與西方現代主義思潮》（成都：四川人民出版社，1992年），頁244。該段話轉引自德‧馬里亞編《馬里內蒂和未來主義》〈序〉，米蘭蒙達移利出版社，1977年。

[18] 沈雁冰〈未來派文學之現勢〉，載《小說月報》13卷10期，1922年10月。

[19] 沈雁冰在《小說月報》14卷12期（1923年12月10日）的「海外文壇消息」中「汎系主義與義大利現代文學」一題，批評法西斯主義在義大利抬頭，沈雁冰注意到未

基，指出俄羅斯馬雅可夫斯基的未來主義與義大利馬里內蒂的未來主義之間的不同之點，認為前者「是表現無產階級的革命精神的」，而後者則是「除淺薄的民族主義而外，又是親帝國主義的」，[20]區分了兩種未來主義運動。[21]在一九二五年發表的〈論無產階級藝術〉的長文裡，沈雁冰已經開始提倡無產階級文學，對未來派等的批判意識加強了，但他仍然認為：「未來派、意象派、表現派等等，都是舊社會——傳統的社會內所生的最新派；他們有極新的形式，也有鮮明的破壞舊制度的思想，當然是容易被認作無產階級作家所應留用的遺產了。」[22]語氣裡仍然是欣賞的。倒是創造社作家對未來主義的理解比較感性，著眼於思想內容和美學精神。郭沫若對未來派的理解要感性得多，他在〈未來派的詩約及其批評〉一文中，節譯了未來派關於詩歌的宣言，然後批評了未來派的理論主張和藝術形式，認為其「畢竟只是一種徹底的自然主義」。郭沫若那種天馬行空的詩歌很像未來派詩藝，尤其在語言上的那種將中外各種語彙雜揉一體的文風，似乎應該

來主義企圖向法西斯主義靠近，但他認為，那只是馬里內蒂等人企圖效法俄羅斯的未來派向蘇維埃政權靠近，僅僅是為了得到政府的承認。他說：「汎系主義（即法西斯主義——引者）和未來派思想，原來並沒有相通的地方；未來派中人見汎系黨敢作敢為毫無顧忌，遂引以為同調……遽想奉為 Patron（保護者），未免近於單相思。」可見沈雁冰對未來主義還是取同情的態度。

20 玄珠（沈雁冰）〈蘇維埃俄羅斯的革命詩人〉，載《文學》週報130期（1924年7月14日）。

21 這種說法其實也是不準確的，因為義大利的未來主義運動本來就非常複雜，尤其是後期分化為不同政治態度。「隨著政治鬥爭的日益尖銳化，未來主義運動的分化日益嚴重。這是未來主義運動後期極其重要的特徵。馬里內蒂最終走上了同墨索里尼同流合污的道路。帕拉澤斯等人公開樹起了批評馬里內蒂的旗幟。左翼未來主義者同馬里內蒂劃清界限，毅然為勞動人民的自由戰鬥，投身於反法西斯輞的洪流。」〔呂同六〈義大利未來主義試論〉，收入柳鳴九主編《未來主義、超現實主義、魔幻現實主義》（北京：中國社會科學出版社，1987年），頁23-24〕。

22 載《文學》週報196期，1925年10月24日。

對未來主義的詩歌有所借鑒。但是郭沫若本人對馬里內蒂不屑一顧。他翻譯了馬里內蒂的代表詩〈戰爭：重量＋臭氣〉，覺得只是「有了這麼一回事。……但是它始終不是詩，只是一幅低級的油畫，反射的客觀的謄錄。」[23] 郁達夫針對未來主義主張徹底拋棄傳統，摧毀一切博物館美術館的虛無主義態度也提出批評：「未來派的主張，有一部分是可以贊成的，不過完全將過去抹殺，似乎有點辦不到。」[24] 二〇年代後期，隨著人們對蘇俄新興文學的關注，俄羅斯詩人馬雅可夫斯基被反覆介紹，俄羅斯的未來主義則依附於詩人而得以彰顯。

　　未來主義的藝術也受到中國接受者的關注。《小說月報》十三卷九號發表馥泉翻譯日本現代派詩人川路柳虹的〈不規則的詩派〉一文，詳盡介紹西方未來派，立體派等「不規則」的詩歌，特別翻譯並影印了法國立體派未來主義詩人阿波利奈爾的詩歌〈下雨〉，整首詩歌形式就像是雨點子隨風飄拂的形狀，以象形來體現詩的意義。戲劇家宋春舫在一九二一年翻譯了馬里內蒂的多種未來派劇本，發表於《東方雜誌》和《戲劇》，《東方雜誌》是商務印書館的綜合性時事文化刊物，很少發表文藝作品，其對未來派的重視可見一斑。[25] 而且，未來主義的影響也是立竿見影的，一九二二年即有人模仿未來派戲劇創作《自殺的青年》一劇，也自稱是未來派戲劇。[26] 在小說領域，沈

---

[23] 郭沫若〈未來派的詩約及其批評〉，載《創造週報》第17號，1923年9月2日。

[24] 郁達夫〈詩論〉，收入《郁達夫文集》第五卷（北京：花城出版社、三聯書店香港分店，1982年），頁222。

[25] 宋春舫一共翻譯過六個未來派劇本，四種發表在《東方雜誌》18卷13號（1921年7月10日），兩種發表在《戲劇》1卷5號（1921年9月30日）。並加前言和後記給以批評。

[26] 重慶聯合縣立中學校友所編《友聲》第3期（1922年6月20日）為戲劇號，刊有姜文光創作的未來派戲劇〈自殺的青年〉和〈我的戲劇談〉。唐正序、陳厚誠《二十世紀中國文學與西方現代主義思潮》裡有詳細介紹，頁250。

雁冰以茅盾為筆名創作第一部中篇小說《幻滅》，還念念不忘未來主義崇尚強力的藝術特徵，他在小說裡塑造了一個英雄男子強連長（名字叫強惟力），作為靜女士的最後一個戀人。而這個人公然聲明自己是個未來主義者，熱烈地歌頌戰爭。據沈雁冰說這個人物典型是根據生活中的原型塑造的，或可以理解為，未來主義的美學理想在當時是一種流行的潮流。[27]

《子夜》的開篇，茅盾以怪異的筆調描寫暮色上海：

> 從橋上向東望，可以看見浦東的洋棧像巨大的怪獸，蹲在暝色
> 中，閃著千百隻小眼睛似的燈火。向西望，叫人猛一驚的，是
> 高高地裝在一所洋房頂上而且異常龐大的霓虹電管廣告，射出
> 火一樣的赤光和青磷似的綠焰：Light, Heat, Power!

接著，又是「一九三〇年式的雪鐵龍汽車像閃電一般駛過了外白渡橋」。我們注意到，茅盾不僅特意選了三個英文單詞來形容上海的都市現代性特徵：光、熱、力！而且整個的這段描述所含的美學意境，都隱含了未來主義文學對他的影響的痕跡。

（二）德國表現主義（Expressionism[28]）

表現主義思潮興起於二十世紀初期，起始於繪畫音樂，一九一一年引入文學領域，[29]在德語戲劇、詩歌、小說等領域全面鋪展，成

---

27 據沈雁冰說，強惟力的原型是青年作家顧仲起，其未來主義的美學理想主要體現在對戰爭刺激的迷戀上。〔參閱茅盾《我走過的道路》（上）（北京：人民文學出版社，1997 年），頁 386〕。

28 表現主義產生於德國，其德語是 Expressionismus。

29 一九一〇年德國《狂飆》雜誌創刊，一九一一年《行動》雜誌創刊，都是表現主義的重要陣地。一九一一年表現主義評論家威廉·沃林格爾在《狂飆》上發表文章，被視為表現主義的宣言。

為一場轟轟烈烈的文學革命運動。[30]表現主義藝術反對客觀地表現世界，強調主觀世界、直覺和下意識，要求用怪誕的藝術手法來表現世界的真相，柏格森的生命衝動和時間綿延的學說、佛洛伊德的潛意識的學說都是他們的思想理論資源。這是對歐洲文藝復興以來的文學傳統最為激烈的挑戰。表現主義作家的政治態度，主流是積極的、反抗的，對資本主義社會的殘酷與非正義的本質，竭盡全力地給以揭露和抨擊。但從藝術上來看，似乎概念化的痕跡也非常嚴重。

表現主義的先驅者是瑞典的戲劇大師斯特林堡（J. A. Strindberg, 1849-1912）。《新青年》很早就翻譯介紹了他的作品，在當時他是作為與易卜生齊名的大師被廣泛介紹。由於表現主義的文學主張與五四新文學運動的反傳統反社會的激進立場非常接近，所以很快就得以傳播和關注。當時介紹表現主義的理論文章非常多，主要是從日本間接地流傳過來的，大批的留日學生都深受其影響。沈雁冰擔任主編期間的《小說月報》充當了宣傳表現主義的大本營。一九二一年《小說月報》十二卷六號發表海鏡（李漢俊）譯黑田禮二的〈霧飆運動〉，介紹德國表現主義藝術流派。下一期的刊物上又發表海鏡譯梅澤和軒的〈後期印象派與表現派〉，繼續介紹先鋒派藝術。再緊接著一期是「德國文學研究」專號，載海鏡譯山岸光宣的〈近代德國文學的主潮〉，廠晶（李漢俊）譯金子築水的〈最年輕的德意志的藝術運動〉，李達譯片山孤村的〈大戰與德國國民性及其文化文藝〉，程裕青譯山岸光宣的〈德國表現主義的戲曲〉，四篇論文從各個側面或

---

[30] 五四作家有把德國表現派比作文學革命運動。如宋春舫〈德國之表現派戲劇〉中說：「顧表現派之劇本，雖不無訾議之點，然乘時崛起，足以推倒一切大戰以來戲曲之勢力。今非昔比，……惟德國之表現派新運動，足當文學革命四字而無愧，譬如猶彗星不現於星月皎潔之晚，而現於風雷交作之夜，一線微光於此呈露在紛紛擾擾之秋，而突有一新勢力出而左右，全歐之劇場舍表現派外莫屬也。」（載《東方雜誌》18卷16號，1921年8月。）

多或少都介紹了德國表現主義藝術運動。與此同時，宋春舫發表〈德國之表現派戲劇〉，載《東方雜誌》十八卷十六號，介紹表現主義劇作家凱撒（Georg Kaiser）和漢先克洛佛（Walter Hasenclever）的作品，並翻譯漢生克洛佛的代表劇本《人類》。他作序說：「表現派的劇本不但在我國是破天荒第一次，在歐洲也算是一件很新奇的出產品。」

　　表現主義的文藝觀直接影響了五四新文藝作家們，尤其是創造社的社員。郭沫若的〈自然與藝術──對於表現派的共感〉等一系列文章裡，反覆強調藝術必須創造，反對模仿。他斥責西方的自然主義文學、象徵主義文學、未來主義文學，認為都是「摹仿的文藝」，而極力讚揚德國新興的表現派，聲稱對其「將來有無窮的希望」。[31]一九二〇年郭沫若發表詩劇《棠棣之花》，以後又連續創作了《女神之再生》、《湘累》等詩劇。據作者自稱，「詩劇」這種形式是「受了歌德的影響」，以及「當時流行著的新羅曼派和德國新起的所謂表現派」的影響，「特別是表現派的那種支離滅裂的表現，在我的支離滅裂的頭腦裡，的確得到了它的最適宜的培養基。」[32]但是與這些劇本相比較，郭沫若的早期小說更具有表現派的藝術手法，正如斯特林堡的《鬼魂奏鳴曲》裡讓死屍、鬼魂與人同台演出，郭沫若在小說裡讓骷髏與人一起交流訴說、讓人的肉體與「神」相分離，並讓肉體變形為動物屍體等怪異的手法比比皆是。郭沫若的早期小說在五四時期有很重要的地位，之所以後來沒有受到重視，除了郭沫若有更高的詩名以外，還有一個原因就是這些比較典型的表現主義藝術手法後來在占主流的現實主義的狹隘審美觀下面被遮蔽和被忽視。表現主義手法在五

---

[31]　郭沫若〈自然與藝術──對於表現派的共感〉，載《創造週報》第16號，1923年8月26日。

[32]　郭沫若《學生時代》（北京：人民文學出版社，1979年），頁68。

四一代作家的創作裡是非常普遍的現象，魯迅、郁達夫等著名作家的小說裡到處可見。

二〇年代初西方表現主義思潮影響到美國，誕生了表現主義的戲劇大師奧尼爾（E. O'Neill, 1888-1953），他的代表作《毛猿》、《鐘斯皇》等對中國的前衛戲劇家們產生了極為重要的影響。中國戲劇家洪深與奧尼爾是前後相隔幾屆的哈佛大學同學，他回國後在奧尼爾的影響下創作了中國特色的表現主義戲劇《趙閻王》，雖然在票房價值上慘遭失敗，但是畢竟為中國的表現主義戲劇積累了經驗，為三、四〇年代曹隅的表現主義因素的話劇《原野》等獲得成功打下了基礎。

達達主義、超現實主義運動由於起步晚，對於五四初期的新文學運動關係不大，二〇年代只有零星的介紹，[33]直到三〇年代戴望舒、艾青等現代派詩人登上詩壇，才逐漸顯現出一定的影響。但作為先鋒派的未來主義，表現主義的藝術流派，對於五四新文學初期的先鋒因素的形成，其意義是重要的。尤其是這兩大先鋒派的政治文化主張都極為激烈和極端，反傳統的呼喚極有氣勢，既充滿了戰鬥的色彩，又瀰漫著孤軍奮戰的悲愴，這種典型的先鋒派的文化氣質，與五四初期《新青年》為首的反傳統精神在氣質上非常接近，這是值得我們進一步研究的。

但是，指出這一點並不是片面地強調先鋒文藝的影響作用。因為第一，中國的先鋒精神本來就是混跡於浪漫主義的惡魔性、唯美主義

---

[33] 一九二二年四月十日幼雄根據日本雜誌上的文章改寫的〈韃韃主義是什麼〉發表，載《東方雜誌》十九卷七號，介紹了歐洲達達主義藝術的起源與特點。這是迄今查到的資料中最早專門介紹達達主義的一篇文章。一九二二年六月沈雁冰在《小說月報》十三卷六號的「海外文壇消息」的〈法國藝術的新運動〉對「大大主義」（即達達主義）也作了簡要的介紹，以後陸續還有介紹。關於超現實主義的介紹比較晚，能找到的是一九三四年黎烈文翻譯愛倫堡的〈論超現實主義派〉，載《譯文》一卷四期。

的頹廢性以及現實主義的啟蒙和批判，甚至還有自身文化傳統中的反叛因素，雜揉成一種以反叛社會反叛傳統為主要特點的文藝思潮，其先鋒品質不可能是單一的構成。第二，即使西方的先鋒與中國的先鋒運動之間毫無因果的影響關係，也同樣給我們提供了一個研究的參照系：即東西方先鋒意識的世界性因素是如何在世界轉變的緊要關頭發出戰鬥者的聲音。從中國文學的世界性因素的視角來看，中國文學與西方文學是在兩種完全不同的環境下產生先鋒運動的，五四新文學運動是廣泛的社會整體運動中的一翼，與新文化運動密不可分，整體性地參與促進了社會文化的全面轉型，其影響的深廣不侷限於文學，所以五四時期的中國先鋒運動要比西方的先鋒運動更具有對社會傳統的顛覆性。本節引入西方先鋒派文藝在中國的介紹資料，只是為了強調此時此刻中國與世界的同步性，而在同步發展中再考察中西先鋒派文學思潮的差異性。

二　五四新文學運動是一場先鋒運動

　　五四新文學運動之初的文化背景，與西方先鋒派文藝的產生背景之間，有一個值得玩味的現象。歐洲在十九世紀末，由於殖民地的成功開發，經濟得到了短暫的飛躍發展，從殖民地掠奪來的大量資源和廉價勞力產生的剩餘價值，緩和了資本主義國家內部的階級鬥爭和經濟矛盾，歐洲各國的經濟狀況和生活環境都有了改善，並且各國政府可以分出利潤來收買參與政治權力的工人領袖，真正的工人反抗意志無從表達，精神自由的追求被瀰漫社會輿論的庸俗物質主義所掩蓋，因而產生了普遍的精神壓抑和精神危機，極端的反抗行為只有通過無政府主義發起的恐怖活動來解決。藝術家深刻感覺到藝術不再有力量參與社會的進步與改造，批判現實主義對社會問題的局部批判，越來

越成為資本主義民主的一種招牌，而另一部分藝術家則以頹廢放蕩、玩世不恭的態度來表示對社會的輕視，這就形成了文學藝術領域的唯美主義思潮。唯美主義以藝術的自我實現為目的，故意忽略了社會的批判性介入，同時由於資本主義藝術體制的健全，藝術市場化也是在此時形成了巨大的涵蓋力，把一切藝術都迅速變成商品。先鋒運動的產生正是這種消極頹廢的藝術觀的反動，先鋒藝術以自身的驚世駭俗的表現，企圖使藝術重新回到社會反抗的立場，發揮它的批判功能。而中國從晚清到民國初年，政治經濟狀況正好相反，一場資產階級的革命剛剛推翻了封建王朝，但是歷史轉折時期的一切混亂和缺乏準備的隱疾一下子全部暴露出來，人們的共和國理想遭到破滅，精神也同樣陷於壓抑與危機之中。本來致力於思想宣傳的文藝這時候失去了它的原有功能，人們不再相信文學所宣傳的社會進步的理想。社會功能的喪失使文學迅速轉向兩種傾向：一是原先的革命者失去了參與政治的機會以後，轉向傳統文人放浪形骸的頹廢形態，文學創作恢復了古典文學中的士大夫自娛性功能。南社即為典型，南社社員政治上是激進的，但文學觀念上相當保守，也可以說是中國式的唯美主義和頹廢主義思潮；另一種傾向是，市場經濟形成了文學創作的商品屬性，許多文人以創作來追求商業利潤，文學性受到市場操作，形成了通俗文學的繁榮。所謂鴛鴦蝴蝶派文學主要是指這一派文學。比格爾在分析先鋒派產生的背景時提出了「藝術體制」的概念，他解釋說：「這裡所使用的『藝術體制』的概念既指生產性和分配性的機制，也指流行於一個特定的時期、決定著作品接受的關於藝術的思想。先鋒派對這兩者都持反對的態度。它既反對藝術作品所依賴的分配機制，也反對資產階級社會中由自律概念所規定的藝術地位。」[34]西方社會是因為

---

[34] 彼得·比格爾《先鋒派理論》，頁88。

資本主義經濟發達和體制完善而造成物質主義的精神的壓抑，導致文學的商品化市場和唯美主義的自律；中國是因為資產階級革命的不徹底、資本主義藝術體制的不健全和社會的混亂黑暗，導致了自娛的唯美主義的遊戲文學與媚俗的追求利潤的通俗文學。從表面看兩者仍然有相似的發生環境，中國的先鋒運動首先把批判的矛盾指向南社的詩歌創作和鴛鴦蝴蝶派的通俗文學，提倡為人生的文學，其意義可以從這裡得到解釋。

五四新文學運動是啟蒙意識與先鋒精神的合力形成的一個巨大的批判陣營。西方文藝復興時期的人文主義思潮與二十世紀初的西方先鋒性的反叛思潮同時流傳到中國，並且同時引起中國作家的關注。兩者之間，既有互不可分的一面，但還是存在著文化淵源上的差異。我們從周氏兄弟在五四時期的言論中可以明顯感受到這種差異的存在。周作人在五四時期的文章裡基本上沒有什麼先鋒派的因素，他的〈人的文學〉一文最能證明，堅持人道主義、堅持理性精神、略帶一點藝術上的唯美和頹廢傾向，是周作人貫穿一生的作風，五四新文學運動徹底反傳統的戰鬥始終讓他感到格格不入，他終於放棄了激烈的批判立場，轉向唯美的現代主義文化。他在二〇年代提出「美文」的寫作原則，強調個人有勝業的專業精神，都可以看作是與先鋒精神的分離。魯迅與周作人自有許多不同之處，但其根本不同的一點，則是魯迅始終堅持了先鋒的立場。周氏兄弟早年吸收西方學術的淵源不同，周作人追求的是西方理性與科學、神話等雅典精神傳統；而魯迅追求的是熱血沸騰、捨身愛國、激進主義的斯巴達精神傳統，並從這一傳統結合中外世紀末哲學思潮，形成了特有的先鋒精神。我們從他在五四時期所發表的雜感對傳統文化採取的肆無忌憚的否定態度，以及在〈狂人日記〉中關於吃人問題的探討，可以看到魯迅筆下所呈現的反叛性。魯迅早期的現代反叛思想，是從達爾文、尼采一路發展而來，

達爾文提出生命的進化論學說、尼采直接高呼「上帝死了」,從科學與人文兩個方面顛覆了基督教文明的超穩定性,而〈狂人日記〉幾乎出自本能地把這一反叛思想融入本民族傳統文明的顛覆因素,不僅顛覆了「仁義道德」的傳統意識形態,也顛覆了「人之初性本善」的儒家人性論的基本信條,進而對瀰漫於當時思想領域的來自西方的人道主義、人性論思潮也進行了質疑,內含了「非人」的思想。[35]這與西方在二十世紀初所興起的先鋒文學思潮的鋒芒所向基本保持了一致性。狂人原先以為自己發現了吃人的秘密而別的人尚不知曉,他以眾人皆醉唯我獨醒的態度勸轉大哥覺悟,但終於失敗了。這時候的狂人還是一個人道主義者。但緊接著他感到恐懼的是,吃人的野蠻特質不但滲透於四千年的歷史,而且也瀰漫於當下的社會日常生活,更甚於此的還深深根植於人性本身,連他自己也未必沒有吃過人。這才是狂人感悟問題的真正徹底性,徹底得讓人無路可走,頓時失去了立足之地。從人道主義到反思人的吃人性(非人),這就是〈狂人日記〉不同於清末譴責小說的地方,它顯然不僅僅在社會的某一層面上揭露出生活的黑暗和怪異,而是對整個社會生活的人生意義以及人道主義的合理性都提出了質疑。這種徹底性正是西方現代主義小說的先鋒性的重要特徵之一。[36]

　　波焦利曾把西方先鋒精神特徵歸納為四種勢態(moments),分

---

35 關於魯迅這一思想特點,筆者在另外的論文裡有過詳細探討,在此不贅。可參閱拙著《中國現當代文學名篇十五講》中第一、二、三章(北京:北京大學出版社,2003年)。

36 我們在卡夫卡的作品裡根本無法找到現代人的出路究竟在哪裡,它對人的生存處境從根本上提出了懷疑。《狂人日記》具有非常相似的意義。這是卡夫卡與巴爾札克之間的根本差異,也是以魯迅為代表的新文學與晚清民初的譴責小說和言情小說的根本差異。

別為行動勢態、對抗勢態、虛無勢態和悲愴勢態。[37]我覺得，像魯迅所描繪的「吃人」的意象，就是一種行動勢態的表達，這是一種心理上的動勢（psychological dynamism），用故作驚人的誇張藝術手法，引起驚世駭俗的效果。

行動的乖張必然帶來主體與社會習俗的對抗。五四新文學發起者們自覺站在與社會公眾對抗的立場上，展開他們的自覺挑釁。先鋒派文藝本身是針對了「為藝術而藝術」的唯美主義而出現的反動，出現在歐洲一次世界大戰的前後，資本主義社會的體制已經出現了鬆弛、崩壞的跡象，不是鐵板一塊堅不可摧了，所以給藝術介入社會提供了新的希望。彼得‧比格爾甚至解釋說：Avant-Garde 中的「首碼 avant 並非、至少並不主要指要求領先於同時代的藝術，更多的是指社會進程的尖端。一個藝術家屬於先鋒主義者並非因為創造了一種新的藝術，而是因為用這種藝術謀求另外的事：實現聖西門式的烏托邦或社會進程的加倍前行」。[38]我們如果從這一角度來理解五四新文學運動的發展趨向，就不會驚訝於為什麼這場運動的最終指向是對社會的批判和改造，也不會驚訝於為什麼新文學運動的骨幹力量幾年以後都轉向了實際的政治運動和政黨活動。事實上，五四新文學運動發起者們的心裡都是存在著一種社會理想的，並以此烏托邦為精神目標來批判社會現狀和提出改造社會現狀的藥方。《新青年》[39]創辦之初，陳獨秀就在〈敬告青年〉裡向青年們提出六條標準：自主的而非奴隸的、進步

---

[37] 轉引自趙毅衡〈雷納多‧波喬利《先鋒理論》〉，《今日先鋒》第三輯（北京：三聯書店，1995 年），頁 35。

[38] 引自彼得‧比格爾為邁克爾‧凱利主編的《美學大百科全書》第一卷撰寫的「先鋒」（Avant-Garde）條目：Michael Kelly (ed.), *Encyclopedia of Aesthetics*, vol. 1, New-York: Oxford University Press, 1998, p.186.

[39] 《新青年》第一卷為《青年雜誌》，第二卷才改名為《新青年》，本章為了統一提法，都取用《新青年》，特此說明。

的而非保守的、進取的而非退隱的、世界的而非鎖國的，實利的而非
虛文的，科學的而非想像的。[40]其中「實利的」一條最不能理解。什
麼意思？在今天的語境下就是要講實際利益。陳獨秀認為這是世界性
的趨向，中國的青年不能什麼都像儒家那樣只講究虛偽道德，講義不
講利。這與西方的先鋒精神是有關的。這種先鋒精神的指向，就是要
求介入社會，改變社會現狀。陳獨秀甚至公然鼓吹青年人要學日本的
「獸性主義」，所謂獸性主義，就是「曰意志頑狠，善鬥不屈也；曰
體魄強健，力抗自然也；曰信賴本能，不依他為活也；曰順性率真，
不飾偽自文也。晳種之人，殖民事業遍於大地，唯此獸性故。日本稱
霸亞洲，唯此獸性故。」[41]這種赤裸裸地效法殖民主義的極端言論，如
果放在先鋒派崇尚強力、歌頌戰爭的極端態度，也就不奇怪了。

　　強烈的改造社會願望以及與社會習俗的對抗性，使五四新文學發
起者對傳統抱有虛無的態度。[42]在中國，幾乎沒有西方達達主義者那
樣追求純粹的無意義，他們的心中都是懷有滿腔救國的理想方案，但
是他們敢於指出傳統的無意義，認為一切神聖的東西，只要妨礙今天
的發展，都是可以推翻的。如陳獨秀在《新青年》發表〈本志罪案之
答辯書〉[43]，是一篇引火焚身的先鋒派文獻。他在文章裡直認不諱自己
的立場是「破壞孔教，破壞禮法，破壞國粹，破壞貞節，破壞舊倫理
（忠孝節），破壞舊藝術（中國戲），破壞舊宗教（鬼神），破壞舊文
學，破壞舊政治（特權人治）」。而魯迅對於傳統文化的輕蔑與批判
態度也表示了這種自覺：「苟有阻礙這前途者，無論是古是今，是人

40　陳獨秀〈敬告青年〉，載《青年雜誌》1卷1號，1915年9月15日。

41　陳獨秀〈今日之教育方針〉，載《青年雜誌》1卷2號，1915年10月15日。

42　五四時期先鋒作家對傳統採取的虛無主義態度，某種意義上可以看成一種策略。事
　　實上，陳獨秀、魯迅諸先驅本身對傳統文化都有深刻的研究和貢獻。所以這種虛無
　　主義的態度只流行了很短暫的一個時期。

43　陳獨秀〈本志罪案之答辯書〉，載《新青年》6卷1號，1919年1月15日。

是鬼,是《三墳》《五典》,百宋千元,天球河圖,金人玉佛,祖傳丸散,秘制膏丹,全都踏倒他。」[44]他曾公然主張青年人不讀中國書,而另一個激進主義者吳稚暉更是公開號召把線裝書丟到茅廁裡去。這種虛無主義使人聯想到西方先鋒派對傳統文化的徹底決絕的態度。常為人所詬病的是義大利未來主義者公然宣佈要「摧毀一切博物館、圖書館和科學院」[45],而俄羅斯的未來主義者則宣佈「把普希金、陀思妥耶夫斯基、托爾斯泰等等,從現代生活的輪船上扔出去。」[46]

先鋒文學為了表示它與現實環境的徹底決裂和反傳統精神,往往在語言形態和藝術形式上也誇大了與傳統的裂縫,它通過擴大這種人為的裂縫來證明自身存在的革命性,對傳統的審美習慣也採取了顛覆的態度,以違反時人的審美口味和世俗習慣來表示與現實的不妥協的對抗。這些現象表面上是技術性的,其實其實仍然是一種精神宣言。從語言形態和藝術形式的反傳統的標誌來看,五四新文學運動作為先鋒文學運動的特徵更為明顯。魯迅是第一個自覺到這個特性的人,他的《狂人日記》一發表,立刻就拉開了新舊文學的距離,劃分出一種語言的分界。筆者很贊同這樣的觀點:五四之後所形成的白話語言體系及現代漢語,本質上是一種歐化的語言。現代白話與古代白話之間的區別不是在形式即語言作為工具的層面上,而是在思想思維即語言作為思想的層面上。現代白話是一種具有自己獨特的思想思維體系的語言體系。[47]中國自古代就有白話文學,胡適作過專門的研究,撰寫過《白話文學史》。晚清以來,知識份子出於宣傳維新改革思想的需

44 魯迅〈忽然想到(六)〉,收入《魯迅全集》第三卷(北京:人民文學出版社,1981年),頁45。

45 引自馬里內蒂《未來主義的創立和宣言》,吳正儀譯,收入柳鳴九主編《未來主義、超現實主義、魔幻現實主義》,頁47。

46 布林柳克等,張捷譯〈給社會趣味一記耳光〉,載《文藝理論研究》1982年第2期。

47 高玉《現代漢語與中國現代文學》(北京:中國社會科學出版社,2003年),頁59。

要，使白話逐漸進入了傳媒系統，為更多的民眾所接受。晚清文學在黃遵憲「我手寫我口」的宣導下，不僅白話入詩，而且大量方言成為小說創作的工具。《海上花列傳》的蘇州方言就是最典型的一種。所以學界長期有一種看法：即使沒有五四新文學運動，白話文也會遲早成為文學語言的正宗，這是由現代文學的性質所決定的。這種設想自然有它的道理，但是我們應該注意到的是，五四新文學的大量歐化語言的產生，與傳統的白話文自然而然的發展軌跡並不是一回事，這是另外一個語言系統進入中國，形成了一種全新的思維方法。五四新文學運動所提倡的白話文，可以說是開創了一個新的語言空間。只要把〈狂人日記〉與任何一篇晚清小說對照讀一讀就很清楚了。關於這一點，白話文的提倡者也未必全都意識到，胡適就始終堅持：白話文只是表示用口語寫作，他所強調「要有話說，方才說話」，「有什麼話，說什麼話；話怎麼說，就怎麼說」，[48]這都是一個口頭語的提倡。這個口頭語，就是晚清以來大量小說的主要用語。而魯迅創作用的恰恰不是這樣的白話文，他不是一個「有什麼話，說什麼話；話怎麼說，就怎麼說」的白話文實行者，他是用歐化語言的表達方式，用西方的語法結構來創造一種新的文體，形成了現代漢語精神的基本雛形。漢學家史華慈尖銳地指出：「白話文成了一種『披著歐洲外衣』，負荷了過多的西方新辭彙，甚至深受西方語言的句法和韻律影響的語言。它甚至可能是比傳統的文言更遠離大眾的語言。」[49]這也就是五四新文學長期以來不可能解決大眾化問題的根源所在。我們不妨讀一下〈狂人日記〉的語言，這種語言有獨特的語法結構，用得非常拗口：

48　胡適〈建設的文學革命論〉，載《新青年》4卷4號，1918年4月15日。

49　本傑明‧史華慈〈《五四運動的反省》導言〉，轉引自高玉《現代漢語與中國現代文學》，頁59。

> 四千年來時時吃人的地方，今天才明白，我也在其中混了多
> 年；大哥正管著家務，妹子恰恰死了，他未必不和在飯菜裡，
> 暗暗給我們吃。
> 我未必無意之中，不吃了我妹子的幾片肉，現在也輪到我自
> 己，……

　　狂人為了表達自己也曾經「吃人」這一痛苦事實，用了幾個「未
必」來轉折地表達句子的意思，把句子搞得晦澀難讀，卻又非常符合
邏輯。這就是非常典型的歐花句子。還有，運用大量的補語結構：

> 你們要不改，自己也會吃盡。即使生得多，也會給真的人除滅
> 了，同獵人打完狼子一樣！——同蟲子一樣！

　　不僅驚嘆號和破折號的運用十分奇特，語言結構上也很奇特，與
中國人一般的口語習慣完全不一樣。像這樣的奇特語言，怎麼能說是
白話文呢？歐化的句式必然帶來歐化的表現效果。新文學作品有時候
難讀難懂，主要是反映了當時的中國知識份子面對西方許多新的思想
激起對自己文化傳統的深刻反省，思維混亂、感情複雜是必然的。像
魯迅的文學語言，給人帶來的最震撼的就是這個效果。《野草》裡的
晦澀難懂的語言裡隱藏著無窮的潛在魄力。從魯迅開始，中國的語言
進入了一塊現代語寫作，而不是一般的口語寫作。所謂的現代語寫
作，就是用標準的現代語法，盡最大的力量來表達現代人的思維方
式，表達現代人感受到的某種思想感情。
　　我們再讀郭沫若早期的詩歌如《女神》諸篇，大量的中外名詞夾
雜在一起，大量的現代科學名詞入詩，加之世界性的開闊視野和奇特
的想像，展示出一種令人目不暇接的萬花筒的異彩：

> 哦哦，摩托車前的明燈！

你二十世紀亞坡羅！

你也改乘了摩托車嗎？

我想做個你的助手，你肯同意嗎？

哦哦，光的雄勁！

瑪瑙一樣的晨鳥在我眼前飛騰。

——〈日出〉

大都會的脈搏呀！

生的鼓動呀！

打著在，吹著在，叫著在，……

噴著在，飛著在，跳著在，……

……

一枝枝的煙筒都開著了朵黑色的牡丹呀！

哦哦，二十世紀的名花！

近代文明的嚴母呀！

——〈筆立山頭展望〉

啊啊！不斷的毀壞，不斷的創造，不斷的努力喲！

啊啊！力喲！力喲！

力的繪畫，力的舞蹈，力的音樂，力的詩歌，力的律呂喲！

——〈立在地球邊上放〉

用摩托車來形容日出，用黑色的牡丹來形容大工業，顯然是對中國傳統優雅的審美習慣的顛覆，而在最後一例裡，詩人試圖把對強力的歌頌貫穿到繪畫、音樂、詩歌、舞蹈等各種藝術形式上去，雖然西方先鋒派藝術首先是出現在藝術門類中，然後再傳染給文學，而當時中國的現代音樂現代繪畫還處於起步階段，只有文學能夠獨立承擔起

先鋒運動的使命，但是在郭沫若的詩歌裡，不僅給現代各種門類的藝術以新的生命，而且使各類藝術因素都融匯到他的詩歌創作裡去，使《女神》真如橫空出世一樣，把五四新文學的實績推到了一個與世界文學同列的高度。這是胡適的《嘗試集》所開的白話詩風氣，也是那種哥哥妹妹的民間情歌傳統不能望其項背的。

　　本章在論述五四新文學運動的先鋒因素時，一開始就試圖加以說明，在五四初期，西方人文主義思潮和現代反叛思潮同時影響了新文學作家；同樣的原理，即使在一部分具有先鋒精神的作家的文學世界裡，也融匯了多種外來文學的影響因素，絕不可能為先鋒因素所獨佔。但是我們從五四初期新文學運動的發動及其發展狀況來看，毋庸諱言，當時就新文學而言，確實存在過一個類似西方先鋒派文藝的先鋒運動，它構成了五四時期新文化運動中的先鋒性，以激進的姿態推動文學上的破舊立新的大趨勢。這個運動大致可以陳獨秀、錢玄同為代表的《新青年》思想理論集團，魯迅、郭沫若為代表的先鋒文學創作，沈雁冰、宋春舫等為代表的翻譯引進和理論介紹為基本範圍，《新青年》、《創作季刊》、《小說月報》等雜誌以各種不同的方式顯現其先鋒姿態和先鋒精神，在五四新文學運動初期發揮了積極的，幾乎是核心的作用。

　　先鋒文藝不等同於現代主義文藝，過去我們常常是把兩者混同起來，把先鋒派文藝看作是現代主義文藝內部的幾個規模不大的派別；然而兩者最重要的區別是──先鋒文藝的鋒芒指向「為藝術而藝術」的唯美主義文藝思想，而現代主義各種流派中也包含了「為藝術而藝術」的文藝觀念。中國現代文學史上曾流行過由波德賴爾、馬拉美等象徵主義詩歌，王爾德、魏爾侖為唯美主義和頹廢主義，以及意識流、性意識等理論構成的現代主義文藝思潮，它們對作家的影響，主要體現在具體的創作美學追求；而先鋒精神在中國作家身上所體現

出來的主要是文學態度與文學立場，主要體現在文學與社會的關係方面。兩者的分野在五四時期就得到體現。作為先鋒文藝精神的主要特點之一，五四初期新文學運動中的「為藝術而藝術」的唯美主義傾向並沒有得到普遍的回應，新文學運動的發起人只是針對傳統的的文以載道的弊病，提出了藝術自身的獨立審美的價值，[50]但其出發點仍然是強調文學要介入社會生活、有助於主使者進步；創造社成員提倡為藝術而藝術，一邊強調「反抗不以個性為根底的既成道德」，一邊呼籲藝術要「反抗資本主義的毒龍」，張揚個性與反抗資本主義也達到了高度的一致性。[51]所以，以往文學史把五四初期的「為人生的文學」和「為藝術的藝術」簡單對立起來是有失偏頗的。五四新文學運動的先鋒精神，一開始就決定了文學與社會的對抗性，新文學是對舊社會體制的批判和抗爭，這一點上兩派沒有根本的異議。從五四初期的外來影響上看，俄羅斯批判現實主義的文學，浪漫主義的惡魔派文學，其本身都有複雜內涵和多元因素，但是中國新文學作家真正歡迎的外來因素，都集中在反抗社會體制和批判文化傳統這兩個方面，這與狂熱反對傳統的先鋒精神是不謀而合的。五四作家反傳統的徹底性，使他們超越了各種藝術思潮流派自身局限，在先鋒精神這一點上統一起來。不過，強調唯美主義、強調藝術形式至上的文藝觀點在五四時期並非沒有影響，只是沒有佔據主流的位置，直到二〇年代後期才慢慢地流行開來（如戴望舒的現代主義詩歌），三〇年代的許多優秀詩歌

---

50 陳獨秀〈致胡適之（文學革命）〉中探討「八不主義」中「須言之有物」一條時，闡述了著名的觀點：「鄙意欲救國文浮誇空泛之弊，只第六項『不作無病之呻吟』一語足矣。若專求『言之有物』，其流弊將毋同於『文以載道』之說？以文學為手段為器械，必附他物以生存。竊以為文學之作品與應用文字作用不同。其美感與伎倆，所謂文學美術自身獨立存在之價值，是否可以輕輕抹殺，豈無研究之餘地？」載《新青年》2卷2號，1916年10月1日。

51 郭沫若〈我們的新運動〉，載《創造週報》第3號，1923年5月27日。

和小說的誕生（如京派文藝圈的有些現代派創作成果）才逐漸體現出真正的現代主義的因素。而對於五四初期的激進主義的反叛文學思潮，與其用現代主義，毋寧用先鋒精神來概括則更為確切。

先鋒精神不是五四新文學運動的全部，但它是新文學運動中最激進、最活躍的一部分力量，它的基本發生形態可以用「異軍突起」來概括。「先鋒」一詞，原先是用於軍事領域，指一支小部隊孤軍深入，直臨前線與強敵作戰。在兩軍對陣敵情未卜的狀態下，先鋒部隊就含有投石問路的性質，因此戰場上勝負難卜、生死危亡的考驗使之處於高度緊張的精神狀態；更加弔詭的是，先鋒與自己大部隊的關係也相當曖昧。古代軍事上有「將在外，君命有所不受」的說法，意味著前線戰場上軍情瞬息萬變，全靠先鋒部隊充分發揮主體的能動性，過於拘泥主帥命令反而會遭受全軍覆沒的危險。這也從另一個角度反映了先鋒與主帥之間的辯證關係。換句話說，先鋒更加具有獨立色彩，它不僅集中力量攻擊它的敵人，也會反過來對主帥操縱的大部隊生出異己性，這就有了「異軍突起」的說法。從文學的先鋒精神看，他們攻擊墨守陳規的傳統以外，對本營壘中的主流力量多半也是採取了猛烈抨擊或者不屑一顧的傲慢態度，他們至少會覺得，作為主流的文化趨向在它們的掌握者操縱下已經失去了活躍的生命力，已經不足以擔當起指揮和領導向傳統勢力進攻的重任。這就是俄羅斯的未來主義者高喊著要把普希金、陀思妥耶夫斯基、托爾斯泰拋到海裡去的原因。中國現代文學史上凡帶有先鋒性質的文學運動大約都有過類似的經歷，五四新文學運動發起者們對晚清以來的文學革命先驅多有微詞，魯迅在〈狂人日記〉裡對人道主義的質疑，創造社崛起之時針對文學研究會和魯迅的大肆攻擊，左翼文學發動對魯迅、茅盾的圍剿等等，都是屬於這類先鋒運動必然伴隨的前後樹敵的狂妄與緊張相交雜的心理反應。

　　由於先鋒運動的孤軍深入和前後樹敵，它在實踐上不可能有很長遠地堅持。一般來說先鋒運動在文學史上都是彗星似的短暫，如同火光電閃稍瞬即逝，伴隨它而來的是一場場激烈的爭論，攪得周天寒徹，但很快就會過去，顯出戰場的平靜和寂寞。所以我們考察先鋒文化的成功與否，必須看它與主流文化究竟處於一種什麼樣的關係。先鋒派劇作作家歐仁・尤奈斯庫曾經說得很有意思：「先鋒派就應當是藝術和文化的一種先驅的現象，從這個詞的字面上來講是說得通的。它應當是一種前風格，是先知，是一種變化的方向……這種變化終將被接受，並且真正地改變一切。這就是說，從總的方面來說，只有在先鋒派取得成功之後，只有在先鋒派的作家和藝術家有人跟隨以後，只有在這些作家和藝術家創造出一種占支配地位的學派、一種能夠被接受的文化風格並且能征服一個時代的時候，先鋒派才有可能事後被承認。所以，只有在一種先鋒派已經不復存在，只有在它已經變成後鋒派的時候，只有在它已被『大部隊』的其他部分趕上甚至超過的時候，人們才可能意識到曾經有過先鋒派。」[52]尤奈斯庫這麼說，顯然不是針對具體的文學先鋒流派而言的，他泛指某種先鋒文學藝術現象只有事後才會被人意識到，指出了真正的先鋒運動確是認清了社會文化潮流的趨向而不是故意地裝瘋撒嬌，先鋒派是否成為真正的先鋒，要經得起時間與歷史進程的考驗，他們所追求的藝術目的是否能為「大部隊」即主流文化所容納，是先鋒得以成立的標誌。如果「先鋒」了一陣以後無聲無息，那就不是真正的先鋒。這一特徵毫不掩飾地道出了先鋒派在反媚俗的同時，必將有另一種媚俗的傾向，它有急於求成，急於被主流文化承認的功利性和迫切性，這也是自稱先鋒派的藝

---

[52] 歐仁・尤奈斯庫著，李化譯〈論先鋒派〉，收入《法國作家論文學》（北京：三聯書店，1984年），頁568。

術家會自覺接受某種權力的合作的根本原因所在（如義大利未來主義者向法西斯政權靠近，俄羅斯未來主義者向蘇維埃政權靠近，法國超現實主義詩人阿拉貢、艾呂雅等加入了法國共產黨，都可以從這一角度來認識）。我們從這一定義來看五四新文學，就不難意識到它的先鋒性是經得起時間考驗的。其標誌當然不僅僅是其存在下去，而是五四的先鋒主張──反傳統的立場、深刻的批判精神、語言的歐化結構、開創性的新文藝形式等等，都逐漸被主流文化所接受，並且形成了我們所說的五四新文學傳統。

這樣，由於先鋒性的存在，五四新文學運動就呈現出特別複雜的形態。我們從考察先鋒運動與主流文化的關係的角度來回應本章一開始所介紹的王德威教授的「被壓抑的現代性」和范伯群教授所持的「鴛鴦蝴蝶派小說為正宗」說，就能得到進一步的啟發。在二十世紀前二三十年的中國文學發展的過程中，我們不妨把五四新文學運動中某些激進因素（不是五四新文學的全部）看成是一個異軍突起的先鋒派文學運動，也就意味著五四新文學運動內部存在著一個與同時代的文學主流之間「斷裂」的形態，而從晚清到民初的文學向五四新文學發展的總體過程則是當時中國文學的主流。當時中國社會面臨著三千年未有之大變局，文學憑著敏感的特性，自然而然地充當了回應社會破舊立新的先聲。新舊文學之分是存在的，但未必如後來的文學史所描繪的那樣清晰。古典文學歷來有雅俗之分，晚清時期新因素的出現，主要是在俗的一邊，如小說戲曲等，一是充當了資產階級政治改革的宣傳，二是迎合了半殖民地剛剛興起的通俗文化市場。而雅文學一邊，即士大夫們的詩文寫作，畢竟還是慢了一拍，直到黃遵憲才發生了緩慢的變化，即使到南社時代，仍然是在傳統的舊文學形式裡打圈。五四前一二十年中國的雅俗文學都在發生變化，比較顯著、或者說直接影響了二十世紀文學走向的，是俗文學發揮了前所未有的作

用。在這個意義上，范伯群教授引朱自清的「正宗說」有一定的合理性，畢竟當時的俗文學全盤繼承了古典小說的文學遺產。但從雅文學創作來考量，如詩文方面，俗文學則無法左右其中，繼往開來（臺灣淪為日本殖民地以後，古典詩的創作還有進一步的發展）。晚清到民初的主流文學依然是在社會生活的推動下發生著變化，文學為了適應社會的需要，其新的主題的確立，西方文學的翻譯介紹，語言的通俗化大眾化，文化市場體制的建設，等等，都在有條不紊地發展著。民初政治的混亂與黑暗，使原來旨在政治改良的晚清白話小說的創作勢頭有所遏制，而繁榮一時的兩大潮流：一個是唯美頹廢傾向的舊體詩詞和言情駢體小說，一個是文化市場上的通俗讀物（包括各種通俗性的狹邪、黑幕、武俠、滑稽小說等等），都有了長足的發展。在這兩大文學潮流中，包含著現代意識的白話文學並非沒有增長，這就是王德威教授所說的「被壓抑的現代性」的多種文類的晚清小說，也在按照自身邏輯發展者，王教授指出的「沒有晚清，何來五四？」在這個意義上提出質問是相當有力的。

　　關於「被壓抑的現代性」這個概念，王德威教授的闡述中含有多重的意義：（一）它代表一個文學傳統內生生不息的創造力。這一創造力在迎向十九世紀以來西方的政經擴張主義及「現代話語」時，曾經顯現極具爭議性的反應。（二）指的是五四以來的文學及文學史寫作的自我檢查及壓抑現象。在歷史進程獨一無二的指標下，作家勤於篩選文學經驗中的雜質，視其為跟不上時代的糟粕。（三）泛指晚清、五四及三〇年代以來種種不入（主）流的文藝實驗。[53] 雖然這部著作主要是在第三種意義上討論晚清小說文類中的「被壓抑的現代性」，但筆者更重視的是第二種意義上所具含的方法論，即如何理解

---

[53]　王德威《被壓抑的現代性：晚清小說新論》，頁25-26。

中國文學的現代性問題。如作者所說:「晚清小說求新求變的努力,因其全球意義及其當下緊迫感,得以成為『現代』時期的發端……晚清作家卻發現自己在思想、技術、政治、經濟方面,身處世界性交通往來中。他們所面臨的要務,乃是即刻掌握並回應西方的發展。」[54]中國作家這樣一種能力是在中國特定環境下的實踐中培養出來的,因此,討論中國文學的現代性因素,不能簡單地以某一種現代性的標準絕對化,而排除中國文化自身發展中出現的多種現代化要求。王德威教授非常準確地指出了中國文學的現代性問題上的世界性因素:「作為學者,我們在跨國文學的語境中追尋新與變的證據之際,必須真的相信現代性。除非晚清時代的中國被視為完全靜態的社會(這一觀念早已被證明是自我設限),否則識者便無法否認中國在回應並且對抗西方的影響時,有能力創造出自己的文學現代性。」[55]王教授這一論述,與筆者過去闡述的「中國文學的世界性因素」[56]是不謀而合。也許,在今天人們的閱讀經驗裡,晚清小說僅僅具有當時的市場功能,很難與今天我們所理解的現代性問題聯繫起來,而王德威教授指出的是,現代性的多種可能性本來存在的,後來是在文學史的統一的觀念支配下被自我檢查和壓抑掉了。筆者覺得這是王教授的理論最能擊中我們目前文學觀念的要害之處,它引起了筆者對傳統文學史觀念的重新審視。本章所提出的五四新文學的先鋒性的觀點,正是為了解釋王教授的質疑。長期以來我們混淆了作為先鋒文學和正常的主流文學之間的界限,把作為一場具有先鋒性的五四新文學運動視為文學史的新的起點,即用先鋒文學的規範營造了一個二十世紀文學的普遍規範和文學史傳統,而取代了之前的主流文學的多樣性,也涵蓋了以後的所

54　同前註,頁40。

55　同前註,頁41。

56　請參閱本書第六章。

有複雜多元的文學現象，這樣的理解當然是可以的，但是付出的代價則是犧牲或者漠視了晚清以來近二十年的文學實踐及其以後的文學實踐的豐富內涵，對於中國可能出現的多種現代性的追求，只能做出簡單的教條的理解。

「被壓抑的現代性」之所以被壓抑，主要的原因不是五四新文學形成的文學壓制機制，而是文學史的研究者忽略了先鋒文學與主流文學的辯證關係。我們過去習慣上把文學史視為斷裂的文學史，即一個新的文學範式取代另一個範式，新的文學永遠戰勝舊的文學，把五四新文學運動看成是一種全新的範式，並以這樣的範式來取捨各種文學史現象。這樣的文學史必然是狹隘的文學史，必然會排斥許多異己的文學現象。五四新文學的先鋒運動不可能全盤取代晚清以來的現代文學的主流進程，但它以新的激進主張融入主流文學，使主流文學出現了許多新因素，出現了某些激烈變化，但並非是原來的文學完全不存在。再簡而言之，在過去我們所認定的五四新文學的範式下的文學史著作裡，之所以不能容納張愛玲、沈從文、錢鍾書、張恨水等作家，之所以不能如實介紹許多作家的舊體詩創作、戲曲創作以及文言文寫作，都不僅僅是因為狹隘的政治觀念所致，有一個不容忽視的原因就是文學史觀念的局限性，五四新文學的範式確實無法容納這些另類的作家和作品。

提出五四新文學的先鋒性並非抹殺了它奠定文學新局面的意義，而是要重新定義它與晚清以來主流文學的關係。作為異軍突起的先鋒文學運動，它正如尤奈斯庫所分析的：「一個先鋒派的人就如同是國家內部的一個敵人，他發奮要使它解體，起來反叛它，因為一種表達形式一經確立之後，就像是一種制度似的，也是一種壓迫的形式。先

鋒派的人是現存體系的反對者。」[57]嚴格地說先鋒派不是建立新的文學
範式，而是通過對主流文學的主要體系的出擊，使批判的、創造的因
素進入主流文學的範式，使傳統的內涵在它的攻擊下變得更加充實更
加豐富，進而也更加貼近時代變化的需要。用尤奈斯庫的話說，就是
一種改變的方向終將被接受，並且改變了主流的方向，「大部隊」趕
上了，先鋒才完成任務，才能被確認為先驅者。一九二一年白話文獲
得國家教育部門的承認並給以推廣，也就是說，先鋒性的新文學運動
進入了體制，白話文學因此逐漸進入了一種文學教育體制。五四文學
革命的任務已經完成。這時候，具有強烈先鋒意識的魯迅等人敏感地
意識到二〇年代原有陣營解體了。這意味著作為一場先鋒文學運動已
經取得了部分的勝利，它已經開始轉化，逐漸與主流文學的「大部
隊」融成一體了。

三　以巴金為例──新文學傳統在先鋒與大眾之間

　　從白話文運動的推廣來看，一九二一年是一個關鍵的年頭。但從
白話文為特徵的新文學運動的歷史來看，形勢剛剛在發生轉變，文學
的先鋒性還在迅速地發展，二十世紀二〇年代是中國先鋒文學蓬勃發
展的時期。但是，如果我們把五四新文學運動的核心精神視為一種先
鋒精神的話，那麼接下來的問題是：五四新文學運動的傳統及其發展
過程，與五四先鋒精神究竟處於什麼樣的關係之中呢？
　　在解釋這個問題之前，我們首先要在理論上確認兩個前提：其
一，筆者把現代文學的發展分成兩個層面，一個層面是常態的主流文
學演變過程，指在一定的社會生產關係變動中造就的相應的文化演

---

[57] 歐仁·尤奈斯庫〈論先鋒派〉，收入《法國作家論文學》，頁569。

變，文學的變化也在其中之列，而市場與讀者往往是社會與文學兩者之間互動的紐帶；第二個層面是指某些特殊時期出現的文學與文化的震盪，這些震盪受到世界性潮流的刺激或者影響，以先鋒的姿態出現，促進、推動了文學或文化的激變，它破除對傳統文化的迷信，鼓吹新的文化觀念和審美觀念，以徹底的批判精神宣告了現代知識份子的誕生，啟蒙是他們早期的旗幟，作為主體讀者群的市民階級和大眾市場，往往也成了他們激進批判和教育的對象。這兩種文學發展形態既對立又有聯繫，甚至在一定環節下發生互相的轉化。其二，五四新文學運動從一開始就同時存在了兩種相成相反的形態。當陳獨秀主編《新青年》介紹世界新思潮、胡適提倡文學改良的「八不」的最初時候，他們確實與其他的文學革命嘗試者一樣，希望新的文學能延續傳統的文學主流自然變革而來，使白話文學取代文言文學成為現時代的文學主潮。這是常態發展的文學形態。但是在他們的言論和情緒裡也確實已經包含了某些過激的因素。以後隨著西方學術思潮的傳入和激進思想的出現，隨著新文學運動受到社會保守力量的反對和威脅，他們批判傳統和反抗社會壓力的態度越來越激進，尤其是以魯迅為開端的、後有創造社、部分文學研究會等作家的創作實績和理論實踐，以更為激進的姿態和更為含混的形象「異軍突起」於文壇，他們以強烈的反傳統姿態和歐化的文學意象、語言、理論衝擊人們的傳統審美觀念。西方的激進思想與五四新文學初期宣導者中間原有的激進因素（典型如陳獨秀的〈本志罪案之答辯書〉和錢玄同等關於語言改革的激烈主張）相結合，構成了五四新文學的意向，改變了前者的正常軌跡和性質，促進新文學運動向先鋒性轉換。

　　五四新文學運動是在中國被納入世界格局的時候發生的，它所包含的現代的世界性因素具有豐富內涵和多元成分。正在盛行的西方現代思潮和先鋒思潮作為同步的世界性思潮，對新文學運動發起者產生

過深刻影響。五四新文學初期混雜著多種來源於西方的現代文化思潮，如李大釗的含有無政府共產主義理想的社會主義學說，陳獨秀的來自法國大革命的激進民主主義思想，胡適的來自美國的實用主義現代哲學和個人主義學說，周作人以「人的文學」為核心的人道主義和「人生派」文學主張，田漢及創造社諸君子提倡的「為藝術而藝術」的唯美主義藝術主張等等，而魯迅、郭沫若、郁達夫等文學創作和沈雁冰等人的文學理論，則是具有激進反叛姿態的先鋒文學思潮，他們與幾乎同時期發生的西方先鋒思潮未必有具體的聯繫（雖不能排除兩者之間的啟發），但是這種世界性因素反映了當時中國與歐洲各國在戰爭與革命、傳統危機、文化變革等大趨勢方面的一致性。其特點為：徹底反對傳統意識形態、批判社會混亂現狀的戰鬥態度，堅決認為文學運動與知識份子要求改變社會現狀的目標是不可分的，反對藝術脫離社會的自律行為，語言與形式盡其可能標新立異，力求打破傳統習慣，追求陌生化的效果，既反對文化上的保守勢力，也反對同一陣營裡的權威意識，等等，中國的五四新文學運動與俄、義的未來主義運動、德國的表現主義運動、法國的超現實主義思潮等激進思潮具有相同的先鋒性質。有了這種先鋒精神所起的核心作用，新文學運動與舊傳統的斷裂和新質的產生才能成為可能。也是在這種先鋒精神的帶動下，中國文學才有可能比較徹底地完成了自我更新的蛻變過程，開始二十世紀中國現代文學發展的獨特的審美軌跡。

以新文學為主流的中國現代文學，其本身也是隨時代的變化而變化，發展進程是自然的，常態的，主要形式是努力適應市場的文學創作；而先鋒文學是超前的，激進的，突擊性的，它以前衛的姿態楔入主流文學，為主流文學添加新鮮的血液。在中國現代文學史上，大的像五四新文學運動、革命文學運動，左翼文藝運動等激進文學運動，

小的如創造社、沉鐘社、狂飆社[58]等先鋒社團，它們對文學史的作用
有大有小，有正有負，都可以看作是此起彼伏的先鋒文學思潮。先鋒
文學思潮是短暫的，其主要形式是運動，當主流文學接納它們而發生
了相應的變化以後，其先鋒意義也就喪失。如果從這樣的角度來認識
文學史的發展，那麼，中國現代文學既包含了五四新文學運動的先鋒
因素，又不是先鋒文學所能完全涵蓋的。中國現代文學是一個完整的
整體，有它自身對先鋒文學的或吸取，或排斥的選擇指標和規律。比
如說，五四文學提倡白話文學和引進西方文藝形式，這些因素因為更
加符合現代性而被主流文學所，形成了二〇年代以後的新文學主流，
但是歐化的語言並沒有被完全接受，新文學強烈反對的舊語體文學也
沒有被完全取消，最明顯的證據之一就是舊體詩的寫作，連最著名的
新文學作家（像魯迅、陳獨秀、郭沫若、郁達夫、田漢等）都沒有放
棄過舊體詩的寫作。還有，新文學運動反對傳統京劇也從未取得成
功，相反倒是促使了舊劇的革命和改良。「文革」中京劇成為最新潮
最革命的「樣版」。所以，先鋒文學看上去很激進，但最終的存在仍
然要取決於主流文學的吸納程度，它不可能全部改變以致刷新主流文
學，形成一個全新的方向的流變。

先鋒文學思潮是短暫的。作為一種以徹底反傳統反現狀的姿態而
存在的先鋒運動，其積極意義上的過程必然是短暫的，閃電式的。彼
得・比格爾為「先鋒文學」的這一點特殊作出如下的分析：先鋒文學
所具有的兩方面的特徵是聯繫在一起的，一是攻擊現有的資本主義的
藝術體制，二是企圖重新恢復藝術與生活實踐相結合，促使生活發生
革命性的變革。但這些運動在試圖實現其意向的過程中必然會陷入兩

---

[58] 狂飆社在二〇年代曾經具有強烈的先鋒意識，曾被稱為「中國的未來派」，在表現
主義戲劇的創作方面，狂飆社作家也有相當的成績。請參閱唐正序、陳厚誠《二十
世紀中國文學與西方現代主義思潮》。

難困境——

其政治的困境是：

一旦（它所呼喚的）革命變得嚴肅而必然導向與左的或右的政
黨或集團合作的時候，政治困境就出現了。對先鋒來說，他們
的兩難困境是，要麼參與他們支持的政治運動，要麼堅持他們
的獨立而陷入與政治運動的不可解決的衝突中。

其美學的困境是：

（資本主義的）藝術體制能夠承受先鋒對它的攻擊。在一篇名
為〈來自一份巴黎日記〉的文章（一九六二年）中，彼得·
魏斯這樣分析一個先鋒藝術展：「……在三個同時進行的展覽
中，他們的成果被展示了出來。僅僅是它們在這兒被懸掛著、
鑲在畫框中，或站在支座上或躺在盒子中的這一事實就與他們
的初衷相反。這些希望粉碎常態、讓大眾的眼睛朝向一種自由
的生活方式，希望表現可疑的、譫妄的外部準則的作品，卻被
展示在這秩序井然的地方，而且人們還能坐在舒適的扶手椅裡
去對它們凝神默想。被他們攻擊的、被他們嘲笑的、被他們暴
露出其虛偽的秩序卻善意地把他們納入其中。」就這點而言，
人們會說先鋒失敗了。但是，在這裡談論失敗卻會引起誤解，
其原因不是因為先鋒無疑會重新出現，而是因為這種說法掩蓋
了一個事實，即：失敗了的東西並沒有完全消失，而是恰好就
在這種失敗中繼續產生著影響。[59]

---

[59] 引自彼得·比格爾為邁克爾·凱利主編的《美學大百科全書》第一卷撰寫的「先
鋒」（Avant-Garde）條目：Michael Kelly (ed.), Encyclopedia of Aesthetics, vol.1,
New-York: Oxford University Press, 1998, pp.187-188。

　　對於理解和解釋五四新文學運動中的先鋒現象，參考這段關於
歐洲先鋒運動的論述非常有啟發。根據比格爾對於「雙重困境」的
分析，我們首先就能夠理解新文學運動所遭遇的政治困境他：為什
麼五四新文學運動從一開始就不是純粹意義上的文藝運動，它包含
了太多的政治改革和社會改造的理想和期望，急功近利的啟蒙運動
迫使知識份子迅速走向實際的政治鬥爭，甚至是直接的政黨活動。[60]
二〇年代中期新文學陣營分化，還堅守在文藝先鋒陣地上的魯迅發出
過「兩間餘一卒，荷戟獨彷徨」[61]的悲憤呼喊，但他終於還是選擇了
南下廣州，試圖去參加實際的革命工作。當一場大革命以戰爭的形態
爆發時，新文學運動自身的先鋒使命差不多已經完成，從魯迅的〈傷
逝〉到丁玲的《沙菲女士的日記》，似乎已經在為五四先鋒作總結，
反思它為什麼會失敗，以及失敗以後為什麼會無路可走。再從美學的
困境上來看，五四新文學運動的某些意向，表面上已經得到了滿足和
勝利，如白話文的推廣和普及，新文藝形式的確認和流行，一部分
新文學的宣導者功成名就，或成為著名教授學者（如劉半農、錢玄同
等），或成了明星似的作家詩人（郁達夫、徐志摩等），這就是說，
五四先鋒文學的成果已經被擺進了堂堂皇皇的「展覽廳」，被他們先
前所反對的社會體制所接受了，但是，作為先鋒文學所期待的文學藝
術推動社會發生變革的一面來說，依然沒有絲毫影響。魯迅經歷了大
革命失敗的教訓後終於意識到，先前鼓勵他發生振聲發聵的戰鬥呼喊
的結果，是徒然增加吃人筵宴上被吃者的敏感和痛苦，這時候再讓他

60　毛澤東曾經對「五四」作過這樣的評價：「五四運動是在思想上幹部上準備了
　　一九二一年中國共產黨的成立，又準備了五卅運動和北伐戰爭。」並且說，「五四
　　以來，中國青年們起了（……）某種先鋒隊的作用。」〔《毛澤東選集》（一卷本）
　　（北京：人民出版社，1968 年），頁 529、660。〕

61　魯迅〈題〈彷徨〉〉，見《魯迅全集》第七卷（北京：人民文學出版社，1981 年），
　　頁 150。

像〈狂人日記〉裡發出「救救孩子」的呼喊，連他自己都感到空空洞洞的了。[62]這些敏感而悲憤的受挫感和絕望感不能簡單地理解為魯迅個人的經驗使然，而是概括了當時大部分具有先鋒意識的新文學參加者和後來者的感受，只是借助魯迅的筆吞吞吐吐地表述了出來。從現代文學史發展的狀況來看，新文學創作確實是在正常地繼續著，從來也沒有中斷；但從五四新文學運動最核心的先鋒精神來看，這一活躍的戰鬥傳統似乎在前所未有的壓力下中斷了。[63]

雖然有如比格爾所說，失敗了的東西並沒有完全消失，而是恰好在這種失敗中繼續產生著影響。但失去了先鋒精神的新文學只是以常態的形式存在著、發展著（同時也是被展覽著），漸漸被接受為主流的文學，可它在一個急劇變動著的社會中所發生的影響就漸漸變小了，不再可能產生出激動人心的力量。理解了這一點我們就不難理解，在二〇年代末中國新文學發展曾經歷過一個低潮：八景是新文學運動發源地的北京，當《語絲》最終南遷上海以後，其文學幾乎是陷入了死寂一般沉默了；而在當時傳媒出版力量雲集的上海，傳統的文學勢力迅速佔領了這個城市的各種最新媒體——小報連載、文藝副刊、休閒雜誌、連環畫，甚至由小說改編的電影、曲藝、連臺本戲等等，基本上是由一批被文學攻擊的敵人所壟斷。壟斷了媒體和市場也就意味著壟斷了市民階級為主體的讀者，新文學的大部分作品只能發表於自娛性質的同仁刊物上，很難想像這些作品會在現實社會中產生多少影響。這就是先鋒運動失敗以後的一個文化背景，是一九二八

---

[62] 參閱魯迅〈答有恆先生〉，見《魯迅全集》第三卷（北京：人民文學出版社，1981年），頁454、456。

[63] 大革命失敗以後，原先五四新文學運動中最具有先鋒精神的骨幹們作鳥獸散，陳獨秀被黜廢了中共黨的總書記，轉向託派，郭沫若、沈雁冰亡命出國，錢玄同、劉半農轉向學術研究，周作人悲憤喊出「閉戶讀書」的反諷，魯迅則陷於沉默和重新選擇人生道路。

年茅盾和「革命文學」宣導者發生關於讀者物件的爭論的現實背景，也是三〇年代前期以瞿秋白為代表的左翼作家屢屢發起文藝大眾化討論的現實背景。在這種背景下，魯迅的可貴就表現在雖然他一再遭受來自那些激進小團體的無理糾纏和狂妄攻擊，但他依然忍辱負重地同意與這些論爭對手聯合起來（先是與創造社，後又與「革命文學」的論爭者），布成統一陣線，顯示了一個真正文藝先鋒不斷進擊的實質性的努力。二〇年代的中國新文學運動中最為活躍的力量，是一連串規模不大的具有先鋒意味的文藝團體組成的，如創造社、語絲社、狂飆社、未名社、沉鐘社、太陽社……直至左翼文藝運動的崛起。由於這些組成成員自身具有的流浪型知識份子的弱點，包括他們的反叛權威、標新立異以及非市場化的運作方式，其先鋒性的閃現往往像曇花一現，耀眼而短命，與城市裡的讀者群體並沒有發生親密的聯繫和接觸。大約是一直到三〇年代《申報‧自由談》主編易人、左翼電影以及電影歌曲的興起、良友圖書公司的轉向、文化生活出版社的成立、魯迅去世後的悼念活動等一系列事件以後，才漸漸地在中國普通讀者中間發生真正的影響，才為後階段的住民抗戰的文藝奠定了基礎。而這樣一個長時期融合的過程也是先鋒運動自我消亡的過程，從文學革命到左翼文學運動的歷史體現了先鋒與政治之間複雜的糾纏和困境，從《新青年》的文藝啟蒙到三〇年代大眾文藝的討論和實踐，也正是體現了先鋒與市場之間的無法迴避的融合與困境。新文學運動在演變過程中對社會的影響逐漸擴大走向成功，然而其先鋒精神必然逐漸式微，真正應和了「在這種失敗中繼續產生著影響」的規律。

在新文學的先鋒精神與社會一般藝術體制之間的演變關係關係過程中，有一個現象是不可忽視，或可以說是標誌性的，那就是以魯迅——巴金建立起來的新文學傳統及其在現代文學史上的意義。巴金

曾經自稱是五四運動的產兒[64]。當他如饑似渴地閱讀《新青年》等雜誌的時候，魯迅已經完成了〈狂人日記〉等作品，以其特有的先鋒精神揭開了新文學運動的序幕；一九二五年巴金北上，在北京滯留期間，陪伴他打發寂寞生活的就是《吶喊》，而魯迅當時正處於人生道路的彷徨階段，創作進入了高產期；一九二九年，巴金的第一部長篇小說《滅亡》問世，順利走上文學寫作道路，其時魯迅已經完成了大部分的虛構作品，實現人生道路的又一次轉折。巴金與魯迅基本上屬於兩代人，魯迅對新文學的貢獻整個都是原創的，他的創作活動構成了新文學發展的先鋒精神和原動力；而巴金則是魯迅為代表的五四先鋒精神的繼承者和實踐者，在以魯迅方核心的五四新文學運動的推進中，他發揮了別的作家不能取代的獨特的作用

巴金的最初創作時間，應該從一九二九年初他用巴金筆名發表長篇小說《滅亡》開始的。《滅亡》描寫無政府主義革命青年的反抗心理如何在殘酷的環境刺激下一步步滋生起來，通過自我詰難與辯論，最終走上了暴力和自我犧牲的道路。如果從「先鋒」的原始意義上理解，這個詞本身來源於一八三〇年歐文、傅立葉、蕾德汶等英法空想想社會主義者對一種超前性的社會制度和條件的建構，「先鋒」一詞曾被借用為烏托邦社會主義者圈子裡的流行的政治學概念。在其與現狀（或傳統意識形態）的不相容性大叛逆性的意義上，先鋒與無政府主義是相通的。[65]就巴金的世界觀和創作而言，其強烈的反對強權和

64　巴金〈五四運動六十周年〉，見《巴金全集》第十六卷（北京：人民文學出版社，1991 年），頁 66。

65　參見王寧〈傳統與先鋒　現代與後現代——二十世紀的藝術精神〉，載《文藝爭鳴》一九九五年第一期。此觀點是王寧引自 Charles Russell, *The Avant-Garde Today*, University of Illinois Press 1981。卡林內斯庫在《現代性的五副面孔》一書裡更明確指出，無政府主義者巴枯寧、克魯泡特金等都對這個詞的內涵與使用作過貢獻。顧愛彬等譯（北京：商務印書館，2002 年），頁 106。

專制制度的態度，在五四時期必然與強烈的批判傳統聯繫在一起，其來源於西方的社會主義信仰和對資本主義制度的否定和反抗，其把寫作活動看作是整個人生實踐的一部分和作為改造社會的武器，以及其從歐洲文學（尤其是俄羅斯文學）學來的充滿革命意識的語言，都與五四新文學運動初期的先鋒意識的特徵相吻合。但是作為一個投身於無政府主義運動的青年，他從五四新文學運動中吸取的先鋒精神並沒有自覺運用到文學創作上，而是消耗在社會運動的熱情上，全身心地投入到自己的信仰與活動中。直到一九二九年他從法國回來，發現國內的無政府主義運動雲消煙散，他所期望「與明天的太陽同升起來」[66]的理想變得遙不可及，這時候他才不得不正視了這個事實：他因為寫作了《滅亡》而已經成為一個引人矚目的文壇明星了。如果說，魯迅的先鋒精神來源於五四新文學的先鋒性，是體現在文學活動中；那麼，巴金從五四新文學運動中獲得的先鋒精神則主要體現在旨在改變生活的信仰和社會活動中。當巴金遭遇了社會運動的徹底失敗，而後進入文學領域時，文學上的先鋒運動也同樣陷入低潮，巴金就是在這樣一個空白的時期，帶著他的激情和才華，有力地步入文壇。筆者曾經這樣描述巴金走上文學道路的精神狀態：一九三〇年以後，巴金成為一個多產作家而蜚聲文壇，擁有了許許多多相識和不相識的年輕崇拜者，但這種魅力不是來自他生命的圓滿，恰恰是來自人格的分裂：他想做的事業已經無法做成，不想做的事業卻一步步誘得他功成名就，他的痛苦、矛盾、焦慮……這種種情緒用文學語言宣洩出來以後，喚醒了因為各種緣故陷入同樣感情困境裡的中國知識青年枯寂的心靈，這才成了一代偶像。巴金的痛苦就是巴金的魅力，巴金

---

66 巴金〈《夜未央》小引〉，收入《巴金全集》第17卷（北京：仝文學出版社，1991年），頁138。

的失敗就是巴金的成功。[67]

　　筆者強調寫作為巴金「不想做的事業」仍然是有前提的。巴金曾這樣描述自己走上寫作道路:「當熱情在我的身體內燃燒的時候,我那顆心,我那顆快要炸裂的心是無處安放的,我非得拿起筆寫點東西不可。那時候我自己已經不存在了,許多慘痛的圖畫包圍著我,它們使我的手顫動,它們使我的心顫動,你想我怎麼能夠愛惜我的精力和健康呢?我一點也不能夠節制,我只有儘量地寫作,即使明知道在這種情形下面寫出來的東西會得到不好的命運,而且沒有永遠存在的價值,我也只得讓它去。因為我不是一個文學家,也不想把小說當作名山盛業。我只是把寫小說當作我的生活的一部分。我在寫作中所走的路與我在生活中所走的路是相同的。」[68]「寫作如同生活」是巴金一個著名的文學觀念。筆者所謂的巴金「不想做的事業」和「不想享有的聲譽」,都僅僅是指純粹的文學意義而言。巴金所說的「生活」就是指已經遠離了的無政府主義運動,而他的「寫作」正是他的信仰生活的繼續,在這一點上它們是一致的。三〇年代巴金的旺盛的創作動力仍然來源於他的信仰,他為自己的信仰和過去的活動,寫出了一篇篇激情洋溢的信仰與運動的「悼詞」。巴金前期的創作瀰漫了浪漫激情的英雄主義格調,雖然悲憤欲絕地呼喊著社會正義,雖然死亡的陰影始終籠罩著人物命運,但始始終終洋溢著的理想主義的力量和旺盛的生命力,像火山噴發一樣,衝擊和震動了沉悶世界裡的普通青年的感情世界。巴金成功了。[69]

---

[67] 參閱拙著《人格的發展——巴金傳》(上海:上海人民出版社,1992年),頁118。

[68] 巴金〈靈魂的呼號〉(即〈《電椅集》代序〉,收入《巴金全集》第九卷(北京:人民文學出版社,1989年),頁292。

[69] 根據《巴金全集》的版本介紹,以巴金在開明書店出版的主要幾種長篇小說為例:《家》一九三三—一九五一,印三二次;《春》一九三八—一九五二,印二二次;《秋》一九四〇—一九五一,印十四次;《滅亡》一九二九—一九五一,印

　　巴金的早期作品基本上是延續著魯迅的啟蒙立場和絕望感情。我
們從《滅亡》中可以看到，杜大心走上暗殺（同時也是自殺）的道路
之前，遭遇了一場目睹革命者被殺頭示眾、而圍觀者興高采烈地欣賞
殺頭的場面，這是典型的魯迅的啟蒙風格；《新生》裡寫李冷把自己
關在屋裡冷眼看世的心態，也是典型的魯迅式的憤世嫉俗的立場。但
巴金的獨特之處在於他從來就不是一個孤獨的反抗者，杜大心、李冷
的背後都有一個關愛者、支持著他們的知識份子群體，仍然有著女性
的溫情與關愛。這是巴金的理想主義的幻覺，他的小說裡經常出現
「對世界應該愛還是恨」、「革命者能不能有愛情」等這類知識份子中
間流行話題的辯論和思考，這些通俗的話題顯然要比魯迅式的或頹唐
或自戕或懺悔的深刻痛感更加能被一般青年人接受。一九三一年，巴
金接受了當時流行的市民報刊《時報》[70]的約稿，用連載小說的形式
創造了《激流》（即《家》）。這部小說連載了整整一年有餘的時間，
雖經幾次曲折，終於載完了全部的內容。這是在通俗媒體上連載新文
學長篇小說的成功例子，更進一步地說，之前的新文學作家很難說
有過利用都市通俗報刊的連載形式來製造和培養自己的市民階級讀者
群，並且同時傳達出先鋒精神的相關主題的自覺。《家》在控訴「禮
教吃人」的意義上直接繼承了〈狂人日記〉的，但是在魯迅的筆下
「吃人」意象極為豐富複雜，除了揭露家庭制度的弊病外，還有嚴厲
地反省人類自身的「吃人」現象。但是在中國的市民讀者群裡，能夠
引起廣泛回應的卻是前一種揭露制度吃人的想像，所以才會有吳虞的

　　二八次；《新生》一九三三—一九五一，印二三次；《春天裡的秋天》一九三二—
　　一九四九，印二十次。除去中日戰爭期間的停滯，大部分一年印兩次，至少平均每
　　年印一次以上。

70 當時《時報》的編輯叫吳靈緣，是一個寫流行小說的才子，寫過新詩，也是商務印
　　書館學徒出身。他的前任畢倚虹是老牌的鴛鴦蝴蝶派文人，《時報》上連載的多半
　　是言情通俗的小說，編輯是想改變一下風氣才去向巴金約稿。

〈吃人與禮教〉的文章來回應。魯迅在三〇年代所撰寫的《中國新文
學大系・小說二集》的導言裡，竟也不能不強調起「意在暴露家族制
度和禮教的弊害」[71]，說明這時候「禮教吃人」已經是一個被普遍接受
的概念，而人對自身的吃人本性的反省反而銷聲匿跡。巴金的《家》
正是利用現代傳媒工具使「禮教吃人」或者「制度殺人」的概念得以
普遍地傳播開去。所以說，從五四時期先鋒文學誕生到三〇年代新文
學開始獲得大眾、佔領讀者市場的變化軌跡中，巴金的貢獻是不可忽
視的。

　　在法國研究者明興禮的著作裡，他引用過一個調查資料：「我多
次問學生們最喜歡讀什麼書，他們的答覆常常是兩個名字：魯迅和巴
金。這兩位作家無疑的是一九四四年的青年的導師。讓我看來，巴金
對學生們的影響好像比魯迅先生的更大一些，所以他負的責任也比較
重。我常聽青年人說，巴金對學生們的影響好像比魯迅先生的更大一
些，所以他負的責任也比較較重。我常聽青年人說，巴金認識我們，
愛我們，他激起我們的熱烈的感情，他是我們的保護者。他瞭解青年
男女被父母遺棄後生活的不幸，他給每個人指示得救的路：脫離父母
的照顧和監視，摒棄舊家庭中的家長，自己管自己的生活。對結婚問
題，是青年們自己的事，父母不得參與任何意見。大多數的學生很少
去分析自己的思想，固然也有一些家庭的子女看到自己本國的風俗
這樣早地被人家宣佈了死刑，他們或者不接受巴金的思想，但這是
例外，巴金的理論還是被大多數的人不加批評地整個採納了。」[72]我們
從這裡可以看到，巴金到四〇年代對青年讀者的影響是非常具體和
實在的。這時候的巴金已經完成了《激流》之二《春》（1938）和之

71　引自《魯迅全集》第六卷（北京：人民文學出版社，1981年），頁239。
72　明興禮著，王繼文譯《巴金的生活和著作》（文風出版社，1950年初版、1986年上
　　海書店影印），頁68-69。

三《秋》（1982），藝術風格發生了很大的轉變內容主要是集中在對舊式家庭的批判和對舊式家長的攻擊，與其早期追悼式地描寫無政府主義運動的悲憤而充滿理想主義的風格，有了明顯的不同。巴金的無政府主義信仰與活動本身含有先鋒意識，與五四新文學所具有的先鋒意識有同構性，巴金在創作中所追悼的無政府主義信仰和活動，自然包含了對五四先鋒精神的繼承和弘揚。真正的先鋒永遠是邊緣的，敵對的，又是短暫的，先鋒文學運動的真正意向，是通過重新調整文藝與社會生活的關係，達到改變社會生活的目的，在強烈的批判傳統與現狀的背後，必然會有強大的功利目的支援它的行為。但是，它的某些成果一旦被（它所反對的）社會體制所接納，其先鋒性也就隨之消失了。對於先鋒文學來說，美學困境可能是比政治困境更加致命的一擊。如果我們回到現代文學史的研究角度來理解這層意思，似乎更加耐人尋味：只有當魯迅、巴金這樣一批具有先鋒意識的作家經過不懈的努力，新文學真正佔領了文學讀物的市場，戰勝傳統的通俗文學，獲得大量的讀者的時候，五四新文學的先鋒精神才能夠被證明取得了真正的勝利；但是當新文學真的成為文化市場上的新寵，成為大眾喜聞樂見的文藝形式，那麼它的先鋒性又何在呢？魯迅一代人所創造的、巴金一代人所實踐的五四新文學的核心傳統，在多層次的讀者群體面前不能不改變自己的先鋒意向，因為只有這樣，五四新文學的先鋒性才算是融入了以常態形式出現的文學主流。我們辯證地看這個現象，在五四先鋒文學與大眾（主流文學）的關係中，巴金是幫助五四先鋒文學完成了這個融入大眾過程的傑出代表。當然，在這樣一個複雜的文學發展和演變的過程中，有許多作家的努力融入其中，巴金只是傑出的一個，由於巴金等人的創作業績，才使我們的新文學的發展面貌有了改觀，造就了一代包括大批學生和市民在內的新文學的讀者群體。

　　但是，這也同時造就了巴金對先鋒文學的「背離」。我們可以看到一個奇怪的現象，就是巴金對於自己在文學領域所取得的成就始終是不滿意的，我們在「藝術」這個範疇裡始終無法與巴金進行真正的對話。過去許多學者都是從信仰和非文學的立場上去解釋這一現象，而忽視了，巴金的焦慮恰恰是來自文學發展的內部，即一個具有先鋒意識的作家面對自己在文學市場上的成功、面對文學在市場運作下不可遏止的媚俗趨向所發出的深刻的憂慮和焦急，甚至是巨大的痛苦。一九三二年巴金在一篇談自己文學思想的文章〈靈魂的呼號〉裡這樣描寫他的成功：

> 　　我的確拚命糟蹋文章，我把文章當作應酬朋友的東西，一份雜誌，即使那下面載滿了我見了就頭痛的名字和作品，我也讓人家把我的文章在那裡發表。我的文章被列在各種各類人的大作之林，我的名字甚至在包花生米的紙上也可以常常看見，使得一部分人討厭，一部分人羨慕。……我的名字成了一個招牌，一個箭垛，一面盾。我的名字掩蓋了我的思想，我的信仰，我的為人。一些人看見這個名字就生氣，以為我是一個怎樣的不可救藥的人，把我當作攻擊的目標；另一些人卻把這個名字當作「百齡機」的廣告，以為有意想不到的效力。於是關於這個名字的謠言就起來了。

　　〈靈魂的呼號〉是現代文學史上一篇不可取代的文學思想論的文獻。它生動揭示了新文學一旦被市場所接受必然會遭遇的結果，市場總是以商品經濟為原則，如果先鋒意識一旦流行開去，如尤奈斯庫所說的當先鋒文學成為「一種能夠被接受的文化風格並且能征服一個時

代的時候」[73]，先鋒意識也會成為商品而流行開去和普及開去，成為現代傳媒所追逐的中心。巴金在這裡所描繪的文壇狀況，如果嚴厲一些的話，可以用「媚俗」（Kitsch）一詞來形容，他沒有為自己能夠被大眾傳媒和文化市場接受而沾沾自喜，相反深深地陷於了痛苦和自責。他清楚地意識到，他從五四新文學中所獲得的先鋒意識是無法被市場所容忍，而一旦被容忍也就意味著最珍貴的原創內容會受到玷污和誤解。但是他又必須投身進入的，因為他另有使命：

> 我不是一個藝術家。人說生命是短促的，藝術是長久的。我卻以為還有一個比藝術更長久的東西。那個東西迷住了我，為了它我甘願捨棄藝術。[74]

我們都知道這個「它」是指什麼，他對於文學寫作的期待遠遠超越了一般的文化市場的成功，他是在無意識的努力中見證了新文學在先鋒與大眾之間的徘徊與走向，但他的興趣顯然不在這裡，他願意用他的成功和被誤解，來換取他對「信仰」所作的承諾。

只要有市場和文化消費在起作用，巴金的痛苦是不會結束的。他在寫作〈靈魂的呼號〉以後，始終不懈地自剖自己的生活方式，他坦率地承認：「我太懦弱了！我作為一個『寫作的人』，我實在太懦弱了。」他回顧說：

> 當初我獻身寫作的時候，我充滿了信仰和希望。我把寫作當作我的生活的一部分，我以忠實的態度走我在寫作中所走的道路。我抱定決心：不做一個文人。……誰知道殘酷的命運竟然

73　歐仁・尤奈斯庫〈論先鋒派〉，收入《法國作家論文學》，頁568。
74　以上所引巴金的兩段話，均出自〈靈魂的呼號〉（即〈《電椅集》代序〉，收入《巴金全集》第九卷，頁294。

是我自己今天也給人當作文人來看待，而且把我所憎厭的一切
都加到我的身上了。造謠、利用、攻擊、捧場，這兩年來他
們包圍著我，把我包圍得那麼緊，使我不能呼吸一口自由的空
氣。[75]

　　自由是文學先鋒所追求的最重要的境界，離開了自由自在的精神
而被市場與傳媒所追逐，實在是遠離了巴金的本性和立場，但是，他
又像一個真正的勇士那樣，死死守住了對「信仰」的承諾，為了理想
和追求而不得不沉浮於文學走向市場的滾滾濁浪之中，並且不是消極
地走高蹈的虛偽的退隱之路，而是勇敢地投身於市場，堅持文學理想
和先鋒精神，把「五四」新文學的魯迅傳統傳播開去。

　　——本文選自陳思和《文學史理論的新探索》（臺北：新地出版
　　社，2012 年）

---

[75] 巴金〈我的呼號〉，收入《巴金全集》第十二卷（北京：人民文學出版社，1989
年），頁250。

「鴛鴦蝴蝶─《禮拜六》派」新論[*]

范伯群　蘇州大學文學院教授

一

　　我們過去對「鴛鴦蝴蝶─《禮拜六》派」批判甚多，但對這一流派知之甚少。而這些批判又大多數是對某種現成的論點的輾轉傳抄，傳抄得多了，某些現成的論點就成為「眾口一詞」的定論。於是這一定論又為人們所「習相沿用」，如此循環往復，篤信彌堅。問題在於，我們如不對這一流派添加新知，也就無法對已成的「定論」產生應有的、必要的疑竇。

　　我們曾深信不疑的某些結論，歸納起來，大致有下列三點：一、認為在思想傾向上，該派代表了封建階級（或曰垂死的地主階級）和買辦勢力在文學上的要求，是遺老遺少的文學流派，或稱是「一股逆流」；二、認定這是十里洋場的產物，是殖民地租界的畸形胎兒；三、這一流派屬幫閑、消遣文學，是遊戲的消遣的金錢主義文學觀念的派生物。以上的這些論點是有明顯偏頗的，與大量作品對照，「定論」與客觀存在的實際相去甚遠。審視了這部小說選的數十篇有一定代表性的作品，讀者也自會作出獨立的判斷和評價。

　　但據我近年來閱讀了該流派的大量作品之後，從「知之甚少」到「知之稍多」，得出了自己的見解，認為「鴛鴦蝴蝶─《禮拜六》派」是清末民初大都會興建過程中出現的一個承襲中國古代小說傳統的通

---

[*]按：為了突出派別名稱，在本頁的內文中特別加上「鴛鴦蝴蝶─《禮拜六》派」：從下一頁開始，就不加，只縮短破折號。

俗文學流派。這個流派一直得不到新文學界各派別的承認,是有其很複雜的歷史背景的:時代潮流的激蕩,文學觀念的演進,讀者心態的變異等多方面的原因,再加上其本身的先天的缺陷,都決定了它必然要經歷一段受壓抑的歷程。在當時一切要做到不偏不倚是不可能的。

五四時期,在中國小說從傳統型改道轉軌為現代型的過程中,開始總要與民族舊形式呈決裂的態勢,以期符合世界潮流的新形式。這就會有一番大革命、大劇變,對內容中的傳統意識和形式中的傳統框架,總要有一番大革新和大突破。這就必然會與仍然堅持承襲中國傳統的文學流派產生大碰撞。新興意識和革新形式總要在大搏戰中爭得自己的文壇領土,否則它難於有立錐之地。對傳統的精神產品,總要有人來向它進行大膽的挑戰,對世襲文壇的權威總要有人去撼動它的根基,然後才會有創新的極大的自由。文學研究會在宣言中宣告:「將文藝當作高興時的遊戲或失意時的消遣的時候,現在已經過去了。我們相信文學的一種工作,而且又是於人生很切要的一種工作;治文學的人也當以這事為他終身的事業,正同勞農一樣。」[1] 這段話的指向當然是以鴛鴦蝴蝶—《禮拜六》派為否定目標的。魯迅也曾適度而得體地作過自我介紹:「從一九一八年五月起,〈狂人日記〉,〈孔乙己〉,〈藥〉等,陸續的出現了,算是顯示了『文學革命』的實績,又因那時的認為『表現的深切和格式的特別』,頗激動了一部分青年讀者的心。」[2] 這「表現的深切」當然是指內容上對封建禮教的徹底背離和充滿深刻的革新精神;那「格式的特別」當然是指形式上的銳意創新。魯迅「意在暴露家族制度和禮教的弊害」,而「鴛鴦蝴蝶—《禮拜六》派」的先天缺陷之一是缺乏反封建的自覺要求。而我們所

---

[1] 〈文學研究會宣言〉,載《小說月報》12卷1期。

[2] 魯迅《中國新文學大系·小說二集·導言》(北京:良友圖書公司,1935年)。

選的沈禹鐘的〈道德工廠〉則是崇尚周公和孔孟禮教的，而李涵秋的〈暮境痛語〉則是留戀舊家族制度的家長制權威的。該派的代表作家之一包天笑曾談及他的創作宗旨是：「提倡新改制，保守舊道德」。[3]這十個字是極凝煉概括地代表了該派作者群的思想實況。也就是說，他們對反朝廷、反帝制、反民族壓迫的舊民主主義革命是擁戴的，但他們大多又是舊家族制度和舊禮教的維護者，至多只想作某種改良而已。包天笑等人是戊戌維新時期資產階級維新派的倫理觀念的信奉者；他們信奉的是「泰西之所以長者政，中國之所以長者教」[4]的教條，認為西方的「禮樂教化，遠遜中華」。[5]這樣，在「五四」揭開新民主主義革命序幕時，他們還拖著一條無形的舊民主主義的辮子；而他們在作品中的某些封建意識，必然與新文學營壘形成一對矛盾。

在形式上，鴛鴦蝴蝶─《禮拜六》派則以長篇章回體小說為其特色，而短篇最可讀的首推傳奇故事，也即他們仍然承襲的古代白話小說的傳統。而新文學在初創階段就主動摒棄章回體，而重點致力於短篇小說的創新上。

由於內容和形式上的分道揚鑣，「五四」前後新文學界對該派的主動出擊是無可避免的，既是歷史的必然，也是創新的必需。這場論爭使新文學在文壇上擴大了自己的影響，日益茁壯成長。在歷史發展的進程面前，我們完全可以理解這場批判的必然性和必要性。但是當我們去憑弔歷史的古戰場時，應該總結一下：在強大的火力中，有否玉石俱焚現象；在我們作俯衝掃射時，目標的命中率如何，究竟是否有偏差而造成誤傷。這就需要對上述所歸納的三個論點作必要的「挑

3　　包天笑《釧影樓回憶錄》（香港：大華出版社，1971 年）。

4　　陳熾《唐書·審機》。

5　　鄭觀應《盛世危言·自序》。

剔」。

二

　　若說這一流派反映了封建地主和洋奴買辦階級的集團是缺乏根據
的。他們的一些作品有較為濃郁的封建意識，但絕不能就此判定他們
是地主階級的代言人。我們在本書中選出一組作品，顯示了他們對勞
工和勞農的慘痛生活的同情態度，當然，這只是以一種「憐貧恤苦」
的悲天憫人為其出發點的。而在這個派別中，所謂「買辦思想」是絕
對不存在的。相反，反帝愛國思想是他們在「五四」前後就一貫具
備的主要品質之一。這在他們的許多作品中皆有清晰的表露。周瘦
鵑的《亡國奴之日記》，在一九一九年五月出版單行本時，封面上還
鐫刻著「毋忘五月九日」的字樣。他在日後的自敘中曾寫道：「自從
當年軍閥政府和日本帝國主義簽訂了二十一條賣國條件後，我痛心
國難，曾經寫過〈亡國奴日記〉、〈賣國奴日記〉、〈祖國之徽〉、〈南
京之圍〉、〈亡國奴家裡的燕子〉等好多篇愛國小說，想喚醒醉生夢
死的同胞，同仇敵愾，奮起救國……」[6]我們除選了〈亡國奴家裡的燕
子〉之外，還想通過何海鳴的〈先烈祠前〉和貢少芹的〈政客的面
孔〉等小說，看到他們對封建軍閥和官僚政客的無情譏刺。在軍閥混
戰聲中，鴛鴦蝴蝶—《禮拜六》派曾發表過數量可觀的反戰小說，包
天笑的《滄州道中》是該派短篇中的名作產。在舊社會，災荒連年，
民不聊生，餓殍遍野，而洋大人和中國大人們則在頭等車廂中鑒賞災
民們的人不如狗的生活。但是包天笑的另一篇直接反映五四運動的小
說〈誰之罪〉就沒法與〈滄州道中〉媲美。作品是通過一個商販的淪

6　周瘦鵑〈我的經歷和檢查〉，摘自周的親筆原稿。

落生涯展示五四時期抵制日貨的浪潮洶湧。他說：「我做這篇小說，確是紀實。」那麼讀了這篇照抄在生活中個別事件的紀實，恰恰讓我們看到他對這場愛國運動的認識的膚淺。選擇這個題材的本身就必然使自己陷入難堪的境地；而他的小市民的視點肯定會帶來模稜兩可的局限性。他既認為抵制仇貨是光明磊落的愛國舉動，同時又對專販日貨的小商因絕了生路而自殺的悲劇表示同情。那麼這一切又是誰之罪呢？或許作者想歸罪於這個「亂世弱國」的時代和社會。但這個結論又沒有在作品中自然而令人信服地流露出來。現在能向讀者介紹該派作者在當年正面反映「五四」運動的小說，已殊屬不易。那麼與包天笑的〈誰之罪〉同時發表的〈犧牲一切〉，就要比〈誰之罪〉高明，雖然行文是很鬆散的。姚鵷雛筆下的女主人公惠如夫人寧願放棄優厚的享受，去過荊釵布裙的操持生活，為了讓她的丈夫──某外國資本集團在華洋行的職員──徐惠如能「從此不踏那行裡的門限兒」，為了支持她丈夫做一個「乾淨有志氣的人」。儘管他們的作品還有這樣或那樣的不足，但總體而言，這些作品還是較為明晰地表現了他們反對帝國主義的軍事、經濟侵略；他們所斥責的是軍閥和政客，同情的是勞工與勞農；他們以自己的愛國思想為民間慘酷無告的生活現狀進行了大聲的呼籲。稱他們是一股逆流，顯然是不妥的。

　　這個流派在繼承古代小說的優良傳統過程中，連同其封建性的糟粕也部分地吸收了。但他們在繼承古代傳統的同時，對國外的優秀文學作品，並不採取封閉和排斥的態度。不少人還在譯介外國文學方面作出過一定的貢獻，統稱之為「遺老遺少」亦屬不當。包天笑曾說：「鄙人事於小說界十餘寒暑矣，惟檢點舊稿，翻譯多而撰述少。」[7]而譯介外國文學最有名者，當推周瘦鵑。他在「五四」前就熱心於翻譯歐

---

[7] 《小說畫報》創刊號（1917 年 1 月）。

美名家短篇小說。《歐美名家短篇小說叢刊》於一九一七年三月由中
華書局出版，共收四十六家的四十九篇小說，其中有若干是弱小民族
作家的佳作。魯迅和周作人曾稱讚他的翻譯「用心頗為懇摯，不僅志
在娛悅人之耳目，足為近來譯事之光。」此書在當時出版乃「昏夜之
微光，雞群之鳴鶴。」[8]程小青之能成為中國偵探小說的鼻祖，與他的
認真翻譯西洋偵探不無關係。他說：「福爾摩斯探案一共有長短五十
六種，民國初年中華書局曾譯過大部分——是文言的。後來在民國八
九年間，我又給世界書局搜羅了全部作品，跟好幾位文友，用語體譯
成了一部全集。亞森羅蘋全集，也經周瘦鵑兄主編而由大東書局出版
過，數量上更超過了前者。」[9]如果要將該流派中從事過翻譯的人一一
列舉，我們可排出一長串譯者的名單，可見鴛鴦蝴蝶—《禮拜六》派
並不是一個對國外文壇一無所知的「冬烘」先生的組合。在譯介過程
中，他們吸收了外國優秀作家的若干藝術技巧；在思想方面，也不可
能不或多或少受了一些影響。這就是他們作品中的「改良禮教」產生
的客觀條件。

　　「五四」文學革命是以文體革新為前哨戰的。在這方面，以宋代
而後的俗語文學為師法的鴛鴦蝴蝶—《禮拜六》派的大多數作者是不
會產生抵觸情緒的；相反，包天笑等人在這一領域中還有過一定的貢
獻。就在胡適發表〈文學改良芻議〉同年同月，包天笑創辦和出版了
《小說畫報》。他在卷首寫道：「蓋文學進化之軌道，必有古語之文學
變而為俗語之文學……自宋而後文學界一大革命，即俗話文學之崛然
特起。」在編者〈例言〉第一條，他就定出：「小說以白話為正宗，
本雜誌全用白話體，取其雅俗共賞，凡閨秀、學生、商界、工人，無

8　見《教育公報》第4年第15期（1917年11月30日）。

9　程小青《龍虎鬥・引言》，見《紫羅蘭》1943年第1期（1943年4月）。

不咸宜。」這真是歷史的巧合，當新文學倡導者在作〈芻議〉時，已有一個通體白話的刊物，在一九一七年一月與讀者見面。且不論其「動機」如何，就這一「動作」而言，總應該拍手歡迎。如果再追溯上去，早在戊戌之後，包天笑就在蘇州創辦《勵學譯編》和《蘇州白話報》。包天笑在提倡白話方面是有汗馬功勞的。他在回憶錄中，口氣也極大：「再說：提倡白話文，在清季光緒年間，頗已盛行，比了胡適之等那時還早數十年呢。」[10]

從上所舉的反帝愛國，翻譯外國文學和倡導白話，開通民智等幾個方面加以考察，我們不能不說，他們中的不少人，與新文學的倡導者不無相類處。像包天笑這樣的人物，說他曾是一位有改良思想和行動的維新有識之士，是恰如其人的。

既然他們之中的一些人與新文學倡導者有某種相通之處，那麼他們為什麼不能「跳出鴛鴦蝴蝶派」，像劉半農一樣呢？我們認為第一，也即最主要的原因是在反封建這道關隘面前，他們不是去衝闖，而是停滯止步，或只作一道改良和修補的工序。第二，這是一個以繼承俗語小說傳統的通俗文學集團，新文學界對其是蔑視的，而他們對嚴肅文學也有所隔閡。第三，他們不僅有一個獨立特定的「圈子」，而且早已建立了自成體系的出版機構和擁有自己的報刊、雜誌陣地，第四，他們自認、也的確有自己的讀者群。他們也有排它性。

這個流派是一群在文學創作領域中貫徹「中學為體，西學為用」的集合體，但他們認為政制是民主共和政體大大優越於專制皇權政體，所以在辛亥革命、反袁鬥爭中，他們的立場是鮮明的。但是在新民主主義革命的徹底的反帝、反封建的兩翼中，他們對其中的一翼持保留態度，甚至認為中國的道統應該成為作品的魂魄。而這一「中學

10　見《釧影樓回憶錄》。

為體」思想卻又不妨礙他們吸收和借鑒西洋的文學技巧，使「西學為用」處於陪襯狀態。這一流派中的大多數成員曰一些中西合璧，新舊合參的過渡性人物。正像在基督教堂裡受過洗禮，還篤信儒、釋、道教的中國「信徒」一樣，鴛鴦蝴蝶—《禮拜六》派是受過西洋文學洗禮而仍然頂禮膜拜傳統道德基本規範的最後一群。

三

所謂鴛鴦蝴蝶—《禮拜六》派是十里洋場和殖民地租界的產兒的結論是似是而非的。這一流派是以都市通俗小說為其主要特色。它繼承了中國傳統小說中的志怪、傳奇、講史、神魔、諷刺、譴責、人情、狎邪、俠義和公案等題材的衣缽，而又以反映都市生活為主，說它是一個中國傳統風格的都市通俗小說流派是符合它的創作概貌的。該派的通俗小說的作者主要是集中在上海、天津、北京等幾個大都市裡。而上海的別稱是「十里洋場」、「冒險家的樂園」，天津也有著外國租界，那麼似乎可以順理成章地將這一流派視為十里洋場和殖民地租界的寄生物。這種觀點在中國文學史界早已達到了根深柢固的程度，以致使這一流派的頭上戴上了一頂極不光采的帽子。但是如果以世界上其他國家的通俗文學發展史實為參照系，那麼這一「定論」是值得商榷的。

佩瑞・林克（Perry Link）在談及中國鴛鴦蝴蝶派小說的起步時，曾將它放在世界同類文學發展史中予以探究。他說：「『五四』作家認為，鴛蝴派小說這一種『壞』文學是中國特有的弊病，對它的能夠做到真正普及化感到困惑不安。其實不然，在英國，跟鴛蝴派風格相差無幾的通俗小說也曾隨著工業革命而大量地產生，它們也曾隨著工業主義同時傳到西歐與美國。在東亞、日本（主要在東京和大

阪）最初出現了新興都市階層為消遣而翻譯和模仿英法的通俗小說。二十世紀初，上海作為中國第一個『現代都市化』的城市，也湧現出大量娛樂性的小說。起初，是從日文轉譯的西方作品，接著是完全出自中國傳統故事的創作。」[11]這席話的參考價值是在於他將中國的鴛鴦蝴蝶－《禮拜六》派的興起，與英國工業革命浪潮和日本新興大都會成型過程中的通俗熱掛上了鉤。如果沒有工業革命的興盛和大都市的建成這兩個先決條件，在任何國家恐怕都無法想像會出現一個現代通俗文學的熱潮。無論是物質基礎的準備，讀者群的形成，作者群的誕生，都需要這些互相關聯的先決條件。這是歷史唯物觀的結論。但中國與英國、日本等的不同之點在於，中國沒有類似英國的工業革命，它的現代工業是跟著帝國主義的炮艦輸入國門的，而它的大都會也是在帝國主義劃定通商口岸之後，在營造他們的殖民體系的樂園時豎立起來的。過去我們將殖民地的營建與必然會借助現代大都市這一客觀環境興起一股通俗熱合二而一地混為一談，以致得出了該流派是「十里洋場」寄生物的結論。但是當我們以其他國家的通俗熱興起的一般規律來作參照時，我們發現在這二者之間，在性質上是不容劃上簡單的符號的。複雜的學術問題需要求實的考察和精確的論證。

　　大規模的工業生產和頻繁的商貿交易促使大都會的成型，隨著都會的擴展和交易的興旺必然會帶來更錯綜的人際關係和頻繁的社交活動，多數居民在這個自己感到難於駕馭的複雜多變的新環境中，時時有無所適從的暈眩感。他們迫切需要擴充自己的信息量，擴大自己的知識面，改變自己的知識結構，以增強自己的適應性。與小農經濟地域只靠一爿「咸亨酒店」成為信息總匯，一個航船七斤成為「新聞」

---

[11] 佩瑞・林克《論一、二十年代傳統風格的都市通俗小說》，這裡用的是陳思和的未刊譯稿，謹致謝意。

發言人，已不可同日而語。都市居民的這種要求就是急需創辦報章雜誌的客觀根據。除了攝取大量信息之外，都市緊張的生活節奏使人感到疲勞和單調，需要休息和娛樂，以使在高速的運轉中得以片刻的喘息。同治十一年（1872）《申報》創刊，以後又出現「餘興」欄，刊登「遊戲文」。《申報》在「民國六年一月起，特闢《自由談》，並於第五張另闢一欄，名曰《老申報》，載『四十餘年之回顧』，並摘取本報四十年來所載奇聞異事，及政治、風俗、詩歌、遊戲文等，以餉閱者……」[12]

　　都市市民有了上述辦報辦刊的客觀實際要求，還必須要配以先進的物質基礎。工業的發達一定要足以使印刷術和造紙工業等配套工藝去適應這種客觀要求。否則，根本談不上報紙的發行和雜誌的出版，也不可能對通俗文學有熱切的召喚。我們不妨可以對比一下技術處於「原始」手工狀態和「現代化」機器印刷的報業生產之間的天壤之別。在本世紀初，包天笑在蘇州創辦《勵學譯編》和《蘇州白話報》時，蘇州還沒有印刷所，他只好與刻字店接洽，辦起了「木刻」版的報紙和雜誌。包天笑說：「用最笨拙的木刻方法來出雜誌，只怕是世界各國所未有，而我們這次在蘇州，可稱是破天荒了。」[13]但這種小手工業印行的報刊必然是小型的、粗糙和短命的。到停辦時，光是木板就在刻字店裡堆滿一個大房間，這些版子的最好的出路是劈掉當柴燒。可是在張靜廬編的《中國出版史料補編》中，我們就看到上海從二十世紀初到二十世紀三十年代初，印刷工業竟增長了六倍。而據有關資料我們還可知道，在國外「十九世紀三、四十年代廉價的新聞紙（即白報紙）的出現，給出版業開創了一個廣闊的天地。他們把最近

---

[12] 申報館五十周年紀念〈最近之五十年〉。

[13] 見《釧影樓回憶錄》。

流行的書籍用平裝本出版，每冊售價十五美分，使原來購買力較低的讀者可以問津。」[14]而中國在一八九一年李鴻章設倫章機械造紙廠於上海後，至一九二四年止，重要紙廠共二十一家，其中十家，是在上海及其附近市縣。這些國內外的資料至少可以說明一點，如果離開了上海的工業發展和城市現代化，空談中國二十世紀初的通俗文學熱，是會得出一些偏頗的結論的。

有了增加信息量的主觀要求，再加上客觀物質條件——印刷業、造紙業的配套，報刊就似雨後春筍破土而出，但它們必然會具有醒目的都市性、商業性和娛樂性。當報紙上正規開闢副刊後，通俗文學的需求量就直線上升，很快就有連載小說的專欄；而當文藝性的副刊還不能滿足都市市民的娛樂消遣要求時，就開始創辦專業性文藝刊物。它們不再是報紙的附庸，但是不可能脫離都市性和商業性的制約，當然也為都市居民改變知識結構服務。

一九〇九年九月陳冷血和包天笑創辦《小說時報》，第一期就有長篇理想小說〈電世界〉，陳冷血以「各國時聞」改編之短篇小說〈黑手黨〉、〈伯爵虎作記〉、〈吸煙會〉、〈獵河馬談〉、〈俄國之偵探術〉等，增長知識，饒有趣味。一九一〇年七月王蘊章（西神）創辦《小說月報》。王西神在創刊號的〈編輯大意〉中寫道：「本報以移譯名作，綴遊舊聞，灌輸新理，增進常識為宗旨。」「本報各種小說皆敦請名人分門擔任，材料豐富，趣味醰深，其體裁則長篇短篇，文言白話，著作翻譯無美不搜，其內容則偵探、言情、政治、歷史、科學、社會各種皆備。末更附以譯叢、雜纂、筆記、文苑、新知識、傳奇、改良新劇諸門類，廣說部之範圍，助報余之採擷……」。到一九一四年六月就有《禮拜六》周刊的創辦。接著是二十年代初「風起雲

---

[14] 董樂山〈美國的暢銷書與通俗文學〉。

湧」的《半月》、《快活》、《家庭》、《星期》、《紅》雜誌、《偵探世界》、《紅玫瑰》、《紫羅蘭》等刊物的出現了。

在新文學營壘與該流派交鋒中，一九二一年由沈雁冰接編《小說月報》，可是在一九二三年初商務印書館又請該派作者主持《小說世界》鯛刊。一九三二年底，新文學家在該派手中奪取了《申報》副刊《自由談》這一有影響的陣地，但在一九三三年初《申報》館又為周瘦鵑另闢新副刊《春秋》。當時的出版商為了應順潮流，不得不敦請新文學家創辦「為人生」的嚴肅文學刊物，另一方面又捨不得一大批不讀嚴肅文學，而以娛樂消遣為目的的「看官」，所以用新辦通俗文學園地的辦法，以貫徹他們的都市性和商業性的宗旨。

問題還在於他們的「通俗」中的「俗」，應作何理解。過去我們最一般的理解是「小市民的低級趣味」，或者將他們的「通俗」與我們認為的「庸俗」劃上等號。其實他們筆下的「俗」應理解為在當時並不講階級觀點，也不探求新的理想，是就事論事的所謂「人之常情」、「事之常理」，即現在所談的「流行的社會價值觀」。他們的作品大多是教誨讀者應同情弱小，助貧扶困，急人之難，赴湯蹈火，為民請命，蔑視權貴，義腸俠骨，大仁大勇之類。他們歌頌講至情的男女，讚揚重然諾的俠士等等。在他們的繼承中，不無封建性的糟粕，但也有正義感的良知和民族美德的成分。在我們所選的言情類小說中，張枕綠的〈愛河障石〉、嚴獨鶴的〈戀愛之鏡〉和秦瘦鷗的〈落葉〉都不能框範在父母之命、媒妁之言、門當戶對之類的封建婚姻觀之中。隨著西學東漸的潮流，他們在儒家道德的基準上又加一點改良因素，這當然也能為平頭百姓所接受。就是這種「人之常情」、「事之常理」的「流行的社會價值觀」的「俗」，很「平易」地「通」到大多數沒有受過新教育深造的老百姓腦海中去。他們是通過反映都市生活的作品，去加固這個「人之常情」的「俗」，而不是用新興意識

和新的社會理想去改造讀者。這就是他們的局限性。「改造」是艱巨的歷史任務，「加固」就容易很多。所謂「通俗」，就是他們以「流行的社會價值觀」與「俗眾相通」。這也是他們常常有恃無恐地說「井水不犯河水，各有各的讀者」的背景和根據。

在文學革命和革命文學的時代大潮奔流中，他們是屬於重繼承和多保守的一個文學流派；但他們不是一群洋奴，也不為帝國主義和軍閥作倀鬼；雖有封建意識，可不屬垂死的地主階級的走狗；他們以儒家道德觀為基準的改良禮教進行勸善懲惡，也竭力滿足人們的娛樂、消遣的需求，他們是反映大都市生活的萬花筒，可是不能因此說他們是殖民地租界的畸形胎兒。我們不能靠劃簡單的符號，得出失實的結論，如「十里洋場」＝「半封建半殖民地的冒險家的樂園」＝「鴛鴦蝴蝶─《禮拜六》派的孳生」＝「一群文學園地中的封建買辦文人」＝「代表垂死的地主階級和新興的買辦勢力的文學需求」＝「逆流的興風作浪者」……如此等等。

四

在五四時期對鴛鴦蝴蝶─《禮拜六》派的另一嚴重批評是抨擊它的遊戲消遣的金錢主義的文學觀念。這是有關文學功能方面的原則分歧。

文學功能應該是多方面的。它應該有戰鬥功能、教育功能、認識功能、審美功能、娛樂功能……等等。每當迎來歷史變革的潮汐或革命大波襲來的前夜，文藝的戰鬥功能和教育功能總是會被強調到極端重要的地步。在近代文學中梁啟超就是鼓吹這方面的功能的代表人物。

> 欲新一國之民，不可不先新一國之小說。故欲新道德，必新小
> 說；欲新宗教，必新小說；欲新政治，必新小說；欲新風俗，
> 必新小說，欲新學藝，必新小說；乃至欲新人心，欲新人格，
> 必新小說。何以故？小說有不可思議之力支配人道故。[15]

　　梁啟超將小說提高到「大道中的大道」的高度，小說就成了
「大」說，成為救國救民的靈藥。但在中國文學傳統，小說一直被視
為「小道中的小說」。新文學作家朱自清是看到了這一點的：

> 在中國文學的傳統裡，小說和詞曲（包括戲曲）更是小道中的
> 小說，就因為是消遣的，不嚴肅。不嚴肅也就是不正經；小說
> 通常稱為「閑書」，不是正經書……鴛鴦蝴蝶派的小說意在供
> 人們茶餘酒後消遣，倒是中國小說的正宗。中國小說一向以
> 「志怪」、「傳奇」為主，「怪」和「奇」都不是正經的東西。
> 明朝人編的小說總集所謂「三言二拍」……《拍案驚奇》重在
> 「奇」很顯然。「三言」……雖然重在「勸俗」，但是還是先得
> 使人們「驚奇」，才能收到勸俗」的效果……《今古奇觀》，還
> 是歸到「奇」上。這個「奇」正是供人們茶餘酒後消遣的。[16]

　　鴛鴦蝴蝶—《禮拜六》派的成員是這一傳統功能觀的自覺世襲
者。姚鵷雛在《小說學概論》中引經據典地說：「依劉向《七略》及
《漢書·藝文志》，小說出於『街談巷語，道聽塗說』，則其所載，
當然多屬『閑談奇事』；又觀《七略》及《隋書·經籍志》所錄，則
『凡各著藝術立說稍平常而範圍略小巧者，皆可歸於小說』。『其所包

15　梁啟超〈論小說與群治之關係〉。
16　朱自清〈論嚴肅〉，載《中國作家》創刊號。

舉，無非小道』。」[17]

這種文學的功能觀與當時提倡血和淚的文學且具有歷史使命感的革命作家就構成了衝突。革命作家的使命在於用他們的小說啟發和培養一代民族精英。因此，遊戲與消遣功能在現代文學的歷史階段中常被視為玩物喪志的反面效應而一再加以否定。

但「娛樂」既然是文學本身的功能之一，人們就只能在某一特定時期對它加以否定而去約束它，以便突出其他的功能，卻無法徹底剝奪這種功能的本身。即使在特別需要發揮文學的戰鬥功能的歲月裡，都市中的別一層次的讀者，仍然停留在將小說看成「小道中的小道」的階梯上，那就是一般意義上的大眾，或稱「俗眾」也可以。首先在「俗眾」們看來，小說發揮遊戲與消遣效應是他們調節生活的一種需要。隨著新興大都市的成型和工業機器齒輪的轉速越來越快，都市通俗小說的需求量也激升。生活節奏頻率的空前增速，人們覺得腦力和筋肉的弦繃得太緊，工餘或夜晚需要鬆弛一下被機械絞得太緊的神經。這就需要娛休，而讀小說就是娛樂和調節的方法之一。其中，當四周生活像萬花筒般變異的環境裡，特別是像上海這樣新興的大都市，光怪陸離，五光十色，魑魅魍魎，無奇不有。一般的「俗眾」也希望通過都市通俗文學去了解四周的環境，以增強適應性，不致茫茫然地跌入生活陷阱。當然也有一些社會的渣滓，讀描寫魑魅魍魎的作品，就是本身希望鑽入黑幕的大門去扮演其中的一個角色。但是讀了本書的黑幕類小說，難道就會去嚮往做〈罪惡製造所〉裡的「毛埠頭」，或是去向〈此中秘密〉中的滑頭少年「學習」？除了「物自腐而蟲生」者外，恐怕讀者很難從中得到此類誘發。第三，這些「俗眾」一般都缺乏新興意識，但是他們也在通俗文學中接受某種教育，

---

[17] 周瘦鵑、駱無涯編《小說叢談》（上海：大東書局，1926 年）。

即在茶餘酒後閱讀通俗文學，在拍案驚奇中受到潛移默化的教誨與懲戒。但這種影響既與新文學的教育功能有相同處，亦有各異處。相同是同在揭露性；相異是該派的作品往往著眼於所謂「勸俗」，僅要求清白為人而已，戰鬥的意趣是欠缺的。就像我們所選的王西神的〈飄泊〉、趙苕狂的〈小姊妹〉和張毅漢的〈金錢就是職業嗎？〉之類作品。因此，在近現代革命中，這一流派不是面向民族精英，而是主要面向一般意義上的大眾，這是一種市民文藝。

但是它也並非與知識份子讀者無緣。在知識份子階層中，比較明顯分成兩種類型。一種是喜愛新文藝的讀者，他們常為文學功能觀的矛盾而排斥通俗文學；另一種平日對新舊兩派的小說都涉獵瀏覽，又往往為通俗文學的趣味性和可讀性所吸引，為其引人入勝的故事情節、緊張驚險的懸念所牢牢控制，在富有魅力的優秀通俗文學作品面前，他們也手不釋卷，廢寢忘食。但問題是他們並不在公開場合中讚揚或介紹通俗文學，為其製造良性評價的輿論。似乎被通俗文學所吸引是有失身分的一種表現，因為部分知識份子一直視通俗文學是低級趣味的同義詞。這就構成了一種表裡不一的矛盾：「暗裡讀得津津有味，明裡卻不願津津樂道」，「感情上被它打動過，理智上認定它低人一等」。這種微妙的心態是一種「猶抱琵琶半遮面」的心理分裂症。

不論是一般「俗眾」或是部分知識份子，被通俗文學所吸引的磁力皆來自趣味性，而趣味性正是達到遊戲、消遣目的的必備要素，也是娛樂功能的靈魂。趣味性還是通俗文學進行「勸俗」和「教化」的媒介和橋梁。但是趣味性一度被新文學家看成是「玩物喪志」、「醉生夢死」的麻醉劑，以致朱自清也發生這樣的感喟：「但是正經作品若是一味講究正經，只顧人民性、不管藝術性，死板板的長面孔教

人親近不得，讀者恐怕更會躲向那些刊物裡去。」[18]魯迅也曾說：「說到『趣味』那是現在確已算一種罪名了，但無論人類底也罷，階級底也罷，我還希望總有一日弛禁，講文藝不必定要『沒趣味』。」[19]同時魯迅還說：「在實際上，悲憤者和勞作者，是時時需要休息和高興的。」[20]這正說明了趣味性和娛樂功能是無罪的。而通俗文學是著眼於可讀性、情節性、講究情節曲折，峰迴路轉，跌宕多姿，高潮迭起。在中國的現代通俗小說讀者中出現過「《啼笑姻緣》迷」、「《金粉世家》迷」、還有「霍迷」──即程小青的「《霍桑探案》迷」。這個「迷」字，就是從有趣味而漸漸進入陶醉的境界，以致達到了消遣娛樂的效果，百萬字的《春明外史》連載了五十二個月之久，篇幅不太長的《秋海棠》在《申報》上連載了三百三十二期。許多讀者真可謂做到了「天天讀」了。這一切「盛況」如果缺乏趣味性是簡直難以想像的。

我們不能一般地反對文學的娛樂功能或蔑視文學的趣味性，當然我們不能要求所有的作品都對讀者僅僅起娛樂消遣的作用，但娛樂功能和趣味性卻應該是通俗文學的本色之一。日本有些文學理論家對通俗文學的理解是非常直率和乾脆的：指以娛樂為目的的小說類，優秀的通俗文學會包蘊其他的文學功能在內，如教育功能、認識功能，但我們不能因為它還有娛樂消遣功能而對它嗤之以鼻；相反，嚴肅文學要警惕朱自清所指出的不足，即「死板板的長面孔教人親近不得」。

通俗文學除了遊戲娛樂的本色之外，「金錢主義」恐怕也應是它的一種本色。我們對「金錢主義」的理解當然是局限於通俗文學的商

---

18 見〈論嚴肅〉。

19 魯迅《集外集·〈奔流〉編校後記（一─十二）》。

20 魯迅《花邊文學·過年》。

品性，而不是靠偷販毒品去賺昧心錢。

在過去，嚴肅文學作家是不屑於把他們的文學作品「淪為」商品的。他們是文學領域中的志願軍，他們是為事業而獻身的，有的革命作家甚至為革命文學而殉身。但是，通俗文學界就有所不同了。他們是文學領域中的職業兵。對他們說來，文學創作是一種職業。從口頭文學的「說話人」的職業化，至通俗小說家的職業化，倒是一脈相承的。他們中的許多人並非沒有道德，但他們的道德觀認為，文學作品商品化是天經地義的，這絲毫不會褻瀆文學。所以張恨水有「流自己的汗，吃自己的飯」的格言；而周瘦鵑將自己稱為「文字勞工」，將本求利，按質論價，憑發行量抽版稅吃飯。

說到「金錢主義」是通俗文學的本色之一，不妨可參看日本尾崎秀樹對通俗文學（日本稱為大眾文學）「特質」的理解。他在《大眾文學的歷史》一書中寫道：「說起大眾文學，一般是指能夠大量生產、大量傳播、大量消費的商業性文學。就內容而言，是為大眾娛樂的文學，但不只是單純的有趣，也起著通過具體化的方式給大眾提供其所不知道的事物的作用……由於日報百萬數的突破，新聞系統周刊的創刊……本來與小說無緣的階層變成了接受者，這就期待適應不僅本來熱衷文學、還有未經文學訓練的讀者要求的小說。……大眾文學是與大眾一起產生，而又是大眾意識的反應。」[21]這位研究日本通俗文學頗有建樹的學者的一席話，對我們很有參考價值。

文章寫到這裡還只是為這一流派遭受的公正或不大公允的待遇作理論上的剖析，對過去被視為天經地義而輾轉傳抄的三點結論性的意見，提出自己的見解，試圖進行商榷。因為歷史的公案和成說的積澱

---

21 尾崎秀樹《大眾文學的歷史》（東京：講談社，1989年）。這裡用的是劉祥安的未刊譯文，謹致謝意。

由來已久，所以這些公案應該有新的「判決」，這些積澱應該作歷史的清理。但以上這半篇文章畢竟還屬於必不可少的「外圍城」，希望能廓清其外圍的霧嵐，才可清晰地透視其本體。

五

關於「鴛鴦蝴蝶派」這個名稱的來歷問題，現在流行的說法皆出於平襟亞的一篇叫做〈「鴛鴦蝴蝶派」命名的故事〉》的文章：

> 關於「鴛鴦蝴蝶派」一詞的來源，據我所知，有這樣一段故事。……
>
> 記得在一九二○年（五四運動後一年）某日，松江楊了公作東，請友好在上海漢口路小有天酒店敘餐。……正歡笑間，忽來一少年闖席，即劉半儂也。……
>
> 劉入席後，朱鴛雛道：「他們如今『的、了、嗎、呢』，改行了，與我們道不同不相為謀了。我們還是鴛鴦蝴蝶下去吧。」楊了公因此提議飛觴行令，各人背誦舊詩一句，要含有鴛鴦蝴蝶等字。逢此四字，滿飲一杯……合座皆醉。
>
> ……劉半儂認為駢文小說《玉梨魂》就犯了空泛、肉麻、無病呻吟的毛病，該列入「鴛鴦蝴蝶小說」。朱鴛雛反對道：「『鴛鴦蝴蝶』本身是美麗的，不該辱沒它。《玉梨魂》使人看了哭哭啼啼，我們應當叫它『眼淚鼻涕小說』。」一座又笑……
>
> 這一席話隔牆有耳，隨後傳開，便稱徐枕亞為「鴛鴦蝴蝶派」，從而波及他人。……
>
> 後來某一次，姚鶴雛再遇劉半儂時說：「都是小有天一席酒引起來的，你是始作俑者啊！」劉頓足道：「真冤枉呢，我只提

出了徐枕亞，如今把我也編派在裡面了。」……又說：「左不
過一句笑話，總不至於名登青史，遺臭千秋，放心就是。」姚
說：「未可逆料。說不定將來編文學史的把『鴛蝴』與桐城、
公安一視同仁呢。」劉說這是笑話奇談。但後來揆之事實，竟
不幸而言中。[22]

　　這篇故事讀來極為生動，但卻不符史實。這個流派的命名並非在
五四運動後一年，而是起於五四運動以前。最早還是周作人和錢玄同
提出來的。周作人於一九一八年四月十九日在北京大學演講時說：
「現代的中國小說，還是多用舊形式者，就是作者對於文學和人生，
還是舊思想；同舊形式，不相牴觸的緣故。」他在舉例時，提到了
「《玉梨魂》派的鴛鴦蝴蝶體」[23]。在一九一九年一月九日，錢玄同在
〈《黑幕》書〉一文中指出：「其實與《黑幕》同類之書籍正復不少，
如《艷情尺牘》，《香閨韻語》及『鴛鴦蝴蝶派的小說』等等。」[24]接
著在一九一九年二月二日，周作人在〈中國小說裡的男女問題〉一文
中說：「近時流行的《玉梨魂》，雖文章很是肉麻，為鴛鴦蝴蝶派小
說的祖師，所記的事，卻可算是一個問題。」[25]到三十年代初，魯迅又
對該派的命名問題作了回顧。他說：「這時新的才子＋佳人小說便又
流行起來，但佳人已是良家女子了，和才子相悅相戀，分拆不開，柳
陰花下，像一對蝴蝶，一雙鴛鴦一樣……」[26]顧名思義，「鴛鴦蝴蝶」
是人形象化的名稱來指謂民初的才子佳人的言情小說派別，但是這一

---

[22] 見魏紹昌編《鴛鴦蝴蝶派研究資料》（上海：上海文藝出版社，1962年）。

[23] 周作人〈平民文學〉，載《中國新文學大系・建設理論集》（北京：良友圖書公司，1935年）。

[24] 錢玄同〈《黑幕》書〉，見《新青年》六卷一號（1919年1月15日）。

[25] 《每周評論》（1919年2月2日）。

[26] 魯迅《二心集・上海文藝之一瞥》。

流派的作家不僅僅是寫才子佳人的戀情小說，那些鐵馬金戈的武俠小說，撲朔迷離的偵探小說，揭秘獵奇的社會小說……都是他們的拿手的題材。因此，用鴛鴦蝴蝶派命名已無法概括眾多題材的特色，於是有人用該派最有代表性的刊物《禮拜六》名之，取其休娛、消閑功能而稱為「《禮拜六》派」。但是由於這些作者在不同程度上受到新文學界各派的指責，使他們長期以來不願承認自己是隸屬於該流派的成員。突出的例子是包天笑否認自己是鴛鴦蝴蝶派。他曾說：「近今有許多評論中國文學史實的書上，都目我為鴛鴦蝴蝶派……我所不了解者，不知哪幾部我所寫的小說是屬鴛鴦蝴蝶派。」[27]該派有的作者只承認自己是《禮拜六》派，而否認自己是鴛鴦蝴蝶派。他們通常所持的一個理由是，鴛鴦蝴蝶派是僅限於徐枕亞、李定夷等少數幾位作者，只有民初那些寫四六駢儷體言情小說的，才是名實相符的鴛鴦蝴蝶派。周瘦鵑說：「我是編輯過《禮拜六》的……所以我年青時和《禮拜六》有血肉不可分開的關係，是個十十足足、不折不扣的禮拜六派。」[28]在解放後，該派有的作者自稱為「民國舊派文學」或「民國舊派小說」。他們將新文學界稱為新派，而自己則是舊派，又因為這派小說與民國相始終，所以稱之為「民國舊派小說」。這樣看來，將這一文學派別命名為「鴛鴦蝴蝶派」、「《禮拜六》派」或「民國舊派文學」，都有一定的道理。

但是國外有的作者則介紹說：關於鴛鴦蝴蝶派這個名稱，「一般非共產黨的著作裡使用這個概念是指言情小說，而共產黨的著作裡則用它來概括所有的舊派小說」[29]。其實，這裡並不存在黨與非黨的什麼

---

[27] 〈我與鴛鴦蝴蝶派〉，載香港《文匯報》（1960 年 7 月 27 日）。

[28] 周瘦鵑〈閑話〈禮拜六〉〉，載《花前新地》（南京：江蘇人民出版社，1958 年）。

[29] 佩瑞·林克〈論一、二十年代傳統風格的都市通俗小說〉。

分歧，僅是狹義與廣義之分，再加上約定俗成的習慣問題。就狹義而言，鴛鴦蝴蝶派當然係指「成雙作對」的言情小說。這一名稱無法負載社會、黑幕、偵探、武俠等眾多題材。就涵蓋面而言，「《禮拜六》派」這一名稱要「包羅萬象」得多，取其消遣、娛樂功能，對該派的眾多題材分支均可包容。但是在現代文學史上，早已約定俗成地用「鴛鴦蝴蝶派」這一名稱，並取其廣義而成為眾多分支的「一攬子」總稱。但嚴格說來，這個約定俗成的稱謂的科學性是不夠的（約定俗成有時就不再講究科學性了），這個「成雙配對」的形象化名稱，顧名思義是無法統領一個寬泛的領域的。而該派的成員還存在一個承認與不承認的問題，致使一個派別硬要割裂開來：某些人屬鴛鴦蝴蝶派，某些人則是《禮拜六》派。事實上，這兩個名稱所涵蓋包羅的是同一批作者。周瘦鵑雖然只承認自己是《禮拜六》派，但實際上他在《禮拜六》雜誌上就發表了不少言情小說。當年，他是一位短篇哀情名家。

如果我們將上述的各種意見為參照，同時也彌補這些意見的各自的漏洞，那麼最好為這一文學流派取一個文學史上的學名，則我以為用「鴛鴦蝴蝶─《禮拜六》派」最妥貼。第一是說明這個流派以言情起家，逐步去廣泛繼承中國傳統小說中的眾多題材，同時也借鑒外國的新樣式（例如偵探小說），形成了新分支；第二是在科學性的前提下，參照約定俗成的歷史因素，又注意其涵蓋面，使流派的名稱與內涵相一致，並經得起推敲。這個學名也許不易簡稱，但學名的著眼點是更具科學性。第三，該派大多數作者筆下的題材是多樣的，至少是「一專多能」的。他們有大致相同的文學觀念與寫作情趣；他們利用共同的出版陣地；他們在一九二二年七月和八月間，曾先後成立過自己的社團──青社和星社，而這兩個社中的成員又是有交錯的，他們沒有理由在流派名稱上去作人為的「一分為二」的割裂。用這個學

名，也就杜絕了這種人為割裂的可能性。

這個流派一度被作為批判的靶子，甚至作為一個政治定性的名詞，應用於日常生活之中，使某些成員一度無法抬頭，甚至株連其家眷及子孫。今天我們排除了這種不正常的因素，將鴛鴦蝴蝶─《禮拜六》派作為民國都市通俗文學中的重要流派來進行考察，提高到學術領域中去加以研究，總結出歷史的經驗和教訓，給予客觀公允的評價，並將他們中間的最有代表性或最優秀的作家，賦予文學史中應有的地位。

六

如果我們認真閱讀了該派的特色產品──長篇章回體和本書所選的中短篇小說，就會得出一個結論：這個繼承中國古典小說傳統而革新發展意識不強的都市小說流派，在現代文學的歷史跨度中，雖有其局限性，卻也作出過一定的貢獻。這種貢獻有文學方面的，有社會學方面的，有民俗學方面的，有民族文化心理素質的流程動向方面的。現在就其主要之點加以闡釋。

首先，他們以題材的廣闊性，對現代社會、特別是都市生活作了細緻而有趣的臨摹，為後代提供了不可或缺的多側面的社會畫卷。與新文學相比，通俗文學所映象的社會面可謂「五光十色」、「三教九流」，革命性當然是不足或缺損的。但是當我們真正要具體的而不是概括抽象的，細緻的而不是輪廓勾勒的，過程的而不是先驗結論的去了解豐富多采的現代複雜社會的微妙軌跡和進化流程時，這種滲透在社會的各個方面、且和半封建半殖民地中的革命或反革命勢力具有千絲萬縷聯繫的「三教九流」，為什麼要排斥在文學之外而不許涉筆呢？他們的作品的生命力在新時期的「重印熱」中也可窺見一斑。過

去，有的革命作家除了反映革命和反革命的白刃相搏之外，對舊社會的許多角落並無應有的關照。這時，另有一批熟悉這許多角落的通俗作家，以其生活閱歷的豐富性，寫出眾多社會小說，而且或多或少地有反帝、反軍閥的傾向，具有一定的民族正義感地去映象社會的多種側面，在歷史的長河中，這無疑可稱是文學的一個方面軍。

許多通俗小說作家是老報人。記者兼主筆的生涯使他們掌握形形色色的社會原始資料和生動畫面。他們把這些形象而生動的畫面連綴在一起，成了文學連環「畫」。李涵秋、包天笑、畢倚虹、張恨水……都是老報人。張恨水做了五年記者才開始撰寫《春明外史》，以百萬言再現故都北京在新舊流變中的社會眾生相。李涵秋的《廣陵潮》以鴉片戰爭至五四運動的許多大事件為背景，展現七十年間的稗官野史，使當時中下層社會的民間風情、閭巷習俗，躍然紙上。張恨水在一九四六年談及《廣陵潮》時說過：「我們若肯研究三十年前的社會，在這裡一定可以獲得許多材料。」[30]包天笑長期在上海從事新聞工作，他的長篇小說《上海春秋》是一部「十里洋場目睹之怪現狀」。用他們臨摹的各個社會側面相加，使我們活龍活現地看到了社會機體支血管或部分微血管的血液流向。這是一種不可或缺的人體血脈圖的一個組成部分，填補了一個文學上的空白區！

在這本小說選中，我們無法選刊長篇作品。為了展示這一流派的概貌，使讀者一睹風采，非要照顧其方方面面、條條塊塊不可，對其各分支皆要有一輪廓的勾勒，那麼就只能以中、短篇為遴選對象，特別是以短篇為主。我們以內容題材為主要依據，以體裁和社會效應為參照，將所選的近百篇作品分為十四大類，也足可證實該派所涉筆的題材領域的擴大了，而且不少內容是新文學中所不能見到者。〈無名

30　張恨水《廣陵潮‧序》（上海：百新書局，1946年）。

英雄〉寫黃興在革命經歷中結交各路武術教師的軼聞，多方聯絡，
密謀起義。這是正史中所少見的趣事。〈夾層裡〉是包天笑的短篇名
作。它是典型的都市文學，寫底層市民的苦難生活，皆是值得向讀者
介紹的篇什。姚民哀是以寫會黨小說著稱於該派的作家。而這一領域
又是新文學的缺門，姚民哀說：「小子走了二十年江湖，耳聞目擊的
事情，盡多小說材料，譬如關東的馬賊、山東的響馬、陝西的捻子、
晉豫的麻子以及哥老會、大刀會、小刀會、三點會、興中會、青紅公
口三界共進會等等的遺聞軼事，頗多可泣可歌之情事，大有盡情詳
紀的價值。」[31]本書中的〈無情彈〉將讀者帶到奉天鐵嶺的北國風光之
中，看一段「中國三不會」的秘史；而〈血誓〉則將我們領到江南水
鄉，讀一個太湖洞窨中的抗清故事。新文學作品中有「問題小說」，
而鴛鴦蝴蝶－《禮拜六》派也有「問題小說」。問題小說有深刻、膚
淺之分，也有重大問題或瑣碎屑末之別。該派的問題小說不僅要讀者
去思考，還往往以問題作結，而且懸賞徵文，尋求答案。張舍我是該
派首先倡導問題小說者。張舍我說：「問題小說創自美國之小說家施
篤唐氏（現通譯斯托克頓，1834-1902），其小說名《女歟虎歟》（現
譯為《女士或老虎》）……問題小說之作，原由於哲學上或社會上之
一種重大問題，著者以為非一二人所能武斷解決，亦非一二人之思想
識力所可解決，故演之於小說，以求社會上之共同研究與解決，意至
善也。」[32]可見鴛鴦蝴蝶－《禮拜六》派的小說可補充新文學作家所不
大去觸及的題材和不暇深究之角落；同時，他們也不是一味消遣娛
樂，而不去關心任何社會問題的。

　　其次，通俗小說的作者既善於反映社會的世相人情，而這種世相

---

[31] 引自小說〈血誓〉。

[32] 引自張舍我《博愛與利己‧附識》。

人情又必然能映出我們民族的傳統文化心態，那麼，這就是它的又一價值了。相對而言，這種傳統的心理積澱，我們的新文學作品中對其關注較少。新文學中的鄉土文學中有時涉及這種傳統心態，但是往往只是對鄉民的愚昧和閉塞作了同情與悲憫的描寫，其視角是高屋建瓴的，因此批判成分多而細致描繪少。在通俗文學中主要是對中國市民階層的心態作淋漓盡致的「平視」。也就是說，作者是站在這些市民之中，以他們的思想水準去表現他們自己，不加修飾地摹寫也許是一種低層次的「真實」，但是這種當年的社會取向和價值觀念，對我們今天來說，就是一種研究的客體，另有其學術的意義。在一定程度上，可以表現傳統的民族心態，在半封建半殖民地的都市生活中的變形和扭曲的歷程。

據說，在美國，過去許多學者對通俗文化也持否定態度，認為它們僅是庸俗文學和文學垃圾而已。但是在二次世界大戰之後，「美國學」興起。學者對通俗文化開始從輕視為重視，從主觀轉為客觀，從片面轉為全面。他們認識到，通俗文藝能歷史地反映某一時間長鏈中讀者心態和價值觀的變化。「這些暢銷書是一種有用的工具，我們能夠透過它們，看到任何特定時間人們普遍關心的事情和某段時間內人們的思想變化。」[33] 既然在美國大學中可以開設「美國文化中的暴力」的課程，我們何不在研究領域中去探討「中國小說中的俠義精神」？就武俠系列中的民族傳統心態的變化而言，是很值得從通俗文學中去提取佐證的。本書中的〈孤塔三頭記〉中的那位劉守三，可謂「恩怨分明，俠腸古道」。他以自己的生命為代價，去平反一樁與自己毫不相關的沉冤，得到民間的敬重。「俠」原是公理和正氣的結晶，是

33　蘇珊・埃勒里・格林〈暢銷書〉，載《美國通俗文化簡史》（桂林：灕江出版社，1988 年）。

「偉大的同情」的象徵。俠士們義重如山，一諾千金，浮雲生死，睥睨權貴，表現了一種反抗豪門的精神。嗣後，一部分俠客產生了質變，也就是魯迅所說的，為清官保鑣捕盜，讓位於名臣總領一切的奴才。在現代革命鬥爭中，我們過分強調俠士精神的個人反抗的消極面，崇尚集體的反抗鬥爭，認為俠客的形象表現了「集體心理上『逃避現實』的趨向」，拒俠義精神於文學大門之外，其結果是在解放數十年後的今天，在千百雙睽睽眾目之下，可以注視著一位婦女或兒童在水中緩緩沉沒，而不伸出救援之手。從集體的反抗到集體的旁觀和漠視，這是對俠義精神的否定之後，對我們民族的總報復。民族文化傳統心態的繼承、發展，或流失、變質，都會在通俗小說中得到較為充分的反應。

在辛亥革命前後，反映婚姻問題的作品中出現了大量的哀情小說。這也是中國傳統文化心態在特定的時代的一種必然表現。中國是個酷愛大團圓的民族，包括愛情生活的大團圓。但是在辛亥革命前後，中國傳統的婚姻模式開始受到人們的懷疑。作家們的「左」眼睛對心心相印的愛情充滿著肯定的同情，但「右」眼睛卻因崇仰封建禮教而靈魂顫慄。這種想反叛而又無法掙脫千年鐵律的矛盾心態較為充分地表現在一批通俗作家的作品中。最後，主人公不是殉情就是屈從，這兩種結局都只能用哀情小說來表現。作家只好流著眼淚將自己的主人公送上封建祭壇。在這方面稱得上典型的作品是徐枕亞的〈玉梨魂〉。而本書中張枕綠的〈愛河障石〉也為此發出沉重的嘆息。於是就有改良禮教的產生。嚴獨鶴的〈戀愛之鏡〉也可算是改良禮教在小說領域得到反映的一例。自由戀愛而遇人不淑是危險的。一旦在患難中真正找準了可以終身相托的男子，也要等待「巧合」中的父母之命的首肯與確認。所以小說中的「介紹人」芷嬌說：「我前回來對你說，只不過是媒妁之言，現在卻又有了父母之命了，便算你矯枉過

正，要偏重舊思想，可有沒有什麼推托了？」這就是一面高懸於戀愛
準則之上的明鏡了。我們還可以在本書的「家庭類」中看到當時父子
之間的代溝的具體矛盾。李涵秋的〈暮境痛語〉是較為典型的代表作
之一。

通俗作家缺乏先鋒性，基本上不存在超前意識，與「俗眾」具
有「同步性」，所以在他們的作品中研究我們民族文化心理的緩慢
進程，是另有一種參考價值存在著。在通俗文學中，「生活是這樣
的！」是清晰的，而「生活應該是怎樣的？」是模糊的。這是一種原
生形態的低層次的真實。它或許沒有資格成為教育的範本，但是作為
鑒定某一時期市民心態的「活化石」，自有其不可替代的價值。通俗
文學中常有紀實性很強的照相式的作品，它們作為昨天的社會背景資
料，傳真清晰度很高，值得珍愛。它的價值在於使我們看到民族昨天
的腳印，供我們去研究或一側面的剖視圖。

再次，鴛鴦蝴蝶—《禮拜六》派藝術上也有一定的貢獻，它有自
己可取的藝術特色。在過去的批判聲中往往讓那些不熟悉它的人產生
一個「先驗的印象」：這一流派的作品是黃色的、低級趣味的和無藝
術性可言的。為了讓讀者自己作出判斷，得出有分析的結論，我們也
選了人們認為最可能有黃色、低級的嫌疑的品類和分支，如「倡門
狹邪」類和「黑幕揭秘」類等作品。其實，中國的狹邪小說自《青
樓夢》、《品花寶鑒》、《海上花列傳》、《九尾龜》到畢倚虹的《人間
地獄》等，一般可以分成兩大類，一類是寫「情」——妓女與嫖客的
情，一類是寫「騙」——妓女對嫖客的騙，但作品中一般也沒有赤裸
裸的性描寫。像畢倚虹的《人間地獄》是寫一位書生和報人柯蓮蓀
對妓女秋波動了真感情，在花街柳陌之中發現「情之累人」，將狹邪
小說「人情化」是這部膾炙人口的作品的一大特色。本書選了畢倚
虹的〈北里嬰兒〉，真可令人灑下一掬同情之淚。但是寫倡門短篇更

有成就的是何海鳴。二十年代，還以他的倡門系列短篇為表出版過一本《倡門小說集》。現在我們選了這本小說集中的一篇〈老琴師〉。何海鳴說：「我偶然做了幾篇小說，描寫倡門中疾苦。瘦鵑說我做得還好。《半月》上從此並要留意倡伎問題，替那些苦海中苦女子們請命。」[34] 據該派中有人道，當年，〈老琴師〉甚至得到了新文學作家的稱讚。儘管至今我還未查到贊評的出處和原文，但像〈北里嬰兒〉、〈老琴師〉和包天笑的〈煙篷〉這類倡門小說，不僅沒有黃色、低級之嫌，而且具有相當高的藝術性，把舊主使者中的一些受苦的娼妓寫成是有血有肉的「人」──被侮辱與被損害的人，值得同情的人。與新文學的某些同類題材的作品相比，是毫不遜色的。另一類將妓女作為誘惑的象徵的作品，我們選了〈醋意〉和〈戀愛的破產〉。

「黑幕類」也是受非議較多的門類。從另一角度去考察，黑幕亦可分文學的與非文學的兩類。有些介紹黑幕的文字僅不過是寫一則騙局的筆記，交代一下行騙的黑門而已，屬於非文學一類的騙術大觀。這當然為我們所不取。另一類是本書所選的〈罪惡製造所〉、〈孽海紅籌〉和〈冒牌〉等作品，是用文學的手段，形象地對舊社會的重重黑幕進行揭露，具有一定的控訴力量，格調也較高，是屬於該派正宗的揭秘作品。

即使是倡門、黑幕一類的作品，鴛鴦蝴蝶─《禮拜六》派也是從寫人的情出發，且具有一定的藝術性。當然，如果要說通俗文學的最具魅力的奧秘，也即它的藝術性方面的優勢，應該說是由於它繼承了中國古典小說的傳統而更符合於我們民族的閱讀欣賞習慣，它的魅力的奧秘首先在於結構情節的技巧。該派的作家往往是設計情節的能工巧匠。精巧和有趣的情節設計是娛樂性和消遣功能的生命線。而越是

---

[34] 何海鳴〈評倚虹所撰的〈北里嬰兒〉〉。

有娛樂性,該派作品的「勸俗」效應也越能在不知不覺中發揮潛移默化的作用。趣味性應該被視為是通俗文學的重要審美標準。本書所選的不少作品,例如向愷然、張冥飛、程瞻廬、姚民哀、程小青、孫了紅和徐卓呆……等人的作品,都有這種魅力的強磁場。

　　——本文選自范伯群編《鴛鴦蝴蝶—《禮拜六》派作品選・代序》(北京:人民文學出版社,1991年)

鐵屋中的吶喊
——「獨異個人」和「庸眾」

李歐梵　香港中文大學文學院教授

　　《狂人日記》發表數月以後，在《隨感錄三十八》上，有一段很能說明魯迅思想的話：

> 中國人向來有點自大。——只可惜沒有「個人的自大」，都是「合群的愛國的自大」。這便是文化競爭失敗之後，不能再見振拔改進的原因。（卷一，頁311）

　　按照魯迅自己的解釋，這種「個人的自大」，「就是獨異，是對庸眾宣戰」。「獨異」的人大抵有「幾分天才，幾分狂氣」。

> 他們必定自己覺得思想見識高出庸眾之上，又為庸眾所不懂，所以憤世嫉俗，漸漸變成厭世家，或「國民之敵」。但一切新思想，多從他們出來，政治上宗教上道德上的改革，也從他們發端。

　　至於「合群的愛國的自大」則相反，「是黨同伐異，是對少數的天才宣戰」。

> 他們自己毫無才能，可以誇示於人，所以把這國拿來做個影子；他們把國裡的習慣制度抬得很高，讚美得了不得；他們的國粹，既然這樣有榮光，他們自然也有榮光了！倘若遇見攻

擊，他們也不必自去應戰，因為這種蹲在影子裡張目搖舌的
人，數目極多，只須用mob的長技，一陣亂噪，便可制勝。
（同上）

人們可以從這一段話裡讀出對讚美「國粹」的保守思想的批評，
但是在這裡還不僅是流行於「五四」時期的一般反傳統思想，即把
「獨異個人」和「庸眾」並置。值得注意的是，中國人說「眾」，往
往稱「群眾」，當然有革命的含義。魯迅這裡說的卻是「庸眾」，抽
象地或具體地說，都不是革命的[1]。

這一哲學思想也見於魯迅的小說，是他小說原型形態之一。事實
上，「獨異個人」和「庸眾」正是魯迅小說中經常出現的兩種形象。
我們完全可以為他們建立一個「譜系」（genealogy），從而尋找出在
魯迅小說敘述表層下面的「內在內容」。這樣讀出的作品意義雖然有
異於人們常作的對魯迅小說的肯定，卻可能更真實地表現出作為創造
性的作家魯迅特點的某些側面。

一　清醒者的孤獨

要認識魯迅將「獨異個人」與「庸眾」並置的這一原型形態，必
須上溯到他一九〇七年的一些著作。在〈摩羅詩力說〉裡，魯迅歌頌
了一批西方的「精神界之戰士」，他們以孤獨的個人的身分，與社會
上的陳腐庸俗作鬥爭，並在這鬥爭中證明自己的聲音是形成歷史的先
覺的聲音。在〈文化偏至論〉中，魯迅提出要以反「物質」和「眾
數」來推動「文化偏至」的鐘擺，那些推動者也正是少數孤獨的「精

---

[1]　關於魯迅對個人和群眾的看法，近來仍有相當教條式的看法。參見張琢《魯迅哲學
思想研究》（武漢：湖北人民出版社，1981年），頁159-176。

神界之戰士」。這些文章的中心主題是強調這些獨異個人的預兆的重
要性，以及他們反對舊習的知識的力量。其中閃耀著魯迅青年時期的
理想主義，它給西方歷史的這一方面投上了積極的光彩。魯迅相信所
說的這些獨異個人有力量把歷史拉向自己這一方，並且事實上已經勝
利地改變了歷史的行程。或許魯迅自己也想效法這些人，透過文學活
動讓中國讀者聽到與拜倫、雪萊、普希金、裴多斐等人相似的聲音，
引起改革的思想。

　　〈狂人日記〉中的「狂人」，是魯迅小說中「摩羅詩人」們的第
一個直接後代。但是故事講述的方式卻使我們難於肯定這位叛逆者
和「精神界之戰士」的思想見解可能被他的聽眾所接受，因為在小說
中它是只被視為精神病人的狂亂囈語的。「狂人」的見解越是卓越超
群，在別人的眼中便越是顯得狂亂，他從而也越是遭到冷遇並被迫害
所包圍。因此，「狂人」批判意識的才能，並不能使自己真正從吃人
主義的庸眾掌握中解放出來；相反，只是使他在明白了自己也曾參加
吃人、現在又將輪到自己被吃以後而更加痛苦。這篇小說外在的意義
是思想必須啟蒙，但結論卻是悲劇性的，這結論就是：個人越是清
醒，他的行動和言論越是會受限制，他也越是不能對庸眾施加影響
來改變他們的思想。事實上，「狂人」的清醒反而成了對他存在的詛
咒，注定他要處於一種被疏遠的狀態中，被那些他想轉變其思想的人
們所拒絕。

　　這篇小說主要的篇幅是「狂人」的日記，但前面還有一則引言，
說明這位「狂人」現在已經治癒了他的狂病並且赴某地「候補」去
了。這就說明他已經回到了「正常」狀態，也已經失去了原來那種
獨特的思想家的清醒。引言中既由暗含的作者提供了這種「團圓結
局」，事實上也就指出了另一個暗含的主題，即「失敗」。「日記」的
最後一句「救救孩子」是試圖走出這個死胡同的一條路，但是這一呼

籲是由病中的「狂人」發出的，現在這人既已治癒，就連這句話的力量也減弱了。這本身就是一個複雜的反諷。小說的真正結尾其實並不是「救救孩子」，而在那後面的向讀者表示不完全之意的線個虛點——「……」。

在〈藥〉裡，「獨異個人」的主題更是小說的內核。從華老栓在神祕的暗夜中賣饅頭開始，到天亮後茶館開門、茶客們進館喝茶閒談，直到康大叔走進茶館點出華老栓買的是蘸了剛被處死的革命者之血的饅頭，是用來給小栓治癆病的時候為止，在小說前台活動的都是「庸眾」；那孤獨的烈士則始終被置於後台。他的痛苦是人們所不知道的，只能從康大叔的三言兩語中加以推測。但小說的敘述卻加強了烈士和人民（他為他們犧牲了生命）之間隔絕不通的關係的反諷意義。甚至他對虐待者表示憐憫和原諒的話，也不能被人們所理解，被認為「簡直是發了瘋」。或許人們認為他連「狂人」也不如。

這篇小說還有另一層悲劇意義：烈士被庸眾所疏遠和虐待，成為孤獨者；但這孤獨者卻只能從拯救庸眾、甚至為他們犧牲中，才能獲得自己生存的意義，而他得到的回報，又只能是被他想拯救的那些人們關進監獄、剝奪權利、毆打甚至殺戮。他們看著他死去，然後賣他的血和買他的血去「治病」。

如果說這兩篇小說中的孤獨者體現的是魯迅所說的「個人的自大」，那麼，那些疏遠孤獨者並為孤獨者所疏遠的人們體現的就是「合群的自大」。這是深植於魯迅之心，對他國人的雙重情緒的藝術表現。在一九二三年的一次講演中，魯迅還有一段對中國群眾的描寫：

> 群眾，——尤其是中國的，——永遠是戲劇的看客。犧牲上場，如果顯得慷慨，他們就看了悲壯劇；如果顯得觳觫，他們就看了滑稽劇。北京的羊肉舖前常有幾個人張著嘴看剝羊，彷

> 彿頗愉快，人們的犧牲能給與他們的益處，也不過如此。而況
> 事後走不幾步，他們並這一點愉快也就忘卻了。
>
> 對於這樣的群眾沒有法，只好使他們無戲可看倒是療效，……
>
> （卷一，頁163）

這段話表現了魯迅對群眾行為的描寫中某些常見的特點：這些群眾往往是些鬆散地聚集起來的「看客」，他們需要一個犧牲者作為娛樂的中心，這很自然地使我們聯想起了那張著名的幻燈片。這些「看客」不僅是消極被動的，而且有著殘暴的惡癖。這段話裡所寫的人們「看剝羊」時的那種關注的神態就暗示了這一點。

二 諷刺小說與〈阿Q正傳〉

魯迅小說裡被「看」的犧牲者有兩種，一種就是上述的「獨異個人」，另一種卻是庸眾中之一員。這人由於某種情況被置於舞台中心，處於與其他庸眾相對立的孤獨者地位。作者似乎是以此來探測庸眾的反應。在寫這兩類孤獨者與庸眾的關係時，魯迅的態度有所不同，在寫前一種時，距離較短而有更多的抒情性，這些作品除極少數外，往往寫於他本人的情緒處於低潮時；在寫後一種時，他著重表現庸眾，常用他的敘述技巧來造成反諷的距離。

孔乙己就是一個庸眾中之一員的犧牲者。他和「狂人」正相反。「狂人」思想超前於現實，孔乙己卻落後於現實。他實際上已被拋進了下等人之中，卻還自以為是長衫階層的上等人。長衫的上等人又挪揄嘲弄他。甚至在他被打斷了腿只能在地下爬行時，也還得不到同情，因為庸眾正是以他的痛苦為代價來取樂的。在小說結束時敘述者說到酒店掌櫃已好久不提孔乙己欠賬時，這個酒店小夥計可能已經長

大了，但他也只說了一句：「我到現在終於沒有見——大約孔乙己的確死了。」語氣是那麼平淡麻木，毫無同情。這既說明孔乙己的徹底失敗，又說明敘述者的不覺悟狀態。作為正在回憶一個受害者的成年人，他仍然只是庸眾中之一員。

〈明天〉的女主人翁單四嫂子是另一例。她是個粗笨女人，是眾眾中的一員。在她死去了唯一的兒子後，似乎成了鎮上人們關心的對象，所遇見的人也都多少給了些幫助（藍皮阿五當然也還有性感的因素在內），但是他們的言語和行為也只是更加深了她的孤獨。但是在埋葬寶兒時，她因過於悲痛，不肯死心塌地蓋上棺木，鄰居們就「等得不耐煩，氣憤憤地跑上前，一把拖開她」。小說中把單四嫂子的家和咸亨酒店這兩座僅有的「深更半夜沒有睡」的房子相並置，寫了這一邊的單四嫂子的思想和那一邊的酒客們的表現。由此可以看到：單四嫂子的不幸實際上已把她在群眾中孤立起來了，並沒有人真正關心她。

庸眾中的成員之一被他的同類迫害成為孤獨者的主題在〈祝福〉中達到高峰。主人翁祥林嫂是單四嫂子更豐富的發展。她也是個寡婦，而且是兩次嫁人又守寡，「敗壞了風俗」，所以是雙重的不祥之人。她也死了兒子，而且死得更慘。對於一個普通農村婦女來說，這不幸本來已經夠沉重的了，但社會還要因這不幸而附加給她更多的痛苦，使她在迫害中一步步走向死亡。

小說中細緻描繪的情節很清楚地說明了祥林嫂之被排斥是來自全鎮的人，既有上層階級的士紳，也有普遍群眾。在他述說兒子慘死的不幸時，人們最初的反應似乎是同情，但他們的同情之淚和咸亨酒店中對孔乙己的嘲笑並沒有什麼不同，都是以別人的痛苦為代價來求得自己廉價的宣洩。而且，魯迅以圓熟的技巧顯示出，雖然孩子死得很慘，聽眾們在多次重複以後也變得厭倦了（雖然在小說中這個故事只

重複了兩次）。他們的視線於是又轉向另一件令人感興趣的東西，那就是她頭上的傷疤。因為這傷疤是她不能守節到底，最後還是屈從了第二個丈夫肉慾要求的證明。於是，人們用譏諷和戲弄代替了憐憫。再加上迷信死後要被閻王鋸開身子分給兩個丈夫的恐懼；還加上雖然捐了門檻讓萬人踐踏仍不能贖罪的感覺。就這樣，祥林嫂在眾人的排斥和踐踏下徹底孤立，終於死去了。恰恰死在新年，成了「祝福」的第一個祭品。

祥林嫂可能是魯迅小說中最不幸的一個孤獨者，但她並不具有魯迅所說「個人的自大」。她沒有獨見，受迫害卻並不真知迫害她的群眾之殘酷。她一再回到那個冷遇她的鎮子裡，既是因為無處可去，無以為生，也是因為她希望成為群眾中之一員。直到她已失去一切，並被逼迫到近於瘋狂時，才開始想尋求當前現實以外的精神上的安慰。她向「我」提出的問題雖然是從迷信出發的，卻有一種奇怪的思想深度的音響，因為這是以和作為知識者的「我」的對話形式出現的：

> 「一個人死了以後，究竟有沒有靈魂的？」
>
> 「也許有罷，——我想。」我於是吞吞吐吐的說。
>
> 「那麼，也就有地獄了？」
>
> 「啊！地獄？」我很吃驚，只得支吾著，「地獄？——論理，
> 就該也有。——然而也未必，……誰來管這等事……。」
>
> 「那麼，死掉的一家的人，都能見面的？」

祥林嫂的問題是從她想和死去的兒子重聚而激發出來的。儘管如此，仍然和「我」模稜的、空洞的回答形成驚人的對比，因為作為知識者的「我」本是更有可能去思索生死的意義的。小說在集中注意於祥林嫂的痛苦的同時，也反映了作為知識者的敘述者的致命弱點，寫他不帶感情也不願深思。這位知識者奇怪地處在和其他小說相反的地

位。他與庸眾並無區別，也是一個消極的「看客」。

〈祝福〉是魯迅小說中最強烈的悲劇描寫的作品之一。他的另一些諷刺小說卻比較溫和、輕鬆和富喜劇性。這類小說中沒有造成孤獨者和群眾緊張相遇的場景，卻圍繞一個人物或一批人物構建情節，從而顯示他們可笑的特色，當然，其中仍有反諷的鋒芒。這類小說中往往不存在任何與故事有關或無關的敘述者，只有一個採取外在的觀察者視角的暗含的作者。這樣，小說中那些好奇的「看客」本身，也就在被這暗含的作者所「看」。〈風波〉和〈離婚〉都是典型的例子。在〈風波〉裡，在謠傳清廷即將復辟的背景下，沒有辮子的航船七斤和他因恐懼而爭吵的一家被放在場景中心，從村人們的種種反應中顯示了他們的特色，總而言之就是愚昧無知。

〈離婚〉可能是〈風波〉基礎上的發展。這裡有一位更成熟了的七斤，叫做「七大人」，他出來干涉一個村婦的離婚糾紛。

離婚的當事人愛姑被放在場景的中心。似乎魯迅是想用一個與所有在場的人對立的人物來看那些庸眾的反映。因此愛姑又是一個反映者，用她的純樸無知襯托那些在場的大人物們的裝腔作勢和偽善。

可以歸入這一類的諷刺小說還有〈肥皂〉、〈幸福的家庭〉和〈高老夫子〉。這些小說的中心人物較少純樸，但是比愛姑更可笑。在運用了韓南所說的「用似乎是抬高的手法而貶低人物」的技巧[2]，魯迅表現了這些人物的虛偽與愚蠢。例如：〈肥皂〉中那個偽善者對一位貧女奇怪的關注；〈幸福的家庭〉中那位想做作家的人愚蠢的小說構思；〈高老夫子〉中那位女校老師的妄擺花架子。但是，這些人雖是小說敘述結構中的中心人物，卻完全沒有真正的意識，迥異於魯迅所說的「獨異個人」。他們甚至根本不知道自己的缺點，也不願承

2　韓南（Patrick Hanan）《魯迅小說的技巧》（劍橋：哈佛大學出版社，1974年）。

認它。例如四銘，他就並不明白自己突然想到要買一塊肥皂的真實動機。這裡也反映了庸眾在自我反映上的無能。

作為庸眾中之一員的孤獨者與庸眾對立的這種原型形態，在〈阿Q正傳〉中得到最成熟的處理，也可說是一次思想上的總結。

阿Q當然不是一個隨意地、偶然地寫出的農村人。據〈〈阿Q正傳〉的成因〉，魯迅在寫這篇作品的前幾年，心裡就已經有了這個人物的影像。在小說前面，也如〈狂人日記〉一樣，有一篇精心寫的引言，暗含的作者不厭其煩地在其中說明他為什麼不能確定阿Q的姓，又為什麼也不能確定他的名字等等。又據周作人說：Q字像是一個無特點的臉後面加一根小辮，這正是魯迅用這個字來命名的用意。由此可見，從文義和字形兩方面，阿Q都是一個中國農村中的「普通一人」，是魯迅當做國民性代表的一個複合人物，也是魯迅創造的人物中最缺乏思維能力的「典型」。

小說的反諷結構很像是對顯克維支的〈炭畫〉和〈巴特克的勝利〉的模倣，因為它是對中國舊式傳統傳記的嘲笑。在一篇長序以後，透過正文的五個章節中所寫的許多生活瑣事表現出阿Q的複合性格，而這些事都不夠作者所謂人傳「行狀」的資格，無非是吃、住、幹活、性慾等動物本能，也就是他生存在這他並不了解的環境中的生活方式。由此而表現出的阿Q的性格，正如許多研究者所指出的是：怯懦、貪心、無知、無霸氣、騎牆、欺弱怕強，以及著名的「精神勝利法」[3]。

3　在某些研究中，把馬克思主義觀點的「典型」庸俗化了。把阿Q看做中國農村無產階級的代表，因而是「革命的」（基於同樣的思想方式他們也認為「狂人」是反封建戰士）。但如果這樣理解，就無法解釋何其芳等人提出的問題了：「既如此，阿Q為什麼這樣卑鄙呢？」早期有一種看法是說阿Q的思想悲劇來自辛亥革命的性質（見王西彥〈論阿Q和他的悲劇〉）；另一種看法是阿Q因被上層階段壓迫，也從上層階級學壞了。因此，「阿Q主義」是所有各階級共有的（見馮雪峰〈論〈阿Q

　　很清楚，阿Q也就是魯迅所看到的那個幻燈片中被殺者的肉身，是一個沒有內心自我的身體，一個概括的庸眾的形象。他的靈魂恰恰就是缺少靈魂，缺少自我意識。作者選擇了這個小人物的無意義的生活，納入一個滑稽的史詩結構，在最後四章更將他投入革命的騷動中，並必然地成了這騷動的犧牲品。在「大團圓」一章裡，寫到阿Q作為一個孤獨的受害者被一群興高采烈嘻笑著的庸眾圍觀時，有一剎那，腦子裡忽然像旋風似的迴旋著真正的「思想」了，他對那些「又鈍又鋒利」、「連成一氣，已經在那裡咬他的靈魂」的眼睛感到害怕了。他想喊「救命」，這是「狂人」對吃人社會的吶喊在阿Q耳中微弱的反響。但是已經太遲了，阿Q終於沒有喊出聲來，在他開始可能明白自己是庸眾的犧牲祭品時，他已被槍斃了。

　　魯迅有一次曾說他之所以槍斃了阿Q是因為應付報紙的連載已經厭倦了。這或許是戲言。像魯迅這樣有心的藝術家是不會把一個在心中醞釀了很久的小說隨意地斷然結束的。他這樣做，肯定是經過了細心的安排。一方面是以此諷刺傳統小說中的「大團圓」結局的俗套，另方面，也為了戲劇化地傳達自己的思想。從較明顯的層次看，小說回答了他早在日本就提出了的問題：中國國民性中最缺乏的是什麼？

正傳〉〉和朱彤《魯迅創作的藝術技巧》（上海：新文藝出版社，1958年），頁160-170）。在近期的關於「國民性」的討論中，這種僵化的階級分析法又更精煉了。有人認為阿Q的「精神勝利法」只屬於「國民性」，而「國民性」和「人民性」是有區別的（見《魯迅「國民」性思想討論集》中李何林等人的文章和林非《魯迅小說論稿》（天津：天津人民出版社，1979年），頁110-130。再一種是蘇雪林的非馬克思主義觀點，認為阿Q的「奴隸化」是外國長期侵略所致（見蘇雪林〈〈阿Q正傳〉及魯迅創作的藝術〉）。但在許多研究中卻極少有人抓住了魯迅關於阿Q這個人物本身真正的「精神」反諷觀念，即：中國人集體的靈魂即「無靈魂」。而這一點，魯迅本人在《俄文譯本〈阿Q正傳〉序》中即已提及，他說：「我雖已經試做，但終於自己還不能很有把握，我是否能夠寫出一個現代的我們國人的靈魂來。」

阿 Q 消極方面的特點綜合起來是「奴隸性」。據許壽裳說，魯迅認為這是來自中國人曾兩次被野蠻的異族（元代和清代）所奴役和迫害。許壽裳的回憶中還說，這種奴隸性缺少兩種根本的道德因素：誠和愛。但這篇小說對庸眾的象徵的表現卻似乎更深刻。阿 Q 的命運似乎說明：這在歷史上被奴役被迫害的中國群眾，也是非常善於奴役和迫害自己的同類的。

我在這裡對〈阿 Q 正傳〉說得比較多，不僅因為它是魯迅小說中篇幅最長的，也因為它標誌著魯迅用小說探索國民性的某種結束。在這次概括性的處理以後，魯迅在其他小說中便只選取國民性中的某一、二點來諷刺，如〈肥皂〉、〈高老夫子〉和〈離婚〉。只是最後，在最獨特的一篇〈示眾〉中，才有了又一次的對庸眾「看客」的集體描寫。〈示眾〉幾乎是〈阿 Q 正傳〉中示眾場面的重複，只是寫得更細緻。或許是因為這時魯迅對自己技巧的圓熟已經更有把握，特地要向自己挑戰並超越自己。〈示眾〉完全捨棄了情節和心理分析，寫的只是外部的表面現象，是魯迅「白描」技巧的光輝典範。「看客」形形色色，有小販、學生、懷抱嬰兒的女人、兒童、警察，各以自己的怪異形象被攝入特寫鏡頭。有意的表面形象的描寫恰恰反映了這些人內心的空虛。他們似乎並不注意那示眾的犯人究竟犯了什麼罪，卻只是在「觀景」。當他們再看不見會有什麼新鮮事發生時，就失去興趣，走開去看一個跌了一跤的洋車夫去了。這是對中國庸眾的典型敘述，它再次使我們回想起魯迅著名的關於庸眾觀看剝羊的比喻。

三　傷感的厭世者

當小說中的孤獨者不是庸眾中之一員而是真正的「獨異個人」時，情況就不同了。魯迅的這些小說較少用反諷的、造成距離的技

巧，卻加入了較多的抒情。在寫「個人」與「庸眾」之間的關係時，在《吶喊》和《彷徨》中似乎也有區別。在《吶喊》中，往往是將兩者並置創造出一種戲劇性的緊張局面，《彷徨》中雖然也還有這種情況，卻更多是分別地探尋那孤獨者的命運和庸眾的行為。小說中對孤獨者的態度也是有變化的。早期作品中那尖銳的、挑戰的狂人和烈士逐漸為痛苦的憤世者、中年的往事追憶者、以及失去了往昔的自信、失望而傷感的厭世者所替代。這些不同的畫像似乎反映了他的情緒，從「吶喊」日益走向了「彷徨」。

　　「獨異個人」變化的跡象在一九二〇年寫的〈頭髮的故事〉裡就已初見端倪了。這篇小說發表於一九二〇年的「雙十節」。這個紀念辛亥革命的「國慶日」似乎只是引起魯迅的極端反感，他把對國民黨的厭惡從雜文移到小說中來了。小說讀來也很像雜文，只不過用了一種未進入故事的敘述者來轉達主人翁「獨白」的小說形式。小說的主人翁N先生看來是一位倖存的革命知識份子[4]，〈華〉中烈士的同時代人。但是在所謂「國慶」的節日裡，他的感想已不是重新當年的革命理想，相反地卻透露出複雜的失望。事實上，N先生已經失去了「狂人」那種向現實抗議和向人們提出警告的熱情，變成了一個上了年紀的憤世者了。在他長篇議論的最後，他竟「越說越離奇」，引用阿志巴綏夫的話向人們提問：「你們將黃金時代的出現預約給這些人們的子孫了，但有什麼給這些人們自己呢？」這話，和「狂人」最後呼籲的態度正相反，N先生是一位向過去的告別者，他不相信任何對於未來的許諾。

　　在N先生身上使人還能感到的熱情只是對那些已經死去的先驅

4　我下面的議論有異於中國研究者們經常爭論的所謂「知識份子形象問題」。我這裡
　　的「孤獨者」指的是一種知識份子的特殊類型，他們的「譜系」只能在魯迅的小說
　　中見到。我不追索他們的階級背景或對他們作思想價值的判斷。

（較早一代的孤獨者）的懷念。但那是怎樣的懷念啊：「他們都在社會的冷笑惡罵迫害傾陷裡過了一生；現在他們的墳墓也早在忘卻裡漸漸平塌下去了。我不堪紀念這些事。」這確已不是「紀念」，而是對往日所作的努力無效的悼詞了——這正是一切憤世者的特徵。讀了這些話，我們會自然地想起〈藥〉中所描寫的烈士之墳，不僅墳上的花環早已不在，就是那墳本身大約也「早在忘卻裡漸漸地平塌下去了」吧。我們也會想起魯迅在《吶喊‧自序》裡所說的：「所謂回憶者，雖說可以使人歡欣，有時也不免使人寂寞。」在他那些用抒情的調子和回憶方式所作的對孤獨者的描繪中，便透露出這種牽縈著他心的沉重的寂寞。

這類小說共有三篇：〈故鄉〉、〈在酒樓上〉和〈孤獨者〉，都是寫敘述者回到家鄉，遇見故人觸發回憶的。那種懷舊的、往往是痛苦的、關於敘述者和主人公共有的對過去回憶的傾訴，是這幾篇小說情節的中心。

在《故鄉》裡，敘述者遇到的故人是兒時的玩伴閏土。記憶中的這個閏土是個天神一樣的小英雄，曾將兒時的敘述者引進一個非常簡樸明淨的農村生活的歡樂之中。一提閏土的名字，敘述者腦中立刻閃出一幅神奇的圖畫：那深藍色的天空，金黃的圓月，一望無際的碧綠的海邊瓜地，以及那個項戴銀圈手捏鋼叉，「向一匹猹盡力刺去」的少年閏土本身。這樣神美的田園風光，是魯迅所有對往事的描寫中最誘人想像的了。但是，當現實的、已經成人的閏土一出現，色彩鮮明的幻景就立即被打成碎片，轉為暗淡的現實了。記憶中的小英雄變成了呆鈍的人、農村環境的受害者、典型的庸眾中之一員。這現象似乎是在冷靜地提醒：和現實相對的往昔不過是一種幻覺。敘述者的疏遠感不僅來自自己和閏土的社會地位不同，也來自時間和記憶的反諷。環境或許並沒有多少改變，改變了的其實是敘述者自己的感知。小說

的後半部分是敘述者本人的思索：他看到今日的閏土已經陷入一個世界，這世界是自己所不能進入的，他也無法使這個舊日友人從中解脫出來。敘述者雖在苦苦思索，但人們從這苦思中已看不到「狂人」那改變這世界的激情。這個敘述者的疏遠感和「狂人」的疏遠感有質的區別，因為他雖移情於像閏土這類人，卻已感到無力去採取什麼行動。其結果是壓抑感：「我只覺得四面有看不見的高牆，將我隔成孤身，使我非常氣悶。」

在小說結束時，敘述者勉強將希望寄託於下一代：「他們應該有新的生活。」同時，又寫出了「路是人走出來的」的名句。這句話曾被許多人引用，認為是魯迅有肯定的信念的證據[5]。但是整篇小說的情緒（以及魯迅後來諸作品的情緒）是失望的，對比來看，總覺得對「路」的形象那種積極的解釋有些勉強。這是「救救孩子」的呼籲的重複，卻缺少「狂人」作這呼籲時思想上的信心。

〈在酒樓上〉寫於〈故鄉〉後三年。這裡的敘述者遇見的故人不同於閏土，是一個和他自己非常相似的人。他們過去是同窗同事，都是激進的理想主義者，現在又都減退了過去的雄心。敘述者引出了主人翁呂緯甫的獨白，他所傾訴的似乎正是這兩個孤獨者的共同的經驗。周作人曾設想呂緯甫是魯迅本人和范愛農的綜合形象，呂緯甫所說為他弟弟遷葬的事也和魯迅的經歷相似。這種個人因素使這篇小說更給人以在其他反諷作品中不常有的親切感。當然，它不是作者的自傳性回憶，相反，卻表現了一種獨特的小說結構，其中對往事的重述變成了敘述者和主人翁雙方對生活意義的內心探索。

這篇小說與〈故鄉〉前後呼應，似乎是前一篇當中的一個情

5　許杰〈談故鄉〉，收入北京市魯迅研究學會籌委會編：《魯迅研究論文集》（成都：四川人民出版社，1982 年）。

節。呂緯甫甚至說到：「前年，我回來接我母親的時候，長富正在家
……」。他和〈故鄉〉中的敘述者一樣，都是為了母親的緣故回到故
鄉，並因此遇到故人。呂緯甫談到他在長富家裡吃蕎麥麵以及這次帶
著剪絨花去訪長富女兒阿順的細節時，也都帶著〈故鄉〉中雙金者遇
見閏土時的那種溫情。但是，呂緯甫與前一篇的敘述者之間又還存在
著差異。他在溫情地敘述了上次吃了阿順所做的蕎麥麵後，雖然飽脹
得一夜睡不穩，仍然為她祝福，「願世界為她變好」，但立即又為這
「不過是舊日的夢的痕跡」而自笑，並且「接著也就忘卻了」。

　　按照呂緯甫的自述，他回鄉後為母親做的兩件事都沒有順利完
成。他給小弟弟遷墳，發現死者早已屍骨無存，他只得把舊墳的泥土
包一些放到棺材裡遷到父親墓旁，做了本來沒有必要做的事情。他送
剪絨花給阿順，發現阿順也已死去了，只得無可奈何地把花送給他本
不願送的阿順的妹妹。這兩件事的真實情況呂緯甫都不準備告訴母
親，只想去「騙騙母親，使她安心些」，認為「這樣總算完結了一件
事」。這裡表現了呂緯甫的孝思，也就是林毓生所說魯迅珍視的傳統
道德感之一的「念舊」。但是從外人看來，呂緯甫的行為可能確是沒
有什麼意義的，而在他的回憶的世界裡，他是否仍然要為下面的問題
而苦惱呢？他究竟只是欺騙他的母親還是同時也在自欺呢？在結束了
他的故事以後他又將做些什麼呢？

　　在呂緯甫傾訴的過程中，有一處寫到敘述者看見他「眼圈微紅」
了，但立即又把這解釋為「有了酒意」，說明敘述者已感到呂緯甫動
了感情但自己卻不願捲入這感情中去。但讀者卻明白：這傾訴已經織
成了一張惆悵的網，籠罩著兩個孤獨者，把他們和冷酷的外部世界隔
開了。

　　呂緯甫最後還說：「這些無聊的事算什麼？只要模模糊糊。」無
聊，就是沒意義，可厭。這裡已經不再有「狂人」的理想，不再有

〈故鄉〉中所表示的，雖然微弱但仍然存在對下一代人的希望，甚至也不再有〈頭髮的故事〉裡Ｎ先生那種藉以肯定自己的憤激。他對生活已經厭惡了，他將在「模模糊糊」的教學生涯中，走上厭世者的道路。

　　寫於一九二五年的〈孤獨者〉中的主人翁魏連殳就正是這樣一個「厭世者」。這篇小說在技巧上雖然不是魯迅最好的，篇幅僅次於〈阿Ｑ正傳〉。它精心地述說了一個過去的激進者「墮落」的過程，提供了一個獨異個人轉變成厭世者的豐滿側像。因此，儘管藝術上尚有缺點，它佔有一種堪與〈阿Ｑ正傳〉相比的重要地位，具有概括的意義，值得仔細分析[6]。

　　〈孤獨者〉的主人翁魏連殳和魯迅本人許多相似的地方。他也是現代知識份子，學生物，卻教歷史課（魯迅學醫，教文學）。魏連殳也愛書，還在雜誌上寫稿，為此被人散佈流言，遭受攻擊。甚至他的外貌也和魯迅相似：短小瘦削，頭髮蓬鬆，鬚眉濃黑，兩眼在空氣裡發光。

　　這一形象是從去參加魏連殳祖母喪葬儀式的敘述者眼中描畫出來的。這個魏連殳，人們本來認為作為新派的知識份子，在喪殮形式上是「一定要改變新花樣的」，已經準備好了要和他鬥爭，誰知他卻全部服從人們老例的安排。在整個喪殮過程中，大家哭拜時，他一聲不哭，當人們準備走散時，他卻像一匹受傷的狼似的長嚎了。那聲音，是「慘傷裡夾雜著憤怒和悲哀」，人是兀坐著「鐵塔似的動也不動」。這模樣，卻是「老例上所沒有的」。

6　這篇小說中國研究者們不甚喜歡，因為它壓抑的調子以及失敗主義的態度。近年來它得到較高評價。如陳耀東、唐達輝《魯迅小說獨創性新探》（長沙：湖南人民出版社，1984年）就認為對魏連殳的人物塑造僅次於阿Ｑ，並且不同意所謂「失敗主義」的指謫。

　　周作人曾評論說，魯迅所有的小說、散文作品中沒有一篇和他生活中的真實這麼相像[7]。這顯然是魯迅生活中曾經震撼過他心的極少數場景之一。值得注意的是：這一場景也具有獨異個人被庸眾圍繞的原型結構。庸眾的反應也是典型的，他們不能理解魏連殳感情深處的孤獨悲愴。

　　但魏連殳的孤獨和上述所有孤獨者的都有所不同。「兀坐著號啕，像鐵塔似的動也不動」，說明他和庸眾的疏遠更完全徹底，他已不再像「狂人」那樣有那種主動對立的精神，或有任何喚醒庸眾的願望，甚至不像Ｎ先生那樣感到有憤激的必要。他的孤獨與其說是外界強加的，毋寧說是他自己製造的。正如小說中敘述者所說的那樣：「你實在親手造了獨頭繭，將自己裹在裡面了。」小說中的大部分，從敘述者的視角描寫了魏連殳在越來越覺得生活無意義的情況下仍想「活幾天」的感情。他曾寄熱望於孩子，認為「孩子總是好的，他們全是天真……」。他也還曾有過一個「願意我活幾天」的人。但是在他最後的生活目的也被奪去了時，他終於走上自我毀滅的道路。他最後的「墮落」也有些像「狂人」的結局。「狂人」治癒狂疾「候補」做官去了，他也做了杜師長的顧問，過著那種雖生猶死的生活。那封聲稱「快活極了，舒服極了」，「我已經真的失敗，然而我勝利了」的給敘述者的信，實際上已經是他死前向生活的訣別。在〈孤獨者〉以後，魯迅的小說中就不再寫孤獨的個人了。魏連殳之死似乎結束了從「狂人」開始的孤獨個人的譜系。《兩地書》中有如下一段話：「這一類人物的命運，在現在——也許雖在將來——是要救群眾，而反被群眾所迫害，終於成了單身，忿激之餘，一轉而仇視一切，無論對誰都開槍，自己也歸於毀滅。」這實際上是對這類「獨異個人」命

---

[7]　周作人（周遐壽）《魯迅小說裡的人物》（上海：上海出版社，1954 年），頁 187。

運的概括。

〈孤獨者〉的故事是由一個參與在故事以內的敘述者來講的。這個敘述者移情於主人翁，幾乎到了與之認同的程度。敘述者踏著魏連殳悲劇的一生的步子前行，變成了他的「第二人」，似乎自己也將成為厭世者。情節隱然有雙重結構，其中至少包含著兩環：以喪禮始，以喪禮終。最初是魏連殳回家參加他祖母的喪事，敘述者因而認識了他。結束時是敘述者參加魏連殳的喪事。這說明「孤獨者」是以祖母——魏連殳——敘述者這樣一條線在重複者。魏連殳本人似乎也覺察到了這種孤獨者命運奇怪的「連續回歸」。他對敘述者責備他不應自設一個「獨頭繭」時的回答就說明了他的這種感覺，他說：「我雖然沒有分得她的血液，卻也許會繼承她的命運。」看來，這「孤獨者」的譜系竟幾乎是神話式的了。它神祕的聯繫跨越了若干代。人們由此可以感到尼采的影響，也會聯想起作者四個月前寫的散文詩〈頹敗線的顫動〉。這是魯迅特殊主觀性的例子，他將最切近的個人經驗（自己祖母的死）轉為「幻象」，怪異地體現出某種哲學思想。可以說《孤獨者》所涉及的不僅是兩種社會思想的衝突，同時還涉及了關於人的存在本身意義的某種抽象思想。這是超出於具體現實和現實主義的訓誨要求的層次之上的。〈孤獨者〉是魯迅作為一個陷於夾縫中的、必然會痛苦並感到到死之陰影籠罩的、覺醒了的孤獨者的自我隱喻。

四 「鐵屋子」的隱喻

我對魯迅的短篇小說作了如上寓意式的讀解，顯然是從著名的「鐵屋子」的隱喻得到啟發。「鐵屋子」當然可以看作中國文化和中國社會的象徵，但必然還會有更普遍的哲學意義。它形成了魯迅寫

作的某種特殊要求,就是在作品中賦予那「少數清醒者」生命。「五四」時期,描寫並提倡那種不為無知的群眾所理解,並被他們所拒絕的少數有遠見的改革者和革命者,是符合整體潮流的。例如胡適,就也曾提倡過易卜生,並使其「人民公敵」這種獨特的個人形象得以廣泛流傳。在當時社會普遍的中庸及保守的潮流下,這種立場(或姿態)也確實表達了某種自我肯定的崇高。但魯迅「鐵屋子」的隱喻卻和胡適的實證主義完全不同。我認為,「鐵屋子」意指那種被騷擾的暗淡內心,那「較為清醒的幾個人」則是和魯迅的心相近的,體現著他本人的經驗和感情中的某種氣質。

上述魯迅小說中兩類人的處境是:少數清醒者起初想喚醒熟睡者,但是那努力導致的只是疏遠和失敗。清醒者於是變成無力喚醒熟睡者的孤獨者,所能做到的只是激起自己的痛苦,更加深深意識到死亡的即將來臨。他們之中任何人都沒有得到完滿的勝利,庸眾是最後的勝利者。「鐵屋子」毫無毀滅的跡象。

我們都知道,在《吶喊·自序》裡,「鐵屋子」的比喻提出來後,接著就寫了魯迅和錢玄同的不同見解。錢玄同認為:「既然有幾個人醒來了,就不能說沒有毀壞這黑屋子的希望。」魯迅則「雖然自有他的確信」,卻仍然不願「抹煞希望」,終於答應了他寫文章的要求。這種對「未來的許諾」的熱忱,當然是以進化論為基礎的。但是,魯迅雖然用寫文章的實踐給予了現實中的孤獨者們少許安慰,對他小說中的孤獨者,卻似乎不能給予同樣的安慰。在小說中,魯迅似乎是將N先生所懷疑的「將黃金時代預約給這些人們的子孫」的「未來許諾」的信心置於不斷的考驗之前:懷疑,又再肯定,又進一步懷疑。正因此,在〈狂人日記〉絕望的噩夢之後,他加上了帶有希望的「救救孩子」的呼籲;在〈藥〉中的革命者被處死以後,他認為有必要在墳前放一個花環;在〈明天〉中,他以「暗夜為想變成明天,

……仍在這寂靜裡奔波」為結尾；在〈故鄉〉中，描寫了與兒時舊友的疏遠感以後，又提出了著名的「路是人走出來的」的比喻。

關於經常被引用的這個「路」的比喻還應當再說幾句的是：魯迅的作品中並不只有這一個「路」的形象。魯迅作品中還有其他的「路」的形象，其中最後的一個是寫在四年以後的〈傷逝〉中。那是涓生在擺脫了子君以後所看見的，他的未來的「路」。這條路「就像一條灰白的長蛇，自己蜿蜒地向我奔來，我等著，等著，看看臨近，但忽然便消失在黑暗裡了。」因此，他「還不知道怎樣跨出那一步」。

可見，魯迅在小說中並沒有體現出錢玄同所預言的希望。

這種信心與不信之間、希望與失望之間的搖擺，似乎貫穿在魯迅整個二十年代各種體裁的作品中，不僅反映了他個人情緒的起伏，同時也反映了他思想上的猶豫不決：一種對於認識的取捨和未來行動的不確定性。只是在經過了一段苦悶的自我探索的過程，並在陷入了一種完全絕望與虛無的深淵以後，他才在三〇年代，在左翼文化陣線中，重新成為一個為確定目標而鬥爭的作家。關於三〇年代的這一段我將在後面論及。在此以前，我想應先研究他的散文《野草》。在這一體裁中，他天才地注入了自己當時內心的暗淡。

——本文選自李歐梵《鐵屋中的吶喊》（臺北：風雲時代出版社，1995 年）

周作人的散文藝術

錢理群　北京大學中國語言文學系教授

一

　　五四散文又稱小品文，或小品散文，它的一個來源是英國的隨筆。魯迅翻譯的廚川白村的《出了象牙之塔》一書裡，曾作了這樣的界說：

> 如果是冬天，便坐在暖爐旁邊的安樂椅子上，倘在夏天，則披浴衣，啜苦茗，隨隨便便，和好友任心閒話，將這些話照樣地移在紙上的東西，就是essay（即隨筆——作者注）。[1]

　　這裡所談的顯然不純是文體的形式，即我們通常所說的「體裁」。它實際上是規定了「隨筆」（小品散文）與特定的時代文化氛圍、心理狀態，特定的生活方式、生活情趣、人生哲學的內在聯繫，從而規定了這種文體的特定內容與風格。這是老友之間的「任心閒話」，它的文化、心理氛圍必然是充分自由、自然放鬆的；這是心靈的溝通，精神的互補，「閒話」的雙方必須絕對平等，互相尊重，以極其親切的態度，講述並傾聽一切；這是個性的充分坦露，必須真誠，坦率，無所保留；這是智力的遊戲，也是精神的散步，不但要求高層次的文化教養，而且必須以生活的優裕（至少要有「餘裕」），心境的閒適、灑脫為前提。翻譯家傅東華曾據此而作出了這樣的概

---

[1] 魯迅《魯迅全集（第13卷）》（北京：人民文學出版社，1973年），頁164。

括：「……Familiar essay這文體是商人的自由主義和文人的個人主義結婚的產兒，而小品文這文體卻是士大夫的真優裕和文人的假清高結合的產物。」[2]我們則想補充一句：這文體也必然是思想自由、個性解放時代的產物。

因此，當周作人宣佈他渴望「在江村小屋裡，靠玻璃窗，烘著白炭火缽，喝清茶，同友人談閒話」[3]，以為「那是頗愉快的事」[4]時，人們不僅感到了「士大夫的真優裕和文人的假清高結合」的傳統名士的「氣味」，也感到了西方自由主義和個人主義「結婚的產兒」——英國紳士的「氣味」；人們更感受到了五四時代特有的自由、寬容、寬鬆的氣氛。這就是說，周作人以「生活之藝術」為中心的生活方式、情趣與哲理，與小品散文的「體性」取得了高度和諧，與五四時代氣氛也取得了某一程度的和諧：這就是周作人必然地成為中國現代散文小品的主要代表作家的最基本的原因。

二

提起周作人的散文，人們很自然地要聯想起晚明公安、竟陵派的散文。

看來，人們是誇大了這種聯繫。

不錯，周作人曾經將晚明散文看作五四散文小品及五四新文學的源流，這是因為在周作人看來，「小品文是文學發達的極致，它的興

2　傅東華〈為小品文祝福〉，收入陳望道編《小品文和漫畫》（北京：生活書店，1935年），頁153。

3　周作人《雨天的書·自序一》（長沙：岳麓書社，1987年）。

4　周作人《雨天的書·自序一》（長沙：岳麓書社，1987年）。

盛必須在王綱解紐的時代」[5]，而明末與五四時期正是這樣的時代：儒家的正統地位受到了懷疑與挑戰，出現了各種文化、學派互相交融的局面，從而使時代智慧水準達到了一個新的高度[6]。公安、竟陵派的散文理論與創作實踐，最引起周作人共鳴的是他們的「抒性靈」及「立『真』字」，周作人將其概括為「真實的個性的表現」[7]，這也正是周作人自己遵循的創作原則。這就是說，周作人的散文與明末公安、竟陵派散文之間存在著創作觀念、創作精神上的共鳴與繼承。但如果超越了這個範圍，將「共鳴與繼承」擴大到藝術風格的範圍，就會產生對周作人散文的理解的失誤。廢名早就說過，周作人的散文「同公安諸人不是一個筆調」[8]，阿英也認為「周作人的小品與明人的小品，是發展的，而不是如他自己所說，是復興的，因此，相仿的程度，也是有限的」[9]。這都是知人知文之論。

廢名在強調周作人與公安派「筆調」不同時，發表了這樣的意見：「知堂先生沒有那些文采，興酣筆落的情形我想是沒有的，而此都是公安及其他古今才士的特色。」[10]這正是提示我們：周作人在藝術思維與相應的語言表現形式上，都有著與「古今才士」不同的特色。按照我的理解，所謂「古今才士」指的就是古今浪漫主義詩人或有著浪漫主義詩人氣質的作家。

的確，在周作人的藝術思維中，很少有浪漫主義詩人思維中經常出現的飛躍、斷裂、誇張、變形……，他的思維更平、更實，是散文

5　周作人《看雲集·冰雪小品選序》（長沙：岳麓書社，1988 年）。

6　明末這種交融限於中國傳統文化體系內部各學派之間，五四時期出現了東、西方兩種文化體系的交融。

7　周作人《永日集·雜拌兒跋》（長沙：岳麓書社，1988 年）。

8　廢名〈關於派別〉，《人間世》第 26 期（1935 年 4 月 20 日）。

9　阿英〈《周作人小品》序〉，《現代十六家小品》（上海：光明書局，1935 年）。

10　廢名〈關於派別〉，《人間世》第 26 期（1935 年 4 月 20 日）。

式的。這裡有一個有趣的對比，魯迅的《野草》與周作人的《夏夜夢》，這兩組散文都採用了（或大量採用了）「夢」的形式，並富有象徵意味。但魯迅《野草》裡的想像是那樣的大膽，奇特，造成了一個詭異、瑰麗的藝術世界；周作人的想像卻過於平實，《夏夜夢》的「夢」的世界竟是現實世界的簡單投影，失去了藝術的光彩。魯迅的《野草》的思維顯然是更接近詩的；周作人缺乏詩人的藝術思維能力，「夢」這類題材顯然不是他馳騁才情的場所。

同樣，在周作人的散文中，很少有詩人（特別是浪漫主義詩人）「興酣筆落」的激情的噴發、奔瀉，更沒有浪漫主義詩歌中常見的繁複的形象、詞藻、誇大的詞語，由之而形成的「文采」，以及逼人的氣勢或震撼力。周作人一再申明：「我到底不是情熱的人」，「我的意見總是傾向著平凡這一面」，「凡過火的事物我都不以為好」[11]，「我平常寫雜文，用語時時檢點，忌用武斷誇張的文句」[12]。他表示「不大喜歡李白，覺得他誇」[13]，甚至從根本上否認感情，斷言「感情是野蠻人所有，理性則是文明的產物」[14]。在他看來，「做詩使心發熱，寫散文稍為保養精神之道」[15]，這樣，周作人在根本氣質上，就是排斥詩的[16]。

---

[11] 周作人《談虎集·後記》（長沙：岳麓書社，1989 年）。

[12] 周作人《苦茶隨筆·楊柳》（長沙：岳麓書社，1987 年）。

[13] 周作人《苦竹雜記·醉餘隨筆》（香港：實用書局，1972 年）。

[14] 周作人《談虎集·剪髮之一考察》（長沙：岳麓書社，1989 年）。

[15] 周作人〈與廢名君書（1931 年 7 月 30 日）〉，《周作人書信》（上海：青光書局，1933 年）。

[16] 郁達夫一再說，「周作人頭腦比魯迅冷靜，行動比魯迅夷猶」（《中國新文學大系·散文二集·導言》，見《郁達夫文集（第 6 卷）》（廣州：花城出版社／香港：三聯書店，1982-1984 年），頁 273。廢名也說，「我們常不免是抒情的，知堂先生總是合禮……十年以來，他寫給我輩的信箋，從未有一句教訓的調子，未有一句情熱的話」〔廢名〈知堂先生〉，《人間世》第 13 期（1934 年 10 月 5 日）〕。

　　周作人曾清楚地表白自己的「頭腦是散文的，唯物的」[17]，而不是詩的。顯然，周作人的散文不屬於詩人的散文，而另闢蹊徑，我想把它叫做智者的散文。

　　有趣的是，周作人還宣佈他對小說也是格格不入：

> 老實說，我是不大愛小說的，或者因為是不懂所以不愛，也未可知。我讀小說大抵是當作文章去看，所以有些不大像小說的，隨筆風的小說，我倒頗覺得有意思，其有結構有波瀾的，彷彿是依照著美國板的小說作法而做出來的東西，反有點不耐煩看，似乎是安排下的西洋景來等我們去做呆鳥，看了歡喜得出神。[18]

　　這似乎說明，不僅周作人的生活方式、情趣、人生哲學與散文小品相契合，而且他的藝術思維方式與氣質，也是散文的。那麼，是不是可以說，散文小品是周作人終於找到的自己的藝術形式呢？大概是這樣吧。

三

　　周作人在《雨天的書·自序二》裡說：

> 我近來作文極慕平淡自然的景地。但是看古代或外國文學才有此種作品，自己還夢想不到有能做的一天，因為這有氣質境地與年齡的關係，不可勉強……[19]

---

[17]　周作人《永日集·桃園跋》（長沙：岳麓書社，1988 年）。

[18]　周作人《立春以前·明治文學之追憶》（上海：太平書局，1945 年）。

[19]　周作人《雨天的書·自序二》（長沙：岳麓書社，1987 年）。

　　這裡談到了「氣質」、「境地」、「年齡」與文章風格的關係。「氣質」問題我們以後還會討論，這裡且說「年齡」、「境地」。

　　周作人寫這篇自序是一九二五年底，正是四十一歲，已步入中年；事實上，他這時已經醞釀（或開始）文風的某種轉變。到了第二年《藝術與生活・自序一》裡，他又談到了自己思想、心情的變化：「夢想家與傳道者的氣味漸漸地有點淡薄下去了」，緊接著便宣佈，從此不再寫長篇，「想只作隨筆了」。這說明，我們所要討論的屬於周作人自己的「隨筆」（散文小品），是周作人步入中年以後，「轉變方向」的產物。

　　周作人曾寫有題為〈中年〉的文章，宣佈「浪漫」的青年時代結束，進入「中年」的「理智的時代」。文章特意指出：「我們少年時浪漫地崇拜好許多英雄，到了中年再一回顧，那些舊日的英雄，無論是道學家或超人志士，此時也都是老年中年了，差不多盡數地不是顯出泥臉便即露出羊腳，給我們一個不客氣的幻滅。」[20]正是由「英雄崇拜」轉向注重「凡人」，由感情的「熱狂與虛華」轉向「應用經驗與理性去觀察人情與物理」[21]，才最終選擇了「隨筆」（小品散文）這種文體。以後周作人在一篇文章裡引用前人的著作說，「少年愛綺麗，壯年愛豪放，中年愛簡煉，老年愛淡遠」，認為可以此「論文與人」[22]。正是簡煉、淡遠構成了周作人散文的基本特徵。記得聞一多先生曾讚揚馮至的《十四行詩》，稱其為「中年的詩」，周作人也認為廢名的小說「是給中年人看的」[23]，那麼，周作人的散文在中國現代散文史上，可以當之無愧地稱為「中年人的散文」。

20　周作人《看雲集・中年》（長沙：岳麓書社，1988 年）。

21　周作人《看雲集・中年》（長沙：岳麓書社，1988 年）。

22　周作人《苦竹雜記・柿子的種子》（香港：實用書局，1972 年）。

23　周作人《書房一角・橋》（北京：藝文社，1944 年）。

四

進入「中年」及「中年之後」，這意味著理性浸透。周作人說，他的「理想」是達到顏之推《顏氏家訓》的境界，「理性通達，感情溫厚，氣象沖和，文詞淵雅」[24]。

所謂「理性通達」，就是奉行中庸主義。這是周作人散文的「魂」：既是思想的追求，又是美學的原則。

人們讀周作人的散文，很容易注意到他的「博識」。趙景深說：「看了他的小品，彷彿看見一個博學的老前輩在那兒對你溫煦的微笑」[25]；徐志摩也稱頌周作人是個博學的人[26]；章錫琛折服於周作人「隨手引證，左右逢源，但見解意境都是他自己的」[27]；郁達夫則強調周作人「博識」而不「賣智與炫學」[28]；周作人自己也以為好的散文應「以科學常識為本」[29]，「有知識與趣味的兩重的統制」[30]。實際上，「博識」、「隨手引證」以及「雜」之類只是外在的表現形態，它的內在實質是「看徹」一切之後思想的寬容與理性的通達。於是，就打破了「門戶之見」的偏狹，人類一切創造，各派學說皆吸收之；打破了時空、物

---

[24] 周作人《立春以前·文壇之外》（上海：太平書局，1945 年）。

[25] 轉引自孫席珍〈論現代中國散文〉，收入孫席珍編選《現代中國散文選（下）》（北京：北平人文書店，1935 年）。

[26] 轉引自孫席珍〈論現代中國散文〉，收入孫席珍編選《現代中國散文選（下）》（北京：北平人文書店，1935 年）。

[27] 轉引自孫席珍〈論現代中國散文〉，收入孫席珍編選《現代中國散文選（下）》（北京：北平人文書店，1935 年）。

[28] 郁達夫《〈中國新文學大系·散文二集〉導言》，見《郁達夫文集（第 6 卷）》（廣州：花城出版社／香港：三聯書店，1982-1984 年），頁 274。

[29] 周作人《苦雨齋序跋文·雜拌兒之二序》（上海：天馬書店，1934 年）。

[30] 周作人《永日集·燕知草跋》（長沙：岳麓書社，1988 年）。

我的界限,「宇宙之大,蒼蠅之微」,無不為友。行文之際,遊心於千載萬物,老莊韓孟,蟲魚神鬼,一起奔湧筆端。這就進入了「神人合一,物我無間」的「入神忘我」的境界[31]:這恰是周作人散文魅力之所在。

　　周作人散文所創造的「神人合一、物我無間」的境界,不是一個純理智的世界,而包含了情與理的滲透與統一,借用朱光潛對陶淵明的評價,是「理智滲透情感所生的智慧」[32]。周作人的「通達」,不僅是思想的相容並包,更表現為對人情物理的精微處,自能有獨到的體察與理解。這由理解而產生的人情味,有一種蘊藉溫厚的風致,充滿了難以言傳的「慈愛」[33]。周作人曾用「多憎而少愛」來說明魯迅文體的特色[34],且不論這一評價是否確切,周作人自己的散文確實是「多愛而少憎」的。如果說魯迅要喚起人們神聖的「憎」,「敢說,敢笑,敢哭,敢罵,敢打,在這可詛咒的地方擊退了可詛咒的時代」[35];那麼周作人就要用「愛」來泯滅一切,溝通一切。因此,周作人十分重視文章「溫和」的調子。他說自己「有時候很想找一點溫和的讀,正如一個人喜歡在樹陰下閒坐,雖然曬太陽也是一件快事」[36]。他並且批評毛西河的文章「說話總有一種『英氣』」,以為「這很害事,原是很有理的一件事,這樣地說便有棱角」,「大有刀筆氣息」[37]。何其

---

[31]　周作人《藝術與生活·聖書與中國文學》(長沙:岳麓書社,1989 年)。

[32]　朱光潛〈陶淵明〉,《朱光潛全集(第 3 卷)》(合肥:安徽教育出版社,1987 年),頁 255。

[33]　周作人《永日集·桃園跋》(長沙:岳麓書社,1988 年)。

[34]　曹聚仁〈魯迅先生〉,收入魯迅先生紀念委員會編《魯迅先生紀念集·悼文第三輯》(上海:上海書店,1979 年),頁 58。

[35]　魯迅《華蓋集·忽然想到(五至六)》,《魯迅全集(第 3 卷)》(北京:人民文學出版社,1973 年),頁 43。

[36]　周作人《談龍集·竹林的故事序》(香港:實用書局,1972 年)。

[37]　周作人《風雨談·毛氏說詩》(長沙:岳麓書社,1987 年)。

芳說他讀魯迅、周作人的散文,「總有不同的感覺。一個使你興奮起
來,一個使你沉靜下去。一個使你像曬著太陽,一個使你像閒坐在樹
陰下。一個沉鬱地解剖著黑暗,卻能夠給與你以希望和勇氣,想做事
情,一個安靜地談說著人生或其他,卻反而使你想離開人生,去閉起
眼睛來做夢」[38]。應該說,何其芳的感受,相當準確地抓住了魯迅、周
作人散文的不同「境界」。

五

　　周作人在他所創造的散文藝術世界裡,以宇宙萬物、異邦、古人
為友,顯示了他胸襟的通達與博大;但在更深層次上,卻又表現了他
內心的寂寞。

　　周作人曾多次引用日本作家有島武郎的話:「我因為寂寞,所以
創作」,「我因為欲愛,所以創作」[39]。

　　周作人承認,他之所以寫作,創造一個散文藝術世界,是為難忍
的寂寞感所驅使——

> 我平常喜歡尋求友人談話,現在也就尋求想像的友人,請他們
> 聽我的百無聊賴的閒談。我已明知我過去的薔薇色的夢都是虛
> 幻,但我還在尋求——這是生人的弱點——想像的友人,能夠
> 理解庸人之心的讀者。[40]
>
> 我因寂寞,在文學上尋求慰安,夾雜讀書,胡亂作文,……[41]

---

[38] 何其芳〈兩種不同的道路〉,《何其芳文集(第4卷)》(北京:人民文學出版社,
　　1983年),頁27。

[39] 周作人《談龍集・有島武郎》(香港:實用書局,1972年)。

[40] 周作人《談龍集・自己的園地舊序》(香港:實用書局,1972年)。

[41] 周作人《談龍集・自己的園地舊序》(香港:實用書局,1972年)。

　　人是喜群的，但他往往在人群中感到不可堪的寂寞，有如在廟
　　會時擠在潮水般的人叢裡，特別像是一片樹葉，與一切絕緣而
　　孤立著。[42]

　　蓋寫文章即是不甘寂寞，無論怎樣寫得難懂，意識裡也總期待
　　有第二人讀，……這恐怕是文藝的一點效力，他只是結點緣罷
　　了。[43]

　　周作人正是在現實生活中強烈地感到「與一切絕緣而孤立著」，
因此，他才渴望打破時空界限，在千載前的古人、萬里外的異土尋找
「想像的友人」，企求與未見面的讀者「結緣」。這用心是苦的。

　　對於周作人來說，每寫一篇文章，都是在與讀者進行「心靈的
對話」。這就形成了他的散文所特有的「閒話風」：「不把文章當作符
咒或是皮黃看，卻只算作寫在紙上的說話，話裡頭有意思，而語句
又傳達得出來。」[44]不沾滯於功利，一切出於自然流露，隨意抒寫，不
加造作，「不費氣力，不落蹊徑」，「說得又有誠意又有風趣，讀下去
使人總有所得，而所說的卻大抵不是什麼經天緯地的大道理」[45]，所謂
「簡單的文句裡實具有博大的精神」[46]，讀者讀其文，聽其言，又「窺
見其性情之微，轉足以想見其為人」[47]，毫不經意之間竟成「神交」。
談話中又有一種平等、親切的態度，常用委婉商量的口吻，「亦未可
知」、「亦未見得」之類不確定的語句，盡量避免「強加於人」的逼
人鋒芒。但敏感的讀者卻仍然能從謙和、誠摯裡感覺到一種不露痕跡

---

[42]　周作人《瓜豆集·結緣豆》（長沙：岳麓書社，1989 年）。

[43]　周作人《瓜豆集·結緣豆》（長沙：岳麓書社，1989 年）。

[44]　周作人《藥味集·春在堂雜文》（北京：新民印書館，1942 年）。

[45]　周作人《藥味集·春在堂雜文》（北京：新民印書館，1942 年）。

[46]　周作人《藥味集·春在堂雜文》（北京：新民印書館，1942 年）。

[47]　周作人《藥味集·春在堂雜文》（北京：新民印書館，1942 年）。

的優越感——那是一種不可否認的思想差距在周作人與讀者心理上的反應。這從一個方面說是「大傲若謙」，從另一方面看，則又在貴族風度中蘊含著「超前者」的寂寞感。

何況，周作人又時時地懷疑於這一切——

> 我覺得人之互相理解是至難——即使不是不可能的事，而表現自己之真實的感情思想也是同樣的難。我們說話作文，聽別人的話，讀別人的文，以為互相理解了，這是一個聊以自娛的如意的好夢，好到連自己覺到了的時候也還不肯立即承認，知道是夢了卻還想在夢境中多流連一刻。[48]
>
> 就是平常談話，也常覺得自己有些話是虛空的，不與心情切實相應，說出時便即知道，感到一種噁心的寂寞，好像是嘴裡嘗到了肥皂。[49]

於是，周作人仍然不能排遣自己內心的孤獨與寂苦。

六

周作人曾不勝感慨地說：「拙文貌似閒適，往往誤人，唯一二舊友知其苦味，廢名昔日文中曾約略說及，近見日本友人議論拙文，謂有時讀之頗感苦悶，鄙人甚感其言。」[50]正像人們已經注意到的那樣，周作人不斷地以「苦」字提醒世人：署名「苦雨翁」，以《苦竹雜記》、《苦口甘口》為書名，連自己的住所也喚作「苦雨齋」，這在一味追求「含蓄」的周作人是反常的，足見其用心之「苦」。

48　周作人《雨天的書‧沉默》（長沙：岳麓書社，1987年）。

49　周作人《雨天的書‧濟南道中之三》（長沙：岳麓書社，1987年）。

50　周作人《藥味集‧序》（北京：新民印書館，1942年）。

　　但我們也不可過分老實地看待周作人的這些表白。如果周作人的情感世界真的只有一個「苦」字，那不是太單一、太貧乏了嗎？周作人曾一再引用《詩經》中〈風雨〉三章，表示「特別愛其意境」[51]，這倒是值得注意的。「風雨淒淒」以至「如晦」，周作人說，「這自然是無聊苦寂，或積憂成病」[52]；但他更要我們注意緊接著的「既見君子，云胡不喜」兩句：「不佞故人不多，又各忙碌，相見的時候頗少，但是書冊上的故人則又殊不少，此隨時可晤對也」，「翻開書畫，得聽一夕的話，已大可喜，若再寫下來，自然更妙，……不失為消遣之一法」[53]。儘管「風雨如晦」，卻「云胡不喜」，這正是「苦中作樂」，在現世苦難中尋求自我解脫，周作人散文中的「閒適」趣味的真「味」即在於此[54]。

七

　　這真「味」，不是一副單方，而是一劑複藥：這是能夠啟示我們去理解與把握周作人這樣的大作家內心世界的辯證法的。

　　我們已經論及的周作人的氣質何嘗不是如此。不錯，周作人是平和的，少情熱的。但是，周作人還有這樣的自述——

　　　　我的浙東人的氣質終於沒有脫去。……像我這樣褊急的脾氣的
　　　　人，生在中國這個時代，實在難望能夠從容鎮靜地做出平和沖

---

[51] 周作人《風雨談·小引》（長沙：岳麓書社，1987年）。

[52] 周作人《風雨談·小引》（長沙：岳麓書社，1987年）。

[53] 周作人《風雨談·小引》（長沙：岳麓書社，1987年）。

[54] 相關分析參見錢理群《周作人研究二十一講·第二講、兩大文化撞擊中的選擇與歸宿》（北京：中華書局，2004年），頁13-23。

淡的文章來。[55]

我的神經衰弱，易於激動，病後更甚，對於略略重大的問題，稍加思索，便很煩躁起來，幾乎是發熱狀態，因此平常十分留心免避。[56]

我是極少熱狂的人，但同時也頗缺少冷靜，這大約因為神經衰弱的緣故，一遇見什麼刺激，便心思紛亂，不能思索，更不必說要寫東西了。[57]

原來周作人其人其文都有並不平和的一面：他早期有充滿「浮躁淩厲之氣」之作，可以為證；他後期時時標榜閒適，其潛在動因之一就是內心深處並不平靜，即所謂「有閒而（心）無暇」，並且有時也會冒出「極辛辣的，有掐臂見血的痛感」[58]的「神來之筆」[59]。用周作人自己的話來說，這是「喜歡弄一點過激的思想，撥草尋蛇地去向道學家尋事」，但「只是到『要被火烤了為止』」[60]——仍然是「遊戲態度」[61]，不過換了花樣而已。

無視或誇大周作人「並不平和」這一面，都得不到真實的周作人。

55　周作人《雨天的書·自序二》（長沙：岳麓書社，1987年）。

56　周作人《雨天的書·山中雜信》（長沙：岳麓書社，1987年）。

57　周作人《澤瀉集·關於三月十八日的死者》（長沙：岳麓書社，1987年）。

58　周作人〈〈往昔·修禊〉說明〉。

59　周作人〈〈往昔·修禊〉說明〉。

60　周作人《雨天的書·與友人論性道德書》（長沙：岳麓書社，1987年）。

61　周作人《雨天的書·與友人論性道德書》（長沙：岳麓書社，1987年）。

八

「趣味」在周作人的散文世界裡佔據了特殊的地位。在周作人看來，人生，寫作，無不是一種「消遣」，通俗點說，就是「好玩」，那「趣味」就是必不可少的。周作人說：「我很看重趣味，以為這是美也是善」，「平常沒有人對於生活不取有一種特殊的態度，或淡泊若不經意，或瑣瑣多所取捨，雖其趨向不同，卻各自成為一種趣味」[62]。因此，在周作人這裡，「趣味」是一種人生態度與審美情趣的統一，是人生價值評定與審美追求的統一，是為人的風格與作文的風格的統一。周作人在總結小品文的創作經驗時，強調小品文必須「有知識與趣味的兩重的統制」[63]，正是把「趣味」作為小品文（隨筆）的「必要」的「基本」[64]特質看待的。

而且，周作人追求著「趣味」的豐富性；他說：「這所謂趣味裡包含著好些東西，如雅，拙，樸，澀，重厚，清朗，通達，中庸，有別擇等……」[65]在多種趣味的追求中，又存在著一個中心點，即雅與諧的統一。周作人曾經說到日本俳文的三種境界：「一是高遠清雅的俳境，二是諧謔諷刺，三是介在這中間的蘊藉而詼詭的趣味……」[66]而他自己顯然是更傾心於融「雅趣」與「諧趣」為一體的第三種境界的。

所謂「雅」，周作人有自己的解釋：「這只是說自然，大方的風

62　周作人《苦竹雜記‧笠翁與隨園》（香港：實用書局，1972年）。

63　周作人《永日集‧燕知草跋》（長沙：岳麓書社，1988年）。

64　周作人《藥堂語錄‧耳食錄》（天津：庸報社，1941年）。

65　周作人《苦竹雜記‧笠翁與隨園》（香港：實用書局，1972年）。

66　周作人《藥味集‧談俳文》（北京：新民印書館，1942年）。

度，並不要禁忌什麼字句，或者裝出鄉紳的架子。」[67]所謂「自然，大方」，實際上就是講究「適度」，因此，當周作人將「雅」具體化時，就必然歸結為「明淨的感情與清澈的智理」的「調合」[68]，這也就是體現了「中和之美」的「樂而不淫，哀而不傷」的中國文化傳統。周作人的「雅趣」是打上了濃重的士大夫文人印記的。

很多人都注意到了周作人趣味中的貴族氣息，但周作人還有為人們忽略了的另一面。請看周作人的一番議論——

> 王阮亭評《夢粱錄》，亦謂其文不雅馴，不知其可貴重即在不雅馴處，蓋民間生活本來不會如文人學士所期望的那麼風雅，其不能中意自是難怪，而如實的記敘下來，卻又可以別有雅趣，但此則又為他們所不及知者耳。[69]

這種平民趣味、民間趣味，即所謂與「雅馴」相對立的「俗趣」，亦是屬於周作人的。其實，周作人早就說過，他是居住在「十字街頭的塔」裡的人：「我雖不能稱為道地的『街之子』，但總是與街有緣」[70]；但又不肯「跟著街頭的群眾去瞎撞胡混」[71]，就在街頭建起自己的「塔」來。周作人出入、徘徊於紳士貴族與平民流氓之間的兩棲性，他所受的文人文化傳統與民間文化傳統影響的雙重性，決定了周作人的趣味必然是集「雅趣」與「俗趣」於一身。

在「俗趣」中，周作人注重於「諧趣」（即所謂「滑稽趣味」），這也是構成周作人的特點的。在周作人的心目中，存在於中國民間傳

67　周作人《永日集·燕知草跋》（長沙：岳麓書社，1988 年）。

68　周作人《苦雨齋序跋文·雜拌兒之二序》（上海：天馬書局，1934 年）。

69　周作人《藥堂語錄·如夢錄》（天津：庸報社，1941 年）。

70　周作人《雨天的書·十字街頭的塔》（長沙：岳麓書社，1987 年）。

71　周作人《雨天的書·十字街頭的塔》（長沙：岳麓書社，1987 年）。

統中的「滑稽趣味」是「辛辣而仍有點蜜味」[72]的，並且表現著「作者的性情與氣象，海闊天空，天真爛漫」，「是近於天籟的好文章」[73]。儘管有些人不屑一顧，但它在美學上自有一種特殊的效果。周作人曾這樣論及具有「滑稽趣味」的「打油詩」：

> （它）論理應該為文壇所不齒，……其實據我看來卻是最有力，至少讀過了在心上擱下一點什麼東西，未必叫他立刻痛哭流涕，卻叫他要想。拍桌跳罵，力竭聲嘶，這本是很痛快的，但痛快就是滿足，有如暑天發悶痧，背上亂扭一番，無論扭出一個王八或是八卦，病就輕鬆。悶著的時候最是難過，而悲慘事的滑稽寫法正是要使人悶使人難過。假如文章的力量在於煽動，那麼我覺得這種東西總是頗有力量的吧。[74]

在普通人民的插科打諢的「滑稽趣味」裡發現了一種使人沉重與深思的內在力量，這表現了周作人（及其同代人）對於民間藝術及趣味的深刻理解，而且表現了這一代人美學追求中所特具的辯證性質。

九

周作人對散文小品的文體亦有精心的追求。和他的散文特殊的「閒話風」相適應，周作人對散文小品中的「尺牘體」有過專門的考察與多種試驗。周作人說：「尺牘向來不列入文章之內，雖然『書』是在內，所以一個人的尺牘常比『書』要寫得好，因為這是隨意抒寫，不加造作，也沒有疇範，一切都是自然流露。」他接著又說，

72　周作人《知堂乙酉文編・北京的風俗詩》。

73　周作人《立春以前・笑贊》（上海：太平書局，1945 年）。

74　周作人《秉燭後談・水田居存詩》（北京：新民印書館，1944 年）。

「自歐、蘇以後尺牘有專本，也可以收入文集了，於是這也成為文章，寫尺牘的人雖不把他與『書』混同，卻也換了方法去寫，結果成了一種新式古文」[75]。周作人給自己規定的任務是雙重的：既要為尺牘爭取在「文章」（即散文）中應有的地位，又要保持尺牘「隨意抒寫」、「自然流露」的本性。周作人認為，尺牘之所以是「文學中特別有趣味的東西」，是因為它「只是寫給第二個人」，可以避免「做給第三者看的」詩文小說戲劇之類難免的「做作」[76]，可以「更鮮明的表出作者的個性」[77]。周作人在《關於尺牘》中，曾給李卓吾、鄭板橋的尺牘以很高評價：儘管前者「長篇大頁的發議論」，「幾乎都是書而非箚」，後者「古怪爽利」，過於「特別」，但因為它們真實地表現了非他人所能有的卓然獨立的個性，「又寫得那麼自然，別無古文氣味」，周作人仍然把它們視為「尺牘的一種新體」，同時指出，這都是不可模仿的，如果無此才情、性格，刻意求之，文情不合，「便容易有做作的毛病了」[78]。周作人自己，是自覺地以「尺牘」作為散文小品之一體的，曾集有《周作人書信》一書，去世後又有《周作人晚年手箚一百封》與《周曹通信集》出版。在這些「尺牘體」散文中，是更容易見周作人的「真性情」的。周作人的一部分尺牘，收信人就是周作人自己[79]，實際上是在進行自我心靈的對話，這也可以算作是「尺牘體」散文的一種「創體」吧。

　　周作人早年即喜讀雜書，從三〇年代開始，又有計劃地閱讀了

---

[75]　周作人《夜讀抄・五老小簡》（上海：太平書局，1945年）。

[76]　周作人《雨天的書・日記與尺牘》（長沙：岳麓書社，1987年）。

[77]　周作人仍然有所保留，他說，「自己的真相彷彿在心中隱約覺到，但要他寫下來，即使想定是私密的文字，總不免有做作——這並非故意如此，實是修養不足的緣故」。見《雨天的書・日記與尺牘》（長沙：岳麓書社，1987年）。

[78]　周作人《瓜豆集・關於尺牘》（長沙：岳麓書社，1989年）。

[79]　如〈養豬〉的持光、〈烏篷船〉的子榮都是周作人的筆名。

大量前人筆記，尤其是晚明與清代筆記，寫了不少讀書筆記、箚記
一類的文章。如何看待周作人這一類散文，歷來有不同意見。較有
代表性的看法是「專抄古書，不發表意見」，無異於「文抄公」。周
作人對此類議論頗感不公，曾作自我辯解，說他的意圖是「想在中
國提倡」英法兩國式的隨筆，「性質較為多樣」[80]。驗之於周作人的實
踐，這是大體可信的：他寫「筆記」的筆記，廣為介紹，確實是試驗
在「性質較為多樣」的「隨筆」中創造出一種「新體」，即「筆記體
的散文」。他說：「以前的看筆記可以謂是從小說引申，現在是彷彿
從尺牘推廣」，「我把看尺牘題跋的眼光移了去看筆記，多少難免有
齟齬不相入處，但也未始不是一種看法，不過結果要把好些筆記的既
定價值顛倒錯亂一下罷了」[81]。所謂「看尺牘題跋的眼光」即是不僅把
原作者的「筆記」，而且把自己寫的「讀筆記的筆記」都看作是個性
的自由、隨意的抒寫。這裡的關鍵自然是對「筆記」的選擇：由於選
擇的標準帶有極強的主觀性，所選出來的「筆記」自然就打上了作者
「自我」的鮮明印記；周作人說他大量閱讀中能夠入選的書卻很少[82]，
實際是與自己性情相合者寥寥，這裡自然免不了有幾分寂寞感。反過
來，一旦入選，就無一不如周作人似的，思想寬大，見識明達，趣味
淵雅，懂得人情物理。因此，讀周作人這類「筆記體」散文，就像是
參加一次三人促膝對話：古人（原作者），今人（讀者），以及周作
人，彼此進行著心的交流，知古通今，超越其上的歷史、現實合為一
體，最後都「統一」到周作人「自己」那裡去。這類「自我」外化物

---

[80] 周作人《周曹通信集・甲（五十五）》（香港：太平洋圖書公司，1973年）。

[81] 周作人《秉燭談・談筆記》（長沙：岳麓書社，1989年）。

[82] 周作人在〈《一簣軒筆記》序〉裡說：「丁醜秋冬間翻閱古人筆記消遣，一總看了
清代的六十二部，共六百六十二卷。……看過中意的篇名，計六百五十八則，分
配起來一卷不及一條，有好些書其實是全部不中選的。」〔《華北作家月報》第6期
（1943年6月20日）〕

的「筆記體散文」實際上是最充分地體現了周作人散文的「自我表現」本質的。

——本文選自錢理群《周作人研究二十一講》（北京：中華書局，2004 年）

想像的鄉愁

──沈從文與鄉土小說

王德威　哈佛大學東亞及語言文明系講座教授

　　沈從文作品的大宗是對故鄉湘西的有情描寫，他也因此一直被視為現代中國文學最重要的鄉土作家之一。儘管他也寫過相當數量關於城市生活的作品，對千萬讀者而言，沈從文最扣人心弦的還是描繪湘西風土人情的遊記、傳記、速寫和小說。然而，沈從文不是遙想失樂園的浪漫主義者，也不是召喚烏托邦以諷刺現實的幻想家。在沈的作品中，浪漫主義和烏托邦都有重要影響，但他心中所懷的卻是更為錯綜的家園想像。他所重構的故鄉，不應僅僅看作是地理意義上的樂園，而且亦是拓撲意義上的座標，是一種文本創造，務須以多種方式的解讀方能釐清它的輪廓。

　　沈從文鄉土話語的中心是湘西在歷史上所形成的衝突意象。傳統的湘西以地型崎嶇、苗夷騷亂、放蠱異俗、民風凶險而聞名──對於生活在「中國」（Middle Kingdom）的人們，這裡不啻是蠻荒異域。但湘西的奇秀風光也啟發了中國古典文學中的兩大傑作：屈原的《楚辭》與陶淵明的〈桃花源記〉。[1]《楚辭》既是精妙複雜的政治寓言，也是邊遠南國文化／神話遺產的文學重現，恰與《詩經》所體現的傳統

---

[1]　例如可參看沈從文〈桃源與沅州〉，《沈從文文集》卷九（香港：三聯書店；廣州：花城出版社，1982-1984年），頁234-236。關於「桃花源」的所在，長久以來沒有定論。最近有關這個話題的討論，可參看逯耀東〈何處是桃源〉，《且做神州袖手人》（臺北：允晨文化，1989年），頁85-100。

相對而生，而〈桃花源記〉則被譽為中國烏托邦想像的重要源流之一。兩部作品都有政治與歷史的創作契機，但在切近的闡釋層面以外，兩者都召喚並復活了一種被遺忘的過去，被忽視的邊緣文化，還有那已經消逝的故土家園。

沈從文相當自覺地意識到他是在《楚辭》和〈桃花源記〉的傳統內寫作。[2]但他對故鄉的描述中，又含有一種對話意圖。沈從文是土生土長的湘西人，他太知道故鄉遠非古典作品中所描繪的那樣完美無缺；戰爭，動亂，無知與貧困才是存在已久的現實真相。作為《楚辭》和〈桃花源記〉的偉大傳統的最新實踐者，他明白自己對於故鄉的印象與描摹，無論好壞，都脫不掉屈原和陶潛的影子。他的湘西鄉愁不僅源於對出生地的眷戀，也出於對文學佳作的想像。由這兩種因緣出發，沈從文展開對往昔和故土的獨特闡說。正當中國作家大多忙於描述戰爭、饑饉和社會不公之際，沈從文進而創造出自己的田園國度，最精彩的例子非小說〈邊城〉莫屬。但沈從文亦由此揭示他的烏托邦其實就寄生在現實憂患之中，無非是持續思辨文學、歷史對原鄉、對泰初的無盡追尋。

在沈從文作品平靜順暢的外表下，我們因此發現一種激進的聲音。沈從文明白寫作是為了表達中國現實與書寫現實的觀點，但他也明白，任何此類企圖都難免引發自我嘲諷的可能。如果湘西是個已經墮入現實的失樂園，重構湘西只能提醒我們樂園的難以復得，所產生的審美效果也就只能是美的殘缺性和劫後感。沈從文的重遊故地，無論是真實的還是文本上的，必將暴露其想像的根源。而他的鄉愁，與其說是原原本本的回溯過去，更不如說是以現在為著眼點創造、想像

2　沈從文〈湘行散記〉，《沈從文文集》卷九，頁227；〈桃源與沅州〉，頁234-241、281；〈湘西〉，《沈從文文集》卷九，頁351、363、398。

過去。在本章裡，我將依照這種「想像的鄉愁」（imaginary nostalgia）的詩學，來讀解沈從文的鄉土小說。我或許不能回答自己提出的所有問題，但我希望我的討論能打開觀察沈從文鄉土小說世界的多重視角。

一　「想像的鄉愁」：構思一種詩學

　　鄉土小說是現代中國文學最重要的文類之一。回顧五四以來鄉土小說形成的系譜，魯迅可以（又一次）被視作先驅者。[3]魯迅不少小說以故鄉紹興為背景，使之成為充滿象徵意義的地點；他也是最早試圖為鄉土文學設定主題與結構的批評家之一。魯迅的二十五個短篇小說中，至少有三篇，〈故鄉〉、〈祝福〉和〈在酒樓上〉表現了他的原鄉情結的不同側面。儘管主題和風格有異，這些小說凸顯出了一系列的題旨與意象，如對時光流逝的眷戀，新舊價值觀衝突的觀察，純真歲月的追憶，地方色彩和人物的白描，風俗人情的體驗，未來變化終將掩至的焦慮，還鄉的渴望和近鄉的情怯等等。這些題旨和意象在此後數十年間不斷被作家延伸發揮，所形成種種苦樂參半的體驗，成為我們常說的「鄉愁」。

---

[3]　楊義《中國現代小說史》上冊（北京：人民文學出版社，1986 年），頁 414-430；許志英、倪婷婷〈中國農村的面影──二十世紀鄉土文學管窺〉，《文學評論》5 期（1984 年 9 月），頁 72-82；黃萬華〈鄉土文學與現代意識〉，《中國現代文學研究叢刊》二期（1988 年 3 月），頁 152-166。另可參看沈從文〈學魯迅〉，頁 233。另外，盛行於北京學術圈、由顧頡剛、劉半農、周作人、常惠等學者推動的民間化運動亦不應受到忽視。尚無明確證據表明沈從文與這場運動的關係。但即便沈從文自發地進行了關於民間故事、地方傳統和鄉土民風的寫作，他的努力仍可依照當時知識界「到民間去」的狂熱氣氛加以評判。參看 Jeffrey C. Kinkley, *The Odyssey of Shen Congwen*, pp.112-119；Chang-tai Hung（洪長泰），*Going to the People: Chinese Intellectuals and Folk literature, 1918-1937* (Cambridge, Mass.: Council on East Asian Studies, Harvard University: distributed by Harvard University Press, 1985)。

魯迅也是最早使用「鄉土文學」這個詞彙的批評者。他以此描繪作家王魯彥和許欽文等人的小說特色。對魯迅而言，這些作家的小說展現中國鄉村生活中面臨的現代政治、經濟局勢的衝擊，以及傳統農業社會的倫理、文化結構衰敗的必然過程。在為《中國新文學大系》小說二集所寫的導言中，魯迅陳述了他對鄉土文學興起與發展趨勢的觀點：

> 蹇先艾敘述過貴州，裴文中關心著榆關，凡在北京用筆寫出他的胸臆來的人們，無論他自稱為用主觀或客觀，其實往往是鄉土文學……僑寓的只是作者自己，卻不是這作者所寫的文章，因此也只見隱現著鄉愁，很難有異域情調來開拓讀者的心胸，或者炫耀他的眼界。許欽文自名他的第一本短篇小說集為《故鄉》，也就是在不知不覺中，自招為鄉土文學的作者，不過在還未開手來寫鄉土文學之前，他卻已被故鄉所放逐，生活驅逐他到異地去了，他只好回憶「父親的花園」，而且是已不存在的花園，因為回憶故鄉的已不存在的事物，是比明明存在，而只有自己不能接近的事物較為舒適，也更能自慰的──[4]

魯迅看到鄉土文學在一九二〇年代發展的趨勢，也試圖描繪這一寫作形式內蘊的矛盾。顧名思義，鄉土文學源自作家對故土的深切關懷，但只有當作家被從他所摯愛的土地上連根拔起，而且理解到他失去了追本溯源的可能，他才能強烈地體會到鄉愁的滋味。魯迅把鄉愁和異域情調相對照，正點出了「故鄉」似近實遠的弔詭。但魯迅的批判仍不免有殘留的本體論痕跡。魯迅認為，只有當我們失去了以往熟

---

[4]　魯迅：《中國新文學大系・小說二集・導言》（北京：良友圖書公司，1935年），頁9。

悉的人或事，鄉愁才會出現；相對的，異域情調則來自我們對前所未聞的事物一種陌生而好奇的想像。這一對照看起來清楚明確，其實不然。當我們考慮到想像與經驗，文本與現實間的繁複互動時，鄉愁的界域必須重新評估。

把魯迅的觀點再引申一步，我想說明「鄉土文學」在實踐與修辭兩方面其實都是「無根」的文學；這種文學的意義恰恰繫於我們對「故鄉」這個美好意象的同步（再）發現與抹消。鄉土作家寫出的，不論好壞，恰是他們在現實生活中所不再能體驗的。他們的想像與他們實際的經驗其實同樣重要；他們追憶往事的姿態與那些被追憶的往事往往互為表裡。既然逝水流年只能通過寫作行為才能追回，追憶的形式本身或許才是鄉土文學的重點。由此我們可以探討鄉土文學所遵從的模擬準則，及其對寫實主義的辯證。在有限的篇幅裡，我不可能窮盡這些命題。我只能重點勾勒我的討論範圍。

首先，鄉土小說的特徵在於它對於鄉野人物、地方風俗、俚俗言語、節日傳統、禮儀風俗等等的記述，這些特徵構成所謂地方色彩（local color）的效果。鄉土作家或要聲稱這些地方色彩來自他耳熟能詳的事物和時代，但在表現這些事物和時代時，他們卻必須著力於將其「陌生化」（defamiliarization）；也就是說，他們得採取一個外來者的視角，在對照的基礎上重新觀察這些事物，才能點出它們的特色。這就像一個導遊為了提起觀光客的印象，將自己熟得不能再熟的景物加強描述，彷彿是從觀光客的眼光捕捉前所未見的異鄉情調。鄉土作家之於故土形象因此採取的是一種雙重視角。有別於魯迅的將鄉愁異域情調對立，我們或許會得出不同結論。當鄉土作家把故鄉描寫得既熟悉又陌生，把所見所聞視若平常卻又另眼相看，地方色彩和異域情調已經互相動搖對方的預設。

與此相應，鄉土文學中的時空圖式框架也比我們尋常所想遠為複

雜。鄉土作家在處理一些傳統主題──諸如新舊交替、失去童真，追憶往事時──總是不得不提及時間的無可挽回。的確，在鄉土文學話語中，時間有著關鍵作用。於是在直線進行的時間之外，鄉土作家努力另起爐灶，重整時間的順序。他們借助記憶、想像和書寫等儀式，扭轉、豐富，甚至變更過去與現在。他們遊走今昔，從一個時間點定義另一個時間點；他們立足現在重構往昔，又情牽往昔投射現在。可以說在鄉土文學中，時間是被有意重組、「錯置」了（anachronism）──因此或解放或抑制了作家與讀者的綿綿鄉愁。

正如「時代錯置」的觀念左右鄉土小說的時間圖式，「移位換型」（displacement）的觀念則可用來描述其空間圖式。前面已經提及魯迅對「鄉土」文學的反諷觀察，即作家想念鄉土的先決條件是他們的離鄉背井。事實上，「移位換型」不僅指出作家的身體遠離家園，也指出其人社會位置與知識／情感能力的轉換。換句話說，作家的鄉愁不僅來自家園的睽違，也來自一種曾經有過、於今不再的神祕「氛圍」（aura）──叫作「家」和「鄉」的氛圍。更進一步，在神話學與精神分析的層面上，「移位換型」指向一種敘事手段或心理機制。藉著這個機制，作家對無從追溯或難以言傳的事物、信仰，或心理狀態做出命名或詮釋，但也正因為這個機制本身的文本性和權宜本質，任何的命名和詮釋又必須付諸再命名、再詮釋的過程中[5]──形成無盡的演繹和延異。因此，「移位換型」暗示著鄉土作家所處的狀況，他藉以尋覓已逝時空的方法，以及他在語言鎖鏈中必需承擔的命運。既然已逝的時空只能以仲介的──因而是錯置的、移位元的──方式召喚、彌補，鄉愁變成一種總也難以滿足的欲望，只能引生出更多回

---

[5]　參看 Peter Gay ed., *The Freud Reader* (New York: W. W. Norton, 1989), pp.155-157, 648-649.

憶和更多敘事。

對於時空圖式的重估使我們獲得以下兩個觀點。第一,「原鄉」做為一種文學符號,與其暗示地理學上的真實所在,只對土生土長的作家有著特殊意義,不如說它是拓撲學意義上的座標——或用巴赫汀的術語,時空輻輳點(a chronotope)[6]——你我皆可藉以安置文本的根源。地點(site),如文本(text)一樣,是回憶的核心所在,是個投射複雜人生經驗的場域。因此,沈從文的湘西不僅是他的出生地,更是他的原鄉話語藉以萌生、他的社會政治觀念藉以表達的所在。更重要的,文本中呈現的湘西既是沈從文的原鄉,也是**讀者如你我**的原鄉,無論我們實際的故鄉究竟在哪裡。

第二,以上論辯讓我們重新思考鄉土文學的寫實範式。鄉土作家的文學之旅或許始於一個明確的目標:通過時光隧道,追回逝去的人物、事件和價值;勘破現實的迷障,回到意義原初的所在,而故土和家園做為象徵正是此一所在的最佳象徵。這裡關鍵所在,是對於文學超越時空、重現「真實」的信念。然而在經驗和象徵兩層意義上,鄉土文學的追尋都揭露了語言與世界、記憶與欲望、歷史與本源之間的裂隙。

鄉土文學對童年或故土的追尋注定徒勞一場,但這一文類更戲劇化的顯現了寫實主義在目的和實踐之間的失衡。就像現實中的家園從來不同於回憶中的樣子——尤其不同於鄉土作家情願記憶的樣子,寫實文本注定暴露出現實的不確定性,以及世界「原該如此」卻「竟然如此」的失落感。

我因此提議,我們討論鄉土寫實小說的重點不只是鄉愁,而是「想像的鄉愁」。想像的意義在於,鄉愁並不是鄉土文學的果,而是

---

[6]   M. M. Bakhtin, *The Dialogic Imagination*, pp. 84-85.

其「缺席的因」（absent cause）；鄉愁既是個人情感的自然流露，也是一種文學主題，取決於多重文學與非文學因素。既然「真正」的原鄉一去不返，或可望而不可及，鄉土文學就總以慢了一步的書寫形式出現；很反諷的，鄉土作家卻從描寫「失去」，得到寫作的理由。必須強調的是，我並不否認每位鄉土作家個人經驗的特殊性。但我更有興趣探討作家如何在心理和意識形態的作用下，把故土家園的所在等同於「時間」、「歷史」和「寫作」的起源。**想像的鄉愁**因此質疑潛在鄉土觀念之下的本體論預設，並督促我們考察那奉原鄉之名而行的文本內外的動力。

二　〈湘行散記〉與〈湘西〉

一九一七年，沈從文隨家人離開故鄉鳳凰。由於經濟和其他原因，他在八月間決定參加軍閥部隊，從而邁入了一個全新的世界。此後五年中，他跟隨部隊輾轉於湘川黔的許多地方。他的軍旅生涯充滿難以想像的折磨和恐怖，殊不知這些經驗將會為他提供豐富的寫作素材。一九二二年，沈從文來到北京，直至一九三四年才又重返故鄉。一九三七年，他在去西南的路上，也曾短暫回鄉。[7] 兩次還鄉經驗使沈從文悲喜交集。他震驚於自己曾熟悉的山川美麗如昔，但也為新舊價值的互相衝突而黯然神傷。這種衝突尤其體現在湘西人民生活方式的轉變中。地方傳說逸聞仍然令沈痴迷，但他卻也禁不住注意到，由於外來的軍事、政治、經濟、文化勢力的侵入，傳奇裡的桃花源正急速地衰敗。

沈從文兩次還鄉的產物是兩本小說，〈邊城〉（1934）和〈長河〉

7　凌宇《沈從文傳》（北京：北京十月文藝出版社，1988年），頁309-319，357-368。

（1943），兩本遊記〈湘行散記〉（1936）和〈湘西〉（1938），以及其他一些短篇小說和散文。〈邊城〉和〈長河〉久已被譽為現代中國鄉土文學的典範作品。但如果不參考沈的〈湘行散記〉和〈湘西〉，我們對於這兩本小說的解讀便難以完全。批評家傳統上把這兩冊遊記歸入另一不同的文類。但有鑑於沈從文在其中裝點了從地名指南、傳記傳說、趣聞掌故，以及抒情散文等不同的敘事形式，而且寫作時間與小說平行，我們就應該關注遊記和小說之間形成的互文關係。兩者互為補充，致使沈從文的原鄉想像真正地複雜起來。

〈湘行散記〉和〈湘西〉展示了理想中「透明」的寫實敘事。兩部作品細膩地介紹自然與人文景觀，提供種種傳記方志訊息，並且全力辯證一般人云亦云的迷思和誤解，務求將湘西的真實原貌揭示出來。但細讀之下，我們發現兩部作品中包含了明顯的互文指涉，延伸並戲仿著沈從文所遵循的還鄉寫作的傳統。首先，〈湘行散記〉可與陶潛的〈桃花源記〉並讀，後者是中國烏托邦的終極文本。沈從文的還鄉之旅，微妙地對應古代漁人緣溪而行、探訪桃花源的路徑；他對於文化地理的（再）發現和文學烏托邦的神話相輔相成。但沈從文不無自嘲的發現，不論是地理還是文本的原鄉都已此路不通；要重回桃花源，他必須另尋入口。

〈湘行散記〉開篇寫沈從文在一九三四年還鄉之旅中與一個老朋友的重逢。這位老朋友總戴一頂水獺皮帽子，其人在當地名聲孟浪，原因在於他的流氓習氣和招蜂引蝶的習慣，以及頗為反諷的，還在於他賞玩字畫古董的癖好。對於沈從文，這位朋友「也可以說是一個『漁人』，因為他的頭上，戴的是一頂價值四十八元的水獺皮帽子，這頂帽子經過沿路地方時，卻很能引起一些年輕娘兒們注意的」。[8]這

---

[8] 沈從文〈一個戴水獺皮帽子的朋友〉，《沈從文文集》卷九，頁226。

位戴水獺皮帽子的朋友「擅長」尋覓的「桃花源」不在遠山之中，而在女人的身體上，正如這一章結尾處這個朋友講的葷俗笑話所示。與如此一位朋友、一九三〇年代的「漁人」結伴同往著名的桃源縣，沈從文「想起國內無數中學生，在國文班上很認真的讀陶靖節〈桃花源記〉情形」，[9]僅覺得十分好笑。

通過把陶潛原文的關鍵句子粗俗化，沈從文祛除了古代烏托邦故事的神祕因素。在他眼中，當代的桃源絕非福地。壅塞其間的是煙販子、水手、小軍閥、腐敗官僚和妓女，戰爭威脅、權力鬥爭和社會不公的印記隨處可見。「至於住在那兒的人呢，卻無人自以為是遺民或神仙，也從不曾有人遇著遺民或神仙。」[10]對於那些愛好風雅的遊客，「桃花源」這個名字卻如雷貫耳，他們攜一冊陶潛詩集來此訪幽探勝；他們寫幾首陳詞濫調的舊詩，與妓女討價還價之後與之過夜，就算是完成了朝聖之行。這不再是「不知有漢，無論魏晉」的那個桃源。[11]歷史的痕跡隨處可見。那個流傳至今的「瘋瘋癲癲的楚逐臣」[12]屈原的哀歌；當地無休無止的騷亂以及緊隨其後的屠殺；最近五個礦工反抗軍官的叛亂等等，這一切都見證了眼前社會與政治的混亂。

沈從文的嘲諷也延及自身。如果他的戴水獺皮帽子的朋友可被視為〈桃花源記〉裡的漁人，那麼沈從文又是何人呢？我們馬上聯想到的，當是武陵太守和隱士劉子驥。在陶潛原文中，兩人都徒勞地想要探尋桃源之徑。然而，沈從文真可比作太守和劉子驥嗎？我們或許記得〈桃花源記〉的結尾：「南陽劉子驥，高尚士也。聞之，欣然

9　同前註，頁227。

10　沈從文〈桃源與沅州〉，《沈從文文集》卷九，頁234。

11　同前註。

12　同前註，頁239。

規往，未果，尋病終。後遂無問津者。」[13]沈從文必然感到現代「問津者」所帶來的一刀雙刃的反諷效果：無論他如何嘲諷他人，他自己不也是在古代傳說中神話路徑上的旅行著？而從一開始，他的旅行就注定要歸於失望，這一點千百年前的陶潛就已寫到了。

〈湘行散記〉中隱含的反諷還及於另一層面。沈從文的故鄉在湘西，他因而也算得上是「桃花源」的居民。離家十七年後，他現在重返生長之地，卻發現他喜愛的事物都不復存在。他雖生長於斯，卻已被神祕的烏托邦拒之門外。「我已來到我故事中的空氣裡了，我有點兒痴。環境空氣，我似乎十分熟悉，事實上一切都已十分陌生！」[14]沈從文努力讓我們去看山川的秀美，鄉民身上所散發的神性。然而，他越美化湘西，卻暴露了他與自己情感所繫的環境間的疏離。李歐梵指出，沈從文「並未逞其所願，完全浸情於故鄉山水，因為離鄉多年，他已經或多或少成了外鄉人」。[15]他已成為被動的看客，對於事實上陌生的環境無能為力。有許多次，他想要接近那些鄉民，或施以幫助，或為其聲援，然而，「我呢，在沉默中體會到一點『人生』的苦味……我覺得他們的欲望同悲哀都十分神聖，我不配用錢或別的方法滲進他們命運裡去，擾亂他們生活上那一份應有的哀樂。」[16]

沈從文無法再現故鄉原有或應有的完整形象，充其量只能呈現一些「散記」，即所見所聞的散落印象。他只能在偶逢的一人一景中見證往昔黃金時代的吉光片羽。在傳說中桃花源的所在地，他企圖另闢蹊徑，探討重新叩訪探訪烏托邦的可能，但他的運氣並未好過陶潛筆

---

[13] 陶潛〈桃花源記〉，《陶淵明集》（香港：中華書局，1987年），頁166。

[14] 沈從文〈桃源與沅州〉，頁234。

[15] Leo Ou-fan Lee, "The Solitary Traveler: Images of the Self in Modern Chinese Literature," in *Expressions of self in Chinese Literature*, ed. Robert E. Hegel and Richard C. Hessney (New York: Columbia University Press, 1985), p. 296.

[16] 沈從文〈一個多情水手與一個多情婦人〉，《沈從文文集》卷九，頁268-269。

下的漁人。

　　除了湘西田野風光的聲色之外，沈從文最喜歡描繪的是下層人民：一個年輕水手不怕麻煩地與一個「已婚」妓女相愛；一個舊日戰友把一生奉給一個沈從文也曾喜愛的女孩子；一個「野孩子」不要沈從文在上海給他設計的文明前途，還鄉後恢復了滿身活力；一個七十歲的縴夫神情堅毅，讓沈從文聯想到托爾斯泰；一個當地礦工發起暴動，反抗軍閥，最後英雄般地死去。讀者很容易感受到沈從文對這些人物的愛慕，但以尋常標準判斷，這些人並非桃花源的理想居民。要想像沈從文那樣欣賞他們的「神性」，作家或讀者需要特別的感知力，以「發潛德之幽光」。當桃花源已經失落，我們也只能從這些「高貴的野蠻人」身上殘存的品德、山川河流的依稀印象，黃金時代的夕光餘照，來捕捉、參詳昔日的世界，並想像重構的可能。

　　沈從文此處形成的是一種**零餘**（residue）和**散落**（fragment）的美學。這種美學不僅對〈湘行散記〉，甚至對於鄉土小說做為一個文類來說，都至關重要。[17]零餘散落的意象有著提喻的功效，暗示出總體原應有的樣子，以及總體的消失或不可企及。因此當沈從文轉向單個的場景、人物或瞬間，他是在運用一種獨特的賞鑑方法，從片段啟動對事物的整體想像。這些散落的意象和零餘的殘跡儘管微不足道，卻皆可成為自足的符號；與其說它們做為局部鑑證了外部的大千世界，不如說它們僅僅彰顯了作家自我構想的美好景致。就此而言，散落意象恰是作家的想像力捕捉現實的道具。

---

[17] 這種零餘散落的美感的觀念部分地來源於宇文所安（Stephen Owen）對中國古典詩歌的討論。參看 Stephen Owen, *Remembrances: The Experience of the Past in Classical Chinese Literature* (Cambridge, Mass.: Harvard University Press, 1986), pp. 66-79。另外參看廖炳惠〈嚮往，放逐，匱缺──〈桃花源詩並記〉的美感結構〉，《解構批評論集》（臺北：東大圖書公司，1985 年），頁 21-38。

然而，儘管觸發了對於失落烏托邦的追思，沈從文的「散記」畢竟無法再拼合完好無缺的整體。沈從文愈是努力地想要從龐雜的當下事物中離析出往昔的珍貴線索，他就愈加強烈地感受到零餘和散落的悲哀。〈湘行散記〉每一篇或許都優美有趣，但也都提醒我們「散記」本身的不完整性。隨之而來的是一種失落感——黃金時代的缺失，純真、秩序、充沛意義的缺失。這兩種趨勢構成自相悖反的邏輯，召喚又擯絕了「桃花源」的嚮往；也因此，我們更能體會所謂鄉土文學的「逼真」（verisimilitude）原則是如何充滿自我辯證性。

回到我對〈湘行散記〉和〈桃花源記〉的對照閱讀。我認為，儘管沈從文操作一種反諷修辭，他畢竟延伸了陶潛對於理想烏托邦的**文本探尋**。做為〈桃花源記〉的又一對話回應，〈湘行散記〉恰如其分地保持首尾兩端的開放。沈的作品是〈桃花源記〉千百年後又一「附記」或「餘話」；而我們記得〈桃花源記〉本身就是對一個烏有之邦的後見之明。另一方面，《散記》也預告尋找桃源的努力不會就此告終，所以又成為開啟後之來者的一個起點。根據他自己的經驗，沈從文表明桃花源不可能在現實中出現或重現的歷史因由，但與此同時，他也不露痕跡的肯定了想像和書寫高於現實經驗和感知的優越性。在現實陷落——或從來就不完整——的時間之流裡，書寫提供了「雖不能至，心嚮往之」的救贖。以此沈從文再度驗證了一千六百年前陶淵明「紙上文章」的意義。

沈從文寫作〈湘西〉時懷有一個明確目的：說出湘西的「真相」——當地人民的生活方式和他們的所思所想，以及他們如今面臨的諸多問題。這部作品由一組類似方志的文章結集而成，缺乏明顯的一致結構。而就補充官方文字之不確、不足的動機而言，它與〈湘行散記〉頗多相似之處。但兩部作品又有明顯不同。〈湘行散記〉含有內在的戲劇性，講述故鄉之子的還鄉之旅，以及對故園變遷的悲嘆。

〈湘西〉則更像探險故事，旨在破解縈繞著外鄉人（甚至沈本人）對湘西的神祕迷思。儘管我們通常不把〈湘西〉當作小說來讀，而視之為沈從文對家鄉的史地紀實，我們卻仍可在這部作品中看出沈經營寫實論述的嘗試。如果說〈湘行散記〉的書寫延伸了桃花源神話的遙想與失落，那麼〈湘西〉則嘗試深入「黑暗的心」（heart of darkness），一窺其中究竟。

在〈湘西〉的引子中，沈從文用嘲諷語氣羅列了外鄉人對這個地區常有的各種偏見。「湘西是個苗區，同時又是個匪區。婦人多會放蠱，男子特別歡喜殺人。」[18]公路極壞，地極險，人極蠻，湘西正是冒險家獵奇之地。但湘西也是旅行者神往之處：桃源縣是傳說中「桃花源」的所在地，人們說不定在那裡會撞上漢代以前的好客遺民，另一方面，辰州以出產辰砂、辰州符和活死人而聞名天下。「若眼福好，必有機會見到一群死屍在公路上行走，汽車近身時，還知道避讓路旁，完全同活人一樣！」[19]總之，「地方文化水準極低，土地極貧瘠，人民蠻悍而又十分愚蠢。」[20]

沈從文努力要辨明這些印象的錯誤；它們都是基於傳統上的誤解和無知。為了證明他的觀點，沈從文做為嚮導，引領我們進入這個神祕區域，從理性角度來解釋它的「奇風異俗」。我們的旅行始於常德，它是沅水邊上的一個大碼頭，也是進入湘西廣大地區的門戶。繼而我們溯江北上，進入酉水和辰河等支流。我們沿河而行，探訪碼頭村鎮，了解它們的地理和物產，通過文學和歷史材料追懷它們的過去。我們還會結識當地居民，觀察他們的風俗，甚至傾聽他們的閒言碎語。總而言之，沈從文希望我們加入旅程，共用湘西美好的風光，

18　沈從文〈〈湘西〉引子〉，《沈從文文集》卷九，頁326。

19　同前註，頁327。

20　同前註。

也分擔他的憂慮：內戰，動亂和現代文明正使他的故鄉急速敗落。

沈從文在此運用的修辭策略，是正宗「實話實說」的寫實手法。通過大量細節，沈從文創造出一種精確感和臨場感。人名、地名、歷史事件、逸聞、個人評價等等傾注紙上，形成信息大觀。這些信息不為了形成因果結構或陳述高明的見解，而是默然羅列於茲，體現事物兀自的存在——這是實現「寫實」效果的最有力的方法之一。只要瀏覽一下某些章節的題目，如〈常德的船〉、〈辰溪的煤〉、〈沅陵的人〉和〈白河流域幾個碼頭〉，我們便已明白沈從文是懷著還給事物本來面目的心情，描寫一切。他不再是〈湘行散記〉裡的孤獨旅者，離家十七年後重返故園，焦急地尋覓著舊日美好時光的殘跡。無論他對於湘西的情感有多深切，沈從文現在採取的姿態是一個誠懇的嚮導、一個既是旁觀者又是局內人的敘事視角。

在〈湘西〉中，沈從文盡力控制自己不介入所描述的場景、人物和逸聞；這和〈湘行散記〉的敘事態度顯有不同。看看〈沅陵的人〉中的兩個故事。其中一個故事中，一個女孩被一群武裝嘍囉的首領帶走。她怕被那匪首殺死，又覺得他實在英俊標緻，便同意嫁給他。這婚姻對於那女孩和她的家人竟變成一場美滿姻緣。在大團圓的結局中，只苦了女孩的未婚夫，一個成衣店裡的老實學徒。在另一個故事中，一個美貌寡婦愛慕一個苦修的和尚。雖然和尚對她的愛毫無回應，她卻二十年如一日地上山頂去廟裡看他。寡婦的兒子長大後，覺察了母親的祕密。他不責怪母親，反而傭人為母親在山上開鑿一條便道，然後便永遠離去。儘管這些故事充滿戲劇性，沈從文卻並未把它們演繹成聳人聽聞的浪漫故事；他只採取溫和的反諷角度，思考湘西這樣一個地方的人民面對人情世路特有的動機和規範。沈從文對他的題材既不投入過深，也未疏離太遠，而是小心地居中調衡，因此使他的故事看來雖然古怪有趣，卻又仍出入情理之中。這些人物，與湘西

的船、煤礦、名勝古蹟、多采多姿的植被，一起塑造了沈從文富有地方色彩的風格。

但當我們說〈湘西〉的敘事話語是「寫實的」時，我們是在「假定」沈從文要把這個神祕的區域做一覽無遺的呈現。他努力使家鄉在外來者眼中看起來更易接近、因之也更加真實。但我們要問，難道沈從文沒有強加給他的題材一套新的價值和模擬原則嗎？他要寫出關於湘西真相的合情合理的報導，但在解說過程中，他是不是把許多事物的神祕魅力也連帶消除了（而他原本想要維護這些「真實」的神祕魅力）？他聲稱對所見所聞只做旁觀描寫，但他能躲過情節化的誘惑嗎？他的敘事本身難道不是意在將那不可說的說出來嗎？我無意否認沈從文呈現的湘西風景歷歷在目，也無意暗示他沒能還原自己家鄉的原貌。我的問題旨在陳述任何寫實作家都不得不面對文本的兩難。而我認為，正因為沈從文並未解決上述問題，他的寫實文字才更加令人著迷。

把這個問題再複雜化一點，我們應注意到〈湘西〉的敘事中一個非常有趣的現象。為了描述一個地方，沈從文竟從自己其他作品中摘引大段文字，至少有七次之多。他在介紹白河及其沿江小鎮時，兩次引用〈邊城〉。[21]〈瀘溪·浦市·箱子岩〉的一半篇幅都是引自〈湘行散記〉的文字。[22]〈辰溪的煤〉和〈鳳凰〉的開頭分別是從〈湘行散記〉和《鳳子》中摘來的大段引文。[23]

我們無從猜測沈從文為何如此頻繁地使用引文，但這卻促使我們思考〈湘西〉所聲稱的真相的文本互涉性。當沈引用自己以前的話，

---

[21] 沈從文〈白河流域幾個碼頭〉，《沈從文文集》卷九，頁364、368-370。

[22] 沈從文〈瀘溪·浦市·箱子岩〉，《沈從文文集》卷九，頁372-376。

[23] 沈從文〈辰溪的煤〉，《沈從文文集》卷九，頁381-382；〈鳳凰〉，《沈從文文集》卷九，頁397-398。

他成了自己的出處，因而便暴露出他的寫實方案的同義反覆。儘管他渴望保持記憶的客觀公正，他卻坦然地將自己的印象和關懷加諸他的書寫對象。尤其〈邊城〉和《鳳子》都是富有田園氣質的虛構作品，沈從文引用其中文字，必會有人追問：為虛構而作的敘事，現在如何又能用來闡明「真」相？當歷史和故事，事實和對事實的追憶，「真實」和「虛構」在〈湘西〉中相互融合之時，最終呈現出來的，是文本互動產生的高度游移性。

正如沈從文敘事中涉及到的無數歷史古蹟、廢墟遺址和風景名勝一樣，他的自我引述也成為他的湘西文學之旅中的一「景」，一個空間。當我們探訪沅水岸邊的古老藏書洞、為紀念東漢老將馬援而修的伏波宮、被鳳凰鄉民以革新為名毀壞的明代佛像、一個曾是地主、紳士、匪王、富豪而終遭暗殺的軍閥的棄宅，我們渴望要破解那些祕密，想要聆聽這些遺跡的永恆沉寂下幽幽的回聲。我們像歷史家一樣，要讓自己明白過去和現在發生的事情。現在，〈邊城〉、《鳳子》和〈湘行散記〉這些作品也出現在古蹟遺址、斷瓦殘垣間，要求著一代代的觀光客——讀者——也來傾聽字裡行間傳來的聲音。由此我們注意到沈從文歷史觀的變化。他想要註解、破譯湘西神祕往昔的方式和他所註解、破譯的對象一樣重要。如此，〈湘西〉已是最佳的歷史記述，也成為湘西風光中最重要的一景——文本風景。

鳳凰是沈從文文學之旅的目的地。鳳凰是湘西中心的一個閉塞小鎮，是沈從文的原籍所在；也是他的創作想像力的源泉。鳳凰山區中歷來居住著苗族和土家族等民族部落，為沈從文的部落傳奇〈月下小景〉（1933）、〈龍朱〉和〈神巫之愛〉等提供了合適的背景。這個地方也被視作許多湘西神話傳聞的發源地——像部落戰爭、土匪、迷信、巫術及許多其他奇異風俗等。以〈湘西〉的敘事布局而言，鳳凰標誌著沈從文旅程的「黑暗之心」。在那裡，沈從文記憶的幻影初步

成形，也是他欲望之旅必須乞靈的終點：

> 苗人放蠱的傳說，由這個地方出發，辰州符的實驗者，以這個
> 地方為集中地。三楚子弟的遊俠氣概，這個地方因屯丁子弟兵
> 制度，所以保留得特別多。在宗教儀式上，這個地方有很多特
> 別處，宗教情緒（好鬼信巫的情緒）因社會環境特殊，熱烈專
> 誠到不可想像。[24]

鳳凰是南國的外疆，對「中國」來說，無論在文化還是政治上都是異
地。當地居民不僅繼承了苗漢混雜的血統，而且千百年來一直依照一
套獨特的道德習俗生活。在這個地方，現在重複著過去，神鬼和生人
共相始終；無所不在的精靈滋養著無數傳奇和迷信。也正是在這裡，
身體和心靈被壓抑的能量得以釋放，形成道德風俗的奇麗風景，挑戰
中原地區的禮儀規範，並跨越真實與幻想的界線。

　　尤其引人注目的是巫術對女人的魔力，以及男人們共有的好勇鬥
狠的膽氣。沈從文不厭其煩地描述不同年齡的女人如何成為無數當地
神明精怪的犧牲品。她們或成為蠱婆、女巫，或為神巫之「愛」著魔
致病。沈從文描摹這些癲狂病症的迷人和可憎之處，又一次讓我們想
到他的家鄉（以及女人的身體）所享的原欲或本能力量，這在其他地
方早就被邊緣化了。這種性本能力量在禁忌、宗教儀式和精神病症等
扭曲形式中的釋放，在在值得認真研究。被神魔附體的女子結局或很
悲慘，但她們的奇異舉止和幻想卻見證了浪漫熱情的活力，因此為沈
從文筆下青年男女的愛情故事提供了精彩資源，像是〈三個男人和一
個女人〉、〈山鬼〉和〈夜〉等。

　　另一方面，女人著魔時的癲狂表現與男人不惜一切的固守社會風

---

[24] 沈從文〈鳳凰〉，頁398。

俗成為強烈對比。沈從文讚美那些誓死如歸的男人。為了做英雄好漢，他們在決鬥中互相砍殺，直到一方死去；為了保持貞潔名譽，他們只因一丁點兒的懷疑便殺死自己的愛人。無論他們有多麼野蠻嗜血，他們卻是古代俠客的末代傳人。在一個忠義精神逐漸消失的時代裡，這些男人是一群唐吉訶德，為了已不復存在的理想而戰。但在這些男人的勇敢行為中亦潛伏著癲狂因素，正與女人的精神錯亂交相呼應。鳳凰男子獻身於勇敢事業，其狂熱程度，與女人們自願沉迷於愛情魔力，可謂不相上下。

從任何標準來看，〈鳳凰〉皆可算是沈從文對於中國西南地域最令人著迷的研究之一。但沈從文通篇採取了一個自我矛盾的敘事立場來抒寫他的故鄉。做為鳳凰的子弟，沈和家鄉人一樣，對於未知事物的神祕性身懷虔敬的熱情，但他同時也是個寫實作家，對家鄉曖昧不明的種種從事祛魅工作。例如，他在描寫那些中蠱的女人時，並不只是簡單的觀察她們的色欲幻想和見鬼通神的靈視，還進而藉助精神病學和人類學知識提出病理判斷。沈從文試圖把男人的俠義熱情加以歷史化的理解。他甚至注意到著魔女人的病症和她們經期之間的關係；他甚至對那些為性幻覺所苦的年輕女人開出一劑良方——找個丈夫。

但還有一個問題：沈從文把鳳凰的「真實」圖景展現無餘，但他的解說是否同時把原來意在追回的楚文化魔力也消除殆盡了？癲狂、巫術、道德狂熱，儼然是來自神祕世界的鬼魅，而寫實主義的做法即在於將這些鬼魅從文本清除。但這些不可說、不可知的幻魅仍然縈繞不已，找尋著進入寫實話語的門路。鳳凰小城的種種神祕都必須摒除，以便我們看清它的形象。但我們又被不斷告知，鳳凰是《楚辭》中鬼魂精靈的最後家園。沈從文於是寫道，「歷史上『楚』人的幻想情緒，必然孕育在這種環境中，方能滋長成為動人的詩歌，想保存

它，同樣需要這種環境。」[25]

這種明顯的矛盾把我們帶向沈從文故鄉書寫的高潮。他以理性的聲音告訴我們神巫儀式和俠義精神是宗教迷信與道德狂熱的產物，但他也另有所圖。在努力描寫、揭示神祕的楚文化的過程中，沈從文何嘗不也劃定了所謂現實、理性的疆界——而這疆界何其有限。在為鳳凰驅魔的同時（但不管怎樣，當地居民仍會持守他們所相信的「現實」），沈自己或許還想為那超自然、神祕的故鄉保留一塊祕密的領地——它不在關於鳳凰的寫實報導中，而是在縈繞文本內外的「想像的鄉愁」裡。那些超自然的力量和遠古習俗在沈從文的記憶裡徘徊不已，它們是鳳凰和湘西有別於北京、上海的根本所在，由此才有了楚文化。更為重要的是，它們形成了動人心魄的美景，引誘沈從文苦苦追尋，卻同時又不斷逃脫寫實主義的掌控。〈鳳凰〉代表沈從文探勘「歷史的湘西」的最後一站；但同時也是沈從文進入「神話的湘西」的起點。

三 〈邊城〉與〈長河〉

通過比較〈邊城〉和〈長河〉兩部作品，我們很容易證明沈從文對待故鄉的兩種不同態度，以及將這兩種態度形諸筆端的不同敘事策略。〈邊城〉引人注目之處，在於作者自覺依違於田園詩的世界，以及對人生命運的神祕所投注的憂思冥想。〈邊城〉抒寫寂靜的山巒、河流，善良的鄉下人，傳說故事，古老的節日儀式，構成一個看似封閉、自足的世界，其歷史背景則恰如其分的模糊含混。與之相對照，〈長河〉把讀者從牧歌般的世界拉回到時間之流中。儘管沈從文承認

---

[25] 沈從文〈沅陵的人〉，《沈從文文集》卷九，頁363。

〈長河〉中仍有著「一點牧歌的諧趣」，[26]這部小說卻表露出在日軍入侵前夕，沈從文預見故鄉必然難以倖存的焦慮。甚至兩部小說的題目也微妙地暗示出沈從文的不同態度：「邊城」指向居於時間和變化之外的神祕烏托邦，而「長河」卻點出了在歷史潮流中民族與人性的掙扎。

　　但這種對照閱讀不能觸及沈從文「想像的鄉愁」中的細微之處，使他看起來像一個心思簡單的鄉土作家，不過沿用了「失樂園」和「復樂園」的主題而已。我認為上述這種對照不僅存在於兩部作品之間，而且也存在於個別作品之內，因此呈現給讀者的是在神話與歷史、夢幻與現實之間無窮盡的交相映襯。

　　初看上去，〈邊城〉像是數起靈光一現的經驗的交織集合。沈從文承認，這部小說的寫作幾乎是以一種普魯斯特式（Proustian）的風格，由人生中一二偶然經驗引發，從而使他對故園的想像得以成形。沈從文當兵時從保靖去川東的路上目睹的竹木渡筏引出了〈邊城〉的整體氛圍，[27]小說女主人翁翠翠的形象，靈感則來自一九三四年他的還鄉之旅中遇到的一個雜貨鋪裡的少女。[28]〈邊城〉出版多年，沈從文在散文〈水雲〉中，又提到這部小說的素材來自他在青島遇到的一個年輕鄉村寡婦的生活想像，而他的夫人張兆和則為女主人翁提供了性格上的原型。[29]這裡有趣的並非這些素材是否彼此協調，而是沈從文如何從如此廣泛的經驗中取材——其中有些甚至並非來自湘西經驗——而他又如何將其納入到連貫的敘事中，來描述他天長地久的原鄉。

---

[26] 沈從文〈〈長河〉題記〉，《沈從文文集》卷七，頁6。

[27] 沈從文〈從文自傳〉，頁202。

[28] 沈從文〈老伴〉，《沈從文文集》卷九，頁297。

[29] 沈從文〈水雲〉，《沈從文文集》卷十，頁280。

　　在這個方面，〈邊城〉的地點充滿暗示性。沈從文在《從文小說
習作選》的代序中說得很明確：

> 我要表現的本是一種「人生的形式」，一種「優美，健康，自
> 然而又不悖乎人性的人生形式」。我主意不在領導讀者去桃源
> 旅行，卻想借重**桃源上行七百里路**酉水流域一個小城小市中幾
> 個愚夫俗子，被一件普通人事牽連在一處時，各人應有的一份
> 哀樂，為人類「愛」字做一度恰如其分的說明。……這種世界
> 雖消滅了，自然還能夠生存在我那故事中。這種世界即或根本
> 沒有，也無礙於故事的真實。（引者強調）[30]

這段話發人深省之處在於，當沈從文有意識地追隨陶潛的腳步，在小
說之外建立一個更「真實」的世界，並以此批判他廁身的社會政治環
境時，他並不想把桃花源的所謂「原址」──桃源縣──做為他理想
原鄉的所在。正如〈湘行散記〉中所寫的，傳說中的桃花源已經被污
染了、墮落為當下現實的一個部分，那麼理想中的故土，新的桃花
源，必須向他處尋覓。做為現代讀者，我們無從在桃源縣重溫那古
老的神祕夢想；我們還需上行七百里到另外一個地方，「將近湘西邊
境……一個地方名為『茶峒』的小山城。」[31]

　　因此，〈邊城〉從開頭便已充滿潛在的反諷意味。此書的寫作其
實不乏以語言來轉移（displace）、替換（replace）那殘酷墮落的外部
世界的用心；它的靈感來自古老的烏托邦神話，但卻企圖顛覆這一神
話。桃花源已經失落，它能在另一地方、另一文本中複製出來嗎？難
道現代桃花源的居民真能生活得隨心所欲嗎？陶潛的桃花源在「現

---

[30]　沈從文《從文小說習作選‧代序》，頁45。

[31]　沈從文〈邊城〉，《沈從文文集》卷六，頁73。

代」世紀所經歷的墮落，有朝一日茶峒就不會遭遇到嗎？

　　沈從文在寫作〈邊城〉時必然意識到了這些問題——儘管他曾對此書做出比較樂觀的解釋，而批評家們也將其譽為中國田園小說的傑作，「承認一切人性的存在」，是「一首詩，是⋯⋯情歌」。[32] 在散文〈水雲〉中，沈從文坦言這部小說使他寫出了身為「鄉下人」，他所體會到的痛苦和掙扎。他企圖通過牧歌的筆調把湘西理想化，同時也表達了對中國既憂慮又有信心的複雜感覺。[33] 以〈邊城〉為對象，他追問：「⋯⋯生命真正意義是什麼？是節制還是奔放？是矜持還是瘋狂？是一個故事還是一種事實？」[34] 事實上，我們仔細閱讀就會發現：儘管小說中洋溢著純任自然的韻律和抒情節奏，它卻不能擺脫一種尖銳的意識——意識到誤解、延宕、決絕的激情和毀滅無所不在的力量。

　　〈邊城〉開篇如是寫道：

> 由四川過湖南去，靠東有一條官路。這官路將近湘西邊境到了一個地方名為「茶峒」的小山城時，有一小溪，溪邊有座白色小塔，塔下住了一戶單獨的人家。這人家只一個老人，一個女孩子，一隻黃狗。[35]

請注意在這個段落裡，時間的因素是如何被有意省略了。雖然在古代遊記（如柳宗元）和白話小說中也可以找到這種手法的大量例證，我們仍需仔細關注沈從文由此構想的烏托邦意圖。空間指示詞「有」的

32　劉西渭〈論〈邊城〉與〈八駿圖〉〉，轉引自凌宇《從邊城走向世界》（臺北：駱駝出版社，1987 年），頁 237。

33　沈從文〈水雲〉，頁 279。

34　同前註，頁 282。

35　沈從文〈邊城〉，頁 73。

廣泛出現做為文字方塊架，標明人類情境的連續如一，呈現亙古不變
的形態。[36]沈從文彷彿高踞神祇的地位，賦予他的世界以形態和秩序。

小說接下來描寫擺渡老人和他的孫女翠翠的日常生活。那個老人
「活了七十年，從二十歲起便守在這小溪邊，五十年來不知把船來去
渡了若干人」。[37]一方面，沈從文告訴我們老人的擺渡生活已經有了漫
長歲月，另一方面，他以化整為零的方式描述老人每天的工作。沈並
不突現任何一天，而是表現其日復一日、從來如此的生活：人們如何
把一個特別設計的鐵環掛到橫跨溪水的一段廢纜上，然後慢慢地牽船
過對岸去；老船夫如何百般不接受過渡人的錢，或用這錢來買茶葉和
草煙，再送給過路人；當祖父躺在臨溪大石上睡著了，翠翠又是如何
替他把客人渡過溪去。

沈從文的敘事在老船夫的生涯總覽和他日常雜務的細節間來回迅
速轉換，卻盡量避免使用任何專用名詞、人稱代詞或時間指示詞。
這種看似「無時態」的敘事使讀者在語法和語義的層面上，綜合甚
至消解不同的時間階段；而對於人稱代詞的有意省略，則打混了敘
事者及其人物、讀者之間的對應關係，把他們的位置轉入主體交匯
（intersubjectivity）的互動狀態。

如果我對沈從文敘事特徵的解釋看起來似曾相識，部分原因當歸
於熱奈特。熱奈特曾嚴格地把「疊代模式」描述成寫實作家最常用
的文體之一，這種模式以一次性的敘述表達描述同一事件的多次發
生。[38]在〈邊城〉的第二章中，我們還會發現沈從文描寫茶峒人生活方

---

[36] Stephen Chingkiu Chan, "The Problematics of Modern Chinese Realism," p. 285.

[37] 沈從文〈邊城〉，頁74。

[38] Gérard Genette, *Narrative Discourse*, p.116。王德威〈初論沈從文——《邊城》的愛
情傳奇與敘事特徵〉，《眾聲喧嘩：三〇與八〇年代的中國小說》（臺北：遠流出
版社，1988年），頁119-120。另參看 Stephen Chingkiu Chan, "The Problematics of
Modern Chinese Realism," p.291。

式的一成不變時，用的就是「疊代模式」敘事：桃花叢中的奇異人家；老兵們以吹號消磨時光；身著漿洗過的藍布衣裳、掛著白布扣花圍裙的主婦們在一塊閒聊天；過路人調笑小飯店的內當家；妓女們對年輕水手的甘苦參半的愛情。時光看似停滯不前。「疊代模式」呈現出一種每個居民都參與其中的生活的神祕輪迴，生生世世，恍如一日。

> 一切總永遠那麼靜寂，所有人民每個日子皆在這種單純寂寞裡過去。一分安靜增加了人對於「人事」的思索力，增加了夢。在這小城中生存的，各人也一定皆各在分定一份日子裡，懷了對於人事愛憎必然的期待。[39]

此處「夢」是關鍵字。邊城是一個無人醒來的夢幻世界，這世界中任何事情都會發生，即便僅僅出現在幻覺之中。於是，當妓女相好的男人過了約定時間不回來時，她或者「做夢時，就總常常夢船攏了岸，一個人搖搖蕩蕩的從船跳板到了岸上，直向身邊跑來。或日中有了疑心，則夢裡必見男子在桅上向另一方面唱歌，卻不理會自己」。[40]出於絕望，她可能會自殺，或者進行殘忍的復仇——然而，這些絕望舉動只在「夢」裡才顯現其意義。

　　讀者要理解沈從文式的烏托邦想像，〈邊城〉前兩章的敘事模式和修辭方法至關重要。它們塑造了一個封閉的地理空間，被神話和夢幻所包圍，而它們也預期讀者抱持一種默許的態度來看待這裡所發生的事。最極致處，甚至痛苦、死亡及其他種種不幸都可視若自然而然、與生俱來；種種不幸的存在只是為了完成人類經驗的輪迴。我們

---

[39] 沈從文〈邊城〉，頁79。

[40] 同前註，頁81。

因此可以說沈從文的鄉村畫卷中有一種風格化的特質，似乎凡事都無所謂真正的福禍，而可以融入審美的觀照。

但這只不過是沈從文對邊城的願景而已。做為寫實主義者，沈從文太清楚茶峒雖然隔絕於「中國其他地方正在如何不幸掙扎中的情形」，[41] 自身卻已在自我磨蝕的過程之中。正如小說中所展現的，部分人物的遭遇即便委諸天命也不能充分解釋明白。沈從文努力要擺脫滋生在他的理想國**內部**的不祥因素，但卻徒勞無功。正是這些偶然事件和失誤行為模糊了小說浪漫的主題預設和現實的不確定性間的界線，因而暗示出烏托邦的不完美。沈對於現代桃花源的「書寫」，因此充其量只是敘說出了這種書寫的不可能性。

如上所述，〈邊城〉憧憬樂園存在的可能，但也對導致樂園瓦解的偶發事件或生命的無常投注同樣——或更多——的關注。沈從文在許多情節中描述人物互相誤會，或錯過溝通的契機，或者被置於延宕、等待的處境中，所引起的那種憂鬱無助的感覺，在在令讀者無言以對。我們記得老船夫如何決心要為孫女找個最理想的丈夫，卻陷於一系列的誤會之中，最終導致天保之死。我們也記得翠翠如何在任何時候都羞於向祖父或儺送表達心意，因此加深了人物之間的誤解。最有力的一個例子是翠翠和儺送的初次相逢。

在這個場景中，翠翠焦急地等著祖父一起回家。那一天早晨，她和祖父到城裡看一年一度的龍船大賽，但比賽才過一半，老人便溜開喝酒去了，之後再也沒有回來。天黑下來，翠翠心裡越來越怕。她心想：「假若爺爺死了？」在她左近有兩個水手在用粗話談論一個妓女，聽他們說，那女人的爸爸「是在棉花坡被人殺死的，一共殺了十

41　同前註，頁84。

七刀」。[42]正在這時，儺送來了，邀翠翠到他家去等祖父。但他卻無意冒犯了翠翠，因為她以為他口中所說的「家」，便是附近的妓院，因而錯把他的好意看成輕薄之舉。

在這段情節中，翠翠和儺送的初次相逢被描寫得既有浪漫的天真，卻也有渾然不覺的凶險。他們的愛情故事並不是那麼簡單地始於一見鍾情，而是發生在翠翠擔心爺爺可能不測的恐懼時刻，其間還伴隨著妓女和水手的打情罵俏，有關妓女父親凶案的閒言碎語。而儺送此時出現，看上去尤其來意不善。這是翠翠情竇初開，對愛情啟蒙的一刻，但如此一刻沈從文寫來卻是既柔情似水，又陰霾處處，既有純真的盼望，又有色欲的陰影。翠翠在期待與興奮中體驗到愛情最初的感受，但其中又籠罩著誤會、暴力和死亡的威脅。翠翠生來就在幸福和痛苦的交叉點上。她的父母在她出世後不久便不明不白地自殺身亡，而她也間接導致了儺送的哥哥天保溺水而死，以及她祖父的過世。沈從文意欲用最純潔的形式描寫愛情，但他卻無法迴避萌生愛情的原初狀態裡，已經藏有的不潔因素。沈從文田園浪漫故事中的這種不祥因素，無論稱之為「無常」、「宿命」或其他，最終積蓄成一種邪惡的力量。這種力量打破了靜謐的封閉環境，延宕著人際關係的完滿，並且顛覆了敘事的自足表現。

以往批評者努力要去除〈邊城〉烏托邦世界的神話色彩，試圖強調翠翠和儺送之間無法跨越的經濟障礙。[43]中寨王鄉紳家的大姑娘有一座嶄新的碾坊做為陪嫁，相比之下，翠翠除了那只破渡船之外一無所有。整篇小說之中，儺送、天保和鎮上居民們不斷提到渡船和碾坊，兩者隱喻著互相衝突的社會經濟地位。甚至有評者懷疑翠翠父母

---

[42] 同前註，頁90。

[43] 例如可參看孫昌熙和劉西普〈論〈邊城〉的思想傾向〉，《中國現代文學研究叢刊》4期（1985年7月），頁152-163；凌宇《從邊城走向世界》，頁240-243。

的自殺也可歸因於封建傳統的橫加干涉。這些評論歷數決定小說人物命運的社會／經濟因素，也許言之成理，但如此一來，他們很容易被誘入另外一種決定論——社會、經濟的宿命論。因此，他們與他們要攻擊的田園宿命論者之間，不過是五十步笑百步。

〈邊城〉企圖描畫出一個抽離時間和歷史的理想所在，但威脅其自主性的終極因素還是時間——變更、延伸、延宕著人生種種活動的時間。我前面已經說過，沈從文如何應用「疊代敘事模式」來召喚一種田園詩般的神話節奏，以及他如何試圖把人生的無常安置在命運的框架裡。這些問題現在都可以放在時間的語境中再加以梳理。邊城茶峒被有意寫成桃花源，其居民「與外人間隔……乃不知有漢，無論魏晉」。[44]時光的流轉通過歲歲年年的龍船競賽和其他節慶來標明；生老病死也早形成自為的輪迴，有別外邊世界的認知。

但儘管有著這種明顯超越時間的靜謐狀態，隨著故事發展，有些事還是讓老船夫和翠翠為之煩惱。對於老人，女兒及其戀人的悲慘往事是他揮之不去的陰影，讓他憂慮孫女的未來。對於那女孩，身心成長的神祕體驗帶給她恐懼和期待。一旦翠翠和祖父有意識到青春和衰老的衝擊和後果，時間所表現出的流程就不再是迴旋而已。如敘事者所謂：「不過一切皆得在一份時間中變化。這一家安靜平凡的生活，也因了一堆接連而來的日子，在人事上把那安靜空氣完全打破了。」[45]老船夫去看新碾坊，鎮上人們議論翠翠的家世經濟背景，做媒的突然來到，這一切不期然同時發生，彼此交匯。

另一個重要事件當然是兩兄弟晚上隔溪的情歌示愛，他們相約翠翠對誰應聲，誰就是勝者。這競賽卻不了了之；天保聽到弟弟的歌

---

[44] 陶潛〈桃花源記〉，頁166。

[45] 沈從文〈邊城〉，頁126。

聲，自知不敵，儘管弟弟要代他唱歌以使比賽進行，他卻退出了。沈從文有充分理由把這個場景變成情節轉捩點；長久以來他就對湘西山歌對唱的習俗深深眷戀。通過情歌，青年男女相識相戀爾後結為伴侶；通過情歌，沈從文對於田園浪漫的憧憬達到詩意的頂峰。如果說沈從文的抒情理想結晶為少男在月下向少女吟詠歌唱，那麼天保和儺送本應以唱歌決勝負的場景，卻是一次半途而廢的競賽。正如田園情歌不能再平復翠翠和兩兄弟在時光流逝中遭遇到的煩惱，在書寫的場域裡，抒情詩歌也讓位於寫實敘事。

小說的倒數第二段這樣寫道：「到了冬天，那個圮坍了的白塔，又重新修好了。可是那個在月下唱歌，使翠翠在睡夢裡為歌聲把靈魂輕輕浮起的年青人，還不曾回到茶峒來。」[46]當田園牧歌和夢幻都已褪色消逝，人只有等待，在懸而未決中等待。於是有了小說令人焦灼不安的結局：他「也許永遠不回來了，也許『明天』回來！」[47]

翠翠日復一日的擺渡已不再能帶來自足的感覺，反而體現出她無限延擱、等待的處境。翠翠在時光之流中來回擺渡，既不上行，也不下行。等待和盼望成為她最後的姿態。她期待，也不能期待，最後的救贖。翠翠的等待，正如許多批評家所指出的，或為沈從文提供了藉口，迴避人性不完美的現實，或甚至中國在歷史暗影下不可測的未來。但翠翠的等待也反映出沈從文鄉土小說的悖論。恰如翠翠的等待，沈從文面對蒼茫世事，只能寄情於書寫（而非身歷其境的歌唱）、敘事（而非晶瑩剔透的詩歌），來託付他的心事。他何嘗不明白，在那可望而不可即的理想——愛人，原鄉，真理——「回來」之前，書寫（writing）只是一種等待（waiting），敘事只是時間之流的

46　同前註，頁163。

47　同前註。

擺渡。

在〈邊城〉看似平靜的敘事之下，我們體察到沈從文深沉的憂鬱。這部小說令人感動，不僅因為沈從文以湘西風光為背景，講述了一則浪漫傳奇，而且也由於他在講述的過程裡不能不指涉到傳奇的另外一面。沈從文的鄉愁有三層意義。首先，理想的原鄉既然總已不再，沈從文的鄉土寫作不論多麼用心，只能是原初的想像性的替代和移位。這往往更令我們想到文本的虛構性而非現實性。〈邊城〉善於寫夢，而小說本身就是一部夢幻之作。

其次，這部小說突現了書寫（寫實主義）的條件。當「疊代模式」逐漸為線性序列模式所取代，整體性的敘事框架縮小至單一事件，〈邊城〉的抒情意旨必須讓位給寫實訴求——神話消失處，歷史出現。對於沈從文來說，鄉愁所帶來的憂傷不僅關乎樂園的失去，也關乎書寫那豐富飽滿的「原初」的不再可能。

最後，如果說理想中的湘西是僅存在於沈從文想像中的風景，那麼哀嘆它的喪失就有可能變成自憐自憫的行為。換言之，在沈從文的鄉土寫作中，鄉愁不僅是一種方法，也是一種目的。與此相應，讓沈從文的讀者魂牽夢繞的可能未必是故園本身，而是他或她讀出失去故園的那種感覺。從未存在之物，恰是我們的神往之物。當期待和鄉愁交集一處，正是「想像的鄉愁」，而非鄉愁，交織出〈邊城〉的魅力。

沈從文在一九四〇年代初寫作〈長河〉時，正值中日戰爭的高潮階段。像〈湘西〉一樣，〈長河〉的動機在於歷史。沈從文想要「用辰河流域一個小小的水碼頭作背景，就我所熟習的人事作題材，來寫寫這個地方一些平凡人物生活上的『常』與『變』，以及在兩相乘

除中所有的哀樂」。[48]沈從文怕他所展現的場景太過痛苦，讀者因而卻步，所以特意在寫實之外，添加「一點牧歌的諧趣」。[49]結果是一個風格混合的作品，一方面令我們想起〈邊城〉表面的圓滿意蘊，另一方面卻不斷提醒我們〈湘西〉那種凶險的歷史憂患之感。

〈長河〉的故事發生在辰河岸邊的一個小鎮呂家坪。正像〈邊城〉的前兩章一樣，沈從文先呈現出小鎮的全景，然後才聚焦到一小群居民身上。他在概述呂家坪的生活時，採取了〈邊城〉開頭特有的「疊代模式」。但兩部小說的開頭氛圍迥然有別。茶峒初看上去「宛如」居於時間之外的現代桃花源，而呂家坪已經在經歷著社會／政治動盪的苦澀流轉。曾經製造出邊城的亙古靜謐氣氛的「疊代」風格，在此被用來寫出了有限時間內湘西世界的嬗變。如此寫來，沈從文悄然降低了這種風格的語義內蘊，使之不再能表達神祕的時光迴旋，而代之以真實時間中繁複摻雜的人世變貌。

小說的第一章題為〈人與地〉，頗有與〈湘西〉相通的歷史關懷。沈從文這樣寫道：「這世界一切既然都在變，變動中人事乘除，自然就有些近於偶然與湊巧的事情發生，哀樂和悲歡，都有他獨特的式樣。」[50]水手們如果經受了水上的考驗，現在還有機會在岸上發跡。那些特別走運的水手在江上運輸貨物，在陸上買地務農，皆可賺錢。他們可以建造自己的宅院，躋身於鄉紳階層，送子弟進學校接受新式教育。受到進步思想啟迪的年輕一代，很快變成父母們的驕傲同時也是負擔。到畢業時，他們或許學無所成，但從表面看來，他們成了知識份子、改革者和解放者。他們力爭婚姻自由，但從不拒絕送上門來的嫁妝和婚約；他們看不起自己的老封建父母，但心裡念念不忘他們

---

[48] 沈從文〈〈長河〉題記〉，頁5。

[49] 同前註，頁6。

[50] 沈從文〈長河〉，《沈從文文集》卷七，頁21。

的遺產。他們最終或者在地方上當了官,成了當地名流,或者離鄉去參加革命,被捕被殺,重歸於土。當沈從文嘲笑這些新青年時,他同樣也極力批判農民和士紳,正是他們的頑固和偏狹形成了保守勢力,阻礙著進步力量的腳步。

就人物和情節而言,〈長河〉和〈邊城〉卻有許多相似之處。〈邊城〉中的人物,如老船夫和翠翠、儺送和他父親,在此皆有對應。故事的核心人物是滿滿和夭夭,前者是個老水手,在經歷了水上生活的起起伏伏之後,棲身於滕姓祠堂,後者是滕長順最小的女兒,滕長順曾是一個忠厚的老練水手,如今經營著自己的航運事業。就像翠翠和她祖父那樣,夭夭和老水手之間也懷有特殊的情感關係。但老水手不同於翠翠的祖父,他並不擔心夭夭的婚嫁,因為她已許配給在外地念書的一個年輕學生。但令他擔憂的卻是更廣大更模糊的事情——這個鎮子和這條河流的未來。夭夭的生活無憂無慮,除了偶然有個小官僚或士兵會煩擾她。儘管周遭的社會政治情形無常難測,一切似乎都還恬靜。

〈長河〉沒有寫完。根據沈從文本來的計畫,小說應包含四卷;目前的版本只有第一卷。[51] 夭夭、老水手和呂家坪會有什麼遭遇,成為永遠的不解之謎,但種種蛛絲馬跡都指向一種可能,即小說的結局將是災難降臨呂家坪。

為什麼沈從文沒有完成這部小說?戰時生活的顛沛流離當然是最直接的原因,但還有其他的可能。據說這部小說暴露出國民黨統治下,中國農村在道德和政治經濟方面的衰敗,所以受到審查制度的打壓;當小說於一九四三年首次問世時,就被刪除大量詞句。另一方面,湘西未來的不祥之兆,可能讓沈從文難以接受,也使他無法親手

---

[51] 沈從文〈〈長河〉題記〉,頁8。

寫出它的末日。因此對於沈從文而言，〈長河〉未完既意味著一種政治姿態，用緘默來「說出」他被禁止說出的內容，同時也意味著一種精神上的自我審查，以文本的缺席抵擋已經可以預見的創傷經驗。

除了這些環境因素之外，我們也可從「想像的鄉愁」的角度思考這部小說未能完成的因素。沈從文的小說一向有抵制「完成性」的表現，這並不意味著技巧上的缺陷，而是表現出審美和意識上的自覺。如〈邊城〉的結尾，翠翠無休無止地等待愛人的歸來，又如〈蕭蕭〉的結尾，蕭蕭捨棄成為「女學生」的願望，墜入傳統母親／妻子角色的輪迴。此一問題可由兩方面切入回答。一方面，沈從文向來懷念原鄉的失落，他的小說理當努力填補現實的缺憾、記憶中的匱乏。但〈長河〉的未完卻恰恰表明了敘事的仲介位置，暴露原鄉寫作總是有所不及的遺憾。另一方面，〈長河〉的未完也可能刻意展現了（敘事）欲望的開放性，藉由延宕、中斷來質疑歷史或道德機制在形式上的封閉性。

這兩個方面又互為表裡，以一種獨特方式展示出沈從文描寫故土和鄉愁的辯證層面。既然湘西已不僅是一個地理位置，它也是由幻景和語言構成的夢土，沈從文還鄉的渴望便開啟了無盡的欲想和絕望的鎖鏈。他無法完成還鄉之旅（恰如他不想完成他的書寫長河之旅）；抑或他根本不想那樣做。無論如何，鄉愁的吸引力來自故鄉和原初的步步後撤，難以企及。未完或不完整在這裡變成一個重要的象喻，指涉沈從文鄉土主義的局限和策略。

據此，我們可以把〈長河〉未完成的形式看作歷史偶然性和審美必然性共同作用的結果。當然，我不是為了給〈長河〉的藝術缺陷尋找藉口。我只是提出，鑑於沈從文鄉愁話語的審美和思想內蘊，這部小說的缺憾或許遠比表面原因複雜。而〈長河〉不完整的形態也反諷地揭露了沈從文鄉土小說最引人爭議的方面之一：他的鄉愁可

能其來有自，甚至先於原鄉的喪失。換句話說，鄉愁是「先見之明」的因，而不是時過境遷後的果。我把這種表徵稱為「期待的鄉愁」（anticipatory nostalgia），意指在所擁有的事物尚未失去之前，沈已經「嚮往著」思念事物失去以後的悲傷。

　　「期待的鄉愁」居於沈從文鄉愁的想像圖景的核心，因為它比任何其他形式的鄉愁更能指明「喪失」和「殘缺」的弔詭意義，也因為它更加訴諸想像作用。在〈長河〉中，敘事者沈從文不是唯一預先為呂家坪的衰敗而憂傷難過的人。老水手滿滿或許也料到了鎮子的未來命運。在這方面，最具戲劇性的場景當然是老水手和鎮上人議論新生活運動的到來。

　　這個場景本身是一場絕妙的獨幕喜劇，開始於老水手和另外兩個鄉下人及一個婦人間的閒聊。他們漫談著最近發生的奇異事情，很快就捲入到「新生活」就要到來的傳言之中。[52] 他們對於這場政治運動一無所知，只是望文生義，把它看成一個強大的東西。他們談著談著，新生活的形象從領兵打仗的將軍，一個理論家，一個委員司令，變成了一個龐然怪物。新生活帶著機關槍、機關炮和武俠小說裡的六子連、七子針，是個飛毛腿，又是千里眼。「他」肩負神祕使命，但最有可能的是他要去雲南打瓜精。至於新生活要在呂家坪幹什麼，還不清楚，但有一件事確定無疑，就是農民們的豬要被搶走，鄉紳要被逼捐錢，我們的老水手也要丟掉他看守滕姓祠堂的活計。

　　這個戲劇段落充滿政治上的弦外之音。在狂言妄語之中，「新生活」這場原本旨在改造中國民眾的文化和政治觀念的運動被嘲弄殆盡。沈從文同時誇張鄉下人如何通過聯想熟悉的經驗，把新奇事情融會到他們的現實生活之中。他們從自己固有的觀念系統中擇取迷信偏

52　Jeffrey C. Kinkley, *The Odyssey of Shen Congwen*, pp.172-173, 208-209, 246-247.

見、陳詞濫調、古舊箴言和流言蜚語，編造出純屬荒誕不經的故事。但在這個段落中仍隱藏著其他內容。它在漫不經心之中傳達出了潛隱在鄉民心底的一種匪夷所思而又令人望而生畏的力量，隨它無名無姓，或叫作「他者」、「不在場的歷史」，或是「新生活運動」，這種力量使人們預感到即將發生的巨變，料知他們將要失去現在擁有的一切。他們因此開始用懷念的心情回味當下生活，雖然那生活原本未必如此美妙。他們有了「期待的鄉愁」，倒不是思念已經失去之物，而是預先想像、眷戀可能將要失去之物。

因此在第二章的結尾處，沈從文寫道：「老水手於是又想起『新生活』，他抱了一點杞憂，以為『新生活』一來，這地方原來的一切，都必然會要有些變化」，但同時他看到「兩個女的（夭夭姊妹），卻正在船邊伸手玩水，用手撈取水面漂浮的瓜藤菜葉，自在從容之至」。[53] 老人為這幀純真靜謐的畫面感到黯然神傷。事實上，老人的不祥之感成為整個小說的主軸，迴旋不已，為正在發生的事蒙上一層陰影。他是個懵懂的先知，對於未來知曉和感受得太多；但有時他又是個不自覺的頹廢藝術家，在看到世界瀕臨覆滅前片刻的迴光返照，對於美的感知才變得無比強烈。

另一方面，沈從文不遺餘力地描寫那些即將威脅呂家坪生活的邪惡勢力。小說的中間部分描寫一群軍官和當地官僚，他們不斷以買橘或籌款為藉口來騷擾夭夭和她的家庭。〈邊城〉強調的是孳生於原鄉內部的異己因素最終導致了災難；與之相比，〈長河〉更突現出外來勢力如何一步步滲入到呂家坪的領地，諸如軍隊、貪婪的政府官員、現代教育者，尤其還有新生活運動。從小說中已經述及的內容來判斷，沈從文應該還有更多題材要發展，像新舊價值的衝突、軍隊和政

---

[53] 沈從文〈長河〉，頁21。

治運動變本加厲的入侵；抗戰爆發前鄉村生活的艱辛；以及夭夭——呂家坪純貞和天真的化身——的被辱。

在〈長河〉的倒數第二章，這種「山雨欲來風滿樓」之勢驟然停止，夭夭的哥哥三黑子及時出現，制止了三個保安隊士兵對夭夭的調戲。最後一章題為〈社戲〉，通過集中描寫人們怎樣準備一年一度的社戲，調轉了情節線索。如同〈邊城〉中的龍舟賽一樣，為期六天的社戲不僅是鎮上的娛樂生活，也是一個充滿了宗教意味的節日。沈從文懷著極大興趣來描寫當地居民如何換上新衣，搬著板凳趕來看戲；鄉紳和官員如何在演出開始前主持祭神儀式；觀眾們如何一邊看戲，一邊笑鬧，聊天，爭論，吃喝，四下走動，甚至忙著找地方排泄。時間終止了。士兵和村民坐在一起，觀賞同一齣戲；觀眾們被劇情吸引，感到自己也成了戲裡的角色。每個人都沉浸在忘卻一切的氛圍之中而不願醒來。至少是暫時的，這一章讓我們想起〈邊城〉開頭特有的神祕浪漫場景。

但老水手和夭夭都提早離開了戲場。我們再看到他們時，他們正在一條船上議論遠山野燒的壯麗景象。天空一片紅光，船緩緩移動，笑聲從村裡遠遠傳來。夭夭被這美景感染，說：「好看的都應當長遠存在。」[54] 然而老水手不這麼想，他說：「好看的總不會長久。好碗容易打碎，好花容易凍死，——好人不會長壽。」[55] 由此我們又一次察覺到沈從文「期待鄉愁」的想法。好看的事物值得我們頻頻回顧，特別是因為我們知道它們不會長久。老人和少女很快忘了他們的不同意見，三黑子加入了談話，他們放任自己胡思亂想起來：「要是三黑子當了主席會怎樣？」「我當了主席如何如何。」「不說這些，去撿野鴨

---

[54] 同前註，頁 171。

[55] 同前註。

蛋去，城裡人說是仙鵝蛋，肯出高價。」小說（至少是第一卷）的結尾是夭夭的請求：「三哥，你做了主席，可記著，河務局長要派歸滿滿。」[56]

由於〈長河〉未能完成，「將來」真正發生了什麼，自然無人知曉。值得注意的是，小說的高潮段落使用了一種虛擬的敘事語氣。無論幻想如何不著邊際，只要結果還沒有來臨，就仍然延續著我們的希望。沈從文讓〈長河〉成為未竟之作，也就懸置了故事的當下發展，也挑起了無盡的猜想。這種收束方式突現了「期待的鄉愁」話語中的悖反之處。「期待的鄉愁」的魅力在於預知事物消失的「先見之明」，以及預支悲傷情緒的能量。品味這種憂傷的最佳方式，因此是不斷延長正在消逝的現在，而非快快結束。一般鄉愁通常都以故鄉或心愛之物的喪失為前提，「期待的鄉愁」與此形成鮮明對照。只有當心愛之物仍在，卻又含納在「假設」即將消失的條件之下，「期待的鄉愁」才會油然而起。

表現「期待的鄉愁」所必須的，與其是經驗材料，不如是想像力。期待的鄉愁巧妙地證明了敘事如何構造了我們對於現實的感知。在〈邊城〉中，翠翠被拋入時間之流，等待那個已經離去的人的歸來。〈長河〉不同於此，它收束在一個臆想的、不確定的時刻。就小說現存的形式而言，呂家坪的失落將被永遠延宕。於是，小說的未完成便包含了一種奇異的解脫感，而非失落感。如此，沈從文把小說中內在的末世景象轉化成審美資源；他為藝術與歷史，虛構與現實，「想像的鄉愁」與鄉愁帶來更豐富的對話關係。

---

[56] 同前註，頁172。

四　追憶往事的藝術

　　本章所要討論的最後一個問題是記憶和寫作的藝術。沈從文在大量的散文和訪談中，反覆重申藝術的重要性，強調是藝術，而非純粹的記憶，充實了他的鄉土寫作。他指明自己在構築湘西想像時，如何有意識地接受了中西文學的影響。沈從文在談及「西學」時經常提到莫泊桑和契訶夫這些十九世紀作家，[57]而屠格涅夫無疑是對他影響最大的人物，對此我在上一章已經說明過。遲至一九八〇年的一次訪談中，他仍提到屠格涅夫的《獵人手記》以其含蓄的文風、地方色彩和農民人物塑造，啟發了他的鄉土寫作。[58]

　　沈從文對於中國古典文學傳統的吸收則更加豐富。他自稱喜愛閱讀的經典作品包括《楚辭》、《詩經》、曹植的詩賦、《聊齋誌異》、《今古奇觀》，以及民間詩歌。[59]有的學者論及他的文學遊記具有柳宗元小品和酈道元《水經注》的神韻，[60]他對於湘西風光人物的描繪承續了由《楚辭》、《山海經》和《莊子》這些傑作所代表的南方文學的大傳統，[61]他在修辭方面的樸拙和幽默可能也曾受到宋代話本小說和戲曲的影響。[62]

---

[57] 參看凌宇對沈從文的訪談，〈沈從文談自己的創作〉，頁315-320；沈從文〈《沈從文小說選集》題記〉，頁69。

[58] 同前註。

[59] 沈從文〈《沈從文小說選集》題記〉，頁69。

[60] 汪曾祺〈沈從文的寂寞——淺談他的散文〉，《聯合文學》3卷3期（1987年1月），頁145；凌宇《從邊城走向世界》，頁397。

[61] 凌宇《從邊城走向世界》，頁408-410；另可參看沈從文〈談寫遊記〉，《沈從文文集》卷十二，頁143。

[62] 參看沈從文〈宋人諧趣〉，《沈從文文集》卷十二，頁246-265；〈宋人演劇的諷刺性〉，《沈從文文集》卷十二，頁266-278。

　　當然，在此還可開列出更多作品。但我所關心的並非沈從文如何受到哪一位中西作家的啟發，而是他如何借鑑文化寶藏中的傳統意象來描寫和再造湘西世界。在此意義上，湘西做為沈從文藉以表達個人心目中理想的地理空間，恰如桃花源投射了陶潛幻想裡的桃源山水。如前所述，中國西南的廣大區域應該被看作是一個時空輻輳點，不僅指涉歷史長河中有形的風景地貌，也指向修辭表意系統中的一個位置，突現了作家的文學以及文化／意識形態的想像。

　　以下我以四個例證來說明沈從文的書寫和記憶藝術之間的互動關係：〈從文自傳〉、〈一個傳奇的本事〉（1947）、〈三個男人和一個女人〉和〈燈〉（1930）。每個例證都表明了沈從文處理記憶和寫作問題的一個不同側面。

　　〈從文自傳〉描述沈從文最初二十年的人生，從他的童年開始一直寫到他來到北京，一心想要成為作家。這部自傳中的許多材料後來都發展成為獨立的作品，其中最引人注目的是沈從文對早年不同人生階段的抒情化表達：沈家的軍人背景；故鄉的民族色彩；蹺課和胡作非為的學校生活；帶來騷亂和屠殺的辛亥革命；成為少年兵士的伊始；戰爭和戰爭的後果；遇到來自不同社會階層的人物；還有初戀等等。少年沈從文的人生充滿艱辛，但當落筆成文，這段生活卻以其流浪經驗和奇異冒險令讀者大開眼界。它已經昇華成為一種現實的劇場，人人神往的少年記憶。

　　然而，做為一部自傳，〈從文自傳〉免不了要處理此一文類的寫實的效果問題，包括反諷。這本書提供了許多有關作者過去的第一手資料，包括在別處無從索獲的心理細微變化：誰能比沈從文本人更了解他的過去呢？但當一個人開始描繪他的過去時，他所做的就不僅僅是記下從記憶深處再次湧上心頭的往事。他必須重新組織記憶，進行思考，刪去痛苦和尷尬的時刻，填充進「刻骨銘心」的經驗，以使他

能賦予材料以連貫性與合理性。自傳是一種製造虛構的寫實工程。

　　〈從文自傳〉值得注意，也因為作家把它寫成為有關自己「如何成為作家」的告白。我們在看到湘西景象緩緩展現的同時，也看到少年沈從文的成長和敘事的展開。書寫和人生比肩並進，相互交疊為豐富的圖景。但只要想到鄉愁主題，我們便會發現又一層面的反諷：正如沈從文必須長大成人才能品味童年的意味，年輕的作家也只有在離鄉後才能描寫故鄉。自傳結束於沈從文到了北京的一家小客店，在旅客簿上寫下：「沈從文年二十歲學生湖南鳳凰縣人」。[63]這其實是沈從文人生中的一個歷史性時刻，表明了他成人生活的開始；而且並非偶然的，這也是他寫作生活的起始。寫作使他感受告別過去、故鄉和童年的痛苦；然而同時，寫作也使他能在想像的驅使下召回並銘刻記憶。生命經驗叫停之處，自傳開始。這本書因此成為沈從文所有鄉土寫作的雛形。最後一點：〈從文自傳〉充滿了疾病、戰爭、騷亂、砍頭、激情、死亡的經驗，但經由書寫，沈從文有了面對生命非理性和偶然性的抗衡方式。書寫意味著喚起過去，也祓除過去。

　　沈從文還寫過有關畫家黃玉書一家的生平記述。這篇作品題為〈一個傳奇的本事〉，對於藝術、記憶和時間之間複雜微妙的關係有更戲劇性的反思。這篇文章本來是關於青年畫家黃永玉木刻作品的介紹，但卻幾乎沒有提及黃永玉的作品。沈從文以大量篇幅來描寫一個名叫黃玉書的畫家的悲慘遭遇，二十七年前沈從文與他在常德一同闖蕩過。黃玉書雖然一文不名，但他的冒險理想和浪漫氣質讓他娶到一位女子，一個學美術的學生。但黃的夢想沒有實現。他做過小學教師、軍佐、絞船站站長，生了五個孩子，最後貧病而死。這位理想破滅的畫家黃玉書，是沈從文的表兄，也是年輕的木刻畫家黃永玉的父

63　沈從文〈從文自傳〉，頁224。

親。

在一九七九年的附記中，沈從文說明〈一個傳奇的本事〉初看上去像是關於永玉的父親的零散印象，但這篇文章卻是為了喚起更廣泛的回顧，有關「我那小小地方近兩個世紀以來形成的歷史發展和悲劇結局」。[64]促使沈從文寫這篇文章的是黃永玉寄給他的木刻作品，而那時沈從文與他還未曾謀面。黃永玉的木刻因此成為一種藝術媒介，觸動了沈從文塵封的心事，由此寫出一個時代的夢想和失落。黃永玉的木刻敲開了沈從文的記憶之門；撫今追昔，沈期待另一輩的青年藝術家的成長。黃永玉後來成為中國最重要的畫家和雕塑家之一。

沈從文寫這篇散文時已是一九四七年，當時他自己的事業由於社會政治局面的巨變，正面臨嚴峻考驗。通過黃玉書的故事，沈回顧自己的從前，自己所曾選擇和放棄的，不禁悲從中來。黃永玉的木刻必定使他回想起他到北京以前的坎坷經歷。然而，他的鄉愁必須化為藝術過程。回憶是對往事的再造，回憶之所以動人心魄，並不只是因為往事被「活生生」的擺在眼前：它必須是一個藝術作品，或一個「傳奇」。如同黃永玉的木刻一樣，沈從文的散文銘刻過去，並將其傳達給讀者，因此強調了書寫與記憶，生命與倖存的關係。

鄉愁也與「重複」（repetition）的藝術形式相關。過去就像是中國的多寶盒，層層相套；如果作家汲汲於還原原初的意義，他的努力很快就會變成一種吃力而不討好的折磨。他打開記憶之門，一次次試圖把敘事引向不同的結論，但總是發現故事被打斷、中止，迫使他又一次另起爐灶。這方面最顯明的例子或許是短篇小說〈三個男人和一個女人〉。在上一章裡，我就討論了這個有關神祕死亡和戀屍奇情的故事，特別強調志怪和抒情之間的對話方式。這裡我所關心的，是沈

---

[64] 沈從文〈〈一個傳奇的本事〉附記〉，《沈從文文集》卷十，頁162。

從文曾把這個故事至少講述了四遍。在〈醫生〉（1931）裡，一個醫生被一個年輕男人綁架到一個山洞裡，到了那裡之後，要求他把一個漂亮女子救活，但那女子顯然已經死去多時。令醫生更為驚詫的是，那屍身的衣服上仍沾有一些黃土，表明她或許是被那個年輕人從墳裡挖出來帶到這裡來的。十天後，醫生設法逃回城裡，講了這個故事。「第二天，一個R市都知道了醫生的事情，都說醫生見了鬼。」[65]

在〈湘西〉中，沈從文用漫不經心的語調把這個故事又重述了一遍，以此來說明「這種瘋狂離奇的情感，到近年來自然早消滅了」。[66]相比之下，在〈從文自傳〉中，他暴露了自己在這個事件中的位置。沈從文當時是一個小兵，駐紮在一個叫榆樹灣的小鎮，他親眼目睹了對那個賣豆腐的年輕人的行刑過程。那年輕人雖然被判死刑，卻沒有一點害怕的樣子，平靜地等著命運的安排。沈從文甚至問他：「為什麼你做這件事？」那賣豆腐的年輕人聽他這樣問，「依然微笑，向我望了一眼，好像當我是個小孩子，不會明白什麼是愛的神氣……但過了一會，又自言自語的輕輕地說：『美得很，美得很。』」[67]沈從文記得這個微笑，「十餘年來在我印象中還異常明朗。」[68]

通過不同的風格和語調，沈從文努力找到最佳的敘事形式，為自己這段夢魘式的經驗（或想像）找尋救贖。這個故事出現在讀者面前的形式，分別為一個地方逸聞（〈湘西〉），一段人生插曲（〈從文自傳〉），一次恐怖歷險（〈醫生〉）和一個哥特式的浪漫傳奇（〈三個男人和一個女人〉）；每一次講述都引出不同的解釋。那戀屍的年輕人是神經病還是痴情漢？沈從文的哪一種敘事聲音更令人信服？到底

65　沈從文〈醫生〉，《沈從文文集》卷四，頁201。

66　沈從文〈沅水上游幾個縣份〉，《沈從文文集》卷九，頁389。

67　沈從文〈從文自傳〉，頁160-161。

68　同前註，頁161。

發生了什麼？對於這些問題的答案，沈從文恐怕和他的讀者一樣難以索解。沈從文陷落在記憶之網中，他的寫作只是延長了他的掙扎。

在〈三個男人和一個女人〉的結尾，沈從文寫道：

> 我老不安定，因為我常常要記起那些過去事情。一個人有一個
> 人命運，我知道。有些過去的事情永遠咬著我的心，我說出來
> 時，你們卻以為是個故事，沒有人能夠了解一個人生活裡被這
> 種上百個故事壓住時，他用的是一種如何心情過日子。[69]

敘事，或是書寫，是把記憶轉化成為藝術，是用一個選定的形式把過去的殘片整合起來的努力。但對沈從文而言，書寫（敘事）不僅是驅魔儀式，也是一種招魂儀式，一次次把我們引入記憶的洞穴，照亮了那些黑暗中交錯的通道。在這種探索性的書寫藝術中，回溯往事不僅帶來宣洩與放逐，也帶來新的痛苦和快樂。

因此在〈三個男人和一個女人〉這樣的小說中，沈從文點明了講故事（storytelling）的哲理，也就不會令人意外。將現實事件「情節化」的欲望遠非僅是一種娛樂；「重複」乃是一種要把被壓抑的「原型情節」（master-plot）講述出來的持續努力。沈從文這個說故事人注定要回到自己「真實」經驗的底層；他必得一再講述他的往事——或是故事。沈從文的經驗是如此「一言」難盡；像柯勒律治（Samuel Taylor Coleridge）筆下的老舟子，梅爾維爾（Herman Melville）筆下的以實瑪，康拉德筆下的馬婁一樣，沈（及其第一人稱敘事者）務須一再重講他的故事，不如此他無以減輕心頭的負擔。講故事是驅除心中的窒礙，也是破解青春與原鄉之謎的努力。我們任何關於沈從文人生經歷的深入探討，都必須認識這一層敘事的本質。真相閃爍不定，

---

[69] 沈從文〈三個男人和一個女人〉，頁49。

我們只能通過情節的編織和故事的講述，以轉喻的方式接近它。換句話說，「故鄉」的意義無從定義，而只存在於演義之中：只有在傳誦故鄉的恐怖和美麗的過程中，故鄉生生世世的父老，還有已然褪色的風物，得以魂兮歸來。

我最後一個例子是〈燈〉。〈燈〉的表現形式是故事套著故事。在故事框架起始的場景中，一個穿青衣服的女人向年輕的作家詢問桌上一盞舊煤油燈的來歷。這探詢促使年輕的作家進入故事的中心敘事：有關他和一個老兵的關係。老兵曾是年輕作家父親的隨從，在戰爭中與隊伍失去了聯絡，當時正在找一個地方棲身。他的到來使作家滿意，因為「這真是我日夜做夢的夥計！」[70]對於年輕人來說，老兵恰似往昔的活生生的化身。他的年歲和外表對於年輕作家來說，代表著一部中國現代史，「看過庚子的變亂，看過辛亥革命，參加過革命北伐許多重要戰爭」。[71]他的言談舉止都和所有未受教育的鄉下人一般無二，但卻有一顆單純善良的心。甚至他做的飯菜都使年輕作家對於軍營生活生出一種眷戀。當老人講述從前在村莊和軍隊裡的經歷時，年輕人的記憶也重新被啟動了。在老兵買來的煤油燈的昏黃光線裡，「我們這樣談著，憑了這誘人的空氣，誘人的聲音，我正迷醉到一個古舊的世界裡，非常感動。」[72]

從表面看來，〈燈〉表現的是年輕作家通過講述一盞煤油燈的故事而成功獲得了一個女子的芳心。但更仔細的閱讀會把我們引向一種理論：關於小說如何編得這麼動人，以致凌駕了現實；關於過去如何被記憶和書寫突現出來，以致重新定義現在；關於對原鄉的迷思如何變成一種欲望，以致把作家和讀者都牽引到「想像的鄉愁」的無盡鎖

---

[70] 沈從文〈燈〉，《沈從文文集》卷四，頁24。

[71] 同前註，頁24-25。

[72] 同前註，頁29。

鏈中。故事中的故事並不包含什麼終極意義，毋寧說意義只是一種仲介，作用為啟迪真實的光源，必須通過它所照亮的身外之物方能被看清。如果我們追問在敘事之外而非之內究竟有什麼意義，它處於什麼狀態，我們不得不承認沈從文敘事的真相必然取決於他的聽眾如何對待它。這場對話最戲劇化的表現出現在小說結尾。

老人和年輕人分別做為講故事的人和聽眾，沉溺在回首往事帶來的動人的快樂中。燈變成為照亮往日黑暗的工具，它所期許的好夢在現實中永遠不會實現。「當我在煤油燈不安定的光度下，望到那安詳和平的老兵的臉，望到那古典的家鄉風味的略顯彎曲的上身，我忘記了白日的辛苦，忘記了當前的混亂」。[73] 年輕作家成為老人敘事的犧牲品。他狂熱地沉迷在老人的故事中，以至於對日常事務完全失去興趣。反諷的是，當他鄉愁的欲望通過老人的故事得以滿足時，他發現自己再也沒有能力寫作關於家鄉的故事。

沈從文沒有任何其他作品能像〈燈〉這樣，對講故事的魅力有如此種種生動的揭示。而沈自己的魅力不正是如此？ 通過敘事，他帶著他的讀者沉潛到湘西的幻境之中，燃起他們重返家鄉和往昔的渴望。我們在別處也看不到像〈燈〉所創造的情境，在其中說故事者與聽故事者、過去與現在、敘事與現實，形成如此緊張角力的狀態。〈燈〉的故事繼續發展，老人的故事越說越起勁，他不再滿足於重述過去，他必須有自己的「說法」；他於是想要為聽故事者的未來安排情節，好為過去的故事，畫上一個圓滿的句號。他謀畫著年輕人該要追求穿藍衣的女子，並和她結婚。對此，傳統的解讀或許會讚美老兵的忠誠和天真。但我卻認為老人如今已經陷入了他一廂情願的記憶羅網之中。他希望事情依照「理所當然」的樣子發生，卻暴露出自

73　同前註，頁28。

已才是鄉愁的犧牲品。由於他的少爺沒有娶一個他所期待的「藍衣女子」，他理想中的故事必然沒有結局，他本人從故事裡消失也成為情節的必需。

似乎還嫌這個核心故事不夠複雜，沈從文讓年輕作家和穿青衣的女子在他們的框架敘事中又開始了新一輪的講故事和聽故事。穿青衣的女子渴望知道更多老兵和作家過去的事情，她無意中自己也加入了講故事的連環鎖鏈之中。這裡有兩個細節應該注意。年輕作家不僅是給女孩講老兵的故事。他還指給她看當初講故事的地方：「主人又說起了那盞燈，且告女人，什麼地方是那老兵所站的地方，老兵說話時是如何神氣，這燈罩子在老兵手下又擦得如何透明清澈，桌上那時是如何混亂……」。[74] 至於穿青衣的女子，也並不止於聽故事；她希望遇到老兵，成為他的故事裡的一個人物。到另一個晚上，那個穿青衣的女子換了一件藍色衣服，為了那盞燈的緣故，來湊成那幻想中的故事。

但故事有了另一次轉折。女孩打聽那盞燈的下落，因為沒見它今晚放在桌上，年輕作家笑了，說整個故事都是他編出來的。老兵可能根本不存在，燈可能是房東娘姨的。沒有什麼是真的。但這有關係嗎？青衣女子沒有因作家的謊言而不快。事實上，到了小說結尾，這對年輕人追憶往事的欲望被他們在講故事過程中萌生的愛情所取代了。老兵（如果有這麼一個老兵的話）讓他的少爺和「藍衣」女子結合的願望終於實現了，但他自己卻必須從故事告退。因此，〈燈〉這篇小說是個關於誘惑的故事，也關於故事的誘惑：一個年輕作家以一個故事引誘一個年輕女人的故事。年輕作家講了一個古老的故事，故事裡的老兵為喪失寫作能力的作家想像出一個年輕的女人。故事的核

74　同前註，頁43。

心裡，年輕作家對往日和故鄉有著無以名狀的欲求，但這核心本來就是虛構；在敘事的框架上，年輕作家的欲求卻輾轉成為男女愛情的追逐。每一層的故事無非是沈從文自己的故事，沈從文自己的欲望表演。

總結沈從文鄉土小說及其「想像的鄉愁」，最好的辦法可能是重新回顧上述四篇小說的啟示。在自傳中，沈從文巧妙地編織出個人和家庭的往昔歲月，強調藝術家如何生來就要見證歲月流逝。在關於他年輕時傳奇遭遇的反覆重寫中，個人經驗和虛構想像合在一起，用以闡釋過去——那記憶的沉重負擔。在回憶的過程中，講故事的人比被講的故事更重要，因為回憶把被講的內容包含在講述之中。沈從文的鄉土小說與其說是過去往事的追記，更不如說是一場他與他的讀者共用的浪漫傳奇，一個由湘西做為通道的傳奇。沈從文的小說不斷延宕回歸記憶的終點，並以此銘刻了想像的鄉愁。

　　——本文選自王德威《茅盾，老舍，沈從文　寫實主義與現代中國小說》（臺北：麥田出版社，2009年）

還原徐志摩
——新詩經典的誤讀與重估

鍾怡雯　元智大學中國語文學系教授

一　緒論、論「人」或論「詩」？

　　五四是提倡個人主義的時代。突出個性與解放感情，是五四「新」文學對「舊」文學的反撥。胡適的〈文學改良芻議〉提出八項主張，第七條特別標舉寫作這事須語語要有「我」在，強調的便是小寫的個人；第八條的言之有「物」，放在五四的文化背景裡去理解，便是個人的情感和思想，無關道統。周作人談〈人的文學〉，沈從文希望打造希臘這一人性的小廟，均在突顯新文學運動的「新」，基本是建立在人的發現與覺醒這一認知上。研究五四，因此也較少使用新批評和蘇俄形式主義那種孤立作家，只討論文學表現的文本分析方式。長久以來，學界已經形成五四研究的共識：五四作家的評論，必須大幅度倚賴作家的生平資料。作家的個性和人格特質，以及時代背景，成為五四論述不可或缺的條件。

　　這種研究現象至少指出一個現象：作為一種新的書寫方式，白話文學的美學條件還不完備，一切還在起步和摸索，禁不起美學上的嚴格考驗。論述時因此必然是連文帶人，為作品增加可論述性。也就是說，我們是把時代、傳記加諸作品的三位一體方式討論五四作品，特別是新詩研究，常常動用到詩人的散文、小說、書信或者演講稿等其他外延資料，作為新詩的註釋，很少就詩論詩，直斷詩藝。假設，把

時代因素和傳記剔除，回歸到詩藝本身，對五四詩人的文學史評價，是否會產生變化？評論五四詩人，有多少論述是因為「技藝」，又有多少是因為詩人的「人」為因素？

以上提問並非呼籲五四新詩研究要走上形式主義的研究，而是嘗試調整論述觀點和比重，循「詩」的本位去評價詩，重新省思現代詩史的寫作，以及指出五四新詩研究的窠臼，或許我們會因此對詩人作出不一樣的歷史評價。詩畢竟是最需要語言煉金術的文類，它建立在「語言」的基礎上，太過重視外延資料，忽略詩藝，便成為傳記研究，往往因此產生誤讀和論述盲點。徐志摩的經典地位，便是建立在這個誤讀和詮釋方法上。

文學史上的徐志摩是「浪漫主義詩人」，或者「浪漫派詩人」，他戲劇性的一生，兩次婚姻、戀愛、突然而意外的早逝，都充滿傳奇色彩，這些事蹟比他的詩更吸引研究者，徐志摩研究，因此也常常等同於徐志摩的生平研究。至於他的詩，則成為生平的註解。

徐志摩自己曾表示他的詩是情感的結晶，甚至自謙寫詩沒什麼技巧：

> 我的第一集詩——《志摩的詩》——是我十一年回國兩年內寫成的；在這集子裡初期的洶湧性雖已消滅，但大部分還是情感的無關闌的泛濫，什麼詩的技巧都談不到。[1]

上述引文來自〈猛虎集·序〉。《猛虎集》是徐志摩的第三本詩集。徐自認是個情感豐富的人，寫詩初期單憑一股山洪爆發的衝勁和情感，出第二本《翡冷翠的一夜》時也仍然顧不上技巧，靠的是情感，

---

[1] 徐志摩〈猛虎集·序〉，《徐志摩全集·第三卷》（天津：天津人民出版社，2005年），頁393。

第三本詩集出版之際，因而有以上的感觸。那麼，我們不禁要問，單有情感，且是「無關闌的泛濫」的情感，能成其為好詩嗎？在現代詩史上，徐志摩始終保有一席之地，同時他也是五四詩人裡至今仍為新一代讀者較為熟悉的一位。

　　如果徐詩真如他所謂「什麼詩的技巧都談不到」，則徐志摩的經典地位從何而來？

　　徐志摩得年三十六（1896-1931），他開始寫詩時大約二十五、六歲[2]，詩齡總共十年，計有詩集四本，生前出版《志摩的詩》（1925）、《翡冷翠的一夜》（1927）和《猛虎集》（1931），三本詩集在七年間完成，特別是《志摩的詩》和《翡冷翠的一夜》都是徐在三十歲以前的詩作，可見寫詩之勤之快。年輕的詩人感性浪漫，以情馭詩，〈默識〉一詩有「我是個崇拜／青春、歡樂與光明的靈魂」[3]的表白，細讀徐志摩完成於一九二二、二三年的詩，總共有兩個高度集中的主題，一是記遊，二是歌詠自然，確實是青春生命的歡樂頌。分行的抒寫以情感為導向，語言隨著情感外放，顧不上精雕詩藝。他在寫於一九二五年的散文〈迎上前去〉裡自喻為「我是一隻沒籠頭的野馬」、「我曾經妄想在這流動的生命裡發現一些不變的價值，在這打謊的世上尋出一些不磨滅的真」[4]，這兩段宣言充分說明徐志摩是一個滿懷理想，情感豐富的人。他因此成了浪漫主義詩人的代表，論述徐志摩，很難離開他的浪漫情懷或情詩，因此，儘管詩人承認詩藝的缺失，論者仍然不願意苛責徐志摩。

　　徐志摩在他的詩文裡，為自己塑造了青春的形象，同時，這個青

---

[2] 〈草上的露珠兒〉據手稿日期寫於一九二一年十一月二十三日，未發表，是目前可見最早的詩。

[3] 《徐志摩全集・第四卷》，頁85。

[4] 《徐志摩全集・第二卷》，頁144。

春的、不受拘束的靈魂也是五四的象徵，浪漫、熱烈，散發短暫的光
亮，一如徐志摩的生命。朱光燦在《中國現代詩歌史》就稱讚《志摩
的詩》：

> 無不蘊含著與表現出詩人的思想感情，即他所執著的「理想主
> 義」，所力爭的「人格尊嚴」、「戀愛自由」與「詩化生活」，
> 以及他對勞苦人民的深沉同情。[5]

從以上引文可見「主題先行」的論詩觀點，詩只要求具有「思想感
情」，至於如何表現，以及表現得如何乃是其次。對中國的學者而
言，抓住徐志摩幾首對「對勞苦人民的深沉同情」政治正確的詩作，
更足以理直氣壯肯定詩人的地位。李歐梵以「感情的一生」和「伊卡
洛斯的歡愉」概括徐志摩，並且在序裡感性的表示，他步了徐志摩的
後塵，開始浪漫起來，把個人感情的心路歷程作為寫作的指引[6]；陳國
恩則說：「他的情詩最能體現風流瀟灑、溫柔多情的浪漫風度」[7]；吳曉
東認為「他受了美國浪漫派詩人的影響，開始了自己的新詩創作」[8]；
周曉明等編的《現代中國文學史》則完全把徐的愛情視為生命中心，
並據此決定徐的詩作和心情：「在愛情問題上的波折，往往極易引起
他對人生、對理想、對社會看法的變化」[9]；江弱水則直言「徐志摩是
典型的浪漫主義詩人」，並以「一種天教歌唱的鳥」來譬喻徐志摩的

5　朱光燦《中國現代詩歌史》（濟南：山東大學出版社，2000年），頁332。

6　李歐梵〈中譯本自序〉《中國現代作家的浪漫一代》（北京：新星出版社，2005
　　年），頁2。

7　陳國恩《浪漫主義與二十世紀中國文學》（合肥：安徽教育出版社，2000年），頁
　　140。

8　程光煒等編《中國現代文學史》（北京：中國人民大學出版社，2000年），頁124。

9　周曉明、王又平編《現代中國文學史》（武漢：湖北教育出版社，2004年），頁
　　310。

詩才」[10]；錢理群、溫儒敏、吳福輝等的《中國現代文學三十年》則著重徐詩的性靈表現：「在詩裡真誠地表現內心深處真實的情感與獨特的個性，並外射於客觀物象，追求主、客體內在神韻及外在型態之間的契合」[11]；鄭萬鵬把徐志摩對愛情和理想的追求歸結為「自由主義」，認為徐受拜倫的影響，對政治懷有熱情，卻不激進，因此他把〈再別康橋〉詮釋為「表現對康橋的懷念，對自由主義政治理想的堅守」[12]。這段引文後半段是文學研究泛政治化的盲點，〈再別康橋〉是徐志摩為人所熟知的名作，全詩歌詠康橋之美，跟自由主義政治理想的意識型態何關？黃修已編的《二十世紀中國文學史》則把徐志摩的詩分成愛情、自然、社會問題三大主題[13]。以上所引的論述均落入論人遠勝於論詩的詮釋方式，鮮少論及徐志摩的詩藝。

徐志摩的浪漫生活等同於他的詩藝，也同時形成他的歷史評價：他是一個浪漫主義詩人。這究竟是一種遮蔽，還是洞見？我們閱讀的究竟是徐志摩的詩，還是徐志摩的「整體」，也就是說，當我們論述徐志摩的「詩」，其實是在論述「徐志摩」這個文本。徐志摩的詩藝和他獲得的歷史評價是否成正比？又是什麼影響，或干擾了文學史的評價？歷來論述徐志摩時，常把他置入華茲華斯的譜系。徐志摩固然心儀華氏，然而他譯詩四十九首，華氏僅得其一，倒是哈代的詩作譯了十八首，這說明了我們應該重新檢視哈代跟徐志摩之間的關係，並重估徐志摩作為浪漫詩人的文學史評價。

---

[10]　江弱水〈一種天教歌唱的鳥：徐志摩片論〉，《中西同步與位移——現代詩人叢論》（合肥：安徽教育出版社，2003 年），頁 13。

[11]　錢理群、溫儒敏、吳福輝《中國現代文學三十年》（臺北：五南圖書公司，2002 年），頁 144。

[12]　鄭萬鵬《中國現代文學史》（北京：華夏出版社，2007 年），頁 151-152。

[13]　黃修已編《二十世紀中國文學史》（廣州：中山大學出版社，1998），頁 226。

（一）「浪漫詩人」：詮釋謬誤與歷史陷阱

回顧徐志摩研究，可以引用雅克‧巴尊（Jacques Barzun）對浪漫主義者的觀察：「通常我們說到『浪漫主義者』時，我們應該指的是在特定時間和地點生活的一些人，他們做的某些事將他們銘刻於後代的記憶」[14]，徐志摩生於五四，生於求新求變的中國，他做的事，正符合了浪漫主義者「銘刻於後代的記憶」。

徐的一生確實就是「浪漫主義者」的一生，在情感上，他勇於追求，包括為了林徽因跟元配張幼儀分手，提分手的過程近乎兒戲；他個性熱情活潑，處處與人為善，跟誰都能成為朋友，即使跟張幼儀離婚，跟張幼儀的二哥張君勱卻依然是好友；他追求林徽因，林徽因的父親林長民雖知他已婚，卻不反對；他是梁啟超的入室弟子，儘管梁啟超對他跟陸小曼的婚姻不以為然，卻一直維繫著他們亦師亦友的關係。

現代中國文人中，在西洋「混」得最好的，除了徐志摩，無出其右。趙毅衡把他譽為「最適應西方的中國文人」[15]，因為他是個完全沒有自卑心理的文人，在西方世界如魚得水。他求見素未謀面的曼殊菲兒一事，可謂名留青史。即使對方的態度近乎高傲怠慢，他卻一點也不介意，甚至在〈曼殊菲兒〉一文裡把那短暫的會晤譽為「那二十分不死的時間」[16]。〈曼殊菲兒〉文長八千多字，我們很難想像那是來自二十分鐘面談的結果。他用高昂澎湃的語氣，浪漫熱烈的頌辭，把每

---

[14] 雅克‧巴尊著，侯蓓譯《古典的、浪漫的、現代的》（南京：江蘇教育出版社，2005 年），頁 7。

[15] 趙毅衡〈徐志摩：最適應西方的中國文人〉，《雙單行道：中西文化交流人物》（臺北：九歌出版社，2004 年），頁 19。

[16] 《徐志摩全集‧第一卷》，頁 223。

一個細節放大，讓曼殊菲兒在他筆下成了女神，成了世人永恆的想像。

　　誠如本文一開始所言，五四是突出個性與解放感情的時代，新文化運動要拯救的是一個被數千年禮教壓抑的民族，創造一個新世界。浪漫主義重視個人的價值，叛逆，古怪，自我中心，均被視為自我的實現，因此驚世駭俗如郁達夫，都能獲得時代的肯定。徐志摩做了再異於常人的事，也可以獲得時代和歷史的諒解，並不影響他的文學史評價，甚至為他攫取更多注視的目光。

　　不論頹廢、樂觀、放浪形骸或積極進取，這些涵括在浪漫主義旗幟下的作家，他們的傳記和作品都同等受到重視。浪漫主義成了他們的集體形象，雖然仔細分析，他們展露的風格和人格特質相去甚遠，譬如曾是杭州中學同學的郁達夫和徐志摩後來各自代表浪漫主義的兩個極端，一是天真浪漫，一是沉淪耽溺，均朝「徹底表現自我」的方向發展，因此在評論家那裡，無可避免的必然會動用到他們的生平，傳記研究成了必然方法，李歐梵《中國現代作家的浪漫一代》即是代表。然而，浪漫主義不是一種充分的描述，回到雅克·巴尊對歐洲浪漫主義思潮的觀察：

> 現在「浪漫」的使用有兩塊不同領域。一種意義上它是人類的天性，可能在任何時間任何地點展示出來。另外一種意義上，它是一個歷史時期的冠名，那個時期的特徵是由幾個著名人物賦予的。這兩種認識顯然是有關係的。一個時期被賦予無非是因為那時人們的主要傾向如此。[17]

巴尊所說的這兩種意義，在徐志摩的相關論述都很常見。五四是講究

---

[17]　雅克·巴尊著，侯蓓譯《古典的、浪漫的、現代的》，頁5。

個性和情感的時代，浪漫是整個時代的風潮，我們因此挑出最具代表性的人物：徐志摩，因為他的情詩和情史，因為他的天真和熱烈，如此順理成章的給他浪漫詩人的標籤，而支持浪漫詩人的論證，則是以徐志摩的「人」，以他的散文、書信為主要論述，他為人所熟悉的，反覆引用那耳熟能詳的幾首詩，成了一引再引的重要論證，歷史偏見便於焉成形，至於他的詩藝如何，反而少有深刻而公正的論斷，「文本徐志摩」因此成了徐志摩新詩研究的最大遮蔽和盲點。

巴尊提醒我們，所謂「『浪漫的生活』在通俗意義上的含義經常是被糟糕的傳記培養起來的認知混淆的一種反映」[18]，並指出華茲華斯、雪萊、濟慈的詩，白遼士的音樂便是受限於傳記作者給他們的浪漫主義刻板印象。徐志摩亦然，他的生平成了論述的重點，而非他的詩或散文。

李歐梵認為徐志摩跟西方偶像的接觸，完全是一種「印象主義式」的，他在這些偶像中尋找跟自己個性相近的地方，純粹是情感的反應，缺乏知識深度[19]。這番見解說得再明白一點，就是自戀。作家或詩人因為自戀或自棄而寫作，徐志摩則走得更遠一點，他勇於自剖，敢於表白：

> 我是一個不可教訓的個人主義者。[20]
>
> 我是一個信仰感情的人，也許我自己天生就是一個感情性的人。[21]
>
> 感情，真的感情，是難得的，是名貴的，是應當共有的；我倒

---

[18] 《古典的、浪漫的、現代的》，頁76。

[19] 李歐梵〈徐志摩：伊卡洛斯的歡愉〉，《中國現代作家的浪漫一代》（北京：新星出版社，2005年），頁166。

[20] 徐志摩〈列寧忌日：談革命〉，《徐志摩全集·第二卷》，頁358。

[21] 徐志摩〈落葉〉，《徐志摩全集·第一卷》，頁453。

不應得拒絕感情，或是壓迫感情，那是犯罪的行為。[22]

徐志摩最為人稱譽的是他為人真摯，因此類似以上的自剖在詩與散文裡處處可見，《愛眉小札》那種情人之間肉麻的囈語和呢喃，更是多不勝數。〈自剖〉裡充滿自我懷疑和否定，處處顯示他坦白和真誠的個性。因此他的朋友們如胡適、梁實秋、林語堂、林徽因、朱湘等在追憶這位朋友時，總是充滿懷念與不捨。胡適說詩人單純的信仰是由愛、自由和美所構成[23]，尤其成了歷史定見，也幾乎成了研究徐志摩的必引資料。李歐梵對徐志摩的論定，便明顯受到這決定性的歷史意見影響：

> 他的人生都繫於對愛的追求——愛作為一個人、作為人生的原則、還有無所不容的理想。徐志摩把愛視作一個人、作為人生的原則來追求，最明確是表現在對陸小曼的追求上，而把愛視為一個觀念或理想的，則清楚展現在他的詩作裡。[24]

對人世懷了「愛」這事，沈從文《邊城》的題記也說過：「對於農人與兵士，懷了不可言說的溫愛」[25]，當然這又得回到時代風潮上。在那個重新肯定人的存在的時代，「愛」是文人的普世信仰，這個字尤其可以突顯新舊文人的差異。五四這些浪漫主義者都有一個特質：他們要在舊世界的廢墟上建立一個新的世界，包括新的政治或文化體系。他們是新的一代，他們的使命是建設與創造，因此需要獨創和天才。徐志摩的活力和天真，他對理想和愛情勇於追求，不逃避也不退縮，

22　徐志摩〈落葉〉，《徐志摩全集‧第一卷》，頁455。

23　胡適〈追悼志摩〉，收入秦人路、孫玉蓉主編《文人筆下的文人》（長沙：岳麓書社，2002年），頁122。

24　李歐梵〈徐志摩：伊卡洛斯的歡愉〉，《中國現代作家的浪漫一代》，頁160。

25　沈從文〈邊城〉，《沈從文自傳》（臺北：聯合文學出版社，1996年），頁119。

正是恰如其份的回應了時代的需要。

徐志摩在《猛虎集・序》這麼形容詩人：

> 詩人也是一種痴鳥，他把他柔軟的心窩抵著薔薇的花刺，口裡
> 不住的唱著星月的光輝與人類的希望，非到他的心血滴出來把
> 白花染成大紅他不住口。他的痛苦與快樂是渾成的一片。[26]

詩人的善感、執著、追求真善美的決心和努力，在這段形象化的語言
裡表露無遺。他使用兩組強烈的對比意象：柔軟的心／花刺，心血
／白花，在視覺和感覺效果上震撼讀者，他用杜鵑啼血以喻詩志，
把詩人喻為痴鳥，充滿「春蠶至死絲方盡，蠟炬成灰淚始乾」的至死
無悔。這樣的抒情筆調很容易打動讀者。這篇文章寫於一九三一年，
離墜機意外不遠，因而也有了預言的悲壯效果。尤其是文中提到不少
百姓身陷飢荒與苦難之中，他寫詩彷彿是「根據不合時宜的意識型態
的」，可是他依然希望他的詩可以為人間帶來希望，「我只要你們記
得有一種天教歌唱的鳥不到嘔血不住口，它的歌裡有它獨自知道的別
一個世界的愉快，也有它獨自知道的悲哀與傷痛的鮮明」[27]，這種美好
的人格進一步美化了詩人。

然而，文人的美好人格特質並不等同於作品的藝術高度。就徐志
摩的研究成果而論，他的評價是太多的朝人格特質傾斜了。楊牧指
出，「胡適指出詩人的『單純信仰』，並說明那信仰由愛，自由，和
美所構成，這當然是胡適懇切懷念故人之餘，通過智慧和知識經驗整
理出來的頌讚。」[28] 楊牧說得很含蓄而溫厚，卻也十分中肯，胡適既是
徐志摩的好友和文學上的戰友，再加上詩人的驟然離世，「頌讚」是

---

26 徐志摩〈猛虎集・序〉，《徐志摩全集・第三卷》，頁395。

27 同前註，頁395。

28 楊牧〈徐志摩的浪漫主義〉，《隱喻與現實》（臺北：洪範書局，2001年），頁85。

人之常情。然而胡適大概沒有意料到，他的頌讚卻成了徐志摩的文學史評價，後世學者評論徐志摩，這段悼念之辭變成最常引用的名言。這本來沒有什麼不好，然而「愛、自由和美」卻從此跟浪漫主義一樣，變成徐志摩的標籤，乃至於等同徐志摩。至於徐志摩真正寫過什麼，是不是真的只有「單純信仰」，反倒被評論者忽略了。

王家新在〈徐志摩與哈代〉提出兩個見解：首先，他把徐志摩的詩和中國新詩對現代性的追求連到一起，他的思考靈感來自徐志摩〈湯麥士哈代〉一文對哈代的解讀。王家新的觀點是，徐志摩並不侷限於浪漫主義，他讀出哈代的思想深度，以及對生命的深層悲憫，並因此獲得更現代和更深刻的自我意識。其二，徐志摩雖深受浪漫主義的影響，但卻對浪漫主義詩歌情感的浮誇和不節制有所警覺，「他是一個在思想和藝術視野上都很開闊的詩人。」[29]

這篇論文獨排眾議，指出徐志摩並不侷限於浪漫主義，進而把徐志摩跟現代性發生關係，是其眼光獨到之處。可惜王文在推論的過程，跟所有的徐志摩論述一樣，是以「文本徐志摩」作為思考基礎。他引述的論證是徐文，包括〈波特萊的散文詩〉、〈壞詩，假詩，形似詩〉等的間接論證，他援引的詩作太少，缺乏直接而有力的反駁。換而言之，他仍然沿襲了過去論述「徐志摩是浪漫主義者」的既定方法，在其他輔助證據上談論這位詩人的詩藝。

回到常理推斷，如果詩人批評別人寫了「壞詩，假詩，形似詩」，是否就等同於他寫的必然是「好詩」？答案顯然是否定的。何況徐志摩對好詩的定義也不無商榷的餘地。就以〈壞詩，假詩，形似詩〉一文而言，徐認可的好詩是「情緒和諧了（經過衝突以後）自

---

[29]　王家新〈徐志摩與哈代〉，《新詩評論》2006年第2輯（總第四輯），頁81。

然流露的產物」[30]，這個標準只關注到詩跟情感的關係，不涉及語言美學。因此我們不難理解徐志摩的某些詩，常常也是「情緒和諧了（經過衝突以後）自然流露的產物」，譬如跟〈壞詩，假詩，形似詩〉同樣完成於一九二三年的〈花牛歌〉和〈八月的太陽〉[31]兩首詩，前者寫花牛一日的生活，兩行一節，總共四節八行，第一句以「花牛在草地裡坐」開始，爾後第二、三、四節的第一行則以「花牛在草地裡眠」、「花牛在草地裡走」、「花牛在草地裡夢」顯示時間的流逝；〈八月的太陽〉則寫歡愉的豐收，金黃這顏色在詩裡等同黃金，以喻豐收，因此老農的笑聲也是金黃色的，是徐志摩擅用的通感手法。兩首詩是中國農村生活舉隅，尋常的農村觀察。最大的優點是質樸、乾淨而優雅，呈現農村的美好詩意一面，並無特別高超之處，但確實是符合情緒的自然流露這個要求。更正確的說法是，那是徐的詩心投射到外物，因此產生了王國維所謂「景語即情語」的觀物效果。

徐志摩廣為流傳／被論述的大部分是情詩或抒情詩，這些詩決定了徐志摩的詩人地位。徐志摩得年三十六，他以十年時間完成的詩作，卻有多首為人所熟識且廣為傳誦，讀者從大眾到學者，流傳層面很廣，內行人固然可以看門道，外行人亦可看熱鬧。五四詩人中，再沒有比徐志摩更具大眾魅力。徐志摩浪漫詩人的標籤因此很難拿下，那幾首廣為流傳的情詩／抒情詩，跟他浪漫的愛情故事兩相結合，成為徐志摩留給世人最牢不可破的印象。

譬如〈再別康橋〉既是流行歌曲，亦是徐最膾炙人口的代表作；七〇年代末在中國高校的教材選的是〈別擰我，疼〉[32]；〈戀愛到底是

---

[30] 徐志摩〈壞詩，假詩，形似詩〉，《徐志摩全集·第一卷》，頁267。

[31] 兩首詩均出自《徐志摩全集·第四卷》，頁136、137。

[32] 此說參見王家新〈徐志摩與哈代〉，《新詩評論》2006年第2輯（總第四輯），頁73。

怎麼一回事〉在八〇年代的台灣譜成校園民歌；《人間四月天》在一九九九年開播後，徐志摩從此更成為兩岸三地情詩的聖手。〈我不知道風是在那一個方向吹〉這首情詩是《人間四月天》的主題曲，挾媒體的威力而廣為傳播。這些「傳媒化」的元素，成就了徐志摩，也遮蔽了徐志摩。

（二）浪漫主義與詩藝

徐志摩欣賞的浪漫派詩人雪萊曾說過，詩使熟悉的事物好像變得不熟悉起來。雪萊的說法很接近蘇俄形式主義的代表人物什克洛夫斯基（Viktor Shklovsky）在〈作為技巧的藝術〉（ "Art as Technique" ）對「文學語言」的認定：文學語言就是一種經過藝術加工以後有意變得「困難」的語言，它使事物「陌生化」（estrangement）[33]，換而言之，文學語言必須更新讀者的視野。

高度肯定徐志摩詩藝的評論者普遍認為，徐志摩以其天縱英才超越同輩詩人。這定論實可再議。歷經八十年的演練，新詩經過現代與後現代主義的洗禮，技藝和主題再再翻新，甚至被命名為「現代詩」的今天，徐志摩在「他的當代」為人稱頌的陌生化效果，那些深受英詩影響，注重音節[34]和情感的詩藝，已經過了有效期限，變得尋常而普通。經典不應該只有當代性，它得跨越時代，在時間和美學條件變遷的因素和條件之下，經得起細讀和考驗。

簡而言之，徐志摩的詩對五、六〇年代起步的寫作者仍具有相當

---

[33] Viktor Shklovshy "Art as Technique" ed. Robert Con Davie & Ronald Schleifer, *Contemporary Literary Criticism*, (New York:Longman, 1989), p58.

[34] 徐志摩非常重視音節，〈詩刊放假〉一文是他詩美學的重要觀點：「一首詩的祕密也就是它的內含的音節……不論思想怎樣高尚，情緒怎樣熱烈，你要拿來徹底的『音節化』（那就是詩化），才可以取得詩的認識，要不然思想自思想，情緒自情緒，卻不能說是詩。」《徐志摩全集·第三卷》，頁87。

的吸引力，那一輩的新詩寫作者可讀的前輩詩人不外乎五四詩人。然
而對於歷經現代主義乃至後現代主義洗禮的八〇年代後的寫作者，徐
志摩的史料意義遠遠超乎藝術價值。徐志摩一九二二年以前的詩，
文白相雜，不文不白，有時竟是強以文言入詩，〈默境〉有這樣的句
子：

> 我友，記否那西山的黃昏，
> 氤氳裡透出的紫靄紅暈，
> 漠沉沉，黃沙彌望，恨不能
> 登山頂，飽餐西陲的菁英，
> 全仗你弔古殷勤，趨別院，
> 度邊門，驚起了臥犬狰獰……[35]

> 我友！知否你妙目──漆黑的
> 圓睛──放射的神輝，照徹了
> 我靈府的奧隱，恍如昏夜
> 行旅，驟得了明燈……[36]

這首詩使用的的語言包括「漠沉沉」、「弔古殷勤」、「趨別院」、「度
邊門」、「靈府的奧隱」均是文言遺跡，是裝在新詩體裡的舊句，「黃
沙彌望」尤其不明所以。雖是使用文言，卻又無文言的意在言外之
效。第二第三行原是寧靜的寫景之筆，第三行第三句突然蹦出「恨不
能」的強烈情緒，兩段起頭直稱「我友」尤顯敗筆，而「記否」和
「知否」的提問亦顯草率，情意的轉折極為生硬，既無文言之美，亦

---

[35] 《徐志摩全集・第四卷》，頁83。
[36] 《徐志摩全集・第四卷》，頁85。

不見白話之妙。這首詩四十九行，類似的用詞一用再用，諸如「縱使闌不透這淒偉的靜／我也懷抱了這靜中涵濡」，淒偉和涵濡尤其不知所云。引詩中稱讚同遊西山靈寺的朋友如「明燈」亦顯得突然，詩的前半沒有鋪陳。詩有一段前言，又以文言書之。在徐志摩的時代，我們固然很難苛求白話文的純粹，可是，這樣的詩作亦構不成傳世的條件。一九二三年以前徐志摩計有詩作二十七首，類似這種「舊瓶裝新酒」的語言生澀之作比比皆是，譬如〈康橋再會罷〉：

> 康橋！汝永為我精神依戀之鄉！
> 此去身雖萬畦，夢魂必常繞汝
> 汝左右，任地中海疾風東指，
> 我亦必紆道西回，瞻望顏色；[37]

> 康橋！我故里聞此，能弗怨汝
> 僭愛，然我自有讜言代你答付；[38]

以上兩段引文委實不能稱為詩，甚至也不能稱為白話文。〈康橋再會罷〉是〈再別康橋〉這經典之作的前身，語言卻是如此粗糙，甚至不知所云。全詩一百一十二行，冗長臃腫，有的句子雖堪稱流暢，卻像打油詩：

> 康橋！山中有黃金，天上有明星，
> 人生至寶是情愛交感，即使
> 山中金盡，天上星散，同情還
> 永遠是宇宙間不盡的黃金，

---

37 《徐志摩全集・第四卷》，頁63。
38 《徐志摩全集・第四卷》，頁65。

　　不昧的明星；賴你和悅寧靜

　　的環境，和聖潔歡樂的光陰，[39]

「山中有黃金」這譬喻不僅俗氣，更和康橋格格不入，況且黃金還出
現了兩次，兩次都是為了押韻而硬套。黃金和明星的聯想更是由韻而
來，徐志摩的詩最常出現的缺失是押韻太過，引詩的第一、四、五和
六句均押，讀來很像打油詩。至於〈〈兩尼姑〉或〈強修行〉〉則更
類打油詩，題目訂得不明不白，四行一節的寫法除了形式整齊之外，
那工整的對句反而讓詩顯得死板，特別是押韻太多，詩意為韻所損。
徐志摩在一九二二年寫了幾首旅遊詩，其中兩首是旅遊夢，那種毫不
節制情感的呼喊式寫法，或許合乎浪漫主義「強烈情感的流露」，卻
是詩意盡失。

　　新批評的大將艾略特（T. S. Eliot）在一九一七年發表的〈傳統
和個人才能〉（"Tradition and the Individual Talent"）裡指出，「一個
藝術家的前進是不斷地自我犧牲，不斷地消滅自己的個性」[40]，艾略特
「個性泯滅論」（extinction of personality）針對的是浪漫主義過分強調
個人，以及現代派對傳統的一味否定。一九一七年，正是中國的新文
學運動風起雲湧，英國的浪漫詩風蔚為風潮之際，艾略特卻在這時提
出他就詩論詩，跟同時代人逆向的創見，「詩不是放縱情感，而是逃
避情感，詩不是個性的表現，而是個性的逃避。當然，只有那些有個
性和情感的人才會暸解要逃避的是什麼」[41]。徐志摩在一九二〇年秋來
到倫敦，他沒搭上這趟「個性泯滅論」的列車，他的詩表現並張揚個

---

[39] 《徐志摩全集・第四卷》，頁63。

[40] T. S. Eliot "Tradition and the Individual Talent" ed. Robert Con Davie & Ronald
　　Schleifer, *Contemporary Literary Criticism*, (New York: Longman, 1989), p28.

[41] *Contemporary Literary Criticism*, p30.

性，並不逃避什麼，而且他傾心的正是艾略特要修正的浪漫主義，他自己也自稱是「二十世紀浪漫派的徐志摩」[42]。

　　徐志摩留英期間「發現」華茲華斯，楊牧在〈徐志摩的浪漫主張〉裡認為華茲華斯對徐志摩影響很大，例舉徐志摩歌詠自然之作，多受這位浪漫詩人的影響。他想像徐志摩「正好兩人均出身康橋，則年輕的中國留學生想像他已經加入了那輝煌的譜系」[43]，這番設想實很符合徐志摩的外放個性。固然我們可以說，徐志摩的浪漫個性和浪漫主義一拍即合，他崇尚自由、愛跟美，熱愛自然，原是他內在浪漫精神的展現，並恰好因緣際會在劍橋得到觸發。這一點，印證一九二三年以前的徐詩是正確的。

　　一九二三年以前，徐志摩歌詠自然，熱情奔放，放任情感流瀉的詩作特別多。一九二三年以後，關懷現實的詩作的比例卻大幅度增加，詩風也轉沉鬱，高亢的情感明顯變得比較內斂。以一九二三年為例，計有詩作二十五首，除了〈花牛歌〉和〈八月的太陽〉是唯美的農村小唱，〈石虎胡同七號〉是寫自家庭院的溫馨和美好，〈常州天寧寺聞禮懺聲〉則是讚美大千世界的莊嚴，歌詠生命，「大圓覺底裡流出的歡喜，在偉大的，莊嚴的，寂滅的，無疆的，和諧的靜定中實現了」[44]。雖然詩人很努力讓讀者了解何謂「靜定」，可是一連串抽象的副詞卻把「靜定」無限延展，擴散，這是徐的長詩最常出現的毛病。

　　除此之外，徐志摩這一年發表了其他的二十一首詩，多半卻是眼睛往人間痛苦和黑暗處看，短短一年之隔，徐志摩的關注焦點彷彿從天上回到人間。此後的詩作，便是楊牧在〈徐志摩的浪漫精神〉裡

[42] 徐志摩〈一九二三年九月七日給胡適的信〉，《徐志摩全集‧第六卷》，頁225。

[43] 《隱喻與現實》，頁88。

[44] 《徐志摩全集‧第四卷》，頁126。

所論述的，徐志摩的詩風是為「正面的浪漫主義」：「他關懷社會現狀，往往處理痛苦不安的主題」[45]，因此把徐志摩提升到跟魯迅同樣的高度。楊牧認為徐志摩洞察人生苦難，歌頌勞動神聖，為貧窮而愚昧的人物代言反抗，是維多利亞風度的介入。這樣的觀察試圖讓徐志摩回返現實面，然而他仍舊沒有放棄「浪漫主義」這個標籤，而是以「正面的」浪漫主義稱之。

很顯然的，楊牧側重的是徐志摩的現實面，他理解的「浪漫主義」糅合了高爾基所謂的「積極的浪漫主義」和「消極的浪漫主義」，因此具有強調天才、靈感、自由等創作者自我的特徵，同時也有浪漫主義發生的原始意義：對現實和政治的反抗。

浪漫主義在西方的發生原來是對法國十七世紀新古典主義的反抗，要求文學／文藝從戒律和清規的束縛中解放出來，抒發深刻的情感和奔放的想像，因此浪漫主義被視為個人主義，也稱為抒情主義。朱光潛認為浪漫主義最重要而本質的特徵是它的主觀性。「由於主觀性特強，在題材方面，內心生活的描述往往超過客觀世界的反映。以愛情為主題的作品特別多，自傳式的寫法也比較流行……這種自我中心的感傷氣息在消極的浪漫主義作品裡更為突出，有時墮落到悲觀主義和頹廢主義……積極的浪漫主義派多半幻想到未來的理想世界……；消極的浪漫主義派則幻想過去的『黃金時代』」[46]。主觀性、以愛情為主題、自傳式寫法這些都是徐志摩的特色殆無疑問。這只是浪漫主義的一面，歷來論述徐志摩重視的也是這個面向。

浪漫主義的誕生原來卻是跟現實有密切關係，浪漫主義大將柯勒律治（Samuel Taylor Coleridge, 1772-1834）在青年時期曾幻想到

---

[45] 《隱喻與現實》，頁87。

[46] 朱光潛《西方美學史》（下）（臺北：頂淵文化事業公司，2001年），頁343。

美洲原始森林建立平等社會。華茲華斯（William Wordsworth, 1770-1850）曾對法國大革命表示同情。拜倫（George Gordon Byron, 1778-1834），則用他的詩歌號召反對奴役和專制，推翻暴君和寡頭統治，最後獻身希臘獨立戰爭；雪萊（Persy Bysshe Shelley, 1792-1822）則曾到愛爾蘭去宣傳改革社會的主張，他的詩作抨擊專制暴政。跟拜倫一樣，兩人均不見容於英國統治階層，曾先後流亡到瑞士。正如雪萊在《詩與抵抗》所宣稱的那樣，詩人是世界上未被承認的執法者，他們對社會的關注絕不亞於當一位詩人，大眾的事亦是個人的事，個人不會自外於時代之外，這是浪漫主義者的共同特質[47]。道森（P. M. S. Dawson）在〈革命時代的詩〉（"Poetry In An Age of Revolution"）論述浪漫主義詩人時，特別著重他們參與時代的現實面，他們的入世理想，詩與現實的密不可分，以及身體力行。換而言之，浪漫主義的歌詠自然與愛情固然是特色，但那只是其中一個面向，不是全部。

　　以上所列的四位重要的浪漫主義詩人活躍於十八世紀末十九世紀初，從大約一七八五到一八二五年這四十年，在英國文學史上被稱為浪漫主義時期。華茲華斯在《抒情歌謠集》的序言所說的，「詩是強烈情感的自然流露」成為浪漫主義詩歌的重要宣言。這股風潮受法國大革命推翻封建制度的影響，無論在政治、社會、宗教或文學，均從古典進入浪漫時期，一個全新的時代來臨。在對比上，五四跟這新時代頗有相似之處，均是處於新舊角力，舊思想和新思潮交鋒的時代。

　　徐志摩對於華茲華斯和拜倫的傾心，自然跟劍橋很有關係，正好這兩位浪漫主義大將均是劍橋校友，則徐志摩理所當然置身於浪漫傳統行伍，徐志摩的詩確實也呼應了「情感的自然流露」。楊牧在〈徐

---

[47]　P.M.S. Dawson "Poetry In An Age of Revolution" ed. Stuart Curran, *British Romaticism* (Shanghai: Shanghai Foreign Language Education Press, 2001), pp.49-50.

志摩的浪漫主義〉裡特別提出華茲華斯對徐志摩的影響，主要在自然、友誼、兒童以及永恆等題材。一言以蔽之，楊牧認為徐志摩完全籠罩在浪漫主義之下，特別是華茲華斯的影響。

　　或許我們該回到華茲華斯的詩論上。

　　華茲華斯強調詩與思想之間的關係是自然的，而非武斷的，思想與物之間的關係也是。他認為《抒情歌謠集》的實驗性建立在兩個基礎上：好詩是強烈情感的自然流露；其次，好詩也必然是建立在社會的基礎上[48]。論者多半聚焦於華氏強調情感的部分，第二個觀點較很少有人注意，社會的基礎攸關詩人對現實的關注，因為華氏主要使用民間的日常語言，以求自然。華氏的語言脈絡必須放在仍是古典主義封建制度時代的英國，因此浪漫主義強調情感和社會，乃是時代背景使然。徐志摩因此看起來更加順理成章是受華氏的影響了。

　　事實，果真如此嗎？

（三）發現哈代：徐志摩詩藝的轉折

　　我們細讀徐志摩的譯詩，就會發現一個弔詭的現象：徐志摩譯的第一首詩是華茲華斯的〈葛露水〉（1922）。可是華氏的譯詩也就僅此一首，他譯得最多的反倒是被冠以現實主義作家的哈代（Thomas Hardy, 1840-1928），四十九首譯詩裡共有十八首[49]，超過三分之一。

　　按常理判斷，如果徐志摩是浪漫主義的信徒，或者如楊牧所說的，他是華茲華斯的追隨者，那麼譯介最多的應是華氏的詩。歷來的研究者幾乎把徐志摩放入華茲華斯之後的英國浪漫派的譜系，徐志摩在愛情和人格上的特質，那幾首廣為人知的情詩或歌詠劍橋之作，當

---

[48] William Keach "Romanticism and Language" ed. Stuart Curran, *British Romaticism* (Shanhai: Shanghai Foreign Language Education Press, 2001), pp.107-108.

[49] 這個統計根據二〇〇五年版的《徐志摩全集》。

然也合乎我們對浪漫主義是樂觀主義，乃至「自然歌詠者」的粗淺了解。

可是徐的譯詩數量，卻說明了他最喜愛的作家不是華茲華斯，而是哈代。哈代跟華氏浪漫一派無論在風格或世界觀走的是相反路子，浪漫主義號召作家回歸自然，哈代卻看到自然的殘酷生存法則：

> 華茲華斯提供擺脫人類生存困境的途徑是回歸自然，沉浸於同大自然交流的審美享受之中。其他浪漫派詩人表達了類似的思想……浪漫派詩人敏銳地意識到人在社會中的生存痛苦，因此，他們強烈地渴望通過回歸自然來癒合他們在社會中遭受的心理創傷。在他們的詩歌中，生存的痛苦通常是間接的，是通過暗示表現出來的。他們的文學創作目的與其說是表現生存的痛苦，倒不如說表現與醜惡殘酷的社會現實相對立的美麗而仁慈的大自然……一般來說，哈代的自然是陰鬱的，與人的陰鬱情緒是一致的，而陰鬱的自然暗示著陰鬱的社會現實。這與現代派詩歌是一致的，因為在現代派的筆下沒有對大自然的歌頌，而是對大自然的厭惡。大自然失去了浪漫主義的靈光，變得非常醜陋，成為人們精神世界的客觀對應物。在 T.S. 艾略特作品中，大自然成了人們精神世界的荒原，而在狄蘭‧托馬斯的筆下，天空成了裹屍布。顯然，哈代對自然描寫具有濃郁的現代性。[50]

這段引述比較了浪漫主義作家和哈代對待自然的迥異態度，哈代對大自然的陰鬱觀感，其實在徐志摩的譯詩裡就有，譬如〈傷痕〉：

50　顏學軍《哈代詩歌研究》（北京：人民文學出版社，2006 年），頁 132-133。

> 我爬上了山頂，
>
> 　回望西天的光景
>
> 太陽在霧彩裡
>
> 　宛似一個血殷的傷痕；[51]

在這首詩裡，黃昏不是一天愉快的結束，大自然沒有辦法治療一顆受傷的心，而只是作者內心的投射，因此在作者眼裡，太陽是傷痕的化身，提醒他自身的傷痕。誠如引文所述，大自然成為人們精神世界的客觀對應物，太陽是血殷的傷痕其實是敘述者精神世界的對應物，對比這首詩的下半，則太陽這一意象既有「興」亦有「比」的作用：「宛似我自身的傷痕，／知道的沒有一個人／因為我不曾袒露隱祕，／誰知道傷痕透過我的心！」[52]，太陽跟傷痕原來具有隱喻關係。下半首詩透出現代主義式的、對存在的孤獨感，因為個人的傷痕是獨一無二的，是一種非溝通的孤絕狀態。因此只能外託於物，於是太陽在他眼裡成為傷痕的隱喻。這是哈代的詩被視為具有「濃郁的現代性」的最主要原因。

　　另外一首〈一個厭世人的墓誌銘〉則比〈傷痕〉更絕望：

> 太陽往西邊落，
>
> 　我跟著他賽跑，
>
> 看誰先趕下地，
>
> 　到地裡去躲好。
>
> 那時他趕上我前，
>
> 　但勝利還是我的，

---

[51] 《徐志摩全集・第七卷》，頁213。本文為了印證哈代與徐詩的淵源，故以其譯詩為論據，不引述原詩或他譯。

[52] 徐志摩〈傷痕〉，《徐志摩全集・第七卷》，頁213。

因為他，還是出現，

我從此躲在地底。[53]

跟時間賽跑，或跟永恆拔河原是人類生命意志的正面宣示。哈代這首詩卻是跟太陽比較誰能最先抵達「死亡」，而且最終以死不復生的姿態宣示勝利。敘述者追求的是死，而不是生；是結束，而非開始。死了，不必再生，太陽卻還是面對生之困難。這首詩揭示對生存的痛苦，因此對生命抱持絕望，以及否定的態度。顏學軍認為死亡是哈代詩歌的重要主題，「他的死亡詩常常包含著他對社會的批判。與他的小說相比，他的死亡詩的社會批判焦點已從對社會的直接批判轉向對人性的批判」[54]。對哈代的研究一般冠之為「悲觀主義」，「現實主義」，乃至「現實主義到現代主義」的過渡，從這些標籤式的歸類，我們大致可以理解，哈代的詩至少不是甜美的，頌歌式。如果徐志摩是個有著「單純信仰」的浪漫主義者，哈代那種往人生往暗處貼近的書寫風格，為什麼會特別得到徐志摩的青睞？

徐志摩在譯詩〈兩位太太〉的前言說明哈代的詩是「厭世的觀察」，多有「惡毒、冷酷的想像」：

王受慶再三逼迫我要我翻哈代的這首詩，我只得獻醜，這並不是哈代頂好的詩，也還不是他最惡毒，最冷酷的想像，他集子裡盡有更難堪的厭世的觀察，但這首小詩已夠代表他的古怪的，幾乎奇怪的，意境；原詩的結構也是哈代式的「致密無縫」，也許有人嫌他太乾癟些──但哈代永遠是哈代。[55]

---

53 《徐志摩全集‧第七卷》，頁265。
54 顏學軍《哈代詩歌研究》，頁81。
55 《徐志摩全集‧第七卷》，頁227。

在〈湯麥士哈代的詩〉這篇評論裡，徐志摩特別把哈代和華茲華斯作了比較，稱華氏看到的是「一個黃金的世界，日光普照著的世界」，可是哈代卻看到「山的另一面，一個深黝的山谷裡。在這山崗的黑影裡無聲的息著，昏夜的氣象，彌佈著一切，威嚴，神祕，凶惡」[56]。徐志摩使用的「神祕」和「凶惡」這兩項詞彙，無論如何很難跟徐的風格聯想在一起，倒很像是被稱為中國現代派始祖李金髮的同行。但是徐志摩顯然很欣賞哈代，因此在一九二三年開始翻譯哈代的詩作〈她的名字〉和〈窺鏡〉之後，接連著在五年間又譯了十六首，同時寫了一篇詩評〈湯麥士哈代的詩〉（1924），散文三篇包括〈湯麥士哈代〉（1928）、〈謁見哈代的一個下午〉（1928）、〈哈代的著作略述〉（1928）以及〈哈代的悲觀〉（1928），對哈代的欽慕可見一斑。西方作家中，沒有一個人像哈代那樣深受徐志摩的激賞。

王家新在〈徐志摩與哈代〉這篇評論中，論定徐是中國新詩「現代性」的重要起源，就像哈代一樣，早在艾略特之前，就已有現代性的特質。然而，徐的慧眼獨識，是否就意味著他自己的詩就跟哈代一樣具有現代性？是否就像王家新說的，徐詩有「現代心智的成熟」和「語言的成熟」？[57]

無可否認，徐志摩在翻譯哈代的過程中，必然會吸收，轉化哈代。五四文人向西方或日本取經，是五四現代化過程中的必然路徑。

一九二三年以後，徐志摩詩中那種文白混雜，生硬的缺點忽然減少了很多，特別值得注意的是，徐志摩自一九二三年十月十六日[58]譯過哈代〈她的名字〉和〈窺鏡〉之後，在一九二三年十一月以後連續寫了三首直面社會，批判現實之作：〈先生！先生！〉、〈蓋上幾張油

56　徐志摩〈湯麥士哈代的詩〉，《徐志摩全集·第一卷》，頁405。

57　王家新〈徐志摩與哈代〉，《新詩評論》2006年第2輯（總第四輯），頁87。

58　譯詩日期參見《徐志摩全集·第七卷》，頁202，203。

紙〉和〈叫化活該〉，均為敘事詩，特色是刪去前期裝飾性修辭的語言風格，以情節和對白完成。這個現象實乃前所未有。

比較徐志摩在譯詩之前，以及譯詩之後的詩作，確有不同之處，徐志摩前期詩作多冗長累贅之辭，極盡形容和修飾之能事。情節和對白的運用是哈代詩作的重要特色，徐志摩顯然頗欣賞哈代的風格，選譯了不少這類詩作。哈代原是位重要的小說家、劇作家，年近六十才開始寫詩，詩兼有小說和戲劇的特色，楊牧說徐詩「充滿聲色變化的戲劇獨白體」[59]，確實無誤，但是讓徐志摩的詩產生風格變化的，是哈代，不是華茲華斯。

〈先生！先生！〉寫母親生病的小女生，穿著單布裌在北風中乞討，車裡的富有先生以「沒有帶子兒」拒給。小女生不死心，猶追著車子苦苦哀求，最終車子在小女生的乞求聲中飛奔而去，詩以小女生呼喊「先生」，以及車輪奔馳的聲音交錯作結。這首詩完全以旁觀者的角度敘事，跟徐詩流露強烈情感的，以「我」為中心的詩不同。全詩可以看到作者立場的，也許是藉小女生之口說的：「可是您出門不能不帶錢哪，先生。」[60]，毫不留情戳破富人的謊言。〈蓋上幾張油紙〉敘述一個失去三歲兒子的傷心婦人，在下雪天買了油紙去蓋在兒子的墳上。婦人因為傷心過度而有些精神失常：「我喚不醒我熟睡的兒——／我因此心傷。」[61]同樣以敘事者的角度旁觀人生缺角。〈叫化活該〉跟〈先生！先生！〉同樣寫乞丐，不同的是敘事者就是乞丐本身，採第一人稱敘事方法，以反諷手法寫社會邊緣人。三行一節及四行一節的整齊句式亦是哈代慣用的形式。這三首詩寫作時間很近，風格亦似，寫作時間離翻譯哈代的詩也不遠，很顯然吸收或轉化了哈代

59　楊牧〈徐志摩的浪漫主義〉，《隱喻與現實》，頁82。
60　《徐志摩全集‧第四卷》，頁130。
61　《徐志摩全集‧第四卷》，頁133。

的風格。

可是，吸收或轉化並不表示全部接受，也就是說，吸收和轉化是有條件的。除非這兩個作者在性情、風格、世界觀，乃至人生的歷練十分接近，而且受影響的後來者願意成為亦步亦趨的追隨著。稍有自覺的作家，必然有所取捨，在吸收和轉化的過程中，淬煉出自己的風格。哈代對於徐志摩的影響亦然。

哈代對人生的洞察顯然引發徐志摩的共鳴，此後他的詩不時會從自身離開，看向更廣闊處，〈古怪的世界〉（1923）、〈誰知道〉（1924）、〈哈代〉（1928）、〈這年頭活著不易〉（1925）、〈罪與罰〉（1926）、〈生活〉（1928），以及〈殘破〉（1931）等，都是思考人生或者批判社會之作，徐志摩寫得比較好的詩，通常也都是這些抒情的、非浪漫風格的作品，譬如〈殘破〉：

> 我要在枯禿的筆尖上裊出
> 一種殘破的殘破的音調，
> 為要抒寫我的殘破的思潮。
> ⋯⋯⋯⋯
> 我有的只是些殘破的呼吸，
> 　如同封鎖在壁椽間的群鼠，
> 追逐著，追求著黑暗與虛無！[62]

這是〈殘破〉的第一段和最後一段，看起來像出自深受波特萊爾影響的李金髮之筆，充滿殘缺之美、頹敗之姿。人生是虛無的，也是灰黯的，宣稱「殘破是我的思想」[63]。這哪裡像是有著「單純信仰」，追尋

---

[62] 《徐志摩全集・第四卷》，頁399-400。

[63] 《徐志摩全集・第四卷》，頁400。

愛、自由和美的徐志摩？筆已枯禿，聲已殘破，這時候的徐志摩彷彿
被一種低靡的情緒籠罩著，他沒有使用哈代的小說或戲劇筆法入詩，
而是以自身的體驗和情感入詩，因此更加讓人感受到這跟青年時期，
青春煥發的徐志摩是多麼不同。這時候離徐志摩墜機意外相隔半年，
進入前中年期的徐志摩似乎因此益發感受到生命在甜美之外的苦澀。
其實在更早以前，他在一九二八年寫的〈生活〉，跟哈代〈一個厭世
人的墓誌銘〉頗有呼應：

> 陰沉，黑暗，毒蛇似的蜿蜒，
> 生活逼成了一條甬道：
> 一度陷入，你只可向前，
> 手捫著冷壁的黏潮，
>
> 在妖魔的臟腑內掙扎，
> 頭頂不見一線的天光，
> 這魂魄，在恐怖的壓迫下，
> 除了消滅更有什麼願望？[64]

除了形式上是兩節，一節四行之外，對生活的厭倦之情更是躍然紙
上。一九二八年三月徐志摩寫了一首〈哈代〉，再一次說他是「厭世
的」、「不愛活的」[65]，說他「高擎著理想，／睜大著眼／抉剔人生的
錯誤」[66]，徐志摩對哈代批判現實和人生的精神顯然大為讚賞，兩個月
後，而有〈生活〉一詩。我們不能說徐志摩直接受到哈代的影響而寫
作此詩，然而在一九二八年五月的日記裡，他對內憂外患的國事表達

---

[64] 《徐志摩全集‧第四卷》，頁340。
[65] 《徐志摩全集‧第四卷》，頁335。
[66] 《徐志摩全集‧第四卷》，頁337。

了憤懣和無奈，日記裡批判日本人跋扈和中央政府的昏庸，對自己身為知識份子而無法改變的兩難頗為感慨，則「生活逼成了一條甬道」、「頭頂不見一線的天光」、「除了消滅更有什麼願望」三句可以讀出因時事而生的悲傷心情。

實際上，徐志摩後期的詩，也即是《猛虎集》和逝世後出版的《雲游集》，多的是逼問人生的詩作，雖然他前期的浪漫甜美風格依然穿插著，可是歌頌生命，讚美自然之作的比例相對降低。特別是一九三一年的詩作，簡直可以「殘破」二字概括。〈在病中〉、〈卑微〉、〈雲游〉、〈你去〉、〈雁兒們〉、〈領罪〉、〈難忘〉以及〈荒涼的城子〉均流露出深深的倦怠和疲憊，「殘」字成為徐志摩這一年的常用字，如果徐志摩得享天年，那麼，我們或許會讀到很不一樣的徐志摩。必須強調的是，儘管他有哈代「厭世的觀察」，卻鮮少行使「惡毒、冷酷的想像」。

哈代那種習慣以冷眼觀察世界，旁觀人生的小說家之筆，跟以詩和散文起家，習慣以「我」為敘事主體的徐志摩畢竟有別。何況哈代寫詩時用的是六十歲的詩眼，徐志摩則三十不到，人生歷練和體驗相去甚遠。徐志摩翻譯哈代之後，他前期那種冗長，喜以抽象形容和副詞入詩的習慣，卻依然保留著。譬如〈梅雪爭春〉（1926）就殘留著文言入詩的遺跡；〈新催妝曲〉（1928）模擬新娘的口吻和心情則顯得很膚淺；〈他眼裡有你〉（1928）在小孩眼裡看到愛和上帝，依然保留著他的「單純信仰」；〈我等候你〉（1929）則是一般人熟悉的徐志摩式熱情。

王家新所謂具有「現代心智的成熟」和「語言的成熟」，這兩個現代詩的高標準，對徐志摩而言實在過譽。無論現代性的先驅或浪漫主義，對徐志摩而言，都只是過度主導或妨礙詮釋的標籤。

二 結語

　　評價一個作家的風格，不能僅憑他的兩三首詩，就蓋棺論定他的風格。徐志摩寫詩十年，十年詩齡雖然並不算長，亦必然有所變化，如果一定要把詩人歸類到某個「主義」，則他浪漫一類詩作僅是其中部分，而且是較易於辨識的部分。正如本文所論述的，徐志摩的經典地位，來自那幾首廣為流傳的的新詩，因為語言直接，抒情性高，比起他那些批判現實之作更易為人所接受；何況，在為詩人定位時，徐志摩一開始便是以浪漫主義姿態出現，後期批判現實或社會的詩風，很容易就被忽略。

　　浪漫主義並不屬於徐志摩專有，而是那個重視個人主義的時代，強調反傳統的五四文人的共相。五四這些浪漫主義者要在舊世界的廢墟上建立一個新的世界，包括新的政治或文化體系。他們是新的一代，他們的使命是建設與創造，因此需要獨創和天才。徐志摩的活力和天真，他對理想和愛情勇於追求，不逃避也不退縮，正是恰如其分的回應了時代的需要。因此在論述五四文人，很容易落入浪漫主義的詮釋陷阱，如此反而造成了我們的偏見與不見。再加上徐志摩僅得年三十六，墜機意外身亡之後，徐志摩的好友胡適的追悼文一再為後世的評論者所引，徐志摩的單純信仰是愛、自由和美，也就成了歷史定見。

　　浪漫主義造就了徐志摩，也遮蔽了徐志摩。徐志摩因為浪漫主義而在文學史上佔有一席之地，然而浪漫主義也造成了徐志摩研究的盲點。被歸入華茲華斯浪漫主義歌詠自然，追求愛、自由和美的譜系，實際上徐志摩更心儀的作者是哈代。他總共翻譯了四十九首詩，哈代的詩作即佔了十八首，而華茲華斯僅得一首。他在〈湯麥士哈代的

詩〉一文這樣稱讚哈代:「發現他對於人生的不滿足;發現他不倦的探討著這猜不透的謎,發現他的暴露靈魂的隱祕與短處;發現他悲慨陽光之暫忽,冬令的陰霾;發現他冷酷的笑聲與悲慘的呼聲;發現他不留戀的戳破虛榮或剖開幻象;發現他盡力的描畫人類意志之脆弱與無形的勢力之殘酷;發現他迷失了『跳舞的同伴』的傷感;發現他對於生命本體的嘲諷與厭惡;發現他歌頌『時乘的笑柄』或『境遇的諷刺』,在他只是大膽的、無畏的詩人,思想家應盡的責任。」[67]

如果說康橋對徐志摩有著人生觀和美學上的啟發[68],讓他步入浪漫主義的殿堂,則哈代教他領略人生荒涼的另一面。就徐志摩的詩作而論,哈代扮演的角色顯然更加重要,因為閱讀和翻譯哈代,徐志摩刷洗掉文言相雜的語式,同時也讓他關注到人生並不完美的、黑暗的那一面。這一類型的詩作,才是徐志摩的代表作,在詩的技藝上,它們是比較成熟的作品,評價徐志摩在文學史上的地位,應該加入這些歷來被忽略的詩,才不會誤讀徐志摩,也惟有如此,才能還原徐志摩應有的文學史評價。如此,我們才不會以「論人」的方式論徐志摩的詩,才不會在浪漫主義的陰影下,一再誤讀徐志摩。

——本文選自鍾怡雯《經典的誤讀與定位》(臺北:萬卷樓圖書公司,2009年)

---

67 《徐志摩全集・第一卷》,頁402。

68 徐志摩在〈吸菸與文化〉說:「我的眼是康橋教我睜的,我的求知欲是康橋給我撥動的,我的自我意識是康橋給我胚胎的。」此文收入《徐志摩全集・第二卷》,頁331。

造反與崇拜：

紅衛兵群體人格的內在撕裂

王家平　首都師範大學文學院教授

> 革命何須通行證，天生「反骨」要鬥爭。
> 只要有鬼就要鬥，不滅乾淨不太平[1]。

「造反」，成為六○年代中後期中國社會的時尚；「叛逆」，乃是那個時代的主導性格。「冰山絕頂要開花，／萬丈深潭要捉魚。／老虎屁股定要摸，／砸爛虎頭扒虎皮。」[2]在文革槍林彈雨中紛紛出臺的各種紅衛兵「小報」刊載了大批這類充斥著「砸爛」、「橫掃」、「斬斷」等戰爭語彙的「戰鬥詩篇」，藝術地呈現了中國青年青春期的造反衝動和非理性的破壞力量。

這是一首歌頌廣州「一月革命」的詩：

> 戰鬥的1.22呵，／你是一根孫大聖的金箍棒，／把一要牛鬼蛇神打得人仰馬翻／把廣東搞得滿城風雨，／大亂特亂！／亂聲中，／各個階級，／各種人物，／紛紛登臺表演[3]。

還有一首由藏族「造反戰士」寫的詩：

---

[1] 杭州市大中專院校紅衛兵總部《紅衛兵報》，杭州，第25期（1967年5月3日）。

[2] 〈永遠革命向前進〉，收入北京航空學院紅旗戰鬥隊《紅旗》第33期（1967年1月1日）。

[3] 廣州紅司戰士全紅〈「一月革命」萬歲〉，收入廣州《文革評論》10-12期（1968年1月）。

百萬農奴緊跟毛主席，／高舉革命造反有理的大旗，／奮起毛
澤東思想的千鈞棒，／向黨內大大小小走資本主義／道路的當
權派猛烈開炮！／堅決斬斷劉、鄧伸向西藏地區的魔爪！[4]

這兩首詩的作者不約而同地借用了「金猴奮起千鈞棒」的意象，
用以表達革命造反派橫掃千軍、砸爛「修正主義」路線的「英雄」氣
概。它們也道出了一個「藝術秘密」：那位大鬧天宮的孫猴子就是文
革造反派的神話原型。

清華大學附中紅衛兵在〈無產階級的革命造反精神萬歲〉一文中
賦與神話形象孫悟空以現代造反精神：「革命者就是孫猴子，金箍棒
厲害得很，神通廣大得很，法力無邊得很，這不是別的，正是戰無不
勝的偉大的毛澤東思想。我們就是要掄大棒、顯神通、施法力，把舊
世界打個天翻地覆，打個人仰馬翻，打個落花流水，打得亂亂的，越
亂越好！」[5]

清華附中紅衛兵真是好眼力！他們敏銳地把捉到了毛澤東思想核
心內涵──強烈的反體制衝動。毛澤東的反體制思想是以他本人的
「叛逆」性格為感性基點，並在他的詩詞創作中得到了藝術的呈現。

毛澤東的前半生是在備受排擠、壓迫與不斷造反中度過的：少
年時期屢遭脾氣暴躁的父親的打罵，他曾以跳塘尋死方式反抗父親[6]；
青年時代求學於湖南一師時，因不滿學校的清規戒律而帶頭發動學
潮[7]；一九一八年在北大圖書館當低級職員，頗受一些教授和大學生的

---

[4] 「農奴戟」紅衛兵次旦〈毛澤東思想照亮了西藏高原〉，收入西藏民族學院《農奴
戟戰報》第24期（1967年7月14日）。

[5] 《紅旗》雜誌1966年第11期。

[6] （美）R‧特里爾《毛澤東傳》（修訂本）（石家莊：河北人民出版社，1989年），頁
2。

[7] 同前註，頁35-36、42-43。

歧視[8]，從此埋下他對知識界人士不滿的種子；一九三四年遵義會議之前，他在中共的歷次路線中經常成為被排擠、打擊的對象；在那次會議以後，他雖獲得了中共最高領導實權，但被蘇共視作非正統的馬列主義者，他與「正統派」的鬥爭持續了數十年。一九六四年一月，毛澤東在接見外國友人安娜・露易斯・斯特朗時指出：一九六三年七月十四日蘇共公開信對中國的攻擊是反對修正主義鬥爭的轉折點，「從那時起，我們就像孫悟空大鬧天宮一樣。我們丟掉了天條！」[9]

毛澤東詩詞無論從精神上還是從藝術上都顯示了「叛逆性」，其中〈沁園春・長沙〉抒寫風華正茂的書生們「揮斥方遒」、「糞土當年萬戶侯」的萬丈豪情，再現了那個時代青春少年蔑視權威的叛逆風采。更值得注意的是，作於一九三一年的〈漁家傲・反第一次大「圍剿」〉，此詞表現的是工農紅軍擊潰國民黨政府軍第一次「圍剿」的重大事件，詞的最後一句為「不周山下紅旗亂」，在此，毛澤東運用了古代關於「共工怒觸不周山」的神話。

中國古代歷史文獻對共工的形象有過多重的描述：《國語・周語》說他「淫失其身，欲壅防百川，墮高堙庳，以害天下」[10]；由司馬貞補寫的《史記・三皇本紀》說他「任智刑以強，霸而不王」[11]；《淮南子・天文訓》記載說「昔者共工與顓頊爭為帝，怒而觸不周之山，天柱折，地維絕。天傾西北，故日月星辰移焉；地不滿東南，故水潦塵埃歸焉」[12]。

8　同前註，頁 35-36、42-43。

9　安娜・露易斯・斯特朗〈必須走自己的革命道路——與毛澤東的一次談話〉，《黨史文匯》1986 年第 6 期。

10　《國語》上冊（上海：上海古籍出版社，1978 年），頁 103。

11　司馬貞《三皇本紀》，見《二十五史》第 1 冊《史記》（上海：上海古籍出版社，1986 年），頁 362。

12　劉安《淮南子》，見《諸子集成》第 7 卷（上海：上海書店，1986 年），頁 35。

　　毛澤東在這首〈漁家傲・反第一次大「圍剿」〉後面附帶了他本人的原注，他在比較各種歷史文獻對共工的不同記載後寫了一段「按語」。他說：「諸說不同。我取《淮南子・天文訓》，共工是勝利的英雄。……他死了沒有呢？沒有說。看來是沒有死，共工是確實勝利了。」[13]在傳統史家眼中，共工是一名「禍亂並興」[14]的破壞型神祇，是「逆臣」、「叛賊」的原型。毛澤東在這首詞的注釋中，賦與共工這個神話人物以不死的勝利之神的新內涵。這恐怕是共工那種敢與顓頊爭帝的「叛逆」性格，以及他那種折天柱、絕地維的「破壞」精神引起了毛澤東的共鳴。在國共內戰格局下，蔣介石集團是國家政權的擁有者，而毛澤東及其「革命同志」是「在野者」，所以他讚賞共工向統治者顓頊帝大膽挑戰的舉動並不足為奇。從某種程度說，共工和孫悟空共同構成現代中國革命者（造反者）的神話原型，而許多紅衛兵詩歌作者自覺或不自覺地參照這些原型進行寫作。

　　一首由北大中文系「迎春」戰鬥隊寫的詩抒發了現代造反者衝擊權力體制的戰鬥激情：

> 打倒黨內走資本主義道路當權派，／踢翻赫禿頭徒子徒孫，／砸爛資本主義黑貨，／橫掃修正主義毒品！／看，革命小將手奮金棒起，／萬里藍天高懸照妖鏡。／斬黑藤，刨黑根，／破四舊，立四新，／天翻地覆鬧革命[15]。

　　另一首題為〈奪權贊〉的作品從詩題上就直接道出了造反目的就

13　中共中央文獻研究室編《毛澤東詩詞集》（北京：中央文獻出版社，1996年），頁35。

14　《國語》上冊（上海：上海古籍出版社，1978年），頁103。

15　《葵花朵朵向太陽》（第二首），收入北京大學文化革命委員會《新北大》第47期（1967年3月4日）。

是獲得對政權的控制：

> 革命奪權起風暴！／左派聯合勢沖霄，／人民軍隊作後盾，／
> 戰鼓如雷鬼神嚎；／今朝奮起千鈞棒，／劈魑掃魅斬山魈；／
> 奪得政權人民手，／紅色江山萬年牢！[16]

　　像上述所引兩詩一樣，大批文革時期紅衛兵「造反詩」裡都奔騰、跳躍著一個手奮「千鈞棒」的小將形象，翻閱這些作品，撲面而來的是一股股「猴氣」。毛澤東似乎特別青睞這些身上有「猴氣」的、敢於向權威、向權力秩序挑戰的年輕人。

　　或許是毛澤東本人年輕時代受到「文化霸權」的壓迫（比如在北大圖書館工作時的遭遇），他對文化領域的權威人士本能地有一種反感情緒，他特別希望有「小人物」站出來向這些權威挑戰。一九五八年五月，毛澤東在中共八大二次會議上指出：「從古以來，發明家，創立學派的，在開始時，都是年輕的，學問比較少的，被人看不起的，被壓迫的。」接著，在列舉了古今中外青年人「自學成才」的例子後，毛澤東接著說：「舉這麼多例子，目的就是要說明年輕人要勝過老年人，學問少的人可以打倒學問多的人，不要被權威、名人嚇倒，不要被大學問家嚇倒、要敢想、敢說、敢做，不要不敢想、不敢說、不敢做。」[17]

　　在政治領域，毛澤東同樣鼓勵青年人向權力秩序造反。1966年3月，毛澤東在上海的一次談話中把當時的各級政權和掌權者比作「地獄」和「閻王」，他提出了「要把十八層地獄統統打破」，和「打倒

---

[16]　尹業新〈奪權贊〉，收入北京地質學院東方紅公社《東方紅報》第11期（1967年2月10日）。

[17]　毛澤東《毛主席論教育革命》（北京：人民出版社，1967年），頁13-14。

閻王，解放小鬼」[18]的造反口號。他對地方官員說：「凡有人在中央搞鬼，我就號召地方起來反他們，叫孫悟空大鬧天宮，並要搞那些保玉皇大帝的人。」[19]

從以上所引材料來看，毛澤東的思維具有鮮明的「二元對立」特性，在他眼中，意識形態、政治領域的各種勢力總處於水火不容的對立狀態，鬥爭的雙方呈現為進步／反動、正義／邪惡、光明／黑暗等對立項的對峙，這些對立項還可置換成小人物／權威、小鬼／閻王、孫悟空／玉皇大帝等等因素的對舉，這其實是一種典型的「原始思維」方式。結構人類學家列維─斯特勞斯曾指出：人類的心智具有某種源於靈長類動物的普遍特性──分類的需要，即在本無秩序的自然之上、自然與人類關係之上、人與人的關係之上強加某種秩序，而最普遍的分類方法之一就是二元對立法（binary opposition）[20]。紅衛兵詩歌（也包括整個文革公開詩壇）自覺或不自覺地貫徹了這種二元對立思維模式。

一首題為〈悼李泉華烈士〉的「七律」寫道：

> 自古峨眉妖鬼多，／劉鄧李賊盡作惡。／東方紅處風雷起，／
> 千鈞棒下滅群魔。／革命闖將恨天下，／乘駕東風戰蜀國。／
> 誓死保衛毛主席，／巴山泉花青松歌[21]。

---

18 見中國人民大學編輯小組編《無產階級文化大革命勝利萬歲》（內部學習資料）
  （北京：新華印刷廠，1969年），頁1。

19 高皋、嚴家其：《「文化大革命」十年史》（天津：天津人民出版社，1986年），頁
  15。

20 參閱列維──斯特勞斯《野性思維》第二章「圖騰分類的邏輯」（北京：商務印書
  館，1987年）。

21 載北京地質學院東方紅公社《東方紅報》第65、66期（1967年8月18日），注：紅
  衛兵小報上的絕大多數以舊體形式寫的詩詞在押韻、對仗、平仄等方面都不符合詩
  詞格律的要求，不宜把它們視為舊體詩詞。

　　此詩是為悼念在四川某地武鬥中死去的大學生李泉華「烈士」而作，作者把「革命闖將」與「劉鄧李」的鬥爭比作孫猴子與妖鬼群魔的對立，這種人（神）──魔（妖、鬼）的衝突模式在紅衛兵詩歌中相當普遍。譬如一首寫清華大學造反派與王光美較量的詩出現了「喚醒眾鬼四起，／掃滅革命烈火，／揮劍舞妖風。／小將被專政，／烏雲頓翻騰」[22] 這樣的鬥爭場景；一首歌頌毛澤東的詩出現了「您老人家揮巨手，／……億萬革命人民高舉革命批判的大旗，／奮起毛澤東思想千鈞棒，／把中國赫魯曉夫及一切牛鬼蛇神，／掃沉海底」[23] 這樣的詩句。

　　有一首題為〈沁園春·東方紅贊〉的作品藝術地再現了紅衛兵小將的造反歷程：

> 風暴六月，／旱梅初豔，／火花爭紅。／喜闖將無畏，／怒驅鄒狐，／風雷金箍，／橫掃何熊。／……風雲變，／恨酷暑冰霜，／瘟神逞兇。
> 殘暴鎮壓不屈，／堅守紅旗歸然不動。／歌紅日破曉，／一唱天白，／金猴奮起，／競縛蒼龍。／我主沉浮，／南征北戰，／掃除和一切害人蟲。……[24]

　　造反──被鎮壓──再造反──勝利，這就是紅衛兵造反詩的基本敘事程序；而人（神）與魔（鬼）衝突的跌宕起伏則造成了造反詩情感節奏的張弛。

---

[22]〈水調歌頭·萬眾斥扒手〉，收入清華大學井岡山兵團《井岡山》第33、34期（1967年4月11日）。

[23]〈祝毛主席萬壽無疆〉，收入北京地質學院東方紅公社《東方紅報》第149期（1968年8月18日）。

[24] 北京地質學院東方紅公社《東方紅報》第65、66期（1967年8月18日）。

　　孫悟空的造反之路呈現為造反——被鎮壓——受招安——修成正果這樣的程序，《西遊記》堪稱是中國造反者的文化寓言。這一寓言在文革造反運動中同樣得到完整的展開：文革之初，活躍在運動中心的是一批「軍幹」、「革幹」出身的「老紅衛兵」（天兵天將），廣大平民子弟（類似於從石縫中迸出的石猴，無「高貴」血統）備受排斥；接著，平民子弟（以清華大學的蒯大富為代表）也拉起自己的造反隊伍，衝擊學校權力機關；於是，主持中共中央日常工作的劉少奇向「鬧事」的大中學派駐工作組，一些造反派被打成「右派」學生並遭監禁；不久，江青等政治「紅人」取得了毛澤東的支持，由他們出面去解救被「鎮壓」的造反派，毛澤東還警告劉少奇派去的工作組及其後臺老闆：「凡是鎮壓學生運動的人都沒有好下場！」[25]從此，紅衛兵造反派成為毛澤東重新奪回前此喪失的各級政權的先鋒，成為維護新的權利體制的「近衛軍」。

　　中國國家最高領導人借紅衛兵、以及其他造反組織的勢力衝垮了舊的權力秩序，但卻未能及時因勢利導地把這股強大的破壞力量充分轉化為新的權力秩序的建設力量。青年人的造反衝動是非理性的，它衝垮了舊的權力堤壩，又向新的權力大堤發起衝擊。大水淹沒了大地，也沖向龍王廟。潘多拉的魔盒打開後，災難和動盪便一發不可收地成為主宰人間的常數。有一首題為〈好一個「造反有理」〉就表現了當時部分紅衛兵中不可遏制的造反衝動：

> 「造反」！「造反」！／老子就是要「造反」！／「造反」就是「有理」麼。／只要你是當權派，／管他娘是紅還是白，／嘿！我都要他媽統統滾蛋……[26]

25　毛澤東〈對中央首長的講話（1966年7月）〉，《人民日報》1967年4月24日。

26　紅浪〈好一個「造反有理」〉，收入首都紅衛兵造反大隊《燎原》第12期（1967年

　　只要對方是「當權派」，就必須打倒──這表明：「造反」已由手段而變成了目的。「為造反而造反」，這是政治領域的「為藝術而藝術派」。

　　「為造反而造反」，就不斷需要新的對立面。沒有對手，就製造一個。當舊的權力體系被摧毀後，一部分紅衛兵造反派除了把矛頭指向新的權力體系外，更多的人把「兄弟」組織或本組織內的另一部人當作了敵對力量。一首題為〈老子就是紅二司的〉作品藝術地再現了「群眾鬥群眾」的社會現實：

> 老子就是紅二司的，／不好惹來不好欺。／王賊張匪乾瞪眼，／保皇小丑白費力。／大刀、長矛加鋼炮，／文的不行你來武的。／幹就幹，拚就拚，／老子一腔熱血潑給你[27]。

　　在各種「小報」上，各派勢力都自封為「革命群眾組織」，指責對方為「反革命組織」。為了爭奪「革命」的正統地位和「革命群眾」的名分，各派展開了「筆戰」，並很快由文字戰發展為血肉橫飛的遭遇戰。在「文攻武衛」的旗幟下，全國陷入了武鬥的狂亂之中。

　　新的權力秩序面臨著巨大的壓力和挑戰，該怎麼辦？解鈴還需繫鈴人。毛澤東在發動起億萬造反者衝垮舊的權力秩序之後，就覺察到他們中間蘊積的巨大破壞力量對新政權的威脅，並採取了遏制措施。一九六七年七月至九月，毛澤東視察了華北、中南、華東地區，對熱衷於打打殺殺的紅衛兵造反派進行批評和警告[28]，並派遣「工宣隊」、

---

2 月 10 日）。

27 載紅二司新疆大學星火燎原兵團宣傳部《星火燎原》第 7 期（1967 年 8 月 3 日）。

28 毛澤東說：「對紅衛兵要進行教育，加強學習。要告訴革命造反派的頭頭和紅衛兵小將們，現在正是他們有可能犯錯誤的時候。」見中國人民大學編輯小組編《無產階級文化大革命勝利萬歲（內部學習資料）》（北京：新華印刷廠，1969 年），頁 21。

「軍宣隊」去制止武鬥、整頓秩序。從一九六八年底開始,上千萬青年人(大部分是紅衛兵)前往邊疆地區和農村地區插隊落戶,紅衛兵運動也就因此而終結。兩年多的紅衛兵運動進程再次印證了中國幾千年「造反」史的基本規律:造反者的結局無非是這樣的——他們不是被制服(如黃巢、洪秀全),就是被招安(如孫悟空);可能還存在一種結局:先被招安,後又被慢慢清除(如宋江為首的水滸英雄)。

紅衛兵運動的起伏多變顯示了文革的複雜性。那種試圖給文革整理出十分清晰脈絡的努力[29]已被證明是難以再現那個時代複雜、豐富的歷史風貌。在權力問題上,文革顯示出了相當豐富、生動的矛盾性:在對抗體制與維護體制之間始終存在著一種張力關係;換句話說,文革中一派或多派組織可能體現出對權力秩序強烈的破壞衝動,而另一派或多派組織則可能反其道而行之,成為權力秩序的捍衛者;甚至可以說,某一派組織、某一個人在此時、此地或許是維護體制的,而在彼時彼地它(他)又或許成為體制的反抗者。一首以詞的形式寫的作品是這樣諷刺某些造反組織朝秦暮楚的精神狀態的:「昨日揚言斃江華(當時的浙江省委第一書記——引注)/今朝奮身齊保官。/覆雨又翻雲,/投機本領高。/當年唱高調,/此時露真貌。/白紙顯黑字,/『江是好同志』。」[30]為什麼會出現如此糾纏膠著的局面呢?這可能與人性的「善變」(而另一面是「難變」)有關,但更可能與文革這場大合唱的指揮兼領唱人毛澤東複雜的性格有關。

在毛澤東性格構成中的確有一種強烈的「造反」和「破壞」傾向。但人們往往忽視這樣的事實,即:毛澤東的「造反」、「破壞」

---

[29] 如金春明的《文革十年簡史》,甚至是高皋等的《「文化大革命」十年史》是以簡單的二元對立思維「快刀斬亂麻」式地把複雜、矛盾的文革劃分法兩部分進行分析。

[30] 〈菩薩蠻·暴君投機〉,收入浙江大學《革命造反報》第15期(1967年5月22日)。

乃是出於創建新體制的需要，他不僅是舊體制的破壞者，而且還是新體制的構造者。早在青年時代毛澤東就這樣說過：「宇宙之毀決不終毀也，其毀於此者必成於彼無疑也。吾人甚盼其毀，蓋毀舊宇宙而得新宇宙。」[31] 這與「五四」時期郭沫若〈女神〉詩中「鳳凰涅槃」式的新生主題是一致的。文革時期，毛澤東把這一思想提升為「不破不立」，「破字當頭，立也就在其中了」[32] 這樣的辯證命題。更值得關注的是一九六六年七月八日毛澤東寫給江青的那封信，在信中他說「在我身上有些虎氣，是為主，也有些猴氣，是為次」[33]。何謂「虎氣」？何謂「猴氣」？「虎氣」就是「在朝」之氣，即毛的性格中維護權力體制的一面；「猴氣」就是「在野」之氣，即毛性格中向權力秩序造反的一面。毛澤東本人明確說他身上「虎氣」重於「猴氣」，這應該是指他在成為新興共和國的領導人之後的精神狀態；而在一九四九年建立新的國家體制之前，他身上的「猴氣」應是佔上風的。

紅衛兵小將們似乎普遍不理解「虎氣」與「猴氣」的關係，一味突出後者。清華附中紅衛兵引用毛澤東的「最高指示」說：「馬克思主義的道理千條萬緒，歸根結底，就是一句話：造反有理。」[34] 毛澤東給他們的回信裡說「對反動派造反有理」[35]。「造反有理」與「對反動派造反有理」之間的差別很容易被忽視，但實際上這兩種話語有著重大差異：前者的造反對象沒有限制——既可以是舊體制，也可以是

---

[31] 毛澤東讀《倫理學原理》批語，見中央文獻研究室編《毛澤東早期文稿》（1912年6月－1920年11月）（長沙：湖南出版社，1990年），頁201-202。

[32] 中共中央〈五·一六通知〉，見中國人民大學編輯小組編《無產階級文化大革命勝利萬歲（內部學習資料）》（北京：新華印刷廠，1969年），頁110。

[33] 見王瑞璞、孫啟泰主編《中華人民共和國國史通鑒·第三卷（1966-1976）》（北京：當代中國出版社，1993年），頁479。

[34] 出處同5。

[35] 出處同33，頁491。

新體制；後者的造反則嚴格被限定在對「反動派」（舊體制）的框架內；前者流露了生動活潑的「猴氣」，後者則顯示了「虎氣」對「猴氣」的壓擬。

文革時期，不僅是紅衛兵「誤讀」了毛澤東的造反理論，而且全國廣大民眾似乎也很少有人真正領悟毛的真義，人們（包括各級官員）往往從各自的處境和利益出發，有時張揚「猴氣」，有時光大「虎氣」。一首諷刺詩的結尾就揭示了當時人門的精神狀況：

> 「造反！」「造反！」/老子如今也要「造反」！/「造反」就是能漁利。/只要削尖腦袋往裡鑽，/不管昨天保爺保娘保自己多賣力，/嘿！今天我也要打起「造反」旗！[36]

然而，如同水滸一百零八將中徹底「反」到底的人畢竟是少數派一樣，紅衛兵中能把「猴」氣張揚到頭的也並不佔多數。尤其是當紅衛兵在反抗舊體制的過程中遭到「鎮壓」而又被拯救之後，他們很自然地從心底湧現出對「救星」的無限崇拜之情，並且把這種感情轉移到「救星」創建的新體制中去。發表於一九六七年毛澤東生日的著名抒情長詩〈紅太陽頌〉（約二百七十行）有一節詩就表達了紅衛兵小將的這種情感：

> 我笑呵跳呵，/千歌萬曲並作一支唱，/千言萬語並作一句講：/「祝毛主席萬壽無疆，/萬壽無疆，萬壽無疆！」/毛主席呵毛主席，/在「黑雲壓城城欲摧」的歲月，/我們打開您的寶書，/眼前呵大道一行行！/當我們被走資派枷上鐐銬，/是您點燃文化革命的烈火，/燒毀黑暗的牢房；/當我

---

36 紅浪〈好一個「造反有理」〉，收入首都紅衛兵革命造反大隊《燎原》第12期（1967年2月10日）。

們被工作組釘上黑榜，／是您斬斷劉鄧反動路線，／再次把我
們解放！[37]

　　在這種情境裡，紅衛兵對走資派反動路線的反抗自然會轉化為對
他們的「大救星」毛主席及其「革命路線」的擁護。在紅衛兵造反者
身上，反對舊體制（及其舊權威）的衝動與捍衛新體制（及其新權
威）的衝動是緊密相連的，他們的叛逆人格與權威人格也是複雜而有
機地融為一體的。對於叛逆者的這種雙重人格，法蘭克福學派思想家
W‧賴希和E‧弗洛姆都曾有過精彩的分析。

　　E‧弗洛姆以十六世紀宗教改革者馬丁‧路德為個案來說明問
題。馬丁‧路德是在一位非常嚴厲的父親培養下長大的，童年時代他
沒有得到愛，也缺乏安全感，這使他在情感上受到權威的雙重折磨：
「他恨權威，並且反抗權威，而同時他又崇慕權威，有服從權威的傾
向。」[38]而W賴希則以希特勒為例來分析這種雙重人格。在少年時代，
希特勒就開始抗拒父親為他設計的當一名職員的計畫，他立志當一
名畫家，於是，父子之間發生了嚴重的衝突。W‧賴希分析說：「然
而，儘管他反抗父親，但同時他又敬重和承認父親的權威。這種對權
威的矛盾態度──反抗權威與接受和屈從權威並行不悖──是從青春
期到成年期每一個中層階級性格結構的基本特點，而且特別體現在那
些來自物質上受限制的環境的人身上。」[39]

　　納粹著名建築師A斯佩爾的回憶可作為W‧賴希上述分析的
旁證。A斯佩爾曾任納粹德國軍備和戰時生產部長，與希特勒有著

---

[37] 新北大公社紅衛兵向日葵〈紅太陽頌〉，收入北大文化革命委員會《新北大》第
　　145期（1967年12月26日）。

[38] E‧弗洛姆《逃避自由》（哈爾濱：北方文藝出版社，1987年），頁39。

[39] W‧賴希《法西斯主義群眾心理學》（重慶：重慶出版社，1990年），頁32。

密切的私人關係。有一回希特勒在餐桌上回憶起自己的青少年時代說：「我經常被我父親狠揍。現在我還相信，這是必要的，對我有幫助。」[40]看來，反抗權威與服從權威二重人格往往是互為表裡的，瀆神衝動很容易轉向偶像膜拜。

在紅衛兵詩歌中洶湧著的除了狂熱的造反衝動之外，還有同樣狂熱的聖父崇拜宗教激情。

紅衛兵詩歌中的權威（救星）形象有「黨」和「毛主席」兩個位格，但由於「黨」是較為抽象的，而領袖毛主席是「黨」的體現者，因而，這些詩作中的核心權威形象基本上就對等於毛澤東。毛澤東與崇拜者（謳歌者）之間呈現著較為多樣化的關係：有母親與孩子的關係，有父母與子女的關係，有伯侄關係，有超越親子之上的關係，還有君臣關係（這一關係留待下面再說）。

看來，對權威（領袖）的崇拜充分體現在「長幼有序」[41]這一點上。有一首詩是這樣來寫「我」與毛澤東的關係的：「我在毛主席身邊戰鬥，／享受著人生最大的幸福。／像嬰兒在慈母的懷抱，／像幼苗沐浴著陽光雨露。」[42]在詩裡，謳歌者與讚美對象有著相當親密的關係，後者並沒有高高在上的權威感（距離越近，權威越弱；反之，亦然）。須指出的是，以母親與孩子的關係來比喻領袖和讚頌者關係的詩是極為少見的；相對而言，其他幾種關係更為多見。

---

[40] A・斯佩爾《第三帝國內幕——阿爾貝特・斯佩爾回憶錄》（北京：三聯書店，1982年），頁127。

[41] 文革中的讚美詩幾乎都是長幼有序、尊卑有別的，但也有極少的例外，比如有一首民歌體的〈工農要掌權〉的詩這樣寫道：「韶山毛潤芝，／敢鬥地和天，／反袁又驅張，／英雄震三湘。」（華東師大《新師大戰報》第110期，1968年12月26日），直呼毛澤東的字，確屬罕見。

[42] 馬無韁〈我站在毛主席身邊戰鬥〉，收入北大文化革命委員會《新北大》第12期（1966年9月10日）。

毛主席啊毛主席，／是您把我們救出苦海，／您是我們工人的親爹娘，／……您帶領我們奔向共產主義前方[43]。

一贊東風戰士最熱愛毛主席，／毛主席是東風戰士最親的爹娘，／毛主席是東風戰士心中的紅太陽，／東風戰士敬祝毛主席萬壽無疆！[44]

這是以爹娘與孩子關係喻領袖與民眾的關係。還有以一種較獨特的「伯侄關係」（基本上都是出現在東南亞友人寫的詩裡）寫被謳歌者與謳歌者的關係：

我對毛伯伯的信仰永遠不變，／幾隻蒼蠅嗡嗡叫，／太陽的光芒遮不了。／毛伯伯的火炬，／照亮了世界人民前進的大道[45]。

從上寮到上寮，／人民心中盛開著鮮花，／這充滿著友誼的鮮花呵！／讓我獻給您，／偉大的伯伯毛主席！[46]

更多的詩作抒發了詩人對毛主席那種高於親子關係的崇敬之情：

一顆顆紅心在盡情地歡跳，／一雙雙眼睛仰望著你老人家的畫像，／爹親娘親哪有您老人家親！／沙深海深哪有您老人家恩

---

[43] 〈毛主席和我們心連心〉，收入紅代會北京師大井岡山公社《井岡山》第141期（1968年10月8日）。

[44] 方向兵〈十贊東風戰士〉，收入《廣寧工人》第16期（1968年1月1日）。

[45] 越南一朋友〈毛澤東思想勝利萬歲〉，首都大專院校紅代會《首都紅代會》紅15、16號合刊（1967年5月1日）。

[46] 老撾一朋友〈祝毛伯伯萬壽無疆〉，首都大專院校紅衛兵總部《東方紅》特刊號（1966年12月26日）。

情深[47]。

刀山敢上，火海敢闖，／奮發圖強，飛躍前進！／革命勝利，
喜在臉上，甜在心，／毛主席呀，翻身農奴相信您。／爹親娘
親，／那能比得上毛主席親[48]。

值得注意的是，紅衛兵小報讚美詩中並沒有出現純粹的「父親」
意象，沒見過「毛主席啊你是我的爹」這樣的詩句，但這並不意味
著「父親」的缺席。首先，「爹娘」混合意象中有「爹」的存在，並
且這一混合意象的重心往往偏向「爹」這一邊。比如前面引的那首詩
中有「毛主席是東風戰士最親的爹娘，／毛主席是東風戰士心中的紅
太陽」這樣的詩句，後一句詩「紅太陽」（太陽——男性象徵）意象
表明了領袖的男性身分，前一句詩「爹娘」意象中「娘」只是修飾部
分，並非實指。其次，伯侄關係在一定程度上可看作是父子關係的變
格。

因之，純粹的父親意象在紅衛兵讚美詩中是一種「缺席的到
位」，而母親意象往往是「在位的缺席」。

文革詩歌中也出現了一些讚美江青的作品，但她在詩作中的形象
無法與毛澤東的權威、領袖形象相提並論；她只是「毛主席最忠誠的
戰士」、「文化革命的英勇旗手」[49]，只是「毛主席最好的學生」[50]。江青

[47] 向東〈毛主席，916戰友永遠跟著您〉，收入七機部916革命造反兵團宣傳勤務部
《造反有理》第15期（1967年5月1日）。

[48] 林芝縣、朗傑等〈毛主席呀，翻身農奴想念您〉，收入西藏自治區無產階級革命派
大聯合造反總指揮部《風雷激戰報》第42期（1967年4月4日）。

[49] 新北大公社勝利團〈鮮花與園丁——贊江青同志〉，收入北大文化革命委員會《新
北大》第190、191期（1968年7月5日）。

[50] 趙石保〈乘風破浪萬里行——獻給敬愛的江青同志〉，收入首都工人、解放軍駐新
北大毛澤東思想宣傳隊政宣組《新北大戰報》第4期（1968年10月22日）。

之所以能成為紅衛兵小將謳歌的對象，根本原因恐怕在於她是毛澤東的夫人。那些詩與其說是讚美她，倒不如是讚美她的特殊身分。有一首歌頌江青的詩作無意中就道出了這一秘密：「歌頌你，／就是歌頌偉大的毛澤東思想；／歌頌偉大的毛澤東思想，／又怎能不仰望你啊，／敬愛的江青同志！」[51]江青形象的依附性、從屬性特徵，再次證明了母性意象在紅衛兵詩歌中「在位的缺席」（儘管有些人想把江青塑造成革命小將的「聖母」）。從這一角度說，文革詩歌（主要是地上詩壇）是一種典型的男權話語的產物。

在歷經幾千年累積起來的男權社會話語體系中，「父」的意象形成了完備的體系。一家之主為父，以家為中心，父的角色擴散到社會各個層面：作坊或學校中為師的稱「師父」，中國人有「一日為師，百日為父」的說法；一國之主為君，君君臣臣，父父子子，君臣關係其實是父子關係的「昇華」，故一國之首腦有「國父」之稱；在精神領域，神職人員被稱為「神甫」、「神父」，而各宗教教主往往被尊為「聖父」。

在文革造神運動中，毛澤東不僅被視作人民共和國的「國父」，而且被億萬民眾尊為精神上的「聖父」，他被尊稱為「偉大的導師」、「偉大的領袖」、「偉大的統帥」、「偉大的舵手」。對於這四個「偉大」，他曾流露過自己的偏好。一九七〇年十二月十八日在招待來訪的埃德加・斯諾時毛澤東告訴他的美國友人，他十分討厭這「四個偉大」，遲早要統統去掉，但也可保留「導師」這個稱呼，因為他原先曾當過教員，並且他覺得自己現在依然是一名教員[52]。可見，毛

---

51 佚銘〈獻給披荊斬棘的人〉，收入首都大專院校紅代會《紅衛兵文藝》編輯部編輯、出版的《寫在火紅的戰旗上》（紅衛兵詩選）（北京：紅衛兵文藝，1968年），頁76。

52 參閱埃德加・斯諾：《漫長的革命》（北京：農村讀物出版社，1989年），頁54-55。

澤東本人也比較樂於充當中國民眾的「精神導師」。

如前所述，紅衛兵詩歌是男性權力話語的產物，這也影響了詩作中自然意象的分佈。在大部分紅衛兵詩歌中，都或顯或隱地懸掛著一輪金光燦燦的太陽，而月亮卻絕少在詩中露臉，即使出現了（如「月昏昏，夜茫茫。／一出醜劇開了場。」[53]也無非是被用作渲染丑角出場的氣氛因素。同樣，紅衛兵詩人對那需抬頭才能仰視的天空竭盡讚美之辭，卻漠視腳下托負著他們的大地。「天是一種傳統的男性──父親的象徵，而地是一種傳統的女性──母親的象徵。」[54]天地和合、陰陽互補而生萬物，這是中國的宇宙論；西方也有天父與地母結合而創造世界和人類的思想[55]。在天─地、日─月、父─母三組對立項中，紅衛兵詩歌顯示了天、日、父意象對地、月、母意象的壓抑和遮蔽。而紅衛兵詩歌（包括整個文革詩壇）的粗俗、暴力審美趨向也正是陰陽失調、天地失和的結果。從根本上說，紅衛兵詩歌是基於父親（男性）崇拜的詩歌現象。

面對那偉大的「太陽神」，人們心裡升起了如沐聖光的宗教體驗：

> 一腳踏上天安門，／熱淚不住往下滴。／分明面前是紅太陽，／心裡頭還怕是在夢裡。／臉這麼熱，心這麼急，／千言萬語湧心頭，／不知先說那一句。[56]

毛澤東被賦與了神話人物移山造河的偉力：

---

53 〈詩配畫〉，收入紅代會北航紅旗戰鬥隊《紅旗》第29期（1967年4月18日）。

54 阿瑟・科爾曼、莉比・科爾曼：《父親：神話與角色的變換》（北京：東方出版社，1998年）頁11。

55 同前註，「引言」，頁3-6。

56 高梁、延繼烈〈延安人民的祝願〉，《寫在火紅的戰旗上》，頁20。

毛主席揮手彩霞落，／腳下的荒山變果園；／毛主席走過黃泥埂，／引來了江水碧浪翻。[57]

在二十世紀中葉，尤其是文革時期，毛澤東被奉為中華民族乃至全世界被壓迫人民的救世主，億萬民眾都把能去「聖地」北京朝見救星毛澤東當作一生中最神聖的大事，尤其是千千萬萬青少年都渴望著親睹「偉大領袖」的聖容、親沐「紅太陽」的恩寵。在一九六六年下半年的天安門廣場上，毛澤東連續八次接見革命小將達一千一百多萬人，把這場現代朝聖活動推向高潮。激動不已的小將們揮毫潑墨，寫下了一首首抒發「無上光榮」的詩作：

群情沸騰的天安門廣場，／人群似海，紅旗如浪；／偉大統帥在頻頻招手，／啊，我來到了毛主席身旁[58]。

一輪紅日照東方，／毛主席來到天安門城樓上。／百萬師生齊歡呼，／心中升起了紅太陽[59]。

據當年參加那場朝拜活動的當事人回憶，當毛澤東出現在他們面前時，有的紅衛兵竟激動得昏死過去；有一位小將被擠倒在地，左腿被踩斷，卻這樣安慰傷心的父母說：「值得，踩我的人都是見過毛主席的！」[60]更癡迷的是一位名叫蘇紅的女紅衛兵，她有幸與毛澤東握過手，當時，她曾考慮過把這只手剁下來捐獻給歷史博物館；在那以

57　江廣玉《公社的節日》，《寫在火紅的戰旗上》，頁199。

58　向東《我來到了毛主席身旁》，收入河南省紅衛兵革命造反司令部《河南紅衛兵》第9號（1967年1月1日）。

59　李懷堂《毛主席就是我們心中的紅太陽》，收入北京礦業學院《紅衛兵戰報》第6期（1966年9月29日）。

60　見藍石等編著《天安讓不相信眼淚》（太原：北岳文藝出版社，1993年），頁144、146、150、132-133。

後的三個月裡，她從不洗右手，目的是為了保存偉大領袖的特殊的氣味；後來，蘇紅捲入了學校派系衝突中，當對手試圖打人時，她伸出那隻眾人皆知被毛澤東握過的右手，面對這隻「聖手」，打手們嚇得敗下陣來[61]。

在一九六六年下半年那個瘋狂的廣場上，與毛澤東握手成了朝聖活動中最重要的儀式：「毛主席走到哪裡，就有大叢大叢的手臂伸向他，很多人得不到他的器重，那些因激動而顫抖的手指，就摸毛主席的手背，只要能和他的皮膚發生任何沙粒大小的一點接觸，都是千金不換、價值連城的幸福。」[62]

通過與「聖父」的肌膚相觸，從而獲得「神聖」感受，這是一種可以追到溯到原始時代的人類感受方式，在其背後則是巫術思維的制約。英國人類學詹·喬·弗雷澤在《金枝》一書中，把交感巫術分為「模擬巫術」和「接觸巫術」兩類。紅衛兵小將們似乎暗中受「接觸巫術」思維的操縱，這種思維的線路是這樣的：「事物一旦互相接觸過，它們之間將一直保留著某種聯繫，即使它們已相互遠離。在這樣一種交感關係中，無論針對其中的一方做什麼事，都必然會對另一方面產生同樣的後果。」[63]怪不得蘇紅的對手不敢打她的手：因為打這隻被毛澤東握過的手，就等於打毛澤東本人的手，這在當時是萬劫不復的彌天大罪。

一首由署名作者「言志」所作的紅衛兵小報上的詩〈拉一拉毛主席握過的手〉就藝術地表現了「握手」的交感特性：

---

[61] 見藍石等編著《天安讓不相信眼淚》（太原：北岳文藝出版社，1993年），頁144、146、150、132-133。

[62] 見藍石等編著《天安讓不相信眼淚》（太原：北岳文藝出版社，1993年），頁144、146、150、132-133。

[63] 詹·喬·弗雷澤《金枝》（北京：大眾文藝出版社，1998年），頁57。

戰友從毛主席身邊歸來，／沐浴著紅太陽的光彩。／見到了偉
大領袖毛主席，／多麼光榮，幸福，多麼溫暖。／拉一拉毛主
席握過的戰友的手，／衝天幹勁無盡頭。／聽一聽毛主席檢閱
過的戰友的話，／革命豪情滿胸懷[64]。

在這位小將的心目中，毛澤東成為頭上罩著光圈的「聖父」，戰
友那雙普通的手也因為與偉大領袖之「聖手」相握而擁有了非凡的偉
力：許多小將雖未有親握「聖父」之手的榮幸，但與戰友的被偉大領
袖握過的手輕輕一拉，便能「衝天幹勁無盡頭」。如此，毛澤東已成
為億萬民眾感受神聖的源頭，成為現代中國的「卡裡斯瑪」[65]型領袖
人物。

毛澤東在天安門廣場接見紅衛兵事件激起了小將們「大串連」的
衝動，在中國幅員遼闊的大地上，數千萬青少年的東奔西走，構成二
十世紀中國罕見的人口大流動景觀。紅衛兵除了來北京「朝聖」外，
他們還奔向他們所崇拜的偉大領袖及其他英雄人物戰鬥、生活過的地
方：

一嶺山巒團團環抱，／一渠清水嘩嘩流淌。／就在這一棟普通
的農舍，／升起了紅彤彤的太陽。／我跟著紅衛兵的行列，／
越過千重水，翻過萬座山，／在一個旭日東昇的時刻，來到了

---

[64] 復旦大學八・一八紅衛兵師《復旦戰報》第95期（1968年10月18日）。

[65] 「卡里斯瑪」（Charisma）一詞源於《新約聖經》，原義指因蒙受神恩而獲得的天
賦；德國社會學家韋伯（Max Weber）擴展了這一概念，用以指稱社會上那些具有
原創力且富有神聖感召力的人物的特殊品質。「卡里斯瑪」人物「被視為〔天分過
人〕，具有超自然的或者超人的，或者特別非凡的、任何其他人無法企及的力量或
素質，或者被視為神靈差遣的，或者被視為楷模，因此也被視為領袖」〔馬克斯・
韋伯：《經濟與社會》上卷（北京：商務印書館，1997年），頁269〕。

紅太陽的故鄉[66]。

把腳步放輕，把呼吸摒緊，／彷彿那偉大的會議還在舉行，
／……這是一間很普通的客廳，／偉大的中國共產黨在這裡誕
生；／這是一個極平常的地方，／在全世界捲起了滿天的風
雲[67]。
同志，輕一點，／敬愛的毛主席曾住在這個房間——／簡陋的
墨硯，樸素的鋪蓋卷，／一雙草鞋，一副重擔。／……同志，
輕一點，／敬愛的毛主席在講授革命經典。／你看，穿草鞋的
學員已聽得入神，／——星星之火，必將燎原[68]。

　　這三首詩展示的是紅衛兵對毛澤東故鄉韶山、中共一大會址、廣
州農民運動講習所的探訪。通過親臨「革命聖地」，紅衛兵小將緬懷
革命先輩的光輝業績，接受革命傳統教育，親承革命精神的洗禮。在
紅衛兵心目中，那些革命偉人用過的物品，那些與革命每一進程有關
的物品變成了「聖物」：

捧一捧井岡山的土啊貼胸口，／土裡浸過紅軍血，紅軍的愛和
仇，／土裡插過毛主席親手豎起的紅旗，／……井岡山的土鋪
出中國革命勝利的大道啊，／全世界革命列車都在這條大道上
奔走！[69]

　　除了這井岡的泥土之外，韶山紀念館裡赤衛隊用過的長矛和毛澤

---

[66] 東方兵〈紅太陽的故鄉〉，收入北京外語學院紅旗戰鬥隊《紅衛報》第8期（1966
年12月26日）。

[67] 顧炯〈光輝的起點——訪中共一大會址〉，出處同上。

[68] 佚名〈革命司令部——參觀廣州農民運動講習所〉，《寫在火紅的戰旗上》，頁177。

[69] 夏春華〈捧一捧井岡山的土〉，《寫在火紅的戰旗上》，頁205。

東用過的筆墨硯臺、紅軍幫助建起的紅井、紅軍用過的扁擔、南泥灣開荒的鋤頭……都成為溫暖紅衛兵詩人心靈的「聖物」。

紅衛兵的狂熱崇拜情緒不僅在對天安門及其他革命聖地的「朝拜」中流露出來，而且他們的日常生活也無時不充滿對毛澤東的虔敬。紅衛兵小將穿綠軍服，胸前和帽上都戴毛澤東的像章，萬歲不離口，語錄不離手。總之，他們的行為舉止，都具有了宗教儀式色彩，而他們手中那本「紅寶書」似乎也成了中國人的《聖經》。許多單位和部門都舉行過隆重的「迎寶書」大會，連祖國邊陲西藏地區的牧民也引頸企盼「紅寶書」的到來：

> 駿馬追風跑得歡，／四蹄噠噠迸火花；／送寶書的戰士呵，／「來─啦！來─啦！」／……戰士送來了毛主席的寶書，／藏胞心裡樂開了花[70]。

對毛澤東的宗教式崇拜最充分地體現於人們的「早請示」、「晚彙報」儀式上。這是一份錄自紅衛兵小報上題為〈寢室革命化五條〉的材料[71]，它展示了那個時代人們的精神狀況：

一、無限崇拜毛主席，每天早晨起床後，集體敬祝毛主席萬壽無疆，朗讀毛主席語錄。

二、「老三篇」天天讀，做到背得熟，記得牢，用得好，「鬥私、批修」，搞好思想革命化。

三、大唱毛主席語錄歌，大講大好形勢，大談文化大革命，把政治空氣搞得濃濃的。

70　山新兵〈送寶書的戰士〉，收入北京大學新北大公社《新北大》第152期（1967年2月8日）。

71　華東師大紅衛兵上海新師大師《新師大戰報》第14期（1967年12月9日）。

四、設立語錄牌，每天值日生選用有針對性的毛主席語錄，對
　　照行動，互相檢查。

五、經常講評，開展批評與自我批評，做到一週一彙報，半月
　　一交流。

第五宿舍123室

在文革造神運動中，毛澤東被當作宗教教主來頂禮膜拜，而芸芸眾生則成了「有罪之人」，他們不斷開展批評與自我批評，向他們的精神上帝懺悔自己的罪惡。這樣，「早請示」、「晚彙報」便具有了宗教彌撒的色彩。

紅衛兵宗教崇拜很快由肉身（毛澤東本人）發展為對偶像（毛澤東像章、圖片、塑像）的崇拜：

> 面對著毛主席的巨型塑像，／我們向您老人家莊嚴宣誓：／對
> 於您，我們永遠，／無限忠誠，無限熱愛，／無限崇拜，無限
> 信仰。／我們永遠讀您的書，聽您的話，／照您的指示辦事，
> ／做您最忠實的紅衛兵，／當文化革命勇敢的闖將！[72]

對「紅太陽」的無條件崇拜，導致紅衛兵小將願意為他們的偶像獻出一切：

> 毛主席呵毛主席！／這陝北老紅軍的小米，／這草原老大爺的
> 哈達；／這勞動模範的錦旗，／這戰鬥英雄的獎章……／都叫
> 我呀一齊捎上！[73]

---

[72] 大齡九思〈熱烈歡呼毛主席塑像的建立〉，收入清華大學井岡山兵團《井岡山》第41、42期合刊（1967年5月6日）。

[73] 向日葵〈紅太陽頌〉，收入北京大學文化革命委員會《新北大》第145期（1967年12月26日）。

　　作為崇拜者，紅衛兵給他們的偉大領袖獻上了這麼多的「貢品」，然而，這些都算不了啥。紅衛兵獻給他們的精神偶像的最寶貴的「貢品」是：青春、鮮血和生命。在狂熱的宗教情緒下，紅衛兵紛紛「走火入魔」，他們願意為保衛偉大領袖的「偉大事業」而殉身：

> 只要中國永遠紅，／老子流血樂無窮；／只要中國不變色，／老子死了也值得[74]。
> 高擎紅旗捧雄文，／為幹革命赴咸鹹京。／我頭我血何所惜，／誓死忠於毛澤東[75]。

　　對毛澤東的偶像崇拜是以他在幾十年崢嶸歲月中的「赫赫勳業」為基礎而形成的精神現象；不過，一些心術不正的政壇人士的吹捧也起了推波助瀾作用。林彪是這些人的代表，柯慶施也諳熟此道，在一九五八年的成都中央會議上，柯氏公開說：「相信毛主席要到迷信的程度，服從毛主席要到盲目的程度。」[76]只有彭德懷等少數人厭惡這種「吹吹拍拍」，敢於抵制對領袖的宗教崇拜。據紅衛兵揭發，當彭德懷聽到有人喊「毛主席萬歲」時曾反問道：「你喊萬歲，他就萬歲了？連一百歲也活不成！這是偶像崇拜。」[77]

　　無獨有偶，北京市一名普通的青年工人遇羅克也在一九六六年五月三日的日記中偷偷寫下他「冒犯神聖」的思考：「共青團中央號召，對毛無限崇拜、無限信仰，把真理當成宗教。任何理論都是有限

---

[74] 〈只要中國永遠紅〉（湖北紅衛兵歌謠），《寫在火紅的戰旗上》，頁49。

[75] 龐士讓〈獄中詩抄〉（一），收入西北大學紅衛兵總部《新西大》第34期（1967年8月8日）。

[76] 參閱於輝編著《紅衛兵秘錄》（北京：團結出版社，1993年），頁185。

[77] 永向陽〈彭德懷是一隻吠日的狂犬〉》，收入北京工業學院紅代會《北工紅旗》第55期（1967年8月14日）。

的，所謂無限是毫無道理的。」[78] 當然，像彭、遇這樣清醒的人簡直太少了！絕大多數的人，尤其是年輕幼稚的紅衛兵都不可避免地成為那場造神運動中的偶像崇拜者。

紅衛兵小報上的詩歌呈示了紅衛兵運動（乃至整個文革政治運動）的反體制與維護體制的內在緊張，顯示了紅衛兵小將（及我們的民族）的造反狂熱與聖父崇拜、反抗權威與崇拜偶像的雙重人格的內在撕裂。

——本文選自王家平《文化大革命時期詩歌研究》（開封：河南大學出版社，2004 年）

---

[78] 見徐曉等編《遇羅克遺作與回憶》（北京：中國文聯出版公司，1999 年），頁 116，並參閱頁 393。

裂變與斷代思維

—— 中國當代詩史的版圖焦慮（1949-2009）

陳大為　臺北大學中國文學系教授

一　成為慣性的「裂變」

　　一九四九年，是中國當代詩歌美學大崩潰與大倒退的起點，以毛澤東「工農兵文藝思想」為指導原則的〈在延安文藝座談會上的講話〉（1942）形成強大的政策力量，徹底主宰了「十七年時期」（1949-1966）的詩歌創作意識。在政治功能掛帥、全面擱置文藝性的創作趨勢底下，當時幾乎所有的詩歌皆淪為機械性分行、逢句尾押韻的政治韻文。進入文革時期，詩歌直接依附在政權的風向球底下，忠心耿耿地宣傳執政黨者的理念，不但成為政治路線與思想鬥爭的工具，甚至研發出慘不忍睹的「套語式寫作」[1]，當時只有極少數的異議份子在私底下傳抄著真誠的詩篇。

　　毛澤東在一九六四年宣佈「要把唱戲的、寫詩的、戲劇家、文學

---

[1]　王家平在《文化大革命時期詩歌研究》的第六章「套語式寫作與象徵化追求」裡指出：在文革語境裡，春與秋（冬）、東與西的二元對立已成「套語」，這種二元對立的思維可以在文革時期修訂的《現代漢語詞典》找到泛政治化的解釋。譬如「東風」比喻革命的力量或氣勢，「西風」比喻日趨沒落的腐朽勢力。紅衛兵詩歌便在這種二元對立思維下營構意象，抒發情感，進行套語式的機械寫作：「啊，東方的天空多麼晴朗，而滾滾烏雲還籠罩著西方。東方的陽光必將透過烏雲，真理的陽光把全世界照亮。」〔詳見：王家平《文化大革命時期詩歌研究》（開封：河南大學出版社，2004年），頁148。〕

家趕出城，分期分批下鄉」的時候，很少人料到它會付諸實現。到了
一九六八年，為了解決城市範圍內逐漸失控的紅衛兵運動，以及城市
就業人口的巨大壓力，毛澤東以縮小城鄉差距為名，號召「知識青年
到農村去，接受貧下中農再教育」，把桀驁不馴的紅衛兵和普通的中
學畢業生，一併遣送到鄉下去插隊，立時掀起一場知青上山下鄉的浩
劫[2]。大部分根紅苗正的青年都已應召入伍或留守城市，而平民百姓的
孩子和所謂的狗崽子都得到農村去插隊。

　　一九六八年十二月二十日下午，郭路生（食指，1948-）和一群
北京的高校生被遣往山西省汾陽縣杏花村。插隊到窮鄉僻壤的知青們
情緒都很低落，每個人心中都充滿一種被時代和政權蹂躪的宿命感，
一種被拋棄的痛苦和強烈的幻滅感。於是郭路生以孩子般的天真和執
著，寫了一首鼓舞人心的〈相信未來〉，他用堅定的語氣展開敘述：

　　　　當蜘網無情地查封了我的爐臺，
　　　　當灰燼的餘煙嘆息著貧困的悲哀，
　　　　我依然固執地鋪平失望的灰燼，
　　　　用美麗的雪花寫下：相信未來！
　　　　‥‥‥‥‥‥‥‥‥‥
　　　　搖曳著曙光那枝溫暖漂亮的筆桿，
　　　　用孩子的筆體寫下：相信未來！[3]

這首後來被奉為經典的地下詩歌，當時早已傳抄到全北京及附近的省
份，在西元二〇〇〇年以後，此詩大舉進入多種重要的詩選，詩壇和
學者對它的評價極高，但從詩歌革命的角度重新檢驗，卻得出剛好相

2　莫里斯‧邁斯納著，杜蒲譯《毛澤東的中國及其後：中華人民共和國史（第三
　　版）》（香港：中文大學出版社，2005年），頁341。

3　食指〈相信未來〉，《食指的詩》（北京：人民文學出版社，2000年），頁10。

反的價值。「用孩子的筆體寫下：相信未來！」的郭路生太天真，其實他的詩歌精神根本無法動搖那個黑暗的時代，他甚至沒有產生最起碼的對抗意識，他只能以這首「預言性的詩歌力作，……以一個充滿希望的光輝命題照亮了前途未卜的命運」[4]。郭路生並不是一個具備領導風範的詩歌革命者，透過他在文革時期的詩作，可以看出他只是一個心靈單純的創作者，甚至「受時風所蠱惑而導致詩歌寫作上的迷失。……他急就不少『應景詩』，……像當時彌蓋報刊的『偽浪漫主義詩歌』那樣」[5]，不管這些詩作背後的原由是什麼，但它們的存在卻貶損了創作主體的思想價值。很明顯的，廣受各種文學史論述肯定的食指，主要是以「人格實踐的生命寫作為他在文革的民間世界和當下的詩壇贏得了良好的聲響。」[6]

食指的詩可視為文革時期「地下詩歌」的代表作，後半段則是以芒克（1950-）、多多（1951-）、根子（1951-）等人為中心的白洋淀詩群。他們三人在一九六七年同時自「北京三中」初中畢業，一九六九年一起插隊白洋淀，這片由三百個湖泊組成的沼澤地帶，離北京三百里路，說遠不遠，足以脫離文革政治的掌控，加上位置適中，很偶然提供了一個非常自由的文學成長與交流平台，吸引了鄰近幾個省份的文學知青。白洋淀雖然成為文革後期地下詩歌的「麥加」（聖地），但以交流為主調的白洋淀詩歌群落，對當代詩歌的影響力是潛在的，不能對當下的詩歌美學的發展產生即時的影響。當代詩歌真正的未來，必須等到一九七六年四月五日的天安門詩歌運動之後，才正式開啟新時期的文學新紀元。

---

[4] 林莽〈未被埋葬的詩人〉，收入廖亦武編《沉淪的聖殿：中國二十世紀七〇年代地下詩歌遺照》（烏魯木齊：新疆青少年出版社，1999 年），頁 118。

[5] 楊四平《二十世紀中國新詩主流》（合肥：安徽教育出版社，2004 年），頁 214。

[6] 《二十世紀中國新詩主流》，頁 225。

　　一九七六年一月八日周恩來逝世、四月五日天安門爆發悼念周恩來暨抗議四人幫的天安門詩歌運動、九月九日毛澤東逝世、十月六日四人幫被捕，這個動盪不安的年份絕對是地下詩歌大規模崛起的天賜良機。

　　從一九七六年十月到一九七八年十二月，算是當代詩歌創作的復甦時期，飽受文革摧殘的中國詩壇從十年嚴酷的禁錮中解放出來，重獲創作的自由。這時候，廣大民眾對詩歌的閱讀要求並不是審美層次的，而是一種反宰制的吶喊與共鳴。艾青（1910-1996）、辛笛（1912-2004）、穆旦（1918-1977）、牛漢（1923-）、賀敬之（1924-）、公劉（1927-2002）、白樺（1930-）、流沙河（1935-）等「歸來者」——在十七年時期和文革期間被政治因素剝奪了創作權的兩代作家群——復出詩壇，以自白或自敘的口吻，述說自己「後歸來」的人生體驗與歷史的滄桑，遂形成了「歸來」的主題。令人難過的是：被新時期政權奉為詩壇泰斗的艾青，只能寫出〈魚化石〉（1978）那種雖然富有象徵意義的「歸來」之作，這首先後收入多部詩選，並廣受詩史論著引述的名篇，淋漓盡致地刻劃了歸來者的典型心理：

> 動作多麼活潑，／精力多麼旺盛，／在浪花裡跳躍，／在大海裡浮沉；／／不幸遇到火山爆發，／也可能是地震，／你失去了自由，／被埋進了塵埃；／／過了多少億年，／地質勘察隊員，／在岩層裡發現你，／依然栩栩如生。／／但你是沉默的，／連嘆息也沒有，／鱗和鰭都完整，／卻不能動彈；……　活著就要鬥爭，在鬥爭中前進，即使死亡，能量也要發揮乾淨。[7]

7　艾青〈魚化石〉，《中國當代名詩人選集：艾青》（北京：人民文學出版社，2006年），頁253-254。

或許對當時的讀者而言，此詩的題旨和淺白易懂的寓意，讀起來十分清新、具體。他（們）確實在創作生涯的黃金歲月，被大時代的鉅變活活埋葬，封印起來。但他（們）自認為原來的詩歌技藝並未損毀或退化，一旦這群老而彌堅的活化石，重登詩壇的太師椅，那顆鬥爭之心就會設法抓緊一切，佔地為王，企圖彌補過去損失的歲月。這股「即使死亡，能量也要發揮乾淨」的鬥爭心理，對當代詩歌的發展，不見得是件好事。

艾青算是這一波歸來者當中的佼佼者之一，〈魚化石〉更是他「歸來」後的最佳創作成果，但此詩的語言和技巧皆談不上什麼創意，題旨亦無震撼力。就詩論詩，正邁入第二個創作高峰的艾青，跟一尾被時間埋沒多年的魚化石沒什麼兩樣，栩栩「如」生，但沒有真正的生氣和活力。程光煒在《中國當代詩歌史》中明白指出：「艾青七〇年代末以來的創作，代表了他五〇年代以後的最高水平。說它是詩人一生創作的第二次高峰，是有一定道理的。但是，如果把這一時期的成績估計得過高，甚至說它可以與艾青三、四〇年代的創作媲美，則是值得商榷。……他的藝術創造力明顯出現了弱化，多少顯得力不從心。……他觀察世界的能力在減退，失去了咄咄逼人的銳氣和新鮮豐滿的藝術感受力。它導致了一些作品的空洞、蒼白、無力」[8]。儘管如此，艾青抓住最後的創作歲月奮力一搏，在往後五年間寫了兩百多首詩，結集成三部詩集，也獲得老一輩評論家的普遍肯定。這些同屬一個地質年代的岩層，欣然接納了這尾魚化石。

在北京蓄勢待發的朦朧詩人，可不這麼認為。

一九七八年十二月二十三日，北島（1949-）等人創立了民刊《今天》，他們除了批判剛剛結束的舊時代，也包括這群重新掌握詩

8　程光煒《中國當代詩歌史》（北京：人民文學出版社，2003年），頁215。

壇發言權的歸來者。重執牛耳的歸來者們，位居主流的發言權和陳舊
不堪的詩歌美學，很快便成為年輕詩人前進詩史的路障；加上被「傳
統的新詩」長期奴役的學者，也不能接受年輕一代的詩風，於是北島
等人的詩被貶稱為「朦朧詩」。

　　在詩界前輩和學界保守勢力的雙重壓制下，以北島為主的年輕詩
人在《今天》創刊號的發刊辭〈致讀者〉上發出改朝換代的宣言：
「過去，老一代作家們曾以血和筆寫下了不少優秀的作品，在我國
『五四』以來的文學史上立下了功勞。但是，在今天，作為一代人來
講，他們落伍了，而反映新時代精神的艱巨任務，已經落在我們這代
人的肩上」[9]。這個措詞敦厚的宣言，小心翼翼地擺出與前驅詩人決裂
的姿態，衝擊力和破壞力皆嫌不足。當時的朦朧詩尚處於有待審查、
聽候發落的被動狀態。在這個備受前驅詩人壓制的生存環境裡，富有
攻擊性的反權威的言論，才是上策，而且勢不可免。一場官方詩壇與
地下詩壇的詩歌衝突於是展開，首當其衝的自然是對朦朧詩美學深不
以為然的艾青。

（一）朦朧詩的「魔鬼化／逆崇高」

　　一九八〇年六月，創辦《崛起的一代》的貴州年輕詩人黃翔
（1941-）率先發難：「從某種意義上說，詩同一株茶樹。茶樹隔年是
要剪枝的；時間久了，老化了，要連根挖掉，種上新苗」，因為「根
老了，會腐壞；它不再發出新芽卻祇能空佔地盤。萬物都是需要更
新的」[10]。十一月，他又寫了一篇火力更強大、對象更明確的〈致當代
中國詩壇泰斗艾青〉，他說：「到了我們的時代，『艾青』祇是個裝飾

---

[9]　今天編輯部〈致讀者〉，收入洪子誠主編《中國當代文學史・史料卷：1945-1999》
　　（武漢：長江文藝出版社，2002年），頁573。

[10]　黃翔〈詩・根・人〉，《鋒芒畢露的傷口》（臺北：唐山出版社，2002年），頁4。

品。……我們曾用新鮮的血液給他注射活力，或者說艾青曾從他大量崇拜者的大量詩稿和書信中獲取氧氣，但是他『老』了，已經不行了……。老人，既然你這樣顫巍巍的，就隨同你的榮譽和你的年代一起退隱吧，別在我們中間受碰撞了」[11]。這種赤裸、尖銳、「大逆不道」、完全不顧「文壇倫理」的正面攻擊，放眼亞洲各地的華文詩壇都是創舉。

黃翔的劇烈言論可視為被壓制者對巨大權威（文壇父權）的決裂性反動。這令人想起哈羅德・布魯姆（Harold Bloom）在《影響的焦慮》（*The Anxiety of Influence*, 1973）一書中談到的六種「後進詩人」（the later poet）對「前驅詩人」（the precursor poet）的修正比之一：「魔鬼化／逆崇高」（Daemonization or the Counter-Sublime）。

黃翔和他的同輩詩人面對的阻力，來自一個體制僵化的時代，其中最大的阻力來自前驅詩人和他們建構起來的那套廣受官方言論肯定的詩歌美學。布魯姆認為「讓一個人成為詩人的力量便是魔鬼化（daemonic），因為它是一種分配和劃分的力量（即是『魔鬼』（daeomai）一詞的原始意義），……這種劃分帶來秩序，傳授了知識，在它所知的地方造成混亂、賜予無知，以創造另一種秩序。魔鬼通過粉碎而創造」，所以「當新崛起的強者詩人轉而反對前驅之『崇高』時，他就要經歷一個『魔鬼化』過程，一個『逆崇高』過程，其功能就是暗示『前驅的相對虛弱』。當新人被魔鬼化（daemonized）之後，其前驅則必然被凡人化了（humanized）」[12]。之所以對時代和前驅詩人產生極大的不滿，乃因為黃翔清楚感覺到本身驚人的創造力和爆發力，以及對詩歌「真正崇高且純粹」的理想（在他眼中的艾青是

---

[11] 黃翔〈致當代中國詩壇泰斗艾青〉，《鋒芒畢露的傷口》，頁10-11。

[12] Harold Bloom, *The Anxiety of Influence: A Theory of Poetry (2ᵗʰed.)* NewYork : Oxford U.P., 1997, p.100.

不及格的）。在郭路生寫下天真無邪的〈相信未來〉同時，黃翔發表
了充滿烈士精神的〈野獸〉（1968）：

> 我是一隻被追捕的野獸
> 我是一隻剛捕獲的野獸
> 我是被野獸踐踏的野獸
> 我是踐踏野獸的野獸
>
> 一個時代撲倒我
> 斜乜著眼睛
> 把腳踏在我的鼻樑架上
> 撕著
> 咬著
> 啃著
> 直啃到僅剩下我的骨頭
>
> 即使我祇剩下一根骨頭
> 我也要哽住一個可憎時代的咽喉[13]

「黑五類」出身的黃翔在文革期間受盡屈辱和折磨，他對政權和時代
的憎恨，在寫作中提升、擴張到替天行道的烈士層級，已經超脫出個
人的仇恨意識。這股無比強悍的自主意識和反抗暴政的烈士精神，
不是郭路生可以望背的。黃翔用他與生俱來的生命氣質，化身為一
隻被惡勢力追捕，隨時反撲相向、同歸於盡的「野獸」，準備用他的
殉難來「哽住一個可憎時代的咽喉」。當時他不過是一名沒出過詩集

13　黃翔〈野獸〉，《黃翔禁毀詩選》（香港：明鏡出版社，1999年），頁20。

的無名詩人！這股「雖千萬人吾往矣」的勇氣，儼如中國當代詩壇的唐吉訶德。那個時代，最需要黃翔這種革命詩人。在黃翔「魔鬼化」成為新一代強者詩人之際，他必須粉碎眼前的一切障礙，重新開創一個詩歌紀元，艾青自然被「逆崇高」處理（魚化石豈能擋下野獸的凌厲攻擊）。在布魯姆的理論架構中，「所謂強者詩人，就是以堅韌不拔的毅力，向前代巨擘進行至死不渝之挑戰的詩壇主將（major figures）」[14]，天賦與創造力較弱的後進詩人，只能夠把前驅詩人理想化，唯有創造較豐沛者才可取而代之。

黃翔，便是這一號人物（北島也是）。

這種「魔鬼化／逆崇高」除了爭取發言位置、自我肯定的企圖之外，也算是一種文學史的地盤爭奪戰。對於自己將來在文學史上的評價與版面，一直是當代中國年輕詩人奮戰不懈的終極目標。這種美其名為「變革」的爭霸心態，很快成為整個一九八○年代的普遍文人意識／心理，洪子誠在〈斷裂與承續〉中談到八○年代時，便指出：「突破」、「變革」、「超越」這些詞，使用頻率非常高。這表現出當時文學界對變革的非常強烈的願望和期待。在與歷史的關聯上，變革是強調一種「切斷」而不是「承續」，不是強調歷史的連續性。他甚至借用黃子平（當時還是研究生）的一句名言：「創作的狗追得我們連撒尿的工夫都沒有。」[15]

詩人鍾鳴（1953-）在十餘年後回憶這段歷史，重現在腦海裡的是：「當一群文學的昏兔，還沒有找到箭靶時，貴州《崛起的一代》已開始向官方文壇，發起了自四○年代以來的首次進攻，主要目標是艾青。為什麼把詩歌的草箭射在艾青的腦殼上呢？那上面已沒幾根頭

---

[14] *The Anxiety of Influence: A Theory of Poetry.* p.5.

[15] 洪子誠《問題與方法：中國當代文學史研究講稿》（北京：三聯書店，2002年），頁101-102。

髮了——因為,他被官方捧為詩歌泰斗⋯⋯。關鍵他老了!老樹根就要被扔掉,否則佔著茅坑不拉屎。『朦朧詩』之爭最開始是『挖根和護根』之爭」[16]。鍾鳴尖銳且赤裸的措詞,充分體現出新銳詩人對待老詩人的態度。

但老詩人並非省油的燈。那群擁有發表優勢和組織優勢的傳統派老詩人,運用組織力量對朦朧詩人,以及朦朧詩美學的建構者與支持者,進行長達三年的圍剿。位居中國作協副主席的艾青,對朦朧詩的「精神污染」一向感到十分焦慮,他說:「近幾年有少數詩人躲在個人心靈的小天地裡,咀嚼痛苦,詠唱哀傷,感慨寂寞,用撲朔迷離、晦澀難懂的字句抒發他們的不健康情緒,散佈精神污染」,「精神污染是我們精神文明建設的最大障礙,現在黨中央號召加以清除,真是好極了!」[17]

官方與地下詩壇歷經四個回合的戰鬥,始終處於下風、被動的朦朧詩,終於獲得全國廣大讀者的支持而成為最後的贏家,開啟了一個屬於年輕詩人的「新詩潮」,以北島、顧城(1956-1993)、舒婷(1952-)、江河(1949-)、楊煉(1955-)五人為代表的「朦朧詩人」更吸引了整個華文創作世界的目光。至於黃翔這位革命先烈,則先後六次被抓去坐牢,作品慘遭查封並禁止出版,黯然消隱在新詩潮的濤聲之外。

作為一種新興的詩歌美學與創作風格,朦朧詩如果沒有北大中文系教授謝冕(1932-)那篇獨具慧眼的〈在新的崛起而前〉(1980)、福建師大中文系教授孫紹振(1937-)推波助瀾的〈新的美學在崛起〉(1981)、年輕詩人徐敬亞(1949-)建構朦朧詩美學的〈崛起的詩

---

[16] 鍾鳴〈告別一九八九〉,《傾向》總第9期(1997年夏),頁70-71。

[17] 記者報導〈艾青談清除精神污染〉,《經濟日報》,1983年11月1日。

群——評我國新詩的現代傾向〉（1982）的理論支援，朦朧詩不知什麼時候才能夠獲得主流詩壇和學界的「承認」。「三崛起」不但成為當代詩史的重要關鍵詞，每一部新撰的文學史都必須論及它們的影響力，這種以理論支援創作的革命模式，數年後啟發了第三代詩人的裂變，以及他們在一九九〇年代的文學史版圖保衛戰。四個回合之後，青年詩人正式站上主流文壇和文學史的舞台，至於那些歸來者，再度歸去，順理成章地淹沒在朦朧詩炫目的光環背面。一九八五年，北京大學五四文學社出版了由公木主編的《新詩潮詩集》（1985），兩大冊共八百頁的選集裡清一色是年輕詩人，完全沒有歸來者的位置，朦朧詩總算站穩了陣腳。

這次成功的詩史裂變，主流詩壇並沒有消失，不斷流失創造力的老詩人黯然退居文學史論述的篇幅之外，死死抓住最後的權力。中國詩壇正式分裂成兩個：（一）以《詩刊》等官方傳媒為發表園地的「官方詩壇」，或稱「第一詩界」；（二）以《今天》等油印詩刊或手抄本詩稿為中心的「地下詩壇」，或稱「第二詩界」。

「魔鬼化」的地下詩人自視甚高，活力更是驚人，完全不把官方詩壇的作品放在眼裡。雖然地下詩壇的發行量極少，也談不上什麼印刷品質，但他們就是有一股「地下傳抄」的熱忱，將好詩逐字逐首傳抄出去，風行全國。不管從哪個角度來評斷，第二詩界絕對是當代中國優秀詩作的主要產地，尤其整個一九八〇、九〇年代令人動容的好詩，全出自朦朧詩人和第三代詩人之手。

魔鬼通過粉碎而創造，沒有創造性成果就不足以印證它的力量。朦朧詩的裂變不僅僅是運動的結果，它確實建立了一套嶄新的詩歌美學，足以將固有詩歌美學劃分成過去式。

朦朧詩象徵了自我和人文精神的覺醒，以及對文革以來的文化專制之反撲。在暗無天日的逆境中成長的文革世代，比任何一代詩人更

能夠洞悉政治與人性的黑暗面,更能體會民主、自由的可貴。顧城那首只有兩行的短詩〈一代人〉便是最精闢的詮釋:

> 黑夜給了我黑色的眼睛
> 我卻用它尋找光明[18]

除了楊煉從自身詩歌內部建構起來(只適用於楊煉自己)的「智力空間」理論,朦朧詩人並沒有正式發表任何「朦朧詩學」理論,他們直接透過大量的詩作來建立一個跟十七年時期、文革時期完全不同的詩學體系。後續的理論建設工作,主要從徐敬亞〈崛起的詩群——評我國新詩的現代傾向〉延伸出更多精微的論述和研究專著。

跟五四運動一樣,朦朧詩的形成除了諸多內在因素之外,構成詩歌美學的重要思想來源,也是西方文藝思潮。在文革期間,主要以黃皮書和灰皮書為傳抄對象,英、美、俄、法等國的經典名著,對白洋淀詩群和後來的今天派詩人,都有很大的吸引力。外國作家訪華而造成巨大的迴響與影響的,首推聶魯達,尤其他最重要的詩集《漫歌》(*Canto General,* 1950)在詩歌語言和意象經營手法上的驚人表現,已成為楊煉等朦朧詩人及其後進詩人的師法對象。

以沙特為代表的存在主義哲學及文學作品,在一九七六年正式引進中國,沙特熱不但影響了傷痕文學,同時也波及朦朧詩。存在主義對「自我」(ego)的尋索,影響了新詩潮。真實的、有個人情感與思維的「自我」,就在朦朧詩裡甦醒過來。有了自我,才有承擔意識,承擔「一代人」的存在重量,是朦朧詩人的主要精神意識和自我期許,也因此形成新時代的「代言人」的英雄主義色彩。「立言與代言是傳統文化人承擔精神價值、傳承文化思想的兩種言說方式。……

18　顧城《顧城詩全編》(上海:三聯書店,1995年),頁121。

新時期文學的啟蒙首先以代言這一言說方式銜接了五四的啟蒙傳統」[19]。儘管北島在〈宣告——獻給遇羅克〉一詩中明白表示：

> 也許最後的時刻到了
> 我沒有留下遺囑
> 只留下筆，給我的母親
> 我並不是英雄
> 在沒有英雄的年代裡
> 我只想做一個人[20]

但胸襟裡那股為天下人從容就義的氣魄和理念，在讀者的閱讀視野中，自然成為時代英雄的宣言／代言。於是讀者一再目睹以北島為首的朦朧詩人（習慣或自覺地）站在英雄的位置上發言，站在當代詩歌創作最前衛的探索點，以及批判政治黑暗面最危險的書寫前線，為了整個詩史下一刻的進展而努力，同時喚醒在政治謊言中迷失的心靈。北島在〈結局或開始——獻給遇羅克〉（1975）這首長詩中，更強烈表現出殉道精神：「我，站在這裡／代替另一個被殺害的人／沒有別的選擇／在我倒下去的地方／將會有另一個站起／我的肩上是風／風上是閃爍的星群」[21]。他的殉道資格，來自文革期間的先烈遇羅克，如今他已經是中國詩壇的「首席殉道者」，他肩上承擔著整個天地宇宙的希望，「他將學會更加猛烈的腔調，使聲音比暴虐者更為高亢。詩人們在自己的詩歌中練習著與歷史的暴力相頡頏的『擊劍術』」[22]。

---

19 陳力君《代言與立言：新時期文學啟蒙話語的嬗變》（杭州：浙江大學出版社，2007年），頁7-9。

20 北島《北島詩歌集》（海口：海南出版社，2003年），頁22。

21 《北島詩歌集》，頁26。

22 張閎〈北島，或一代人的「成長小說」〉，《聲音的詩學》（北京：中國人民大學出版社，2003年），頁71。張閎認為：「二十世紀的中國歷史，大體上可以視作

北島等人的熱情與理想，在那個苦悶的時代，形同一支高亢的行軍號角，就他們在詩中扮演的角色而言，朦朧詩群確實是當代詩歌的英雄。也只有英雄才敢／能承擔一代人的存在重量，所以他「決不跪在地上／以顯出劊子手們的高大／好阻擋自由的風」[23]。這就是北島。

　　然而，以北島為首的朦朧詩人過於炫目的個人光芒，以及英雄式的代言人角色，讓他們成為更年輕一輩詩人眼中最新的前驅和阻力，打從「Pass北島」[24]的呼聲突起，父權的陰影再度籠罩一九八〇年代的中國詩壇。於是又引發「魔鬼化／逆崇高」的裂變，結束了歷時七年的「北島朝代」。

（二）第三代詩歌對前驅的「誤讀」與群體作戰

　　一九八六年十月二十一日，《深圳青年報》和《詩歌報》聯合推出「中國詩壇一九八六現代詩群體大展」，號稱「新中國現代詩史上盛況空前的群體展示，……匯萃了一九八六年中國詩壇上全部主要現代詩流」[25]，這個活動雖然沒有催生重要的詩篇，但它卻成為一個詩歌運動的新典範，「把詩歌社會化、事件化，而且用媒體的手段推向社會、強加給社會」[26]。值得注意的是活動主要負責人徐敬亞所謂的

子輩反抗父輩的歷史。從另一方面來看，它也是不斷將自己的兒子送上祭壇的歷史。……（歷史）象徵著父親權力的文化歷史傳統對子輩『吞噬（吃）』的過程」（頁70），這一點看法，很能夠說明朦朧詩人當時的處境。

23　《北島詩歌集》，頁22。

24　「據詩人西川的〈民刊：中國詩歌小傳統〉一文介紹，『Pass北島』一詞出自一個『初出茅廬的青年詩人之口』。在八〇年代中期北京基督教青年會的一次文學聚會上，這個年輕人指著北島的鼻子說：『我們這一代人就是要打倒你，Pass你！』之後，『Pass北島』的說法不脛而走，風靡全國。」〔詳見：劉春《朦朧詩以後：1986-2007中國詩壇地圖》（北京：崑崙出版社，2008年），頁231。〕

25　徐敬亞〈中國詩壇1986現代詩群體大展〉，《深圳青年報》，1986年9月30日。

26　這是當年曾經參與展出的第三代詩人歐陽江河，在十幾年後接受訪問時的看法，

「全部主要現代詩流」，這個「全部」事實上已排除了歸來者及中生代以上的詩人，不但明正言順地確立了眾多（地下）年輕詩派的主流地位，後來將眾詩派參展作品結集時（《中國現代主義詩群大觀1986-1988》），主編們更把北島為首的「朦朧詩派」，跟「非非主義」、「他們文學社」、「海上詩群」、「莽漢主義」、「整體主義」、「新傳統主義」等六十七個詩派齊頭並列，原本作為新時期前葉（1978-1985）主要詩歌美學象徵的朦朧詩，登時被矮化成眾多詩派之一。以上述六個詩派為主的「第三代詩人」，日後在美學操作上全面顛覆朦朧詩，開創了嶄新的時代，這次大展也因此成為當代詩歌發展的分水嶺。

徐主編敬亞認為是「歷史決定了朦朧詩的批判意識和英雄主義傾向，這無疑是含有貴族氣味兒的。當社會的整體式精神高潮消退，它就離普遍中國人的實際生存越來越遠。……『反英雄化』是對包括英雄（人造上帝）在內的上帝體制的反動，是現代人自尊自重平民意識的上昇」[27]。更赤裸的說法是：朦朧詩已經過時了！這群後崛起的第三代詩人，一邊急著將最具象徵地位且名聲最嘹亮的朦朧詩人打造成「上帝體制」，再進行全方位的誤讀和圍剿。然後以「新任上帝」的姿態踩上「前任上帝」的肩膀，昭告天下：「這是一個繼五四、朦朧詩兩大破壞過程的繼續，它終於使現代詩與中國語言在總體上達到了同構、一致與融合，造成了幾十年來詩的最舒展時期」[28]。真正感到舒展的，恐怕只有那六十七個篡位成功的詩派。

他甚至將它總結為：「真是一個發明」。〔詳見：楊黎《燦爛：第三代人的寫作和生活》（西寧：青海人民出版社，2004年），頁378。〕

[27] 徐敬亞〈前言一：歷史將收割一切〉，《中國現代主義詩群大觀1986-1988》（上海：同濟大學出版社，1988年），頁2。

[28] 《中國現代主義詩群大觀1986-1988》，頁3。

　　這次大展讓各世代詩人深刻體會到「群體作戰」的重要性,「扎堆」(結夥)實乃大勢所趨,他們認為「『文革』剛過去幾年,觀念上的反叛和形式上的新奇行為肯定不能一個人說了算,在這種特殊時代孤膽英雄和個人英雄主義不足以成事,團體或流派必須出現,哪怕這些團體甚至帶有『派性』味也無傷大雅」[29]。然而,這些派性十足的團體,除了「非非主義」等六個詩派,以及一些次要的小集團,其餘的多半是丐幫式的烏合之眾,數十個詩歌群體竟然提不出幾種像樣的理念或說法,理由很簡單,從「撒嬌派」、「男性獨白」、「八點鐘詩派」、「三腳貓」、「莫名其妙」、「低空飛行主義」、「病房意識」等詩派名稱,就可以看出其中胡鬧的成分居多,真正能夠反省並革新當代詩歌的團體,也只有前述六個,其餘六十一個都是多餘的。

　　從詩史的後見之明來回顧「中國詩壇一九八六現代詩群體大展」,這一批被稱為「第三代詩人」的詩壇動亂份子,僅有少數十幾位詩人真正具備篡位的實力,其中又以于堅(1954-)、翟永明(1955-)、歐陽江河(1956-)、韓東(1961-)、西川(1963-)、李亞偉(1963-)等人的詩作最為突出。「這一時期的詩歌寫作一方面進行『反北島』的寫作。即從美學上反叛、顛覆英雄主義、人道主義詩歌話語。另一方面將詩日常化、藝術化、語言化,甚至是遊戲化。……一時泥沙俱下魚龍混雜。這種狀況一直到一九八九年為止。」[30]

　　在如此的亂世,布魯姆的六種修正比之一的「誤讀」(Clinamen or Poetic Misprision)便派上用場:把朦朧詩誤讀得更崇高,更接近上帝,和遠去的詩學革命。於是朦朧詩在美學層次上演出,被名之為「英雄主義」。英雄是時代的產物,更精確的說法是:新時代用來推

29　李亞偉〈英雄與潑皮〉,《豪豬的詩篇》(廣州:花城出版社,2006年),頁222。
30　邱華棟〈生長著的漢語詩歌〉,《一行詩刊‧十周年集》,第22,23期合刊(1997年11月),頁277。

翻舊時代的產物。英雄主義是「反動」的時代需求，因為它能夠凝聚目光和力量，成為一個突破點。英雄色彩來自詩歌文本，也來自詩人自身的形象。以一人之力，引領天下群雄併起，這個歷史性的角色，非北島莫屬。

北島身處的時代已經集結、積蓄了巨大的反動能量，近年重新出土，被譽為新詩潮第一人的郭路生沒有引爆它，年長的歸來者也沒有引爆它，直到黃翔以言論點火，北島以詩作起義，方引爆所有久經壓抑的苦悶和不滿。朦朧詩的英雄主義色彩歷史的必然和必需，是正面的元素。但「含有貴族氣味兒的」的說法，根本就是莫須有的罪名。「貴族氣味兒」是主觀的判斷，如果以「作者－讀者」的閱讀距離來看，含有貴族氣味兒的朦朧詩應當無法激起讀者的共鳴。可是，替詩壇驅逐讀者的卻是「後朦朧詩／第三代詩歌」。他們一方面致力於口語化，另一方面卻把題旨表現得更抽象、更難捉摸。在一九八〇年代的中國出版品當中，可以找到很多朦朧詩的文本分析（單篇作品的賞析或導讀），反而跟後朦朧相關的評論文字，大都只討論抽象的美學原則或詩論，文本分析十分罕見。因為看懂後朦朧詩的評論家和讀者，少之又少。朦朧詩的貴族氣味兒，根本就是第三代詩人的假想，他們同時扮演讀者、篡位者，和評論者。三位一體，方能有效地改朝換代。

第三代詩人的詩歌美學理念跟朦朧詩完全相反，他們紛紛喊出：反崇高、反理性、反文化、反抒情、反變形的口號，每一個反字對是一項「反北島」、「反朦朧」的「誤讀工程」。以「群體作戰」姿態出現的第三代詩人群，正式掀開一個眾聲喧嘩的詩歌亂世，他們的寫作實力未能魔鬼化，卻努力粉碎一切，然後在混亂中吃力地創造出新的文學地景。第三代詩歌也自稱「先鋒」詩歌，八〇年代中期先鋒文學的核心精神即是「探索」，主要的藝術表現是「創造性」，所以它必

然是一種距離讀者最遠的高難度寫作。第三代詩人之所以頻頻喊著
先鋒的「口號」，乃因為「先鋒」一詞具有鮮明的區隔作用，跟固有
的（被視為停滯不前或放棄探索精神）的前行代詩作劃清界線，並標
榜一種「敢為天下先」的前衛性和實驗性。能夠為自己或自己的流派
貼上「先鋒」的商標，在門派林立的詩壇上，總是比較有機會出人頭
地。雖然「先鋒詩歌」後來演變成第三代詩人自我標榜或狼狽為奸的
口號，但于堅等幾位較優秀的詩人確實交出亮眼的成績。「歷史的平
面化」和「敘述的稗史化」即是第三代詩歌較值得討論的詩學變革。

　　「歷史的平面化」是由「一代人」逃向「一個人」的創作意識之
轉變。對後朦朧這群沒有在思想上體驗過文革災害的新生代而言，文
革歷史只是被告知的悲劇，形同舊照片中的平面影像、檔案裡的文字
紀錄。於是他們告別了傳統與歷史，將思維從朦朧詩的史詩層次驟降
下來，並消解了詩的群體代言性質，宣稱他們不再代表社會、甚至
不代表「一代人」，「我」只代表自己。詩不再揹負沉重的歷史和意
義，回到簡單的生活層面。第一座里程碑即是韓東的〈有關大雁塔〉
（1983），同屬第三代詩人的楊黎（1962-）認為：「無論從哪一個角
度考慮，韓東的〈有關大雁塔〉，都是第三代人的第一首詩，這首寫
於一九八三年五月四的詩，是第三代人秘密的初夜」[31]，幾乎所有重要
的詩選都相中它。韓東就用這首二十三行的短詩〈有關大雁塔〉，消
解了楊煉那首二百餘行的文化史詩〈大雁塔〉（1981），那是一場後
朦朧詩與朦朧詩的大對決，任何詩史論著都不能錯過。

　　〈大雁塔〉具備了十分壯闊的文化史詩格局和視野，是楊煉最出
色的經典之作，他將主體情感完全神入到作為敘述對象的客體景物
（大雁塔）當中，以定點不動的敘述主體為中心，去觀照充滿挫折感

---

[31] 《燦爛：第三代人的寫作和生活》，頁46。

和苦痛的歷史時空。作者主觀心理對現實事物的投射，加上濃烈情感
的浸潤，主客體在此融鑄成「人塔合一」的心理圖象：「我被固定在
這裡／已經千年／在中國／古老的都城／我像一個人那樣站立著／粗
壯的肩膀，昂起的頭顱／面對無邊無際的金黃色土地／我被固定在這
裡／山峰似的一動不動／墓碑似的一動不動／記錄下民族的痛苦和生
命」[32]，大雁塔在楊煉筆下形塑成民族歷史的墓碑，見證著數不盡的苦
難與厄運。由於「被固定」，所以面對變遷不止流動不息的歷史，大
雁塔只能權當一位無力回天的記述者。在這一九八〇年代回顧著過去
的楊煉更無力，「遲到」的他被固定在史料的想像和素材堆中，除了
用詩來複述過去的苦難，根本挽不回些任何東西，只能激起更多的悲
慟。〈大雁塔〉非常需要這股悲慟作為敘事的內在動力。

　　楊煉透過「人塔合一」的敘事策略在詩中重建了大雁塔的靈魂，
並將本身的情感與視野，源源不絕地灌注到敘述主體裡去，於是激烈
的情感和崇高的辭彙（noble diction），在氣勢磅礴的敘述中，形成一
股充滿壓迫感，以及令人屏息的強勁語勢。楊煉史詩中最具特色的
「動力雄渾」（the dynamically sublime），不但讓讀者感受到驚人的氣
魄，更感受到人塔合一的沉重敘述，彷彿聽見一縷無力、自責的靈魂
在嘆息：

> 我被自己所鑄造的牢籠禁錮著
>
> 幾千年的歷史，沉重地壓在肩上
>
> 沉重得像一塊鉛，我的靈魂
>
> 在有毒的寂寞中枯萎
>
> ⋯⋯⋯⋯⋯

32　楊煉〈大雁塔〉，收入老木編《新詩潮詩集》（北京：北京大學出版社，1985年），
　　頁282-283。

　　祖先從埋葬他們屍骨的草叢中

　　憂鬱地注視著我

　　成隊的面孔，那曾經用鮮血

　　賦予我光輝的人們注視著我[33]

「我」是一個重疊的符號，它是楊煉（自己），也是楊煉筆下的那座
孤塔，他們都見證了歷史，也洞悉了歷史，卻無從阻止悲劇的一再發
生。「在有毒的寂寞中枯萎」的不僅僅是詩人的靈魂，還有天下人對
歷史的感受力，楊煉對無能為力的千年變異，感到沉重的壓力和羞
愧，他覺得自己（和所有的當代漢人）都無法回應祖先們注視的目
光。

　　然而，不管楊煉為「大雁塔」堆砌了多少歷史情感與想像，在韓
東看來，沒人會當它一回事，大雁塔不過是「旅遊視野」裡的一座陳
舊建築，大雁塔單調地停置在一座古塔的「景點意義」上，不作任何
超越現實的文化延伸，非常忠實、殘酷地暴露了〈大雁塔〉一詩的想
像性和虛妄性，在老百姓庸俗的文化視野和普遍的知識水平上，還原
了它的本來面目：

　　有關大雁塔

　　我們又能知道些什麼

　　有很多人從遠方趕來

　　為了爬上去

　　做一次英雄

　　也有的還來做第二次

　　或者更多

---

[33] 《新詩潮詩集》，頁289-290。

　　那些不得意的人們

　　那些發福的人們

　　統統爬上去

　　做一次英雄

　　然後下來

　　走進下面的大街

　　轉眼不見了[34]

一般老百姓或者旅客根本沒有足夠的情感與知識，將大雁塔膨脹成一個——宛如楊煉詩中的——文化象徵，他們對大雁塔的仰慕僅止於旅客對名勝之仰慕，很單純地的從遠方過來觀光，就為了爬上去做一次英雄。任何人都可以這麼做，都想這麼做，「（當代）英雄」在此，已淪為一個失意、發福、愚蠢，嘲弄性十足的名稱。「有關大雁塔」，老百姓本來就不會有太多的了解和感受，絕對不會像楊煉在詩中鋪陳的那樣，「我們」這些庸眾除了逞逞英雄之外，頂多就是爬上去看看四周的風景，然後再下來，成不了什麼大事。

　　韓東以平實的小市民視野和窮極無聊的行徑，徹底消解了楊煉賦予大雁塔的所有痛苦與悲劇、文化重量和歷史意義，大雁塔的崇高象徵被刻意平民化的敘述視角逐層削平。這也可以視為「逆崇高」的一種表現，同時也是布魯姆所謂的「削減」（reductiveness）策略，一種激進的誤讀，它讓前驅詩人看起來像一種過度的理想主義者（over-idealizer）；這種削減模式往往出現在新崛起詩人對前驅詩人的作品評價上。[35]

---

[34]　韓東〈有關大雁塔〉，《爸爸在天上看我》（石家莊：河北教育出版社，2002年），頁10。

[35]　*The Anxiety of Influence: A Theory of Poetry*, p.69。

　　大雁塔的再詮釋是一次後進詩人對前驅詩人的創作評價，甚至是
一次價值重估。削減是手段，也是評斷。韓東削減大雁塔的歷史涵意
的同時，也削減了楊煉的文化情懷與史觀，以及作為前驅詩人的陰影
面積，實為三重削減，全面低估前驅詩人和詩作的價值。這場精彩的
對決，正好用來說明前後兩代詩人在美學和思想上的巨大差異。尤其
後進詩人對前驅詩人的顛覆意圖，非常明顯。

　　「敘述的稗史化」包括詩歌語言、題材、敘述視野等創作要素。
後朦朧詩人表現了對於精緻語言的嫌惡，他們認為朦朧詩的貴族化傾
向就是對於意象的刻意追求。所以他們放棄了意象的營構，為了消解
意義而導向拒絕崇高，把大量的平凡甚至平庸的素材引入詩中，用世
俗的瑣屑以替代新詩潮的崇高嚴峻。於是李亞偉（1963-）在〈中文
系〉（1984）一詩對裡拿中文系這個神聖的殿堂來開刀。在李亞偉眼
裡，古典詩歌是今人遠不可及的書寫傳統，那些自我陶醉在偉大詩篇
裡的現代學者，在摹寫，或指導學生如何進入王維的詩歌境界時，就
產生了以下畫面：

　　　　當一個大詩人率領一夥小詩人在古代寫詩
　　　　寫王維寫過的那塊石頭
　　　　一些蠢鯽魚或一條傻白鰱
　　　　………
　　　　老師說過要做偉人
　　　　就得吃偉人的剩飯背誦偉人的咳嗽
　　　　亞偉想做偉人
　　　　想和古代的偉人一起幹
　　　　他每天咳著各種各樣的聲音從圖書館

回到寢室[36]

李亞偉經驗中的中文系是腐朽的，它象徵著古典文學傳統在「食古不化」的教育觀念底下，令人噴飯的迂腐。李亞偉的「偉人」和韓東的「英雄」一樣，都是諷刺性的符號，那一聲聲咳嗽嘹亮地挖苦了傳統中文系的填鴨式詩歌教育。背誦，在第三代的詩人眼裡根本無法貼近原詩的意境，只是一種粗糙的摹擬。李亞偉的詩能夠脫穎而出，不只是精神層面的叛逆與批判性，還有粗莽的口語化書寫，那才是深到骨子裡的「反中文系」表現。於是，歷來以典雅著稱的中國詩歌聖殿，變成不雅之堂：「中文系在夢中流過，緩緩地／像亞偉撒在乾土上的小便，它的波濤／隨畢業時的被蓋捲一疊疊地遠去啦」[37]。部分較前衛的詩人專注於口語寫作的實驗，企圖從口語中提煉出更貼近生活的詩歌語言，可是真正做到的詩人卻非常少，大多是味如嚼蠟的生活敘述。李亞偉的口語化敘述，卻很能夠把粗獷的個性，在對典雅事物赤裸裸的嘲諷過程中，生動地表露出來，讀其詩如見其人。而且是個與北島世代截然不同的「小我」——背後沒有歷史、心中沒有典範、眼前沒有遠景，他唯一在意的是：如何讓詩歌語言回到最舒坦、最放肆、最自由和自在的境界。一切就從瓦解中文系（和古詩）的典律／典雅形象開始，這是一種「稗史化」的創作意識。

「稗史化」的創作意識，明確區隔出後朦朧詩跟朦朧詩的主要美學差異，「反英雄」和「反意象」則是他們高張的兩大旗幟。

對第三代詩人而言，這種詩歌美學的演化是一種不斷的昇華，但它卻屬於「侵略性本能昇華」（sublimation of aggressive instincts），在創作或閱讀前驅詩歌時成為核心思想。基於堅強的鬥性使然，攻擊

---

[36] 李亞偉《豪豬的詩篇》（廣州：花城出版社，2006年），頁6-7。
[37] 《豪豬的詩篇》，頁10-11。

前驅詩人乃必要的革命行為。一九八七年初，舒婷在〈潮水已漫到腳下〉一文中感慨地說：「這兩年，朦朧詩剛剛繡球在手，不防一陣騷亂，又怕兩手空空。第三代詩人的出現是對朦朧詩鼎盛時期的反動。所有新生事物都要面對選擇，或者與已有的權威妥協，或者與其決裂。去年提出的『北島、舒婷的時代已經Pass！』還算比較溫和，今年開始就不客氣地亮出了手術刀」[38]。北島更成為「艾青第二」。到了世紀末，第三代詩人又成為「七〇後詩人」努力消滅的前驅，雖然後者的革命尚未成功。

那些權力目的高於詩學理由的批評文字，實在沒有詳加討論之必要，列舉一二便足以看出「裂變」思維已經成為中國詩壇世代交替的慣性行為。先後崛起的每一代詩人，都在自身「魔鬼化」的同時，對前驅詩人進行「逆崇高」工程，先破後立，企圖徹底割裂彼此在詩學傳承上的血緣關係。從他們裂變的意圖、論述、詩作來看，當代中國詩壇的詩學譜系應該是不連續的。然而，三種後浪推前浪的詩歌美學——朦朧詩、第三代詩歌、七〇後詩歌——之間，果真截然不同嗎？這個疑問不待文學史家來提問，詩人們便急於解答。

為了完成截然有效的斷代，並掌握詩史的發展脈絡，他們分別從「建構詩學理論」和「編輯詩（論）選」兩方面著手，自行重製文學史的地圖。

二 斷代理論與文學史地圖的重製

文學史地圖的重製與維護，本來就不是詩人（被評論者）份內的

---

38 原載《當代文藝探索》1987年第2期。轉引自：徐國源《遙遠的北島：北島詩、人及其散文評論》（臺北：黎明文化事業公司，2002年），頁115。

工作，那是史家的職責。不過，昔時的篡位者卻產生一股強大的「被
篡位的憂慮」——八○年代的兩次後浪推前浪的裂變，讓第三代詩人
為自己在九○年代的「下場」感到極大的憂慮——這股失勢的危機感
時時警惕著第三代詩人。一方面他們得壓制後浪興起，持續掌控詩界
的發言權，守住主流詩人的王座；另一方面拒絕讓學院的評論力量介
入詩史的版圖繪製，或以大量目的鮮明的自剖式詩論、詩學敘述、詩
壇現象評述，主動侵佔有關九○年代詩史的討論；或者製造大量的
「重要徵引資料」，努力主導當代文學史（家）的評價觀點。琳瑯滿
目的技倆，大大豐富了當代詩歌的野史。

　　隨手一翻，便可以在王家新和孫文波合編的《中國詩歌九○年代
備忘錄》（2000）一書中找到：張曙光〈九○年代詩歌及我的詩學立
場〉、陳東東〈有關我們的寫作〉、西川〈九○年代與我〉等多篇現
身說法的文論。當然，他們也得設法拒絕學界對詩歌的評論。最典型
的姿態是：「目前的詩評就根本不夠達到詩作的高度。而真正的詩歌
並沒有被人們知道。人的認識有相當的距離！是猿和聖誕卡的距離，
很難走到一起來」[39]。周倫佑（1962-）為了確保地下詩歌不受官方媒體
和學院論述的「污染」，更明白提出五點聲明：

　　　　——拒絕他們的刊物和稿酬！
　　　　——拒絕他們的評價和承認！
　　　　——拒絕他們的出版社和審稿制度！
　　　　——拒絕他們的講壇和不學術會議！
　　　　——拒絕他們的「作家協會」、「畫家協會」、「詩人協會」等

---

[39] 海上〈沉默中的中國先鋒詩歌〉，收入黃梁等著《地下的光脈》（臺北：唐山出版
社，1999年），頁49。

等這些腐敗藝術‧壓制創造的偽藝術衙門！[40]

此舉是否有效保住地盤（與貞操）已經不是很重要，因為許多身居主流地位的第三代詩人都成了詩學理論家，站在詩學論述的最前線發聲。其中比較有名的詩學隨筆／論著有：鍾鳴《徒步者隨錄》（1997）、陳東東《詞的變奏》（1997）、西川《讓蒙面人說話》（1997）、歐陽江河《站在虛構這邊》（2001）、周倫佑《反價值時代》（1999）等多部，再加上程光煒、臧棣、伊沙、沈奇、嚴力、于堅、蕭開愚等人的論述文章，儼然構成當代詩學研究的主流論述。

或許當時的中國學者大多沒有寫詩經驗，更沒有實際參與各種詩歌活動，所以他們的論述皆以宏觀的美學或現象討論為主，鮮少看到精闢的細部文本分析，這讓各流派的詩人很不放心，怕遭到外行人的錯誤詮釋，只好親自下海，有人把主導創作或創作背後的思維活動寫出來，成為文學史的重要史料。有人更乾脆，將整個第三代詩歌運動撰述成詩史的雛型。

種種護盤行為，再次印證了布魯姆所言：「當一位詩人獲得詩人身分（qua poet）的認可之後，他對任何可能終結其詩人地位的危機都會感到焦慮」[41]。每一位第三代詩人都擔心自己在文學史家筆下的被誤讀或埋沒，所以才用盡一切方法先發制人，替自己在文學史預定位置。儘管由此暴露出他們名留青史的意圖和焦慮，但這個書寫策略的確相當成功，近幾年撰寫詩史論文或新詩史的學者，都離不開他們預設的論述陷阱，無法不去正視那些現身說法的詩人自述。

---

40 周倫佑〈拒絕的姿態〉，收入《地下的光脈》，頁116。

41 *The Anxiety of Influence: A Theory of Poetry*, p.58.

（一）理論建構與詩史版圖的保衛戰

翻開諸多詩學論著，常見以一九八九年作為第三代詩歌美學轉向的斷代刻度，之後便開啟了「九〇年代詩歌」的新紀元。有關「一九八九年」改朝換代的認知與定義，當以歐陽江河在一九九三年發表的重要詩論〈1989年後國內詩歌寫作：本土氣質、中年特徵與知識份子身分〉最常被論者徵引，更頻頻入選各種論文選。他在文中試圖為一九八九年的斷代意義作出解釋：「一九八九年是個非常特殊的年代，屬於那種加了著重號的、可以從事實和時間中脫離出來單獨存在的象徵性時間。對我們這一代詩人的寫作來說，一九八九年並非從頭開始，但似乎比從頭開始還要困難。一個主要的結果是，我們已經寫出和正在寫的作品之間產生了一種深刻的中斷。詩歌寫作的某個階段已經大致結束了。許多作品失效了。就像手中的望遠鏡被顛倒過來，以往的寫作一下子變得格外遙遠，幾乎成為隔世之作」[42]。這種中斷比較像是個人內在的創作瓶頸，不應該是整個時代的寫照。而且如此關鍵性的一年，其根據竟然只是以海子（1964-1989）的自殺和駱一禾（1961-1989）的病逝！在歐陽江河的解讀中，他們二人的殞落竟「將整整一代詩人對本性鄉愁的體驗意識形態化了」[43]。羅振亞的說法更誇張：「他的死亡和詩歌文本，不但已成為逝去歷史的象徵符號、中國先鋒詩死亡或再生的臨界點，而且預示並規定了未來詩壇從執著於政治情結向本體建設位移的向度和走勢。任何先鋒詩研究繞過他都得不到人們的首肯」[44]。這種將早夭的同輩詩人「崇高化」的行為，令人非

---

[42] 歐陽江河〈1989年後國內詩歌寫作：本土氣質、中年特徵與知識份子身分〉，《站在虛構這邊》（北京：三聯書店，2001年），頁49。

[43] 《站在虛構這邊》，頁50。

[44] 羅振亞《朦朧詩後先鋒詩歌研究・第二章・海子：先鋒詩歌「死亡」或「再生」的

常納悶。

實在很難接受一個以十三億人口為基礎的中國詩壇，所有的詩人都會在同一個時間點上，產生如此巨大的詩學困境和反省。唐曉渡如此分析了歐陽江河的見解：「『深刻的中斷』當時是一種普遍的感受。作為『後果』的後果，這使得本來就非常可疑的寫作的意義在一些詩人那裡幾乎是轉眼間就沉入了虛無的深淵；而對另一些詩人來說，『寫作將如何進行下去』已不只是某種日常的焦慮，它同時也成為陳超所謂『噬心的時代主題』。然而，把造成這種『中斷』的肇因僅僅歸結為一系列事件的壓力是不能讓人信服的。」[45]

同樣不能令人信服，卻更細膩的說法是：海子在三月二十九日於山海關軌自殺，竟被第三代詩人渲染成一次「神聖的獻祭」。「海子死了」——更成為當時任何一場詩歌或文學研究會的開場白。感覺中，下葬的整個時代而不是一個北大校園裡的年輕詩人！他結束了一個時代，同時又開啟了新的時代，好讓活著的詩人可以跟過去決裂。[46]

對於接二連三的「詩人之死」（海子、駱一禾、戈麥、顧城）的社會反應，周瓚的看法很值得思考：「在大眾傳媒導引下，『詩人之死』一直是一個帶有震驚效應的話題。人們討論的不再是詩歌，而更多的是詩人以及借詩人之死論及活著的人事」，「大眾文化話語中的『詩人之死』，詩歌藝術本身的問題被暫時擱置一旁，而詩人的身份問題則被敏感地突顯出來。這些問題實際上涉及對詩人的精神人格

臨界點》（北京：中國社會科學出版社，2005年），頁104-105。

[45] 唐曉渡〈九〇年代先鋒詩的若干問題〉，《唐曉渡詩學論集》（北京：中國社會科學出版社，2001年），頁106。

[46] 詳見：陳曉明《表意的焦慮：歷史祛魅與當代文學變革》（北京：中央編譯出版社，2002年），頁193。

結構、詩人在社會文化空間中的身份定位以及詩歌在當代文化中的功能意義等問題的反思和重構」[47]。在當時不利詩歌生存的社會文化語境中，海子等詩人之死，正好成為一個社會事件或社論焦點，讓遠去的讀者重返詩歌的祭壇。

如今事過境遷，只能從資料裡還原這場「現代造神運動」實況，去推斷當時第三代詩人的心情。但把「海子之死」擴大解釋成「神聖的獻祭」或「海子神話」，實在過於矯情、濫情。一向強調反英雄、反上帝的第三代詩人為何創造一個「現代屈原」來催逼大夥虛偽的眼淚？令人非常納悶。

翻開海子的詩作，也讀不出驚人之處。海子的名篇〈亞洲銅〉（1984）曾入選多部重要詩選，全詩十二行徵引如下：

> 亞洲銅，亞洲銅／祖父死在這裡，父親死在這裡，我也會死在這裡／你是惟一的一塊埋人的地方／／亞洲銅，亞洲銅／愛懷疑和愛飛翔的鳥，淹沒一切的是海水／你的主人卻是青草，住在自己細小的腰上，守住野花的手掌和秘密／／亞洲銅，亞洲銅／看見了嗎？那兩隻白鴿子，牠們是屈原遺落在沙灘上的白鞋子／讓我們——我們和河流一起，穿上它們吧／／亞洲銅，亞洲銅／擊鼓之後，我們把在黑暗中跳舞的心臟叫做月亮／這月亮主要由你構成[48]

海子的詩歌語言充滿民謠式的熱情和抒情性質，潛藏的「吟唱意識」主導了全詩在意象設計和節奏感方面的表現，導致詩句過於鬆散，在「亞洲銅」此一符號意涵的經營上，也是點到即止。「亞洲銅」跟

---

[47] 周瓚〈文化英雄的出演與降落〉，《透過詩歌寫作的潛望鏡》（北京：社會科學文獻出版社，2007年），頁75-76。

[48] 海子〈亞洲銅〉，《海子的詩》（北京：人民文學出版社，1995年），頁1。

宏觀的「亞洲（文化）」或「銅（器具文明）」沒有足夠的關聯性，只能將之視為「中國」（亞洲的青銅文化大國）的象徵，「銅」作為構築出中國文明的重要原料之一，可以用來比喻每一個為祖國奉獻出血汗和生命的老百姓。家國意識在某些人身上顯得特別壯烈，包括詩中提及的殉國詩人（聖人）屈原，以及對詩歌寫作無比狂熱的「聖徒」──海子自己。「亞洲銅」這個象徵意味濃厚的符號，並沒有得到應有的深化或延伸，反覆出現八次，暴露出海子對旋律感的考量大於一切。由此觀之，實在很難界定為天才詩人的手筆，至於他那些動輒數千行的長篇鉅構，更沒有討論的必要。

從最純粹的詩歌藝術層面來討論，海子並不是質量均稱的重要詩人。即使到了《後朦朧詩全集》（1994），海子被收入的篇幅沒有特別突出。在洪子誠《中國當代文學史（修訂版）》（2007）一書中，海子僅定位為「新詩潮主要詩人」，完全沒有提及斷代意義；在金漢主編《中國當代文學發展史》（2002），海子的詩被定義為「烏托邦寫作」，也沒有論及他的斷代意義。從諸多客觀的選集篇幅和文學史論述角度來看，海子都算不上重要詩人。他只有被用來斷代時，才被賦予天才早逝的感慨和時代的象徵性內涵。

其實，海子只是第三代詩人手中的一件「道具」。

不管實際／真實的情緒反應為何，以「海子之死」來斷代絕對失之草率。而且極大部分詩人在創作表現上，並沒有因一九八九年這個「歷史性時間」，而產生風格或思想上的大變化。連歐陽江河也沒有，一切轉變就是漸進式的，「深刻的中斷」只是被「某些文學史意圖」歸納出來的假象。

一九八九年可以「用來斷代」的事件與現象不少，「六四天安門事件」是其一；天安門事件後「部分頂尖作家移民歐美」是其二。不過，「消費時代的來臨」才是最重要的因素。

這個嶄新的消費時代，對讀者的閱讀（消費）心態／行為有莫大影響，大環境的改變直接撲滅了嚴肅文學創作的熱情（尤其詩歌更是乏人問津）。作為社會消費慾望的指標，商業廣告的成長率可以扼要地說明複雜的現象，「一九七九年全國廣告營業額為一千五百萬元，一九八九年增加到二十億元，而一九九三年竟高達一百三十四億元，十四年間竟成長了八百九十三倍！據統計，從一九七九年到一九九三年，國民生產總值每年遞增九％，而同一時期廣告的營業額每年遞增三十％到四十％」[49]。從海子死亡的一九八九，到歐陽江河發表〈1989年後國內詩歌寫作〉的一九九三年，全國廣告營業額暴增了 6.7 倍，隱藏在背後的個人消費行為和整體社會價值觀的轉變，是更可怕的數字。

數字背後，隱藏著一個慾望暴增的消費年代，社會型態從計畫經濟轉向市場經濟，「一次性消費」和「文化快餐」已成趨勢，通俗文學吞併純文學的板塊，巨大的銷售壓力讓某些文學刊物降格為地攤刊物[50]；廣大群眾對詩歌出版品的消費與關注都大幅下降，詩歌失去七〇、八〇年代的政治壓力，它的改造社會、激勵心靈的時代使命驟然消失，它不再具備引發社會輿論和反響的功能。許多詩人棄詩從商，或投入商業廣告的撰述，或改寫消費性質較高的抒情散文和小說。時代創造了詩歌，當然也可以消滅詩歌。

第三代詩人的無力感，來自大環境的對詩歌的冷漠態度，方才迫使原本眾聲喧嘩的詩壇冷卻下來。其實不僅是詩歌，整個中國文學界進入九〇年代之後，作家地位和嚴肅文學的急速邊緣化，創作者和學者們對這個高度消費化、物質化的世界感到茫然失措，遂產生一種

---

[49] 黃會林編《當代中國大眾文化研究》（北京：北京師範大學出版社，1998年），頁436。

[50] 《當代中國大眾文化研究》，頁415-417。

「沮喪」的情緒，足以支配眾多文化人的創作意識。歐陽江河的感受實為時間累積（1989-1993）的結果，以「海子之死」為斷代，真正目的是為了將八〇年代「完整終結」，讓九〇年代「從頭開始」。

　　建立自己，就必須否定前驅詩人的詩學成就，後進詩人便努力貶抑八〇年代（朦朧）詩歌的價值：「以今天的眼光來看，八〇年代是產生了少量的好詩人，而不是產生普遍的好作品的時代，曾經有過的、某些作品的價值不是看錯了，就是其真正的意義被誇大了」[51]；甚至譏諷說：「八〇年代詩人遵循的是表演性的江湖邏輯，為了在眾目睽睽的小校場上贏得喝采而練習怪招、打製殺手」[52]。還有另一種說法是：「當『九〇年代詩歌』在詩界開始成為一個話題時，有人似乎感到了『威脅』。他們本能的反應是極力否定、貶損這個『九〇年代』」[53]，如此一來，令人更加弄不清楚究竟誰才是最先動手的凶徒。不管事實為何，後進詩人對前驅詩人的「魔鬼化 逆崇高」的老戲碼再度上演。

　　從上述幾位第三代詩人模糊、牽強的斷代論據，當能發現他們急於勾勒一個嶄新的「九〇年代」，告別過去。之所以急著要斷代，其實還有他們的個人因素。關於這一點，伊沙說得很露骨：「這一代（俗稱「第三代」）詩人大多處於『三十而立』至『四十不惑』之間，傳統經驗中年齡的鬧鐘在提醒他們，把個人的生理年齡與寫作乃至整個現代詩的發展進程結合起來，使之同步。這種做法的功利目的姑且不論，對創造力的自我閹割卻是有目共睹的」[54]。說穿了，就是以

---

[51] 孫文波〈我理解的九〇年代：個人寫作、敘事及其他〉，收入陳超編《最新先鋒詩論選》（石家莊：河北教育出版社，2003 年），頁202。

[52] 蕭開愚〈九〇年代詩歌：抱負、特徵和資料〉，收入《最新先鋒詩論選》，頁328。

[53] 王家新〈紀念一位最安靜的作家——對一場爭論的回答〉，《沒有英雄的詩》（北京：中國社會科學出版社，2002 年），頁155。

[54] 伊沙〈為閱讀的實驗〉，《創世紀》總106期（1996年3月），頁73。

自己的創作生命作為整個時代的寫照,二者永遠同步演進,保證不會被時代淘汰。在歐陽江河的論述裡,以一九八九年作為斷代的對象並不是全國詩壇,只是屬於精英詩人群的詩壇峰層。更精確的說法是:跟他的名字經常黏在一塊的詩人群,詩齡相同的第三代詩人自然同時跨入「中年化」的轉型期。

對這種轉型期心理,唐曉渡提出很精闢的分析:「如果說先鋒詩寫作在九〇年代確實經歷了某種『歷史轉變』的話,那麼在我看來,其確切指謂應該是相當一部分詩人的『個人詩歌知識譜系』和『個體詩學』的成熟。它適時滿足並體現了由『青春期寫作』向『個人寫作』的過渡,同時又提供了對此作出評估的尺度」[55]。很顯然的,歐陽江河感受到「個人詩歌知識譜系」和「個體詩學」的成熟(從另個角度而言可能是「創造力的衰竭」),為了解釋自身的變化,他(們)必須趕在學院派的論述之前,製訂九〇年代詩歌的最新版圖。於是他繼王家新、臧棣、西川、蕭開愚、孫文波等人有關個人寫作、中年寫作和知識份子身分的零星討論之後,正式提出九〇年代(初期)詩歌寫作的新走向,並成為重要的參考資料:「如果我們把這種寫作(知識份子寫作)看作1989年來國內詩歌界最重要、最具代表性的趨勢,並且,認為這一趨勢表明了某種染深刻的轉變」[56],那他在文中為此設計的三條線索——「本土氣質」、「中年特徵」與「知識份子身分」——即可成為「知識份子寫作」的理論基石。

歐陽江河對「知識份子寫作」的定義十分含糊,比較粗糙、具體的說法是:「詩歌中的知識份子精神總是與具有懷疑特徵的個人寫作連在一起的,它所採取的是典型的自由派立場,但它並不提供具體

---

[55] 唐曉渡〈九〇年代先鋒詩的若干問題〉,《唐曉渡詩學論集》,頁113。
[56] 《站在虛構這邊》,頁56。

的生活觀點和價值尺度，而是傾向於在修辭與現實之間表現一種品質，一種毫不妥協的珍貴品質」[57]。然而，他的論述本身充滿矛盾和焦慮，既要標榜知識份子寫作以攻佔九〇年代詩史的主流論述，又擔心受到這個非文學時代的冷淡回應，所以他再三強調：「從某種意義上說，我們只為自己的閱讀期待而寫作。這種閱讀期待包含了眾多駁雜成分：準備、預感、自我批評、逾越、怪癖、他人的見解和要求、影響的焦慮……」[58]。這根本不是一種動機單純的寫作，他們心中的預設讀者過於龐大，兼具消費者、傳媒、文學史家等職，甚至是第三代詩人自身權力慾望的鏡像結構。他們完全不是為了自己的閱讀期待而寫作，只為文學史的角色與地位。所以他才會在極度的焦慮中說出：「那個叫做權力、制度、時代和群眾的龐然大物會讀我們的詩歌嗎？」[59]

歐陽江河等人建構「知識子寫作」的詩學理論，不但企圖稱霸詩史主流論述，甚至將他們寫出來的知識份子詩歌等同於「九〇年代詩歌」，完全吞噬了其他詩歌流派的存在價值，當然激起了巨大的反彈。這種霸權姿態引起眾多詩人的反彈，徐江認為他們根本就是「盜用『中國詩歌』或『九〇年代』這些宏大的概念，拚命把自己偏愛的存在著明顯弊病和缺陷的詩學主張誇大成整個十年以來現代詩發展的唯一成就，試圖以一斑來替全豹。」[60]

鬥性很高的中國詩人當然不會善罷干休，所以另一批以于堅為首，張揚「民間立場」的詩人，遂展開他們的「反知識份子作戰」。

于堅在一九九六至一九九八年間，提出的「民間立場」結合了對

---

[57] 《站在虛構這邊》，頁55。

[58] 《站在虛構這邊》，頁82。

[59] 《站在虛構這邊》，頁90。

[60] 徐江〈眼睛綠了〉，《中島‧詩參考》總第16期，頁76。

普遍話的反思與反抗，他指出：「隨著知識的開放和豐富，僵硬的知識也到了強弩之末。一個生活化的而不是意識形態化的市民的中國重新獲得恢復，自然也有柔軟的東西開始在詩歌中滋生。在中國，柔軟的東西總是位於南方，女人、絲綢、植物陽光和水、軟綿綿的詩歌。例如在南方詩歌於八〇年代出現的日常口語的寫作，就是對堅硬單一的普通話寫作造成的當代詩歌史的某種軟化」[61]，在他看來，作為當代中國詩歌發展重心的北京，象徵著知識化和陽剛化的詩歌寫作向度，唯有南方民間詩人那種柔軟的方言寫作能夠突破前者的僵局與霸權。不過他（們）對「民間 vs. 知識份子」議題的討論太過情緒化，兩大陣營的戰火終於在一九九九年四月十六至十八日的「盤峰詩會」全面引爆，雙方正式決裂，詩友之間因理念差異而不斷相互攻伐，以致翻臉絕交互相攻擊，乃至官司不斷。

　　對民間立場十分不以為然的孫文波（1959-），明白指出于堅等人的作戰目的：「說運動就是『消滅』，並不是誇大之詞。事實上，當沈奇、謝有順、于堅等人像搞運動似的連篇累牘地寫出文章，拚命貶低『知識份子寫作』時，他們所要得到的便是讓被他們冠以『知識份子詩人』稱謂，在他們看來是妨礙了他們獲得名聲的詩人，從當代中國詩歌寫作的版圖中失去蹤影（譬如說，給『知識份子詩人』冠以『偽詩人』的頭銜，要將他們從詩壇『清場』出去）」[62]。臧棣（1964-）更是直截了當地揭露了當代中國詩壇世代交替的行為模式：「八〇年代以來，在詩歌領域，醜化作為一種文學行動，一直就沒有中斷過它的表演。第三代詩人的寫作包含了值得激賞的文學覺悟，但它最重要

---

[61]　于堅〈讀詩札記〉，《于堅集・卷五》（昆明：雲南人民出版社，2004 年），頁 158。有關于堅對北京話／普遍話的反思，詳見：于堅〈詩歌之舌的硬與軟——詩歌研究草案：關於當代詩歌的兩類語言向度〉，《于堅集・卷五》，頁 137-151。

[62]　孫文波〈歷史陰影的顯現〉，《詩探索》2000 年第 3-4 期（2000 年 12 月），頁 47。

的美學行動力，卻是從醜化朦朧詩轉化而來的。……現在，以『知識份子寫作』為對象的新一輪醜化行動出現了。」[63]

　　所謂「民間」本是一種日常生活狀態的寫作，它是詩歌在野的形態，理論上和知識份子寫作名異實同，都是非官方的、自主的思考和寫作力量。但于堅等人的「生存焦慮」催化了中國詩人長久以來的地盤意識，於是標榜「立場」一詞，站在威權論述（知識份子寫作）的對立面，成為被驅逐的受難者。它的存在目的完全是為了反擊知識份子寫作的主流論述。

　　「知識份子寫作」與「民間立場」的論爭，表面上是為了探索或建構詩學理論，或是捍衛自身美學理念的論述行為，其實它更像是一場文學史版圖的割據戰——越逼近「二十世紀中國文學史」的終點，蓋棺論定的焦慮感越深，雙方的攻伐自然越激烈。從詩歌美學角度來看，九〇年代最值得深入討論的理論是：敘事。但它與本文的論述主軸無關，故不納入討論。

（二）去蕪存菁或去敵存己：以「選集」為稱霸詩壇的手段

　　丹尼斯‧渥德（Denis Wood）在《地圖權力學》（*The Power of Maps*, 1992）一書中提到一個很有創意的看法。他認為地圖「事實上是有歷史特殊性的符號系統，它們再也不是替現實拍照的神奇之窗。地圖不再與世界混淆之後，它突然成為提出有關世界之陳述的有力方式」[64]。地圖的製作是一種崇高的詮釋與宰制行為，那是絕對化的「霸權」，第三代詩人心目中的「當代中國詩歌發展史」的地圖，便是如

63　臧棣〈詩歌：作為一種特殊的知識〉，收入王家新、孫文波編《中國詩歌：九〇年代備忘錄》（北京：人民文學出版社，2000年），頁42。

64　丹尼斯‧渥德著，王志弘等譯《地圖權力學》（臺北：時報文化出版社，1996年），頁2。

此。

　　活躍中的第三代詩人還不能為當下的詩界活動蓋棺論定，所以他們選擇另一種足以主導文學史論述的製圖方式──大規模詩選。主編一部具有斷代史意義的詩選，竟成為詩史爭霸的最新戰略。其實詩選的出版，除了「製圖」作用，亦企圖重振第三代詩歌創作的冷卻與崩盤危機。

　　一九九三年，為了重新整理、調節、確認「地盤」的完整性，由「莽漢主義」的主將萬夏（1962-）和同樣來自四川的女詩人瀟瀟合編了一部《後朦朧詩全集》（1993），「輯錄了從八〇年代至今這段文學史中最富成果和影響的七十三位詩人的力作」[65]，全書厚達二千一百頁（分上下冊），共收錄一千五百首（五萬三千多行），是當代中國出版史上容量最大的單一詩選，甚至比諸多文學大系的詩歌卷來得龐大。它即名之為「全集」，也就是在「明示」此乃當今中國詩壇最權威的完整版圖。理所當然的，它將北島等朦朧詩人完全排除在外。雖然編者在序中表示要繼續編選《前朦朧詩全集》和《朦朧詩全集》（後來不了了之），可是他們心目中顯然只有「後朦朧詩」才稱得上「從八〇年代至今這段文學史中最富成果和影響的力作」，所有前驅詩人都消失在他們重新製作的文學史地圖上，誠如丹氏所言：「每張地圖都顯此……而非彼。」[66]

　　《後朦朧詩全集》的出版讓「選集」成為另一種展現霸權的形式。

　　一九九四年趙祖謨主編「後現代文學叢書」，其中一冊《快餐館裡的冷風景：詩歌詩論選》算是中國詩壇第一部後現代詩選集，只收錄韓東等第三代及更年輕的詩人。後來敦煌文藝出版社一口氣出版一

---

[65]　萬夏、瀟瀟主編《中國現代詩編年史‧後朦朧詩全集》（成都：四川教育出版社，1993年），頁3。

[66]　《地圖權力學》，頁83。

輯共五冊的「當代潮流：後現代主義經典叢書」，其中便包括由「非非主義」主將周倫佑主編的《褻瀆中的第三朵語言花──後現代主義詩歌》和《打開肉體之門──非非主義：從理論到作品選編》。周倫佑在《打開肉體之門》的序中指出：「『非非』對理論的重視是基於中國新詩理論的缺乏，以及『朦朧詩』自身的理論準備不足」[67]，他不但企圖透過這部單一詩歌流派的「自選集」，將「非非主義」拉拔到後現代詩的「經典」地位，在《褻瀆中的第三朵語言花》的序論中，他將非非主義的理論觀點，強行等同為第三代詩歌的主要審美表現；而且在全書二百二十首「後現代詩」當中，非非主義成員作品佔三分之一，再次「自我經典化」，而且是單一詩派的「自我經典化」。「逆崇高／魔鬼化」的手段，被周倫佑運用到同輩身上時，比以前任何時期都來得高明，他不必費力去誤讀或攻擊「非我族類」，只要牢牢掌握文學史的製圖權，將異類從名單 版圖上排除掉，就是最有效的誤讀。

　　在這幾部重要選集之後，陸續出現：程光煒編《歲月的遺照》（1998）、臧棣主編《1998中國最佳詩歌》（1999）、楊克主編《1998中國新詩年鑒》（1999）、孫文波、臧棣、蕭開愚編《中國詩歌評論──語言：形式的命名》（1999）、蕭開愚、臧棣、孫文波編《中國詩歌評論──從最小的可能開始》（2000）等多部詩選陸續出版，權力爭霸的狼煙四起，令人眼花撩亂。

　　二〇〇四年五月，長期被「詩歌群體運動」（以此為論據的當代詩史）冷落的一批六〇年代出生的「中間代」詩人安琪和遠村，為了爭取本身的歷史版圖以及歷史的發言權，跟「七〇後」的黃禮孩合

---

67 周倫佑〈異端之美的呈現〉，收入《打開肉體之門──非非主義：從理論到作品選編》（蘭州：敦煌文藝出版社，1994年），頁6。

作編選了一部厚達二千五百六十頁（分上下冊）的《中間代詩全集》（2004），收入了八十二位詩人的二千二百多首詩作。這部以「數大為美」的超級詩選，對那些長期被「第三代」和「七〇後」上下夾擊的「中間代」詩人而言，是一次極為重要的發聲機會。在頁數上，它確實超越了對中間代詩人產生長期壓迫的《後朦朧詩全集》，令人無法忽視。

這些非主流詩人的蝟集，或許能夠填補詩史的史料缺口，卻無法達到詩史版圖的洗牌作用。沒有理論銳角和顛覆成分的詩學理念和詩歌創作，在當代中國詩壇只能淪為無聲無色的「中庸之道」，這並不是群體作戰或孤軍作戰的導因，而是詩歌本身的特殊性使然。翻開兩位《中間代詩全集》主編安琪和遠村的詩作，就可以印證這一點。

在眾多詩論選和詩歌選當中，最值得注意的是王家新、孫文波合編的《中國詩歌：九〇年代備忘錄》（2000）。既然名為《中國詩歌：九〇年代備忘錄》，它必須是宏觀而且客觀的備忘錄，記述九〇年代中國詩歌的重要訊息。書中除了多篇論述文章緊緊圍繞在知識份子寫作議題，連書後附錄的〈九〇年代詩歌紀事〉也出現不該有的偏差。所謂的〈九〇年代詩歌紀事〉，竟然「主要限於九〇年代中國大陸現代詩歌部分，或所謂『先鋒』詩歌部分」[68]，這句話裡的現代詩歌僅指第三代／先鋒詩歌，完全排除其他前輩詩人。冗長的年表就從一九九〇年一月蕭開愚和孫文波在四川創辦《反對》開始，舉目望去盡是陳東東、柏樺、王家新、伊沙、陳超、西川、韓東、歐陽江河、于堅等人的活動紀錄。主動為詩史去蕪存菁的意圖十分明顯。第二分附錄〈九〇年代部分詩學詞語梳理〉也存在同樣的問題，它共解說了十

---

[68] 子岸〈九〇年代詩歌紀事〉，收入王家新、孫文波編《中國詩歌：九〇年代備忘錄》（北京：人民出版社，2000年），頁394。

一個關鍵詞：知識份子寫作、個人寫作、中年寫作、敘事、中國話語場、中國經驗、反諷意識和喜劇精神、戲劇化、互文性寫作、跨文體寫作、挽歌體。作者全面張揚了知識份子和它相關的詩學議題，卻獨漏跟它立場相反但聲勢浩大的「民間立場」，再次暴露了主編們的排他意識。

　　這種透過編輯重要詩歌或詩論選集，「私劃」文學史地圖／地盤的手段，蔚為風潮，二〇〇〇年以後各種詩選如春筍叢出，無形中抵銷了某些（另有所圖的）選集的聚光效果。黃禮孩（1971-）主編的《70後詩人詩選》（2001）最先吸引了詩壇的目光，儼然成為下一輪詩歌盛世的序幕號角。

三　永續的裂變：七〇後詩人的江湖與網絡

　　一九九九年的「盤峰詩會」就好比一場廝殺慘烈的武林大會，震驚江湖，也教育了江湖。

　　這種文鬥模式，對一九七〇年代出生的「七〇後詩人」的崛起，有很大的「啟發」和「示範」作用。以致「不少『七〇後詩人』在尚未形成自己的詩歌理念之前，就常常會輕易地承襲或否定前者的藝術觀念，甚至拋棄藝術上的追求，轉而去青睞標語口號，當然，他們往往還自以為那就是他們自己的藝術理念」[69]。從「七〇後」的代表詩人之一的沈浩波（1976-）對知識份子寫作的攻擊性批評，可以感受到新銳詩人的尖銳之處：「他們（知識份子）寫的就是偽詩歌，不必姑息他們」[70]。這種口吻，真讓人錯以為身置文革盛世。

69　席雲舒〈困頓中的反思——關於世紀之交的詩壇現狀及其局限〉，《詩探索》2001
　　年第 3-4 期（2001 年 12 月），頁 58。

70　沈浩波、侯馬、李紅旗〈關於當代中國新詩一些具體話題的對話〉，《詩探索》2000

「七〇後詩人」是中國當代詩壇最不幸的一群，因為他們「長期忍受著平庸的九〇年代詩歌的浸淫，忍受著『第三代』詩歌以來形成的、權力秩序和強勢話語優先權的雙重的遮蔽與擠壓，……若要登上歷史舞台，就必須對『第三代』詩、九〇年代詩傳統進行徹底的顛覆」[71]。一整大串的中生代前驅詩人，以強大的創作和論述力量，謀劃著本身的文學史版圖，對後進詩人構成無法想像的生存壓力。這種影響的焦慮體現在新銳詩人的創作上，必然是一種忤逆的態勢。所以七〇後詩人注定成為當代詩史的弒父者，最終成為「無父的子們」（榮光啟語）。

過去數十年詩壇世代交替的經驗法則告訴他們，要崛起，除了群體作戰，還得先「正名」。

《七〇後詩人詩選》主編黃禮孩在序中表示：「七〇後詩歌寫作，作為一種詩歌命名被確認下來，這是詩壇近一二年來最大的事情，這也是七〇後詩人對漢語詩歌寫作所作出的一分特殊的貢獻」，接著他談到斷代的必要性：「在一九六九和一九七〇年之間劃出界限還是必要的，這是一種策略，有助於七〇後詩人在自己的版圖上進行更為自由的創造」[72]。儘管羽翼未豐，但七〇後詩人對本身在詩史上的位置十分在意，斷代意識再度燃起，他們在極短的時間內稱霸了中國網路詩壇，在網路世界呼風喚雨。

一九九九年五月，民間詩刊《外遇》以板塊形式推出「一九九九年中國七〇後詩歌版圖」專號，同屬七〇後詩人的主編群首次亮出

年第 3-4 期（2000 年 12 月），頁 53。

[71] 羅振亞《朦朧詩後先鋒詩歌研究》（北京：中國社會科學出版社，2005 年），頁 260-261。

[72] 黃禮孩〈一個時代的詩歌演義——關於七〇後詩歌狀況的始末〉，收入黃禮孩編《七〇後詩人詩選》（福州：海風出版社，2001 年），頁 1-2。

他們的版圖意識，在接踵而至的眾多專刊當中，黃禮孩主編的民間詩刊《詩歌與人》曾經在二〇〇〇和二〇〇一年推出兩次較具規模的「中國七〇年代出生的詩人詩歌展」，先後刊載五十五和九十二位七〇後詩人的詩作，連最主流的官方詩刊《詩刊》也轉載了其中部分詩作。七〇後詩人遂站上詩史的舞台，但他們「不能滿足於追隨在第三代詩人的浪潮後嬉戲，而渴望掀起自己的浪潮，並渴望有自己的大師出現」[73]。這個不知量力的爭霸念頭，造就了一幫詩藝平平、論述薄弱，不學無術但攻擊性十足的「下半身」詩人。

為了不再重蹈第三代詩人的覆轍，他們直接跳過重要的極可能被「前驅詩人的光輝埋沒的學徒期（flooded apprenticeship）」[74]，在二〇〇〇年七月發起「下半身詩歌運動」，並創辦《下半身》同仁詩刊、《詩江湖》網站，不等待詩壇的權力交接，自行建構自己的「詩歌江湖 山寨」。主要創刊成員有沈浩波（1976-）、南人（1970-）、朵漁（1973-）、尹麗川（1973-）、巫昂（1974-）、李紅旗（1976-）、盛興（1978-）。這幫高喊「詩到肉體為止」的激進分子，就「像一群不要命的『江湖潑皮』，以慷慨激昂甚至是揭竿而起的方式搶佔詩歌『梁山』，自立為王，並且強行進入歷史」[75]。中國詩壇再度陷入群體作戰的創作／批評氛圍，寫詩如同行走江湖，這群在野的力量形成一個嶄新的「詩江湖」（有別於過去『官方vs.民間』的第一、第二詩界），言談中盡是剿滅前人的刀光劍影，非非主義和九〇年代詩歌在他們的「末日審判」中，皆成灰燼。

---

[73] 安石榴〈七〇年代：詩人身分的退隱和詩歌的出場──寫在「七〇年代出生中國詩人版圖」專號前面〉，收入《七〇後詩人詩選》，頁348。

[74] *The Anxiety of Influence: A Theory of Poetry*, p.16。

[75] 安琪〈他們製造了自己的時代──詩歌運動在中國七〇年代人身上〉，收入《七〇後詩人詩選》，頁353。

符馬活編的選集《詩江湖：先鋒詩歌檔案》（2002），是七〇後詩人第二次重要的結集，以網絡世代詩人為主的「詩江湖」態勢於焉成立。「它指稱了在官方壟斷詩歌話語權和詩歌流通資源的中國特色詩歌生態環境下詩歌民間生產力的一種割據狀態，亦即指稱了詩歌版圖上一塊最深淺莫測、且最具爆發力的叛亂和失控的省份」[76]。如前文所述，命名與正名都是建立詩歌品牌的重要手段，充滿前衛意味的「先鋒詩歌檔案」之名，豈可輕易落入七〇後詩人之手？兩年後，第三代詩人隨即編選出兩部更具「先鋒性」的詩選——梁曉明等編《中國先鋒詩歌檔案》（2004）、西渡等編《先鋒詩歌檔案》（2004）——將七〇後詩人從先鋒詩人的行列中全數排除。

或許新銳詩人對具有豐富史料暗示性的「詩歌檔案」情有獨鍾，在二〇〇八年出版了兩部類似的詩選——劉春編《七〇後詩歌檔案：一代人的墓誌銘和衝鋒哨》（2008）、丁成編《八〇後詩歌檔案：一代人的墓誌銘和衝鋒哨》（2008）。更年輕的「八〇後」詩人丁成（1981-）明言：「既然叫檔案，顯然我們有梳理這一代人階段性寫作的野心」[77]，這本是詩選的重要功能之一，無可厚非，可是看在某些詩人眼裡，則認為「八〇後」這個詩歌概念的出現更像是為了搶佔詩歌秩序中的一席之地，跟「七〇後」和「中間代」一起在世紀之交進行權利維新的詩歌運動[78]。由此可見，長期以來各世代的年輕詩人透過詩選的操作，進行詩歌版圖的割據與盤整，確實已經將詩選的編輯目的徹底污名化。琳瑯滿目的詩選，同時證明了它的「重要性」和「不

---

[76] 劉歌〈爭鳴——詩江湖質疑〉，《新華網·漢詩江湖》（2003.04.15），（http://big5.xinhuanet.com/gate/big5/news.xinhuanet.com/book/2003-04/15/c〇ntent_833551.htm）

[77] 丁成〈編後〉，《八〇後詩歌檔案：一代人的墓誌銘和衝鋒哨》（青島：中國海洋大學出版社，2008年），頁252。

[78] 陳代雲〈「七〇後」何以成立？〉，收入劉春編《七〇後詩歌檔案：一代人的墓誌銘和衝鋒哨》，頁376。

重要性」。

歷經了好幾年以詩選為武器的詩史版圖爭霸戰,各種文學刊物或網站都察覺到一個現象:只要它們有效地將某個詩歌群體或名堂,拱上詩壇,並成為眾矢之的箭靶,將來在文學史論及這些新銳詩群時,刊物也會順便留名青史。於是七○後詩人的名字和詩作蜂擁而出,淹沒各種急於出位的民刊和詩歌網站,令人目不暇給。網路的普遍化,以及文學刊物的版圖焦慮,成就了七○後詩人的「詩歌事業」。

(一)順應天命的弒父情結

在七○後詩人的「魔鬼化提升」(daemonic elevation)過程中,經常出現大逆不道的弒父情結,可是在他們看來卻是某種大自然的代謝法則。他們的弒父行為主要分成三種:(一)訴諸文字的公開言論;(二)對前驅詩人的詩歌理念之顛覆與自我建構;(三)解除詩歌語言風格上的遺傳基因(或陰影)。前兩項比較容易落實,最關鍵的第三項只有極少數的七○後詩人做到。作為一種權力爭奪的現象研究,前兩項可以很客觀地找到論述根據,所以第三項暫時存而不論。

詩人的魔鬼化與逆崇高現象,前有楊煉與韓東的「決戰大雁塔」,現在又出現另一組值得討論的詩作,透過三首詩的比對,足以對照出第三代詩人和七○後詩人魔鬼化的程度。前行代詩人穆旦(1918-1977)在文革即將終結之際,寫下這首〈聽說我老了〉(1976):

> 人們對我說:你老了,你老了,
> 但誰也沒有看見赤裸我的,
> 只有在我深心的曠野
> 才高唱出真正的自我之歌。

……

「但我常常和大雁在碧空翱翔，

或者和蛟龍在海裡翻騰，

凝神的山巒也時常邀請我

到它那遼闊的靜穆裡做夢。」[79]

這首詩的題旨跟艾青的〈魚化石〉相去不遠，語言的精純度也不及穆旦的早期詩作，但詩中有一股重出江湖的強烈企圖和理想。穆旦在詩中企圖自我辯解的主題是：「寶刀未老」。後進詩人崛起的洶湧態勢，無疑對前行代詩人構成巨大的壓力，世代交替的勸諫──「你老了，你老了」──像一根長刺直逼穆旦老化的詩藝。穆旦非但沒有認老，內心的自我之歌還高唱著與大雁齊飛之歌。不認輸的心，全力否認「老」之已至，穆旦遂把整個情境設計成「聽說」──一切只是「聽說」，絕非事實。但身為第三代詩人的西川，可不這麼認為。西川藉穆旦的原作寫了一首〈一個人老了〉（1991），展現了他超越前人的詩藝，以及暗潮洶湧的後浪意識：

一個人老了，在目光和談吐之間，

在黃瓜和茶葉之間，

像煙上升，像水下降。黑暗迫近。

在黑暗之間，白了頭髮，脫了牙齒。

像舊時代的一段逸聞，

像戲曲中的一個配角。一個人老了。

---

[79] 穆旦〈聽說我老了〉，《穆旦詩文集（1）》（北京：人民文學出版社，2006年），頁329-330。

秋天的大幕沉重地落下。

露水是涼的。音樂一意孤行。

他看到落伍的大雁、熄滅的火、

庸才、靜止的機器、未完成的畫像，

當青年戀人們走遠，一個人老了，

飛鳥轉移了視線。

他有了足夠的經驗評斷善惡，

但是機會在減少，像沙子

滑下寬大的指縫，而門在閉合。

一個青年活在他身體之中；

他說話是靈魂附體，

他抓住的行人是稻草。

…………

一個人老了，徘徊於

昔日的大街。偶爾停步，

便有落葉飄來，要得他遮蓋。[80]

儘管穆旦已去世多年，但他不認老的心聲讓那首詩成為一種前驅心理的指標；西川在詩中回應了穆旦當一個人老了，「黑暗」（衰敗與死亡）立即全方位逼近他、籠罩他，無論在目光和談吐之間，或牙齒和頭髮之間。西川進一步將老去的詩人，非常生動且準確的定位成：「舊時代的一段逸聞」、「戲曲中的一個配角」。令人心酸的一筆，卻道盡歲月的無情。接著，西川特別鎖定「常常和大雁在碧空翱翔」的假想，冷酷地揭開事實——「飛鳥（從老人身上）轉移了視線」，他

---

80 西川〈一個人老了〉，收入張新穎編《中國新詩 1916-2000》（上海：復旦大學出版社，2001 年），頁 528-529。

不再成為關注的焦點，不再隨雁群起飛。經驗值的累進，跟讀者魅力
的消退，是老詩人難以否認的事實，胸臆中的熊熊壯志，終究找不到
真正的伯樂或掌聲（他抓住的行人是稻草）。

在西川看來，老前輩們再怎麼眷戀「昔日的大街」都沒用，因為
他已流失了歷史給他的機會，這不是他應該繼續徘徊的時代，太多落
葉準備將他遮蓋。前驅詩人，是所有後進詩人的障礙物。後浪推前
浪，很快成為中國詩壇的自然生態現象。所以在詩的末段，西川從後
浪的位置來說明前輩詩人的處境：「一個人老了，重返童年時光，／
然後像動物一樣死亡。他的骨頭／已足夠堅硬，撐得起歷史，／讓後
人把不屬於他的箴言刻上。」[81]

別以為西川夠狠，比起七〇後詩人沈浩波，他立即顯得過於仁
慈。

沈浩波放棄西川的隱喻式書寫，以及相對迂迴的口吻，他那首同
名之作〈一個人老了〉連同穆旦和西川都納入攻擊範圍之內：

> 你以為我也會，操著典雅而純正的普通話，
> 說什麼
> 「一個人老了，徘徊於昔日的大街」之類狀若讕言的廢話嗎
>
> 何必如此笨拙地暗含悲憫，一個人老了，請不要哀憐他
> 他還沒有認輸，還想統率他的老骨頭，支撐一個老英雄
> 他還在目光閃亮，他還在試圖反抗
> 還想再來那麼一場，固守他的老江山，開闢他的新疆場
>
> 別瞪著我，老傢伙，沒什麼用途，你已經是一個老人了

---

81 《中國新詩 1916-2000》，頁 529。

不要試圖充滿寬容地撫摸我泛青的顱骨

不要以為你還可以親撫和招安一個年輕的強盜

我要的不僅僅是俸祿和金錢，我更要你的江山和美人[82]

土匪式的詩歌語言，赤裸、無情、冷酷的陳述，讓人感到一股咄咄逼人的囂張氣勢。沈浩波對老詩人是無不留情面的譏諷與嘲弄，一一戳破所有的檯面話，直接亮出本來面目，打出旗號去爭奪對方的江山和美人。匪性十足的口語敘述，在此發揮了極大的效能，沈浩波無比生動地詮釋了七〇後詩人「順應天命的弒父情結」。當然，他也不忘借用西川的部分詩句，一方面譏諷西川的婦人之仁，一方面預告西川將來的下場。對沈浩波而言，改朝換代還不夠，必須徹底殲滅敵人（前人）。

如果說西川之前作了一次不良的「弒父」示範，沈浩波的「弒父」更進一步：「對付這麼一個固執的老傢伙，不能僅靠緩緩前進的歲月和時光／一個人老了，就該走了，啊，我多想立即看到／老人們吞食鹽粒脫殼的海水，遠涉重洋去住鬼的故鄉」[83]。明目張膽的弒父奪位，讓這場版圖爭奪戰充滿殺伐之氣，所幸身居詩壇主流的多位第三代詩人，在詩藝表現上都能夠維持很大幅度的領先，不至於淪喪在七〇後詩人之手。

雖然七〇後詩人表現出前所未有的攻擊性，但過於急躁和膚淺的論述，削弱了他們侵蝕詩壇／詩史的深度。不過作為二十世紀末最後的爭鳴，他們還是以話題性十足的「下半身」佔去一隅文學史的江山。

---

[82] 沈浩波〈一個人老了〉，收入《七〇後詩人詩選》，頁56-57。

[83] 《七〇後詩人詩選》，頁57。

（二）理念與實踐：荷爾蒙敘事

　　沈浩波的〈下半身寫作及反對上半身〉（2000）可視為「下半身寫作」最根本的信條。他在文中羅列了二十條宣言，主要分為三大方向：

　　（一）同時跟中國古典文學傳統和西方現代文學傳統決裂——他認為唐詩宋詞之類，典雅的文學傳統妨害了七○年代詩人的文學視野，這種「虛妄的美學信仰……，使我們每個人面目模糊，喪失了對真實的信賴」[84]；而西方現代文學成為傳統之後也腐朽了，他「親眼目睹了一代中國詩人是怎樣匍匐下去後就再也沒有直起身子來的」[85]。對兩大詩歌傳統的全面性否定，是一種盲目的弒父情結，一種極端的魔鬼化和逆崇高，其根本有二：一是巨大的影響的焦慮，使他急於剪斷臍帶另闢江湖；其次，他對當代詩壇對詩學傳統的繼承現象沒有足夠的了解。北京師大畢業的沈浩波，跟極大部分第三代詩人一樣，沒有真正掌握到中國古典文學的精髓，更談不上吸收和轉化；所以他們的詩歌美學思考不得不轉向西方現代詩歌傳統，透過大量二手的譯詩，努力吸收那些被稀釋的養分[86]。錯不在兩大傳統本身，錯在第三代詩人的繼續角度和方法。這一點，太年輕而且急功近利的七○後詩人更無法了解。

　　（二）否定上半身寫作——上半身寫作在此被定義為花腦筋和心思去跟知識、文化較量的書寫行為，沈浩波非但要拒絕那股充滿使命感的、承擔一切的寫作壓力，甚至將之遺忘在身體和詩歌之外，「我

---

[84]　沈浩波〈下半身寫作及反對上半身〉，《壹詩歌》創刊1號（2003年6月），頁21。

[85]　《壹詩歌》創刊1號，頁21。

[86]　比較深入的討論，詳見：黃燦然〈在兩大傳統的陰影下〉，《今天》總47期（1999年12月），頁3-28。

們就已經覺醒了，我們已經與知識和文化劃清了界限……。我們在我們自己的身體之中，它們在我們之外」[87]。沈浩波用駝鳥式精神勝利法，將知識和知覺截然二分，在形上與形下之間劃出一道無法成立的疆界，居然還得到同輩詩人的支持，其思考深度真教人感歎不已。

（三）定義下半身寫作——他認為「我們的身體在很大程度上已經被傳統、文化、知識等外在之物異化了、污染了，已經不純粹了。太多的人，他們沒有肉體，只有一具綿軟的文化軀體，他們沒有作為動物性存在的下半身」[88]，所以他倡導下半身寫作，那是「一種詩歌寫作的貼肉狀態，就是你寫的詩與你的肉體之間到底是一種什麼樣的關係？」[89]。這種看法好像一種另類的、粗糙的、形而下的存在主義，當然他只重視肉體的存在。

上述三大要點，是沈浩波大力主張的創作理念（就其論述層次而言，不能稱之為理論）。

這場對前驅詩人的「過度削減」行為，包括了中國古典文學傳統所有的前驅詩人、中國現當代文學傳統的所有前驅詩人，以及整個西方現代文學傳統，重新啟動一個屬於自己的詩歌世界（帝國），不管從哪個角度來看，都只是一場空洞、無知的帝國夢想。沈浩波對上半身書寫的「淨化」工程，讓他自己陷入一場先天不足，荷爾蒙失調的詩學戰爭。

這套肉體至上的詩歌理念，在沈浩波等七〇後詩人手中，創造出非常肉慾的「荷爾蒙敘事」——在過量的內分泌驅使下，擠出一堆塗滿外分泌的肉慾詩篇。譬如沈浩波〈朋友妻〉和〈軟和硬〉、尹麗川〈什麼樣的回答才能讓你滿意〉、南人〈幹和搞〉和〈做愛之前，讓

---

[87] 《壹詩歌》創刊 1 號，頁 20。

[88] 《壹詩歌》創刊 1 號，頁 22。

[89] 《壹詩歌》創刊 1 號，頁 22。

我們拿起賬本〉、巫昂〈潮來潮往〉、水晶珠鏈〈人人都有一個婊子夢〉和〈男人都是鳥做的〉、朵漁〈我夢見犀牛〉和〈鎮上〉等，不勝枚舉的情色／官能描寫，大多止於文字表面的刺激性，沒有對形下身體或形上貞操進行深入的探討。

從尹麗川〈為什麼不再舒服一些？〉，或許可以讀出七〇後詩人在的一種基本創作態度：

> 哎　再往上一點再往下一點再往左一點再往右一點
> 這不是做愛　這是釘釘子
> 噢　再快一點再慢一點再鬆一點再緊一點
> 這不是做愛　這是掃黃或繫鞋帶
> 喔　再深一點再淺一點再輕一點再重一點
> 這不是做愛　這是按摩、寫詩、洗頭或洗腳
> 為什麼不再舒服一些呢　嗯　再舒服一些嘛
> 再溫柔一點再潑辣一點再知識份子一點再民間一點
> 為什麼不再舒服一些[90]

「為什麼不再舒服一些？」是七〇後詩人對眼前所有詩歌創作包袱的一種「擺脫」或「卸除」，離開大歷史和大敘述、離開正經八百的生活與書寫，解除束縛，讓身體的官能在寫作中獲得完全的釋放，讓作者和讀者都「再舒服一些」。這個創作意圖直接影響了她的語言，近乎呢喃，又似囈語，在字裡行間與聆聽者持續曖昧，持續纏綿。

對當時的中國詩壇而言，荷爾蒙敘事或許很新鮮，或許它的出現真的是基於一種對詩歌創作精神的探索，意在顛覆所有陳腐不堪的詩歌形式，讓新一代詩人可以享受到一種充滿「創造感」的詩歌意境，

---

[90]　尹麗川《油漆未乾》（臺北：黑眼睛文化出版社，2007年），頁30。

「一次性地」將中國當代詩歌的身體書寫推進到淋漓盡致的境地。在荷爾蒙敘事中，只見敘述層次的叛逆性，即使把詩讀穿了也找不到對肉體或性愛的深邃探索。這幫自認為最前衛、最赤裸的肉體詩人，不過是初級的情色詩寫手，真正把詩寫好的也沒幾個。這類話題性、視覺性、消費性很高的「快感／肉體敘事」，借助傳媒的力量，固然可以在很短時間之內震撼中國詩壇，但無法持久。果然不出三年，「下半身」的大將朵漁便宣告革命結束。事過境遷之後，沈浩波竟表示：「其實我從一開始學寫詩歌，就一直很在乎自己作品中要有一個『內核』，其實就是靈魂」[91]，雖然很難教人相信這是他原初的想法，但他對這一場詩歌運動的後遺症，卻有非常傳神分析：「越來越多的年輕寫作者盲從於我們最初的姿態，浮噪、空虛、好勇鬥狠，以臉上可以擠出膿汁的青春痘為榮，詩歌成了某種病態的發洩工具，成為某種快餐」[92]，這番話，同樣適用於整個「下半身」詩群。至於其他同類型的詩歌團體，譬如重炒存在主義冷飯的「荒誕主義詩派」（2001）、以實踐詩歌烏托邦的「靈性詩歌」（2001）、上承「江西詩派」且以贛文化為地盤的「新江西詩派」（2002）、不知所云的「垃圾派」（2003），以及變本加厲的「低詩歌」（2007），皆可視為下半身寫作的殘影。

四 結語

布魯姆有一段話很有意思：強者詩人在跟他們的祖靈（ghostly

---

[91] 沈浩波〈六論中國先鋒詩歌〉，收入《七〇後詩歌檔案：一代人的墓誌銘和衝鋒哨》，頁98。

[92] 沈浩波〈六論中國先鋒詩歌〉，收入《七〇後詩歌檔案：一代人的墓誌銘和衝鋒哨》，頁96。

fathers）搏鬥時，究竟是得大於失或得不償失？包括魔鬼化在內的各種對前驅詩人進行的誤讀或修正比，到底是幫助詩人建立自己的個性，成為真正的自我？還是在曲解他們的晚輩詩人，一如他們曲解父輩的詩人？他甚至斷言：這些修正比在詩人關係（intra-poetic relations）之間產生的作用，相當於「自衛機制」（defense mechanisms）對我們的心理生活的作用。這種企圖保衛我們免於受害的自衛機制，卻讓我們遭受到更多的損傷[93]。近三十年來的中國詩壇，反覆上演世代之間的詩學裂變，以及過度頻繁的文學史版圖爭奪戰，對現代漢語詩學的理論建設，不見得是一件好事。但它似乎已經成為一種歷史的習性。

回顧新時期以降，三十年的中國詩歌發展史，朦朧詩的自衛機制是較被動、較含蓄的，除了黃翔等極少數的尖銳分子，對官方詩壇發起言論攻勢之外，其餘詩人都埋首創作，彷彿在等待詩歌革命的水到渠成。直到八〇年代中期，從那群成功篡位的第三代詩人身上，才發現空前強大的自衛機制，甚至是一種更可怕的，兼具自衛與攻擊性的「雙向攻守機制」。他們否定／修正了朦朧詩人的詩學成就（打倒北島、pass舒婷），建立自己的版圖和言論霸權之後，再次為了本身在九〇年代的主流地位，啟動雙向攻守機制，進行大規模的理論護盤，遂有所謂「知識份子寫作」和「民間立場寫作」的對峙。然而，他們的雙向攻守機制同時向理念相異的同輩，以及更晚出道的七〇後詩人發動攻勢，當然又發對方的雙向攻守機制，各流各派都從自身的思維觀點，去誤讀對方的詩學。

「理論掛帥」或「理論先行」的中國詩史裂變，究竟是豐富了詩史的可看性，還是不斷腰斬未能成熟的詩學命題與美學風格？進而催

---

[93]　*The Anxiety of Influence: A Theory of Poetry*, p.88.

生了一些未成氣候的準大師？全盤否定或抹煞前驅（甚至同輩）詩人的詩歌念理與價值，這種行之有年的世代交替，對這個永遠沒有機會穩定地、完整地成長的現代漢詩，恐怕是一項重傷害。

強大的文學史意圖，以及由此衍生的焦慮感，接二連二地引發了中國詩史的裂變，同時扼殺了各世代詩人成為大師的機會。在此隱約看到：許多努力讓自己成為大師的強者詩人，更努力地阻止他人（同時包括其前輩、同輩與後輩）成為大師，所以才出現這麼多的裂變，這麼激進的斷代思維。可是如果沒有群雄爭霸，中國當代詩史就不會有如此狂飆的步伐。有點亂，卻非常嘹亮。

——本文選自陳大為《中國當代詩史的典律生成與裂變》（臺北：萬卷樓圖書公司，2009 年）

啟蒙歷史敘事的重現與轉型

張清華　北京師範大學文學院教授

　　粗略看來，在古典小說的「民間歷史主義」、當代革命小說的「紅色歷史主義」之後，尋根文學的歷史觀基本上可以稱為是「啟蒙歷史主義」。從當代中國的現實條件看，八〇年代前期經歷了「概念化歷史」的有限反思——在這一過程中曾經產生過所謂「傷痕／反思文學」——但稍後，隨著文化視野的獲得，知識份子的人文主義思想視野的逐步擴展，同時更兼有新一輪的「文化民族主義情緒」的突然高漲，反思歷史的角度與視野則發生了轉移。

　　從觀念與方法上看，在尋根小說的敘事中，已經包含了許多接近於「新歷史主義」的因素，諸如對正統歷史敘述模型的放棄與瓦解，對傳統文化的邊緣化、民間化與反主流的解釋，還有類似於結構主義的歷史認知方法，由民俗學的認識視角所導致的類似於「文化系統中的共時性文本」[1]的特點等等。但在價值論的層面上，仍然具有某種德里達所說的「關於存在的形而上學」性質：對歷史的追問與敘述中，仍隱含了某種「必然論」的理解，隱含了認為其可以對當代中國的思想現實產生某種具體影響的「目的性」。所以，儘管它有「去歷史化」和「去主流文化」的特徵，但某種程度上也可以認為，它是這個年代裡啟蒙主義思想實踐的一個部分。

　　但尋根文學的歷史敘事中，也隱含了根本性的悖論，這就是「敘

---

[1]　參見海登·懷特〈評新歷史主義〉，收入張京媛主編《新歷史主義與文學批評》（北京：北京大學出版社，1993年），頁95。

述的對象」與「敘述的目的」之間的矛盾。很明顯，與中國現代作家的文化立場不同，尋根作家們對中國傳統文化的態度，不是「五四」式的背棄與批判，而是一次對傳統文化的「重新發現」——甚至在某種程度上還持有「浪漫主義」式的「讚美」情緒。只是當作家們懷著重釋和發現中國傳統文化的激動，去湘西的密林裡、古老商州的盆地中，還有太行山的溝壑邊、葛川江被污染的江流上……去尋找古老文化的生機或者神髓，並試圖「釋放現代觀念的熱能，來重鑄和鍍亮這種自我」[2]的時候，他們所能找到的答案，卻未免令人失望。可以說，這是一次「文化民族主義」情緒的失敗的體驗：無論是韓少功筆下的「丙崽」、李杭育筆下的福奎，還是阿城筆下的王一生，他們身上被發掘出來的那些「文化」品質，都無法成為「現代性」思想與精神的源泉。這樣，「作為精神資源的反現代性」，就從根本上消解了「尋根目的的現代性」，削弱了其啟蒙主義意義，而只能逼使其向著「審美現代性」的功能過渡，同時將其歷史敘事的目的予以「降解」——這樣，啟蒙歷史主義就從兩個方面必然通向「新歷史主義」：一是尋根文學「試圖進入文化中心」的努力的落空，致使其以更邊緣化的立場來審視歷史；二是在尋根文學思潮的文化人類學思想方法中，本身也孕育著「民間」的文化理念，以及「文化詩學」的方法要素，當它們向前延伸，並開始追求「敘事的長度」的時候，自然就會過渡為反倫理學的、非社會學立場的「人類學的歷史敘事」，而相比「社會學的歷史敘述」，「人類學的歷史敘事」也可以視為是一種典型的新歷史主義敘事了。

2　韓少功〈文學的「根」〉，《作家》1985年第4期。

一　尋根文學的出現與歷史文化意識的高漲

　　這裡說的「尋根文學」概念顯然要略為寬泛一些，包含了所有八〇年代前期到中期超越了社會學視野的、具有「文化」品質的敘事——初期的「風俗文化小說」，先於小說中的尋根運動而出現的「文化詩歌運動」，前者是「尋根小說」的雛形，後者則是它某種意義上的精神先導，尋根小說直接接受了一些來自它的思想方法與價值觀念的影響。

　　當然，導致尋根文學運動出現的原因，還有八〇年代中期全社會領域中思想方法的變革，文化學視野對庸俗社會學的取代，人類學思想對簡單階級論和道德論的取代，還有宗教學、神話學、民俗學、發生學、「文化圈」理論、地理環境說等等文化學理論，以及尼采、薩特的存在主義哲學、弗洛伊德的精神分析學、榮格、弗萊等人的集體無意識與原型理論、還有結構主義理論等等，都漸次對這個年代的文學發生了影響。甚至在興奮中有的學者還把系統論、控制論、信息論以及「模糊思維」等自然科學方法也引入到文藝領域，進行「聯姻」的實驗，「他們認為：新的科技革命已經衝擊到人類生活的各個領域，『三論』的引進勢在必行，社會科學和自然科學還在走向一體化，數學和詩最終要統一起來……」這些後來被證明是言過其實的說法，可以從反面來佐證一下，這個「方法熱」的年代裡文學觀的極大的開放性。對於文學中出現風俗文化主題熱，人們的理解和評價則是「作家們不滿足於僅僅對人物的心靈作橫向的時代概括之後而試圖將其與縱向上的歷史追索結合起來的產物」。[3]可見人們已經逐漸意識到

---

[3]　參見潘凱雄〈1985年文藝理論批評綜述〉，《文藝理論研究》1986年第3期。

了「縱向上的歷史」這一維度在文學敘事中的重要性。

（一）八〇年代前期歷史敘事的民俗學趣味

　　這是一個重要的過渡。構成七、八〇年代之交「主流」的「傷痕」與「反思」主題的文學，當然也可以視為是一種「歷史敘事」，它們對有限的概念化了的政治歷史的反思，雖然在政治上推動了社會的思想解放，但它們自身卻始終未擺脫尷尬的困境。比如其主題的延伸必須左顧右盼地看著政治的風向標，其話語方式又一直沒有擺脫社會政治話語的限定，藝術上缺乏持久的生命力，等等。追究根本原因，這種為政治概念所限定的歷史敘事，實際上仍然是「當前政治敘事」的一個折射，它不但沒有真正接近歷史本身，而且還在刻意宣揚一種「歷史的假識」，因為它實際上是又重新宣稱了一次「時間的斷裂」，與意識形態的時間敘事一樣，「不幸的過去」的已經永遠結束，「光明的未來」又再一次重新開闢。在與紅色敘事完全如出一轍的時間修辭中，完成了對歷史的遺忘。

　　從這個意義上說，當代文學的「主流」的變革歷程，幾乎還沒有開始。而真正的變革實際是在這個主流思潮的背後悄悄進行的，它是始自一場規模不大但卻意義深遠的悄悄的「搬家」──這就是非常邊緣化的「風俗文化小說」的出現。當一九八〇年前後，鄧友梅、汪曾祺、陸文夫等人的「京味小說」和「蘇南風情小說」，稍後賈平凹的「商州系列小說」和馮驥才的「津味小說」等相繼問世的時候，人們感到了它們異類的新鮮，但對其出現的意義卻不知所措，估計不足。

　　與主流的政治歷史敘事不同，在風俗小說中，我們甚至看不到「歷史」概念的痕跡，因為它們似乎根本就沒有去凸顯故事中的歷史長度和時間特徵，「歷史」在他們的筆下不是一條「流動的河」，而是一汪「靜止的水」。歷史應有的那些具體的「背景性」也刪除淨盡

了——這當然不是後來的先鋒新歷史小說中的那種刻意刪除背景的
「寓言」式的筆法，而是其「民俗學趣味」所決定的。這個道理不難
理解，「歷史」所關注的是河水，而「風俗」所留心的則是河床，它
是那些「歷史的遺留物」，按照八〇年代初的文化思想史家李澤厚的
理論，即是「積澱」。民俗顯然是歷史的某種積澱物，如果作家把目
光對準了民俗，那麼他就有可能「忽略」歷史——儘管他是在另一意
義上觸及了歷史。事實上，也許正是因為這些作家有意要規避在政治
視野中的歷史敘述，才選擇了如此邊緣的民間民俗題材。與傷痕和反
思文學比較，他們反而不那麼「注重歷史」。

但這場「搬家」的意義仍然是深遠的，它也是一次「回家」。文
學通過這個小小的實驗，終於回到了它自身，它的古老的「常態」和
永恆的母題。因為很顯然，文學與什麼有關？它是和常的人性與生存
有關，這本是常識，但幾十年的外部政治干預卻把這個常識壓抑了，
遮蔽了。這次搬家的意義就在於，它們表明，在當前化語境下和當前
題材空間的寫作，很難擺脫社會學政治學的「現實主義」的困境，而
進入「民俗文化」與「民間風情」的寫作，則會成功地規避上述困
境。而且一切竟是這樣輕而易舉地迎刃而解。

從上述的角度，風俗小說或者民俗題材本身的意義，無論怎麼
評價都是不過分的，但是思想資源的匱乏卻限制了這些作家。在這
個年代，作家單一的知識背景使他們很難獲得對其小說題材的處理
深度，汪曾祺的〈受戒〉、〈大淖記事〉中所含納的，除了對某個類
似「世外桃源」的傳統的文人情趣的傳達，似乎很少還能有別的什麼
東西。當了和尚還可以娶媳婦，女孩子「失了身」也不會受歧視——
這樣的地方在這個以禮教和禁忌聞名的國度裡是否存在，大約還值
得懷疑——似乎並無新鮮玩意。連作家自己都說，〈受戒〉其實是記
錄了「四十年前的一個夢」，既然是夢，那我們也就只能將這理解為

是作家對自己的「私人經驗」的一種美化了，原來只是作家「希望」有這麼一個「自在的去處」罷。八〇年代的批評家將這評述為「歷盡劫難之後的清朗心境」，其「整體的明朗色彩與樂觀的時代意識相通」，「從作品的字裡行間可以看出作者對民族文化深摯的感情，然而……對民族傳統文化的取捨極為自覺」。[4]這樣的評價多少有些一廂情願的味道，其實汪曾祺小說的價值何嘗在於作家在「文明與愚昧的衝突」之間做了多少「選擇」，其真正的意義，是在於通過對情節場景和人物的有效簡化，而與中國傳統的美學——如「性靈」、「神韻」諸說——之間發生了聯繫，並延伸出比較複雜的美學與藝術的問題罷了。

　　鄧友梅大約是這些作家中最早嘗試寫「風俗」的一個，他的〈話說陶然亭〉是發表於一九七九年，之後又有〈那五〉（1982）和〈煙壺〉（1984）等作品問世，寫老北京的三教九流、風物人情是鄧友梅的所長，但除了極盡繁縟細密地寫這些人物的生活情態，寫這些「稀世之物」的流轉變遷，作家似乎還缺少處理它們的文化意識與深層思考，這大約也是無奈，是一種求全責備了。在新的思想理論與文化意識能夠深入影響知識界之前，很難要求這些已屆中年的作家們提供出新的思想方法與精神資源。同樣的問題也出現在更年輕的一批作家身上，在賈平凹的《商州初錄》和之後的「商州系列」中，關注習俗和流於渲染習俗也是共同的問題。農家小夫妻接待山外來的遊客時晚間發生的故事，拿扁擔在女人和遊客同睡的土炕上劃出「界限」；還有鄉野郎中為狼療傷，狼傷好後叼了一個孩子的銀項圈來答謝，老人自知救了狼卻害了人，愧悔之下投崖自盡的故事，大約都屬純然的「傳

4　季紅真〈文明與愚昧的衝突——論新時期小說的基本主題〉，《中國社會科學》1985年第3、4期。

說」罷了。還有《雞窩窪人家》中的「換妻故事」，也不能不說是有
渲染「老婆是人家的好」這樣一種舊式的「男權主義無意識」的嫌
疑。

當然還有陸文夫、馮驥才等人的作品，他們的意義和問題大致也
都是相同的。之所以會出現這種情況，歸根結柢是因為這個年代文化
視野的窄狹和思想方法的匱乏，尚不能為作家提供對這些民俗現象進
行深層的精神燭照與文化透析的必要支持，所以其寓意的曖昧、內容
的虛飄與單薄就是不可避免的了。但是有一點必須強調：這是把風俗
文化小說放在整個當代文學之歷史意識的「進變過程」中來考察的，
它並非小說藝術的普遍性標準，即使不用什麼思想和文化哲學意識來
處理類似的民俗內容，它們也仍然可以構成小說的題材，換句話說，
它們仍然是「有意思的小說」。更何況，在實際上所謂「風俗文化小
說」與「尋根小說」之間並沒有明確的界限，一些作家像馮驥才、李
杭育、鄭義、賈平凹、鄧剛、甚至阿城、張承志等，他們的寫作都
跨越了一九八四年之前與之後，在這之前他們是「風俗小說作家」或
「知青小說作家」，在這之後他們又成了「尋根小說作家」，他們的作
品中的文化自覺意識是逐漸加強的。

（二）「文化民族主義」的突然高漲：「尋根詩歌」中的歷史文化
意識

與小說界的情形不同，詩歌中的文化主題一出現就具有了相當
的「理論自覺」與高度。如果說八〇年代初的小說家們是通過本能和
無意識，還有文學自身不由自主的「回家」的趨勢，而不期然地觸及
了歷史和文化主題的話，文化主題的詩歌，在一九八二年前後從「朦
朧詩」的政治啟蒙主題中的剝離，卻是立刻顯現了文化啟蒙的思想宗
旨，以及寬闊的文化哲學視野。

　　從一九八二年開始，楊煉等人就開始了宏大的系列文化組詩的創作，這一年四川的一些詩人也對歷史發生了濃厚的興趣，如宋渠和宋煒兄弟就提出了「這是一個需要史詩的時代」的口號，呼籲「對傳統需要作出新的判斷，歷史上被忽略了的一切都應該重新得到承認」。詩人如果不能完成「自己對歷史軌跡和民族經歷的突入，就不可能寫出屬全人類的不朽的史詩」。[5]稍後，江河也在一篇隨筆中發出了對史詩的呼喚，「為什麼史詩的時代過去了，卻沒有留下史詩？」他呼喚人們要從根部而不是表面上重新關注歷史，「那些用古詩和民歌的表現方法來衡量詩的人，一味強調民族風格的人，還是形式主義者。民歌的本質在於民族精神，這才是我們該探求的地方，其中包括對民族劣根性的批判」。[6]這裡可以明顯地看到作者的文化批判與文化啟蒙意識。大約在一九八四年，詩歌界的文化運動與「史詩情結」，就已達到了沸點。在成立於四川的「整體主義」小組那裡，甚至已經接近於「原創」了一種「中國式的結構主義文化學」的思想方法。從一九八二年到一九八五年，楊煉相繼發表了〈諾日朗〉、〈敦煌〉、〈天問〉、〈半坡〉等大型組詩，還在一九八四年發表了詩論〈智力的空間〉，強調要將「自然本能、現實感受、歷史意識和文化結構」「融為一體」於詩中[7]。另外，歐陽江河、廖亦武、石光華，還有江河等，都相繼寫下了許多結構或體式龐大的文化主題的長詩。他們共同構成了這個年代的一個陣容壯觀的的「詩歌文化運動」。

　　尋根詩歌的出現，表明在當代知識界一旦獲得了文化學視野之時一種急切的實驗心態，他們急於要從文化而非政治的層面上，來重新解釋中國人的歷史與傳統。而重解歷史正是為了確立當代的新思想與

5　見老木編《青年詩人談詩》（北京：北京大學「五四」文學社，1985 年），頁 23。
6　見《青年詩人談詩》，頁 23。
7　見《磁場與魔方．新潮詩論卷》（北京：北京師範大學出版社，1993 年），頁 122。

新方法的合法性，並以之替代和更換陳舊的意識形態。這裡面包含的感情是複雜的：一方面，他們對一切新的思想充滿了熱望與興奮，甚至還沒有看清窗外面的景物到底是什麼的時候，他們就開始「攀比」起來，這是長期的文化封閉所導致的一種衝動。在這個意義上，尋根詩歌的出現首先是精神的興奮與方法的「急切的嘗試」；另一方面，當他們開始看見外面的一切時，一種矛盾的「民族主義情緒」就出現了，這種情緒不同於毛時代政治意義上的民族主義，甚至也不同於五四新文化運動時期守舊派的民族主義，它對外來文化不是一種排斥的情緒，而是一種強烈的「羨慕和攀比」，什麼叫「需要史詩的時代」？與其說充滿了「新的發現」，不如說是「希望」有新的發現。但是歷史的教訓，還有對剛剛結束的狹隘民族主義時代的警惕與本能反感，使尋根詩人的文化民族主義難免會感到「氣虛」。所以在這樣的矛盾心理下，他們不得不又把尋根的宗旨「虛化」了——變成了一場方法的變革與實驗，急於要利用這些新的思想，來燭照一下自己民族的歷史，看看能找出什麼新東西來。

所以，在「整體主義」詩人和楊煉的一些關於文化主題詩歌寫作的言論中，我們就看到了這樣的說法：楊煉說，「詩人不斷以自己所處時代中人類文明的最新成就『反觀』自己的傳統，於是看到了許多過去由於認識水平原因而未被看到的東西，這就是『重新發現』。」[8]那麼，這個新的視野是個什麼樣的「空間」呢？楊煉隨後又說，「……它是歷史的，可假如昨天只意味著傳統故事，它說——不！它是文學的，但古代文明的輝煌結論倘若只被加以新的圖解和演繹，它說——不！」這個空間是「融為一體」了的「自然本能、現實感受、

8　楊煉〈傳統與我們〉，見《青年詩人談詩》，頁72。

歷史意識和文化結構」。[9]關於「文化結構」，也許楊煉還沒有太清楚
的認識，在「整體主義」詩人石光華那裡，就有比較明晰的答案了，
「在一彎月亮、一脈清風、一片青草、一聲蟬鳴中，感受了發現了無
限和永恆」。[10]這是強調在文化的結構性中認識歷史文化和一切精神現
象。這種以朦朧的「結構主義」與文化人類學的思想來重新審視民族
文化的衝動，和稍後一九八五年在學術界出現的民俗學熱、文化學熱
之間，形成了互為影響、互為滲透和驗證的關係。

　　然而從詩歌寫作的實踐看，整體主義的作品卻似乎是不那麼成功
的，對此已有徐敬亞等人的比較公允和切中要害的批評，因為其黏稠
的思想理念和駁雜的文化對象之間，並沒有實現交融，所以他們那些
體積相當龐大的「現代大賦」──最典型的是在一九八五年一月由萬
夏等人自費出版的《現代詩交流資料》上登載的石光華的〈噬鷹〉、
宋渠宋煒兄弟的〈靜和〉、黎正光的〈臥佛〉，還有此前見於老木編
的《新詩潮詩集》中的宋氏兄弟的〈大佛〉等，都顯得非常滯澀和擁
擠。甚至包括江河力圖寫成「民族史詩」的《太陽和他的反光》在
內，也有理念過於裸露、思想流於堆砌的問題。這當然有具體原因，
比如可資利用的中國古代神話資源的相對匱乏，使他似乎不得不把
相當的篇幅用來對古代傳說進行複述和演繹，還有作為詩人主體的
「知」與「識」的局限，使他無法從綜合的文化視野中，來理解民族
的歷史文化與種族命運。似乎「有心無力」是這些詩人共同的困境。

　　相比之下，楊煉的尋根主題詩歌是較為成功的，主要表現在他擅
長從「二律悖反」的角度，對歷史文化的遺存進行闡解，這使他既避
開了「五四」式的激進主義的批判，也沒有像其他人的尋根詩歌那樣

9　楊煉〈智力的空間〉，見《磁場與魔方·新潮詩論卷》。

10　石光華〈企及磁心（代序）〉，見《磁場與魔方·新潮詩論卷》，頁127-134。

陷於對歷史文化的幼稚的讚美——他所闡釋出的傳統的「宏偉」和「悲壯」的一面，可以滿足這個年代中普遍洋溢著的「文化民族主義熱情」，可以使一般讀者從中得到「正面」教益和精神安慰；他所挖掘的文化的「荒謬」和「僵死」一面，則可以使他的寫作獲得文化認知的深度，以及詩歌本身的悲劇美學品質。比如他寫〈大雁塔〉，是「我被固定在這裡／山峰似的一動不動／墓碑似的一動不動／記錄下民族的生命」；他寫〈半坡‧神話〉，是「俯瞰這沉默的國度／站在懸崖般高大的底座上／懷抱的尖底瓶／永遠空了」；他寫〈敦煌‧飛天〉，是「我飛翔，還是靜止／升，或者降（同樣輕盈的姿勢）／朝千年之下，千年之上？」……都是價值的正與反的悖謬。不過寫得多了也難免有重複之嫌，使那些本來還有幾分深沉和悲壯的抒情變得浮泛了。

也可能是為了解決上述矛盾和困境，楊煉在八〇年代中期的寫作不得已導向了玄學的陷阱，開始以《周易》思想來演繹作品。從文化和歷史走向哲學，這當然也可以視為是一種有益的探求，但極度抽象和不免空泛的鋪排，更消解了原來尚存的活力，使他的寫作變成了與生命完全無關的「玄想」與「禪機」。以《易》入詩，可謂既是詩的極境，也是絕境——這是由傳統文化的結構性陷阱導致的，它看似玄妙的智性，實際上是完全排斥經驗的玄學，與生命和人本意義上的詩歌漸行漸遠。楊煉的困境，可以說是整個文化詩歌運動的困境的集中反映。

二　尋根小說中的啟蒙歷史主義意識

關於「尋根小說」流變的一般常識，在這裡不再展開討論。來自文化界思想方法的變革熱、詩歌界文化運動的直接啟示、還有拉美作

家的成功的激勵所喚起的類似「後殖民主義」的文化幻想，導致了從一九八四年到一九八六年短暫的兩三年中，小說界的一場更大規模的文化民族主義運動。

如果要考察尋根小說作家的歷史觀念，會發現這樣幾個傾向：

首先是試圖以「民間模式」來改造「權力模式」的思想，以對歷史的「邊緣解釋」來取代「正統解釋」。邊遠的地域文化、封閉的民俗文化成為作家們最感興趣的對象，這當然是民俗學和文化學研究視野所直接導致的。但在韓少功、李杭育等人的言論中，可以隱約看出他們的「非中原文化立場」的自覺，看出他們對「鮮見於經典，不入正宗」、「還未納入規範的民間文化」[11]的推崇，對迥異於儒家「籠罩著實用主義陰影」的「少數民族文化」[12]的關注。如果再加上馬原和扎西達娃對西藏民俗、藏傳佛教與神秘主義文化的描寫，莫言在一九八六年陸續問世的「紅高粱系列」對洋溢著「酒神精神」民間「匪盜」式英雄的禮贊，可以見出尋根作家試圖為中國文化尋找「多個源流」的努力。雖然其中真正涉及「歷史」的敘事還顯稀少，但從理念上看，其試圖重新清理中國歷史文化、揭示其多元化構造的宗旨卻是很清晰的。李杭育在他的文章中還有一段闡述中國文化的「四大形態」的話，雖然並不嚴密和準確，但還是有啟發性的——

> 本來，春秋時的四大氏族集團，黃河上下的諸夏和殷商，長江流域的荊楚和吳越，代表著那個時代的中華文明。殷商既成規範做大，其餘三種形態的文化便處在規範之外（當然不是絕對的），那在外的，很有些精彩的節目，有發源於西部諸夏的老

11　韓少功〈文學的「根」〉，《作家》1985年第4期。

12　李杭育〈理一理我們的「根」〉，《作家》1985年第9期。

莊哲學（實在比孔孟精彩多了！），有以屈原為代表的絢麗多彩的楚文化，有吳越的幽默、風騷、遊戲鬼神和性意識的開放、坦蕩……哪一個都比那個規範美麗……我常想，假如中國文學不是沿著《詩經》所體現的中原規範發展，而能以老莊的深邃，吳越的幽默，去糅合絢麗的楚文化，將歌舞劇形式的〈離騷〉、〈九歌〉發揚光大，作為中國文學的主流發展到今天，將是個什麼局面？

恐怕是很不得了的呢！[13]

它表明，當代作家開始嘗試從根部來「推翻」原來被定於一尊和權威歷史模型，而這個歷史構造，在過去是在兩種悖反的意義上被解釋和確立的：一是按照中國傳統主流觀念確立的、以儒家思想為價值尺度構造的一個正統歷史；二是它的另一面，即由「五四」新文化所界定的「吃人」的作為「封建禮教」的歷史。而尋根作家則把中國歷史做了邊緣化、多元化和民間化的解釋，不只從根本上「修改」了傳統意義上的歷史構架，而且也從「五四」式的激進主義思想與歷史虛無論中解脫出來，可謂一箭雙雕。這使它作為一次審視自身民族文化的再啟蒙，既具有了當代的新意，同時又鑒於現實的條件，而打了「必要的折扣」。

二是嘗試確立「生命本體論」的歷史觀念。不錯，中國人的美學、包括中國文學中的歷史敘述的詩學，都是一種生命本體論的內核，但中國人主流歷史觀的核心，卻是「忠君」和「王道」思想，是按照儒家的國家和人格理念來建立的；革命歷史敘事和紅色文學敘事，雖然摧毀了傳統歷史觀念的外表，但卻又按照原來的內核將之改裝成了「偉人」和沒有具體所指的「群眾」所創造的歷史，將歷史的

---

13 李杭育〈理一理我們的「根」〉。

解釋更加權威化了，連作為傳統主流歷史敘事之補充的民間的「歷史消費」權利也盡行剝奪了。革命的「道德本體論」，善與惡、進步與反動、光明與黑暗、剝削階級和被剝削階級、正確路線與錯誤路線……這一系列的二元對立，構成了歷史敘述的基本架構。而相應地，作為個體的「人」的生命與血肉的基本內涵就被取消了，自由意志屈從於理想信念，生命本能服從於道德律令，人性、自然、一切非政治倫理的因素，都從歷史的正面給剔除了。尋根作家正是試圖找回這些被剔除的東西：在韓少功的「湘西」，非理性的民族精神、浪漫主義的思維方式、被中原文化壓制和遮蔽了的信鬼崇巫的楚文化，被再次擺上神聖的祭壇；在李杭育的「葛川江」，與大自然和諧一體的漁家之樂、與天地同在的古老的生存方式、地僻野荒帝奈我何的逍遙精神，以「吳越文化」的名義，被解釋為中國文化的另一重要源頭；在賈平凹的「商州」，比之中原漢人的狡黠和好利，山裡人的淳樸、善良、重情、率真、厚德和好義被解釋成了中國文化的「古風」；在莫言的「高密東北鄉」，反道德和反倫理的生命意志，成為生存的本質與意義所在，也成為民間歷史創造的真正原動力。總之生命的內核作為審美的要素和價值的依託，正在取代道德而成為歷史的核心。

稍後，這種生命本體論的歷史意識演變成了「人類學的歷史觀」。

三是由「道德的二元對立」變成了「文化的二元依存」，以此來解釋中國文化的構成與歷史的演化動因。在韓少功的《爸爸爸》中可以看出，白癡「丙崽」是一個帶有「文化原型」性質的人物，他「一生下來就衰老了」的特徵，使之在某種意義上成為了作家對傳統文化的一種想像和評價載體。他有母無父，人見人欺，有人說這是「母系社會」殘存的痕跡，但其實也是中國社會的一般病狀，正如魯迅在〈阿Q正傳〉中所寫的阿Q的命運一樣。他一開口說話，就先學會

了「罵人」，平時只會說兩句「爸爸爸」和「×媽媽」，這似乎暗示了中國人的世俗文化之惡，也揭示了其「進化」之緩慢的原因：一開始就已蒼老，而後又缺少進化的智能和動力。然而還是這兩句話，一換到「信鬼崇巫」的語境下，語義就發生了奇妙的變化。當雞頭寨的人們要與雞尾寨「打冤」，以爭奪「風水」的時候，他們要殺一個人祭神，殺誰呢？只有殺無人保護的白癡丙崽。可正要舉刀，天上突然湊巧打了一個響雷，於是就想，這丙崽如此怪異，是不是神人？有了這樣一個疑問，竟越看越像，把他的兩句話也當成了神仙的「陰陽二卦」，真是奇思妙想。當丙崽又嘟噥了一句「爸爸」之後，他們就以為這是一個「陽卦」，陽卦即勝卦，於是全村出動去打架，結果大敗虧輸，死傷無數。最後村裡人按照古老的風俗，大鍋分吃了包括敵人在內的死者的肉，分喝了有劇毒的草藥，剩餘的青壯年則集合起隊伍，唱著古老的歌謠，向著山林的深處進發。只有丙崽，卻還坐在斷垣殘壁上，咕噥著那句「爸爸」。這篇小說的用意中不難看出一個矛盾：一方面作家希望能夠渲染出湘西文化的神秘和浪漫，寫出山民的淳樸與好古之風；但在渲染這一切的時候，又無法繞過這裡的封閉與愚昧，無法掩飾它集神秘主義與蒙昧主義於一身的矛盾。將最簡單的東西（罵人）解釋為最神秘的東西（咒語），將偶然的事物（打雷）解釋為必然的事物（神示），是典型的「原始思維」的特徵。

韓少功自覺不自覺地影射到了中國文化的根本弱點：看似玄妙，包含了神秘和深邃的哲學，卻實在是百無一用。作為「湘西文化」的產物，丙崽所暴露的，是這個文化內部最原始和敗落的一面。很明顯這不是作家的初衷，但卻是他寫作中難以迴避的。人們不禁會問，這難道就是韓少功所要尋求的「燦爛的湘西文化」？這樣的文化對今天的重建，對改造我們的有缺陷的中原文化，究竟有什麼作用呢？不過，這只能算是「動機的失敗」，並不意味著作品本身是失敗的，而

　　且某種程度上也是好事，它表明，簡單地肯定或者否定傳統文化，用一種「實用主義」的眼光來「選擇」，都不是明智的作法。它會導致人們從「結構性」的角度來看待傳統：它的優勢同時即是它的劣勢，它的長處同時即的它的短處。

　　在鄭義的《老井》、王安憶的《小鮑莊》還有莫言的《紅高粱》系列中，似乎也表達了同樣觀念。愚昧的意識和堅韌的生存，好義的品性和因之無法擺脫的困頓，還有匪性與英雄之氣互為依存難以分拆的關係，這都表明尋根作家對歷史的認識具有了「文化結構」的眼光。

　　第四是與李澤厚的「積澱說」相關聯的歷史意識，它同時也和西方學者如榮格和弗萊等人的「集體無意識」理論有某些內在關係。即相信「歷史」與「文化」並不在遙遠的古代時空，而就積澱在當代人的心理之中。其實這和魯迅所描寫的阿Q身上的那種「國民劣根性」也有繼承關係，但似乎「態度」已經大不一樣。魯迅對種族的集體無意識所抱的是絕望和批判，而阿城則是抱了欣賞，甚至他還刻意將之「玄學化」了。在他的〈棋王〉中，主人公王一生之所以能夠在艱苦的最低生存條件下，把日子過得津津有味，是因為他身上有一種道家的出世情懷；他能把象棋藝術修煉到爐火純青的地步，是緣於受了隱於民間的「高人」的指點，這隱者和古代小說中經常渲染的那樣，是幾近乞丐和瘋癲的人物，但卻是真正的智者。他靠揀賣廢書舊報過活，但卻精通一套人生智慧，他給王一生講的「棋道」不在於下棋本身，而是《周易》中的哲學，是做人之道、陰陽之理，是中國人傳統的「人生哲學」。王一生正是從這裡面悟出了棋道的精髓，並漸入化境，能夠在最後舉行的象棋大賽中同時擊敗九個棋手，而且是用了「下盲棋」的方式，他彷彿與宇宙天地之氣匯於一體，吐納自如，遊刃有餘，征服了在場的所有觀眾。這還不算，當最後那位棋界長老與

他求和時，王一生更是顯現了寬容和「中和」的胸襟——這實在是棋中至境，人生的至境。王一生能夠如此懂得收斂鋒芒的人生之道，可謂悟得了莊老哲學的精髓。

阿城是在什麼樣的動機下寫了〈棋王〉，又是由於什麼原因，得以把一個原本的「知青小說」寫成了一個「文化尋根小說」，其中有許多奧秘似乎至今仍然是難以全解。主人公王一生所生存的年代正逢「革命文化」掃除一切的時代，何以竟會有這樣神機妙玄的思想境界？這表明，歷史文化同樣也可以映現在當代人的身上，作為「歷史無意識」或者「文化無意識」形式留存下來，成為一種典型的「文化人格」，這與弗萊所說的「種族記憶」應該是同一種東西。用李澤厚的說法，則是一個民族歷史與傳統在當代人身上的「積澱」。

如〈棋王〉這樣典型地體現著傳統文化在當代人無意識中的遺存的作品當然不多，但在那些比較靠近當代生活的作品，像賈平凹的「商州系列」，還有王安憶筆下的「小鮑莊」人的意識中、鄭義筆下「老井村」人的意識裡，也都可以看出傳統文化的複雜沉澱。韓少功甚至還表現出了比較自覺的意識，「哪怕是農舍的一梁一棟，一簷一桷，都可能有漢魏或唐宋的投影……」[14] 這幾乎是「結構主義文化學」的理論了，只是關於這種「投影」的具體的文化內涵與特徵，他們一時還很難說的清楚。

最後一個是與文化學中的「板塊理論」——即與「地理文化圈」學說相關的歷史意識。在西方的代表人物有德國的史賓格勒和英國的湯恩比，他們不同於黑格爾式的「歷史進步論」學說，不是按照總體化的時間鏈條來研究歷史，而是把歷史橫向地分成若干個文明——湯恩比是把人類六千年的歷史劃分為二十六個文明，其中時間完全是交

---

[14]　韓少功〈文學的「根」〉。

錯著的；史賓格勒把歷史分為八個獨立的文化，每一個文化都有自己的觀念，彼此被鴻溝隔開。[15]這種理論極大地改變了歷史學中的敘述規則——按照時間順序來構造邏輯線索和演化脈絡的模式，轉而把注意力轉向空間性的個案文明。不知道這是否也是對「西方中心論」歷史觀的一種否定？對於中國當代的小說家們來說，他們當然不會是先受了這些理論的影響，才發起了他們「跑馬佔地」式的「地域文化寫作」，憑空構造出「商州」、「葛川江」、「湘西」、「太行山」、「異鄉」（鄭萬隆）、「高密東北鄉」……當然還有馬原和扎西達娃筆下的西藏，但他們一下子發掘出這麼多的「未曾溶化」於主流歷史構造之中的「文化板塊」，顯然卻是有某種不謀而合，要為修改原有中國歷史與文化的結構，製造出一個關於中國文化的「多元構想」而進行嘗試。通過「修訂傳統」進而影響當代的社會與政治，對他們來說，這個動機雖然不便於說得很明晰，但在主體意識中無疑是明確的。

最後還要強調的是，尋根文學雖然涉及「文化」比涉及「歷史」的動機要強烈，但文化是歷史的核與質，隨著小說家門開始追求「敘事的長度」的時候，他們自然會轉向歷史的廣袤空間。這也是在一九八六年之後，尋根運動雖然漸趨停頓，但真正有份量的作品卻逐漸浮出水面的原因。再者，上述所有新的歷史觀念，都表現了影響現實的強烈責任感和使命感。畢竟所有的新的思想資源，在這個特定的時期都具有啟蒙的功能和性質——就像五四時代的「拿來主義」一樣。

---

15 見莊錫昌等編《多維視野中的文化理論》（杭州：浙江人民出版社，1987 年），頁 170-203。

三　向新歷史主義過渡

　　以文化社會學和民俗學為思想動力和基本方法的尋根文學中，始終包含了一個深刻的矛盾：一方面，它們試圖影響中國當代主導性文化的走向，是一次試圖進入「中心」的文化運動；另一方面它所採取的「文化策略」又是十分「邊緣」的，深山、高原、盆地、邊域，一切偏僻之地的文化，還有為正統所不容的那些異類的思想資源，構成了作家們所孜孜尋求的「根」。從韓少功和李杭育等人的對傳統文化的新解釋中，我們就已經看到了他們試圖「逼擠正統的顛覆性的衝動」[16]和必然「通向新歷史主義」的趨勢。沉重和宏大的目的，很快就使他們在尋根之路上陷入了疑惑與迷惘，非常「中心的目的」和十足「邊緣的內容」之間的矛盾，使得他們不得不調整寫作姿態，使其歷史空間中寫作的目的「下移」和「降解」。

　　當寫作者們意識到這樣一個困境時，他對歷史的介入姿態馬上也會「縮小」——即，他不再是當代民族文化實踐的當仁不讓的主體，不再是這個年代文化重建的靈魂附體的智者化身，因此，他們自認為可以洞穿歷史的某種理性判斷力也瓦解了，他變得孤立、渺小起來，而他面對的歷史和曾經設想的形而上學和終極意義上的「根」，也忽然可疑起來，歷史變成了一團謎一樣的煙霧。由此也就不難理解，為什麼在莫言的《紅高粱家族》中出現了一個作為「兒童」的歷史敘述者，這個兒童的出現也許不是偶然的，他對歷史的經驗方式，充滿了想像的壯觀和不可窮盡的感歎。但與祖先相比，這個歷史的追尋者卻

---

[16]　弗蘭克・倫特裡契亞〈福柯的遺產——一種新歷史主義？〉，收入王逢振等編《最新西方文論選》（桂林：灕江出版社，1991 年），頁 465。

顯得空前的孱弱和渺小，用莫言自己的話說，就是「我真切地感到種的退化」。這種「主體的縮小」和「感知能力的弱化」當然帶來了兩方面的敘述效果：一是歷史的「終極真實性」變得模糊和不可靠，二是歷史的客體突然變得「大」起來，關於「祖先」的敘事變成了一種英雄「傳奇」和「神話」，歷史由此也變成了一個「衰微」的過程，而不是一個「進步」的過程，民族的歷史與文明譜系變成了一個「降冪排列」的邏輯，進步論的歷史概念在這裡被完全顛倒了。

這樣，《紅高粱家族》就幾乎成了新歷史主義敘事的一個發端性作品。這個結論不是我得出的，小說家和批評家王彪一九九三年在他編選的一本《新歷史小說選》中，即指出了《紅高粱家族》「作為新歷史小說濫觴的直接引發點之一」[17]的意義。他同時還強調了喬良的〈靈旗〉等作品的作用。這應該是一個相當睿智的發現，但疏漏還是在所難免——他忽略了另一個不應該忽略的作家，這就是扎西達娃，他早在一九八五年問世的西藏系列小說中，有的已經十分類似新歷史主義敘事了，他的〈西藏，隱秘歲月〉即是例子。在這個小說裡，他用完全不同於「現代歷史」的思維方式，用藏族人特有的「輪迴」的時間觀與生命意識，敘述了藏族人自己的經驗與記憶方式，以及由此構造的二十世紀的歷史。所以在此意義上，「濫觴」也許應該是從一九八五年的扎西達娃開始的。

「向新歷史主義的過渡」是一個難以描述的狀態，在這裡，我只能採用抽樣分析為這種過渡提供個案的例證。

（一）例證之一：扎西達娃的〈西藏，隱秘歲月〉

扎西達娃也許是一九八五這個年份中唯一追求敘事的「時間長

17　王彪《新歷史小說選·導論》（杭州：浙江文藝出版社，1993年）。

度」的作家。因此他可以視為是一個試圖「講述歷史」而不是「論述文化」的作家。在〈西藏，隱秘歲月〉中，他試圖敘述西藏在整個二十世紀中的歷史，他使用了「編年史」的形式作為敘事的外部線索，一個敘事的外觀；但他所真正要記錄和表明的，卻是藏人自己概念中的歷史，他使用了與「現代文明」的主流歷史敘述完全不同的時間概念，一個「圓形的歷史」，而不是像「現代史」那樣的「線性」的「進化論」的時間概念。這當然不只是一種「敘述的策略」，它表明，扎西達娃真正認同的是藏人自己的歷史與時間觀，也就是在現代歷史變動中不變的古老邏輯——「永恆輪迴」的本質。就像小說的結尾處借「隱身」的修行大師所說的：每一個女人都是次仁吉姆，次仁吉姆是每一個女人，廓康永遠不會荒涼，總有人在。對於任何生活在「現代性」或者「進化論」時間情景中的人來說，這都應該是一種無比強烈的震撼。它表明，完全可能有「另一種歷史」，它不但是對一個民族「過去的秘史」和現在的解釋，而且還構成了他們的信仰，是他們的「心靈史」。很明顯，永恆輪迴的理念使脆弱的廓康、使生存條件至為艱難的藏民族擁有了不可戰勝的信念，作為民族生存與文化的象徵，它最終將挺住現代文明在二十世紀以來的挑戰，因為它永遠沒有「現代性的焦慮」，也不相信「進化」的歷史價值——雖然它在很多時期，也不得不對現代文明的侵犯作出某種反應。

很明顯，廓康的歷史可以看作是一個「標本」，通過這個小村三個時期的變遷，扎西達娃幾乎寓言化地書寫了西藏整個二十世紀的歷史。他並未和這個年份中的一些尋根作家那樣，把文化尋根看作是一個用邊緣文化顛覆正統文化的過程，那些作家一方面寫出了偏遠地域的文化風俗，另一方面也把它們「醜化」和簡單化了，那種解釋多是帶了「他者」的偏見和「獵奇」的心理的。而作為藏族作家的扎西達娃，則非常準確地使用了他自己民族的歷史認識方式，並且通過這種

方式與現代文明之間的衝突，來體現其民族的命運，書寫其頑強的生存意志與精神傳統。從這個意義上說，他的「反現代的歷史觀」所表明的內涵是極為豐富的。

　　一九一〇至一九二七是小說中所寫的第一個時期。這時期廓康的村民按照他們古老的風習、生活方式與價值觀念，在原始和惡劣的條件下頑強地生存著。一切彷彿無始無終，但危機卻日益顯露，年輕人開始遷居到更適合生存的地方，小村的居民一天天減少。誰將堅持到最後？作家寄予了深深的憂患。因為這意味著藏民族原始的生活方式，正在遭受前所未有的挑戰。他在這裡突出了精神與信仰的力量，一對年老夫婦，七十多歲的米瑪和察香選擇了留下來，因為察香還要繼續她的使命──供奉隱居在村旁山洞裡修行了幾代的大師，她雖然從未見過大師的面容，但她確信他是存在的，在先代的一個老人供奉了他一生之後，察香也已經供奉了他四十年。海德格爾說「諸神正離我們遠去」，實際是對現代人類信仰危機的一種「比喻」，神的是否存在，首先決定於人自身的信念。由於神的存在，人才不會孤獨地居住在大地上。當他們最後的鄰居，旺美一家遷走（臨走時旺美給一雙老人留下了一個兒子達朗為伴）時，察香竟然奇蹟般地有了身孕，並且在「兩個月」之後生下了一個女兒──次仁吉姆。次仁吉姆是在小村即將消亡的危機中誕生的，她一出生就面臨著巨大的生存挑戰，然而這個女孩卻顯示出了種種非同凡人的跡象：

　　……她沒事就蹲的地上劃著各種深奧的沙盤。米瑪不知道女兒畫的就是關於人世間生死輪迴的圖騰（？）。剛會走路就會跳一種步法幾乎沒有規律的舞，她在沙地上踩下的一個個腳印正好成為一幅天空的星宿排列圖，米瑪同樣不知道這是一種在西藏早已失傳的格魯金剛神舞，她從「一楞金剛」漸漸跳到了

「五楞金剛」。

很顯然這是一個「神秘主義解釋學」的問題。所有這些非凡跡象，實際上不過是一種刻意的「誤讀」，因為按照藏傳佛教的神秘觀念，這些「天真無邪」的孩童舉止，當然也可以理解為是「神的意志」的顯現。然而接下來的事情就更具荒誕意味，次仁吉姆的這些非凡天資，因為一個遠道而來的英國軍人的親吻，而變得無影無蹤。這裡扎西達娃顯然是隱含了一個寓意，即古老的藏文化是無法與所謂「現代文明」接觸的，任何形式的接觸都會給她以傷害。後來她得了一種奇癢的怪病，直到她穿上了那個英國人所贈的軍褲之後，奇癢才止住（這又意味著什麼？），但從此就再也脫不下來了。後來，次仁吉姆長大了，早已成年的達朗欲娶她為妻，不想米瑪和察香一對老人在去世之前，卻讓次仁吉姆皈依了三寶——出家為尼，侍奉洞中修行的大師。

第二個時期是一九二九至一九五〇年的歷史。次仁吉姆成了廓康唯一的居民，因為她的出家，苦等了她十八年的達朗一氣之下去了更加荒涼的山頂。後來他搶了一個因為生了三個死胎而被認為是「妖女」而被處死刑的女人，這個女人為他生了三個兒子。達朗有時來看望次仁吉姆，並且力勸她搬走，他先是告訴她，那個洞中的所謂「大師」實際上不是別人，而是他本人，後來他還把次仁吉姆的房子也燒掉了，次仁吉姆幾乎就要動搖了，但此時神靈卻自天上告訴她，「足下原來是瑜珈空行母的化身啊。」就在這時，孤獨而封閉的廓康與現代歷史之間，有了一次戲劇性的「相遇」：另一個行駛在天空中的「化身」出現了——一架從印度起飛執行盟軍支援任務的美軍運輸機，因為故障想降落在這裡，達朗誤以為那是一個魔鬼，對著天空射擊，致使它試圖在遠處迫降時失事墜落。之後，達朗救了一個被土匪

打劫的馬幫商人，他為了報答達朗一家，給他的三個兒子送來了一個女人。達朗覺得她非常像年輕時代的次仁吉姆，對她的身分感到十分驚異。也就在那個時候，老次仁吉姆看到了山下一塊不斷移動的「紅布」——解放軍已經進軍西藏了。

在山頂，小次仁吉姆和達朗的三個兒子和睦相處，但終於有一天她和老二扎西尼瑪一起下山換商品時，就沒有再回來。過了些時日，次仁吉姆回來了，但卻不記得自己曾是這裡的人，她說自己是第一次來——這已是第三個「次仁吉姆」了。

第三個時期是一九五三至一九八五年的廓康。三年後解放軍來到了這裡，達朗收到了扎西尼瑪的信，他說自己和妻子次仁吉姆將一起去內地上學讀書，並寄來了他們的照片（這也反證，確實有第三個「次仁吉姆」）。大兒子扎西達瓦下山當了貧協主任，他經過老次仁吉姆的小屋時看到，她依然生活在自己堅定的信仰裡。後來，當了公社書記的「扎西達瓦」帶領人們修了水庫，廓康再也沒有昔日的安寧了。到了八〇年代，外來的大學生開始不斷光顧這裡，有人發現了大師隱居的山洞，但伸手觸摸卻像受到了電擊；有人發現了奇異的有古怪圖案的石頭，還據此說這裡曾是史前時代外星人飛船的降落場，要把石頭拿回去做研究，老達朗劈手奪過石塊，將其扔進了湖裡——這隱喻著傳統的信仰力量與文化觀念，同日益進逼的現代文明之間正作著頑強的抗爭。達朗終其一生就是這種與現代文明對峙的力量的象徵。兩種截然不同的認識觀念與對世界的解釋方式，將決定著他們古老的生存方式和文化傳統能否存續下去。

老達朗要下山去看看另一個老人——他年輕時代的戀人次仁吉姆，但在山路上踩空掉了下去，那時他在幻覺中彷彿看見了他與次仁吉姆結合的景象。最後，老次仁吉姆也死了，扎西達瓦和達朗的曾孫，還有一個從拉薩來的不久將赴美國留學的年輕女醫生一起，為老

人處理了後事。女醫生在老次仁吉姆的遺體前，似乎感受到一種神秘的啟示，她終於走進了大師的洞穴，看到多年來若有還無的大師，早已化成了一副與岩石連接在一起的「迦趺狀」的骷髏骨架。就在她感到驚奇的時候，空中掉下了一串佛珠，而且有一個聲音在召喚她：「次仁吉姆」，這聲音對她說，「廓康永遠不會荒涼，總有人在」。她正要申辯說「我不是……」的時候，卻下意識地脫口回答了這召喚。這聲音告訴她，這一百零八顆佛珠的「每一顆就是一段歲月，每一顆就是次仁吉姆，次仁吉姆就是每一個女人」。

小說在最後揭出了作品真正的寓意：在扎西達娃看來，藏族文化雖然在二十世紀裡經受了外部世界的重大變遷所帶來的影響，特別是經受了現代科學和所謂「文明人」的思想方式的挑戰與衝擊，但她的精神信仰與思想內核，她的堅忍的民族意志與生存方式，將永遠存續下去。這一切的關鍵，在作家看來，不在於物質文明有多大意義上的改善，而根本上在於精神與信念的力量。甚至扎西達娃還表達了這樣的憂患：物質文明的某些進步和現代社會與文化的種種力量，將會無情地摧毀藏民族文化賴以傳承的神秘主義哲學與宗教信仰，毀滅他們古老的思維方式、對世界的認識解釋方式，從而根本上改變他們生存和歷史。因為事實上任何神秘主義的「反現代」的文明，在現代人類的歷史上，已經被屢次證明了其脆弱。印第安文明的滅亡就是例子。但儘管如此，作家還是寄予了自己對本民族文化的深切關懷與精神認同。

小說中的次仁吉姆，無疑可以看作是藏族精神信仰與文化血脈的化身，她的「輪迴」出現，既是藏民族生命觀念的體現，也是作家信仰的表達。儘管她歷經了現代社會的重大變遷，相繼受到了各種強勢文化的染指，並且在當今還要不可抗拒地加入到一個已然「全球化」了的文化格局之中——小說中最後一個次仁吉姆將要去美國加州大學

留學，就是一個隱喻式的信號——這是這個民族繼續生存的必然趨勢，因為不接受現代世界的潮流是不行的。但「每一個女人都是次仁吉姆」的神啟寓言，卻從另一個方面說明，藏民族文化與信仰的血脈傳承是不會中斷和消亡的。從一定意義說，次仁吉姆是藏民族母體的一個象徵，一個種族的女神，其生命力的化身。

在一個篇幅並不很大的中篇小說裡，扎西達娃構造了我們在其他它的當代歷史敘述中從未見到過的歷史，它是個案的，但也是整體的；是象徵的，也是非常真實的。它會有助於我們對一種生存和歷史予以正確的理解，而這是任何「他者」眼光的作家都無法做到的。但這還不是全部。〈西藏，隱秘歲月〉所表現出來的相當「新」的歷史意識，至少還表現在這樣幾個方面：

一是它啟示讀者，兩種不同的敘述方式會導致出現兩部完全不同的歷史。反過來，「現代」意義上的人類歷史，與完全不同於此的「永恆的輪迴」中的藏族人的歷史，只有在不同的敘事方式中才會被區分開來。在這裡，表面上看作家使用的是現代人類的「公元紀年」時間，但實際在敘述過程中他所真正依循的，卻是達朗和次仁吉姆所生存和理解的時間。他們的輪迴的生命觀和永恆「靜態」的時間意識，是他們之所以能夠保護自己的世界和信仰免遭毀滅的唯一支柱。所以，除了從兩種完全不同的世界觀和歷史觀上來理解這篇作品，別無正確的方法。扎西達娃也正是這樣的意義上才真正寫出了屬自己民族的歷史，創造了不同於「現代歷史」的敘事形式。這是對由強勢文明和其他因素所形成的各種「中心主義」的歷史敘事的反抗和逃避。

其次是「編年史」與「寓言化」敘述的結合。與一九八五年所有的尋根小說家都不一樣，扎西達娃表現出了對歷史長度的追求，他用了編年史的形式，演繹了廓康小村將近一個世紀的歷史，寫法上接近於一個客觀的「實錄」，但在本質上卻是一個「寓言」，是用了一個

「個案」來暗示一個民族所承受的巨大變遷的歷史境遇，以此來預示她的危機和命運。但另一方面，其中輪迴的時間觀，又在實際上取消了「編年史」的具體意義，而將歷史展現為另一種重複的「共時態」的景觀，這樣就使得他小說中的人物與歷史，得以逃脫現代意義上的歷史的吞噬與整合，成功地保持了獨立的歷史記憶方式。

　　與此相應的，是小說的另一個特點，也即兩種時間概念形成的「歷史的合奏」的效果。兩個時間在這裡出現了戲劇性的「並置」，因此歷史在這裡也呈現了雙解，分裂又黏合。它在非常個人化的完全封閉的生存場景中，插入了現代世界的重大事件，比如十三世達賴的流亡，英國探險者的出現，抗戰飛機的失事，解放軍進西藏，人民公社修水庫、八〇年代西藏熱等等，這些重大事件只是隱隱一閃，卻像一隻無形的巨手，影響著廓康的命運。所以它在頑強地固守著西藏人歷史的同時，也影射出一個「兩種歷史的關係」的主題，即「現代和文明的世界」正在日益深刻地侵犯處於弱勢和邊緣位置的民族的歷史。由此，扎西達娃也表達了對自己民族前途的深切憂患，這是在更深的層次上逼近了歷史本身和人的命運。

　　很顯然，扎西達娃的敘事，已經接近於一種非常「新」的歷史敘事，一個寓言化的、非線性時間的、反現代的、複合（調）式的、有著豐富文化啟示的歷史敘述，使我們在「尋根」的熱潮中看到了一個不可多得的特例，它沒有太多人類學的、結構主義和存在主義的思想，但卻有著滲透於歷史之中的宗教信仰的思考，沒有太多的歷史的懷疑論，但卻又閃現著許多發人深省的追問。讀這篇小說，會不禁使人聯想起本納德多·克羅齊的預言：「就是這樣，歷史的偉大論著現在對我們來說是編年記錄，許多文獻目前是默默無聲，但是等到時來運轉，生命的新的閃光又會從它們的身上掠過，它們又回重新侃侃而

言⋯⋯」[18]

（三）例證之二：莫言的《紅高粱家族》

作為過渡性的歷史敘述，《紅高粱家族》保留了尋根小說中普遍存在的強烈的文化啟蒙意識，其標誌，一是洋溢著的歷史激情，體現了八〇年代知識份子特有的主體意識，以及獲得對歷史獨立敘述與評判權利之後的激動，還有對歷史「再發現」的驚喜。這使得莫言的歷史敘事充滿了熱烈的抒情氣氛。而與此形成鮮明對照的是，八〇年代後期的新歷史敘事基本上是冷態的，情感熱度降為零；二是還有「目的論」意識的參與，雖然並不認為歷史本身是「進步」和「有目的」的，但卻強調敘述本身的目的——是企圖用這些東西「為中國指一條道路，使中國文化有個大致的取向」。不過又有懷疑：「又覺得這是不可能的，這樣發展下去，又是一個惡性循環，又回到原來的起點上去了」。[19]總之，在「歷史的意義」的設定上，莫言是比較矛盾的。再者，和尋根小說一樣，《紅高粱家族》也採取了逼擠主流道德與「理性／日神文化」、倡導民間的「非理性／酒神文化」的敘述方式，試圖用「生命本體論」哲學來拯救理性壓制下民族精神的頹衰。但在莫言的歷史重構的嘗試中，也包含了更多的人類學因素，更顯現出新的史識。

另一方面，與尋根小說家們熱衷於追尋「風乾」了的「文化風俗」的興趣有明顯不同，莫言在這些作品中表現出了強烈的歷史傾向，對敘述長度與時間跨度的熱衷。可以說，從「文化主題」轉向「歷史主題」，《紅高粱家族》是一個標誌。而且它所講述的民間抗日

---

18 克羅齊〈歷史與編年史〉，收入田汝康等編《現代西方史學流派文選》（上海：上海人民出版社，1982年），頁344-355。

19 莫言〈我的農民意識觀〉，《文學評論家》1989年第2期。

故事,也是這類小說中第一部刻意與「紅色官史」視角相區分的作品。

作為具有「新」的歷史主義傾向的作品,《紅高粱家族》的特點,首先表現在對正統歷史的改寫上,這可以簡單地概括為三個方面:一是人類學視野對社會學歷史觀的徹底取代,作家將一切歷史場景還原,為了人類的生存鬥爭,性愛、生殖、死亡、戰爭、妒忌、仇殺、神秘主義、異化……這些生存的原型母題,瓦解了以往正統的道德意義上的二元對立的歷史價值判斷,一個「生命的神話」取代了「進化論的神話」;其次,歷史的主體實現了「降解」,原來的「中心」與「邊緣」實現了位置的互換,「江小腳」率領的抗日正規部隊「膠高大隊」,被擠到了邊緣配角的位置,而紅高粱地裡一半是土匪、一半是英雄的酒徒余占鰲,卻成了真正的主角。對應著這樣一個轉換,「酒神」也取代了「日神」的統治地位,成為了歷史的靈魂,莫言因此確立了他的以酒神意志為核心的生命本體論的歷史哲學與美學。這一點和尋根小說熱衷於發掘中國文化中的「非主流」的「地域文化」,可以說是有一脈相承之處,但顯然又超出了「地域文化」的範疇;三是民間歷史空間的拓展,它用民間化的歷史場景、「野史化」的家族敘事,實現了對現代中國歷史的原有的權威敘事規則的「顛覆」。在歷史被淹沒的邊緣地帶、在紅高粱大地中找到了被遮蔽的民間歷史,這也是對歷史本源的一個匡複的努力。

與尋根文學相比,莫言的小說在歷史意識與美學精神上,也體現出了民間化的傾向。這是一個微妙的轉折。在尋根作家那裡,雖然所寫的內容與對象是比較邊緣和民間的,但他們寫作的目的和態度卻相當正統。所以有評論者曾說,尋根文學是當代中國作家「最後一次」試圖集體影響並「進入中心」的嘗試。而莫言小說中所體現的鮮明的反正統道德傾向,則是他告別這一企圖的表現。莫言選擇了民間的美

學精神，而且這種精神的方向並不指向對所謂「終極真實」的追求；相反，它所要體現的，是個人生命意志對歷史的投射——用一句常用的話來說就是，他書寫了「個人心中的歷史」和作為「生命美學」的歷史。

在具體的敘述方式上，《紅高粱家族》表現了非常多的「新」意，一是由「兩個敘事人」所導致的「現在與過去的對話」的敘事效果。「父親」這一兒童敘事角色，是以他童年的眼光和角度來看「爺爺」「奶奶」的生活與歷史，既造成了「親歷者」的現場感，同時又留下了「未知」的敘事盲點。另一個敘事者「我」，則是「第二講述人」，一個對話者與評論者，他明明是一個歷史的局外人，但卻充當了一個近乎「全知」角色，他的講述中充滿了對當代文化的憤激的反思、對遙遠的傳統文明的追慕，他隔岸觀火，評述、自省、檢討、抒情……這樣就造成了兩個不同「聲部」的歷史敘事，打通了「現在」與「過去」之間的時間阻隔，將歷史變成了「當代史」。二是類似由「東方主義」與「民族主義」心理驅使下的跨文化概念的歷史敘事，這典型地體現了八〇年代中國作家「西方中心主義」理念加「民族主義神話」的矛盾：刻意地誇大小說內容的民俗文化色調，一方面使用了「巫術」、「儀式」、「習俗」以及「東方傳奇」等內容，來凸顯其民族性與地域性；同時又以「酒神」、「人類學」等跨文化概念暗示出一個國際化（全球化）的背景與語境，雖然八〇年代關於「東方主義」、「後殖民主義」、「全球化」等還是相當遙遠的知識概念，但在這裡，作家既要構造出自己民族主義的歷史神話、同時又要造成「與西方文化的對話」、力圖讓西方世界能夠「看得懂」的動機，卻是非常明確的。

《紅高粱家族》在一定程度上彌補和矯正了以往專業歷史敘事和文學歷史敘事所共有的偏差。可以說，它提供了我們在以往的文學文

本和當代的歷史文本中都無法看到的歷史場景，歷史本身的豐富性在這裡得到了前所未有的復活。它的「野史」筆法、民間場景的雜燴式的拼接，無意中應和了米歇爾・福科式的反正統歷史和暴力化修辭的新歷史主義的「歷史編纂學」，把當代中國歷史空間的文學敘事，引向了一個以民間敘事為基本構架與價值標尺的時代。從這個意義上，說它推動了當代新歷史主義文學敘事的興起，是不為過分的。

──本文選自張清華《中國當代文學中的歷史敘事：海德堡講稿（二版）》（北京：北京大學出版社，2012 年）

感官的王國
──莫言筆下的經驗形態及功能

張閎　同濟大學文化批評研究所教授

一　生理學

在莫言筆下，吃的場面屢見不鮮。在〈透明的紅蘿蔔〉的開頭部分，生產隊長正是一邊咬著手裡的高粱麵餅子，一邊去敲出工鐘的。吃，在這裡比一天內的任何一種工作都要來得早。是吃──而不是鐘聲──召喚著勞動的人群，並提醒著勞動的必要性。在這篇小說中，只是到隊長的吃的活動終了之時，鐘聲才敲響，並且，吃的活動的餘緒仍然長時間地延宕，比鐘聲的餘響還要來得更悠長些。莫言特別地寫到隊長的吃的活動結束時的情形：

> 走到鐘下時，手裡的東西全沒了，只有兩個腮幫子像秋田裡搬運糧草的老田鼠一樣飽滿地鼓著。
>
> （〈透明的紅蘿蔔〉）

「像……老田鼠一樣」，這是一個絕妙的比方。的確，在人的全部生存活動中，唯有在吃的活動方面與動物的差別最小，它體現了人的需求的最基本的和最重要的方面。這個比方提醒人們對自身的肉體需求和動物性因素的關注。正是因為這些原因，村民們才聞鐘而動。他們匯集到村口的大鐘下，「眼巴巴地望著隊長，像一群木偶……一齊瞅著隊長的嘴。」而就是這張正在咀嚼的嘴，即將向他們發出勞動

分工的指令。

村民們渴望勞動，他們是熱愛勞動的人群。但首先他們是饑餓的人群，是渴望食物的人群。事實上，在任何勞動主題的背後，都暗含著一個饑饉的主題，或一個關於糧食的主題。只有那些不事勞作而又能飽食的舊文人和「大躍進」時代的詩人，才常常會不懂得，或者裝作不懂得這一點。這些人更樂意將勞動處理為審美的對象，甚至把它想像為藝術本身。

莫言當然很清楚勞動的深層含義，懂得勞動與饑餓之間的內在聯繫。饑餓，是莫言那一代人最為深刻的記憶。正當他們的身體最需要食物的時候，他們卻只能跟父輩們一道挨餓。他們用自己的身體和生命，驗證了唯物主義的無比正確性。莫言本人能夠真正充分地獲取必要的食物，也只能到他參軍之後。[1] 也許正是因為饑餓的經驗，使得他像那些注視隊長的嘴的村民們一樣，對糧食有著特別的興趣。糧食（如高粱、紅蘿蔔、蒜薹等）及其衍生物（如酒等），還有其他農作物（如棉花等），也就自然而然地成為莫言作品中最基本的描寫對象。不僅如此，他甚至在描述其他事物的時候，也總是有意無意地要用食物來做比方。例如：

> 小福子雙唇紫紅，像炒熟了的蠍子的顏色。
>
> （〈罪過〉）
>
> 我看到小福子的身體越來越薄，好似貼在鍋底的一張烙餅。
>
> （〈罪過〉）
>
> 孩子們宛若一大串烤熟的羊肉，撒了一層紅紅綠綠的調料。
>
> （〈酒國〉）

---

[1]　參閱莫言《神聊》（北京：北京師範大學出版社，1993 年）之「封底」。另見莫言：〈吃事三篇〉，收入莫言《會唱歌的牆》（北京：人民日報出版社，1998 年）。

這樣的比喻在莫言筆下比比皆是。食物在作者與世界之間架起了一座橋樑，它是主體與對象之間的仲介物。在莫言眼裡，整個世界猶如一張巨大的餐桌。關於食物的經驗，即是關於世界的經驗。莫言通過與食物的接觸來與整個世界打交道。因而，食物主題是莫言筆下的基本主題。

食物主題（或**吃的主題**）可謂是一個真正中國化的主題。中國素有「吃的國度」的美譽，人們通常把「吃文化」（另一個更為優雅的名字叫做「飲食文化」）視為中國文化的重要內容。如果我們抹開這個極度發達的「吃文化」表面的那些（也許是為了掩飾困頓才過分渲染的）絢爛色彩，就會發現，其核心則是「果腹」問題。這一問題，在現代社會一度變得極其嚴重，以致任何一位只要有起碼的道德感的作家在寫到那一特殊歷史時期的時候，都不得不認真對待。甚至，連張賢亮這樣一位頗為羅曼蒂克的作家，也一再地對食物這樣一種有些俗氣的物質表示關注。當然，在張賢亮那裡，食物經過了玄學的烹調，變成了一道「象徵性」的菜餚。食物脫離了其物質性，成了一個隱喻，或一個啟示。這樣，張賢亮像變戲法似的越過了過於物質化的食物，而轉向對精神性「食物」的膜拜。食物（還有性慾對象）只是張賢亮精神「昇華」的動力和跳板。這一「昇華」一旦完成，食物和性欲對象（女人）便變成了渣滓。

莫言對食物的關注則帶有明顯的農民特徵。他所關注的恰恰是食物的**物質性**。在莫言筆下，食物並不是一個抽象的象徵物，相反，它首先是一個物質性的存在。正因為其作為物質的實在性，它才被用來作為其他事物的喻體。食物只有在勞動者那裡，首先是在農民那裡，才真正顯示出其**物質性**的本質。一般說來，農民並不會勞神去種植任何象徵性的糧食。他們只對糧食的質料性因素感興趣。食物的質料性方面，首先是作用於人的感官，而不是精神。它是感官欲望的對象，

而不是什麼認知的對象或「昇華」的對象。莫言正是如此迷戀於食物的質料方面。他經常十分詳盡地描繪食物的感性形式，還不厭其煩地描述某道菜餚的烹調方式及過程。當然，他更感興趣的還是與食物的具體、實在的接觸：進食行為。例如，他在《酒國》[2]中，就細緻入微地描寫了食物與器官接觸時的感受：

> 喝！酒漿蜂蜜般潤滑。舌頭和食道的感覺美妙無比，難以用言語表達。喝！他迫不及待地把酒吸進去。他看到清明的液體順著曲折的褐色的食道汩汩下流，感覺好極了。

（《酒國》）

這完全是一個饕餮之徒、一個酒鬼的感受。可是，它卻出現在高級偵察員丁鉤兒的身上。依照職業要求，丁鉤兒是不應該去體驗這種感覺的，何況他還有公務在身，並且這項公務正是對一樁與飲食有關的罪行的偵察。然而，食物和酒破壞了他理智的防線，使他迷失了一個意志的「自我」。但同時，進食的快感促使人們去發現自己的肉體，它喚醒了潛伏在自己身上的另一個「自我」——**肉體的**「自我」。這是一個意外的「自我發現」。值得注意的是，這一「自我發現」，不同於二十世紀八〇年代以來思想文化界所張揚的那種「自我發現」。後者是在精神領域裡的發現，這個精神性的「自我」並不以高粱、玉米為食，而是吞噬「理念」、「三段論」、「主體性」，就好像傳說中的食風國的居民一樣。從表面上看，對肉體性「自我」的發現應該遠比對精神性「自我」的發現來得容易得多，但在當代中國，情況正好相反：精神的解放有時可以公開地，甚至是在官方的默許之

---

2 《酒國》（長沙：湖南文藝出版社，1993年）在收入《莫言文集·卷2》（北京：作家出版社，1996年）中時，更名為《酩酊國》。

下，通過大眾傳媒直接地進行大討論，而肉體的解放則不得不在民間的、遮遮掩掩的狀態下進行。肉體的壓抑似乎更深。

在莫言筆下，身體的各部分的組織器官堂而皇之地出現。首先是消化器官。這是一個粗俗的、卑下的和令人難於啟齒的器官系統。但是，在莫言那裡，它卻獲得了與身體的其他器官（無論其為「高貴」或是「卑賤」）平等相處的權力。而在消化器官中，首當其衝的當然是口腔。正如〈透明的紅蘿蔔〉中的村民們注視著隊長的嘴一樣，〈歡樂〉中的齊文棟注意到了母親的嘴。通過那張「破爛不堪」、牙齒脫光、說話漏氣的嘴，齊文棟發現了母親的衰老。嘴的衰老，也就是生命能量的攝入口的機能下降，隨之而來的必將是整個機體無可挽回的衰頹。在《豐乳肥臀》中，口腔的機能則顯得更為重要。對於上官金童來說，口腔真正成為他的「生命線」。他通過口腔來建立與母親、他人乃至整個世界之間的聯繫。在這裡，口腔真正是作為一個欲望的器官而存在，用一個弗洛伊德化的表述，則可以說，**口腔**是**人物力必多**（Libido）中心。

莫言如此關注所謂**力必多**的**口腔階段**（Oral phase），意味著他對人的「自我意識」的基礎的原初性和肉體性的關注。人們很容易發現莫言在修辭上的強烈的感官色彩，他所慣用的比方也好像是只有將事物變成可食用的物質，才能被意識所「吸收」。消化道的機能轉化為「自我」的生存機能，彷彿只需從消化道的活動中便可獲取關於世界的經驗和知識，或者說，他用消化道的活動（這純粹是一個肉體性的活動）替代了通常的意識活動。在小說〈罪過〉中，莫言暗示了這一肉體與意識之間的隱秘關聯——

> 我每天都跟我的腸子對話，他的聲音低沉混濁，好像鼻子堵塞的人發出的聲音。

......

　　我伸手抓過那鱉裙，迅速地掩進嘴裡。

　　從口腔到胃這一段，都是腥的、熱的。

　　我的腸子在肚子裡為我的行動歡呼。

（〈罪過〉）

　　這是一位饑餓的少年的感受。在這裡，消化器官被賦予了獨立的生命，成為主體的另一個「自我」。腸子像頭腦一樣地思考，並與主體對話。是它驅使著主體去「抓取」和「吞食」物質，而主體則成了這種肉體化的欲望的執行者。或者可以說，**肉體化**的欲望才是真正的「主體」。

　　從這段文字中，我們還注意到，「我」對於食物的態度是貪婪的。而**貪婪**正是莫言筆下感官經驗的基本形態之一。這位少年攝食方式是掠奪、饑不擇食和吞噬。莫言很少寫那種悠閒而體面的用餐。在他的筆下，吃總是如同一場戰鬥。在《食草家族》的第五章中，二姑的兩個莽兒子就是懷抱著頂上了火的槍在「消滅」食物。即使是像《酒國》中所寫到幾次盛宴，食客們也都是「猶如風捲殘雲」般地掃蕩飯菜。莫言特別地寫到那些平素優雅風流的服務小姐們，她們在掃食殘羹時「吃相都很兇惡」。這種種不堪的「吃相」，把**貪婪**的經驗推向了**喜劇性**的高度。它暴露出人性另一面的本質：本能的動物性。中國古代的傳說無比深刻地將貪吃的神祇塑造成人獸混合的形象：饕餮。作為**貪婪**之神的饕餮有著一張巨大無比的嘴和驚人的食量。在這個形象身上，隱含著人對於自身動物性本能（首先是食欲）的恐懼。在《酒國》中，高級偵察員丁鉤兒自始至終都在與各種飲食打交道。他所偵察的案發地點酒國市，整個兒就是一個大吃大喝的國度，一個「饕餮國」。這裡的人吃各種各樣的食物，對同一種食物又有各種

各樣的吃法。這裡的釀酒業也異常發達,甚至還有一所釀造大學。而丁鉤兒所要偵察的則又是一椿所謂「吃紅燒嬰兒」的案件。丁鉤兒一俟踏上酒國市的土地,就開始了與可怕的食欲的鬥爭。一方面是與酒國市人的飲食文化的鬥爭,另一方面,更重要的卻是與自己的食欲的鬥爭。這位老牌的高級偵察員一直在用自己的強大的理智,去克服肉體的欲望。然而,他失敗了。他人的貪婪的食欲也刺激起丁鉤兒的食欲,他被自己的食欲所打垮。當他沉湎於飲食的快感時,他的意志則完全被自己的欲望所吞噬了。

在莫言那裡,**貪婪**的欲望同樣也在動物身上發展到了極致。〈狗道〉中的那些餓狗的「吃相」可謂是真正的、登峰造極的「兇惡」。而從食譜方面看,狗的食譜(除了吃屎這一點之外)與人的食譜是最為接近的。更可怕的是,它在餓急了的時候還會吃人。因而,〈狗道〉中的餓狗的形象,也可以看作是對人的某種本性的暗示。

欲望的**貪婪性**誇張了器官的機能。但在莫言筆下,被誇張的不僅是消化器官,而是包括全部的感覺器官。在一些特別的情況下,食物並不是作為吃的對象,而是巧妙地轉成為「注視」和「嗅」的對象。

> 那是十六隻眼睛。十六隻黑沙灘村饑腸轆轆的孩子們的眼睛。這些眼睛有的漆黑發亮,有的黯淡無光,有的白眼球像鴨蛋青,有的黑眼球如海水藍。他們在眼巴巴地盯著我們的餐桌,盯著桌子上的魚肉。
>
> (〈黑沙灘〉)

> 我聞著撲鼻的香氣,貪婪地吸著那香氣,往胃裡吸。那時我有一種奇異的感覺,感覺到香味像黏稠的液體,吸到胃裡也能解饞的,香味也是物質。
>
> (〈罪過〉)

　　同樣的描寫還出現在《酒國》中，如「第一章」中的少年金剛鑽即表現出神奇的嗅覺。而在〈透明的紅蘿蔔〉中，黑孩被擴大了的感官能力則表現在聽覺方面。而《紅耳朵》中的那個名叫王十千的小孩，則長有一對有靈性、有情感、能自主運動的、碩大無朋的耳朵，就像傳說中的老聃一樣。這些形狀和功能均被誇張的感覺器官幾乎脫離了正常狀態的身體，而具有了自己的意志，成為獨立的機體。被誇張的感官的意志即是**貪婪**。**貪婪**的經驗支配了主體的整個肉體。我們當然不會忘記，貪婪經驗的對象首先是食物。同時，正是在食物不能成為吃的對象的時候，才轉而成為**視**和**嗅**的對象，也就是說，在無法滿足味覺和消化器官的欲望的情況下，**貪婪經驗**才顯得更加強烈，並轉移到其他的感官上來。莫言在〈貓事薈萃〉一文中，在描寫了主人公異常發達的嗅覺之後，直截了當地點明了這種奇異感覺的根源：

> 在我二十年的農村生活中，我經常白日做夢，幻想著有朝一日放開肚皮吃一頓肥豬肉！

（〈貓事薈萃〉）

　　研究者大都注意到了莫言筆下的「感覺的奇異性」和「通感」等藝術手段，並認為，這是作者對生命自由狀態的呈現。[3]但是，感官的異常發達未必都是對生命的自由狀態的呈現，有時倒是相反——它恰恰是生命被扭曲和欲望被壓抑的結果，至少，可以說是生命的物質條件「匱乏」的結果。在充分自由的生命狀態下，「感官」（如莊子所認為的那樣）往往被視作意志的累贅而被廢黜。而在莫言的筆下，發達的感官所提供的是**貪婪經驗**，在這些經驗的背後，卻隱藏著一個**匱**

3　參閱孟悅〈荒野棄兒的歸屬——重讀〈紅高粱家族〉〉，《當代作家評論》，1990 年第 3 期。

乏主題。從這一角度看，**貪婪**的經驗在莫言那裡則又被推到了一個悲劇性的高度。**貪婪**是饑餓對人的本能的侵犯，而生命則通過其代償性的機能（「通感」等等），對自身（首先是對肉體的欲望）做出了**悲劇性**的肯定。這是一種欲望的**匱乏經濟學**。

匱乏經濟學本身即是一矛盾體。**匱乏**所帶來的並不僅僅是通常所認為的「消瘦」和「萎縮」，有時卻反而是「腫大」和「膨脹」。從有機體的病理學角度看，身體由於某種元素的匱乏，則有可能導致局部器官組織的腫脹和增生。比如，劉在小說〈狗日的糧食〉中所描寫的那個女人脖子上的贅肉——也就是所謂「癭袋」，即是由於身體缺乏碘元素所致。而就像是經濟學中的「通貨膨脹」一樣，在極度饑餓的狀態下，機體的反應卻是組織的高度水腫。這一點，凡是經歷過大饑餓時代的中國人，都十分清楚。

食物匱乏與食欲之間的矛盾，磨礪了人們對食物的想像力。這一點，在當代中國許多作家的筆下有過不少精彩的描寫。例如，在余華的小說《許三觀賣血記》中，有一個著名的片段顯示了中國烹飪的神奇和人對於食物的想像力：在大饑餓的日子裡，許三觀為全家人口頭烹調紅燒肉、清燉鯽魚和炒豬肝，其烹調工藝之精細，令人驚歎。當然，更為觸目驚心的還是馮驥才的紀實性系列作品《一百個人的十年》中的一個故事。這篇故事寫的是二十世紀六〇年代勞改營中的一位犯人，他在被活活餓死之際給家人的一封信中，通過想像，開列了一份內容龐雜、幾乎無所不包的菜單。事實上，古老的「畫餅充饑」的寓言已經道出了匱乏經濟學的本質。這也許正是中國傳統中發達的「吃文化」的真正起因。莫言同樣也常常喜歡編製菜單。在《酒國》中，他常常不厭其煩地羅列餐桌上的內容。例如：

第二層已擺上八個涼盤：一個粉絲蛋拌海米，一個麻辣牛肉

片，一個咖哩菜花，一個黃瓜條，一個鴨掌凍，一個白糖拌
藕，一個芹心，一個油炸蠍子。

（《酒國》）

　　羅列，或者說對事物（首先是食物）的鋪張的敘事，在莫言那裡
被風格化了，成為莫言話語的醒目標誌。它披露了莫言小說敘事之文
體學的秘密。對於事物的羅列，是建立有關某類事物的知識系統的初
步。兒童在語言習得和事物認知的初期，往往通過童謠來羅列自己所
認識的事物。羅列，有助於對事物的計算和顯示，並使事物更加直觀
化。它使得羅列者對於自己所據有的事物能夠一目了然。而莫言的這
個知識系統，首先是關於食物的知識系統，乾脆說，它就是一張「菜
單」。在這裡，食譜和知識系譜之間有著某種隱秘的相關性。食譜就
像是一部辭典。儘管是關於食物系統的辭典，但它卻有著與任何一
部辭典一樣的結構的編排規則，同樣體現了人對外部世界事物秩序的
理解。在通常情況下，人們總是將知識與食物相提並論，把知識喻
為「精神食糧」。對於莫言來說，這兩類食糧顯然是同樣的重要，並
且，兩者之間有著充分的一致性。一位小學肄業的年輕人要成為傑出
的作家，其在知識方面的饑渴無疑是驚人的。莫言只有成為一個「饕
餮」，才能補足少年時代在物質和知識兩方面的匱乏。兩種貪婪的經
驗形成了莫言文體上的擴張性特徵。與此相關的是，他筆下的強盜形
象（如《紅高粱家族》中的人物）。強盜的特徵即是攫取和佔有。像
強盜們坐地分贓時盤點自己的劫掠所得一樣，莫言總是這樣清點自
己的經驗「帳目」。他的經驗世界通過食物系統向周邊擴張。「強盜」
形象是莫言的擴張型的「自我意識」的表徵，它與莫言的那種放縱的
文體恰恰是互為表裡的。

　　張開「口腔」要麼是為了進食，要麼是為了說話。而一張巨大的

「口腔」的吞入與吐出，則是其功能的兩個方面。令人驚奇的是，莫言恰恰是當代作家中語彙最豐富的作家之一。在語言風格上，他滔滔不絕，大肆鋪陳，反覆重疊的句式和豐富的感性詞匯，形成了他特有的**揮霍**風格。在「大躍進」時代和「文革」時代，漢語經歷了一個極度膨脹的階段，它與那些時代人們在精神上的「匱乏」恰成對照。對此，莫言本人是十分熟悉的。「揮霍」的心理學基礎未必是基於「充裕」，相反，倒是出自曾經的「匱乏」。「揮霍」一方面是所有者對自己由「匱乏」變為「充裕」的炫耀。另一方面，「揮霍」即是「浪費」，是對過度「充裕」的所有物的否定性的使用。對於一個經歷過極度的「匱乏」的人來說，現有的「充裕」已然全無意義。莫言的這些誇張的言辭只是表達了一種意義的「腫脹」狀態。「腫脹」的言辭在被過度「揮霍」之後，終究要歸於沉寂。無言的沉寂必將宣判話語的「喧囂」為無意義。言說在其根本之處往往變成了其意義的反面，成為對自身的否定，正如保羅・瓦萊里所說的：「語言正在被雇用來使人沉默，它正在表達無言。」[4]因而，這些誇張的言辭的真實意義倒不在於話語所表達的語義本身，而在於對其從採用的話語的意義「空虛」的暴露，在於這些空虛的話語「喧囂」終結之際所出現的「沉默」。我們注意到，莫言本人的筆名及其個人性格[5]與其寫作的話語風格之間，存在著一種帶有諷喻性的矛盾。這一點似乎就是要向人們提示著言辭的意義之空虛。

與成熟時期的作品相比，莫言的早期作品〈透明的紅蘿蔔〉倒是

---

[4] 轉引自諾曼・布朗著，馮川、伍厚愷譯《生與死的對抗》（貴陽：貴州人民出版社，1994年），頁79。

[5] 趙玫在〈淹沒在水中的高梁——莫言印象〉一文中稱：「莫言不愛講話，不愛笑，習慣在各方面包括在面部表情上節制自己，那一天我突然想到，『黑孩兒』也是這樣的。」（《北京文學》，1986年第8期）。

顯得比較克制。這部作品在文體上是有風度的，甚至是羞澀的。它就好像是不願意讓人們聯想到過度的「匱乏」，不願意在眾人面前暴露出**貪婪**的欲望。黑孩顯然不會是一個肚皮充實的孩子。從他的頭頸與身體的比例來看，屬「二度營養不良」的病孩。但在作品中，這個孩子總是避免開口說話。也許是擔心一開口就會涉及「吃」的問題。另一方面，他把紅蘿蔔轉化為其夢想的對象。紅蘿蔔並非最好的果腹之物，亦算不上是可口之物。但在這裡，作者卻賦予它以浪漫主義的色彩。正因為如此，這部作品才在崇尚浪漫詩意的二十世紀八〇年代中期博得了熱烈的喝采。而像〈歡樂〉、〈爆炸〉、《紅蝗》這一類的作品，則完全「暴飲暴食化」了。那些饞相畢露的描寫，常常引起神經脆弱和崇尚「優雅」之美學原則的人士的不快。毫無疑問，黑孩的那種純潔少年的不切實際的幻想，給作品帶來了無窮的魅力。它顯示了在一個充斥著貧窮和暴力的國度裡，「詩意地棲居」之艱難以及「烏托邦」思想生成之可能性。

在《酒國》中，莫言還詳盡地描述了一場盛大而又精彩絕倫的「全驢宴」。在這場盛宴中所顯示出來的烹飪術之豐富和高明，幾乎可以同任何一門藝術相媲美，真正是令人歎為觀止——

> 先是十二個冷盤上來，拼成一朵蓮花：驢肚、驢肝、驢心、驢腸、驢肺、驢舌、驢唇……全是驢身上的零件。……紅燒驢耳，請欣賞！
> 「清蒸驢腦，請品嚐！」
> 「珍珠驢目，請品嚐！」
> ……
> 「酒煮驢肋，請品嚐。」
> 「鹽水驢舌，請品嚐。」

「紅燒驢筋,請品嚐。」

「梨藕驢喉,請品嚐。」

「金鞭驢尾,請品嚐。」

「走油驢腸,請品嚐。」

「參煨驢蹄,請品嚐。」

「五味驢肝,請品嚐。」

……

「龍鳳呈祥,請欣賞!請品嚐!」

(《酒國》)

這一切看上去似乎是莫言在炫耀自己的烹飪學知識。一頭驢的身體被按照器官解剖學肢解為若干部分,每一器官都成為一道菜餚的原料。而驢的器官只不過是一個借喻,它們可以是任何一種生命機體的器官的一種替代。這一點,在小說的另一處得到了印證。在酒國市的羅山煤礦的餐廳裡,有一道菜,叫做「紅燒嬰兒」(丁鉤兒的調查活動也就是因這一道菜而引起的)。這一次是對人的身體各部分的解剖學展示:

金剛鑽用筷子指點著講解:

「這是男孩的胳膊,是用月亮湖裡的肥藕做原料,加上十六種佐料,用特殊工藝精製而成。這是男孩的腿,實際上是一種特殊的火腿腸。男孩的身軀,是在一隻烤乳豬的基礎上特別加工而成。被你的子彈打掉的頭顱,是一隻銀白瓜。他的頭髮是常最見的髮菜。……」

(《酒國》)

弔詭的是,烹飪學知識與解剖學知識是如此的一致。它幾乎就

是一門特殊的解剖學。值得注意的是，「全驢宴」不僅是供「品嚐」的，而且也是供「欣賞」的。這也就意味著烹飪學不僅是關於身體解剖的知識，而且也是解剖的藝術。在《酒國》的第四章中，有兩位女廚師手持利斧去卸一頭受傷的驢子的四肢。她們身穿白大褂，看上去像煞「白衣天使」，以致群眾都誤以為受傷的驢子即將得救。她們肢解驢子的動作準確、麻利，「圍觀的人似乎都被這女人的好手段震住了」。這種殘酷的「藝術」手段也可以用在人體上。〈紅高粱〉中的羅漢大爺被俘後，日本兵強迫屠夫孫五活剝他的皮。「他的刀法是那麼精細，把一張皮剝得完整無缺。」就像傳說中的庖丁一樣，孫五的剝皮技術爐火純青，堪稱殺戮的藝術。而「屠夫之父」庖丁也許就是中國傳統醫學解剖學的真正祖師。在這裡，故事的背後隱藏著一個關於**殺戮（吞噬）——醫療**的主題。

在另一處，莫言的確就把醫學概念與飲食問題混雜在一起，暗示了這二者之間的內在關聯。他根據身體的「器官病理學」羅列了一長串各種各樣的疾病，並將這些疾病比作一道道美味佳餚——

> 發瘧疾、拉痢疾、絞腸痧、卡脖黃、黃水瘡、腦膜炎、青光眼、牛皮癬、帖骨疽、腮腺炎、肺氣腫、胃潰瘍……這一道道名菜佳餚等待我們去品嚐，諸多名菜都嚐過，唯有瘧疾滋味多！
>
> （《紅蝗》）

巴赫金（М.Бахтин）論及拉伯雷的小說與歐洲中世紀和文藝復興時期的民間文化之間的關係時，發現了拉伯雷筆下的「解剖學特

色、狂歡節廚房氣氛和江湖醫生的風格。」[6]在巴赫金看來，拉伯雷的小說《巨人傳》中對身體的解剖學和「廚房化」的處理，乃是視身體為一種完全「物質化」的機構，是一種完全可以由人自身所支配的「物」。拉伯雷以「物化」和「反諷」的方式消解了中世紀教會神學關於「靈魂」對「肉體」的支配的神話，恢復了肉體存在的合理性地位。

巴赫金在拉伯雷那裡所發現的風格的諸方面，在莫言的筆下體現得幾乎同樣的完整而且充分。在莫言那裡，這些風格特徵集中在「筵席場面」上。「筵席」在魯迅那裡被描述為一個令人恐怖的殘酷場面——吃人。[7]「吃人的筵席」成了中國傳統文化扼殺人性的一個悲劇性的場景。而在莫言那裡，「筵席」卻被充分喜劇化了。莫言本人的喜劇化風格在筵席場面中達到了極至。但是，莫言的喜劇化風格與拉伯雷有所不同。拉伯雷筆下的筵席（及廚房）的喜劇性是對神學關於生命的精神化的理解的戲謔性反諷。拉伯雷的世界充滿了肉欲的快樂，是對肉體和物質性世界的積極肯定。而莫言的世界卻更多地包含著現實生活的殘酷性，它是一齣「殘酷的」喜劇。這種喜劇帶來的主要並非快樂，而是關於世界的荒誕感，它更接近於尤奈斯庫筆下的世界。莫言筆下的餐桌幾乎變成了一張解剖枱，一塊屠夫的砧板。在《酒國》的「魔廚」式的筵席上，黑孩的那些詩意盎然的食物和浪漫主義的飲食觀化為子虛烏有。

6　巴赫金著，佟景韓譯《巴赫金文論選》（北京：中國社會科學出版社，1996年），頁168。

7　「吃人」是魯迅對中國傳統文化的一個基本判斷。魯迅在一篇文章中曾用「吃人的筵席」來指稱在傳統文化支配下的中國社會生活。參閱魯迅〈墳·燈下漫筆〉，見《魯迅全集》，第1卷。

二 倫理學

　　《紅高粱家族》是莫言最著名的作品之一。這是一組有關家族歷史記憶的敘事性作品。在維繫家族史記憶方面，高粱起到了至關重要的作用。高粱可謂是真正「民族化」的食糧。特別是在北中國，它至今依然是最重要的作物之一。大片大片火紅的高粱維持著人民的生存，同時又以其頑強的、蓬勃的生命力，養育了人民的精神。從某種程度上說，不同的地理環境決定著不同的勞作方式，形成了各民族不同食譜和飲食習慣，而這些最基本的生存活動造成了不同的文明和文化倫理觀念。因而，莫言從這種糧食作物中看到了民族的形象，火紅的高粱被當作民族精神的象徵物。

　　然而，在二十世紀八〇年代中期的文化背景下，人們對於作為食物的高粱本身的性質和功能並不感興趣，倒是高粱的衍生物——高粱酒——格外地吸引了人們的注意力。在莫言的《紅高粱家族》中，有一篇的篇名就叫做〈高粱酒〉。高粱是屬自然的，高粱酒才是文化的。高粱僅僅是一種食物，高粱酒才使飲食具有了文化的內涵。正是因為這一點，莫言的這一類作品才被大眾文化媒體——電影所關注，並且，在二十世紀八〇年代中期的「文化尋根」熱潮中，成為一部文學「樣板」。不過，那場聲勢浩大的「文化尋根」運動多少有些過於迷戀現代文化人類學的一些理論咒語，這使得運動本身有著巫術般的狂熱和儀式化傾向。在這樣一種情形下，「尋根」者對於民族文化的真正面目並不十分清楚，也未必有太大的興趣。他們只需要借助某些

象徵性的物事和儀式化的行為，來完成對所謂「民族文化精神」的「招魂」儀式。也許這一點也正是莫言本人講述「紅高粱」故事的動機。[8]

「吃」的文化現象一旦涉及酒，問題就開始變得複雜起來。我們不知道人類是自何時開始發明了酒的釀造。但無論如何，酒是一種了不起的創造。酒的出現，無疑給人類生活帶來了一種嶄新的面貌。酒是一種奇特的物質，是一種對糧食經過發酵和蒸餾的工藝之後所提取出來的特殊的液體。它似乎可以算作飲料，但又不同於一般的飲料。因為它是糧食經過特殊的加工（發酵和蒸餾）後的提取物，故被認為是糧食的「菁華」。這種特殊的糧食衍生物顯然不是用來充饑的，但也不完全是用來解渴的。其中所含有的主要成分——乙醇，對人的神經系統有一種特殊的刺激作用，可以使飲者的神經系統高度亢奮，並可產生一種特殊的欣快感（也就是酒徒們所熟悉的「飄飄欲仙」的感覺）。因而，它是一種介乎一般飲料與興奮劑之間的特殊液體。酒精的使人產生的特殊感覺，讓人感到彷彿可以擺脫自己的肉體的重量，而能夠在空氣中飄浮，好像只有沒有重量的靈魂。酒給人類帶來了一種美妙的新體驗，它能夠製造快樂的幻覺，使人們暫時擺脫生存的壓力，逃避生存的責任和忘卻生存的痛苦。因而，人們往往十分迷戀這種神奇的液體，會熱切地追求它所帶來的美妙的體驗。正因為酒的這種功能，某些民族的宗教戒律認為酒是可以迷亂人的本性的物質，是魔鬼的飲料，至少也可以說是奢侈品，因而予以限制或禁止。而官方有時也會因此感到麻煩，在某些特定的情形下，官方有可能會將酒（以及含酒精的飲料）定為不合法的飲料而加以禁止，或將釀酒業國

8　莫言在〈紅高粱〉的「題記」中這樣寫道：「謹以此書召喚那些遊蕩在我的故鄉無邊無際的通紅的高粱地裡的英雄和冤魂。」見《莫言文集》，卷1，扉頁。

有化,以控制酒的生產和銷售。

人類的文明史與其飲食的歷史總是緊密相連的。在人類文明的初始階段,火幫助人類走出了蒙昧時代,而火給人類的生存活動所帶來的最大變化卻是在飲食方面。它導致了飲食上的**生食╱熟食**的分野──這就是人類文明史的開端。人類從此結束了茹毛飲血的時代。**生食╱熟食**的分野為人類的飲食確定了最初的和最基本的原則。這也正是人類文明的倫理學的基礎。這一原則使人類在一定程度上擺脫了自身肉體之本能對飲食要求的支配,也就是說,人不再僅僅是依照肉體需求,對食物做出「可食用的╱不可食用的」簡單區分,而是遵照一定的價值標準,即遵照「應當食用的╱不應當食用的」原則來區分。與此相關而形成了人類文明的其他諸多倫理範疇:「清潔╱污穢」、「精神╱肉體」、「崇高╱卑下」,等等。甚至,身體的「上身╱下身」的區分也被打上了倫理的烙印。這在一定程度上也是出自人對於自身肉體欲望(比如食欲、性欲)的恐懼。出於現實生存的需要,生存活動的感官**唯樂原則**被壓抑下去,代之以**唯實原則**。這同時也意味著對自身肉體的貶低與遺忘。人的感官活動開始有了某種禁忌。在「吃」的活動方面,肆無忌憚的暴飲暴食被轉移到諸如饕餮之類的形象上。在這一類形象身上,集中了動物性的和非理性的本能的力量,正如莫言在《紅蝗》中所寫到的可怕的、無所不食的蝗蟲那樣。飲食禁忌為「吃」的感官活動劃定了一個**倫理限度**。「吃」的禁忌反映了人對於擺脫自身的動物性的要求。唯有酒能夠在一定程度上幫助人們超越**唯實原則**,而暫時地達到唯樂原則的實現。

飲酒,顯然是人類「吃」的活動中的最特殊的和最人類化的行為

之一。因為「酒」具有一種特殊的文化功能：它被想像為使文化向自然靠近和溝通的催化劑。飲酒不僅僅是果腹和解渴，而成為文化的一部分。由於酒的特殊的神經生理方面的功能，它在民間的和國家的儀式化活動中，扮演著某種特殊的角色。比如，在宗教儀式和節日慶典活動中，酒往往是實現「人─神」溝通和肉體與快樂溝通的必不可少的媒介。因而，酒的釀造以及飲用往往有許多複雜的和儀式化的程序。在〈高粱酒〉中，莫言再現過這種釀造儀式。[9]而酒在飲用時的儀式化的程序，則是中國的「飲食文化」中的一種特殊而又講究的藝術。它幾乎是中國人在任何一種飲酒的場合中（哪怕只是幾位普通百姓偶爾小酌幾杯）的必不可少的，而往往又不堪其煩的程序。另一方面，這種儀式也是營造飲酒氣氛，刺激飲酒欲望，以及增加飲酒樂趣的必要而又有效的手段。在酒國市人的盛筵上，這種儀式化的飲酒方式達到了無以復加的程度。

莫言在其作品中，常常不厭其煩地詳盡描寫人的神經系統對酒的生理反應──

> 懸在天花板上的意識在冷笑，空調器裡放出的涼爽氣體衝破重重障礙上達天頂，漸漸冷卻著、成形著它的翅膀，那上邊的花紋的確美麗無比。他的意識脫離了軀殼舒展開翅膀在餐廳裡飛翔。它有時摩擦著絲質的窗簾──當然它的翅膀比絲質窗簾更薄更柔軟更透亮──有時摩擦著枝形吊燈上那一串串使光線分析折射的玻璃纓絡，有時摩擦著紅衣姑娘們的櫻桃紅唇和紅櫻桃般的小小乳頭或是其他更加隱秘更加鬼鬼祟祟的地方。茶杯上、酒瓶上、地板的拼縫裡、頭髮的空隙裡、中華煙過濾嘴的

9　電影〈紅高粱〉基本上就是根據這一篇的主要內容改編而成的，並且，釀酒過程乃至整個釀酒者的日常生活，在電影中都被有意地誇張為某種「儀式化」的過程。

孔眼裡……到處都留下了它摩擦過的痕跡。它像一隻霸佔地盤的貪婪小野獸，把一切都打上了它的氣味印鑒。對一個生長著翅膀的意識而言，沒有任何障礙，它是有形的也是無形的，它愉快而流暢地在吊燈鏈條的圓環裡穿來穿去，從 A 環到 B 環，又從 B 環到 C 環，只要它願意，就可以周而復始、循環往返、毫無障礙地穿行下去。

（《酒國》）

正如酒本身脫離了糧食的物質性一樣，飲酒者的意識在酒精的作用下，也脫離了肉體的物質性的形態，從而，使飲酒者的意識中形成了一種「昇華」的幻覺。在古代的祭祀儀式中，人們正是通過酒的這種作用，來謀求精神上的「昇華」，實現與神明之間的溝通。人們將酒的這一功能稱之為「酒神精神」。在《紅高粱家族》中，「我爺爺」余占鰲曾經大醉三天，不省人事。這位不平凡的酒徒似乎有理由漠視自己的肉體，將它拋擲在酒缸裡，就像扔掉一件多餘的物事一樣。也就是說，酒醉者有理由對命運採取一種聽之任之的態度，可以逃避現實生存的責任。歷史上確有許多人（如阮籍）這樣做。在許多評論家看來，余占鰲的酒醉是所謂「酒神」精神的體現，因為在醉酒者身上往往同時也能夠顯示出超出凡常的勇氣、體力和意志亢奮。由於這種特殊的功能，酒在一定程度上被神聖化了。

但酒又是這樣一種自相矛盾的物質：一方面它是國家社稷之宗教祭祀和節日慶典儀式（也就是所謂國家「禮儀」）上的必不可少的輔助劑；另一方面，它又具有一種使人精神迷狂的功能，這種功能有時會導致人做出某種「非禮」的舉動。酒醉後的狂歡卻是任何神聖儀式的最終結局。迷狂狀態下的肉體完全不服從意志和理性的支配，它自己支配自己，依照自己的原則——快樂的原則——行動。這種狂歡狀

態從根本上說是喜劇性的。十六世紀的荷蘭畫家布呂蓋爾在他的一些油畫作品（如《鄉間的宴會》、《婚禮舞蹈》等）中，描繪了這種喜劇性的狂歡場面：在盛大的鄉間慶典上，酒醉的人群——那些粗俗的農民，一個個都像老饕似的，豪飲狂歡，或是晃動著他們粗重的身軀捉對狂舞。他們的身體看上去大多十分肥碩、笨重，似乎超出了意志所能支配的限度。這樣的狂歡場面與其說是精神的「昇華」，不如說是肉體的放任、迷醉和頹廢。

在莫言的《酒國》中，酒醉的性質體現得甚至更為複雜和充分。已經大醉的丁鉤兒儘管依然保持著意志的清醒，但他的身體卻完全處於麻醉的狀態。丁鉤兒蝴蝶般輕盈的意志吸附在天花板上，並看到了自己的肉體被幾位服務小姐「像拖一具屍首」一樣地拖出了餐廳的情形——

> 我在離頭三尺的空中忽悠悠扇著翅膀飛翔，一步不拉地跟著我的肉體。我悲哀地注視著不爭氣的肉體。……我的頭顱掛在胸前，我的脖子像根曬蔫了的蒜薹一樣軟綿綿的所以我的頭顱掛在胸前悠來蕩去。

（同上）

這個皮囊一樣的軀殼把被「醉」所遺忘的肉體的狀況充分暴露出來了。肉體不僅僅與意志脫離了，而且，它完全就像是意志的渣滓。一方面，我們可以說，「醉」的狀態是意志對肉體的否定，而反過來則也可以說，是肉體否定了意志的「昇華」。「昇華」在肉體的否定面前成為一個幻象。丁鉤兒在酒國市的精神追求的過程，正是他的偉大的「昇華」幻想不斷破滅的過程，也是其意志在其「卑俗的」肉體的重力牽引之下的不斷墮落的過程。

在神聖儀式終結之後，只有酒醉的人群和狼藉的廣場。在酒的

「昇華」幻象破滅之後，只剩下純粹的肉體。肉體脫離了意志和理性的控制，它只能依照自己的機能和需求行動。然而，在酒醉狀態達到最嚴重的程度的時候，身體就會出現一種特殊的反應——

> 在一陣緊縮的劇痛下，他大張開嘴，噴出了一股混濁的液體，……哇——哇——酒——粘液，眼淚鼻涕齊下，甜的鹹的牽的連的，眼前一片碧綠的水光。
>
> （同上）

這裡的**嘔吐**並不是存在主義意義上的那種與存在之本體論有關的**嘔吐**（La Nausee），而是一種純粹的**嘔吐**，是僅僅關涉肉體的**嘔吐**，是消化器官對刺激物之不適（不勝酒力）而致的、純粹的生理反應。上消化道在橫隔肌的幫助下，將食物從胃囊內逆向排空，這一過程構成了對「進食」的反動。**嘔吐**在最根本的意義上標出了「吃」的**生理限度**。肉體以這種方式拒絕了酒以及與飲酒相伴隨的全部進食活動。酒醉以及由此而帶來的**嘔吐**，使「吃」的活動的任何神聖儀式，在最終都走向了它的反面，更準確地說，是走向了它的真實的結局——在酒精的作用下所產生的神話的瓦解和消亡。因而，也可以說，嘔吐是對「吃」的神話的拒絕和反動。

嘔吐是一種逆反的「進食」行為，各種**反常的飲食習慣**則是它的變體。在小說《十三步》中，莫言就寫到過一位嗜食粉筆的教師。「吃粉筆灰的」，這本就是人們對於教師這一職業的卑稱。職業性的生存壓力，使這位教師形成了一種怪戾的飲食癖好。他常常像猴子似的攀援在公園的鐵欄杆上，向人們講一些荒唐無稽的事情。每講一節，就會向聽眾索要粉筆吃。他就像吃豆子一樣地「咯咯」很快吃掉了那些粉筆。在小說〈鐵孩〉中，則出現了兩個吃鐵的小孩。在「大煉鋼鐵」的年代，父母們都被迫放棄了對自己的孩子的關照，他們忙

於冶煉大堆大堆的含鐵質的固體。而這兩個差不多是被拋棄的孩子就開始將這些毫無用處的金屬吃掉——

> 我半信半疑地將鐵筋伸到嘴裡，先試著用舌頭舔了一下，品了品滋味。鹹鹹的，酸酸的，腥腥的，有點像鹹魚的味道。他說你咬嘛！我試探著咬了一口，想不到不費勁就咬下一截，咀嚼，越嚼越香。越吃越感到好吃，越吃越想吃，一會兒功夫我就把那半截鐵筋吃完了。

（〈鐵孩〉）

小孩子吃鐵，以及嗜食其他非食物的物質，比如泥土、煤渣、木炭屑、小石子，等等，在醫學臨床上是腸道寄生蟲病併發營養不良症（俗稱「疳積」）的主要症狀之一。患者在吃這些「食物」時，就像吃美味佳餚似的，並且，口腔會產生某種快感。在這裡所描寫的這種反常的飲食癖好，一方面體現了饑饉對孩子們的身體發育的傷害；另一方面，則是孩子們對成人的荒唐行徑的報復。鐵、粉筆這些古怪的「食物」，與前文所提及的那些被當作食物的疾病一樣，是對美味佳餚的否定，也就是說，**反常的飲食習慣**是對正常飲食的否定。[10]

在莫言那裡，對「吃」的文化的最極端的否定乃是其**排泄主題**。在通常的文化價值系統中，排泄物的性質是總是消極的和否定性的。如果物質系統也有一種倫理秩序的話，那麼，排泄物恰好是食物的反面。

在這裡出現了一個奇特的意象——**糞便**。類似的意象在其他地方也出現過。比如，《酒國》中的心懷「崇高」理想的偵察員丁鉤兒最

---

[10] 莫言在隨筆〈吃事三篇〉中，曾經寫到他們全班同學在大饑餓的年代吃煤塊充饑的故事。見莫言《唱歌的牆》。

後就是墮落在一個糞坑裡而被淹死的。在〈戰友重逢〉中，有一段讚美尿液所形成的弧線和它在陽光的映照下所形成的彩虹的美麗。「尿液」與「優美」的形象聯繫在一起。而在《紅蝗》中，**糞便意象**甚至還與「崇高」的觀念產生了聯繫——

> 我有充分的必要說明、也有充分的理由證明，高密東北鄉人食物粗糙，大便量多纖維豐富，味道與乾燥的青草相彷彿，由此高密東北鄉人大便時一般都能體驗到磨礪粘膜的幸福感——這也是我們久久難以忘卻這塊地方的一個重要原因。高密東北鄉人大便過後臉上都帶著輕鬆疲憊的幸福表情。當年，我們大便後都感到生活美好，宛如鮮花盛開。我的一個狡猾的妹妹要零花錢時，總是選擇她的父親——我的八叔大便過後那一瞬間，她每次都能如願以償，應該說這是一個獨特的地方，一塊具有鮮明特色的土地，這塊土地上繁衍著一個排泄無臭大便的家族（？），種族（？），優秀的（？），劣等的（？），在臭氣熏天的城市裡生活著，我痛苦地體驗著淅淅瀝瀝如刀刮竹般的大便痛苦，城市裡男男女女都肛門淤塞，像年久失修的下水管道，我像思念板石道上的馬蹄聲聲一樣思念粗大滑暢的肛門，像思念無臭的大便一樣思念我可愛的故鄉，我於是也明白了為什麼畫眉老人死了也要把骨灰搬運回故鄉了。
>
> ……
>
> 我們歌頌大便、歌頌大便時的幸福時，肛門裡積滿鏽垢的人罵我們骯髒、下流，我們更委屈。我們的大便像貼著商標的香蕉一樣美麗為什麼不能歌頌，我們大便時往往聯想到愛情的最高形式、甚至昇華成一種宗教儀式為什麼不能歌頌？
>
> （《紅蝗》）

　　對於**糞便**的肯定，也就是對於身體的最原始的部位的性質、功能及其產物的肯定。在中國傳統關於身體的文化觀念體系中，人的消化系統的主要功能歸屬於「脾」，「脾」主滋養和水穀運化，在五行中屬「土」。正如萬物之生存依賴土一樣，消化器官是人的肉體生存的基礎。並且，人在死亡後，其軀體亦終將化作糞土，回歸到土地的懷抱。糞便形象與故鄉形象在最原始的意義上產生了聯繫。因而，在莫言的**倫理學**原則中，是排便的快感形式以及糞便的性質形狀，決定著文明的倫理尺度。而決定糞便之性質和形狀的則是兩類性質不同的飲食方式的食譜。這裡出現了古老的飲食方式的分野——**食肉／食草**。**食草**家族的飲食原則更接近自然狀態。對古老的飲食倫理原則的繼承。食物（特別是肉食者和酒醉者的嘔吐物）的污穢與糞便（特別是食草動物的糞便）的清香，形成了鮮明的對照。顛倒的**飲食倫理觀**和食物的**倫理系譜**。它與**嘔吐**一樣，是對所謂「吃的文化神話」的否定，或者說，是對通常的飲食方式和飲食倫理的破壞。

　　在莫言的筆下，排泄物與食物常常是並置一處的。例如，在〈高粱酒〉中，著名佳釀「十八哩紅」的最為關鍵的釀造工序，乃是「我爺爺」余占鰲惡作劇地往酒簍裡撒了尿。事實上，在民間俚語中，也常有這種雅俗混雜的現象。比如，「馬尿」就是人們對酒的戲謔性的稱呼。在民間文化中，往往存在著對文明秩序的大膽的叛逆。然而，排泄物與食物還不僅僅是一種**並置關係**，甚至這二者往往成為一種**互喻關係**：

> 馬騾驢糞像乾萎的蘋果，牛糞像蟲蛀過的薄餅，羊糞稀拉拉像震落的黑豆。
>
> （〈紅高粱〉）

五十年前，高密東北鄉人的食物比較現在更加粗糙，大便成

形，網絡豐富，恰如成熟絲瓜的肉瓤。那畢竟是一個令人嚮往
和留戀的時代，麥壟間隨時可見的大便如同一串串貼著標籤的
香蕉。

（《紅蝗》）

這些相互悖反的意象的**並置**和**互喻**，乃是莫言小說的基本修辭方
式之一。在這裡隱藏著莫言小說的一個風格學秘密。莫言曾這樣表達
了自己的寫作理想：

總有一天，我要編導一部真正的戲劇，在這部劇裡，夢幻與現
實、科學與童話、上帝與魔鬼、愛情與賣淫、高貴與卑賤、美
女與大便、過去與現在、金獎牌與避孕套……互相摻和、緊密
團結、環環相連，構成一個完整的世界。

（《紅蝗》）

這是一個「顛倒的世界」。在這個世界中的事物的秩序是對文明
世界事物秩序的混淆和顛倒。然而，它卻是一個更接近於事物的自然
狀態的世界。事物超越了其倫理秩序中的位置，而被還原為一種原初
的、自然的狀態。事物的這一狀態可以看作是對事物的自然規則的尊
重和肯定，或者說，它在某種程度上打破了文明所構造出來的事物秩
序的神話，是感官活動的力量的顯現和對**文明壓抑機制**的反抗。

莫言在這裡還十分詳細地描述的排便時所產生的直腸和肛門的快
感。值得注意的是，這種快感與前文所引的對飲酒時所產生的口腔快
感幾乎完全相同。從生理學意義上看，這兩個不同的部位的黏膜組織
的解剖學形態和生理功能基本相同。從胚胎發生學方面看，它們也是
形成於同一胚胎層。但在身體的文化倫理學範疇之內，這兩個部位則
有著森嚴的等級差別。從某種意義上講，文明即誕生於這種對身體級

差的界定。文明社會最初從家庭開始對兒童進行這種身體級差意識的訓練，並且首先是對肛門括約肌的控制功能的訓練。而在更高級的階段，則要求兒童將**力必多**及**快感中心**從口腔、肛門向生殖器部位轉移。但是，莫言似乎是有意混淆和顛倒了身體既定的倫理秩序，將肛門的倫理位置與身體的其他部位的倫理位置並置，肛門快感與身體的其他部位的快感在性質和強度上也是同等的，這就從根本上的肯定了肛門快感。這一肯定，也就意味著對**力必多中心**的轉移的拒絕，它使身體的快感中心仍停留在**肛門階段**（Anus phase）。就這樣，在崩潰的飲食的文化「神話」大廈的廢墟之上，莫言建立了自己的**快感倫理學**。

在兒童那裡，肛門常常是其快感發生的主要部位。在青春期，這些**力必多中心**開始向生殖器部位轉移，這標誌著個體發育的成熟。在文明的「進化樹」上，兒童在位置介於動物和人類之間，他們本性有時與其說屬人類，不如說更接近於動物。成年人就常常直截了當地罵他們為「小畜生」。對於文明社會而言，他們是「人性」的「欠缺」，是有待進化的「亞人類」。他們必須在成年人的「文明監護」和「訓誡」之下，習得人性。可是，**力必多中心**的肛門階段的固置現象，則是兒童對成長（進化）的拒絕，這就好像有些人在成年之後依然保持吮手指頭的習慣一樣。對於成人來說，這些當然是一種不文明的「惡習」，是對文明社會的倫理原則的抵制。在莫言筆下的「小男孩」形象身上最充分地體現了這種對文明社會倫理原則的拒絕。「小男孩」在莫言那裡形成了一個龐大的形象群。[11]這些「小男孩」的共

11　這類「小男孩」形象的最初的典型是〈透明的紅蘿蔔〉中的黑孩。除了黑孩之外，莫言筆下的「小男孩」形象還有許多，如小虎（〈枯河〉），豆官（〈紅高粱〉、〈高粱酒〉等），鐵孩（〈鐵孩〉），上官金童、司馬糧、孫姑媽的三個啞巴兒子（《豐乳肥臀》），「孿生兄弟」（《食草家族‧復仇記》），少年金剛鑽、少年余一尺、

同特徵是機警、敏感、頑皮和經常的惡作劇，差不多就是所謂的「頑童」。他們固執地堅守著人類的原始本性。為此，他們常常受到來自成年人世界的嚴厲懲罰。對於這些「小頑童」來說，文明即意味著壓抑和懲罰。小孩子在莫言筆下總是一種被壓抑的形象與反抗的形象。

與肛門快感的固置相關的是兒童們對**糞便**的興趣。對於兒童來說，糞便是他們快感的重要來源之一，另一方面，糞便又是他們自己的身體的唯一創造物（產品）。同樣，**下流話**在小孩子那裡，有著與**糞便**相近的功能。**下流話**將被貶低的身體部位及其產物變成語詞和句子，它具有喜劇性的效果和某種攻擊性。**下流話**的喜劇性效果就在於它的倫理上的錯誤。它常常是對事物的倫理位置的誤置：將兩個完全不同倫理位置的事物或置於同一水平，或顛倒其位置。另一方面，如果這些「下流話」有具體的針對性的話，那麼它就帶有某種攻擊性的功能，成為罵人話。**下流話、排泄幻象**都是小孩子所迷戀的，它們既是其快感的來源，又是其攻擊的武器。小孩子喜歡運用自己的身體的唯一產品來作為攻擊的武器，或故意固守下流話中的倫理錯誤，故意混淆事物的倫理秩序，以示對成人的倫理原則的反抗，並從中獲得快感。如《枯河》中的小虎在遭受父親和哥哥的殘暴毆打時，他唯一的反抗就是不停地高叫：「臭狗屎」。

下流話和**排泄幻象**同時也還帶有**民間性**特徵。任何一種民間文化都帶有某種程度上的童稚性。它似乎就是人類文明處於「未成年」階段的殘餘。其中保持著文明的原初形態和生動性，恰如兒童之於成人一樣。因此，儘管人們也會認為民間社會的文化是一切文化的根底和來源，但它又總是被教化的對象，是處於非中心位置的和被壓抑的對

「小妖精」、「長魚鱗皮膚的少年」、「我岳母的小叔叔」（《酒國》），以及許多作品（如〈罪過〉、〈夜漁〉、〈貓事薈萃〉、〈夢境與雜種〉、〈石磨〉、〈五個餑餑〉、〈大風〉、〈金鯉〉等）中的「我」，等等。

象。這樣，民間社會與主流的文明社會之間始終存在著一種矛盾關係。在特定的條件下，這種矛盾有時會被激化，形成一種對抗性的關係。而在這種對抗關係中，民間社會永遠是犧牲品，是悲劇性的對象，而民間社會的特殊之處則在於：它本身卻總是以一種喜劇性的方式來對待自己的命運，同時，也以此來對待其對立面。「笑」在民間文化中總是一種最有力的東西。「笑」既是對對手的嘲弄，又是對自身生命的肯定。巴赫金指出：「民間的詼諧從來離不開物質和肉體下層。」[12]腹部、臀部、排泄器官和生殖器，以及與這些下層部位的相關的活動，如消化、排泄、交媾，等等，經常是民間詼諧的基本材料。它就好像是文明的「下腹部」，或者說是「脾」，歸屬於「土」，主司文明的歸藏和化育。巴赫金也表達了這樣的觀點：「下層就是生育萬物的大地，就是人體的腹腔，下層始終是生命的起點。」[13]然而，正是這些所謂「藏汙納垢」的「下層」文明培育了人類文明的強大生命力。

然而，文明在其制度化過程中總是要求建立某種秩序。文明的秩序觀首先即是通過對身體（「肛門」首當其衝）的約束而建立起來的。從社會學角度看，制度化的文明秩序需要不斷地清除民間文化的「污垢」，使之「清潔化」。而這樣便構成了對來自民間的原始生命力的壓抑和取消。因而，文明的進程往往以生命力的萎縮為代價。從這個意義上看，人類文明則意味著**退化**，族群生命力的**退化**。

退化主題在莫言筆下是一個十分重要的主題之一。這一主題最初出現在〈紅高粱〉中，它是以文化批判的方式出現的，並與所謂**生命力主題**聯繫在一起。在這部作品中，莫言對現代人在生命力形式上的

---

[12] 巴赫金《巴赫金文選》，頁119。
[13] 巴赫金《巴赫金文選》，頁120。

退化現象予以了批判。在父輩的強壯及其輝煌的歷史面前，子輩顯得
軟弱而又猥瑣。莫言借家鄉的高粱品種的變遷，提出了這一批判。

> 我反覆謳歌讚美的、紅得像血海一樣的紅高粱已被革命的洪水
> 衝激得蕩然無存，替代它們的是這種秸矮、莖粗、葉子密集、
> 通體沾滿白色粉霜、穗子像狗尾巴一樣長的雜種高粱了。
> ……
> 雜種高粱好像永遠都不會成熟。它永遠半閉著那些灰綠色的眼
> 睛。我站在二奶奶墳墓前，看著這些醜陋的雜種，七短八長地
> 佔據了紅高粱的地盤。它們空有高粱的名稱，但沒有高粱挺拔
> 的高稈；它們空有高粱的名稱，但沒有高粱輝煌的顏色。它們
> 真正缺少的，是高粱的靈魂和風度。它們用它們晦暗不清、模
> 稜兩可的狹長臉龐污染著高密東北鄉純淨的空氣。
>
> （《狗皮》）

　　在這裡，作物物種的退化是對人種退化的暗示。然而，**退化**這一
主題的複雜性在於：現代文明的進步性與原始生命力之間構成了一對
矛盾。在莫言筆下，現代文明總是以人的生命力的萎縮為代價了換
取器物文明的進步。比如，在《狗皮》和《紅蝗》中，作為後輩的
「我」的形象與故鄉的先輩的形象形成了鮮明的對照。前者代表著現
代都市的文明生活，而後者則代表著一種傳統的、古老的和原始的鄉
間生活。前者形象猥瑣，性情陰沉，像一隻「餓了三年的白蝨子」，
而後者則顯得健康開朗，生機勃勃，敢做敢為。

　　在《食草家族》的《生蹼的祖先》一篇中，莫言對**退化主題**涉
及得更深。小說寫了一個手指間長有蹼膜的小女孩。「蹼膜」作為食
草家族（進而也是整個種族）的「徽章」，顯得十分耀眼。在卡夫卡
《訴訟》中，有一個名叫萊妮的姑娘，也生有帶蹼膜的手指。「她伸

出右手的中指和食指來,在這兩個手指中間,有一層蹼狀皮膜把這兩個手指連結在一起,一直連到短短的手指的最上面那個關節。」[14]本雅明認為,卡夫卡的這一細節涉及人的「史前史」記憶。[15]從胚胎學角度看,指與趾部位的蹼膜的存在,是胚胎發育不完全的結果,是進化的「遺跡」,原始蠻性的殘餘,遺傳學稱之為「返祖現象」,彷彿是對原始祖先的形象記憶的再現。這種令人不安的生理缺陷保存在家族的遺傳基因中,它會在某一代身上表現為「顯性遺傳」。這些「遺跡」暴露了人的原始本性中的動物性的一面。蹼膜在這裡是對人種進化之不完全的暗示。《酒國》中的那個將兒童的外貌與老人的智慧集於一身的「小妖精」形象,包含著對民族傳統文化和生活智慧的諷喻。他與那個生蹼膜的小女孩屬同一族群。莫言在這裡對這個與「文化尋根」理論相關的主題作了一種「反諷」的處理——種族沿著與「進化」相反的方向發展。

三 政治學

在短篇小說〈糧食〉中,莫言講了一個這樣的故事:在二十世紀五〇年代的大饑餓時期,母親為了養活自己的孩子而將集體的糧食(豌豆)偷偷帶回家。因為必須躲過冷酷而又狡猾的保管員的搜查,母親便將豌豆吞到肚子裡,回到家中之後,再進行催吐。這樣,母親練就了一種特殊的本領——她能夠大量吞食豌豆,並且無須催吐便可

---

[14] 卡夫卡〈訴訟〉,見孫坤榮等譯《卡夫卡小說選》(北京:人民文學出版社,1994年),頁397。

[15] 參閱本雅明〈弗蘭茨·卡夫卡〉,見陳永國等編譯《本雅明文選》(北京:中國社會科學出版社,1998年)。

將豆子全部吐出來，就像倒口袋一樣。[16]與前文所提到的種種「嘔吐」不同，這是一種特殊的「嘔吐」。它與其說是「嘔吐」，不如說更像是「反芻」，或者說得更準確些，是這位人之母對鳥類的哺雛方式的不太高明的模仿。這位母親以最原始的、動物式本能的方式來哺養自己的孩子。因為現實生存的壓力，使人體器官的機能不得不向禽類的水平退化。這是最令人悲哀的，也是最偉大的「退化」。這種「退化」與任何文化學觀念無關，它更多的是涉及對中國人的現實生存境況的揭示，是對現實最強烈的控訴。在這裡，像「吃」這樣一類的感官的生存活動被納入了政治學領域。這是莫言寫作的「中國性」的體現。

　　政治學領域內的事情──比如革命──當然不是請客吃飯。但「吃」這種表面上看起來屬純粹的生理活動，有時卻不得不帶上某種政治色彩，正如「文革」期間人們常說的──「吃吃喝喝絕不是小事。」而在當時，吃上一頓「憶苦飯」往往是對人民進行政治教育的必不可少的手段。這種活動巧妙地寓政治教育於日常飲食之中，可謂為教化工作中的一大發明。它抓住了民眾對「吃」感興趣這一心理特點，從而使枯燥的政治教育變得香甜，而且行之有效。政治觀念隨食物一起充盈到人體內部，被消化和吸收，成為人民的血肉。莫言在短篇小說〈飛艇〉中，描寫過這種吃「憶苦飯」的儀式。在這種儀式中，吃飯是為了「憶苦」，是為了喚醒人們對於饑餓的記憶。通過吃的活動本身，當然最容易喚醒這一類記憶。不過，這裡所舉行的「憶苦」儀式卻是為了「思甜」。然而〈飛艇〉中的那位愚鈍的農婦（方家七老媽）卻未能領會這一儀式的政治學意圖。她僅僅將吃「憶苦

16　這個故事的內容在另二篇小說《豐乳肥臀》和《夢境與雜種》中也曾出現，並得到了更進一步的發揮。在後一篇中，人物形象有了一些變化：母親的形象被改為妹妹。

飯」的儀式當作對饑餓的回憶，以致她在大會講臺上錯誤地回憶起五
〇年代末六〇年代初的饑餓的經歷來。至於像主人翁「我」那樣的孩
子們，當然就更缺乏政治覺悟，他們完全漠視教育者的良苦用心，把
集體吃「憶苦飯」當作一次填飽肚子的好機會。每逢此時，他們就會
像過節一樣地高興。

從這些描寫中可以看出，在莫言筆下存在著兩個「中國」：一個
是如《酒國》中的盛宴場面所表現出來的「吃」的國度，或者說是
「大吃大喝」的中國。而在更多的作品中，莫言所描寫的則是「另一
個中國」——一個饑餓的中國，苦難和貧困的中國。這個中國也就是
他的故鄉——高密東北鄉。

在本文的一開始，我們就曾與高密東北鄉的居民打過交道。這些
愚鈍的群眾有著其特有的生存方式。我們也已經發現了他們奇怪的飲
食習慣，也就是莫言所說的——**食草**。他們就像自己所豢養的那些家
畜一樣，屬「食草動物」之一種。與之相對立的當然就是所謂「食肉
動物」。**食肉／食草**的飲食方式的分野帶來了飲食的倫理學原則的分
野，這些倫理學原則在進入社會歷史活動的過程中，逐步進入了政治
的領域，成為一種政治學的範疇。**食肉／食草**這一對立的觀念，也是
我們這個民族的一種十分古老的飲食文化觀念。在戰國時代，民間軍
事家曹劌就表達過「肉食者鄙」的觀念。而偉大的詩人杜甫則在他的
詩歌中，進一步發揮了曹劌的這一思想，他在一首著名的詩中寫道：
「朱門酒肉臭」，公開表示對肉食階層的生活方式的唾棄和批判。莫
言則是對這一偉大的批判傳統的現代繼承人。

食肉與食草這兩種不同的食譜之間的差別，造成了生物界中的**食
草動物**與**食肉動物**兩大動物類別。這兩類動物在莫言筆下卻形成了兩
種對立的生存方式，從而成為人類不同的生存方式的群體的轉喻。在
莫言筆下，食肉動物（如〈狗道〉中的搶食人肉的餓狗）往往表現

出兇殘的本性。而食草動物（如〈罪過〉中的駱駝、《酒國》中的驢子、〈三匹馬〉中的馬，等等）則在一定程度上表現出溫順、善良的性格特徵。這兩類不同的動物之間的生態關係在社會政治學意義上轉變為生存方式上的**權力關係**，這二者恰好構成了**權力關係**中的**施虐／受虐**的對立項。「吃與被吃」的關係常常被用作權力鬥爭（政治的或軍事的）的譬喻：將對手「吃掉」，或者被對手「吃掉」。權力的角鬥場所遵循的就是這樣一種「叢林原則」。「嘴」這一器官在不同的社會階層的人那裡，有著不同的功能。正如我們在本文的開頭所看到的，隊長的嘴不僅是他自己的攝食器官，而且，還是向他的子民們發佈各項的指令的器官。隊長的嘴的這一雙重功能，巧妙地將「吃」的官能活動與政治權力結合在一起了。

從人類的文明史上看，食物的分配是初民社會建立族群關係的基礎。「吃」不再僅僅是一種個體的生理行為，而是一個關涉族群利益和秩序的社會性的行為。個體的「吃」的行為由食欲所支配，這種本能的欲望在「掠食者」之間引發爭鬥和殺戮。這對族群生存所必須的秩序構成了威脅。人類文明史的初步即是對自身動物性本能的限制。食物的分配原則的引入和對「吃」的禁忌，使族群的基本生存活動進一步「儀式化」。「禮儀」由此而產生。「禮儀」確立了社群的等級制度和權力關係。中國古代儒家的經典《儀禮》對人的日常起居、社交活動、慶典禮儀，等等，都作了十分具體的規定。比如，對宴會的座次，尊卑的位置之類很講究。在現代中國人的慶典儀式以及酒宴上，也依然是這樣。民間常常為酒宴上的排位問題鬧得不可開交。弄錯了要賠禮謝罪，有時甚至還會為此而大打出手。可見，「吃」這一表面上看來為一種純粹的生理性的活動，也包含有明顯的倫理秩序意識和政治性。

在「吃」的活動中所表現出來的現實生存的**權力關係**，意味著一

類人的感官享樂往往是建立在另一類人的生存饑渴之上。那些饑渴的人群不得不長期為求得肉體的生存權的鬥爭。在《酒國》中，有這樣一個場景：少年金剛鑽一家正處於饑餓的威脅之中，這時，有著神奇嗅覺的小金剛鑽卻嗅到了遠處飄來的一股酒香。他尋著香氣找到了村子另一頭的隊長家。一群村幹部正在大吃大喝。《豐乳肥臀》中寫到大饑餓年代時候的情形：右派分子勞改農場中的人員差不多全都餓得浮腫了，只有少數幾個人，如場長、倉庫保管員、公安特派員等，沒有浮腫，此外，還有特派員監督犯人的「助手」——狼狗，也沒有浮腫。狼狗也和牠的主人一樣，屬「掠食者」族群，也就是曹劌所說的——「肉食者」。「肉食者」在這裡被賦予了政治學意義，它與權力密切結合在一起。在一篇隨筆中，莫言寫到所謂「官家的酒場」時說：

> 我漸漸地感到，中國的酒場，已經成了罪惡的淵藪；而大多數中國人的飲酒，也變成了一種公然的墮落。尤其是那些耗費著民脂民膏的官宴，更是洋溢著王朝末日的奢靡之氣，巨大的浪費，扭曲的心態，齷齪的言行，拙劣的表演，嘴上甜言蜜語，腳下使絆子，高舉著酒杯裡，似乎都盛著鮮血。
>
> （《會唱歌的牆·我與酒》）

對於中國人來說，「生存恐懼」始終是他們生存經驗中的最大的恐懼。在他們的日常生存中，總是感覺到有一種來自外部世界的威脅性的力量。在《紅蝗》中，莫言描寫了蝗蟲這種毫無理性的生物的可怕的進食能力。在這種無所不食、似乎能吞噬一切的昆蟲面前，人類真正感到了恐懼。而另一方面，人類自身又正是這樣一種可怕的「食客」。《豐乳肥臀》中的那位勞改農場的警衛周天寶就曾自稱煮食過人肉，以致一時間全場的犯人都惶恐不安，「生怕被周天寶拉出去吃

掉」。而在同樣是無所不食的酒國市市民面前，丁鉤兒感到了類似的恐懼。這是對人的身上的那種非人性的本能力量的恐懼。在《十三步》中，這一**吃人主題**轉化為一種怪戾的嗜食火葬場裡的死人肉的癖好。人的身體在這個地方變成了一堆肌肉組織、脂肪和骨骼的混合物，為「吃人」提供了最充分的理由。莫言通過對這種極端的環境中的人的變態行為的描述，將人的本能中的殘酷的獸性的一面充分揭示出來了。

這種令人恐懼的本能的力量，在「吃」的活動中的表現與在現代政治活動中的表現是及其相似的。莫言在小說《紅蝗》的結尾這樣寫道：

> 親愛的朋友們、仇敵們！經年乾旱之後，往往產生蝗災。蝗災每每伴隨兵亂，兵亂蝗災導致饑饉，饑饉伴隨瘟疫，饑饉和瘟疫使人類殘酷無情，人吃人，人即非人，人非人，社會也就是非人的社會，人吃人，社會也就是吃人的社會。

> (《紅蝗》)

吃人主題自從魯迅在「五四」時期確定下來之後，一直是現代中國文學中的最基本的主題之一。從這一主題領域來看，莫言繼承了「五四」新文學的批判性的傳統，並將這一傳統在新的現實條件下加以發揮，賦予它新的特徵。如果說「吃人」主題在魯迅那裡是一個關於民族傳統文化的批判性的主題的話，那麼，在莫言筆下則主要是一個關於人性的和現實政治性的批判性的主題。

吃人不僅是中國現代文學的基本主題，而且也是人類的意識生成史上的一個重大「母題」。這一母題實際上包含著人類最原始的焦慮：對「被吞噬」的焦慮。這也正是中國人的一種十分古老恐懼。在上古時代就存在著一種所謂「苛政猛於虎」的觀念。而前文所提及

的饕餮的形象，最初也是從一個張著大嘴的老虎的形象中演化過來
的。[17]作為攝食之通道的口腔，在這裡卻變成了一個可怕的、會吞噬
人的生命的洞穴，就像是地獄的大門。從心理學角度看，人的**被吞噬**
的焦慮與**被閹割**的焦慮之間有著共同的心理學基礎。在兒童的深層心
理經驗中，「焦慮」經驗的複雜性就在於這兩類經驗之間的混雜和轉
換。

我們看到，在莫言的作品中很少寫到愛情。偶爾出現的浪漫的愛
情故事（如〈愛情故事〉、〈白棉花〉、〈初戀〉等）也往往發生在性
機能尚未發育，或發育不成熟的少年人身上。而在另一些故事中，這
些微弱的浪漫色彩也很快就消失殆盡了，代之以純粹的肉欲的呈現。
〈模式與原型〉將這一特徵推向了極端。故事中的一些場景涉及一位
處於性意識喚醒期的少年的模糊的性衝動。但這位名叫「狗」少年的
性喚醒卻是通過對動物（牛）的交媾的觀察來實現的。莫言極為詳盡
地描述了這一觀察的全過程——

> 這時那長得四四方方的「雙脊」在距「白花」幾步開外佯裝吃
> 草，把老鴰草、蛤蟆皮等毒草往嘴裡擄，一看心就不在草上，
> 那胯間的當浪貨如蛤的斧足一樣慢慢往上搐，緊湊，肚皮下忽
> 喇喇伸出一根，濕漉漉的生龍活虎，果然是一番新氣象。狗還
> 楞著呢，那小傢伙一個猛撲就上了「白花」的背，滋拉一聲，
> 像燒紅的爐鈎子捅到雪裡，很透徹，很深刻，觸及狗的靈魂，
> 狗什麼都看不到了。

（〈模式與原型〉）

17　參閱張光直〈商周青銅器上的動物紋樣〉，《中國青銅時代》（北京：三聯書店，
　　1999年）。

　　觀察動物交媾，在文化教育普遍缺乏農村，乃是少年人的最初的和最基本的性教育。這一觀察所帶來的強烈的感官刺激，對於一位少年人來說，乃是一種強大的、無可名狀的心理震撼。動物的交媾喚醒了這位少年人的模糊的性願望，動物式的本能成為這位農村少年性意識的唯一指標。也為他們這一類人未來的兩性交往的方式樹立了榜樣。

　　在莫言的那些不多的愛情故事中，有關「性」的描寫閃爍可見。比如，〈紅高粱〉中的那個著名的「野合」的片段。儘管這個片段依稀顯出浪漫蒂克的色彩，但更為引人注目的卻是瀰漫於其中的強烈的肉慾氣息。而在《酒國》中，偵察員丁鉤兒與女司機之間的情感糾葛則完全是成年人之間的、以性吸引為基礎的兩性交往。他們的關係簡單而粗俗，有時看上去更像是一場臨時性的性交易。丁鉤兒偶爾產生的對女司機的愛和依戀的情感則顯得有些荒唐可笑，使他看上去像是一個在心理上尚未完全成熟的大男孩。他像孩子依戀母親一樣地依戀著女司機。

　　在《豐乳肥臀》中，上官金童的**力必多中心**始終沒有超出**口腔階段**，始終與「吃」這一最基本的生存活動密切聯繫在一起。而在那些成人的性關係中，才表現為某種程度上的性欲或色情特徵。《酒國》中的侏儒富翁余一尺的「愛情觀」則似乎表達了成年人兩性關係的真實面貌，完全摧毀了丁鉤兒的這種浪漫蒂克的愛情幻想。余一尺公開表示：「有錢能使鬼推磨。世上也許有不愛錢的，但我至今未碰上一個。大哥敢揚言遍酒國美女，就是仗著這個！」他完全懂得金錢、權力與性之間的辯證關係。他將男女性愛完全簡化為出自性本能的欲望關係。如果不是這樣的話，那麼，成年人之間的兩性交往似乎就變得不真實，變得虛無縹緲了。羅曼蒂克的愛情只不過是一個永遠無可企及的幻象而已。小說《懷抱鮮花的女人》寫了一名陸軍上尉在回鄉的

途中遇到一個「懷抱鮮花的女人」。她正是他夢想中的情人。他對她一見鍾情。但這個夢中的情人只不過是一個幻覺，一個虛幻的、不存在的女人。他在真實中所要面對的依然是自己並不愛的、僭俗的妻子。

莫言作品中這些涉及性愛的描述，我們可以視作為對**力必多**的**生殖器階段**（Genital phase）的表達。在人類行為中，性行為最典型地表現了交往行為中的權力關係。成人（主要是男性）的**性器**（Phallus）的社會學含義指向權力。

在現代社會中，人的「吃與被吃」的關係只能依靠權力來維持。它是對人與人之間的「權力關係」的隱喻。而人類的性行為也在一定程度上表現出「權力關係」的實質，並常常以一種更野蠻的形式表現出來。《豐乳肥臀》中有一個情節，可以說將在權力關係中的人類性行為的殘暴性質表達的無以復加：勞改農場的炊事員張麻子「用一根細鐵絲挑著一個白生生的饅頭」，以此作為誘餌，誘騙右派分子、前「醫學院校花」喬其紗。饑餓的喬其紗在求生本能的驅使下，不得不像狗一樣爬行著追逐那個白生生的「誘餌」。最後，張麻子在喬其紗貪婪地吞食饅頭的時候強姦了她——

> 她像偷食的狗一樣，即便屁股上受到沉重的打擊也要強忍著痛苦把食物吞下去，並儘量多吞幾口。何況，也許，那痛苦與吞食饅頭的愉悅相比顯得是那麼微不足道。所以任憑著張麻子發瘋一樣地衝撞她的臀部，她的前身也不由得隨著抖動，但她吞嚥饅頭的行動一直在最緊張地進行著。她的眼睛裡盈著淚水，是被饅頭噎出的生理性的淚水，不帶任何情感色彩。
>
> （《豐乳肥臀》）

這一場景與瑞典電影《毒如蛇蠍》中的主人強姦其饑餓的女佃

戶的場面十分相似，[18]而且顯得更為**觸目驚心**。它充分體現了**食欲—性—權力**「三位一體」的關係。在某種特殊的境遇中，**性**是某一類人的特權。它意味著權力，意味著一類人對另一類人的徹底的征服和奴役。

　　暴力則是人類社會生活的「權力關係」的極端形式。在莫言筆下充滿了關於**暴力**的諷喻性的描寫。最為典型的就是作品中經常出現的與**槍**有關的動機。作為一名軍人，莫言對槍械感興趣是很自然而然的事。但「槍」在作品中出現方式卻很特別。它有一種特殊的象喻性。《老槍》中的主人翁順子是一個普通的年輕人。他扛著父親（生前是有名的「神槍手」）留下來的獵槍，但他打不到獵物。這枝神奇的槍如今已經失效了，打不響了。最終，槍是因為「走火」而打響的。但這一次「走火」同時也爆裂了槍身，順子因此而喪生。《酒國》的丁鉤兒身為高級偵察員，自然也槍不離身。丁鉤兒隨身帶著兩枝槍：一枝五四式連發手槍，另一枝卻是玩具手槍。首先打響的是那枝玩具槍，而真實的槍也是因為走火而被打響。這些人物都缺乏一種對「槍」的控制力。他們在心理上是不成熟的，他們無力控制成年人的暴力工具。或者，也可以說，他們對來自成人世界的象徵著強權的「武器」，出於本能地拒絕。《酒國》故事發展到後來，丁鉤兒的偵破工作屢遭挫折，使他陷於沮喪，他的那枝真槍越來越成為多餘，像一件裝飾品，與玩具無異。它甚至被那個看門的「老革命」譏笑為「娘們的玩意」。

　　正如「老革命」所說的那樣，槍確實真的被「娘們」所掌握。《酒國》中的那位女司機趁丁鉤兒與她做愛的時機，攫取了他的手

---

[18] 該電影反映的是十九世紀末二十世紀初瑞典某一貧困農村的日常生活，其中有一段表現了在某個饑年一位男東家以麵包作為誘餌，誘姦飢餓的女佃戶的情形。

槍。她手持駁殼槍，赤身裸體地站在丁鉤兒面前，並用槍直指丁鉤兒的腦袋。在這一奇妙的場景裡，這位神秘的女司機不僅是性誘惑者，同時也了充滿暴力的威脅，她將這二者巧妙地結合於一身。她就是一枝奇妙的「性手槍」。「性手槍」可以看作是對權力（暴力）於性感之間的關係的一種暗示，這一巧妙的結合，深刻地揭示了暴力的「性感化」化的一面。

除了在上述主題領域之外，莫言小說的「政治性」更重要的是體現在其話語的層面。這一點似乎更加意味深長。正如前文所述，莫言的小說語言是話語活動中的言說與沉默的矛盾的集中體現。無限膨脹的感官性言辭和無節制的意義播散，與現代人不斷被消耗的生命意義之間形成了一種微妙的互動關係。人類依靠不斷地聒噪，不斷地向空氣中吐露著話語的泡沫，以掩飾心靈的空虛。然而，任何言辭最終不可避免地指向沉默。這是「沉默的辯證法」。莫言深諳這種辯證法，他通過矛盾的話語暴露了人類言說的悖謬的困境。

沉默的政治學含義則顯得更加複雜。它關涉到對「口腔」的另一種功能的認識。這一功能涉及社會學方面，但它卻是一種消極性的功能，即「口腔」被看成是災禍的根源。民間有諺語云，「禍從口出」。它提醒人們注意言辭在社會交往過程中的危險性。因而，在初民社會往往有著各式各樣的關於「言辭禁忌」的觀念和儀式。進而，由禁忌又轉化為對語言的「神聖化」。在許多宗教儀式上，祝禱與咒詛體現了上述言辭觀念的兩個基本方面。這一傳統在民間依然十分風行。

《豐乳肥臀》中有一個情節，寫到鄉間的「雪集」。這一情節在隨筆〈會唱歌的牆〉一文中得到了更充分的展開。這「是一個將千言

萬語壓在心頭，一出聲便遭禍的儀式」[19]，是奇特的「禁聲狂歡節」，它看上去像是一場節慶遊戲。在「雪集」上，「主宰著雪集的主要是食物的香氣……女人們都用肥大的棉襖袖口罩住嘴巴，看起來是防止寒風侵入，我認為是怕話語溢出。」[20]人民對言語感到恐懼，只好儘量用食物將自己的「口腔」填滿。他們擔心自己會因為口腔的過失（失言）而被「拔舌頭」。當然，這並非他們的多慮。而是與他們的（歷史的和現實的）政治經驗有關。這一恐懼經驗進而被上升到宗教的高度。在佛教（特別的被民間化了的佛教）中，令人恐懼的地獄刑罰之一就是「拔舌頭」。履行這一刑罰的地獄叫做「拔舌地獄」。「拔舌」刑罰的現代變種則是割喉管和切斷聲帶，這使得「禁聲」技術擺脫了簡單、原始的身體懲罰形式而轉向對言語之危險性的更有效的制止。這一技術上的進步，完全仰賴於現代科學對發音的生理機制的正確認識。

　　但這一進步仍然是有限的，它依然未能擺脫「控制身體」這種較為原始的「生理政治學」手段。真正現代的「禁聲」技術不是對「口腔」的減法，相反，是加法。從某一個「口腔」複製下來，並大量繁殖。在現代通訊技術的支持下，它無所不在。在慶典的廣場上，在政府的大院裡，在工廠的車間裡，在軍營和學校的操場上，在村頭的大樹上，乃至在偏遠鄉村的農舍的屋樑上，只要有人的地方，就有這個誇張的「口腔」所發出的聲音。這眾多的「人口」就像莫言在〈會唱歌的牆〉中所描寫的那個由酒瓶子築成的長牆一樣。但它們是從同一個機器中製造出來的，有著統一的口徑。在強有力的西北風的吹拂下，發出萬口一聲的呼嘯。而隨著現代科技的發展，構築一道「會唱

19　莫言〈會唱歌的牆〉，頁76。
20　同前註。

歌的」長牆的理想就更容易實現了。

弔詭的是，肆意膨脹的聒噪言辭，同時又稀釋了意義的神聖性。莫言以遊戲的方式模擬了現代社會的話語膨脹現象。我們不難發現，莫言的小說充滿了遊戲性。在遊戲性原則下建立起來的虛構的話語世界，與制度化的生存世界之間形成了鮮明的對照。在制度化的生活中，遊戲即使不是被禁止的，起碼是不提倡。比如，在「文革」期間，幾乎任何遊戲都只能處於隱蔽的狀態。公開的遊戲被官方認為是不合法的，是對革命的嚴肅性的抵消。然而，另一方面，嚴肅的意識形態化的官方活動卻又充滿了遊戲性。而任何官方的意識形態機器所要做的無非是將這些「遊戲」改造成「神話」。事實上，在權力的交換關係中，始終存在著某種非公開的、尚未制度化的「遊戲規則」，任何一個當權者（甚至那些正在或將要與當權者打交道的無權者）都十分清楚這一規則，並且彼此心照不宣。這是一種戴著嚴肅的政治假面的社交「遊戲」，因此，有時倒是在那些貪官身上反而多少還有一些「人」味（如莫言的新作《紅樹林》中的女主人公林嵐），儘管他們都是些「壞人」。而這種不公開運行的社交「遊戲」，實際上成了這個權力化的國度的社會運行的真正的「發動機」，而這個「發動機」的核心裝置則是「利益」。在這樣一種狀況下，真正的「無利害」的遊戲幾乎純粹是民間的和私人性的，或者，更多地只存在於兒童的生活之中。

戲仿的修辭規則是遊戲性的，這是莫言小說最重要的文體方式之一。在《酒國》中充滿了**戲仿**，它差不多就是一部由各種各樣的**戲仿**的文體所組成的文本集合。故事的主要線索——高級偵察員丁鉤兒的故事是通俗傳奇中的偵破故事的戲仿，寫作愛好者、酒國市釀造大學的勾兌學博士李一斗與莫言老師之間的通信則是對官樣文體和現代人的私人性匱乏的社交辭令的戲仿，而託名李一斗所作的一系列穿插性

的短篇小說，則將二十世紀中國各種主題、題材和敘事樣式的小說差不多都戲仿了一遍。**戲仿**構成了《酒國》的最基本的文體特徵。

戲仿的重要的美學效果之一是其「戲謔性」。戲謔的言辭、動作和儀式，構成了制度化話語方式的嚴肅性的反面。在莫言的小說中，經常能見到一些粗俗的罵人話，如〈透明的紅蘿蔔〉中生產隊長罵罵咧咧的訓話；色情的比喻，如《豐乳肥臀》中對雲彩的色情化描寫；對性欲的描寫，如〈模式與原型〉中對動物交媾的描寫以及由此引發的主人物的性激動；對穢物的描寫，如〈高粱酒〉中往酒缸裡撒尿，《紅蝗》中食草的鄉民的糞便，等等。這類物質主義的描寫，通常也正是產生戲謔效果的基本手段。正如巴赫金所認為的，戲謔就是貶低化和物質化。[21]戲謔化的話語（如罵人話）將意義降落到肉體生命的基底部，而這個基底部，則恰恰是生命的起點和始源。因而，從這個意義上說，戲謔又包含著積極的、肯定性的因素，它是對生命的物質形態和生產力的肯定。

戲仿另一個重要的美學效果就是「反諷」。「反諷」是一種否定性的美學。戲仿文本以一種與母本相似的形態出現，卻賦予它一個否定性的本質。它模擬對象話語特別是對政治意識形態話語的嚴肅的外表，同時又故意暴露這個外表的虛假性，使嚴肅性成為一具「假面」。這也就暴露了意識形態話語的遊戲性，或乾脆使之成為遊戲。在剝下「假面」的一瞬間，產生喜劇性的效果。對那些制度化的文體進行「戲謔性模仿」。戲仿使制度化的母本不可動搖的美學原則和價值核心淪為空虛，並瓦解了制度化母本的權威結構所賴以建立的話語基礎。因而，可以說，戲仿的文本包含著至少是雙重的聲音和價值立場，它使文本的意義空間獲得了開放性，將意義從制度化文本的單

21　參閱巴赫金《巴赫金文論選》，頁119。

一、封閉、僵硬的話語結構中解放出來。從這一角度看，戲仿就不僅僅是一種否定性的美學策略，它同時還是一種新的世界觀念和價值原則。

　　正如對身體的秩序的顛倒一樣，文體在莫言筆下也表現為一種「混雜」和「顛倒」的傾向。這一點集中地體現在小說〈歡樂〉中。〈歡樂〉可以看作是莫言小說話語方式成熟的標誌。整部作品從頭至尾記錄了一位有心理障礙的中學生齊文棟的意識活動。下面是一個比較典型的話語片段——

> 你的耳朵裡混雜著各種各樣的機器聲和喇叭聲，牛叫馬嘶人罵娘等等也混雜在裡邊；你的鼻子裡充斥著髒水溝裡的污水味道、煤油汽油潤滑油的味道、各種汗的味道和各種屁的味道。小姐出的是香汗，農民出的是臭汗，高等人放的是香屁，低等人放的是臭屁，（「有錢人放了一個屁，雞蛋黃味鸚哥聲；馬瘦毛長奔拉鬃，窮人說話不中聽。」）臭汗香汗，香屁臭屁，混合成一股五彩繽紛的氣流，在你的身前身後頭上頭下虯龍般蜿蜒。你知道要毀了，蹦蹬了，這是最後的鬥爭，電燈泡搗蒜，一錘子買賣，發生在公路上的大堵塞，是每個進縣趕考的中學生的大厄運。（引者按——著重號為原文所有。）
>
> （〈歡樂〉）

　　在上面這段引文中，我們可以看出，存在著多重「聲音」，或者說，是多重話語系統：中學生齊文棟的生理感受和心理活動、瞬間場景的描述、各種知識話語片段、俚語、俗話、順口溜、民間歌謠，等等。這些話語的碎片相互嵌入、混雜，在同一平面上展開。卑俗與崇高的等級界面消失，被淹沒在多重「聲音」混響的話語洪流之中。這種混響的「聲音」，雜蕪的文體，開放的結構，形成了一種典型的

（如巴赫金所稱的）狂歡化的風格，既是感官的狂歡，也是話語的狂歡。狂歡的基本邏輯，它構成了制度化生活的權威邏輯的反面，它從話語的層面上否定和瓦解了制度化的世界秩序。

狂歡化的生活與制度化的生活有著迥然不同的邏輯。前者遵循著生命本能的唯樂原則；後者遵循著理性的唯實原則，它在一定程度上可視作生活的文明化的結果，是對唯樂原則的限制和壓抑。制度化的文體和話語方式與制度化的生活在表現形式上是極其相似的。它們都要求一個外在的權力意志賦予它們以秩序和價值尺度。制度化的話語結構是對現存的世界秩序的內在維護。它肯定了現存的等級制（事物的秩序、人物的價值等級，等等）和價值規範。

從敘事性作品方面看，制度化的敘事話語要求一個外在的總體性的觀念構架，藉以實現對事件的編織並賦予意義。這一類作品中最典型的是歷史故事。一般歷史故事的靈魂是「時間」——線性的歷時性邏輯，並對這一「時間」觀念加以神聖化。在一個封閉的時間段內，歷史話語賦予事件在邏輯上的完整性和秩序。另一方面，歷史故事還要求塑造英雄。隨著時間的順延，主人公成長為英雄。英雄是對時間邏輯的最終完成，同時，也是時間的意義的呈現。《酒國》的故事正好是一個**反面的**英雄「成長小說」。它寫了一個英雄的沒落史：由意志堅定的偵察英雄墮落為行屍走肉的酒鬼。

在莫言更多的作品中，那些過度膨脹的瞬間感覺往往迫使時間暫時中止，形成一個膨大區，如〈紅高粱〉中少年豆官在高粱地裡對濃霧的感受。而在另一些作品中（如〈爆炸〉、〈球狀閃電〉等），敘事的時間邏輯乾脆讓位給感受的空間邏輯，極度膨脹的感覺佔據了全部的敘事空間。這些作品在幾個瞬間中包含了複雜的時間經驗，並且，敘事的話語空間隨著感覺的擴散而充分敞開，突如其來的開頭和了無結局的結尾是這類作品中經常出現的現象，現時性的經驗片段與歷時

性的經驗片段共生共存，並相互穿插和交織。總之，敘事在時間上的
完整性、封閉性和單一向度被打破，由時間所建構起來的歷史話語秩
序也因之而瓦解。

狂歡化的原則是對既定的生活秩序的破壞和顛倒。莫言小說的狂
歡化傾向即表現為這種破壞和顛倒。崇高／卑下、精神／肉體、英雄
／非英雄、美好／醜陋、生／死，諸如此類的價值範疇的分界線模糊
不清，價值體系中的等級制度被打破，對立的價值範疇在一個完整的
生命體中共生。在《紅蝗》的結尾處，莫言明確地道出了自己的寫作
理想就是將那些在意義和價值方面彼此矛盾、對立的事物混雜在一
起，「構成一個完整的世界。」然而，這個「完整的世界」並不能在
制度化的現實中存在，只能訴諸狂歡化的瞬間。值得注意的是，莫言
小說的狂歡化傾向並不僅僅是一個主題學上的問題，而同時，甚至更
重要地，還是一個風格學（或文體學）上的問題。從某種意義上說，
狂歡化的文體才真正是莫言在小說藝術上最突出的貢獻。

——本文選自張閎《感官王國：先鋒小說敘事藝術研究》（上
　　海：同濟大學出版社，2008 年）

魔幻化、本土化與民間資源
——莫言與文學批評

程光煒　人民大學中文系教授

　　莫言登上文壇二十餘年來，各家報刊的評論很多。據路曉冰《莫言研究資料・附錄》統計，至少也有三百五十篇左右，[1]這個數字還不包括散落於地方性大學學報、文藝雜誌或網絡的文章；如果算上作家出道前的一些評述，或出名後國外漢學家的介紹、評論，那數量將大得驚人。根據我初讀印象，無論批評家出於什麼想法，會按照自己的眼光對這位作家創作的優劣作出評價，不管他是有意還是無意，這種評價中都包含了某些文學史定位的成分。我們知道，上世紀八〇年代到二十一世紀初的中國，社會、政治狀況發生了很大變化，各種思潮對文學觀念和創作的衝擊，遠遠超出了人們當年對「未來」的預計。文學的分裂，加劇了創作和批評的分裂，使關於莫言創作的評論經常處在矛盾、反覆和不確定的狀態。從中不難想到：「一件藝術品的全部意義，是不能僅僅以其作者和作者的同代人的看法來界定的。它是一個累積過程的結果，也即歷代的無數讀者對此作品批評過程的結果。」[2]在這個意義上，當批評家對當時湧現的各種知識、話語、視角等加以吸收、並自以為是「自己的眼光」時，他對莫言的批評很難再說是個人批評，而是代表著社會觀念的對文學的批評，即按照社會需

---

[1]　路曉冰編選《莫言研究資料・附錄》（濟南：山東文藝出版社，2006年）。

[2]　韋勒克、沃倫著，劉象愚等譯《文學理論》（北京：三聯書店，1984年），頁35。

求對「作家形象」進行不斷改型和變換（而作家本人未必都願意接受這種變形術）。因此，有關莫言批評所產生的分歧、爭論或共識，實際不光是發生在批評家之間的一個文學現象，也包含了時代在這一階段的困惑、探索和痛苦。

一 「魔幻」話題與《紅高粱家族》

金介甫在〈中國文學（一九四九～一九九九）的英譯本出版情況述評〉中警告我們：「中國新時期文學關心社會批評遠甚於文學價值。」[3] 事實確是如此。拉美魔幻現實主義在中國的「登陸」，通常被看作當代文學創作擺脫文化政治干擾的一個重要轉折點。但更多的表述所闡明的，卻並非金介甫所說的「社會意義」，而是對中國作家「藝術創新」價值的肯定。也許正因為這樣，在一九八五年前後發表的文章中，拉美「魔幻」成為競相談論的熱門話題。

在小說〈透明的紅蘿蔔〉的「對話」中，眾多討論者都希望把它視為超越「文化政治」的「純文學」作品。作者莫言坦承：這篇小說「帶點神秘色彩、虛幻色彩」，並「稍微有點感傷氣」。「他的構思不是從一種思想，一個問題開始，而是從一個意象開始」（施放）；「作者把政治背景淡化了」，他「有意識地排除了政治意念」，所以作品才「達到了另一種境界」（徐懷中）；「這種距離感也許是使作品產生朦朧氣氛的原因」（李本深）。[4] 在這裡，文學批評更注意強調的是莫言小說與文化政治之間的「距離感」，目的是引導讀者找出作品文本中

3　金介甫著，查明建譯〈中國文學（一九四九—一九九九）的英譯本出版情況述評〉，《當代作家評論》2006年第3期。

4　徐懷中、莫言、金輝、李本深、施放〈有追求才有特色——關於〈透明的紅蘿蔔〉的對話〉，《中國作家》1985年第2期。

那些「神秘」、「魔幻」的東西，從而對「現實主義」作品中直觀、功利的效果加以閱讀性的抑制。通過莫言的小說，有些批評家還發現，「魔幻現實主義」在審美效果、藝術技巧上有比「現實主義」更高和更先進的價值。陳思和說：如果〈苦菜花〉作者馮德英「所持的歷史觀，仍然是進化的一元觀」，那麼莫言小說中「『我』對歷史的探究、恍惚、疑難、猜想」，再配以「白日夢幻的敘述基點」，則在「形式審美上產生了一種新奇的魅力」。[5]該文以「歷史與現時的二元對話」為標題，反映了把莫言放在「歷史」與「現時」緊張關係中來評價和認定的願望。而此意圖也得到了季紅真的認同：「莫言小說的敘事方式可謂變化莫測」，「間雜轉述」「且意象紛呈，時空交錯」，於是才會有「對民族倫理生存歷史與現狀的洞悉，更深一層的探索。」[6]這樣，通過與「歷史」（文化政治）的故意偏離，和對「現時」（魔幻現實）的主動貼近，莫言小說經過了「魔幻」話語譜系的過濾和重新認定，他的藝術「追求」因此被固定為：「只要在這個層次上，我們才能理解他作品中那永難驅除的憂鬱所蘊含著的生命內在衝突」，才能理解在〈紅高粱〉作品系列中，那「蓬勃生長的人性」、糾纏於「原欲之中」，所「獲得宗教般神聖光彩的至美內容。」[7]

不過，在對「魔幻現實主義」話題的理解上，有的文學批評可能會有不同。「莫言在〈紅高粱〉裡表現出清醒、冷峻的現實主義精神，這可看做小說的內核和實質。」（雷達）[8]，「現實世界和感覺世界

5　陳思和〈歷史與現時的二元對話——兼談莫言新作〈玫瑰玫瑰香氣撲鼻〉〉，〈鐘山〉1988年第1期。

6　季紅真〈憂鬱的土地，不屈的精魂——莫言散論之一〉，《文學評論》1987年第6期。

7　季紅真〈憂鬱的土地，不屈的精魂——莫言散論之一〉，《文學評論》1987年第6期。

8　雷達〈遊魂的復活——評〈紅高粱〉〉，《文藝學習》1986年第1期。

的有機融合，使莫言創作呈現出一種『寫意現實主義』風貌。」（朱向前）[9]——這樣的「結論」，企圖在拉美魔幻的壓力下重釋「當代」現實主義的活力，以期拯救創作界食洋不化的「藝術危機」。然而，「本地造」的現實主義能否有效抵禦「外國造」魔幻化現實主義的大舉入侵？人們不免心存疑慮，也難有主張。為此，批評家胡河清特別為我們開出了另一個藥方，他引入「骨」、「氣」、「韻」等概念，相當明確地斷定：「研究莫言、阿城的人物塑造也應該運用東方美學的這種綜合的方法論」，並投入現代意義的眼光，「這樣才能確切地看出他們作為一種獨特文化現象的存在價值。」[10]上世紀八〇年代是一個崇尚和張揚個性的年代。文學批評當然應該有各自為主的個性差異，不過當主觀色彩過分投射到文本上，則容易對作家作品得出「千奇百怪」的結論，而且大都是「才能」之類的口氣的。當然，這樣不統一的狀態，也說明當代文學在獲得某種精神自由後，解釋活動有了日益開闊的空間。因此，有人又以「生理缺陷」和童年的感覺方式，從「種的退化」等等角度，去解讀莫言小說魔幻化追求的意見。而且有論者更明確地指出，〈紅高粱〉系列實際上是一部「史詩」小說，「小說企圖通過紅高粱家族的族史，來探索中國人在歷史新舊交替期間，所遇到的種種人性問題。」（香港，周英雄）[11]。但是，上述解釋對拉美魔幻現實主義與中國文化政治、人性、家族、心理生理、傳統現實文學和東方美學等方方面面所作的多樣且自由的「對接」，卻令研究者大感苦惱。對他們來說，從這些價值體系如此多重、交叉而紛亂

---

[9]　朱向前〈深情於他那方小小的「郵票」——莫言小說漫評〉，《人民日報》，1986年12月8日。

[10]　胡河清〈論阿城、莫言對人格美的追求與東方文化傳統〉，《當代文藝思潮》1987年第5期。

[11]　周英雄〈紅高粱家族演義〉，《當代作家評論》1989年第4期。

的文學批評話語中，該怎樣理出頭緒？

在「尋根」、「先鋒」、「魔幻」、「形式革命」成為顯學的年代，批評家都不可能繞開這些話語開展任何有價值的批評活動。某種程度上，批評能否具有「有效性」，就在於如何佔有和繁殖上述知識，把作家文本納入一種預設範疇並生產出新的文學常識，這是人人都懂得的道理。莫言也樂得接受類似的「定型」：「有時候，評論家不但引導讀者，而且引導作家向某一方向走。」[12]但又強調說：「歷史在某種意義上就是一堆傳奇故事」，口頭傳播的過程，「實際上就是一個傳奇化的過程」，沒有必要「一切都被拔高」。[13]千百年來的閱讀史和傳播史已積累了層出不窮的文學經驗，作家與批評時有衝突當然也會妥協，創作既是對各種文學本的反抗，也是創造性的大膽模仿，這本不應該成為一個問題。中外文學史還告訴人們，沒有標明「反叛」、「創新」字眼的文學史，就不可能稱作「有意義」的文學史。在上述文章中，認為莫言是魔幻現實主義的，便會在小說中尋找與此相關的「敘述」、「意象」、「空間」因素，突出其文本效果的離奇、非常規特徵，「他幾乎調動了現代小說的全部視聽知覺形式」，使「主體心理體驗的內容帶來多層次的隱喻和象徵效果」（季紅真）。[14]認為他「不完全」是魔幻的，則找出中國的「現實主義」的理由，「《紅高粱》裡表現出清澈、冷峻的現實主義精神」，這正是「小說的內核和實質」（雷達）。至於把他看作「東方」魔幻的，也有道理發現理論上新的例證，〈透明的紅蘿蔔〉黑孩的「特異功能」，造成了一種罕見的神秘之美，而且在「我爺爺」、「我奶奶」身上也都顯現了這些

---

[12] 莫言、陳薇、溫金海〈與莫言一席談〉，《文藝報》，1987年1月10日、17日。

[13] 莫言〈我的故鄉與我的小說〉，《當代作家評論》1993年第2期。

[14] 季紅真〈憂鬱的土地，不屈的精魂——莫言散論之一〉，《文學評論》1987年第6期。

素質（胡河清）。為保持與「魔幻」文學知識的一致性，更多人拒絕文學「外部」的分析方法，把人性心理當成新的整體邏輯，和今人與歷史對話的基礎（陳思和）。他們特別提醒，「當我們審視作品所反映的生活時，別忘了那滲透其中的主體意識；當我們注視作品的情節模式時，別忘了那與個人經歷密不可分的情緒記憶……」，而這就是「莫言的小說」（程德培）。[15] 這樣的批評話語，意圖是要發掘出作家小說與外國文學結合後的「東方智慧」……

　　有一百個理由相信，八〇年代對莫言的批評有其歷史邏輯和知識背景。出於對文壇現狀的不滿，要在不理想的創作隊伍中找出符合自己願望的當代「文學英雄」，這個要求當然不應受到粗暴的嘲笑和質疑。然而如果接著上述話題說，那些批評文章就不能說不存在可討論的餘地。一是既然「魔幻」話題被認為具有某種「特異功能」，那麼它的社會意義中勢必會同時也具備了破壞文學秩序和潛規則的能量，直至會冒犯、壓縮和簡化文學豐富而細膩的「內部」話語。我們在指責「當代」現實主義過於在立場、感情、態度等層面干涉作家創作自由，並大聲疾呼「文學自主性」的同時，態度是否也會同樣武斷粗暴？例如，莫言作品被定型為「農村生活」小說，「散發著一股溫馨的泥土氣息」，可是又要它承擔「意象的營造」、「浪漫主義」、「現實主義」，同時兼顧「六朝志怪、唐宋傳奇，以至明清小說中許多藝術上」的「成熟」（李陀）。[16] 像李陀一樣，強要莫言承擔如此繁重文學任務的批評家其實並不在少數。但事實上，當時毫「話題」壓倒個別「文本」，「魔幻說」變為壓抑寫作自身的文學立場和價值判斷

15　程德培〈被記憶纏繞的世界──莫言創作中的童年視角〉，《上海文學》1986 年第 4 期。

16　李陀〈現代小說中的意象──序莫言小說集〈透明的紅蘿蔔〉〉，《文學自由談》1986 年第 1 期。

時，那麼莫言的寫作究竟還有多大的「生存空間」，和藝術想像的餘
地？另一是文學批評闡釋話語的窘迫。「文學史處理的是可以考證的
事實，而文學批評處理的則是觀點與信仰等問題。」[17]韋勒克、沃倫的
這番忠告使人們想起，當批評「遭逢」歷史的突變，那與這些「信
仰」、「觀點」關係密切的各種話語則隨時都有可能成為「問題」。文
學批評永遠都在樂此不疲地與「今天」對話，它當然不會關心「今
天」也會在「歷史」的反復中懷疑自己：當五四文學選擇「個人話
語」後，解放區文學又把「群眾話語」當作了文學「創新」的出發
點，而八〇年代先鋒文學的藝術探索，所對抗的恰恰是這一當代文學
的集體無意識……這些都是歷史上的「今天」……面對文壇反覆無常
的現象，「敏銳」的批評時常會因話語的軟弱無力而無地自容。二十
世紀的中國文學史，不止一次地陷入這種不能自圓其說的難堪境地。
這次，又趕上了「魔幻」話題中的莫言的小說。

二 《豐乳肥臀》:「本土化」書寫

對莫言創作寄予厚望的批評家們，很快把「本土化」確認為下一
個文學發展的重要目標。針對當時情況，這樣的預期不是毫無根據
的。在中國的社會、經濟日益加入世界體系的進程中，隨著「全球
化」而向文學市場傾銷的「外國文學」，也在明顯擠壓中國作家的生
存發展空間。當許多人還在為「走向世界」熱情歡呼時，突然意識
到，在文化意義上我們其實正在一寸寸地喪失自己的「本土」。一向
前衛的李陀早在一九八六年就敏銳覺察到了這一點。他把目光投到了
當時還很年輕的作家莫言身上：《白狗秋千架》、《枯河》、《球狀閃

---

[17] 韋勒克、沃倫著，劉象愚等譯《文學理論》（北京：三聯書店，1984 年），頁32。

電》等中短篇小說「集合在一起，無疑成為當前文學發展中十分值得
注意的文學現象。因為它們使作家試圖在現代小說中恢復——當然是
在新的水平上的恢復——中國古典小說的某些寶貴傳統的努力，不再
是個別的嘗試。」[18]一九九五年，莫言長篇小說《豐乳肥臀》的問世，
雄辯地證實了李陀這個「預見」。

莫言說：「豐乳與肥臀是大地上乃至宇宙中最美麗、最神聖、最
莊嚴，當然也是最樸素的物質形態，她產生於大地，象徵著大地。
這就是我把小說命名為《豐乳肥臀》的解釋」。[19]一定意義上，這是作
家創作轉向「本土」時所發出的最明確的信號。按照莫言的解釋，
大地意味著「土地」，它乃是專指中國的「土地」。這說明，在經歷
了「魔幻化」從興奮到疲勞的探索過程之後，作家萌生了重回民族母
體尋找文學源泉的渴望。但是，文學批評一開始並未理睬作家小說
借助女性誇張形體來象徵「本土」命運的艱辛努力。批評甚至對小
說的「本意」也產生了懷疑：「書名似欠莊重」（徐懷中），「題名嫌
淺露，是美中不足」（謝冕），「小說篇名在一些讀者中會引起歧義」
（蘇童），「書名不等於作品」（汪曾祺）。[20]更多的批評則來自對「色
情」、「欲望」描寫的指責。然而，這些並未擋住對這部小說更「正
面」的聲音。《豐乳肥臀》的出現，是否再一次證實了「魔幻話題」
不可避免的衰落？有的論者支持了莫言「轉向」的執著和激情。如宣
告它是中國「偉大的漢語小說」，在二十世紀的新文學中，「能夠和
它媲美的作品可以說寥寥無幾」，原因就在，「先鋒新歷史小說是在
努力逃避歷史的正面」，而「莫言卻在毫不退縮地面對」「歷史的核

18　李陀〈現代小說的意象——莫言創作中的童年視角〉，《上海文學》一九八六年第4
　　期。

19　莫言〈《豐乳肥臀》解〉，《光明日報》，1995年11月22日。

20　轉引自張軍〈莫言：反諷藝術家——讀《豐乳肥臀》〉，《文藝爭鳴》1996年第3期。

心部分」，於是「更加認真和秉持了歷史良知的」（張清華）。[21]「在這個意義上，莫言是我們的惠特曼」，「有一種大地般安穩的心」（李敬澤）。[22] 那麼，《豐乳肥臀》的出現是否還標明了先鋒小說在純粹形式實驗後所發生的「本土化」回歸？王德威或許就是這麼看的。他為我們展開了一幅中國鄉土文學的歷史發展圖，讓人在想像力枯竭的文壇上看到一種亮麗的文類形態：「終於九〇年代中」，「這些年的風風雨雨後」，「莫言以高密東北鄉為中心」，「因此堪稱為當代大陸小說提供了最重要的一所歷史空間」；猶如「沈從文寫湘西」，陶潛與「桃花源」，蒲松齡之與「《聊齋志異》」，這「原鄉的情懷與烏托邦的想像」，「早有無限文學地理的傳承。」[23] 這樣，莫言小說就被文學批評轉移到另一快更加肥沃的「本土化」的文學土壤，它好像與作家前期作品施行了巧妙的「分身術」；它的意義不僅僅限於自身，甚至代表了「當代大陸小說」藝術探索的某種新動向。

　　如果一定要把《豐乳肥臀》當作「本土化」藝術標本來看待，那麼，對批評家而言，就需要找到合理解釋的根據。發現文本中新的敘述因子，組合人物、主題、題材與鄉土觀念、原鄉氣息的邏輯關係。在一些批評文章中能夠見到，大地與感性認識如何結合，敘事與生命怎樣銜接，廟堂話語和農民陳述又怎麼對照，如此等等細碎的環節，都進入了研究者精心的考慮。陳思和為此作過專門分析：莫言的小說語言，「已經屬中國語言及漢字形態的文學因素，而且馬爾克斯獲得諾貝爾獎的事實，正是啟發了中國作家可以用本土的文化藝術之根來表達現代性的觀念。」《豐乳肥臀》以後，他「在創作上對原本就屬他自己的民間文化形態有了自覺的感性的認識，異己的藝術新

21　張清華〈敘述的極限——論莫言〉，《當代作家評論》2003 年第 2 期。

22　李敬澤〈莫言與中國精神〉，《小說評論》2003 年第 1 期。

23　王德威〈千言萬語　何若莫言〉，《讀書》1999 年第 3 期。

質融化為本己的生命形態」,「這對莫言來說就像是一次回歸母體。」但他不同意莫言把自己近年小說創作風格的變化說成是「撤退」,而認為,這其實是本土「文化形態從不純熟到純熟、不自覺到自覺的開掘、探索和提升」,而不存在所謂由「西方」的魔幻到本土的「選擇轉換」。[24]然而,有人對《豐乳肥臀》的讀解卻明顯有異。張軍筆下的「本土」,就完全沒有前一位論者精神與文化層面的美好定位,所謂「家園」,似乎更具有現代派文學那種非價值判斷意義上的不穩定性:「歷史是什麼?是戰亂?饑餓?抗擊外敵?革命?自相殘殺?似乎都是,又似乎什麼都不是」,「上官魯氏一家在戰火中的境遇就是一個絕望的歷史反諷:為躲避逃離家園他們失去了歷史(家園就是他們的歷史),為找回歷史他們返回家園,而此時,他們看到的卻是正處在一片炮火中的家園。」[25]也有論者對莫言的上述努力,甚至做了非常「嚴重」的質疑:向「『純粹的中國風格』的『撤退』的失敗」,「可以從他的敘述方式上看出來」。中國傳統小說的敘述,一般是以第三人稱的全知性敘述方式,所以,給人「一種穩定可靠、平易近人的感覺」,是一種「陪人聊天」的藝術。而莫言的創作,卻像福克納一樣,人物對話的「歐化色彩極重」,「常常採用間接引語的方式」,「不斷變換的視點」,顯然走的是與傳統小說南轅北轍、卻正是「他所反對的『西方文學』的路子」(李建軍)。[26]

沒有人會懷疑,批評家不是根據自己的方式評論作家作品的。在這一過程中,批評的基點既來自個人知識、藝術素養和眼光的積澱,顯然又在「當下」話語環境的合力促成之中,就是說,瞬息萬變的知識信息、文化話題和各種文壇潛在壓力,無時不在左右、干擾和改變

---

24 陳思和〈莫言今年小說創作的民間敘述——莫言論之一〉,《鐘山》2001年第5期。

25 張軍〈莫言:反諷藝術家——讀《豐乳肥臀》〉,《文藝爭鳴》,1996年第3期。

26 李建軍〈必要的反對〉(濟南:山東文藝出版社,2005年),頁65。

著批評者對文本的看法和選擇。如此一來,「純粹」從文學史的角度看,是絕對不應該相信「這樣」的批評文章的;然而,有張力的文學史研究又不能完全繞過批評文章和作家「創作談」等等紛亂蕪雜、自相矛盾的材料,通過去偽存真和剔除辨識回到文學的「歷史」之中。這恰如孫歌所指出的:「假如我們把不脫離歷史狀況作為一個最重要的思想前提,假如我們不把事後諸葛亮式的廉價『正確觀念』作為思考的出發點,那麼如何判斷這種『不脫離』的真實性?」她接著要說的意思是,我們是否把本應該成為一個問題的現象「並沒有被問題化」?[27] 因此,我們的「問題」是:諸公所論是哪一個層面的「本土化」?存不存在一個幾十年來固定不變並兼具理想化、浪漫化色彩的文學的「本土」?如果說,「本土」的概念在眾多文學批評那裡因可能為理解的不同而出現明顯的分歧、扭曲、異質和多樣性,那麼,該怎麼解釋它因分歧而產生的多樣性?如此的追問,就不能不涉及到什麼是新的社會語境中的「中國風格」、「中國民族文學」等問題。如上所述,莫言小說「撤退」之說──即「中國風格」的提出,有其特殊的年代「背景」。上世紀九〇年代後,革命文化的撤離,使市場意識向中國城鄉社會所有角落和每個人的神經領域大肆滲透,大眾文化已不容置疑地成為新的「主流」文化,和統治性的話語形態。大眾文化不再安於與其他話語分治天下,而想獨佔「改革」的歷史成果,辦法是通過層層滲透改變革命文化的歷史正劇成分,使之向著「儀式化」、「話語化」和更加「浮層化」的方面而迅猛發展。但這種人眾文化所釀造的顯而易見的「歷史空心化」,卻是另一個無法否認的事實。這種現實格局,極大地改變了中國人的「世界觀」──乃至「中國觀」。十三億的老中國兒女,被全面捲入世界的「經濟框

---

27 孫歌《竹內好的悖論・序言》(北京:北京大學出版社,2005年)。

架」和「文化邏輯」之中。中國「意識」的危機，當然是徹底意義上的「文化」危機，而經濟發展的持續高漲，則反而刺激起中國人內心深處強烈而無序（並偶爾帶點仇外情結）的民族主義情緒的頻繁發生。在我看來，正是在中國人新一輪的民族主義情緒和本土文化認同極不明晰、而且極其缺乏準確定位的歷史關頭，正是在這認識的斷裂處，莫言出場了。莫言「撤退」的歷史根據是什麼？他小說要尋找的文學「本土」究竟在哪裡？他能夠找到文學真正的立足點嗎？人們不能不表示發自心底的懷疑。在這個意義上，如果說文學批評對「本土化」的解讀因而帶有了很大的實驗性和不確定性，那麼可以說，莫言的「撤退」也是實驗性的，是有極大的風險性的。這些憂慮，顯然都進入了對《豐乳肥臀》文本的解讀和思考。

如果這樣看，《豐乳肥臀》當初遇到的「麻煩」，與其來自它瘋狂「戀乳」描寫的表面文學效果，是它極深地刺痛了文學批評家的倫理恥辱感，不如說，這種麻煩則直接導致了文學批評解讀「本土」概念時的困難與尷尬。那是因為，它直接向文學批評提出了一個無法規避的「難題」：全球化格局與中國文學的出路。但在我看來，與上述「難題」密切相關的，是一個更值得追問的問題：向「本土」撤退是否就意味著一種歷史的進步？它是否在文學的困難期重新撥亮了「民族文學」的微弱曙光？與此相關的，是這一期間另一位著名鄉土作家賈平凹的長篇新作《秦腔》在文學批評界引起的「轟動」、「驚訝」。毋容置疑，莫言和賈平凹能否成為新世紀中國文學的「領路人」，這個「話題」已經在不小範圍內半公開地流傳。一些有識之士也許意識到，在當代中國文學的各種題材中，「鄉村」題材的資源可能是最為豐富的。如果都市題材最能表現這個民族社會變革的脈動的話，那麼鄉村題材卻最容易凝聚、集結和沉澱「中國」的歷史經驗，那裡隱含著中國人最為隱秘的精神衝突和更深沉的隱痛。莫言、賈平凹「今

天」的寫作，已充分證明了這一點。在二十餘年的文學探索中，他們幾乎可以說是始終保持著高水平和旺盛創作勢頭的僅有的幾個作家之一。但是，在今天，「鄉村」是否就等於是唯一的「本土」？從事鄉村題材寫作是否就必然走向了成功？除去「題材」因素以外，他們身上是否還擁有其他也許更為珍貴的素質？例如，一個作家的超常秉賦、心理素質、忍耐力和非同尋常的境界；又例如，對「本土」多樣含義的深透理解，對「文學」是什麼的非凡見識，以及對文壇流俗意識頑強的警覺、對抗和超越等等。這些疑問和問題，並沒有在諸多文學批評中得到有效的回應。反之，類似的鼓動、慫恿和先入為主的主張，倒讓人想起現代文學史上曾經有過的探索和爭論——當趙樹理證明「民族化」、「大眾化」的抽象討論可以落實到小說的實踐當中，而工農兵文學據說到了「喜聞樂見」和「為人民寫」的更高階段，當「民間寫作」、「底層文學」又表現出對精英文學的大膽反撥，認為它更具有面對「當代生活」的藝術勇氣……在這些問題面前，文學批評該怎麼回答；它們真的就標誌著文學進步或退步？倘真的如此，那八〇年代為什麼還會出現針對上述「進步現象」的「反思」和「批判」？（誰又能保證日後不會對「民間」、「底層」理論也有同樣的詰難？）如此看來，近一百年來，在這些文學「本土」、「民族化」的字眼的後面，有著可疑的含義。這是因為，這些概念所提出的問題，並沒有隨著它們的提出而自動解決。它們卻以更加令人不安的方式，要求著回答。對《豐乳肥臀》的作者來說，他寫作的障礙，並不一定是從敘述、文體、文字形態、反諷、文學地理、歷史核心和安穩的心等「本土」話題所引起的，也不一定全部來自世界文學／中國文學、本土／全球等問題的糾纏和困擾。但「本土」並不是在講述一個無效的話題，作為對我們生存環境的一個大體勾勒，也並非不會對作家的思考、寫作毫無幫助。問題只是，更清醒的辨識，也許還應該來自對

人的自身的局限性的清醒意識，來自對今天複雜難辨的文化狀況的謹
慎的估計。

三 《檀香刑》、《生死疲勞》文本中的「民間資源」

　　對莫言小說來說，如果「本土化」更像一個籠統而無法把握的哲
學命題，有諸多難以辨認、討論的「歧義」和「難點」，而「民間資
源」說則呼應了他創作的轉移態勢，奠定了「撤退」的某種「合理
性」基礎。近年來，莫言在談到自己的創作時最喜歡用的一個詞就是
「民間寫作」：「作為老百姓的寫作」者，無論他寫什麼，都與「社會
上的民間工匠沒有本質的區別。」「《檀香刑》在結構上下了很大的功
夫」，「具體地說就是借助了我故鄉那種貓腔的小戲。」[28]他承認，「關
於民間，現在也存在著許多誤解」；但他相信，「提到民間，我覺得
就是根據自己的東西來寫」，並加強了肯定語氣，「民間寫作，我認
為實際上就是一種強調個性化寫作。」[29]「民間說唱藝術，曾經是小說
的基礎。在小說這種原本是民間的俗藝漸漸的成為廟堂裡的雅言的今
天」，「《檀香刑》大概是一本不合時尚的書。」[30]如果說，「《檀香刑》
既是一部汪洋恣肆、激情迸射的新歷史小說典範之作」，以「民間化
的傳奇故事」，充分展示了「非凡的藝術想像力和高超的敘事獨特
性」（洪治綱），[31]「這種民間戲劇」，來自「高密東北鄉的民情、民性

28　莫言〈文學創作的民間資源──在蘇州大學「小說家論壇」上的講演〉，《當代作
　　家評論》2002年第1期。

29　莫言、王堯〈從〈紅高粱〉到《檀香刑》〉，《當代作家評論》2002年第1期。

30　莫言《〈檀香刑〉後記》（北京：作家出版社，2001年）。

31　洪治綱〈刑場背後的歷史──論《檀香刑》〉，《守望先鋒》（桂林：廣西師範大學
　　出版社，2005年），頁280。

和民魂」（張學昕），[32] 對於熟知莫言小說、同時因無法對「歷史的終結」作出有效反應的中國文學深感揪心的人們來說（陳曉明），[33]《檀香刑》、《生死疲勞》的出版顯示了「向中國古典小說和民間敘事的偉大傳統致敬」的「神聖的『認祖歸宗』」的「儀式」，[34]「是對魔幻現實主義小說和西方現代派小說的反動」，它是「真正民族化的小說，是一部真正來自民間、獻給大眾的小說。」[35] 按照出版社的宣傳提示去理解，它們將意味著啟動了當代中國文學的又一個令人激動的「未來」。

《檀香刑》和《生死疲勞》的確是經歷了當代中國文學二十餘年來艱苦探索和諸多教訓的重要之作，它們不光是站在中國文學的立場，同時又是從作家個人立場出發而試圖對紛紜複雜的文學實驗、突破和掙扎作出的帶有綜合意思的「反省」。它反抗「理論符號」和「流行寫作時尚」，拯救真正的「個性化寫作」，同時自覺去發掘隱藏在社會生活深處的個人經驗，而這一切正來自「感覺到還有許多讓我激動的、躍躍欲試的創作資源」的巨大動力（莫言語）。這是兩部小說的最為難得之處。

發掘隱藏在社會生活深處的個人經驗需要銳利的眼光，也不是「民間資源」都能概括。批評家注意到，「複調型的民間敘事形態是莫言小說的最基本的敘事形態」，而「近年來小說創作風格的變化，

---

32 張學昕〈「地緣文化」：中國文化建構的一個重要話題——讀莫言小說《檀香刑》所想到的〉，《作家》2004年第5期。

33 陳曉明《表意的焦慮——歷史祛魅與當代文學變革》（北京：中央編譯出版社，2002年），頁394。「歷史的終結」一說，是他經常用來批評當前中國文學「危機」的一個觀點。

34 以上均來自小說《生死疲勞》、《檀香刑》封底的「宣傳詞」，《生死疲勞》（北京：作家出版社，2006年）。

35 同前註。

是對民間文化形態從不純熟到純熟、不自覺到自覺的開掘、探索和提升」的結果；[36]有的論者認為，民間文化有四種類型，因而，「參照本土經驗的分析」，並選擇「一個自內向外、自地方到整體這樣的視角，是我們考察民間審美意義的一種有效方式」（王光東）。[37]但「民間」的提倡者並不完全同意這類說法。「知識份子的民間價值立場並不是虛擬的」，不需要它「降臨」民間社會，「照亮」後者的價值。「民間」的意義不是指「被用來寄寓知識份子的理想」；而「現實的自在的民間只是我們討論的民間文化形態的背景和基礎」，最能夠「生髮」出意義的則應該是那種「被嚴格限定在文學和文學史的範疇」裡的「民間」，所以，「要說明知識份子的民間價值立場，也只能通過作家的具體創作及其風格來證明。」[38]針對「廟堂文化」出於自保而打壓、排斥「民間文化」，從而導致了後者鮮活的文化形態徹底萎縮的那個年代，上述「判斷」帶有反省歷史的性質。當然，也以新穎的視角豐富了我們對「過去」的認識。但是，從當時討論的語境看，將知識份子／官方、民間／廟堂作為處理複雜文學現象的對立性詞組來運用，尤其是所舉的單獨、罕見的例子，卻也給人比較簡單化的感覺。這次又從具體語境中拿出來討論牽涉面更廣的問題，是否反而造成了概念和表述之間的纏繞，分析的持續疲乏，以及討論對象與問題本身的渾沌難分狀態？也同樣是值得注意的問題。

莫言曾直言相告，「民間這個問題確實到現在也沒有弄清楚。民間的內涵到底是什麼東西，我看誰也無法概括出來」；他從來「沒有想到要用小說來揭露什麼，來鞭撻什麼，來提倡什麼，來教化什

---

[36] 陳思和〈莫言近年小說創作的民間敘述——莫言論之一〉，《鐘山》2001年第5期。

[37] 王光東、楊位儉〈民間審美的多樣化表達——二十世紀中國作家與民間文化關係的一種思考〉，《當代作家評論》2006年第4期。

[38] 陳思和〈莫言近年小說創作的民間敘述——莫言論之一〉，《鐘山》2001年第5期。

麼」。但當有人問起「回到民間的意義究竟是什麼」時，他卻改而告
知：「它的意義就在於每個作家都該有他人格的覺醒，作家自我個性
的覺醒」。[39] 馬上又返回剛被「民間」提倡者所否認的「知識份子」的
「主體性」上。一會兒要「參照本土經驗」、「自內向外」地考察「民
間」，一會兒卻懷疑知識份子對「民間」的「降臨」、「照亮」的主體
作用，說「民間」在文學、文學史中才有討論價值，一會兒又反其道
而行之，既強調「不教化」的非價值立場，又肯定作家的「人格覺
醒」的價值標準……值得驚訝的是，時間未出三、五年，關於「民間
資源」的解釋為何會流派紛呈，出現如此之大的差異性？由此不能不
想到：人們還能否在同一歷史空間中講話和對話？我想，這種疑慮的
出現是很自然的。因為，更大的質疑證明了這一點。在一篇「對話」
裡，我們聽到了對「民間資源」論幾乎具有瓦解性的言論：在早期小
說〈大風〉、〈歡樂〉、〈透明的紅蘿蔔〉中，「莫言從直接的生存體
驗出發，似乎隨意抓取一些天才性的語言縱情揮灑」，「這種語言背
景雖然沒有鮮明的旗幟標誌它具體屬哪一種語言傳統」，但正因為如
此，他的創作「才顯得十分自由，從而更加有可能貼近他文學創作
爆發期的豐富體驗。」「在這個意義上，我覺得他近來的創作相對來
說是一種退步」，即從「一種混合語言背景」退回到「所謂民間語言
的單一傳統」，他是在「刻意依賴一種非西方（非歐化）非啟蒙的語
言」。為此，他激烈地質疑道：「莫言所引入的傳統語言如說唱文學
形式，究竟是更加激發了他的創造力，還是反而因此遮蔽了他自然、
真誠而豐富的感覺與想像？」（郜元寶）另一位對話者試圖辯解：
《檀香刑》的「聲音」，明顯在「顛覆『五四』對民間話本小說、戲
曲語言的拒絕乃至仇恨」，這種聲音不是莫言個人的，「它是我們民

---

39 莫言、王堯《從〈紅高粱〉到《檀香刑》》，《當代作家評論》2002年第1期。

族在數千年的生存歷史中逐漸找到的」，「莫言發現了它。」（葛紅兵）但是，前面的論者對這種「發現」並不買帳：「我還以為應該警惕兩個概念：一是民間。它是一個很大的文學史的或者哲學的概念，不能僅僅理解為具體的文學創作；二是莫言所說的『中國風格』，這是一個具有危險性和蠱惑力的概念」。他擔心：「在某些文人學者呼籲對『全球化』做出反應的今天，中國文學中僅僅出現了這種對聲音的重視，對民間的重視，對『中國氣派』的追求，這難道就是中國文學對『全球化』所能做出的唯一的回應方式？」[40]……有趣的是，就在文學批評接連不斷懷疑小說實際成就的情況下，人們在二〇〇六年七月十六日新浪網「讀書頻道」、當當網的「新書推薦」中，卻聽到了與之截然不同的議論。前者稱莫言的長篇新作《生死疲勞》通過「敘述者」的眼睛，讓人深刻「體味」了當代中國「農村的變革」；後者在「劃時代的史詩性巨著」的通欄標題下，介紹了這部小說，肯定它的寫作「充滿了作家的探索精神」──該欄的編輯還寫道，從中又「聽到了『章回體』最親切熟悉的聲音」云云。據說，該專欄在很短時間內就被網友「點擊」了「39,137次」，可見這部小說在廣大讀者中反響之「火爆」的程度。……

然而，按照我們的理解，「文學批評」的從業人員從來都是魚目混雜而且表述各異，既有學院派的批評，也有來自文壇圈子的指責，還有「讀者」的外行提問，以及網友叫板等等。在多種層次的批評中，「民間資源」當然會有更加混雜、甚至截然不同的解釋，負載著不同的文學訴求，這是原不足怪的。而莫言在《檀香刑》、《生死疲勞》對創作「資源」的思考、探索和藝術實驗，就處在這些個分裂性

---

40 郜元寶、葛紅兵〈語言、聲音、方塊字與小說──從莫言、賈平凹、閻連科、李銳等說開去〉，《大家》2002年第4期。

話語的巨大爭奪之中。因此，在某種程度上，與其我們是從兩部小說中「理解」了今天的「莫言」，還不如說是眾聲喧嘩的「批評」重新描畫了這個矛盾多變的「莫言」的形象；或者正好相反，是作家與眾不同的藝術想像力和創造力，「塑造」了今天的「文學批評」，為它們提供了源源不斷且充滿對立氣味的各種話題？對小說，尤其是對作家來說，他（它們）永遠都處在文學批評的鼓勵、壓力、質疑、反對或讚美當中。某種意義上，他（它們）與文學批評既是對手，又是同路人；既是對話者，同時又站在難以對話的巨大鴻溝的兩端——這是任何研究者都必須面對的複雜「現實」。

不過，對「具體」的作家創作來說，「民間」的經驗從來都不是「同質」的，正如它也不是絕對「異質」的一樣，這已反映在二十世紀中國文學紛紜複雜的有關「民間寫作」的論述中。它的「中國氣派」的藝術追求，並不必然直接去回應「全球化」的宏大敘事。「天才性地」、「十分自由」和不受任何束縛的「縱情輝灑」，即使有再多「爆發期的豐富體驗」，也未必就能向複雜、多層、有挑戰性和相對更加成熟的偉大文學文本靠攏。在今天，對於作家具體的創作來說，更為緊迫的可能恰恰是「寫作問題」，而非新的「概念預設」問題，它恰恰應該警惕和防範以「語言」為中心（過去是以「民間」為中心）的批評概念對它鮮活、生動和個體經驗的新一輪的覆蓋與損傷。在上述情況下，堅持繼續重返作家個人生活痕跡上的「民間」，從大量沉埋於民間說唱文學的塵埃中，（例如蒲松齡、家鄉口頭傳奇的「傳統」）汲取新的表現形式、想像力、話語形態和寫作可能性，與將這些東西在文學勢力、文學輿論的逼迫下「旗幟化」、「姿態化」，是需要同時注意的兩個方面。我以為，這樣的意見也許更顯得珍貴：「對莫言來說，我覺得重要的不是討論他所選擇的語言傳統本身如何如何，而是應該仔細分析民間語言資源的引入對作家個人生存體驗帶

來的實際影響。莫言所引入的傳統語言如說唱文學形式，究竟是更加激發了他的創造力，還是反而因此遮蔽了他自然、真誠而豐富的感覺和想像？」（郜元寶）但是，什麼是「自然、真誠而豐富的感覺和想像」，什麼又是「語言傳統」，這些本來就纏繞不清的問題，也需要拿到更嚴格的層面上來辨析和處理。

《檀香刑》和《生死疲勞》令人印象深刻之處，不是它們單憑個人才氣、同時還借助豐富淵博的「傳統資源」加以轉喻、提升和整合的非凡寫作能力。僅就一個世紀而言，鄉村小說題材中恐怕還少有人如此從「大敘事」角度（魯迅、趙樹理所選取的只是某個精彩的「橫斷面」；而與莫言有同等藝術氣象的恐怕要數賈平凹、陳忠實兩人）來揭示中國農村社會的深刻變遷的。但它們也有「英雄主義同時又是農民意識」（包括前期某些小說）的「格局」（王炳根）；[41]「創作心理上不健康的粗鄙習性」和缺少限制的「語言粗糙」（陳思和）。[42]在對作家小說創作「跟蹤式」的評述中，文學批評覺察到不少小說「對這個時代本質的切入無疑又是準確而深刻的」，虛擬、寫實相混合的手段，「沒有把讀者推離時代和現實」，反而體驗到它「複雜得無法歸納和總結」（吳義勤）。[43]隨著批評家對作品的閱讀，關切莫言的讀者當會明白，「《檀香刑》標誌著一個重大轉向」，「莫言不再是小說家——一個在『藝術家神話』中自我嬌寵的『天才』，他成為說書人」，他「處理的題材是各種歷史論述激烈爭辯、討價還價」，並甘願與「唐宋以來就在勾欄瓦舍中向民眾講述故事（趙樹理也曾自認

---

41 王炳根〈審視：農民英雄主義〉，《文藝爭鳴》1987年第4期。

42 陳思和〈歷史與現時的二元對話——兼談莫言新作〈玫瑰玫瑰香氣撲鼻〉〉，《鐘山》1988年第1期。

43 吳義勤〈有一種敘述叫「莫言敘述」〉，《文藝報》，2003年7月22日。

是「地攤作家」）的人們成為了同行」（李敬澤）。[44]另外，也會讓人感覺到，它其實是「一部外表華麗、實質蒼白的遊戲之作」、是「才華的消費」、「華麗的蒼白」和「優點突出，缺陷明顯」的小說（邵燕君、李雲雷等）。[45]……但書中對已從今天絕跡的錢丁等傳統「士紳生活」的細緻描寫，對鄉裡俗人那貧賤快樂委婉曲折的說唱敘述，令人懷戀，它也得到眾多評家的欣賞；而《生死疲勞》對由人變驢、再變為牛的主要「敘述人」百折不撓、忍辱負重精神狀態一唱三歎式的細嚼、體察、同感和悲天憫人，也叫人掩卷感動。當然，還會為「主觀性很強的敘事方式」、「人物的心理和行動的敘寫是粗疏、簡單的、缺乏可信的」、「這顯然不是中國讀者習見的『民族』風格和『民間』做派」的簡單指責（李建軍）。後者既覺得可以理解，也或者有些許不快。人無完人，金無赤足，千百年來何不如此，更遑論也與我們同在這煙火和生死人世間的作家？但從《檀香刑‧後記》中急於「表白」與「民間說唱形式」血脈親緣關係的文字中，又分明透露出極易被抓住「酷評」的某些成分。它或許是出自破碎後的「整體歷史」的自我警醒、自況，又反映出希圖「重返」那個被整體歷史壓抑、改寫的原先的「大過去」、「大傳統」時所投去的深情的一瞥和眷戀；而且從「火車的聲音」、「一九〇〇年」、「我們村莊」、「地方貓腔」、「廣場空無一人」等等感性材料和重疊記憶中，隱約看出作者力圖復活和呈現「各種歷史論述激烈爭辯」，理解「歷史是戲」、「戲是現實」，同時理解「無論生死，人永遠要承受一切」「就是生活的真相」的無奈與掙扎，它們不僅指向浩渺和深奧的歷史時間形態，而且也指向他本人的「內心狀況」。

---

44 李敬澤〈莫言與中國精神〉，《小說評論》2003年第1期。

45 邵燕君、師力斌、朱曉科、李雲雷等〈直言《生死疲勞》〉，《海南師院學報》2006年第2期。

　　文學批評是對作品「第一時間」的閱讀，是與作家的「對話」，但從來都是混合著「當下」時代意識、文化氣候、文壇意氣和個人痕跡的書寫形式。可以看出，與上世紀五、六〇年代「政治第一」、八〇年代「文學自主」等等二元對立式的批評模式明顯不同，當前對莫言的文學批評顯然是市場經濟、大眾文化的直接產物，它恢復了「文壇批評」的本來面目。文學批評從不承認對作家的「跟幫」角色，它最大的野心，就是通過「作家作品」這一個案來「建構」屬批評家們的「歷史」。因此，在大量莫言小說的批評文章中，有的主觀地把作家納入自己的判斷、預設、感受，讓作品在失去主體性的情況下充任「見證歷史」的「材料」或「旁證」；有的根據時代、文學的變化，「跟蹤」作家創作的階段和調整的步伐，作出「有效」的針對文本的評價和裁決，與作品發生「強烈的共鳴」並施以「設身處地」的分析，然而，也可以根據某些理由對這些「變化」重新推翻；有的以認可、贊同的方式，證明個人批評的始終「在場」，以作家本人的「聲望」來決定觀點的輕重、分寸和「結論」。正如批評會影響讀者，讀者也在潛在影響（如時尚、廣告、酷評和獵奇風氣等）批評，成為它文本內外的「雜語」，組成批評家界駁雜難分的生存面貌。某種程度上，所有的批評都聲稱是對作品文本最真實、客觀和貼切的體察，但是，在這一過程中，也難以避免它們對作品這一部分的誇大，和對另一部分的簡縮；選擇有利於批評基點的例證，或是作品本來突出的優點反而被稍微降低。根據我們的理解，這都屬批評的「正常範圍」，本來就是批評的「風格」。但無可置疑，這些年來的莫言批評已經深刻影響了文學史的寫作，成為撰寫者在考慮敘述框架、展開問題和形成定論時無法繞開的重要「觀點」、「參照」，並具有某種強烈的「暗示」性作用。但文學史家也在拒絕文學批評話語更露骨的入侵，排除它的話語干擾。例如，有的文學史著作在評述《豐乳肥臀》這部小說

時，接受了「奔放熱烈」的「傳奇性經歷」、「豐沛的感覺和想像」、「感性體驗」、「野性生命力」等等批評話語，但拒絕在前面冠之以「偉大」、「重大的轉向」、「震撼「和「史詩性」的誇張命名；（洪子誠的《中國當代文學史》）有的文學史選擇這樣一些詞彙進入對莫言的敘述，如「家族回憶」、「民間價值」、「生命力」、「暴力」、「草莽特點」、「性愛」等等，同時又儘量避免對這些判斷做更大幅度地價值「提升」：（陳思和主編的《中國當代文學史教程》）另外還有文學史著作，由於受到文學批評的「影響」，增加了介紹作家創作的篇幅，並把批評所「發現」的「童年視角」作為分析〈透明的紅蘿蔔〉的基本立足點，然而也僅此而已。（孟繁華、程光煒的《中國當代文學發展史》）由此可見，文學史在借鑒和吸收文學批評成果的同時，也在「控制」、「過濾」、「糾正」或「修補」它的過度「敘事」。像文學史一樣，二十年來「批評」一直在沖蕩、影響莫言的「寫作」，給他的寫作過程帶來了某些「陰影」。「批評話語」在紛紛進入他的小說，成為某種驅之不去的藝術想像「因素」。與此同時，他也在反抗、擺脫著這些話語的改造和侵蝕，頑強地擦去留在作品文本表面的某些細微鏽斑。例如，他終於抵禦了「魔幻現實主義」等示範文本對個人創作的強大誘惑，毅然從批評話題的強勢作用中重返「小戲貓腔」；又例如他儘管贊成關於「民間資源」的說法，一定程度上也認可由此而來的「評定」，但又竭力反叛「概念」的壓力，和「話語」的篡改，強調其「感性」、「多面」等等複雜的方面。……以上種種，都讓我們想到，漫長的文學史其實一直在重複著這些作家、批評家之間的陳舊「故事」。這是他們之間激烈爭辯、駁難、分歧、合作、闡釋和敘述時的話語遊戲。就在這一話語遊戲中，多少作品進入「正典」或「異類」，又出人意料地出現位置的更換；多少新的作家匆匆露面，多少老的作家黯然沉落，人們已不得而知。但是，不管作

家是否願意，文學批評都在對他做各式各樣的文學史「定型」，並通過這一工作使自己的話語坦然載入煌煌史冊。因此，所謂的文學批評史，無非是對作家創作一次次的「當下」評述，同時又是對這些評述的修改、變更和增刪的過程；而作家留給後人的「創作史」，可以說就是批評家對作家主觀願望和創作意圖的「改寫史」。這就是眾所周知的文學「規律」。

——本文選自程光煒《文學史的興起——程光煒自選集》（開
封：河南大學出版社，2009年）

二十世紀武俠小說

陳平原　北京大學中國語言文學系教授

　　梁啟超等人倡導的「新小說」興起以後，曾於二十世紀下半葉風行一時的俠義小說從此一蹶不振。新小說家儘管盛讚《水滸傳》「鼓吹武德，提振俠風」[1]，而且主張小說創作「演任俠好義、忠群愛國之旨」[2]，甚至出現「以俠客為主義，故期中各冊，皆以俠客為主」的小說雜誌[3]；可實際出版的小說中，雖偶爾也有一點的情節，但作用微乎其微。作者、讀者和論者關注的都不是俠義小說這一小說類型，而是「忠群愛國之旨」。《女俠客》、《俠義佳人》、《愛國雙女俠》等小說創作，與原有的俠義小說幾乎毫無相通之處：《新兒女英雄傳》、《新七俠五義》或者《八續彭公案》之類仿作續作，藝術上又缺乏創造力，很難引起廣泛興趣。直到一九二三年平江不肖生的《江湖奇俠傳》出版，以俠客為主要表現對象的小說才重新走紅。此後數十年，武俠小說大量問世，成了小說市場上銷售數最大的小說類型。

　　《江湖奇俠傳》後的武俠小說，在整體風格上，與《三俠五義》為代表的俠義小說有很大差別，這一點早為學界所公認。有爭議的是關於新、舊武俠小說的劃分。五○年代以後，由於政治上的原因，大陸上武俠小說銷聲匿跡，港臺的武俠小說則大為發展，並且出現金庸等名家。為示區別，論者以此為界，劃分舊派武俠小說與新派武俠小說。可在我看來，這兩者之間有千絲萬縷的聯繫，金庸、古龍等人都

---

[1]　〈小說叢話〉中定一語，《新小說》15號，1905年。
[2]　俠民〈《新新小說》敘例〉，《大陸報》2卷5號，1904年。
[3]　〈《新新小說》特白〉，《新新小說》3號，1904年。

不否認其深深得益於平江不肖生、還珠樓主等人作品，小說中也隨處可見其承傳痕跡。更重要的是，作為一種小說類型，其基本精神和敘述方式，並沒有發生根本性變化。單獨把《江湖奇俠傳》和《天龍八部》放在一起，當然天差地別，可倘若考慮到顧明道、宮白羽、王度盧、朱貞木、鄭證因、還珠樓主等人的貢獻，則這一變化順理成章，沒有什麼突兀之感。因此，我懷疑當初立論區分新、舊武俠小說者，更多的是出於地域和政治上的考慮，而不是由於藝術把握的需要。

不否認梁羽生、金庸、古龍等人的才華及其獨創性，這裡強調的是，從二〇年代到八〇年代中國的武俠小說，都從屬於同一小說進程。其間政權的更迭及創作中心的轉移，並沒有中斷這一進程，也談不上「另起爐灶」。古龍在談到「我們這一代的武俠小說」時，也是從平江不肖生的《江湖奇俠傳》算起，只不過突出《蜀山劍俠傳》、《鐵騎銀瓶》和《射鵰英雄傳》等小說在這一發展過程中的階段性轉折意義（《多情劍客無情劍·代序》）。比起與清代俠義小說的距離來，新、舊武俠小說的分界不是十分重要。因而，本文將這七十年的武俠小說作為一個整體看待，考察其表現特徵及發展趨向。

一

清代俠義小說中，有作家創作的（如《兒女英雄傳》），但不少是文人根據說書藝人的底本加工而成的，這一點與二十世紀的武俠小說大有差別。《三俠五義》經過問竹主人的「翻舊出新，添長補短」與入迷道人的「重新校閱，另錄成編」[4]；其所據底本《龍圖耳錄》又是根據石玉崑的說唱記錄整理而成（起碼刪去唱詞）；即便保留說唱

---

[4] 參閱問竹主人和入迷道人分別為《忠烈俠義傳》作的序。

形式的「按段抄賣」的「石派書」，也不能保證不失石氏說書神韻。《三俠五義》不等於石玉崑的說唱，而石氏說唱《龍圖公案》時，又襲用了不少前人材料[5]，這些都與後世的「著作觀念」不同。刊本《三俠五義》之所以一開始就署「石玉崑述」而不稱「石玉崑著（撰、編）」，或許正是有感於此。其他如《小五義》、《永慶昇平》等，也是據說書整理而成，只不過缺乏原始記錄可供比較，我們對具體整理過程及整理者的貢獻不甚了然。不過，說清代俠義小說帶有明顯的民間文學色彩，或者魯迅說的，「甚有平話習氣」，「正接宋人話本正脈」[6]，大概是沒有疑問的了。即使是文人獨立創作的，也可能如文康，「習聞說書，擬其口吻」，故其作品「遂亦特有『演說』流風」[7]。

　　二十世紀中國的武俠小說，雖沿用說書口吻，也借用一點民間傳說和前人筆記，但基本上是作家獨立創作的「通俗藝術」。阿諾德‧豪澤爾在分析民間藝術和通俗藝術時稱，前者以鄉村居民為服務對象；生產者和消費者之間界限模糊；後者則為滿足沒有受過良好教育的城市公眾的娛樂需要而創作的，其中消費者完全處於被動地位，生產者則是能滿足這種不斷變化的需要的專業人員。至於藝術風格，「民間藝術的路子比較簡單、粗俗和古樸；通俗藝術儘管內容庸俗，但在技術上是高度發展的，而且天天有新花樣，儘管難得越變越好」[8]。這一分析大體適應於清代俠義小說與二十世紀武俠小說的區別。而探討這一區別的形成，不能不涉及各自不同的生產方式。

5　參閱胡適〈《三俠五義》序〉，《胡適古典文學研究論集》（上海：上海古籍出版社，1988年）和孫楷第《包公案與包公案故事》，《滄州後集》（北京：中華書局，1985年）。

6　魯迅《中國小說史略‧第二七篇：清之俠義小說及公案》，《魯迅全集》第九卷（北京：人民文學出版社，1981年）。

7　同前註。

8　阿諾德‧豪澤爾《藝術社會學》中譯本（上海：學林出版社，1987年），頁213。

二十世紀初，伴隨著新小說興起的，是小說市場的日益擴大。銷售小說可以獲利，創作和翻譯小說因而也就成了文人可能的謀生手段[9]。這對武俠小說的發展路向，起決定性影響。石玉崑、哈輔源的說書，當然含有對經濟效益的追求，刊刻者也不一定都如郭廣瑞所自詡的純為忠義「非圖漁利」（《永慶昇平・序》），可畢竟文人進行小說創作或整理時，都並非將其視為直接的商品生產。不是不為，而是不能，其時刊刻小說不一定能牟利，作家更不靠此謀生。而二十世紀的武俠小說創作則不同，其中小說市場和商品經濟的決定性作用是赤裸裸的。小說的商品化以及作家的專業化，成了這一時期武俠小說最明顯的特徵之一。

不是每種小說都能轉化為直接的生活資料，只有讀者面廣銷售量大的作品才能獲利。職業作家不能不更多考慮市場的需要，而不是內心的創作衝動。寫什麼怎麼寫很大程度取決於以書商為代表的讀者口味。讀者量的劇增，與作家的經濟效益相關，更與小說本身的商品化程度成正比。也就是說，並非作家寫出來後才風行才獲利，而是作家為了風行為了獲利而寫作。武俠小說作為一種小說類型，由於投合孤立無援的中國人的俠客崇拜心理和喜歡緊張曲折情節的欣賞習慣而可能風行，經由書商和作者的通力合作批量生產，很快成為二十世紀中國最受歡迎的通俗藝術形式。

一旦成為以追求經濟效益為主的通俗藝術，就很難擺脫市場規律的制約。三〇年代就有人在批評武俠小說缺乏藝術價值時，引進了作者—讀者—出版者都受制於「生意經」這一「三角式『循環律』」，並試圖靠引進「嚴正的批評」來衝擊這一惡性循環[10]。可倘若書商真

9　參閱拙著《二十世紀中國小說史・第一卷・第三章：商品化傾向與書面化傾向》（北京：北京大學出版社，1989年）。

10　說話人〈說話（九）〉，《珊瑚》21號，1933年。

的如鄭逸梅所說的「非武俠不收，非武俠不刊」[11]，通俗小說家們能抗拒這種誘惑而不趨之若鶩嗎？三〇年代的不少武俠小說家如顧明道、陸士諤、孫玉聲等，都以言情小說、社會小說名家，可風氣一轉，全都寫起武俠小說來。當年擅長《香閨春夢》、《茜窗淚影》的李定夷，居然也能走出「深閨」闖蕩「江湖」，寫起《僧道奇俠》、《塵海英雄》來，不能不令人感慨市場規律的殘酷無情以及由此引起的文學風氣的瞬息萬變。風氣所及，連言情小說名著如《啼笑姻緣》也都被要求添上兩位俠客，要不「會對讀者減少吸引力」；而作者儘管不以為然，也不能不照辦[12]。

作家或許不滿足於隨波逐流，可既然「賣文為主」，豈能不「順應潮流」？除非另有生活來源，不急著把文稿換來柴米油鹽，才有可能關起門來想寫什麼就寫什麼。李定夷找到固定職業後不再寫小說，平江不肖生供職國術館後「退出說林，不願更為馮婦」[13]，而白羽據說也對寫武俠小說換錢引以為辱，「不窮到極點，不肯寫稿」[14]。這裡固然有可能作者本來就大喜歡小說創作這一行，只不過陰錯陽差居然借此謀生，一有機會當然不妨轉行；但更大的可能性是作家對以金錢為後盾的小說市場的壓迫感到屈辱和憤怒。當然，也有人當武俠小說賺了大錢，不必再為生計而賣文。但像金庸那樣，於創作的巔峰狀態毅然宣佈封筆並重新修改舊作以求藝術的完善的，實屬鳳毛麟角。絕大部分武俠小說家要不寫順寫滑寫膩了，不斷重複別人也重複自己；要不被突然的政治變故剝奪了寫作權利（如王度廬、還珠樓主），極少能「衰年變法」出奇制勝的。對市場需要的過分依賴（否則無法暢

---

[11] 鄭逸梅〈武俠小說的通病〉，《小品大觀》（上海：校經山房，1935年）。

[12] 張恨水《我的寫作生涯》（成都：四川人民出版社，1981年），頁45。

[13] 鄭逸梅〈不肖生〉，《鴛鴦蝴蝶派文學資料》（福州：福州人民出版社，1984年）。

[14] 葉冷〈白羽及其書〉，《鴛鴦蝴蝶派文學資料》。

銷），使得武俠小說家很難擺脫這種「宿命」。

　　武俠小說作為一種通俗藝術，主要是滿足城市公眾消遣和娛樂的需要，這就難怪其創作中心依次是上海、天津、香港、臺北等商品經濟比較發達的大都市。對於沒有受過良好教育因而缺乏欣賞高雅藝術能力的城市大眾來說，武俠小說正合他們的胃口。生活中不能沒有娛樂，小說藝術本來就有一定的娛樂性，問題是武俠小說家中頗有將消遣和取樂作為藝術的唯一目的的。因而在整個二十世紀，武俠小說一直受到文人作家和學者的排斥。五四新文學家對此類作品大都不屑一顧，對其廣泛流行持非常嚴厲的批評態度，以為其「關係我們民族的運命」[15]，甚至於嘲弄中國人的俠客崇拜而呼喚「中國的西萬諦斯」[16]。這種價值取向及審美態度一直延續至今。儘管八〇年代金庸等人的作品風行大陸，引起部分學者的關注，但正統文化人心目中的武俠小說仍是毒害青少年的「文化垃圾」。

　　說武俠小說是小市民的「迷魂湯」，使其「從書頁上和銀幕上得到了『過屠門而大嚼』的滿足」[17]，「懸盼著有一類『超人』的俠客出來」，以此「寬慰了自己無希望的反抗的心理」[18]……茅盾、鄭振鐸、瞿秋白的這些批評，大體上是中肯的。可過分強調小說的教誨功能而完全否認其娛樂色彩，並進而從思想傾向上全盤否定武俠小說，則又未必恰當。反過來，武俠小說家為爭取正統文人的承認，努力申說其載道的創作意圖，如顧明道自稱「余喜作武俠而兼冒險體，以壯國人之氣」

15　鄭振鐸〈論武俠小說〉，《海燕》（上海：新中國書店，1932年）。
16　瞿秋白〈吉訶德的時代〉，《北斗》1卷2期，1931年。
17　沈雁冰〈封建的小市民文藝〉，《東方雜誌》30卷3號，1933年。
18　鄭振鐸〈論武俠小說〉，《海燕》（上海：新中國書店，1932年）。
19　瞿秋白〈吉訶德的時代〉，《北斗》1卷2期，1931年。

（〈武俠小說叢談〉），文公直則「志欲昌明忠俠，挽頹唐之文藝，救民族之危亡」（《碧血丹心大俠傳‧自序》），這些說法又都顯得牽強。武俠小說作為一種通俗藝術，首先考慮的是如何才能被廣大讀者接受並轉化為商品，而不是傳播哪一種思想意識。指責作家有意毒害青少年，或者讚揚其弘揚愛國精神，其實都不得要領。武俠小說中當然會有思想傾向，但這種思想傾向往往是社會普遍認可的道德準則。作家們既不會冒險提倡新的思想觀念，也不會死抱住明顯過時的倫理準則。歷時地看，武俠小說中俠客從追隨清官到反抗朝廷，再到追求個人意識，當然變化極大，可跟同時代其他文學及人文科學著作比較，不難看出，武俠小說在思想觀念上，與整個時代思潮大體上保持「慢半拍」這麼一種不即不離的姿態。既不前衛，也不保守，基本態度是「隨大流」。

在這一點上，金庸的態度是明智的。儘管其小說在同類作品中最具哲理色彩，但從不賣弄其「思想性」，反而坦然承認：「武俠小說雖然也有一點點文學的意味，基本上還是娛樂性的讀物。」[20]金庸甚至自稱只是一個「講故事人」，「我只求把故事講得生動熱鬧」（〈一個「講故事人」的自白〉）。其實這要求並不低，而且更切合武俠小說這一小說類型的特點。也只有在此基礎上，所謂「描寫人的生活或是生命」，表現某種「政治思想」或「宗教意識」，才有實際意義（同上）。這麼說，並不等於完全否認武俠小說的藝術價值，而是強調可讀性及由此產生的娛樂性是這一小說類型的主要特徵。

有人曾恰當地指出，金庸的小說「長篇比中篇寫得好，中篇又比短篇寫得好，似乎篇幅越大越能激發作者的創作才華」[21]。這一現象不

---

[20] 〈金庸訪問記〉，《諸子百家看金庸（三）》（臺北：遠流出版公司，1987年）。

[21] 裘小龍、張文江、陸灝〈金庸武俠小說三人談〉，《上海文論》1988年4期。

只金庸獨有，而是二十世紀武俠小說的普遍特徵。比起唐宋豪俠小說、清代俠義小說，或者比起同時代其他類型的小說，武俠小說都以篇幅長取勝。與《施公案》、《三俠五義》居然有十續、十二續不一樣，好多一兩百萬字的大部頭武俠小說，都是作家獨立創作並一氣呵成的。短篇小說也可以描寫江湖爭鬥，寫得好也能扣人心弦，可篇幅所限難以充分展開，更重要的是無法借緊張曲折的情節長時間吸引讀者。讀者希望俠客別匆匆離去，起碼陪伴個十天半月；作家也不願意三天兩頭另起爐灶，因此，武俠小說越寫越長。除了武俠小說所追求的「氣魄」需要較長的篇幅才能體現外，還必須考慮到其大都是先在報刊連載然後才結集出版這一生產特點。作家隨寫隨刊或同時給幾家報刊寫幾部連載小說，能不接錯頭已經難得，要求他不斷更換新題並仔細考慮各自不同的藝術構思，幾乎是不可能的。趙苕狂續寫的《江湖奇俠傳》中有一段關於武俠小說家寫作狀況的描述，值得一讀：

> 以帶著營業性質的關係，只圖急於出貨，連看第二遍的工夫也沒有。一面寫，一面斷句，寫完了一回或數頁稿紙，即匆匆忙忙的拿去換錢。更不幸在於今的小說界，薄有虛聲。承各主顧寺約撰述之長篇小說，同時竟有五六種之多。這一種做一回兩回交去應用，又擱下來做那一種，也不過一兩回，甚至三數千字就得送去。既經送去，非待印行之後，不能見面，家中又無底稿。每一部長篇小說中的人名、地名，多至數百，少也數十，全憑記憶，數千萬之後，每苦容易含糊。所以一心打算馬虎結束一兩部，使腦筋得輕鬆一點兒擔負。（第一〇七回）

這話雖屬「小說家言」，卻「基本屬實」，起碼張恨水就曾同時

寫七個連載長篇小說,以致被人譏為「文字機器」[22]。倘若收縮戰線,一段時間內集中力量寫好一兩部長篇,情況可能會好些。同一部作品寫久寫長了,會慢慢心中有數,也可能突發奇想,冒出一些精彩的片段。不少成功的武俠小說頭幾回也都平平,寫著寫著就來神了,竟然越寫越好。除了每部作品的篇幅拉長外,武俠小說家還喜歡用系列長篇的結構方式來吸引讀者,如王度廬的《鶴驚崑崙》、《寶劍金釵》、《劍氣珠光》、《臥虎藏龍》、《鐵騎銀瓶》是五部情節人物互有聯繫而又各自獨立的系列小說,金庸的《射雕英雄傳》、《神鵰俠侶》、《倚天屠龍記》三部曲篇幅更長氣魄也更大。當然,物極必反,過分追求大部頭,可能造成文筆冗長情節重複等弊病。如還珠樓主才氣橫溢的《蜀山劍俠傳》,到四〇年代末已出版了五十五集近四百萬字,真擔心如果作者不是因政治變故被迫中止寫作,照原計畫寫滿一千萬字,還能否保持原有的藝術水準。

二

　　武俠小說作為一種通俗文學,很難擺脫商品化的命運,因而始終把消閒和娛樂放在首位,這是一方面;有才華的武俠小說家總是不滿足於單純的商品化傾向及一次性消費命運,希望在小說中增加點耐人尋味的東西以提高作品的「檔次」,具體做法是增加小說的文化味道,這又是另一方面。讓讀者在欣賞驚心動魄的行俠故事的同時,了解中國歷史、中國文化乃至中國人的精神風貌,真能做到這點,單是文化意義便足以說明這一小說類型的存在價值。說實在的,要講藝術

22　參閱左笑鴻〈恨水三絕〉,《劍膽琴心》(長春:吉林文史出版社,1986年版)和張恨水《我的寫作生涯·二七章:忙的苦惱》(成都:四川人民出版社,1981年)。

性，武俠小說很難與高雅小說抗衡；可在介紹及表現中國文化這一點上，武俠小說自有其長處。商品味與書卷氣之間的矛盾及調適，構成了武俠小說發展的一種重要張力。沒有前者，武俠小說無法存活——金庸也是在其小說受到普遍歡迎因而收入豐厚後，才可能認真修改舊作；沒有後者，武俠小說難以發展——作者及讀者文化教養的迅速提高（相對於清代俠義小說），則武俠小說日漸增加的書卷氣大有關係。

武俠小說對中國文化的表現，當然不可能是全面的，無論如何武俠小說不是「百科全書」或「文化史教科書」。最令人感興趣的，是武俠小說對江湖世界、武術技擊、佛道觀念以及這三者所蘊含的文化味道的表現。而這，恰好是二十世紀武俠小說與清代俠義小說的根本區別。

在武俠小說類型的瀩中，《江湖奇俠傳》的最大貢獻是將其立足點重新移到「江湖」上來。唐宋豪俠小說中的俠客隱身江湖，鋤暴安良後即飄然遠逝；清代俠義小說中等俠客則如黃天霸「看破綠林無好」（《施公案》第一七四回），或者殺人放火受招安，或者乾脆投奔清官麾下，博得封官蔭子。民國後的小說家，一則是清朝統治已被推翻，不會再頌揚賀天保們的「烈烈忠魂保大清」（《施公案》第一二五回）；一則受民主觀念薰陶，朝廷並非神聖不可侵犯，俠客替天行道，即便「時扞當世之文罔」也無可非議。基於前者，武俠小說中出現崇明抑清傾向，《江湖奇俠傳》中穿插黃葉道人、朱復等「圖復明社」的情節，《蜀山劍俠傳》中醉道人等自認「先朝遺民」，不願「為異族效力」（第一集十回）。基於後者，武俠小說中真正的俠客不願接受朝廷封賜，柳遲救出卜巡撫後託辭出走，黃葉道人實在推卻不掉，也只請下全部道藏（《江湖奇俠傳》第一〇六回、第四六回）；「後世」的俠客更有直接與朝廷作對的。俠客不把朝廷命官放在眼

裡，不再需要一名大吏來「總領一切豪俊」，也不再「供使令奔走以為寵榮」[23]，這一點十分重要。把立足點從朝廷移到江湖，不只是撇開了一個清官，更重要的是恢復了俠客做人的尊嚴、濟世的責任以及行俠的膽識。令狐沖（《笑傲江湖》）、楊過（《神雕俠侶》）、金世遺（《雲海玉弓緣》）、李尋歡（《多情劍客無情劍》）們之所以比黃天霸（《施公案》）、歐陽春（《三俠五義》）更為現代讀者所激賞，其中一個重要原因，就是前者那種不受朝廷王法束縛因而顯得自由瀟灑無所畏懼的「江湖氣」。

武俠小說中的江湖世界，大體上可分兩種：一為現實存在的與朝廷相對的「人世間」或「祕密社會」，是歷史上愛管閒事的俠客得以生存的空間；一為近乎烏托邦的與王法相對的理想社會，那裡的規矩是憑個人良心與本事替天行道懲惡揚善。就對明清祕密社會的表現而言，其他小說類型沒有能與武俠小說相匹敵的。武俠小說家不見得都像姚民哀有切身生活經歷，但憑藉民間傳說與文字資料，還是構建了一個頗為嚴謹複雜的江湖世界，對後人了解中國社會的另一側面大有幫助。除宮闈祕聞、官場傾軋、邊事烽火乃至百工技藝外，還有這麼一個不守王法的俠客、賊寇得以隱身甚至縱橫馳騁的世界，這無論如何不應為歷史學家和小說家所忽視。如何評價是一回事，視而不見則無法理解中國文化的全貌。侯健曾舉了這樣一個有趣的例子：「莫管他人瓦上霜」之類的格言在中國廣泛流傳，可若由此推論中國人不愛管閒事，那可就大錯特錯了。儒家、佛家的悲天憫人情懷，「不像不喜歡管閒事的」，而絕大多數中國人崇拜得五體投地的俠客，更是專愛打抱不平。可見「這愛管閒事，顯然是我們的國民性的一部分」[24]。

23　魯迅《中國小說史略·第二七篇》。
24　侯健〈武俠小說論〉，《中國小說比較研究》（臺北：東大圖書公司，1983 年）。

朝廷上講規矩講等級，不得擅自越位，否則便是犯上作亂；江湖間講良心講義氣，凡事爭一個「理」字；不在乎上下尊卑，故不妨「路見不平拔刀相助」。武俠小說中有俠客爭雄也有劍仙鬥法，可在愛管閒事這一點上，俠客與劍仙毫無二致。

明清以來，描寫俠客的小說與祕密社會互相影響，幾乎同步發展。羅爾綱曾指出《水滸傳》對後世祕密社團的深刻影響[25]，衛聚賢則以天地會文獻考證《彭公案》的本事[26]。但這一切都不能說明武俠小說中的江湖世界即是現實生活中的祕密社會。儘管引進了江湖黑話及各種祕密結社的儀式，並且以真實的江湖人物江湖故事為主線（如平江不肖生的《近代俠義英雄傳》），「小說」仍然是「小說」。趙紱章《奇俠精忠傳》的自序稱：

> 洱有清乾嘉間苗亂、教匪亂、回亂各事蹟，以兩楊侯、劉方伯等為之幹，而附以當寺草澤之奇人劍客，事非無稽，言皆有物。

而其間「鬚眉躍躍」者恰好不是作者所著意的「言皆有物」的歷史人物，而是「事近無稽」的「草澤之奇人劍客」。幾乎所有武俠小說都不脫此命運，即便是梁羽生自己最得意的「忠於歷史的武俠小說」《萍蹤俠影》也不例外[27]。至於金庸「不太像武俠小說，毋寧說是歷史小說」的《鹿鼎記》（《鹿鼎記·後記》），離歷史事實就更遠了，最多只能說是「反歷史」的「歷史小說」。

在《笑傲江湖》、《鹿鼎記》那裡，影射、反諷的意味很濃，讀

---

[25] 羅爾綱〈《水滸傳》與天地會〉，《會黨史研究》（上海：學林出版社，1987年）。

[26] 衛聚賢〈彭公案考〉，《東方雜誌》44卷7期，1948年。

[27] 尤今〈寓詩詞歌賦於刀光劍影中〉，收入韋青編《梁羽生及其武俠小說》（香港：偉青書店，1980年）。

者容易覺察到；可實際上絕大部分武俠小說都有明顯的主觀色彩，只不過不一定像金庸直接指向「文革」中的個人迷信或文字獄罷了。最能體現武俠小說的主觀虛擬色彩的，莫過於作為小說整體構思的「江湖世界」。在至高無上的「王法」之外，另建作為準法律的「江湖義氣」、「綠林規矩」；在貪官當道貧富懸殊的「朝廷」之外，另建損有餘以奉不足的合乎天道的「江湖」，這無疑寄託了芸芸眾生對公道和正義的希望。在江湖世界中，人類社會錯綜複雜的政治、軍事、經濟鬥爭，一律被簡化為正邪善惡之爭，鬥爭形式也被還原為最原始的生死搏鬥，而決定鬥爭勝負的主要因素則是雙方各自武功的高低。靠自己的能力（武功）來決定自己的命運，這在一個等級森嚴戒律繁多的社會裡，無疑是激動人心的。更何況武學與人道相通，「邪不壓正」的通例更具童話色彩。用俠客縱橫的江湖世界，來取代朝廷管轄的官府世界，這使得武俠小說不能不帶虛擬的色彩。而小說中的「江湖世界」，也只有作為虛擬的世界來解讀才有意義。追求不受王法束縛方的法外世界、化外世界，此乃重建中國人古老的「桃源夢」；而欣賞俠客的浪跡天涯獨掌正義，則體現了中國人潛在而強烈的自由、平等要求以及尋求精神超越的願望。可如果過分將其坐實，那麼「江湖世界」實在並不值得羨慕，俠客的動輒殺人也不十分可愛：

> 武俠小說看起來是一個浪漫美麗的世界，但實際上是一個很不理想的社會；一個只講暴力、不講法律的社會。[28]

金庸這段「自我消毒」的話，或許正是針對那些過分認真的武俠小說迷而發的。

武俠小說的中心是「以武行俠」。梁羽生稱俠是靈魂，而武只是

---

[28] 黃里仁〈掩映多姿跌宕風流的金庸世界〉，《諸子百家看金庸（三）》。

軀殼，故「與其有『武』無『俠』，毋寧有『俠』無『』武」[29]。可在實際創作中，「武」的作用實在太大了，以致不可想像不會武功者能成為武俠小說的主角。段譽出場時確實不會武功，可最後還不是以六脈神劍縱橫天下（《天龍八部》）？韋小寶不算真正的俠客，可既然混跡江湖，就免不了「匕首、寶衣、蒙汗藥」三大法寶外加保命「神行百變」（《鹿鼎記》）。不管你怎麼看，武俠小說很大成分是靠精彩的打鬥場面來吸引讀者的。光有俠骨而無武功，在江湖上自家性命尚且難保，哪裡還談得上「替天行道」？從唐宋豪俠小說，到清代俠義小說，再到二十世紀的武俠小說，一個突出的變化就是作家越來越注意渲染俠客的打鬥本領及打鬥過程──不但要打贏，而且要打得好看。所謂打得好看，一是打鬥中奇峰突起變化莫測，一是於一招一式中體現中國文化精神，寫出「劍」中之「書」。前者容易做到，後者則可能是「雖不能至，心嚮往之」。

　　從唐傳奇起，小說中的俠客一直分為兩個系列：一為武藝高強但仍屬凡胎的「俠客」，一為身劍合一已近乎神仙的「劍仙」。雖說也有「俠客修成得道，叫做劍仙」（《七劍十三俠》第九回）的說法，可兩者習武的過程及打鬥的方式相差實在太大，很難混為一談。論本領高低，俠客自然不是劍仙對手。俠客「雖是武藝不錯，然完全是血肉之軀，怎能抵敵道家的寶物」（《江湖奇俠傳》第一〇四回）。常人任你內外功練到絕頂，也不能奈何劍仙分毫；許鉞槍法再厲害，瑩姑劍光一放，也只能「閉目等互」（《蜀山劍俠傳》第二集九回）。武俠小說喜歡寫擂台，可武俠小說本身不是擂台，不以武功決高低；本領遠不如劍仙的「完全是血肉之軀」的俠客，居然贏得更多讀者的喜愛。原因是「道一聲疾，身劍合一，化道青光，破空飛去」的劍仙

---

[29] 佟碩之（梁羽生）〈金庸梁羽生合論〉，收入《梁羽生及其武俠小說》。

（《蜀山劍俠傳》第一集十二回），過分依賴法寶，其打鬥未免顯得單調。不若仗劍的俠客，招式變幻無窮，可仍在人力所能達到的極限之內，顯得可親可信可愛。更何況「劍為兵家之祖」（《蜀山劍俠傳》第一集二回），千百年來無數壯士為劍術的發展嘔心瀝血，無數騷人為寶劍的光華歌吟讚嘆，寶劍成了最適合於俠客打鬥的而且最有文化味道的兵器。如果說五〇年代以前的武俠小說，有重劍術（俠客）與重法寶（劍仙）之分，那麼梁羽生、金庸基本上是綜合這兩種傾向，在平江不肖生、鄭證因等的劍術拳腳之上，再添上一點還珠樓主的「百里傳音」、「天魔解體」之類神奇的道術。只是不再有「學道飛升」一類的仙話，逍遙子本領再高強，也無法逃週生死大限，最多也只是將畢生修煉的神功盡數注入弟子虛竹體中（《天龍八部》）。

以劍為主但不排除其他輔助性的兵器或道術，武俠小說中的俠客於是「仗劍出門去」（崔顥〈游俠篇〉），「撫劍獨行游」（陶潛〈擬古〉），為人間平不平，報恩仇。這其間，「劍」不只是一種殺人利器，而且是一種大俠精神的象徵，一種人格力量乃至文化傳統的表現。在這意義上，「劍」中不能沒有「書」。不妨將金庸第一部武俠小說的書題「書劍恩仇錄」，作為這一小說類型的典型意象。「恩仇」為行俠目的，「書劍」乃行俠手段；「劍」中之「書」保證了俠客不至淪為殘酷無情的職業殺手，更保證了武俠小說不只是一覽無餘的「滿紙殺伐之聲」。

以佛法化解恩仇，未見得十分高明。是否真能如《天龍八部》中老僧所斷喝的，「四手互握，內息相應，以陰濟陽，以陽化陰，王霸雄圖，血海深恨，盡歸塵土，消於無形」（第四三章）實在沒有把握。不過，於小說中談佛說道——不只是滿場袈裟道袍，而是將佛道觀念內化在小說的整體構思乃至具體敘述中，這無疑是二十世紀武俠小說中最突出「書卷氣」。

　　從唐傳奇到新派武俠小說，在這大約一千二百多年的發展歷程
中，武俠小說與佛道結下了不解之緣。佛家的輪迴、報應、贖罪、皈
依等思想，道教的符咒、劍鏡、望氣、藥物等法寶，都是武俠小說的
基本根基；更何況和尚道士還往往親自出馬，在小說中扮演重要角
色。可以這樣說，沒有佛道，英雄傳奇、風月傳奇、歷史演義、公案
小說照樣可以發展，而武俠小說則將寸步難行。俠客可以不識僧道，
寫俠客的小說卻總是跟僧道有點瓜葛，以致梁羽生將具體一定的關
於佛道的知識修養作為武俠小說家的基本功[30]。以唐傳奇中最著名的
三篇豪俠小說為例：紅線夜行時「額上書太乙神名」（〈紅線傳〉），
聶隱娘殺人後「以藥化之為水」（〈聶隱娘〉），虯髯客善望氣故不與
真天子爭位（〈虯髯客傳〉），三者都與道術有關；且三者都以某種形
式的「隱退」為歸宿（而不只是功成不圖報），更隱約可見佛道觀念
的影響。至於以僧人為俠客，《酉陽雜俎》中的〈僧俠〉和《古今小
說》中的〈楊謙之客舫遇俠僧〉早有先例，只不過此等俠僧只穿袈
裟不做佛事，言談舉止全無出家人的味道。一直到晚清的《兒女英
雄傳》和《三俠五義》，其中和尚道士仍只會打鬥，絲毫不懂佛理道
義。淫僧惡道自不在話下，作為正面英雄描寫的高僧聖道，也都不
唸經不參禪，除了一套僧衣道袍，與世間俗人竟毫無差別。平江不
肖生開始認真地在小說中擺弄佛道，和尚道士明顯長見識；還珠樓主
的《蜀山劍俠傳》將儒道釋三家思想學說融為一體，而又不乏自我作
古的勇氣，其氣魄之宏大、想像力之豐富，以及對佛學別具慧心的領
悟，在同類作品中實屬罕見；到了金庸的《天龍八部》和《笑傲江
湖》，佛道思想已滲入小說中並成為其基本的精神支柱，高僧聖道也

30　梁羽生所說的武俠小說家必備的「宗教修養」，主要是佛道，因為「十本武俠小說
　　起碼有九本寫到和尚」（參閱《梁羽生及其武俠小說》中〈從文藝觀點看武俠小
　　說〉一文）。

真正成為有血有肉的藝術形象，不再只是簡單的文化符號。在二十世紀的中國，佛、道因其不再在政治、文化生活中起重要作用而逐漸為作家所遺忘。除了蘇曼殊、許地山、林語堂等寥寥幾位，現代小說家很少認真以和尚道士為其表現對象，作品中透出佛道文化味道的也不多見。倒是在被稱為通俗文學的武俠小說中，佛道文化仍在發揮作用，而且取得了前所未有的成就。以致可以這樣說，倘若有人想借助文學作品初步了解佛道，不妨從金庸的武俠小說入手。

三

梁羽生在化名「佟碩之」的〈金庸梁羽生合論〉中，對武俠小說的發展前景作了如下描述：

> 此時此地，看看武俠小說作為消遣，應該無可厚非。若有藝術性較高的武俠小說出現，更值得歡迎。但由於武俠小說受到它本身形式的束縛，我對它的藝術性不抱過高期望。

所謂武俠小說「本身形式的束縛」，主要是指作為一種通俗小說，難免受小說市場及大眾閱讀心理限制，很難從事真正具有開拓意義的藝術探索──所有的探索者都是孤獨而寂寞的，其著作絕不可能迅速暢銷。讀者越多，其消費行為越缺乏鑒別性，越容易接受粗俗的程式化的作品。反過來，要使作品暢銷，就不能不使用大眾「喜聞樂見」的通用規則。某種小說技法（情節安排、人物造型、武打設計等）一旦獲得成功，眾人馬上一擁而上，再新鮮的東西，重覆千百遍也就成了俗不可耐的老套。創新者沒有「專利權」，同行可以無限量「複製」，這是武俠小說藝術水準不高的原因之一。

藝術家的命運，本來就是迎接各種挑戰，尤其是在克服各類自身

的局限中發揮其才華。武俠小說家面對這一小說類型的內在缺憾，首先必須考慮從何處入手，既提高武俠小說的藝術性，又不拋棄廣大讀者。從平江不肖生、還珠樓主到金庸、古龍，都在從事這一努力，只不過努力方向不大一樣罷了。

古龍曾慨嘆武俠小說「落入了一些固定的形式」，希望通過求變求新恢復其藝術魅力：

> 武俠小說既然也有自己悠久的傳統和獨特的趣味，若能再盡量吸收其他文學作品的精華，豈非也同樣能創造出一種新的風格，獨立的風格，讓武俠小說也能在文學的領域中佔一席地，讓別人不能否認它的價值，讓不看武俠小說的人也來看武俠小說！（《多情劍客無情劍·代序》）

古龍的願望代表了二十世紀一大批有見識的武俠小說家的共同追求，這一追求無疑值得尊重。在某種意義上說，武俠小說家的這一追求已經部分實現了。今天閱讀武俠小說的，已不限於藝術鑒賞力不高的「販夫走卒」，受過良好教育的知識份子中也有不少武俠小說迷。八〇年代中國大陸掀起的金庸熱，甚至使得大學生中談金庸成為一種時髦。至於武俠小說的文學價值，基本上也得到了承認，起碼至今仍堅持武俠小說不是文學的人已大為減少。評價高低是一回事，既然《三俠五義》可以是文學作品，《天龍八部》為什麼就不能是？比起同時代的高雅小說來，武俠小說在藝術上可能顯得粗糙；可武俠小說確實在發展，在「盡量吸收其他文學作品的精華」而顯得日漸成熟——比較同是名家名作的《江湖奇俠傳》和《笑傲江湖》這一點不難看出。

二十世紀武俠小說在藝術上的發展，除了增加文化味道（書卷氣）外，主要是突出小說的情感色彩。「『武』、『俠』、『情』可說是

新派武俠小說鼎足而立的三個支柱」[31]——梁羽生所說的「情」專指男女俠客間的愛情，我把它擴展到一般的情感和心理，梁氏以為此「情」乃五〇年代以後港臺武俠小說家的專利，我則追根溯源，將其視為三〇年代以來武俠小說發展的新趨勢。

從唐傳奇開始，伴隨著「世人／俠客」這一對立出現的，是「有情／絕情」這一分野。小說中俠客之「絕情」，有的有宗教背景，非如此不能獲得神奇的本領，有的則是讀者出於善意，不希望心目中的偶像世俗化。「與眾不同」的俠客，要拯世濟難，須經受各種考驗，其中自然包括性（色）的誘惑。俠客被世人安置在「我—他」而不是「你—我」的人際關係結構中，理想化神祕化的同時，也就意味著被抽象化——曾經龍騰虎躍血肉豐滿的俠客，終於成了寄託芸芸眾生被拯救意願的文化符號。在詩文、戲曲中，這種傾向尤為明顯；小說的情況相對好些。俠義小說中的俠客也有相當性格化的，如《三俠五義》中的白玉堂、《施公案》中的黃天霸；可作者仍然不敢觸及人類最普遍可又最神祕的男女之情。故小說在草澤英雄的粗豪脫略外，似乎很難再有進一步的開掘。

武俠小說不管發生多大變化，始終是作為「淫詞豔曲」、「脂粉之談」的對立面出現的。在「英雄」與「兒女」這人類最本原的兩大衝動中，武俠小說選擇了前者，故對「兒女情」有所忽略，那是安全可以理解的。問題是武俠小說家對「兒女情」遠不只是忽略，而是近乎仇視——將其視為俠客修道行俠的巨大障礙。這一傾向在二十世紀武俠小說中依然存在，尤其是那些將獲得武功與道術視為最高目的的小說中。這樣做主要還不是出於倫理方面的考慮，而是習武與學道本身的要求——人非太上，孰能忘情？不加制御，一旦把握不住，很可

---

[31] 《金庸梁羽生合論》。

能毀了「道基」或者「功法」。也就是說，俠客懼怕的實際上不是兒女之情，而是男女之慾。至於是否一洩童陽就無法修得上乘武功，各家眾說紛紜；可俠客之必須戒淫不一種道德要求，則是大部分武俠小說所共同設定的。對於習武的人來說，「越是不近女色越好」（《江湖奇俠傳》第八八回）；而學道之人，「意願墜入情網」，就是「心不向上」，「不想修成真果」（《蜀山劍俠傳》第六集八回）。無論學道還是習武，俠客都不允許放縱自己的情慾。固然，練功到一定階段，能部分消解這種情慾，可還是需要俠客憑藉堅強意志來抵禦誘惑。實行性禁忌的俠客，之所以對淫僧、採花賊格外痛恨，必誅之而後快，並不完全出於道德義憤，潛意識中或許含有嫉妒的成分──對對方的「不守規則」感到憤怒，頗有上當受騙的感覺。

中國人對處理情慾有自己獨特的看法，在古代眾多房中術和養生學著作中，有講採陰補陽以致神仙者，也有講皓齒娥眉乃毒藥猛獸者，但大多數態度持中：

> 人復不可都絕陰陽，陰陽不交，則坐致壅閼之病，故幽閉怨曠，多病而不壽也。任情肆意，又損年命。唯得其節宣之和，可以不損。（《抱朴子內篇·釋滯》）

習武學道是否真得完全禁慾，不要說不同作家說法不一，同一作家同一作品中也往往自相矛盾。有不同家派要求不同的原因，但更重要的是作家在生活常識與類型要求之間拿不定主意。比如，《江湖奇俠傳》中，方紹德稱「要傳我的道法，非童男之身不可」（第六九回）；而銅腳道人則催促弟子完婚，因其認定「孤陰不生，孤陽不長，修道成功與否，並不在乎童陽」（第三五回）。為了調和生活常識與類型要求之間的矛盾，武俠小說家借用古代雌雄劍的傳說，弄出個雙劍合則天下無敵，使得兒女情「合法化」。邪神固是凶猛，可

怎禁得住歐陽后成、楊宜男夫婦「雌雄合作，雙劍齊下」，不免枉自送命（《江湖奇俠傳》第一四二回）；張丹楓、雲蕾單打獨鬥難得取勝，可「雙劍合璧，威力何止增加一倍」，故所向披靡（《萍蹤俠影》第六回）。如此說來，兒女情不但無礙修道習武，還有「助修」的作用。

可如果男女俠客之所以聯手乃至成婚，主要目的是調陰陽合雌雄以提高打鬥能力，那麼兒女情實際上並沒有得到真正的肯定。儘管岳劍秋、方玉琴師兄聯手闖蕩江湖，可在作者最後把他們推進洞房之前，基本上是一對好搭檔，而不是真正意義上的情人（《荒江女俠》）；紫玲珍珠與司徒平更絕，相約「情如夫妻骨肉，卻不同室同衾，免去燕嬌之私，以期將來同參正果」（《蜀山劍俠傳》第六集六回）。如此兄妹或者合璧雙修，雖說也有婚姻形式，卻被濾去了至關重要的「兒女情」。

真正寫好俠客的「兒女情」，把所謂的「俠情小說」提高到一個新境界的，大概得從王度盧的《鶴驚崑崙》、《寶劍金釵》等算起。首先，大俠們的最高理想不再是建功立業或爭得天下武功第一，而是人格的自我完善或生命價值的自我實現；其次，男女俠客都不把對方僅僅看成打鬥的幫手，而是情感的依託，由此才能生死與共，產生現代意義上的愛情，也才有愛情失落後銘心刻骨的痛苦，王度盧「擬以任俠與愛情相並言之」（《寶劍金釵·自序》），不同於《兒女英雄傳》、《荒江女俠》之類處在於，並非只是在英雄爭鬥中引進哀豔故事，或者寫出英雄的兒女私情，而是著力表現男女俠客由於特殊生存環境造成的複雜而微妙的感情變化。不管是江小鶴與鮑阿鸞（《鶴驚崑崙》）、還是李慕白與俞秀蓮（《寶劍金釵》）之間的感情糾葛，都不是一般才子佳人小說的拙劣翻版。也就是說，不是在剛猛的打鬥場面中插入纏綿的言情片段來「調節文氣」，而是正視俠客作為常人必然具備的七情六慾，藉表現其兒女情來透視其內心世界，使得小說中

的俠客形象更為豐滿。這一點對後世武俠小說影響甚大。

新派武俠小說基本上反對禁慾,《笑傲江湖》和《陸小鳳》都把揮劍自宮或練童子功譏為「太過陰毒」、「心理有毛病」,對其能否借此達到武學巔峰表示懷疑。如今作家筆下的俠客,大都如陸小鳳「太不討厭女人了」(《陸小鳳‧魂斷離恨天》)。一開始可能板著面孔,可那並非寡情絕慾,而是未遇意中人。正如黃蓉說的,「大英雄大豪傑,也不是無情之人呢」(《射鵰英雄傳》第二六回)。小龍女自幼於古墓中修習「玉女心經」,似乎真的已經「摒除喜怒哀樂之情」(《神鵰俠侶》第五回);可一旦戀愛起來,更是一往情深無所顧忌,以致有斷腸崖前生離死別和十六年後萬丈深谷中的夫婦重逢。「問世間,情是何物,直教生死相許?」金人元好問這一闋〈邁陂塘〉,不只是《神鵰俠侶》直接引錄,更為無數新派武俠小說所化用。可是,武俠小說中插入兒女情事或各式悲歡離合不算太難,難的是此情雖癡此事雖奇,仍不違人情物理。不是事實上可能不可能,而是揆之情理可信不可信。也就是說,這一激動人心的悲歡離合是否合乎人物性格。用金庸的話來說就是:

> 楊過和小龍女一離一合,其事甚奇,似乎歸於天意和巧合,其實卻須歸因於兩人本身的性格。(《神鵰俠侶‧後記》)

小龍女若非天性淡泊,絕難在谷底長期獨居;而楊過如不是天生情種,也不會躍入萬丈深谷。這一對夫婦之所以能十六年後谷底重逢,除各種機緣遇合外,畢竟與其自身的氣質情趣大有關係。

正是從寫情的目的在於凸現俠客形象以及寫情必須合乎人物性格這一角度,我們不應只關注得「情之正」的楊過、小龍女們[32],而

---

32 倪匡稱:「《神鵰俠侶》從頭到尾,整部書,都在寫一個『情』字。」《我看金庸小

且更應關注那些有各式各樣缺憾的「男女之情」：莫名其妙的「情癡」、失之交臂的「苦戀」、明知無望的「單相思」，以及誤入歧途的「性戀態」。這些不大為一般讀者欣賞的描寫，往往對豐富武俠小說的文化內涵及藝術品格起作用。金庸筆下的人物之所以比梁羽生的人物有光彩有深度，很大程度取決於前者不只善寫「情之正」，而且善寫「情之變」，故能表現更為複雜多變的人物心理，更合乎現代讀者的審美趣味。

　　研究者喜歡談論武俠小說如何接受高雅文學的影響，比如梁羽生之偏於中國古典詩文，白羽之接受五四新文學傳統，金庸之重視西方現代文藝，古龍之借鑒日本推理小說……但所有這些都有割裂作品或以偏概全的危險。武俠小說家希望「吸收其他文學作品的精華」，並不限於一家一派；「多而雜」恰恰是其引進借鑒高雅文學的一大特點。除非作更加精細的研究，否則單憑印象，很容易將高雅文學與通俗文學之間錯綜複雜的關係簡單化。高雅文學對二十世紀武俠小說的影響，最值得注意的，不是某位作家某部作品中的某種表現技巧，而是從總體趨向上使得武俠小說家不再局限於講述緊張曲折的故事，意識到「我寫武俠小說是想寫人性，就像大多數小說一樣」（金庸《笑傲江湖・後記》）；「只有『人性』才是小說中不可缺少的」（古龍《多情劍客無情劍・代序》），因而集中精力關注人物的命運和感情。注意人物心理的表現及人物性格的刻劃，這是二十世紀武俠小說藝術上之所以大有進展的關鍵所在。

　　──本文選自陳平原《千古文人俠客夢：武俠小說類型研究》
　　（臺北：麥田出版社，1994年）

　　說》（臺北：遠流出版公司，1987年），頁33。

編後記

　　「二十世紀中國文學史」相關課程的教學用書，有很多選擇，從袁進著《中國近代文學史》、錢理群等著《中國現代文學三十年》、洪子誠著《中國當代文學史》、陳思和主編《中國當代文學史教程》、程光煒等著《中國現代文學史》與《中國當代文學發展史》，到嚴家炎主編《二十世紀中國文學史》，都是重量級的大製作，也是最受好評的高校教科書。文學史教材必須優先考量的是完整性，這幾部大製作的撰述策略皆以全方位的通論為主，由於篇幅上的限制，在重要作家或議題的討論上，很難寫得淋漓盡致，較為深刻的討論都出現在他們個人（以及其他學者）的單篇論文或學術專著當中。這些學術論述，是構成專題討論的重要依據，於是我們有了編選《二十世紀中國文學專題》的動機，針對「二十世紀中國文學史」及相關課程的教學需求，兼顧文學史的發展脈絡，選出十三篇可以展開專題討論的學術論文。

　　本書以洪子誠教授的〈斷裂與承續〉為開卷之作，這是一篇中國當代文學史研究的「學術性講稿」，有深度卻零距離，洪教授透過本身在文學史撰述方面的經驗，針對現代中國文學史的幾個核心問題提出富有建設性的見解，足以啟發我們對相關問題的思考與辯證，從這個角度來看，它實同本書的「大序」。緊接其後的是陳思和教授的〈五四新文學運動的先鋒性〉，此文回到現代文學史起點的問題上，為五四新文學運動找到「先鋒性」的理論依據。

　　其次是五四作家的流派與個人專論，共五篇。范伯群教授在〈「鴛鴦蝴蝶—《禮拜六》派」新論〉裡經由不同層面的分析，重新命名、定位了這個重要的小說流派；李歐梵教授在〈鐵屋中的吶喊：「獨異個人」和「庸眾」〉裡，用寓言式的論述筆法，解讀了魯迅的啟蒙者角色及其思想特質；錢理群教授的〈周作人的散文藝術〉一文，非常精準且傳神的勾勒出周作人散文的美學風格與人格；王德威教授〈想像的鄉愁——沈從文與鄉土小說〉以「想像的鄉愁」的詩學和寫實主義視野，來詮釋沈從文的原鄉寫作；鍾怡雯的〈還原徐志摩——新詩經典的誤讀與重估〉，對徐志摩的經典性提出了批判性的看法。

　　其三，是有關當代文學史的討論，有五篇。王家平教授在〈造反與崇拜：紅衛兵群體人格的內在撕裂〉從詩歌寫作的內部，探討了紅衛兵詩歌的思想矛盾；陳大為〈裂變與斷代思維——中國當代詩史的版圖焦慮（1949-2009）〉分析了詩歌史版圖上的話語權焦慮；張清華教授將尋根文學思潮從啟蒙歷史主義往新歷史主義的過渡，寫進〈啟蒙歷史敘事的重現與轉型〉；〈感官的王國：莫言筆下的經驗形態及功能〉一文，展現了張閎教授對莫言小說的官能性本質之洞悉與掌握；程光煒教授的〈魔幻化、本土化與民間資源——莫言與文學批評〉，則透過學界對莫言小說的批評，來觀察其詮釋向度與接受。

　　最後，壓卷的是陳平原教授的〈二十世紀武俠小說〉，此文將武俠小說在近百年來的主題發展及關注焦點，作了一番精闢的評述，彷彿就是一部現代武俠小說史的縮影。

　　以上十五篇論文原來的論文格式都不一樣，為了教學和研究上的方便，我們將格式統一處理，並且補上部分原稿較為簡略的引文資料。萬卷樓出版的編輯群在此付出了很大的心力，感謝他們。當然更要感謝同意授權的學者，謝謝您們的支持。

　　我們相信這部《二十世紀中國文學專題》，對提升中國現當代文學史課程的教學與研究效能，會有很大的幫助。

陳大為、鍾怡雯

2013年10月16日中壢

文學研究叢書·文學史研究叢刊 0802001

二十世紀中國文學專題

主　　編	鍾怡雯、陳大為
責任編輯	吳家嘉
特約校稿	林秋芬

發 行 人	陳滿銘
總 經 理	梁錦興
總 編 輯	陳滿銘
副總編輯	張晏瑞
編 輯 所	萬卷樓圖書股份有限公司
排　　版	浩瀚電腦排版股份有限公司
印　　刷	百通科技股份有限公司
封面設計	斐類設計工作室

發　　行	萬卷樓圖書股份有限公司
	臺北市羅斯福路二段 41 號 6 樓之 3
電話	(02)23216565
傳真	(02)23218698
電郵	SERVICE@WANJUAN.COM.TW
大陸經銷	廈門外圖臺灣書店有限公司
電郵	JKB188@188.COM

ISBN 978-957-739-822-2

2014 年 9 月初版三刷

2013 年 10 月初版

定價：新臺幣 480 元

如何購買本書：

1. 劃撥購書，請透過以下郵政劃撥帳號：

　帳號：15624015

　戶名：萬卷樓圖書股份有限公司

2. 轉帳購書，請透過以下帳戶

　合作金庫銀行 古亭分行

　戶名：萬卷樓圖書股份有限公司

　帳號：0877717092596

3. 網路購書，請透過萬卷樓網站

　網址 WWW.WANJUAN.COM.TW

大量購書，請直接聯繫我們，將有專人為

您服務。客服：(02)23216565 分機 10

如有缺頁、破損或裝訂錯誤，請寄回更換

版權所有·翻印必究

Copyright©2014 by WanJuanLou Books CO., Ltd.

All Right Reserved　　　**Printed in Taiwan**

國家圖書館出版品預行編目資料

二十世紀中國文學專題/鍾怡雯、陳大為主編.

-- 初版. -- 臺北市：萬卷樓, 2013.10

　面；　　公分. -- (文學研究叢書. 文學史研究

叢刊)

ISBN 978-957-739-822-2 (平裝)

1.中國文學史 2.文集

820.908　　　　　　　　　　102021043